La víctima 2117

Los casos del
DEPARTAMENTO
Q

Jussi Adler-Olsen (Copenhague, 1950). Sus estudios políticos, una educación cinematográfica y crecer como hijo de un psiquiatra le han proporcionado la perspicacia para escribir sobre temas tan diversos como la salud mental, los problemas de la sociedad actual o las conspiraciones internacionales.

Desde 1995 se dedica por completo a la escritura y en la actualidad es uno de los autores europeos de novela negra de mayor éxito mundial.

Ha sido merecedor de premios tan prestigiosos como el Plume d'Or, The Glass Key, el De Gyldne Laurbaer, el Premio Barry de Estados Unidos y el Premio Readers Choice en Dinamarca.

Con *Cloruro de Sodio*, su última novela publicada en nuestro país, llega el noveno y penúltimo volumen de su exitosa serie *Los casos del Departamento Q*, que se ha publicado en más de cuarenta y dos países y ha atrapado a más de quince millones de lectores.

Si tienes un club de lectura o quieres organizar uno, en nuestra web encontrarás guías de lectura de algunos de nuestros libros. www.maeva.es/guias-lectura

Este libro se ha elaborado con papel procedente de bosques gestionados de forma sostenible, reciclado y de fuentes controladas, avalado por el sello de PEFC, la asociación más importante del mundo para la sostenibilidad forestal.
www.pefc.es

PEFC
14-38-00308

EMBOLSILLO apuesta para frenar la crisis climática y desea contribuir al esfuerzo colectivo y permanente de proteger y preservar el medio ambiente y nuestros bosques con el compromiso de producir nuestros libros con materiales sostenibles.

JUSSI ADLER-OLSEN

La víctima 2117

Traducción:
JUAN MARI MENDIZABAL

Título original:
OFFER 2117

© JUSSI ADLER-OLSEN y JP/Politikens Hus A/S 2019, por acuerdo con
Politiken Literary Agency
© de la traducción: JUAN MARI MENDIZABAL, 2020
© de esta edición EMBOLSILLO, 2023
Benito Castro, 6
28028 MADRID
www.maeva.es

ISBN: 978-84-18185-45-8
Depósito legal: M-71-2023

Diseño e imagen de cubierta: OPALWORKS BCN
Fotografía del autor en la cubierta: © TINE HARDEN
Impreso por CPI Black Print (Barcelona)
Impreso en España / Printed in Spain

Dedicado a Sandra

Los dedos de los ahogados

La vida de
las manos
de los ahogados es
más larga que nuestra historia.
A distancia
y muy de cerca
vemos a los ahogados,
vemos su anhelo
de vida y paz.

Cada día
vemos las yemas
de sus dedos
desaparecer en el mar,
pero nuestros ojos
han aprendido a no ver.

Sus dedos se alzan
desde el mar,
se extienden
hacia el cielo.
Ya no están mojados
los dedos de los ahogados;
se han resecado para siempre.

FALAH ALSUFI, poeta y refugiado iraquí

Prólogo

UNA SEMANA ANTES de que la familia de Assad abandonara Sab Abar, su padre lo llevó al mercado de los sábados, donde abundaban los puestos de garbanzos, granadas, bulgur, especias de vivos colores y escandalosas aves de corral a la espera del hacha. Después puso las manos en los endebles hombros de su hijo y le dirigió una mirada sabia y profunda.

—Escúchame bien, hijo mío. Pronto vas a soñar con lo que veas hoy y lo harás muchas noches, hasta que la esperanza de volver a percibir esos sonidos y olores se desvanezca. Así que mira bien a tu alrededor mientras puedas y guarda en tu corazón lo que veas, porque de ese modo nunca lo perderás del todo. Ese es el consejo que te doy, ¿lo entiendes?

Él apretó la mano de su padre, asintió con la cabeza e hizo como que había entendido.

Pero Assad nunca lo entendió.

1

Joan

JOAN AIGUADER NO era nada religioso. Más bien al contrario: se escapaba de la ciudad cuando las procesiones de Semana Santa, con sus nazarenos y sus capirotes negros, invadían las calles, y también coleccionaba irrespetuosas figuras de papas y de los Reyes Magos haciendo sus necesidades. Pero, a pesar de esa propensión a la blasfemia, en los últimos días se había santiguado varias veces; porque si, pese a todo, Dios existía, le convenía llevarse bien con él a la vista de cómo se estaban desarrollando los acontecimientos.

Cuando por fin le llegó por correo el sobre que tanto esperaba, Joan volvió a santiguarse, porque su contenido iba a decidir su destino. Lo sabía.

Y ahora, tres horas después de leer la carta, estaba sentado en un bar de la Barceloneta, temblando a pesar del calor, hecho polvo y con el impulso vital bajo mínimos. Llevaba treinta y tres años viviendo con la ridícula esperanza de que en algún momento la suerte fuera a sonreírle, pero ya no le quedaban fuerzas para esperar más. Ocho años atrás, su padre se había enrollado en el cuello un cable eléctrico y se había colgado de una tubería de agua en el edificio de cuyo mantenimiento se ocupaba. La pequeña familia quedó destrozada y, aunque su padre nunca había sido una persona alegre y despreocupada, no lo comprendían. A partir de aquel instante, Joan y su hermana, cinco años menor que él, se encontraron de pronto solos, con una madre que nunca volvió a ser la misma. Joan luchó como pudo por sacar a la familia adelante. Entonces solo tenía veinticuatro años y se estaba dejando la vida en sus estudios de Periodismo y en trabajos precarios y mal pagados para poder llegar a fin de mes. Pero el año siguiente representó un punto de inflexión en su vida, cuando su madre se dio un atracón de pastillas para dormir y su hermana hizo lo mismo unos días más tarde.

Solo ahora, volviendo la vista atrás, comprendía que le sobraban motivos para no aguantar más. Con el paso del tiempo, toda perspectiva de éxito en la vida se había esfumado para la familia Aiguader y la oscuridad se había adueñado de todos ellos. Pronto se lo llevaría a él también. De modo que, aparte de breves momentos de felicidad y de algún pequeño triunfo, la vida se le hacía odiosa. En solo un mes su novia lo había dejado y se había quedado sin trabajo.

A la mierda. ¿Para qué atormentarse si todo era tan absurdo?

Joan se metió la mano en el bolsillo y miró de reojo al camarero que estaba detrás de la barra.

Si al menos pudiera terminar mi vida con un poco de dignidad y pagar mi café, pensó mientras miraba los restos de su taza. Pero en el bolsillo no había nada y los proyectos fracasados y ambiciones sin cumplir de su vida desfilaban por su mente en un bucle interminable. De repente, todas sus relaciones malogradas y el descenso imparable de su nivel de vida se hicieron demasiado evidentes como para no prestarles atención.

Había tocado fondo.

Dos años atrás, durante otra profunda depresión que devastaba su mente, una adivina de Tarragona le había dicho que un día, en un futuro no muy lejano, iba a encontrarse con un pie en la tumba, pero que una luz en pleno día iba a salvarlo. La mujer sonaba muy convincente y hasta ahora Joan se había aferrado a aquella predicción; pero ¿dónde diablos estaba aquella luz? No era capaz ni de levantarse con dignidad de la silla donde estaba sentado. No tenía ni un par de euros para pagar su cortado. Hasta los mendigos andrajosos que se sentaban en el suelo delante de El Corte Inglés con la mano tendida podían juntar monedas para un café; incluso los sin techo que dormían en las entradas de los bancos con sus perros podían hacerlo.

De manera que, aunque la intensa mirada de la adivina lo sedujo y le dio esperanzas de futuro, lo cierto era que se había equivocado de cabo a rabo y ahora, sin duda, había llegado el momento de echar cuentas.

Soltó un suspiro y dirigió la mirada al montoncito de sobres que ocupaban la mesa del bar, testigos del atolladero en el que se había metido. Por supuesto, podía ignorar los sobres con facturas que tenía en casa, porque, aunque llevaba meses sin pagar el alquiler, no podían ponerlo en la calle gracias a las leyes catalanas de la vivienda. ¿Y por qué había de preocuparse por las facturas del gas si, de todas formas, no había cocinado nada desde Navidades? No, habían sido los cuatro sobres que tenía delante los que le habían dado la estocada final.

Durante la relación con su exnovia, Joan había prometido una y otra vez estabilidad y arrepentimiento, así como hacer propósito de enmienda, pero los ingresos no llegaban nunca y al final ella se hartó de mantenerlo y le pidió que se marchara. Durante las semanas siguientes, consiguió que los molestos acreedores lo dejaran en paz con la promesa de que en cuanto le pagaran los cuatro últimos artículos iba a poder devolverles el dinero a todos. ¿No estaba acaso escribiendo una serie de textos geniales? ¿Por qué no iba a poder venderlos?

Y allí, sobre la mesa, estaban las cartas de rechazo, que no eran titubeantes, vagas, evasivas ni indirectas, sino tan despiadadas y precisas como cuando el diestro, en el tercio de muerte, clava el estoque en el corazón del toro.

Joan sostuvo la taza bajo la nariz para gozar del aroma desvaído del resto de café y luego su mirada recorrió las palmeras de la playa y el mosaico de colores que componían los bañistas. No hacía mucho que Barcelona había quedado paralizada por el atentado de un desquiciado en las Ramblas y por la brutal represión contra ciudadanos corrientes que se dirigían a votar; pero todo aquello parecía olvidado, porque lo que veía en el centelleo producido por el calor era una muchedumbre de gente alegre. Tenían la cabeza llena de su propio griterío despreocupado, la piel húmeda y una mirada sensual. Por un instante, la ciudad parecía renacida y casi insultante, mientras él oteaba en vano en busca de la radiante estrella anunciadora que le había mencionado la adivina.

La distancia entre el bar donde estaba Joan y los niños que jugaban en la orilla de la playa era mínima y tentadora. En menos de un minuto podría pasar corriendo entre quienes tomaban el sol y meterse en el mar, zambullirse bajo la espuma de las olas y tragar algunas bocanadas de agua, rápidas y definitivas. En medio de la febril actividad de la playa, nadie iba a fijarse en un majara que se lanzaba al agua vestido. En menos de dos minutos podría dejar su vida atrás.

A PESAR DEL intenso latir de su corazón, a Joan se le escapó una risa agridulce al pensar en ello. Los que lo conocían iban a quedarse de lo más desconcertados. ¿Que un payaso como Joan Aiguader era capaz de suicidarse? ¿Aquel periodista gris y apático que no tenía pelotas para destacar en una discusión?

Joan sopesó los sobres. Tan solo eran doscientos gramos más de humillación que añadir a la recibida a lo largo de su vida, así que, ¿por qué llorar por eso? Si ya había tomado la decisión. Dentro de un segundo iba a decirle al camarero que no podía pagar y luego echaría a correr hacia la playa, a pesar de las protestas que oiría a su paso, y a llevar a cabo su plan.

Tensó los músculos de las pantorrillas y se preparaba para arrancar a correr cuando dos clientes en bañador se levantaron tan de repente que volcaron sus taburetes.

Joan giró la cabeza hacia ellos. Uno observaba inexpresivo la pantalla del televisor que colgaba de la pared, mientras la mirada del otro barría la playa.

—¡Sube el volumen! —gritó el que miraba la pantalla.

—¡Eh, mira! ¡Joder, si están en el paseo! —gritó el otro y señaló a la multitud que se había formado en el exterior.

Joan siguió su mirada y divisó la unidad móvil de televisión que se había instalado en el paseo delante del poste de tres metros que el ayuntamiento había colocado hacía dos años. La parte inferior era metálica y en la parte superior brillaban cuatro cifras en una pantalla digital. Joan había leído hacía tiempo el texto del poste, que explicaba que su objetivo era hacer un recuento de los pobres inmigrantes que se habían ahogado en el Mediterráneo desde principios de año.

Los bañistas en pantalón corto y traje de baño se dirigían, como atraídos por un imán, hacia la unidad móvil, y varios chicos del barrio salieron corriendo del carrer del Baluard hacia el espectáculo. Tal vez lo hubieran visto en la televisión.

Joan centró su atención en el camarero, que, como un robot, secaba vasos con todos los sentidos centrados en el televisor. En la pantalla apareció el texto «noticia de última hora», y entonces Joan se levantó de la silla y se dejó arrastrar hacia el paseo con discreción.

A pesar de todo, seguía vivo y, a pesar de todo, era también periodista.

El infierno podía esperar un poco más.

2
Joan

LA JOVEN REPORTERA, ajena a los corredores, a los patinadores y al follón montado a su alrededor, se encontraba delante del poste y tenía plena conciencia de sus recursos. Se arregló el pelo, se humedeció los labios y después se llevó el micrófono a la boca, mientras los hombres y los chicos le miraban el escote, boquiabiertos. Estaba claro que no habían acudido precisamente a escuchar el mensaje de la reportera.

—Desconocemos la cifra exacta de ahogados en su huida hacia esa Europa que para esos pobres desgraciados simboliza el paraíso y la libertad —anunció—. Pero en los últimos años la cifra podría ascender a varios miles y, solo este año, ha habido más de dos mil fallecidos.

Se giró un poco mientras señalaba la cifra iluminada que aparecía en la pantalla de la parte superior del poste.

—Ahí arriba vemos la cifra que nos indica cuántos inmigrantes han muerto en el Mediterráneo desde que empezó el año. El año pasado por esta época había aún más ahogados, y el año que viene será seguramente igual de malo. Da que pensar que, pese a ser cifras inimaginables y pavorosas, el mundo, todos nosotros, podamos sin problema mirar hacia otro lado mientras esas personas fallecidas siguen siendo anónimas.

Dirigió hacia la cámara una mirada llena de dramatismo.

—¿No es acaso eso lo que hace el resto del mundo? No nos importa. Y, en respuesta, podríamos decir que, como protesta, en los siguientes reportajes de TV11 vamos a centrarnos en uno de los fallecidos: el hombre cuyo cadáver ha sido arrastrado hace bien poco hasta una playa de Chipre, en el Mediterráneo oriental. Vamos a mostrar que ese inmigrante era una persona real, de carne y hueso.

La reportera miró su reloj de pulsera con brillantes.

—Hace menos de una hora, el cuerpo de ese pobre hombre ha sido arrastrado por las olas hasta la playa, rodeado de bañistas satisfechos y risueños, igual que aquí, en la platja de Sant Miquel.

Con un movimiento del brazo, abarcó a los que tomaban el sol, para que todos vieran a qué se refería.

—Estimados telespectadores, el cadáver del joven de quien les hablo ha sido el primero arrastrado por las olas esta mañana hasta la conocida playa de Ayia Napa, en Chipre y, con él, la cifra del poste que tenemos aquí ha ascendido a dos mil ochenta. Son los muertos en lo que va de año.

Hizo una pausa calculada y alzó la mirada hacia el enorme número iluminado.

—Que esa cifra aumente es cuestión de tiempo. Pero la primera víctima de esta mañana era un joven de tez oscura y cara aniñada que vestía un chándal Adidas de dos colores y llevaba unos zapatos gastados. ¿Por qué tenía que perder la vida en el Mediterráneo? Cuando observamos las pacíficas olas azules de Barcelona, ¿podemos imaginar que el mismo mar, a miles de kilómetros de aquí, destroza los sueños llenos de esperanza de los inmigrantes acerca de una vida mejor?

Hizo un alto en su discurso cuando el realizador dio paso a unas imágenes de Chipre. Los bañistas podían seguir la emisión en el monitor que había junto al cámara. Lo que vieron acalló sus murmullos de inmediato. Eran unas imágenes terribles del cadáver de un joven boca abajo meciéndose en la orilla de la playa hasta que unos socorristas lo arrastraban playa adentro y le daban la vuelta. Luego regresó al monitor la imagen de la reportera de Barcelona. Estaba a un par de metros, preparada para poner el broche de oro al reportaje.

—Dentro de unas horas sabremos más sobre este joven. Quién era, de dónde venía y cuál es su historia. Seguiremos después de la publicidad. Mientras tanto, la cifra del poste sigue aumentando ahí arriba.

Terminó señalando la cifra luminosa y mirando con seriedad al objetivo hasta que el cámara dijo «vale».

Joan dirigió una mirada rápida alrededor y sonrió. ¡Aquello podía ser algo grande! Pero, entre los cientos de rostros que había tras él, ¿no había ningún representante de medios o prensa aparte del equipo móvil de TV11 y de él mismo? ¿Era posible que, por una vez en la vida, hubiera llegado en el momento oportuno? ¿Se encontraba ante una noticia que podía ser algo grande?

Nunca había tenido una corazonada así.

¿Quién podía dejar escapar una oportunidad como esa?

Joan miró la pantalla luminosa.

El número de ahogados había pasado de dos mil ochenta a dos mil ochenta y uno. E, igual que los chicos miraban absortos los pechos de la periodista mientras ella encendía un cigarrillo y cruzaba un par de palabras con el cámara, Joan se quedó mirando la pantalla.

Diez minutos antes, había decidido contribuir a las estadísticas de los ahogados en el Mediterráneo, pero ahora su mirada estaba clavada en la cifra luminosa. Su contundente mensaje era tan palpable y real que le hizo sentirse mareado e indispuesto. Había estado centrado en sí mismo, como un niño, resignado y lleno de autocompasión, mientras había gente en el mar luchando por su vida. ¡Luchando! La palabra lo golpeó con fuerza y de pronto comprendió qué le había ocurrido y en qué se había metido. Sintió tal alivio que estuvo a punto de echarse a llorar. Había estado muy cerca de la muerte, pero entonces apareció la luz que lo salvó, tal como había vaticinado la adivina. La luz que debía darle ganas y razones para vivir, la luz que emitía la cifra digital que hablaba de la desgracia de otros y abría la puerta a un relato increíble, aún por escribir. Se dio cuenta de todo eso.

Y, tal como rezaba la predicción, sacó el pie de la tumba en el último instante.

LAS HORAS SIGUIENTES fueron febriles para Joan, porque había concebido un plan que iba a salvar su carrera y con ello también su situación económica y su vida.

Por eso, buscó los horarios de vuelos a Chipre y vio que, si tomaba el vuelo de las 16.46 a Atenas, luego podía seguir hasta el aeropuerto de Larnaca, en Chipre, y llegar a la playa de Ayia Napa alrededor de la medianoche.

Miró un momento el precio del billete: casi quinientos euros el de ida y otro tanto el de vuelta, lo que ascendía a una cifra de la que no disponía. Por eso, media hora después de tomar la decisión, entró en la tienda de verduras de su ex. Abrió la puerta trasera con la llave que ella llevaba dos semanas reclamándole y se dirigió resuelto hacia la pequeña caja con billetes que ella escondía tras el mostrador bajo unas cestas de verdura.

Veinte minutos más tarde, ella volvería de la siesta y vería el pagaré que Joan había dejado sobre el mostrador y, veinte minutos más tarde, él ya estaría en el aeropuerto con casi mil seiscientos euros en el bolsillo.

LOS GRITOS PROCEDENTES de la orilla de la playa de Ayia Napa atravesaban el océano de luz que los proyectores instalados arrojaban sobre la escena y las crestas espumeantes de las olas, negras como el carbón. En la arena, a unos metros de un grupo de trabajadores de salvamento uniformados, yacía una hilera de cadáveres con el rostro cubierto por mantas grises de lana. Era un espectáculo terrible, pero, visto con los ojos de un periodista, también fascinante.

Quince metros playa arriba, bajo fuerte vigilancia policial, había un grupo de unas veinte o treinta personas conmocionadas, abatidas, exhaustas y temblando de frío, pese a estar cubiertas con el mismo tipo de mantas que las que habían empleado para cubrir el rostro de los cadáveres. Se extendió entre ellas un llanto quedo y desesperado ante la despiadada realidad.

—Ahí arriba están los que han tenido suerte —respondió alguien a la mirada inquisitiva de Joan—. Llevaban puestos chalecos salvavidas y los han recogido los barcos a bastante distancia de la costa. Solo hace media hora que nuestra gente los ha encontrado agrupados como si fueran un banco de peces, para no separarse.

Joan movió la cabeza arriba y abajo y dio unos pasos cautelosos hacia los cadáveres. Unos agentes de la policía quisieron alejarlo, pero, cuando les enseñó su carné de prensa, dirigieron su autoridad y sus advertencias hacia el grupo de turistas entrometidos y juerguistas vestidos de playa que trataban de no perder detalle con sus relucientes móviles inteligentes.

Qué desalmada es la gente, pensó Joan mientras sacaba su cámara.

No entendía griego, pero el lenguaje corporal de los agentes de Salvamento Marítimo era inequívoco. En aquel momento gesticulaban con energía y señalaban unas olas perezosas mientras un colega dirigía la luz de los proyectores hasta el objeto arrastrado por el mar hacia la orilla.

Cuando el cadáver estaba veinte metros mar adentro, uno de los agentes de salvamento se metió en el agua y tiró de él como si fuera un montón de trapos. Y, mientras arrastraba hacia la orilla el cuerpo sin vida, algunos de los supervivientes empezaron a gemir.

Joan se volvió hacia el grupo. Los lamentos procedían de dos mujeres que, encorvadas y cubriéndose el rostro con las manos, se esforzaban por comprender lo que estaban viendo. Era un espectáculo triste. Junto a ellas, un hombre de indómita barba negra trataba de malas maneras de contener su reacción, pero no tenía efecto en la clamorosa desesperación de las mujeres, que se acentuó cuando un joven de cabeza rapada y chaqueta de uniforme azul avanzó y fotografió el cadáver desde muy cerca. Tenía aspecto oficial, tal vez fuera el encargado de documentar los rescates, de modo que Joan le sacó una foto y le hizo un gesto de saludo por si acaso, como si tuviera un permiso especial para estar allí. Por suerte, no había más prensa alrededor.

Después se giró y sacó una serie de fotos de las mujeres que lloraban, porque en el mundo periodístico siempre funcionaba el profundo dolor arrojado a la cara, aunque no fuera ese el verdadero trabajo de Joan. Iba a hacer exactamente lo mismo que el canal de televisión de Barcelona: revelar, relatar con detalle, causar conmoción e informar.

Porque aquel ahogado era, por desafortunado que pudiera parecer, su trofeo personal: iba a tratar de resucitar a un muerto y no iba a ser solo para un pequeño círculo de lectores de periódicos catalanes. Iba a ser para todo el mundo, como cuando hacía unos años aquel niño sirio-kurdo de tres años se ahogó y ocupó las primeras planas de todo el mundo. Por muy espantoso que fuera aquello, iba a sacar a la luz el destino de una persona y eso iba a hacerlo rico y respetado. Ese era el plan.

Se quedó quieto un rato. Los gritos que se oían en un segundo plano cuando TV11 emitió imágenes de Ayia Napa en Barcelona ahora sonaban muy reales. Todo eso transmitía colorido, sensación de realidad y todos los ingredientes para que un reportaje se impusiera sobre otros. Pero, aunque pareciera desconcertante, también añadía algo más. Conocía bien la sensación, por otras situaciones, pero le parecía que no encajaba allí. ¿Por qué debía sentir remordimientos por lo que hacía? ¿No estaba acaso metido en algo bastante especial?

De pronto, le pareció que la cámara pesaba más. Algo especial fue lo que pensó, pero, en realidad, ¿no había robado por la cara el concepto de TV11? Porque, investigara o no *in situ*, ¿qué era lo que lo hacía especial? Al fin y al cabo, no era más que un copión, ¿por qué no admitirlo?

Joan se sacudió la idea de encima. Un copión, ¿y qué? Si lo hacía lo bastante auténtico, ¿quién iba a quejarse?

Dentro de poco, después de documentar el rescate del cadáver, iba a dirigirse a las mujeres que lloraban y a tratar de enterarse de por qué eran las únicas que reaccionaban y si conocían en persona al ahogado, para poder recabar detalles de su identidad y sus razones para haber huido. ¿De qué lo conocían aquellas mujeres? ¿Y por qué había muerto él y no ellas? ¿Estaba más débil? Aparte de eso, ¿era una persona decente? ¿Tenía hijos?

Joan avanzó un paso hacia el cadáver y se dispuso a fotografiarlo allí mismo, con el rostro vuelto hacia las olas. La ropa del hombre era inclasificable y se retorcía en torno a su cuerpo como una especie de traje folclórico. Luego alguien del equipo de salvamento sacó del agua el resto del cuerpo.

Joan estaba cerca del cadáver cuando movieron un poco el cuerpo, y entonces se detuvo en seco.

Con el último tirón de brazos, la cabeza giró y Joan se dio cuenta de que no se trataba del cadáver de un hombre, sino del de una señora mayor.

Entornó los ojos. Nunca había visto un muerto tan de cerca; era desagradable de verdad. Había visto víctimas de accidentes de tráfico, sangre sobre el asfalto y los destellos azules de ambulancias que habían acudido en vano a la llamada de socorro, y en su breve época como reportero de tribunales también había tenido contacto con el depósito de cadáveres de la ciudad. Pero, comparado con aquellas muertes, el destino de esa mujer indefensa le removió las entrañas. La mujer había emprendido un viaje largo y lleno de esperanza, para terminar de forma tan trágica. Qué historia tan especial y fantástica podía salir de todo aquello.

Aspiró hondo el húmedo aire marino y contuvo el aliento mientras observaba el oscuro mar nocturno, para no dejarse llevar por sus emociones. Porque, en medio de la desgracia, sin duda, había una primicia en que no fuera un hombre, una mujer joven o un niño. La intuición le decía que la historia era más vendible si la víctima era una señora mayor. ¿Quién no iba a ver lo absurdo y grotesco de aquel desgraciado destino? Una vida tan larga y una muerte tan espantosa.

Pasado un rato, Joan se hizo a la idea y luego dirigió la cámara hacia la muerta y activó la ráfaga automática, apretó unos segundos el botón del vídeo y dio unas vueltas alrededor del cadáver para registrar todos los detalles antes de que los del equipo de rescate le dijeran que se marchara.

A pesar de que el cadáver había permanecido en agua salada y de las fatigas del viaje por mar, era fácil deducir que la mujer procedía de una familia acomodada, lo que iba a garantizar más ventas y mejores fotos. ¿Cuántas veces se había visto gente que había sufrido mucho, vestida con ropa desgastada, marcada por los sufrimientos de un largo viaje? Aquella mujer, por el contrario, iba vestida con gusto, la pintura de labios mantenía un débil tono rojizo y la sombra de ojos estaba más o menos intacta. Había sido una mujer bella. Andaría por los setenta, le faltaban los zapatos y tenía la chaqueta de piel desgarrada; de hecho, fue la chaqueta lo que lo desconcertó al principio. Pero era inevitable fijarse en las arrugas que discurrían a lo largo de su rostro y expresaban sin ningún género de duda algunas de las duras pruebas que le habían hecho elegir esa solución desesperada; pero, aun así, parecía extrañamente digna.

—¿Sabemos de dónde viene esta gente? —preguntó en inglés a un hombre sin uniforme que estaba arrodillado junto al cadáver.

—Diría que vienen de Siria, como la oleada de inmigrantes que hemos tenido los últimos días —respondió.

Joan se giró hacia los supervivientes. Eran de piel oscura, pero solo un poco más que la de los griegos, de modo que Siria parecía ser un origen probable.

Miró la hilera de cadáveres sobre la arena y los contó. Había treinta y siete cuerpos. Hombres, mujeres y tal vez algún niño. Joan pensó en el poste de Barcelona, al otro extremo del Mediterráneo, donde la cifra 2117 iluminaba la noche. Qué absurdo despilfarro de vidas.

Sacó su bloc de notas y escribió la fecha y la hora, para tener al menos la sensación de haber empezado a trabajar en lo que debía apartarlo del abismo y proporcionarle un nuevo comienzo en la vida. Iba a ser un artículo sobre un muerto

23

ignorado; no sobre un adulto en la flor de la vida ni sobre un niño desamparado, sino sobre una señora mayor que acababa de ahogarse un poco antes. Sobre la mujer que, igual que las dos mil ciento dieciséis víctimas anteriores, tampoco había logrado cruzar el Mediterráneo con vida aquel año.

Garabateó el título, «La víctima número 2117», y dirigió la mirada hacia el grupo de supervivientes y las mujeres que habían gritado. Había muchos rostros atormentados y cuerpos temblorosos apretados unos contra otros, pero las dos mujeres y el hombre de barba poblada habían desaparecido. En el mismo lugar estaba ahora el joven de guerrera azul que un momento antes había estado junto a él sacando fotografías.

Joan se metió el bloc en el bolsillo y se disponía a sacar un par de primeros planos del rostro de la mujer cuando aquella mirada clara y abierta lo impactó.

«¿Por qué ha sucedido esto?», preguntaban aquellos ojos.

Joan retrocedió. En su mundo, los fenómenos esotéricos se consideraban algo ridículo, pero en aquel momento todo su cuerpo se estremeció. Fue como si la mujer hubiera querido establecer contacto con él. Hacerle comprender que él no entendía nada y que eso no estaba bien.

Joan no podía apartar la mirada, porque aquellos hermosos ojos formulaban nuevas preguntas.

«¿Quién soy, Joan?»

«¿De dónde vengo?»

«¿Cómo me llamo?»

Joan se arrodilló ante ella.

—Lo averiguaré —aseguró y le cerró los ojos—. Te lo prometo.

3

Joan

—No, no te pagamos el viaje como *freelance* a menos que lo hayamos acordado antes mediante contrato. ¿Cuántas veces tenemos que decírtelo, Joan?

—Pero tengo las facturas. He hecho la contabilidad del viaje, ¡mira!

Empujó hacia el mostrador la carpeta con los billetes de avión a Chipre y los justificantes del resto de gastos, y exhibió la mejor sonrisa que era capaz de impostar. Conocía bien las competencias de la auxiliar administrativa Marta Torra; no tenía derecho a rechazarlo, sobre todo en aquel momento.

—¿No viste mi artículo de ayer en primera plana, Marta? No era una simple columna en el suplemento, era sencillamente el mejor reportaje de *Hores del dia* y lo mejor que he escrito en mi vida. Estoy seguro de que el Departamento de Contabilidad dará el visto bueno a los mil seiscientos euros. Venga, Marta, no tengo dinero para pagarme el viaje. Se lo he pedido prestado a mi ex.

Joan puso cara de súplica y no era fingida. Su exnovia le había dado un tortazo y lo había amenazado con denunciarlo a la policía. Lo llamó ladrón entre lágrimas, porque sabía que nunca iba a recuperar sus mil seiscientos euros. Después tendió la mano y le ordenó que le devolviera la llave de la tienda, y con ese gesto su relación ya no era una exrelación. Era una *exexrelación*.

—Y dices que en Contabilidad seguro que te dan el visto bueno. ¡Ja! Si Contabilidad soy YO, Joan. —Soltó un bufido—.

Y tu ex debe de ser bastante tonta si piensa que puedes venir y llevarte la pasta del periódico cuando te convenga.

Joan se recuperó mientras ella se daba la vuelta y volvía a su mesa. A la falda le faltaba el botón que debía evitar que la cremallera se abriese y el cierre ya había empezado a deslizarse hacia abajo. En Contabilidad todos eran como ella. Cada vez más gordos y, al parecer, obsesionados con su próxima ingesta de calorías. Era embarazoso ver aquello mientras él se quedaba abandonado a su suerte.

—Pues reembólsame al menos los billetes de avión, Marta: el periódico puede deducírselo de impuestos.

—Quéjate a tu editora, a ver si te sirve de algo —dijo la contable con voz neutra. Ni siquiera se dignó a girarse.

EN LA REDACCIÓN había esperado quizá unos aplausos. Un reconocimiento merecido, porque *Hores del dia,* con su reportaje de la víspera, había logrado por fin una primicia por la que los demás medios los habían citado. Los internacionales habían incluso utilizado sus fotos: una señora mayor vestida con una chaqueta de piel, ahogada bajo la luz de los proyectores, los cadáveres de la playa, unas mujeres gritando. *Hores del dia* habría hecho caja con aquello, ¿no?

Pero, aparte de un corresponsal de Internacional que sacudió la cabeza de manera visible cuando Joan atravesó la zona de los fijos, no hubo ninguna reacción por parte de nadie. Ni siquiera un gesto con la cabeza o una pequeña sonrisa. Joder, en las películas los colegas siempre se ponían de pie y aplaudían cuando sucedía algo así. ¿Qué estaba pasando?

—Solo tengo cinco minutos, así que sé breve, Joan.

Su editora cerró la puerta que daba a la redacción y por lo visto se olvidó de ofrecerle asiento, pero de todas formas él se sentó.

—Me ha llamado Marta, de Contabilidad, y me dice que quieres que cubramos tus gastos de viaje. —Le dirigió una mirada intensa por encima del borde de las gafas—. Pero ya puedes quitártelo de la cabeza, Joan. Vas a recibir por el artículo de Ayia Napa los mil cien euros que fui tan tonta como para prometerte cuando lo entregaste, y deberías estar contento. Ni un céntimo más.

Joan no entendía nada. Había esperado que el artículo sobre la mujer ahogada le supusiera unos ingresos y la perspectiva de un puesto fijo. Pero ¿por qué la editora de los *freelances,* Montse Vigo, lo miraba de aquella manera, como si le hubiera escupido a la cara?

—Nos has hecho quedar en ridículo, Joan.

Joan sacudió la cabeza. ¿A qué diablos se refería?

—Será mejor que te cuente cómo se ha desarrollado la historia sobre la víctima número 2117. En efecto, ayer parecía una buena historia, pero esta mañana se podía leer esto en al menos cincuenta periódicos internacionales, por no hablar de que todos los periódicos de Barcelona, excepto el nuestro, traen la misma noticia. En pocas palabras, que no has hecho bien tu trabajo, Joan, ni de lejos tan bien como tus colegas. Debiste proceder con más solidez una vez que estabas en medio de todo, querido amigo.

La editora dejó caer un par de periódicos españoles sobre la mesa, frente a él, y los titulares casi le hicieron emitir un grito sofocado.

«¡La víctima 2117, asesinada!»

Después, su editora señaló una línea algo más abajo. «La información de *Hores del dia* acerca de la víctima 2117 no es correcta. La mujer no se ahogó, sino que la mataron con brutalidad, la apuñalaron», decía.

—¿Te das cuenta de que la responsabilidad de un reportaje mal investigado recae en su totalidad sobre mí? —dijo la editora y apartó los humillantes periódicos en una esquina de la mesa—. Pero la culpa es mía, por supuesto. Debí preverlo, después de los últimos artículos desangelados que intentaste colarnos.

27

—No lo entiendo —empezó a decir Joan y era la pura verdad—. Vi como llegaba a la orilla. Estaba allí cuando ocurrió. Ya has visto mis fotos.

—Entonces, deberías haber esperado a que le hubieran dado la vuelta para sacar la foto. La habían apuñalado en la nuca, entre la tercera y la cuarta cervical, con un cuchillo así. —Mostró con las manos la longitud del arma—. Muerta al instante. Menos mal que no hemos sido los únicos que hemos metido la pata. Al menos, el equipo de TV11 ha cambiado su imagen idílica del primer joven que arribó a Ayia Napa el día que estuviste tú. Parece ser que era el jefe de una célula terrorista. Un diablo recién afeitado.

Joan se quedó conmocionado. ¿Asesinada? ¿Era eso lo que le habían contado sus ojos? ¿Debería... debería haberlo visto?

Se volvió hacia su editora. Deseaba explicar el momento. Lo que había pasado. Por qué no había hecho mejor su trabajo. Se había quedado embelesado, algo que sabía bien que no debía hacer un periodista.

Llamaron a la puerta y entró Marta, de Contabilidad. Tendió dos sobres a Montse Vigo y salió sin dignarse a mirar a Joan.

La editora dio uno de los sobres a Joan.

—Aquí tienes los mil cien, aunque no te los mereces.

Joan tomó el sobre sin decir palabra, no podía hacer más. Intimidar era parte del trabajo de Montse Vigo, de modo que ¿qué se podía hacer? ¡Nada! Inclinó un poco el torso y se volvió para irse con sigilo. La cuestión era cuánto tiempo iba a mantenerlo con vida aquel sobre. Estaba sudando ya.

—¿Adónde vas? —oyó tras él—. No creas que te vas a librar tan fácilmente.

Poco después estaba en la calle, mirando el edificio. Desde la Diagonal, una manifestación más se dirigía al centro. Se oían pitidos de silbatos, consignas, eslóganes y bocinazos iracundos de coches; pero lo único que sonaba en su cabeza era lo que le acababa de decir la editora.

—Aquí tienes cinco mil euros. Tienes exactamente catorce días para llegar al fondo de la historia y vas a hacerlo solo, ¿entendido? Eres una solución de urgencia, porque ninguno de tus colegas quiere remover este caso ni aunque les paguen una fortuna, porque dicen que hay demasiadas pistas que se han enfriado. Pues vas a tener que volver a activarlas, se lo debes al periódico. Encuentra a algún superviviente que pueda decirte quién era la mujer y qué fue lo que le ocurrió, ¿está claro? Sabes por tus entrevistas con algunos de los supervivientes que estaba con otras dos mujeres, una joven y la otra mayor, y que un hombre barbudo habló con ellas durante la travesía, hasta que el bote neumático se hundió. Debes encontrarlas. Ya sabes quiénes son, tienes fotos de ellas; vas a informarme a diario de lo que hagas y de dónde estás. Mientras tanto, en la redacción ya tejeremos una historia al respecto para que no pierda actualidad. Con los cinco mil euros te tiene que llegar para todo lo que hagas, ¿entendido? Me importa un bledo a quién sobornes o dónde vivas. Si se te acaba el dinero para el hotel, tendrás que dormir en la calle. Si se te acaba el dinero para comer, tendrás que pasar hambre. Porque no vas a volver por aquí para pedir más dinero hasta haber terminado el reportaje, ¿está claro? Esto no es *El País*.

Cuando le dio el sobre, Joan asintió en silencio y lo sopesó. No le quedaba otra que terminar el trabajo. Los cinco mil euros iban a ser un buen aliciente.

4

Alexander

DURANTE LOS ÚLTIMOS meses, sus dedos habían adquirido tal destreza que parecía que el controlador de videojuegos y él se hubieran fundido. En tales momentos álgidos de la jornada, su ordenador y el universo de *Kill Sublime* se convertían en su única realidad, y la distancia entre él y los soldados y sus dianas de la pantalla, interminable e inexistente a la vez.

Alexander se había entregado en cuerpo y alma a aquel juego y había varias razones para ello. Mientras sus compañeros de instituto arrojaban todo lo relacionado con el bachiller al fondo del armario y trataban de olvidar el suplicio de los exámenes con viajes supuestamente formativos a países remotos como Vietnam, Nueva Zelanda y Australia, Alexander, desde su desprecio por el mundo, rebuscaba entre los aspectos más oscuros de la existencia. ¿Cómo diablos podían sus estúpidos compañeros de clase andar por el mundo como si nada, sin hacer el menor caso al hecho de que las personas eran como putas ratas que solo buscaban dominar y comerse las unas a las otras? Él era incapaz de hacerlo por mucho que quisiera: la verdad era que odiaba a todas las personas. Si se le acercaban demasiado, él destapaba sus peores particularidades y rasgos con desdén, sin piedad; aquello lo convertía en la víctima perfecta de acoso escolar y no contribuía al contacto cercano ni a la amistad.

Por eso, Alexander había elegido otro camino. Prefería vivir en un mundo virtual y no abandonar su habitación por nada del mundo, debido al riesgo de encontrarse con otras personas. Y cuando llegara el día en el que por fin decidiera salir, iba a ser el último de su vida.

Así debía ser.

Durante la mayor parte de las horas del día, a veces se oía ruido al otro lado de la puerta de su habitación. Desde las cuatro de la tarde hasta medianoche y desde las seis y cuarto hasta las ocho menos cuarto de la mañana siguiente, oía a sus padres moverse por la casa. Cuando por fin cerraban la puerta de la calle para acudir al trabajo y se hacía el silencio, giraba la llave de la puerta de su cuarto y salía. Vaciaba el orinal en el retrete, se preparaba unos bocadillos para el resto del día, hacía un par de termos de café y volvía a meterse en el cuarto, cerraba con llave y se tumbaba a dormir hasta la una del mediodía. Después jugaba a *Kill Sublime* en el ordenador durante doce horas, echaba una cabezada de un par de horas para descansar un poco la vista y pasaba una hora o dos más frente a la pantalla.

Así eran sus días y sus noches. Disparar, disparar y disparar, mientras el *killcount* aumentaba a un ritmo constante y su cifra de partidas ganadas o *winrate* mejoraba cada día que pasaba. Si alguien pertenecía a la élite de aquel juego, era él.

Alexander se aprovisionaba mejor para los fines de semana. Cada viernes por la mañana se procuraba abundantes cantidades de copos de avena, leche, mantequilla y pan, y, con el paso de las semanas, también se acostumbró a la peste del orinal hasta que lo vaciaba el lunes. Cuando la rutina diaria se rompía y oía a sus padres en casa, significaba que había llegado el maldito fin de semana. Sus discusiones, cada vez más habituales, no lo preocupaban, casi lo regocijaban; pero después, cuando se hacía el silencio, se ponía en guardia. Y, una vez más, se plantaban fuera y lo amenazaban diciendo que iban a echar la puerta abajo e ingresarlo. Que iban a apagar el *router*, cosa que no le daba miedo por la enorme dependencia que tenían ellos mismos. Además, ya sabían que tenía un *router* inalámbrico potente y que también podía robar la señal de los vecinos en caso de que las cosas se pusieran feas. Después, le aseguraban que iban a dejar de sacar fondos de la herencia de la abuela y, por tanto, iban a dejar de comprar comida para él. Y, al final, que iban a llevar a alguien que hablara con él, un psicólogo, un asistente social, un orientador familiar... Incluso llegaron a amenazarlo con llevar a su antiguo profesor del instituto.

Pero Alexander los tenía calados. Teniendo en cuenta cómo funcionaban, no les iba a hacer ninguna gracia que otros se enterasen de lo que ocurría en su preciosa casita amarilla de los suburbios de Copenhague. Cada vez que se ponían detrás de la puerta y empleaban todo su talento en suplicar, y trataban de recuperar la familia para aquella ilusión pequeño-burguesa de una vida corriente, él escupía al suelo o se echaba a reír como un poseso hasta que cerraban el pico.

Le importaba un carajo cómo les hacía sentirse aquello. Ellos se lo habían buscado. ¿Debía enternecerse cuando su madre se ponía a sollozar de forma tan deplorable? ¿Qué diablos se figuraba? ¿Que sus sollozos lo iban a doblegar? ¿Que su repugnante carácter iba a desaparecer como por encanto y que su impotencia haría que toda la basura que llevaba dentro desapareciese? ¿Que él iba a olvidar lo poco que tanto ella como su ridícula parodia de padre se preocupaban por el resto del mundo?

Los odiaba. Y, cuando por fin llegara el día en el que abandonase el cuarto, iban a quedarse paralizados de terror por haber deseado que les abriera la puerta.

Por vigésima vez aquel día, miró temblando de alegría la pantalla con el paisaje helado de colores y violencia, y, más allá, la portada del periódico que llevaba un par de días colgada de la pared y que por fin le había dado la respuesta respecto a cómo reaccionar frente a la despreocupación y el cinismo que exhibían sus padres y sus semejantes. Porque eran gente como ellos los culpables de la marcha del mundo. Eran la causa de que continuamente hubiera víctimas como la mujer de la pared.

Mientras sus padres estaban en el trabajo, el periódico se había quedado en la entrada, sin abrir, como si los acontecimientos del mundo no fueran con ellos. Y el titular lo atrapó. El gran parecido de la mujer con su abuela materna le había llegado al alma y volvieron, reforzados, dolorosos recuerdos de su presencia y del consuelo que solo ella le proporcionaba.

Cuando leyó en el artículo sobre el destino, entre miles, de la mujer, surgió en él una furia violenta que había visto crecer cada mes que pasaba y que ahora iba a tener que gestionar.

Alexander la miró un buen rato. Pese a que la muerte brillaba en sus ojos y aunque la mujer pertenecía a un mundo remoto, muy alejado del suyo, se la recordaría, porque él iba a sacrificarse por ella. Su mensaje iba a ser desgarrador y claro. Cualquier abuso contra las personas debía ser castigado con dureza.

Primero, iba a hacer partícipe a la policía de sus planes y, cuando finalmente los pusiera en marcha, ocuparía todas las primeras planas.

Apretó los labios y movió la cabeza arriba y abajo. Llevaba ganadas mil novecientas setenta victorias. Había matado a más de veinte mil enemigos y, aunque tuviera que pasar allí todas las horas del día, seguro que avanzaba y lograba su objetivo de dos mil cien victorias en un tiempo relativamente corto, todo ello en solidaridad con aquella víctima anónima de la pared, la número 2117.

Y, cuando alcanzara por fin aquella increíble cantidad de victorias, iba a salir del cuarto y a vengar a la señora mayor y todos los ultrajes que él había sufrido, de modo que no dejara lugar a dudas.

Miró la pared de enfrente donde, después de afilarla a conciencia, había colgado la espada samurái que heredó de su abuelo materno cuando jugaba a *Onimusha* en la PlayStation 2.

Pronto tendría ocasión de usarla.

5
Carl

ERA UNO DE esos días lluviosos en los que, paradojas de la vida, a Carl le parecía que la débil luz que se filtraba por las persianas hacía resplandecer la piel desnuda de Mona y las paredes blancas. También aquella mañana su mirada acarició las suaves hondonadas que se formaban entre los tendones del cuello de la mujer. Por la noche, ella había tenido un sueño profundo, como acostumbraba cuando lo tenía a él en casa. Durante los meses posteriores a la muerte de su hija pequeña, Samantha, no había dejado de llorar, y le imploraba una presencia continua, y por la noche en la cama palpaba febril el edredón en su busca. Incluso cuando hacían el amor lloraba, la mayoría de las veces durante toda la noche. Y Carl se dejaba llevar.

Aquella época los había consumido, sin duda, pero de no haber sido por él y por la responsabilidad que sentía Mona hacia Ludwig, el hijo adolescente de Samantha, habría sido difícil para ella seguir viviendo. Si la situación se había estabilizado y era más soportable, desde luego no era gracias a Mathilde, la hija mayor de Mona, porque nunca hablaba con ella.

Carl buscó a tientas su reloj de pulsera. Era hora de llamar a Morten a casa para asegurarse de que ya había puesto a Hardy en movimiento.

Oyó un somnoliento «¿Te vas?» a su lado.

Puso la mano sobre el pelo corto, ya del todo gris, de ella.

—Tengo que estar en Jefatura dentro de tres cuartos de hora. Duerme, ya me ocupo yo de que Ludwig salga de la cama y desayune.

Se levantó y detuvo la mirada en el contorno del cuerpo bajo el edredón, y pensó lo mismo de todas las mañanas.

Qué mal lo pasaban las mujeres de su vida.

LA CAPA DE nubes oscuras se cernía sobre la Jefatura como una manta de lana y llevaba casi una semana así. En realidad, era un otoño más echado a perder, que, lento pero seguro, hacía que sus hombros se hundieran ante la perspectiva de los negros meses de invierno. Detestaba aquella estación del año. Aguanieve, nieve, gente corriendo enloquecida de un lado para otro como peleles para comprar regalos del todo innecesarios. La música navideña empezaba a resonar ya en octubre, todo era un enorme mar de luz, eran incontables las toneladas de plástico y espumillón para recordar a la humanidad la bendita llegada de Jesús. Y, por si eso fuera poco, al otro lado de los muros grises de la Jefatura había varias carpetas sobre su mesa que documentaban cuántos asesinos, haciendo caso omiso de abetos y decoraciones navideñas, campaban por Dinamarca sin que nadie cercano a ellos supiera lo que habían hecho. Y luego dependía de él, al parecer, encontrar a aquellos cabrones.

«Eso está tirado», podría pensarse. Pero desde el caso, hacía ya casi dos años, de la asistente social que asesinaba a sus clientes con total premeditación, el mundo era cada vez más absurdo: tiroteos en plena calle, amenazas de cierre patronal contra empleados públicos, la prohibición del burka, la prohibición de la ablación femenina y muchas otras cosas. Era imposible, una locura, tener que administrar y hacer cumplir la ley como es debido. Compañeros que preferían meterse en política municipal antes que correr detrás de evasores fiscales, emigrantes no integrados o delincuentes de guante blanco. Regiones que por fin habían empezado a funcionar y ahora se irían a tomar por saco. Y todo aquello provocaba el despilfarro de montones de tiempo y energía.

Carl estaba hasta los mismísimos de aquella mierda.

Pero ¿quién diablos se encargaría de la investigación sobre los graves crímenes que no podía resolver la gente de la segunda planta si de pronto Carl decía basta? Porque la idea de dejarlo, al menos, no le pasaba desapercibida. En lugar de resolver casos difíciles, podría dedicarse tal vez a cuidar niños o perros, y decidir por sí mismo de qué humor debía estar y de quién debía rodearse y por quién velar. Claro que, si todos pensaran como él, ¿quién les pararía los pies a los cabrones que andaban sueltos?

Carl ya no sabía si le quedaba energía para responder a esa pregunta y emitió un sonoro suspiro al saludar con la cabeza a los hombres del puesto de guardia. En Jefatura todos sabían que ese tipo de suspiro significaba que había que cerrar el pico y mantener las distancias; pero, por extraño que pudiera parecer, daba la impresión de que esa mañana nadie hacía caso de su suspiro ni de su persona.

Mientras bajaba las escaleras del sótano, le pareció que el estado de las cosas no era el de siempre. La gente miraba al frente y, a excepción de un casi inexistente fulgor procedente del despacho de Gordon, al fondo del pasillo, todo estaba oscuro como boca de lobo. Las luces del Departamento Q estaban apagadas.

Carl soltó un bufido. ¿Qué pasaba? De todas formas, ¿dónde coño estaba el puto interruptor? Normalmente, aquella luz estaba siempre encendida. Había gente que se encargaba de eso.

Buscó a tientas un interruptor al pie de la escalera, pero allí no había nada. Sí que había un bloque pesado contra el que tropezó la punta del zapato y con el que se golpeó la rodilla. Carl soltó un juramento, dio un paso a un lado y otro adelante, y tropezó con otro objeto macizo parecido a una caja, a consecuencia de lo cual se dio un cabezazo contra la pared, se golpeó el hombro contra un tubo que sobresalía y al final se cayó cuan largo era.

Tumbado en el suelo, de su boca salieron juramentos que ni sabía que existieran.

—¡Gordon! —vociferó con todas sus fuerzas mientras se levantaba y avanzaba tocando la pared. Silencio.

En su despacho, consiguió encender un flexo y el ordenador, y luego se sentó y se puso a gemir.

¿Sería posible que fuera el único que estaba al pie del cañón en el departamento? En tal caso, sería la primera vez en mucho tiempo.

Alargó el brazo en busca del termo, donde alguna vez quedaba un resto de café de la víspera, aunque estuviera frío.

Da igual, pensó después de agitar el termo y calcular que debía de quedar para media taza.

Sacó del cajón una taza alta de color lila que le había regalado su hijastro y que, de hecho, utilizaba muy pocas veces de lo horrible que era. Se sirvió su café.

¿Qué diablos?, pensó cuando vio la nota encima de la mesa.

Querido Carl:
He dejado en el pasillo el material de archivo que estabas buscando en relación con vuestra investigación en curso, porque las cajas pesaban demasiado para una persona menuda como yo.
Un abrazo,
Lis

CARL PUSO LOS ojos como platos. Vaya sitio para dejar las cajas; pero ¿a quién iba a echarle la bronca, si quien las había puesto allí era la mujer más preciosa de Jefatura?

Después dejó el móvil sobre la mesa y lo miró un momento.

¡¿Por qué no lo has utilizado cuando necesitabas luz?!, pensó, y dio un fuerte golpe con el puño cerrado sobre la mesa, tras lo cual la taza dio un salto y aterrizó de lado, y no solo la nota de Lis, sino también el montón de papeles que debía revisar se empaparon tanto de café que parecía que se habían dado una vuelta por el retrete.

Pasó diez minutos mirando la carpeta manchada y pensó en cigarrillos. Mona le había pedido que lo dejara y así lo había hecho, pero la necesidad de humo fresco en los pulmones y la nariz escapaba a su control. La abstinencia era irritante y lo avinagraba, bien que lo sabían Assad y Gordon, pero con alguien tenía que desahogarse durante el día a fin de estar preparado para estar después con Mona y mostrar un poco de actitud positiva.

«¡Mierda!» solía ser su mantra cuando lo invadía la necesidad de fumar. Como si sirviera de algo.

Se sobresaltó cuando sonó el teléfono.

—¿Subes, Carl?

Aquello no era una cuestión que pudiera debatirse. La directora de la policía tenía una voz que, incluso para una mujer madura de peso pluma, era muy aguda, y hacía sentirse incómodo a todo el mundo, incluso cuando no era su intención.

Pero ¿por qué llamaba? ¿Habían desmantelado el departamento y por eso estaba todo a oscuras? ¿Acaso iban a despedirlo? ¿De modo que iban a arrebatarle la decisión? En tal caso, no le hacía mucha gracia.

Percibió de inmediato un ambiente triste en el segundo piso. Hasta Lis lucía extrañamente sombría, y el pasillo que conducía al despacho de la directora parecía repleto de policías silenciosos.

—¿Qué carajo ocurre? —preguntó a Lis.

Ella sacudió la cabeza.

—No lo sé con seguridad, pero no es nada bueno. Tiene que ver con Lars Bjørn.

Las cejas de Carl dieron un brinco. ¿Lo habrían pillado al fin en algo turbio? Eso iba a causarle una alegría de mil pares.

Un minuto más tarde estaba en el despacho de la directora de la policía junto con sus compañeros y era extraño, porque sus semblantes se mostraban impasibles. ¿Sería que, una vez más, algún político había recortado sus presupuestos? ¿Y era culpa de Lars Bjørn? No le extrañaba. Al menos no estaba entre aquella multitud, por lo que alcanzaba a ver.

La directora de la policía echó los hombros hacia delante, como de costumbre, como si fuera a servirle de algo en la lucha que libraba la chaqueta de uniforme demasiado prieta contra su busto.

—Siento tener que comunicarlo, pero, como algunos de vosotros ya sabéis, hace tres cuartos de hora que hemos recibido una llamada del hospital de Gentofte para confirmar que Lars Bjørn ha fallecido.

Bajó la cabeza un momento mientras Carl trataba de comprender lo que la directora acababa de decir.

¿Lars Bjørn, muerto? Sin duda, era un cabronazo y un chulo inaguantable, y la simpatía de Carl hacia él era casi inexistente, pero tanto como desear que muriera...

—Esta mañana temprano, Lars ha corrido como siempre por Bernstdorffsparken y cuando ha regresado a casa se encontraba bien, al parecer. Pero cinco minutos más tarde ha sentido ahogo y ha sufrido un infarto, lo cual...

Se recuperó un momento.

—Su esposa, Susanne, que muchos de vosotros conocéis, ha intentado darle un masaje cardíaco y, aunque la ambulancia ha llegado enseguida, y pese a los esfuerzos del equipo de cardiología, no han podido hacer nada por él.

Carl miró alrededor. Algunos compañeros parecían realmente afectados, pero le pareció que la mayoría estaba pensando ya en quién iba a ocupar su lugar.

Como sea alguien como Sigurd Harms, va a ser un infierno, pensó con pavor. Pero, por otra parte, podría funcionar muy bien si fuera Terje Ploug o, mejor aún, Bente Hansen.

Así que habría que tocar madera.

Buscó en vano el rostro de Assad entre los allí reunidos. Debía de estar ya en casa de Rose o en la calle, haciendo su trabajo. Eso sí, vio al fondo, sobresaliendo entre los demás, a

Gordon, pálido, y con los ojos rojos como Mona cuando se sentía mal de verdad.

Al cruzarse sus miradas, Carl le hizo un gesto para que se acercara.

—Como es natural, hoy vamos a tomarlo con calma —continuó hablando la directora de la policía—. Ya sé que muchos de vosotros debéis de estar muy afectados, porque Lars era, en el fondo, un líder apreciado y un hombre bueno para todo el departamento.

Carl tuvo que tragar saliva un par de veces para evitar un inapropiado ataque de tos.

—Dejaremos que el tiempo cure las heridas, pero los días que vienen vamos a concentrarnos también en continuar con nuestras tareas al ritmo habitual. Por supuesto, nombraré al sucesor de Lars lo antes posible, de modo que también va a ser una oportunidad para ver cuál será en el futuro la dinámica de trabajo en Jefatura.

A su lado estaba el jefe de Comunicación, Janus Staal, asintiendo con la cabeza, claro. Al fin y al cabo, la mayor debilidad de cualquier liderazgo consistía en la dificultad de resistirse a la tentación de ponerlo todo patas arriba con cualquier motivo. Los jefes, y sobre todo los de servicios públicos, ¿cómo diablos podían si no justificar su existencia?

Oyó que Gordon suspiraba detrás y se giró hacia él. No podía decirse que tuviera buen aspecto. Carl ya sabía que fue Lars Bjørn quien coló a Gordon en Jefatura, de manera que su reacción era comprensible. Aunque estaba seguro de que Bjørn le había puesto las cosas difíciles también a Gordon.

—¿Dónde está Assad? —preguntó Gordon—. ¿Con Rose?

Carl arrugó la frente. Era lógico que Gordon relacionara a Assad con Lars Bjørn. Aunque pareciera extraño, siempre había habido una especie de espíritu fraternal entre Lars Bjørn y Assad. Experiencias comunes del pasado, cuyo alcance Carl ignoraba, por lo visto habían creado un fuerte vínculo entre ellos; y, después de todo, fue Lars Bjørn quien metió a Assad en el

Departamento Q, de modo que Carl tenía razones para estar agradecido a Bjørn.

Y ahora se había muerto.

—¿Quieres que llame a Assad? —preguntó Gordon, que esperaba, por supuesto, que fuera Carl quien se encargara de ello.

—Bueno, tal vez sea mejor esperar a que llegue para decírselo. Si Assad está en casa de Rose, ella podría reaccionar mal. Con ella, nunca se sabe.

Gordon se encogió de hombros.

—Puedes enviarle un sms pidiéndole que te llame cuando Rose no esté cerca.

Buen plan. Carl levantó el pulgar en el aire.

—Esta mañana he recibido una llamada más del tío raro —informó Gordon cuando terminó de sorberse los mocos y bajaban ya las escaleras.

—Bien. —Sería la décima vez en dos días que Gordon lo mencionaba—. ¿Le has preguntado por qué te llama siempre a ti? ¿Te lo ha dicho?

—No.

—¿Y sigues sin poder localizarlo?

—Nada. Lo he intentado, pero usa tarjetas de prepago.

—Mmm. Si te molesta, cuelga la próxima vez.

—Lo he intentado, pero no sirve de nada. Vuelve a llamar cinco segundos después y lo hace una y otra vez hasta que escucho su mensaje.

—¿Cuál decías que era el mensaje?

—Pues que va a matar en cuanto llegue a dos mil ciento diecisiete.

—Para eso quedan muchos años. —Carl rio. Era el típico comentario que habría soltado Rose en sus buenos tiempos.

—Le he preguntado qué significa la cifra dos mil ciento diecisiete y la respuesta ha sido críptica, que por supuesto se refería a cuando su juego llegara a dos mil ciento diecisiete, y se ha echado a reír. Era una risa bastante siniestra, te lo aseguro.

—¿No podemos clasificarlo de momento como un idiota algo perturbado? ¿Cuántos años dirías que tiene?

—No muchos. Habla casi como un adolescente, pero algo mayor, diría yo.

FUE UNA MAÑANA larga y Assad ni llamó por teléfono ni respondió los sms de Carl.

Alguien lo debía de haber informado.

Lo que más le apetecía a Carl era largarse a casa. No había tocado ni una carpeta desde que se habían juntado en el Departamento de Homicidios, y su impresión de que todo iba a saltar en pedazos había aumentado de forma exponencial, igual que sus ganas de fumar.

Si Assad no viene dentro de media hora, me largo, pensó, y navegó un poco por los anuncios de empleos de internet. Por extraño que parezca, no había ni uno dirigido específicamente a un subcomisario de cincuenta y tres años con un índice de masa corporal cercano a veintiocho.

Así que solo quedaba la política municipal, pero ¿qué coño pintaba él en el Ayuntamiento de Allerød? ¿Y con qué partido?

Entonces oyó el sonido familiar de Assad caminando por el pasillo.

—Ya te has enterado, ¿verdad? —preguntó Carl, refiriéndose a las dos arrugas profundas que tenía Assad entre las cejas cuando su rostro asomó por la puerta entreabierta.

—Sí, y luego he estado un par de horas en casa de Susanne; créeme, no ha sido muy agradable.

Carl asintió. Assad había consolado a la viuda, prueba de lo cerca que estaba de la familia Bjørn.

—Susanne tenía un rebote del copón, Carl.

—Es muy comprensible, desde luego. Ha sido muy inesperado.

—No, no es solo por eso. Estaba enfadada también por las numerosas negociaciones de rehenes con las que trabajaba cuando volvía a casa. Enfadada con la amante que tenía. Y porque gastaba demasiado dinero.

—Sooo, para el carro. ¿Me estás diciendo que Lars Bjørn tenía una amante?

Assad lo miró, extrañado.

—Lars Bjørn se follaba todo lo que tuviera dos piernas si tenía ocasión, no me digas que no lo sabías.

Carl abrió mucho los ojos. ¡Mira la mosquita muerta! ¿Qué diablos veían las mujeres en un bufón como él?

—¿Por qué no lo echó de casa, sin más?

Assad se alzó de hombros.

—A los camellos no les gustan los abrevaderos nuevos, Carl.

Carl trató de imaginarse a la mujer de Bjørn. Por una vez, la imagen del camello había sido bastante acertada.

—Y has hablado también de negociaciones de rehenes. ¿A qué te refieres?

—A empresarios, periodistas, turistas tontos, trabajadores de ONG... secuestrados.

—Ya, ya, sé bien qué tipo de personas son las más expuestas. Pero ¿por qué Bjørn?

—Porque era el que más sabía de trampas en situaciones en las que el enemigo mata por un pequeño paso en falso.

—Mmm. ¿Por eso estabais unidos Bjørn y tú? ¿Te ayudó en una situación con rehenes?

El semblante de Assad se puso tenso.

—Más bien al contrario. Y no fue en ninguna situación con rehenes. Fue en una de las peores cárceles de Irak.

—¿Abu Ghraib?

Assad asintió y sacudió la cabeza a la vez.

—Sí y no. Vamos a llamarlo *el anexo*. En realidad, había varios de ellos, pero vamos a llamarlo *Anexo I*.

—¿Cómo hay que entenderlo?

—Tampoco yo lo entendía al principio, pero después me di cuenta de que aquel complejo de anexos era mucho más pequeño que Abu Ghraib. Estaba aislado de la prisión principal y los recluidos allí eran presos que exigían especial atención.

—¿Como quiénes?

—Como extranjeros y altos funcionarios, políticos, espías y gente adinerada. A veces, familias enteras que se oponían al régimen de Saddam. Gente que sabía demasiado y a quien querían hacer hablar. Gente así.

Joder, pensó Carl.

—¿Lars Bjørn estuvo encerrado allí?

—No, él no. —Assad estuvo un rato sacudiendo un poco la cabeza y con la mirada en el suelo.

—Vale —dijo Carl. Era uno de aquellos temas de los que Assad prefería no hablar—. Era lo que me había dicho Tomas Laursen. Creía que me lo estabas confirmando la vez que te pregunté. Pero ¡escucha! Ya sé que esto es una cuestión delicada para ti, así que olvida que te lo he preguntado.

El testa rizada cerró los ojos e hizo una profunda inspiración antes de ponerse recto y mirar a Carl a los ojos.

—No, Lars no estuvo preso ni fue rehén. El que estaba preso era su hermano Jess.

Frunció el entrecejo y pareció que iba a meterse de nuevo en su concha. ¿Estaba arrepentido porque acababa de correr un velo que no debía?

—¡¿Jess?! ¡¿Jess Bjørn?! —Había algo en aquel nombre que se le hacía familiar—. ¿He coincidido alguna vez con él?

Assad alzó los hombros.

—No lo creo. Puede que hace tiempo, pero ahora está en una residencia.

Metió la mano en el bolsillo y sacó el móvil. Carl no lo había oído, lo tendría en modo silencio.

El testa rizada estuvo un rato moviendo la cabeza arriba y abajo con el móvil pegado al oído, mientras las arrugas entre las cejas se hacían más profundas. Parecía disgustado al responder. Como si lo que estaba escuchando no fuera lo que habían convenido, fuera lo que fuese.

—Tengo que irme, Carl —hizo saber y se metió el móvil en el bolsillo—. Era Susanne Bjørn. Habíamos acordado que iba a ser yo quien diera la noticia al hermano de Lars, pero, a pesar de eso, lo ha llamado y se lo ha dicho.

—Y él no se lo ha tomado bien, ¿verdad?

—Se lo ha tomado de puta pena, así que debo irme, Carl. Yo habría esperado hasta más tarde, pero ahora ya no puedo.

CARL LLEVABA CASI una semana sin aparecer por la casa de Allerød y, desde que empezó a alternar entre su casa y el piso de Mona, su inquilino Morten, sin prisa pero sin pausa, había ido añadiendo detalles que su talento de diseñador alternativo consideraba imprescindibles. Ya la entrada, flanqueada por dos estatuas de bronce dorado de hombres atléticos sin ropa, habría supuesto un tormento para cualquier asistenta, por no hablar de la sala, que había pasado de ser del estilo práctico de los setenta, con muchos muebles sin pintar, a ser un auténtico festival de colores, desde el mostaza hasta el verde chillón. Si le hubieran pedido que describiera la sala, habría dicho que la impresión general que daba era la de un queso gruyer enmohecido. Solo faltaba que Morten subiera del sótano el resto de su valiosa colección de Playmobil para decorar la sala.

—¡Hola! —gritó Carl, como para avisar que con él hacía su entrada la normalidad.

Silencio total.

Carl arrugó la frente y trató en vano de encontrar el vehículo adaptado de Hardy desde la ventana de la cocina. Al parecer, su viejo amigo y compañero había salido.

Se dejó caer con pesadez en la butaca junto a la cama vacía de Hardy, en la sala, y puso la mano sobre el lecho. Tal vez hubiera llegado el momento de cambiar el contrato de alquiler de Morten y concederle el derecho de uso de toda la casa adosada. Por supuesto, a condición de que, si él y Mona no se llevaban bien viviendo juntos, volverían al viejo convenio de que Morten solo ocupara el sótano.

Carl sonrió un instante. Si Morten Holland podía disponer de toda la casa, entonces podría ocurrir que Mika, su novio, también se mudara allí. Con el paso del tiempo, ambos se habían hecho inseparables y ya iba siendo hora de que formalizaran su relación.

Se oyó un ruido en la puerta y el sonido de la silla de ruedas eléctrica de Hardy y de la carcajada de Morten lo iluminaron todo.

—Hola, Carl, me alegro de verte. No sabes qué me ha ocurrido hoy —gorjeó Morten en cuanto lo vio.

Seguro que nada malo, pensó Carl cuando vio la mirada brillante de Hardy y el musculoso cuerpo de Mika bailando detrás.

Morten se le plantó delante sin quitarse el abrigo.

—Vamos a ir a Suiza, Carl. Los tres, Mika, Hardy y yo.

Lucía una amplia sonrisa.

¿Suiza? El país del queso con agujeros y de gruesas cajas de alquiler en los bancos; qué interesante, ¿no? Desde luego, había muchos otros lugares en los que Carl se aburriría más a gusto que en Suiza.

—Sí —continuó Mika—. Hemos llegado a un trato con una clínica suiza que ha prometido evaluar si Hardy está preparado para implantarle una interfaz cerebro-ordenador.

Carl miró a Hardy. No tenía ni idea de qué le hablaba.

—Perdona que no te hayamos dicho nada antes, Carl —susurró su amigo paralítico—. Nos ha costado tiempo reunir el dinero. Era posible que no lo consiguiéramos.

—Un fondo alemán va a pagar la estancia y parte de la operación. Es increíble —añadió Mika.

—Pero ¿de qué estáis hablando? ¿Qué es eso de la interfaz?

Entonces empezó el torrente de palabras de Morten. Era extraño que no se hubiera puesto en marcha antes.

—La Universidad de Pittsburgh ha desarrollado un método mediante el que se implantan microelectrodos en el cerebro de

46

una persona paralizada en el punto que dirige los movimientos de la mano. De ese modo han conseguido que un cuerpo paralizado recuperase la sensibilidad, entre otras cosas, de los dedos de la mano. Es lo que vamos a probar con Hardy.

—Suena peligroso.

—Ya, pero no lo es —continuó Mika—. Y a pesar de que Hardy puede mover ya un dedo y un poco del hombro, no basta para que podamos meterlo en el exoesqueleto.

Carl se perdía.

—¿¡Exoesqueleto!? ¿Qué es eso?

—Un esqueleto robótico ligero con el que cubren el cuerpo. Unos pequeños motores eléctricos ayudan a que esa especie de traje se mueva, porque no se mueve por sí mismo. Es casi como si la persona caminase sin ayuda.

Carl trató de imaginarse cómo iba a ponerse Hardy en pie después de tantos años. Dos metros siete en un armazón de hierro. Iba a parecer el monstruo de Frankenstein tambaleándose de aquí para allá. Era algo irrisorio, pero Carl no tenía ningunas ganas de reír. ¿Aquello podía ocurrir de verdad? ¿No le estaban dando falsas esperanzas?

—¡Carl! —Hardy acercó unos centímetros su silla eléctrica—. Ya sé qué estás pensando. Crees que voy a acabar decepcionado, que esto va a dejarme hundido. Que van a pasar meses y meses, y que va a ser en vano, ¿verdad?

Carl asintió en silencio.

—Pero, Carl, desde el día que me ingresaron paralizado en la Clínica para Lesiones de Médula de Hornbæk y te pedí que me matases, hace doce años, hasta hoy, no he tenido la más mínima esperanza de volver a sentirme como una persona normal.Por supuesto que puedo ir de un lado a otro en mi silla de ruedas, más o menos como quiera, y estoy muy agradecido por eso. Pero pensar que tal vez haya otro objetivo por el que luchar me anima muchísimo. De modo que ¿no crees que será mejor esperar a ver si la operación sale bien?

Carl repitió el gesto.

—Espero que tras la operación pueda sentir los brazos y moverlos con la ayuda de la mente, tal vez incluso las piernas. Han hecho experimentos con monos paralizados que han vuelto a caminar. La cuestión es si tengo la suficiente fuerza muscular.

—Y supongo que ahí es donde entra en acción el exoesqueleto.

Si Hardy hubiera podido mover la cabeza, habría asentido.

6
Assad

UNA FUNESTA LUZ azul parpadeante bailaba sobre la glicinia de la fachada de la residencia de ancianos.

Allah Hafiz. Que no sea Jess, pensó Assad cuando vio la ambulancia vacía con las puertas traseras abiertas de par en par.

Salvó las escaleras de la entrada en cuatro saltos e irrumpió en recepción. No se veía personal, solo ancianos curiosos que cuchichearon y miraron a otro lado cuando pasó junto a ellos y se dirigió a la habitación de su amigo.

Las tres cuidadoras de guardia estaban en la puerta entreabierta, blancas como sábanas, con la mirada al frente. Se oyeron voces quedas en el interior y Assad se detuvo y aspiró hondo. Durante casi treinta años, su destino había estado muy ligado al de Jess y en muchos de aquellos años maldijo el día en que se conocieron. No obstante, Jess se había convertido en la persona que más apreciaba en el mundo y la que mejor lo conocía; por eso, el sentimiento que se apoderó de él fue de lo peor que había experimentado los últimos diez años.

—¿Ha muerto? —preguntó.

La cuidadora más cercana se giró hacia él.

—Ah, Zaid, ¿eres tú? —Extendió la mano—. No puedes entrar.

No recibió más explicaciones, pero tampoco hizo falta, porque justo después sacaron la camilla y los pies estaban juntos y en paz bajo la sábana blanca. Cuando apareció el resto, los peores presentimientos de Assad se hicieron certeza. Los empleados de

49

la ambulancia habían tratado de cubrir el rostro con otro paño, pero la sangre se había filtrado fuera.

Cuando la camilla llegó a su altura, Assad levantó la mano y les pidió que parasen. Debía asegurarse de que era Jess. Como era de esperar, los ambulancieros protestaron cuando levantó el paño, pero se callaron al ver su mirada.

Jess tenía los ojos semicerrados y una comisura estirada hacia el punto donde se había pinchado la yugular.

—¿Qué ha pasado? —susurró mientras cerraba del todo los ojos del muerto.

—Alguien lo ha telefoneado —dijo la mayor de las cuidadoras mientras empujaban la camilla hacia la escalera principal.

—Lo hemos oído chillar, pero cuando hemos entrado para ver qué había ocurrido, nos ha dicho que lo dejáramos en paz. Que deseaba estar un rato solo y ya nos llamaría para que lo lleváramos con los demás.

—¿Cuándo ha sido eso? —preguntó Assad.

—Hace apenas media hora lo hemos encontrado con un recambio para bolígrafo hundido en la yugular. Estaba moribundo, y...

Se calló y la frase se le quedó trabada en la garganta. Debía de haber sido un espectáculo horrible incluso para una cuidadora curtida.

—El médico de guardia acababa de venir a rellenar el certificado de defunción de otro residente que murió anoche. Estará todavía en mi oficina mirando el expediente de Jess —dijo la otra.

Assad se agarró al marco de la puerta y trató de tragar saliva. Lars Bjørn y su hermano muertos el mismo día, ¿cómo era posible? ¿Alá lo había agarrado del hombro para hundirlo? ¿Era voluntad de Dios que de pronto sintiera que le habían cortado un brazo? ¿Que el vínculo con el pasado se rompiera y fuera arrojado al fuego donde terminan todos los recuerdos? Se sintió devastado.

—No lo entiendo, esto es muy duro —reconoció—. Jess y su hermano estaban llenos de vida esta mañana y ahora ya no existen.

Assad sacudió la cabeza. Si Lars y Jess hubieran perdido la vida en los países que los habían unido a los tres, los habrían enterrado antes de que se presentara la rigidez cadavérica.

—Desde luego, es macabro —afirmó la cuidadora de más edad—. «Bienaventurada el alma que está en paz. Pero nadie sabe cuándo llegará su ocaso», como reza el salmo. Debemos disfrutar nuestra vida mientras podamos, así es.

Assad miró al interior de la habitación. A juzgar por la sangre que había debajo de la silla de ruedas y por la raya oscura del suelo, Jess lo había hecho sentado y, después de muerto, lo habían volteado hacia la izquierda para depositarlo en la camilla. El bolígrafo Parker del que había sacado el afilado recambio seguía desmontado en la mesa baja. Era el que le había regalado Assad muchos años antes.

—¿Dónde está el recambio con el que se ha pinchado? —preguntó de forma rutinaria.

—En una bolsa de plástico en el despacho del doctor. Ha llamado a la comisaría de la Estación Central, donde le han dicho que iban a enviar gente. Ha sacado también unas fotos. Siempre lo hace.

Assad miró alrededor. ¿Quién iba a heredar las cosas que había en la habitación, ahora que también Lars Bjørn había muerto? Jess no tenía hijos ni más hermanos. ¿Aquellas reliquias que condensaban una vida de sesenta y ocho años iban a terminar en casa de Susanne? ¿Fotos enmarcadas en latón de un hombre que medía un metro noventa con la pechera del uniforme llena de medallas? ¿O sus muebles baratos o la pantalla plana que hacía tiempo que había quedado obsoleta?

Assad entró en el despacho donde se encontraba el médico con sus gafas de media luna tecleando en el ordenador.

Assad y aquel médico se habían saludado unas cuantas veces durante los años en los que Jess vivió en la residencia después de abandonar el Hogar del Soldado. Era un tipo taciturno, un poco cansado de la vida, pero ¿quién no lo estaría en ese trabajo?

Volvieron a saludarse.

—Ha sido un suicidio —comunicó con voz seca tras la pantalla del ordenador—. Cuando he entrado, aún tenía los dedos apretados en torno al recambio del bolígrafo y la posición de la cabeza hacía imposible que lo soltara.

—Por desgracia, no me extraña —observó Assad—. Acababa de recibir la terrible noticia de que su hermano había muerto. La peor noticia que podían darle.

—Vaya, qué trágico —dijo el médico sin mucha empatía—. Estoy escribiendo mi informe, de manera que puedo poner eso como causa aparente de su acción. Tengo entendido que se conocían desde hacía muchos años.

—Sí, desde 1990. Era mi mentor.

—¿Había mencionado antes que fuera a suicidarse?

¿Si Jess había mencionado que fuera a suicidarse? Assad sonrió, aunque no lo pretendía. ¿Qué soldado que hubiera matado a tanta gente como él no hablaba sin parar de ello?

—No, mientras residió aquí, no. Al menos, a mí, no. Jamás.

Assad telefoneó a la cuñada de Jess, Susanne, y trataba de hacerla pasar de su estado de conmoción a otro más razonable cuando la viuda se puso a sollozar sobre su responsabilidad. Él la tranquilizó diciéndole que seguramente habría ocurrido de todas formas.

También sobre aquello mintió.

Assad se situó frente a la residencia de ancianos y observó el cielo gris cambiante. Qué telón de fondo más apropiado para los espantosos acontecimientos de aquel día. Pensar sin cesar en aquellos dos hombres lo indispuso de tal manera que su cuerpo reaccionó. Las piernas, con inseguridad y flojera, y el resto del cuerpo, con una debilidad más propia de una gripe. Retrocedió un par de pasos y tanteó en busca del banco junto a la escalera en la que tantas veces se había despedido en silencio de Jess. Se sentó y sacó el móvil.

—Carl, hoy no voy a volver a Jefatura —informó después de contar en pocas palabras lo que había sucedido.

Por un momento, se hizo el silencio al otro lado de la línea.

—No sé cuánto significaba ese Jess Bjørn para ti, Assad, pero me parece que dos fallecimientos de gente tan cercana en el mismo día es demasiado —dijo después—. ¿Cuánto tiempo crees que vas a estar sin aparecer?

Assad se lo pensó un rato. ¿Cómo podía saberlo?

—Vale, no necesitas responder si no lo sabes. ¿Te parece bien una semana, Assad?

—La verdad es que no lo sé. Tal vez solo unos días. Entonces, ¿no hay problema?

7

Assad

EN EL PASILLO exterior, bajo las ventanas sucias del piso de Rose, había ya otro montón de periódicos. Teniendo en cuenta que la gente del edificio donaba cada día seis kilos de revistas y periódicos a Rose, aquello debía de ascender a varias toneladas al año, y el paseo al contenedor de papel no era lo que más le gustaba a Assad. Pero, qué diablos, los vecinos eran muy amables y Rose solo vivía para sus recortes de prensa, de manera que ¿por qué no? Al fin y al cabo, ya era algo que la gente no dejara la publicidad delante de la ventana de la cocina de Rose como hacía el año pasado. Y debía admitir que en los montones había un poco de todo. No solo publicaciones danesas, sino también revistas y periódicos alemanes, ingleses, españoles e italianos de los inquilinos extranjeros contribuían a la variedad del flujo de noticias.

En la sala, Rose estaba sentada de espaldas a la ventana que daba a la zona de hierba de la planta baja, con una pila de recortes delante, como acostumbraba. Aquel era su mundo y desde que pasó demasiado tiempo atada al retrete de su vecina como rehén de unas jóvenes brutales, no había logrado volver del todo a la realidad. Habían pasado dos años ya. Entonces Rose tenía treinta y seis años, pero ahora parecía tener cuarenta y cinco. Había engordado unos veinte kilos y sus pies no funcionaban del todo bien. Las embolias en las pantorrillas después de que la atasen con brutalidad, y, sobre todo, el comer para consolarse y los antidepresivos habían hecho su efecto.

Assad dejó caer la bolsa de las compras y el montón de publicaciones en el extremo de la mesa, metió las llaves en el bolsillo y no la saludó hasta que Rose lo miró. Las reacciones de ella no eran inmediatas, pero, aparte de eso, la vieja Rose mordaz permanecía intacta en algún lugar de su interior.

En aquel momento, Assad necesitaba esa clase de estabilidad.

—¿Qué, hoy has estado correteando por ahí? —preguntó con una sonrisa irónica, porque estaba seguro de que no había salido. El mundo exterior ya no era el mundo de Rose.

—¿Te has acordado de las bolsas de basura? —preguntó Rose.

—Sí —respondió Assad y mostró su cosecha. Cuatro rollos de bolsas de basura transparentes, que daban para cuatro o cinco semanas—. Te he comprado comida enlatada, para que te las arregles los próximos días. Por eso he venido dos veces hoy.

—¿Es por un caso?

—No, no lo es. Tiene que ver con lo de Lars Bjørn, pero eso ya lo sabrás, ¿verdad? —preguntó Assad mientras se acercaba a la radio y bajaba el volumen.

—Sí, lo han dicho en las noticias —respondió Rose, pero no parecía afectada.

—Ya. También yo lo he oído en la radio del coche.

—¿Dices que tiene que ver con su muerte? —Rose apartó las tijeras un momento, seguramente más por cortesía que porque le interesara de verdad.

Assad hizo una inspiración profunda. Iba a tener que decírselo.

—Sí, es una gran desgracia, también para mí. Su hermano se ha suicidado después de que la esposa de Lars Bjørn lo telefoneara para decirle que Lars había muerto.

—¿Lo ha telefoneado? —Rose se llevó el dedo índice a la sien y lo hizo girar—. Esa payasa nunca ha tenido muchas luces. Dices que el hermano se ha suicidado. No creía que nadie pudiera apreciar tanto a Lars Bjørn.

Su carcajada hueca solía poner a Assad de buen humor, pero esa vez, no. La empatía de Rose hacia la mayoría de la gente se encontraba en algún lugar de lo más remoto.

Ella se dio cuenta de su reacción y desvió la mirada.

—He hecho bastantes cambios, ¿te has dado cuenta?

La mirada de Assad recorrió las paredes. Dos de ellas seguían sobrecargadas hasta el techo de archivadores marrones llenos de recortes de prensa clasificados, y la tercera pared, la del televisor, estaba cubierta de un enorme *collage* de recortes pegados con cinta adhesiva. Ningún tema parecía escapar al interés de Rose ni estar reñido con su curiosidad, pero la indignación era constante y evidente. Podían ser asuntos sobre la seguridad en el tráfico debido a los eternos proyectos de construcción de Copenhague y las intrincadas obras viarias, mezclados con el bienestar animal y un poco sobre la casa real, que por lo general quedaban ensombrecidos por los ataques de los periodistas a la desidia de los funcionarios, a la corrupción y a la dejación de responsabilidades de los políticos. Para un historiador de la vida contemporánea, las fotos semanales de aquella selección variable y siempre puesta al día dirían mucho sobre el estado en el que se encontraban Dinamarca y el resto del mundo. Pero en aquel momento Assad no veía grandes novedades.

—Ya lo veo, Rose —contestó de todos modos—. Está muy bien.

Rose arrugó la frente.

—No está nada bien, Assad, han matado Dinamarca, la han asesinado. ¿Es que no te das cuenta?

Assad se pasó la mano por la cara. Tenía que soltarlo. Tal vez así Rose comprendiera.

—El hermano de Lars se llamaba Jess, Rose. Y lo conozco desde hace casi treinta años. Hemos compartido buenos recuerdos y terribles experiencias, créeme, y ahora no tengo con quién hablar de ellos. De modo que voy a necesitar un par de días para trabajar el duelo, ¿entiendes? La muerte de Jess ha abierto viejas heridas.

—Los recuerdos vienen, se van y vuelven a venir, Assad. No les puedes abrir la puerta y cerrársela, sobre todo a los malos recuerdos; de eso sé un rato largo.

Assad la miró y suspiró. Hacía dos años, aquellas paredes estaban empapeladas con dolorosas frases de los diarios de Rose. Frases tan lacerantes que un día, bebida, le admitió que había querido suicidarse y que lo habría hecho si no la hubieran detenido sus secuestradoras. De modo que sí, Rose sabía bastante sobre los acontecimientos de la vida que la mente almacena y que se prefieren olvidar.

Assad se quedó un rato mirando al vacío. Jess se había quitado la vida, aquella vida que una vez Assad salvó poniendo la suya en juego. Y ahora no vivían ya ni él ni su hermano. Solo le quedaba el recuerdo de la vida que se detuvo el día que Lars Bjørn, muchos años antes, lo telefoneó para suplicarle que salvara la vida de su hermano. De no ser por aquella llamada sobre Jess, él habría conservado su familia, y pensar sobre ello se le hacía muy doloroso. Habían pasado dieciséis años desde entonces. Dieciséis años en los que mantuvo la esperanza, luchó y trató con todas sus fuerzas de mantener a distancia su dolor y sus lágrimas.

Ya no podía más.

Tendió la mano hacia atrás y, cuando encontró el respaldo, se dejó caer con pesadez y dio libre curso a las lágrimas.

—Pero ¿qué te ocurre, Assad? —la oyó decir. Y, sin alzar la vista, se dio cuenta de que Rose se levantaba con esfuerzo y se plantaba en cuclillas frente a él—. Pero si estás llorando, hombre. ¿Qué te pasa?

Él la miró a los ojos y sintió una presencia que Rose llevaba más de dos años sin mostrar.

—Es una historia demasiado larga y triste, Rose. Y creo que el final de esa historia me ha llegado precisamente hoy. Lloro para alejarla y apartarla de mí, Rose, porque de todas formas no puedo hacer nada al respecto. Dame diez minutos. Solo diez minutos y me pondré bien.

Rose le asió las manos.

—Assad, ¿qué habría hecho yo si aquella vez no hubieras abierto el libro en el que ocultaba mi pasado? Me habría suicidado, ya lo sabes.

—Eso decía también el camello cuando se agotaba el agua para beber, pero de todas formas se quedaba junto al abrevadero, Rose.

—¿A qué te refieres?

—Mira a tu alrededor. ¿No te parece que te estás matando poco a poco? Has dejado de trabajar y vives de la pensión. No sales nunca. Te vales de los niños y de mí para hacerte las compras. Te da miedo el mundo, prefieres estar tras esos cristales mugrientos para no verte desbordada por las impresiones de fuera. No hablas con tus hermanas, no llamas casi nunca a Jefatura. Te olvidas de las satisfacciones que podemos darte Gordon, Carl y yo y un fantástico trabajo en equipo. Das la sensación de no tener ya deseos en la vida; pero entonces, ¿qué es la vida?

—Tengo un deseo, Assad, y tú me lo puedes satisfacer ahora mismo.

Él la miró, pensativo. No creía que hubiera un deseo que él pudiera o quisiera satisfacer.

Rose respiraba con dificultad, como si se le atragantara lo que quería decir. Por un momento, casi llegó a reconocer a la Rose del pasado por lo clara que se tornó su mirada.

—Sí —dijo al fin—. Me gustaría que esta vez fueras tú quien abriese su libro, Assad. Te conozco desde hace once años y eres mi mejor amigo, pero no sé nada de ti. Ni cómo ha sido tu vida ni quién eres de verdad. Me encantaría que me contaras tu historia, Assad.

Él ya lo sabía.

—Ven al dormitorio y túmbate a mi lado. Puedes cerrar los ojos y contarme lo que quieras. Sin pensar en ninguna otra cosa.

Assad intentó fruncir el ceño, pero no pudo. La desconfianza y la sospecha no podían sobrevivir en el cenagal de dolor en el que se encontraba.

Rose tiró de él y fue la primera vez en mucho tiempo que tomaba la iniciativa para hacer algo que no estuviera centrado en sí misma.

Assad no había estado en aquel dormitorio desde el colapso de Rose. Pero lo que antes era un desesperante lugar desprovisto de vida se había convertido en un refugio perfecto en el que dominaban las flores de la colcha y un mar de cojines dorados. Solo las paredes le recordaban que la situación era inestable también allí, porque incluso en aquel cuarto estaban empapeladas con recortes de prensa que acusaban al mundo de haberse roto en mil pedazos.

Assad dejó que lo tumbase sobre la colcha y cerró los ojos tal como ella le había pedido.

Sintió el calor del cuerpo de Rose cuando se tumbó detrás de su costado y se apretó contra él.

—Venga, Assad, cuéntamelo tal como te venga a la cabeza —lo animó y le echó un brazo por el talle—. Pero recuerda que no sé nada, así que di las cosas claras.

Luchó durante un rato consigo mismo para ver si estaba preparado y si por fin había llegado el momento. Pero cuando Rose estuvo tumbada y en silencio, sin insistir ni presionarlo, empezó poco a poco.

—Nací en Irak, Rose.

La sintió hacer un gesto afirmativo. Tal vez ya lo supiera.

—Y no me llamo Assad, aunque hoy en día no desee llamarme otra cosa, sino Zaid al-Asadi.

—¿Said? —Sonaba casi como si paladease el nombre.

Assad entornó los ojos.

—Mis padres murieron y no tengo hermanos. Hoy por hoy, considero que no tengo familia, aunque quizá no sea verdad.

—Así que no debo llamarte Said. ¿Estás seguro?

—Pero no es Said, sino Zaid, con zeta. Aunque para ti y para el resto de la gente que conozco y quiero en Dinamarca, sigo siendo Assad a secas.

Ella se apretó más contra él. La confianza hizo que su ritmo cardíaco, que Assad percibía con total claridad, se acelerase y ganase fuerza.

—Solías decir que eras sirio.

—Durante los últimos años he dicho muchas cosas que hay que tomar con pintas, Rose.

La oyó emitir una risa sofocada. Hacía mucho que no la oía y tuvo un efecto liberador para él.

—Se dice «tomar algo con pinzas», Assad, no «con pintas» —lo corrigió.

—No te entiendo.

—«Tomar con pinzas» es no creérselo del todo. Las pintas son otra cosa.

—Bueno, solo quiero decir que no hay que creerme todo.

Abrió los ojos para reír junto a ella cuando vio en la pared, sobre la cabeza de Rose, un recorte que lo dejó helado.

«Víctima número 2117» era el titular del recorte.

Assad se sentó de un salto. Tenía que acercarse. Las fotos de grano grueso podían resultar engañosas. Debía de ser alguien que se parecía a ella. Tenía que ser eso. ¡Debía serlo!

Pero ya a medio metro de distancia supo que la duda no iba a ayudarlo. *Era* ella.

Se llevó las manos a los ojos mientras su garganta se contraía. Casi no oía sus propios gemidos. El aliento cálido de los sollozos envolvía su rostro, la baba le caía hasta las muñecas.

—Por favor, no me toques, Rose —jadeó cuando notó la mano de ella en el hombro.

Echó la cabeza atrás y aspiró hondo; después, entornó los ojos para ver la foto más enfocada. Cuando por fin los abrió del todo, la terrible imagen apareció con precisión. El cuerpo empapado estaba tumbado boca arriba, flácido y a las claras sin vida. Los ojos de la mujer seguían muy despiertos, a pesar de mirar a la nada. Las manos, aquellas manos que tantas veces acariciaron las mejillas de Assad, parecían aferrarse a la arena de modo simbólico.

—Lely, Lely... —susurró una y otra vez mientras acariciaba con el dedo el pelo y la frente de la foto—. Pero ¿qué ha pasado? ¿Qué ha pasado?

La cabeza de Assad cayó con pesadez sobre su pecho. La incertidumbre, la añoranza y el dolor de años crecieron y paralizaron todos sus sentidos y fuerzas. Lely ya no existía.

Entonces volvió la mano de Rose. Se coló con cuidado bajo la suya y, con la otra mano, lo obligó con delicadeza a levantar el rostro para que sus miradas pudieran encontrarse.

Se miraron un rato sin decir palabra, hasta que Rose se atrevió a formular su pregunta.

—Cambio de recortes casi a diario y ese es bastante nuevo. Así que ¿la conoces?

Assad asintió en silencio.

—¿Quién era, Assad?

Durante muchos años, el destino de Lely le fue desconocido, pero en el fondo de su mente Assad siempre había tratado de imaginarse que iba a vivir eternamente. Incluso cuando la guerra de Siria estuvo en su momento más crudo y odioso, y nadie distinguía entre quienes habían muerto y quienes los habían matado, él sabía en su fuero interno que Lely encontraría una salida al cataclismo y seguiría viva, porque, si alguien podía hacerlo, era ella. Y, a pesar de todo, allí estaba, muerta, y va Rose y pregunta a ver quién era. No quién es, sino quién era.

Retiró la mano del recorte de periódico y echó la cabeza atrás, a fin de tomar aire para decir lo que deseaba decir.

—Lely Kababi fue quien se ocupó de mi familia cuando huimos de Irak. Mi padre era ingeniero y funcionario, y se había acercado demasiado a Saddam Hussein dentro del partido Baath, y un día, sin querer, lo criticó. De no haber sido por el origen tribal de mi padre, musulmán chií, quizá habría pasado sin consecuencias, pero en aquellos días las críticas y los deslices podían suponer la muerte para chiíes como él. Padre recibió un aviso solo una hora antes de que los agentes de Saddam fueran a buscarlo, y mis padres tomaron la decisión de huir en cuestión de segundos, y no se llevaron nada consigo, aparte de unas joyas y a mí. Yo apenas tenía un año cuando Lely Kababi nos abrió las puertas de su hogar en Sab Abar, en la parte suroeste de Siria. Vivíamos en su casa, pese a no ser familiares de ella, y allí seguimos hasta que a mi padre se le presentó la posibilidad de trabajar en Dinamarca. Yo solo tenía cinco años entonces y era un niño muy alegre cuando llegamos aquí.

Alzó la vista otra vez hacia el recorte de periódico y trató en vano de captar el menor mensaje en aquella mirada vacía.

—Compréndelo: Lely Kababi fue nuestra liberadora. Y ahora...

Intentó leer el texto del pie de foto, pero lo veía borroso. Santo cielo, qué día más terrible. Casi no podía más.

—Lo siento mucho por ti, Assad —susurró Rose—. No sé qué decir.

Assad sacudió la cabeza. ¿Qué podía decir Rose?

—Si quieres saber más acerca de lo ocurrido, tengo algunos recortes de prensa internacional que dan más detalles. Sé dónde están porque sucedió hace solo un par de días. ¿Quieres que los traiga?

Assad asintió y Rose salió del dormitorio.

Cuando regresó, dejó el archivador marrón junto a él, al lado de la cama, y lo abrió.

—Este recorte es de *The Times*. Le dio mucha importancia, porque la víctima era atípica. Mira la fecha. El artículo se publicó al día siguiente de que un periódico español descubriera la historia, y no es agradable, Assad. ¿Quieres que lo lea en voz alta? Así puedes decirme cuándo parar.

Assad sacudió la cabeza. Quería leerlo él, así tal vez pudiera controlar su reacción.

Se puso a leer. Como si tanteara con las puntas de los dedos del pie un puente colgante inseguro, sus ojos recorrían el texto con suma cautela. El artículo era muy detallado, como había dicho Rose, y demasiado realista. La saliva de la boca de la víctima, la larga hilera de cadáveres sobre la playa, todo estaba descrito al detalle. Del artículo se desprendía que un muyahidín había sido el primero en ser arrastrado hasta la orilla. Su piel estaba aún llena de arañazos después de haberse afeitado de mala manera las largas barbas, marca de la casa de la milicia yihadista.

Assad luchó contra las imágenes y preguntas que le suscitaba el artículo. ¿Por qué habría decidido huir Lely? ¿Qué había pasado?

Rose le tendió otro periódico.

—Al día siguiente vino esto en *The Times*. Te advierto que es bastante espantoso, Assad. La mujer mayor no se había ahogado, sino que la habían asesinado. Por eso pegué su foto en la pared, para poder decirle cuánto lo sentía.

Los hombros de Assad se hundieron.

—La apuñalaron en la nuca con un objeto punzante. El resultado de la autopsia llegó ayer. Apenas tenía agua de mar en los pulmones, Assad. De manera que cuando la arrojaron al agua, ya debía de estar muerta o moribunda.

Assad no lo entendía. Habían asesinado a aquella persona, cálida y entregada, que no albergaba ningún mal en su interior. ¿Qué repugnante cabrón podía prestarse a tal cosa? ¿Y por qué?

Tomó el periódico. La foto era diferente a la de la víspera. El ángulo era un poco distinto, pero la mirada y la postura del cadáver eran las mismas. Miró a la mujer una vez más. Parecía estar llena de confianza, justo como la recordaba. Y sus manos yacían abiertas en la arena mojada. Aquellas manos que lo habían acariciado, la boca que había cantado para él, los ojos que le habían infundido la fe en que un buen día todo iba a arreglarse.

Pero lo tuyo no se arregló, Lely, pensó, mientras la ira y la sed de venganza se apoderaban de él.

Assad recorrió con la mirada la foto de grano grueso de los cadáveres en la arena. Era espantoso, casi insoportable. Los contornos de cuerpos impotentes, muchísimos pies asomando por debajo de las mantas. Mujeres, niños, hombres y luego Lely, que poco después de que se sacara aquella foto iba a yacer con los demás. Aquella mujer cariñosa y entusiasta a la que su familia le debía todo había terminado como testimonio estadístico del cinismo y de los vergonzosos fallos del mundo.

¿Deseaba él vivir en un mundo así?

Después giró la cabeza hacia la fotografía en la que un grupo de supervivientes se apiñaba en la playa con el espanto pintado en el rostro.

¿Lo habéis hecho alguno de vosotros?, pensó.

Entornó los ojos. Se prometió a sí mismo que, aunque le fuera la vida en ello, iba a atraparlos.

Aquella foto era algo imprecisa por falta de luz; sin embargo, una cosa atrajo su atención. Una especie de reconocimiento que le produjo un intenso dolor. Se trataba de un hombre que estaba al fondo junto con algunos de los supervivientes, mirando fijamente a la cámara, como si deseara que el aparato lo captase. La barba le llegaba hasta medio pecho y le recordaba a Assad de qué fanática tiranía se había escapado; la mirada era dura, igual que su actitud. Junto a él había una joven con el rostro crispado. Y, tras ella, otra mujer que...

Y así fue como lo invadió la oscuridad, mientras una voz lejana gritaba: «¡Assad!».

8

Joan

DÍA 13

JOAN ODIÓ DESDE el primer momento al hombre parapetado tras el mostrador en el aeropuerto de Larnaca. Un hombre ceñudo que apestaba a sudor y pregonaba batallas perdidas en el frente doméstico, alguien que tenía abundantes razones personales para vengarse del mundo.

Por fin se giró hacia Joan. Este llevaba casi dos horas mirando a aquel funcionario de inmigración sin afeitar y de higiene ocasional hasta que se avino a responder las preguntas de Joan. Le bastaron para ello diez segundos, y todos los uniformados que había detrás de él asentían a cuanto decía. Al parecer, habían sabido la respuesta todo el tiempo.

Las aletas de la nariz de Joan vibraron. Debía de ser por las ganas que tenía de darles en los morros.

—Verá —dijo el funcionario, impertérrito—: los supervivientes fueron trasladados ayer al Centro de Detención de Menogeia y los cadáveres se han distribuido en diversas cámaras frigoríficas, así que no queda nadie en la zona de Ayia Napa —dijo en un inglés comparable al de Joan cuando estaba en tercero de primaria.

Joan se sintió obligado a asentir con educación.

—El Centro de Detención de Menogeia, vale. ¿Y cómo se llega ahí?

—Puede intentar ir en autobús si no tiene dinero para un taxi.

Pasó de preguntar de dónde salía el autobús.

Un pasajero del autobús le contó que las barracas eran como manchas amarillas en un paisaje chamuscado que a duras penas casaba con el resto de los paisajes idílicos del trayecto. Los edificios eran bastante nuevos y estaban rodeados de una cerca metálica, y ante ellos había unos grandes carteles que informaban sobre el lugar. «No tiene pérdida», le dijo el hombre, de repente amable. Que el texto de los carteles resultara estar escrito en griego no lo hizo sentirse mejor respecto a su misión, y tampoco que no hubiera podido conseguir el número de teléfono de la institución ni ningún nombre de contacto en internet.

Por tanto, se dirigió con la mayor humildad al primer uniformado que vio en la entrada del edificio principal, consciente de la autoridad que un uniforme puede otorgar por esos barrios a quien lo vista. Un rechazo sería fatal.

—Vaya. Supongo que es Joan Aiguader, del periódico español *Hores del dia*. Estábamos esperándolo, señor Aiguader, porque el funcionario de inmigración del aeropuerto de Larnaca ha tenido el detalle de comunicarnos su llegada.

Tendió la mano con cordialidad y Joan se quedó estupefacto.

—Estamos contentos de que el mundo se entere de nuestros problemas. Verá, es que es muy difícil para un pequeño país como el nuestro recibir tantos inmigrantes.

El cariño de Joan por el funcionario sudoroso del aeropuerto subió varios enteros. Cuando lo vea en el viaje de vuelta, voy a regalarle una botella de Metaxa siete estrellas, pensó por un momento, hasta que se acordó del presupuesto. Entonces redujo en su mente la extravagancia a un cinco estrellas.

—El año pasado recibimos cuatro mil quinientas ochenta y dos peticiones de asilo —continuó el funcionario de prisiones—. La mayoría eran sirios, por supuesto, y andamos muy retrasados con los trámites. Mil ciento veintitrés casos retrasados, para ser exactos, que es casi el doble de los que había el año pasado por estas fechas. Así que estamos contentos por la atención que se nos presta. ¿Desea hacer una visita guiada?

—Con mucho gusto; pero lo que más me interesa es estar con los supervivientes del otro día. ¿Sería posible?

Un pequeño espasmo en la boca del funcionario desveló que no estaba en su programa, pero consiguió suavizar el gesto.

—Por supuesto. Después de la visita guiada, ¿verdad?

LO RECIBIERON CIENTOS de miradas sombrías y escrutadoras que reflejaban una mezcla de esperanza y desesperación, porque ¿qué podía significar su presencia para cada una de ellas? ¿Era de alguna organización humanitaria internacional? ¿Y les convenía o no les convenía hablar en inglés? La repentina aparición de aquel hombre ¿era señal de algo positivo?

Los inmigrantes estaban en cuclillas en el patio, dispuestos a lo largo de la cerca metálica, y también en unos espacios grandes y asépticos pintados de color tierra, sin suficientes sillas y mesas metálicas. En los dormitorios, donde todo estaba pintado con aquellos tonos marrones, los hombres, tumbados en literas con los brazos cruzados bajo la cabeza, le dirigían las mismas miradas que los del patio: «¿Quién eres? ¿Te crees que estás en un zoo, por la forma en la que miras? ¿Puedes hacer algo? ¿Puedes ayudarme? ¿Cuándo vas a largarte?».

—Como ve, damos mucha importancia a que los entornos sean modernos y estén bien cuidados, de modo que los tristes días en los que se internaba a los inmigrantes en el Bloque 10 de la prisión central de Nicosia pertenecen al pasado, gracias a Dios. Porque aquello era un sitio lúgubre y poco saludable, con luz insuficiente y celdas atestadas, cosa que no puede decirse de esta institución —afirmó el que hacía de guía, mientras enviaba un saludo no correspondido a varios de los peticionarios de asilo más cercanos.

»Como es natural, las escasas propiedades que esta gente ha traído consigo al huir son insuficientes para una estancia más larga, de modo que hemos organizado colectas de ropa y un grupo de limpieza se encarga de la higiene.

No creo que vaya a escribir sobre eso exactamente, pensó Joan.

—Lo recordaré cuando escriba el artículo —fue lo que dijo—. ¿Y los que llegaron ayer? ¿Dónde los han llevado?

El hombre movió la cabeza arriba y abajo.

—Hemos tenido que aislarlos de los demás. Como por supuesto sabrá, han identificado a uno de los fallecidos como un peligroso terrorista, así que no vamos a correr riesgos. Porque podría haber más entre los supervivientes, de manera que hemos puesto en marcha una investigación y, en algunos casos, interrogatorios, para estar seguros de que sus historias individuales se sostienen.

—¿Pueden verificar eso?

—Sí, somos especialistas.

Joan se detuvo un momento, sacó la cámara y buscó en el archivo de fotos.

—Me gustaría hablar con estas dos mujeres.

Señaló la foto de las desesperadas mujeres que estaban junto al hombre barbudo.

—Parecían estar muy afectadas cuando sacaron del agua a la señora mayor que describí en mi artículo y me dio la impresión de que podrían contarme algo más sobre ella.

La expresión del rostro del guía cambió.

—La apuñalaron en la nuca; pero eso ya lo sabrá, ¿no?

—Sí. La policía no sabe nada y quiero tratar de descubrir quién lo hizo y por qué. Por eso estoy aquí.

—Ya sabe que en esta institución nos atenemos a los estándares internacionales sobre cuidado de inmigrantes, ¿verdad? Que la Ley 153/2011 no contradice las directivas del Consejo de Ministros de 2008, solo que se ha derogado el automatismo de evaluaciones judiciales para poder proceder a la prórroga de retención hasta más de seis meses.

Joan sacudió la cabeza. Aquello era un galimatías. ¿Por qué estaba hablando de eso?

—Por supuesto —dijo.

El hombre pareció aliviado.

—Lo digo porque nos encontramos ante un dilema. No queremos retener a inmigrantes. De hecho, nos gustaría quitárnoslos de encima lo antes posible, pero, una vez que se registran aquí, debemos cargar con ellos. Y no vamos a soltar a ninguno sin haber hecho las comprobaciones oportunas, el mundo debe entenderlo. Pueden ser terroristas, delincuentes, fundamentalistas, gente de esa que el resto de Europa no quiere acoger. Pese a nuestros limitados recursos, tratamos de andar con cuidado. Ya hemos tenido bastantes desgracias en esta isla.

—Lo comprendo, pero, en buena lógica, las mujeres y los niños son inocentes, ¿no?

—Los niños, tal vez, pero ¿las mujeres? —Resopló—. Pueden estar presionadas. Pueden estar manipuladas. Y a veces pueden ser más fanáticas que los hombres, así que no. No hay inocentes *a priori*.

Señaló un edificio que había al otro extremo del patio.

—Vamos a entrar ahí. Hombres y mujeres están separados, y supongo que el bloque que desea visitar es el de las mujeres.

EL SILENCIO REINABA en el interior. Se oían murmullos de voces agudas, alguien lloraba en voz baja. Las mujeres lo miraron con ojos suplicantes, una de ellas con un bebé mamando del pecho; por lo demás, no había niños.

—¿Dónde están los niños? —preguntó Joan.

—Aparte de ese bebé, no había niños. Por lo que sabemos, sí que había una niña de cinco años con una de las mujeres, pero lo más seguro es que haya fallecido.

Joan miró de nuevo el rostro desesperado de las mujeres. ¡Fallecido!, pensó. Qué lenguaje tan cínico. Desde luego, explicaba el alcance de aquella pesadilla mejor que cualquier otra cosa.

—¿Están aquí todas las mujeres rescatadas el otro día?

—No, en este momento estamos interrogando a dos de ellas en esos locales. —Señaló dos puertas—. Siempre dos a la vez.

Joan comparó sus fotografías con los rostros que lo miraban sin pestañear. Por lo que veía, ninguno de ellos era idéntico a los de las dos mujeres que habían reaccionado con dramatismo cuando llevaron a la orilla a la mujer mayor.

—Las mujeres que busco no están aquí. ¿Puedo echar un vistazo en las salas de interrogatorio?

El guía meneó la cabeza, dubitativo.

—Bueno, sí, pero tendrá que ser breve. No deberíamos molestar.

Abrió con cuidado la primera puerta. Una mujer de uniforme estaba sentada de espaldas a la puerta, delante de una mesa sobre la que había una serie de fotos instantáneas de hombres. Una taza humeante esperaba a la funcionaria de prisiones, pero no había ninguna taza delante de la mujer tocada con un pañuelo que miraba a Joan. Tampoco era una de las mujeres que buscaba.

Los planes de Joan sobre su futuro inmediato se difuminaron y ensombrecieron. ¿Y si no estaban en aquel campo? Pero entonces, ¿dónde estaban? ¿Las que desaparecieron del grupo la antevíspera por la noche habrían quedado para siempre fuera de su alcance? En tal caso, ¿cómo iba él a contar su historia?

Un minuto más tarde ya tuvo la certeza. La segunda mujer interrogada tampoco coincidía con sus fotos.

—¿Está seguro de que no hay mujeres internadas del rescate en otros lugares, aparte de aquí, en Menogeia? —preguntó, alterado, cuando regresó a la sala común.

—Seguro del todo. Antes se retenía a los inmigrantes ilegales en nueve comisarías de la isla, entre ellas las de Limassol, Aradippou y Oroklini, pero ahora, no. Puedo decirle con total seguridad que todas las personas retenidas aquella noche se encuentran en esta institución.

Joan miró el monitor de su cámara y amplió el rostro de las dos mujeres. Después extendió la cámara hacia la fila más cercana y señaló las dos caras.

Las mujeres dirigieron sin prisa su mirada vacía hacia la foto. Pasó un momento y todas sacudieron la cabeza. No les decía nada; pero, algo más atrás, había una que hizo un débil gesto de reconocimiento.

—Esas dos mujeres iban sentadas en la proa del bote —dijo en inglés. Luego señaló a otra que estaba más atrás—. La que las acompañaba en proa con su hijita en el regazo está ahí. Pero no creo que le saques nada. Todavía está destrozada por la muerte de su hija.

La mujer a la que señalaba llevaba un vestido a flores desgarrado en un lado. Los rasguños enrojecidos que se alargaban hacia sus costillas supuraban y unos moratones daban fe de los malos tratos que había sufrido. Se llevó la mano a la clavícula y su mirada ausente siguió a Joan cuando se le acercó, y no le correspondió al gesto de saludo.

—Siento mucho que no sepas dónde está tu hija —empezó.

Ella no reaccionó, tal vez no supiera inglés.

—¿Entiendes lo que digo? —preguntó.

¿Había visto una pequeña contracción que lo corroboraba? Entonces le tendió la cámara.

—¿Reconoces a estas dos mujeres?

Ella miró con apatía la imagen y se encogió de hombros. Joan volvió a formular la pregunta y recibió la misma indiferencia. Aquella mujer estaba como en otro mundo, hundida en su propio dolor.

Joan mantuvo la cámara en el aire y preguntó una vez más.

—¿Hay alguien aquí que reconozca a estas dos mujeres? Iban en el mismo bote neumático que vosotras.

—Si me das mil euros, te lo digo —dijo con voz fría la mujer del vestido a flores desgarrado.

Joan frunció el ceño. ¿Mil euros? ¿Estaba loca?

—Sé quiénes son. Dame el dinero y te lo diré. No vas a ser el único que gane dinero a cuenta de nuestra desgracia.

De pronto, sus rasgos se habían vuelto como el acero. Los labios suaves se habían endurecido. Las arrugas de su rostro no

71

eran solo producto de la pérdida que acababa de sufrir, sino de las constantes desgracias que la habían golpeado durante su breve existencia.

—No tengo ese dinero, pero puedo darte diez euros.

—¡Oiga, Joan Aiguader! —susurró el guía mientras le tiraba un poco de la manga—. No siga por ahí. Si lo hace, va a ser el cuento de nunca acabar. De todas formas, esas mujeres que busca no están aquí.

Joan asintió en silencio. Tal vez esperase que recibieran su oferta, por muy pobre que fuera, con miradas ávidas y manos suplicantes, pero lo único que reflejaban los ojos a su alrededor era desdén y reprobación. De todas formas, sacó la cartera y extrajo un billete de cincuenta euros.

—Esta noche no podré cenar, pero venga, de acuerdo.

La mujer lo tomó sin decir palabra.

—Déjame ver la foto otra vez. ¿Tienes más?

Joan buscó la primera foto en la que las mujeres lloraban, abrazadas, mientras el barbudo tiraba de la chaqueta empapada de una de ellas.

—Fue ese cabrón el que mató a la señora mayor. —Señaló al hombre de larga barba—. Y él estaba con estas dos, estoy segura Pero se habrá afeitado la barba, igual que el que se ahogó.

9
Joan

DÍA 13

UNA VEZ FUERA del campo de internamiento, Joan trató de poner sus ideas en claro. Como faltaba tiempo para que llegara el autobús a Larnaca, podía aprovechar para grabar en el móvil la información que había recibido.

Cuando la mujer señaló al hombre barbudo, en el aséptico local se armó un buen revuelo y de pronto el ambiente se llenó de odio. Muchas tiraron del brazo de Joan para ver la imagen mientras en el local resonaban gritos y maldiciones. Un par de ellas escupieron a la cámara que llevaba en la mano mientras otras comentaban lo que la mujer acababa de decirle y una cascada de espantosas vivencias y frustraciones las inundó a todas, tan pasivas antes. Si el hombre de barba negra hubiera estado allí, lo habrían despellejado, como suena.

Después, una de las mujeres dijo que la señora mayor, igual que la mayoría de las embarcadas, procedía de la zona de Sab Abar o un poco más al norte. Las dos mujeres más jóvenes de las fotos de Joan estaban con ella, dijo, pero hablaban un dialecto diferente al del resto. Era una mezcla extraña de expresiones rústicas y un acento ligeramente distinto y difícil de identificar, pero que casi seguro que era originario de Irak, y lo único que sabían era que eran madre e hija.

—¡Pues no se notaba! —gritó una de ellas refiriéndose a que la hija parecía mayor que su madre.

—¡Cuando te violan, te marchitas! —gritó otra.

Joan divisó a la última que había gritado entre la multitud de miradas fulminantes y las mujeres se pusieron a murmurar entre ellas mientras movían la cabeza arriba y abajo, y varias chillaron, casi al unísono y en árabe, como si todas hubieran sufrido las mismas atrocidades.

—¿Qué ocurrió con la señora mayor? —preguntó Joan a la mujer del vestido floreado cuando amainó la violenta descarga.

—Estoy segura de que conocía al hombre y también conocía a las otras dos. Las tres lo obedecían y parecían tener miedo cuando el hombre las mangoneaba y les pegaba si no le hacían caso. No sé con seguridad por qué acuchilló a la señora mayor, pero me di cuenta de que había desaparecido cuando el bote neumático empezó a zozobrar.

Se giró hacia las demás y les dirigió varias preguntas en árabe, ante lo que varias reaccionaron furiosas. Justo delante de Joan, dos mujeres llegaron a las manos, se pusieron a tirarse de la ropa y del pelo y a arañarse la cara con sus sucias uñas. De repente, estalló una batalla campal y los insultos se convirtieron en bofetadas, que a su vez se transformaron en puñetazos en cuerpos y caras. Joan no entendía qué pasaba, solo que la situación se había descontrolado cuando las primeras mujeres cayeron al suelo ensangrentadas.

De pronto, se abrieron las puertas de las salas de interrogatorio y algunos hombres uniformados con ademán decidido fueron directos a atacar a puñetazos a las más cercanas, para que aquellas mujeres agresivas entendieran que la fiesta se había terminado y que debían calmarse si no querían exponerse a algo peor.

—Me temo que va a tener que irse —señaló el guía—. Las alborota. Espero que haya conseguido buena información a cambio del dinero.

Había sacrificado cincuenta euros y ¿qué sabía ahora que pudiera ayudarlo a seguir? ¡Nada! Así que no, no había conseguido buena información a cambio del dinero; pero ya tenía un objetivo claro.

El cabrón de la barba negra era el asesino de la víctima 2117 y nada iba a impedir que lo encontrase.

Pero eso era más fácil decirlo que hacerlo.

Joan apagó la grabadora y miró el paisaje reseco que rodeaba el campo. ¿Qué iba a hacer ahora? Ni las dos mujeres ni el asesino se encontraban dentro del recinto vallado; pero entonces, ¿dónde estaban? La parte griega de la isla tenía ciento sesenta kilómetros de largo y ochenta de ancho, y al norte estaba la zona turca. Podían estar en cualquier sitio. Los montes Troodos ya habían cobijado antes a gente que no quería que la encontrasen, y si habían conseguido ayuda, podrían haber pasado a la zona turca. Y aunque, como ciudadano de la UE y no griego, podía conseguir visado para pasar, ¿qué iba a hacer allí sin ningún tipo de pista?

Joan aspiró el aire seco y tomó conciencia de su situación. Le quedaban trece días y ya había gastado demasiado de su rácano presupuesto para terminar en aquel remoto páramo.

Se giró hacia la cerca. Y si volviera a entrar y consiguiera acceso a la sección de hombres, ¿sería posible obtener más información? ¿Y lo dejarían entrar mientras seguían con los interrogatorios?

Vio ante sí el rostro de su editora cuando le lanzó su ultimátum, y tomó la única decisión lógica en aquella situación. En lo sucesivo iba a mentir lo que hiciera falta, iba a inventar una historia vistosa y cautivadora sobre la señora mayor y lo que le había sucedido. El hombre que la asesinó había sido identificado y, a partir de eso y del terror inculcado en las dos mujeres, podía trenzar una historia. El motivo del asesinato habría que trabajarlo un poco más, pero fantasía no le faltaba.

Era, sin duda, una idea apropiada. Todos los periódicos iban a comprar un relato por capítulos acerca de un asesino que campaba libre, sobre todo ahora que, gracias a una fotografía, podía ser identificado. Si alguien de la redacción se ponía las pilas, también podían manipular la foto con Photoshop y aceptar la posibilidad de que se hubiera afeitado la barba.

Por eso, iba a ir a Nicosia a condimentar un poco su patraña con algo de folclore e historias de la lucha, parecida a una guerra

75

civil, que estalló tras la partición de Chipre como nación independiente. Lo que estaba claro era que cuando volviera a Barcelona no iba a tener ni un euro para devolver al periódico. Tal vez consiguiera que alguien de la isla le hiciera un par de facturas falsas; así le quedaría un dinero de sobra, que en Barcelona podría darle un respiro mientras buscaba otro empleo.

Lo único que le quedaba por hacer era fotografiar el exterior del centro de asilo y después iba a ser agradable tumbarse en una cama blanda de un hotel como es debido.

Iba a sacar un par de fotos de la institución cuando vio a una mujer con un cubo en la mano avanzar por el patio, directa hacia él.

Cuando iba a apretar el botón para obtener una fotografía que diera un poco de vida al reportaje, la mujer se puso rígida y adelantó la mano para detenerlo.

—Tiene que ser rápido —dijo cuando llegó a la cerca. Era la mujer que había gritado algo sobre la edad que parecían tener las dos desaparecidas—. Si me das cien euros, te diré lo que sé, que es más de lo que pueden decirte las otras.

—Pero no... —alcanzó a decir Joan cuando ella extendió los dedos a través de la cerca.

—Sé quién es el hombre. Y sé qué sucedió, así que date prisa. —Sus dedos bailaban hacia él—. No deben verme aquí.

—¿Quién? ¿El personal?

—No, esos no. La mitad del dinero se la doy a los guardias para que hagan la vista gorda. Son algunas de las mujeres las que me dan miedo. Van a salir todas al patio dentro de poco y si me ven hablar contigo, me matarán.

—¿Matar? —Joan buscó su cartera.

—Sí, muchas de ellas no son como las demás, están puestas por la milicia y no hablan con nosotras. Huyen de las tropas sirias y las han elegido para llevar a cabo acciones terroristas por toda Europa en los países que vayan a corresponderles por cuota.

Joan sacudió la cabeza; aquello parecía una locura.

—Te daré cincuenta ahora y, si me convences, te daré otros cincuenta, ¿vale? —Todo lo que diera sensacionalismo a la historia iba a serle útil.

La mujer tomó el billete y lo metió en el velo.

—Oí a la señora mayor llamar al hombre barbudo por su nombre y estoy segura de que fue por eso por lo que hizo con ella aquello tan horrible. Protegía su identidad porque es un cerdo terrorista, como el otro que se ahogó. La única razón de que nos trajeran por el mar era que también ellos podían camuflarse en el grupo, fue el único motivo.

—¿Cómo lo llamó?

La mujer extendió los dedos a través de la cerca metálica.

—Primero dame los otros cincuenta, deprisa. —Pateó con fuerza la gravilla del suelo y levantó una nube de polvo.— Tengo más cosas que decirte.

—¿Cómo sé que no me mientes?

Ella miró por encima del hombro. ¿Por qué parecer tan angustiada si no había un peligro real?

Cuando sacó el billete, esa vez la mujer lo hizo desaparecer entre los pechos; sería el billete que quería guardarse para sí misma.

—Cuando reunieron a nuestro grupo en la playa, en Siria, mientras esperábamos el bote neumático, el hombre barbudo dio un paso al frente y empezó a darnos órdenes —dijo—. Se llamó a sí mismo Abdul Azim, «el sirviente del poderoso», pero la mujer lo llamó en el bote *Ghaalib*, que significa «el triunfador». Él se puso hecho una fiera cuando ella le gritó aquel nombre en alta mar, y le hundió el punzón en la nuca sin dudarlo. Sabía con exactitud lo que hacía y cómo, y parecía preparado, como si la decisión ya hubiera sido tomada tiempo atrás. Cuando lo vi, se me heló la sangre. Menos mal que él no me vio.

La mujer se llevó la mano a la boca para reprimir sus emociones.

—¿Parecía preparado? ¿A qué te refieres?

—Al punzón que apareció de pronto en su mano. A la postura que adoptó junto a ella para que le fuera más fácil clavárselo en la nuca. Seguro que fue también él quien pinchó después el bote.

—¿Y qué hay de las mujeres que acompañaban a la que mató? ¿Por qué no intervinieron?

—Estaban de espaldas y no lo vieron, pero gritaron cuando se dieron la vuelta y la otra ya había desaparecido en el agua. La más joven iba a arrojarse al agua a por ella, pero Ghaalib la retuvo. Cuando el cadáver apareció en la playa, lo acusaron de haberla matado y él las hizo callar y dijo que se anduvieran con cuidado, no fuera a pasarles lo mismo a ellas.

—¿Cómo lo sabes? ¿No me estás contando todo esto solo por el dinero? ¿Cómo puedo fiarme de ti?

La expresión del semblante de la mujer pasó de la emoción al enfado.

—¡Puedes fiarte! ¡Enséñame otra vez la foto del hombre y las dos mujeres!

Joan la buscó en la pantalla de la cámara.

—¿Te refieres a esta?

—¡Mira las dos mujeres y el hombre! ¡Y mira quién está justo detrás! Soy yo. Oí todo lo que decían.

Joan amplió la imagen. Sus rasgos estaban algo borrosos, pero era ella. Y, de pronto, aquella mujer delgada y asustada se había convertido en su testigo principal, en el sueño de cualquier periodista como fuente primaria de una auténtica noticia. Era fantástico, ni más ni menos.

—¿Cómo te llamas?

—¿Para qué quieres saberlo? ¿Quieres que me maten? —Se alejó de la cerca sacudiendo la cabeza.

—¿Qué ha sido de las dos mujeres y del hombre? —gritó Joan tras ella—. ¿Viste cómo se separaron del grupo y quién las custodiaba?

La mujer se detuvo a diez metros de distancia.

—No lo sé, pero vi a un fotógrafo con una guerrera azul a quien Ghaalib hizo señas. El hombre había estado antes en nuestro grupo sacando fotos de Ghaalib y de las dos mujeres; luego bajó y fotografió a la señora mayor cuando llegó a la orilla. Ghaalib parecía contento. No dijo nada, pero creo que le vino muy bien que la mujer apareciera en aquel momento y justo allí.

—No lo entiendo; al fin y al cabo, la había matado. ¿No habría sido mejor para él si nunca hubiera aparecido?

—Ver a la mujer muerta destrozó a las otras dos y creo que es lo que buscaba.

—¿Quieres decir que hizo que le sacaran fotos con ellas dos y también a la señora mayor con plena conciencia de lo que hacía?

La mujer miró por encima del hombro y asintió en silencio.

—Pero ¿por qué? —quiso saber Joan—. Estaba huyendo y quería desaparecer entre el gentío en algún lugar de Europa. En esos casos no quieres que te identifiquen.

—He pensado que tal vez deseara enviar a alguien una señal de que estaba vivo. Pero veo que te has encargado de que la foto llegara a toda Europa. Así que creo que es posible que, estando tú allí, Ghaalib ya no necesitara al fotógrafo alemán.

—El fotógrafo alemán. ¿Era alemán?

—Sí. Se acercó un momento y le dijo a Ghaalib algo en alemán. Te señaló a ti cuando estabas fotografiando a la señora mayor y Ghaalib hizo un gesto y le pasó algo, pero no vi qué era.

La mujer se asustó cuando se abrió una puerta en uno de los edificios, y de pronto echó a correr. Ninguna explicación, ninguna despedida. Quería asegurarse de que no la descubrían.

A pesar de su poca predisposición, Joan le sacó una foto mientras se alejaba corriendo con el vestido ondeando por detrás.

LA PENSIÓN DE Nicosia se encontraba a dos manzanas de la calle Ledras, en el centro, y costaba cuarenta euros la noche, de modo que podría permanecer allí un par de días sin cargarse el presupuesto. En ese momento tenía suficientes hechos y material para poder enviar un artículo a *Hores del dia,* pero tal vez si sondeaba más en aquel ambiente pintoresco pudiera conseguir más material, incluso para varios días seguidos.

En resumidas cuentas, que tenía una pista muy concreta que seguir, aunque pudiera parecer débil: el fotógrafo calvo con guerrera azul que hablaba alemán. Además, por lo que recordaba, le había sacado una o dos fotos.

Joan dejó la cámara en el regazo y dio un par de mordiscos a su kebab. Ahora que había pasado sus archivos fotográficos de la cámara al móvil y al ordenador portátil, le pareció seguro echar un vistazo a las imágenes en la cámara. Con aquel material debería conseguir un puesto fijo en *Hores del dia* y ¿quién sino él había conseguido que el periodicucho ese fuera la comidilla de todas las primeras planas? Eso iba a suponer ingresos para los ávidos accionistas del periódico, de modo que quizá pudiera permitirse el descaro de exigir un puesto fijo a cambio de continuar con la investigación. Montse Vigo no era ninguna diosa; al fin y al cabo, la exigencia era lógica, en realidad.

Se echó a reír en voz alta cuando pensó en el semblante enojado de la editora mientras seguía pasando las imágenes, hasta que llegó a la del fotógrafo alemán.

Arrugó el entrecejo, porque la imagen no valía para gran cosa. Aparte de la espalda encorvada del hombre dentro de una especie de guerrera de uniforme azul, no había en ella nada que pudiera identificarlo. Ni siquiera se le veía la calva, porque estaba retorcido sobre el cadáver para conseguir la mejor foto.

Mierda, mierda, mierda.

Joan sacudió la cabeza y acercó el rostro al pequeño monitor de la cámara. ¿Qué tenía aquella chaqueta que hiciera pensar en una guerrera? ¿Era el corte? ¿El color azul especial? ¿El cuello y bocamangas negros? ¿O tal vez aquellos hombros tan masculinos? No había en mangas ni hombreras ningún distintivo ni símbolo de graduación alguno, pero sí que parecía un uniforme. Podría pensarse que habían retirado las distinciones y símbolos de graduación para vender la guerrera en un almacén de excedentes militares. ¿Habría algún almacén así en la ciudad? La verdad era que lo dudaba.

Abrió su portátil y buscó un lugar donde se pudiera comprar algo así. Al parecer, no había en Nicosia ninguna tienda especializada en efectos militares. Tal vez la hubiera comprado en una tienda de segunda mano; podría ser que el fotógrafo llevara años con ella después de comprarla vete a saber dónde.

Joan suspiró y volvió a buscar la serie de fotos de Ayia Napa. ¿Había sacado fotos cuando el fotógrafo estuvo junto a los exhaustos inmigrantes en la playa? No lo había hecho; joder, ¿por qué no lo hizo?

Una vez más, encontró la imagen del fotógrafo encorvado. ¿No había nada que pudiera ayudarlo?

Cuando se miraba más de cerca, la chaqueta no parecía exactamente una guerrera militar, sino más bien una especie de americana como las que se usaban en la vida civil. El paño parecía de lana, como los uniformes de la Primera Guerra Mundial, pero seguro que no era tan antiguo, y en una guerra moderna no habría sido apropiado en el campo de batalla.

Si partía de la base de que un alemán compraría un uniforme alemán en Alemania, ¿a quién podía pedir ayuda? ¿Y cómo se decía «cuello negro» y «uniforme azul» en alemán?

Schwarzer Kragen y *blaue Uniform*, dijo Google Translate tras un par de consultas.

Ahora debía darse prisa. Joan buscó y encontró enseguida un montón de foros de debate en los que la gente hablaba de uniformes de todas clases y compartían información sobre su origen. Subió a un par de foros la imagen del fotógrafo de guerrera azul y escribió: «¿Alguien puede decirme de dónde es este uniforme?».

Para cuando terminó, la noche seguía siendo joven.

ENCONTRÓ LA RESPUESTA en la pantalla a la mañana siguiente, cuando abrió los ojos a un calor abrasador y a una luz que creaba sombras negras como el betún en el pequeño cuarto. Un par de salamanquesas cansadas ya habían capitulado y estaban pegadas a la parte baja de la barra de la cortina, a la espera de la fresca brisa nocturna.

Ich weiss nicht wie alt dieses Photo ist, aber mein Vater hat so eines gehabt. Seit zehn Jahren ist er pensioniert von der Strassenbahn München. Es ist ganz bestimmt dieselbe.

La mujer firmaba Gisela Warberg, y eso era todo.

Joan saltó de la cama y lo tradujo en el ordenador. Entendió que la mujer no sabía de cuándo era la guerrera, pero estaba segura de que formaba parte del uniforme que llevaba su padre cuando trabajó en la Compañía del Tranvía de Múnich.

Santo cielo, ¿qué hago ahora?, pensó, y buscó en Google *Uniform Strassenbahn München*. Creía que tal vez tendría que emplear un par de horas en conseguir la información, pero de ninguna manera esperaba ver a los pocos segundos un uniforme a la venta en eBay idéntico al que llevaba puesto el fotógrafo.

«Alte Schaffnertasche, Uniform, Abzeichen, Strassenbahn München Trambahn Konvolut, 399,00 Euro (Cartera de conductor vieja, uniforme, insignia, conjunto del tranvía de Múnich, 399,00 euros)», ponía.

Joan volvió a dejar caer la cabeza en la almohada. No cabía duda de que se trataba del mismo uniforme, pero ¿qué podía hacer ahora? ¿Volar de vuelta a Barcelona con su cuaderno lleno de apuntes y una serie de hipótesis que podían convertirse en dos o tres artículos monográficos? No, no era suficiente. Pero ¿cómo iba a seguir la pista, encontrar al hombre calvo de uniforme y averiguar su conexión con un inmigrante desaparecido que parecía ser miliciano yihadista y que en ese momento campaba libre en algún lugar de Europa, sabía Dios dónde?

Llamaron a la puerta del cuarto de Joan.

El chico al que abrió la puerta miró desconcertado el cuerpo desnudo de Joan apenas cubierto por la sábana, pero luego le dio el sobre que llevaba en la mano. En el instante en el que Joan lo tomó, el chaval salió pitando. No tuvo tiempo de llamarlo a gritos, porque ya había bajado todo el tramo de escaleras en un par de saltos.

Se sentó en la cama con el ceño arrugado y desgarró el sobre.

Dentro había un pedazo de papel doblado en torno a una foto.

Joan la tomó y un vistazo rápido le bastó para saber de qué era culpable.

Tragó saliva un par de veces con los ojos cerrados antes de atreverse a volver a mirar la foto. Era espantosa y, por desgracia, no dejaba lugar a dudas. El cadáver estaba tumbado boca arriba con el cuello cortado y la mirada muerta, lívida. Unos billetes asomaban entre los pálidos labios de la mujer. Para ser exactos, dos billetes de cincuenta euros.

Joan arrojó la foto sobre la cama y desvió la mirada, mientras luchaba contra las arcadas. Por cincuenta miserables euros, aquella mujer había puesto su vida en juego y había perdido. No podía escribir sobre lo que había causado la muerte de aquella desgraciada, porque las acusaciones iban a centrarse en él. Porque estaba claro que, si no le hubiera hecho tantas preguntas, la mujer seguiría con vida.

Joan miró al vacío. Pero se las había hecho.

Estuvo un buen rato con el pedazo de papel en la mano antes de armarse de valor para leer el texto escrito en inglés.

Joan Aiguader, sabemos quién eres, pero no tienes nada que temer si haces lo que te decimos.

Debes seguir tus pistas y escribir sobre ello en tu periódico. Mientras sepamos que te llevamos ventaja, te iremos dando instrucciones sobre lo que debes hacer. Y, mientras las sigas, te dejaremos vivir.

Y recuerda decir al mundo que, cuando golpeemos, vamos a causar un daño extraordinario.

Tendrás noticias nuestras,

Abdul Azim, rumbo al norte

10

Assad

TODO EL CUERPO de Assad se estremeció. Pero ¿qué era aquello? ¿Sueño o realidad?

Vio ante sí con total nitidez a sus hijas en la puerta entreabierta, con sus vestidos de color lavanda: Nella, de seis años, y Ronia, de cinco. Lo saludaban con graciosos movimientos de la mano, mientras Marwa, entre ellas, lo miraba con lágrimas en los ojos y ambas manos en su vientre abombado por el tercer hijo en camino. Su mirada decía adiós. No era una despedida que expresara la tristeza de una pareja de amantes ante una breve separación, sino un desolado adiós que causaba a Assad un dolor inmenso; y enseguida la policía secreta de Saddam lo metió en la furgoneta negra. Habían transcurrido desde entonces más de seis mil días. Noches y días, veranos e inviernos llenos de dolor en los que las ideas se le agolpaban en la mente sin que pudiera responder a la pregunta de qué había sido de su familia. Y ahora, de pronto, conmocionado e impotente, tenía una certidumbre abrumadora que casi le paralizó el corazón. Dieciséis años terribles pasados en el aislamiento de la incertidumbre desaparecieron de su conciencia en una fracción de segundo, porque al fin le habían llegado señales de vida.

Entonces cambió la imagen y apareció ante él Marwa, con solo veintiún años y bella como un amanecer arrebolado. Samir tomaba del talle a su hermana mayor y sonreía con orgullo. «No puedo imaginarme un cuñado mejor que tú, Zaid —decía—. En nombre de mi padre, te encomiendo confiado la vida y el destino de Marwa y sé que la suerte nos acompañará a todos, *alhamdulillah*, gracias a Alá.»

Y ella era fértil y fiel. Y así, todo lo que podía haber soñado un pequeño inmigrante iraquí se había cumplido. Siete años juntos, en armonía con Dios y con el mundo; pero también aquello había terminado.

Assad, medio dormido, musitó el nombre de su esposa y sintió enseguida que un cuerpo se apretaba contra él; aliviado, extendió la mano hacia atrás y sintió su suavidad y su calor, el aliento cálido en la nuca y la respiración de una mujer dormida, que, más que ninguna otra cosa, podían hacer que los latidos de su corazón se desbocaran y se pausaran a la vez. Las ideas perturbadoras desaparecieron a causa de la sensualidad y cercanía descuidadas durante años y eso lo hizo girarse y recordar con los ojos cerrados las fragancias y desafíos de un cuerpo de mujer. En aquel estado de somnolencia, sus manos se movieron con cuidado por la espalda de ella, cuya respiración se hacía más pesada y profunda. La piel de su espalda y caderas estaba húmeda y cálida, y de un tirón se le acercó un poco y separó los muslos para que él notara qué efecto le causaba.

—¿Estás seguro? —pareció susurrar una voz perezosa que casi provenía de ninguna parte.

Assad acercó el rostro al de ella y notó que su cálida boca, sus labios y su lengua recibían su beso con pasión, y que sus manos se deslizaban por su cuerpo para encender la suya.

CUANDO ABRIÓ LOS ojos, estaba a punto de llorar, sin saber por qué. Sentía esa especie de alarma que te avisa de que no va a ser un buen día. Como la conciencia de un próximo examen que no vas a aprobar; como si te acabaran de diagnosticar un cáncer mortal o tu novia te hubiera sido infiel y te hubiera abandonado. Como si de pronto la vida saltara en pedazos y te dejara en un caos emocional y económico. Así se sintió en un momento de irrealidad, hasta que se dio cuenta de que estaba tumbado de costado mirando la pared de Rose, de que ella estaba desnuda pegada a él, y de que a medio metro de su cabeza había una primera plana de periódico con una fotografía borrosa de su esposa desaparecida tiempo atrás.

Aquello era realidad de la buena y Assad jadeó en busca de aire.

El cuerpo que estaba a su espalda se movió un poco y una mano se posó en su hombro.

—¿Estás despierto, Assad? —preguntó con voz queda.

—¿Rose? —Assad apretó los dientes y frunció el ceño. Era difícil estar preparado para momentos como aquel.

—¿Qué ha ocurrido? —preguntó sin querer saber la respuesta.

—Te has desmayado en la cama y después has estado inconsciente, llorando sin parar. He tratado de despertarte para hacerte salir de la pesadilla, pero he debido desistir, y después me he echado a dormir. Más tarde, durante la noche, hemos hecho el amor y al final has caído en un sueño tranquilo y profundo —continuó impertérrita—. Nada más. Pero ¿por qué te has desmayado, Assad? ¿Te ocurre algo?

Assad se incorporó en la cama de un brinco, con la mirada alternando entre el rostro de Rose y el recorte de periódico al pie de la cama.

—¿Te das cuenta de que tienes tu aparato marrón al aire? —preguntó Rose entre risas.

Assad dirigió la vista hacia su comprometedor bajo vientre desnudo.

La miró con aire de disculpa.

—No tenía ni idea de dónde estaba. Eres mi mejor amiga y si lo hubiera sabido, pues...

Rose se levantó sobre las rodillas, todavía desnuda, y se llevó el índice a los labios.

—Chist, calla, tontorrón. Sigues siendo mi mejor amigo y un buen polvo como este no hace daño a nadie. No tenemos que responder ante nadie, ¿verdad? No somos más que un par de camellos que han tenido un encontronazo al cruzarse sus caminos, por así decirlo.

Rio con ganas, pero su recién estrenada alegría no consiguió contagiar a Assad.

—No es cierto, Rose. Yo tengo a alguien ante quien debo responder y eso es lo que tuvo una influencia tan grande en mí ayer, y también ahora.

Rose se cubrió los pechos con el edredón.

—No te entiendo. ¿Ante quién debes responder?

Assad se giró a un lado, tomó en las manos el recorte de periódico y observó la foto de cerca. Cuántos años había sido fiel a la mujer de su vida con la esperanza de reencontrarla y, ahora que sabía que estaba viva, se había entregado esa misma noche a otra.

Assad se fijó en la fecha de la cabecera del recorte. Era de solo un par de días antes y esa vez vio con claridad que era Marwa quien estaba a la luz de los proyectores con el rostro crispado por el dolor. Tuvo que obligarse a sí mismo a contemplar la impotencia y desesperación de su esposa, su vestido colgando de mala manera y su semblante consumido por años de desgracia. Pero, por encima de todo, parecía quedarle energía para dar una especie de sosiego a la mujer que tenía al lado. Pero ¿quién era la que estaba a su lado? Era una adulta, sin duda, aunque no se le veía el rostro con claridad. «¿Podría ser Ronia o Nella, que ahora son más altas que Marwa?», se preguntó.

El llanto cobró vida de nuevo. Assad ni siquiera sabía cómo eran sus hijas. Y si la que aparecía allí era su hija, ¿quién era la otra? ¿Dónde estaba Nella, dónde estaba Ronia? ¿Y quién era quién?

11
Carl

—Mira esto, Carl —indicó Gordon, blanco como una sábana. Señaló un pequeño grano rojizo en su mejilla—. Me temo que sea cáncer de piel, porque este verano he tomado mucho el sol.

Carl se acercó al bulto. Era desagradable ese puñetero.

—Por lo que veo, más te vale no poner los dátiles ahí; pocas veces he visto algo tan chungo.

Si lo hubiera dicho con más énfasis, el espagueti nervioso se habría tronchado por la mitad. Parecía aterrorizado y le temblaba la voz.

—Que no lo toque, dices. Entonces, ¿es cáncer?

—Oye, no soy licenciado en Medicina, ¿vale? Pero puedo decirte que, si enredas en el grano, va a reventar y va a salir un diluvio universal de pus, y no voy a permitir que lo hagas en mi presencia. Es un grano de mil pares, Gordon.

Es increíble el alivio que puede reflejar un semblante ante una cosa tan turbia.

—¿Alguna otra cosa? Porque en este momento estoy bastante atareado —protestó Carl, y tampoco era del todo mentira. Porque había chicle de nicotina que mascar, pies que había que subir hasta el borde de la mesa, ojos que debían cerrarse durante un tiempo prudencial hasta que irrumpieran las noticias en la pantalla plana.

Gordon pasó un rato recuperándose antes de responder.

—¡Es que el bicho raro ese ha telefoneado otra vez! No pasa día sin que llame para contarme lo que está haciendo.

—¡Vaya! —Carl exhaló un suspiro y extendió la mano hacia el paquete de chicles de nicotina—. Cuéntame. ¿Qué te ha dicho hoy el chiflado?

—Ha repetido que cuando alcance su objetivo va a cortar el cuello a su padre y a su madre con su espada samurái. Y que luego va a salir a la calle y cargarse a tanta gente como pueda.

—Una espada samurái, ¡qué interesante! ¿Tal vez sea japonés?

—No, creo que es danés. Lo he grabado, si quieres oírlo.

—Ni hablar, ¡no, gracias! Así que, ¿concluyes una vez más que lo dice en serio?

—Pues sí. Si no, no estaría llamando todos los días, ¿no?

Carl bostezó.

—Será mejor que te pongas en contacto con los colegas de arriba, Gordon. Aquí abajo no tenemos ninguna necesidad de ese chalado. Porque me imagino que no querrás comerte el marrón si no lo detienes antes de que descuartice a veinte personas.

Gordon abrió mucho los ojos. Por supuesto que no quería.

—Un momento.

Carl volvió a suspirar cuando sonó el teléfono y extendió el brazo con desgana para responder. Eran los del tercer piso.

—Tenemos que dejarlo todo y subir al centro operativo —dijo con voz cansada. Una siesta más echada a perder—. Al parecer, van a presentar al sucesor de Lars Bjørn dentro de cinco minutos y quieren que estemos. Ruego al Altísimo que no sea Sigurd Harms.

Era la segunda vez en aquella semana que Carl subía al despacho de la directora de la policía para permanecer allí como sardinas en lata con un montón de compañeros apestosos que no quería ver ni en pintura. ¿Las excelsas narices que crearon las aguas fragantes y perfumes no pensaron nunca en lo que ocurría con sus honradas ambiciones de crear la euforia perfecta de los sentidos cuando la fragancia creada por ellos abandonaba un cuerpo que llevaba todo el día bañado en sudor? Y eso por no hablar de cuando el Old Spice de los entrados en años se mezclaba con los perfumes de mujer de los compañeros, tipo Hugo Klein o como diablos se llamara aquella basura.

Carl estaba a punto de desmayarse.

La directora de la policía dio un paso al frente.

—Tal vez parezca insensible por mi parte que os presente al sucesor de Lars Bjørn antes de haberlo enterrado. Y tampoco lo habría hecho si no fuera por la cantidad de casos que tenemos en el Departamento de Delitos contra las Personas y porque ya he convencido a alguien concreto para que asuma el puesto. Estoy segura de que puede ejercer el cargo mejor que nadie.

—Entonces, va a ser Terje Ploug —gruñó a Gordon.

Pero Gordon sacudió la cabeza y señaló hacia atrás. Allí estaba Terje Ploug y no tenía aspecto de haber recibido ninguna oferta.

—Sé también que a todos los presentes os va a parecer la persona apropiada. —La directora se giró hacia la puerta de su despacho—. Ya puedes salir, Marcus.

Un murmullo se elevó de entre los reunidos cuando Marcus Jacobsen, el anterior inspector jefe de su departamento, apareció en la sala. Hacía ya seis años que se había jubilado para cuidar de su esposa, enferma de cáncer, y, a pesar del tiempo transcurrido desde entonces, su mera presencia desató varias salvas de aplausos y, justo después, una ovación ensordecedora, con silbidos y pataleos incluidos, como nunca se había oído en aquellos venerables salones.

Marcus parecía emocionado, pero fue solo un momento; después, se metió dos dedos en la boca y soltó un silbido estridente que nadie pudo ignorar.

—Gracias —dijo cuando volvió la calma a la sala—. Menuda bienvenida me habéis preparado. Ya sé que la mayoría de vosotros debe de pensar que hace tiempo que pasé la fecha de caducidad, pero por una vez los políticos han venido en nuestra ayuda con su exigencia de que todos sigamos un poco más de tiempo en el mercado laboral. De modo que, a pesar de mi edad, aguantaré todavía un poco.

Pidió silencio con la mano levantada cuando la gente comenzó otra vez a mostrar su alegría.

—Me entristece mucho el motivo, ya que Lars Bjørn fue un inspector jefe sólido y un policía como es debido, y debería haber seguido vivo muchos años. Hace unas horas he hablado con su viuda, Susanne, y por eso sé que la familia está muy afectada, sobre todo porque Jess, el hermano de Lars, decidió quitarse la vida ayer.

Hizo una breve pausa para dejar que la noticia calase entre los presentes.

—Voy a ser inspector jefe de Homicidios como sucesor de Bjørn durante cierto tiempo y asumo el cargo con orgullo y con el viejo espíritu del Departamento A. La directora de la policía ha llamado por su nombre actual a nuestro departamento, por supuesto, pero, como sabéis, llevo en mi interior el espíritu de contradicción, de manera que, con el permiso de ella, he pensado llamar Departamento A al Departamento de Homicidios mientras ocupe el despacho de la esquina. Al fin y al cabo, los políticos y las reformas no van a decidir el nombre de nuestro lugar de trabajo.

El vocerío de alegría parecía no tener fin. Incluso Carl aplaudió. Aquella desobediencia incivilizada le encantaba.

GORDON FUE EL primero en reaccionar ante el extraño olor del sótano. Se detuvo, como golpeado por un mazo, y las ventanas de su nariz vibraron. Al menos olía mejor que el festival de lociones para el afeitado que acababan de soportar.

—¿Rose...? —llamó en voz baja, lleno de optimismo. Llevaba muchos meses sin verla, a pesar de haber sido a quien más había golpeado el colapso de su compañera. Pero ya se sabe que es natural conservar el optimismo y que muchas veces la esperanza es lo último que nos queda.

Carl le dio una palmada en el hombro.

—Será Lis, que ha estado en el archivo, Gordon. No cuentes con que Rose vuelva nunca a Jefatura.

Iba a darle otra palmada cuando Rose salió del despacho de Carl.

—¿Dónde diablos estabais? ¡Llevamos media hora esperando!

No era la más adecuada para decirlo, después de haberse ausentado durante dos años.

—Hola-hola, Rose, y bienvenida, aunque solo sea para una visita breve —llegó la respuesta desenfadada de Carl, acompañada de una amplia sonrisa poco habitual, para que sintiera que la habían echado de menos.

No obstante, a juzgar por la expresión de Rose, la bienvenida de Carl había sido demasiado efusiva. El abrazo de Gordon, por el contrario, lo recibió con alegría; no en vano habían tenido sus aventuras.

—Nos hemos sentado aquí porque hay más sitio. Vamos, entrad.

Carl gruñó. Rose había estado fuera dos años y ya estaba mangoneando, después de haberse adueñado del despacho de Carl. ¿Y a qué se refería con *hemos*? ¿Hablaba de Assad?

Así era, y lo encontraron sentado en la silla de Carl, con señales en el rostro moreno de haber llorado.

—Santo cielo, colega, pareces destrozado. ¿Es por lo de Lars y Jess?

Assad miró al vacío, pero sacudió la cabeza.

—¡Mira! —Rose depositó unos recortes de periódico sobre el escritorio de Carl y señaló a una persona que aparecía en una de las fotos—. Carl, créeme cuando te digo que Assad está conmocionado y la razón es fácil de comprender. Durante todos estos años, nos ha hecho creer muchas cosas; entre otras, que tenía esposa e hijas viviendo en Dinamarca. Pero ¿las hemos visto alguna vez? ¿Nos ha contado alguna vez algo especial sobre ellas? ¿Ha hablado de ellas estos últimos años? No lo ha hecho; pero hoy Assad ha decidido contarme a mí la verdad sobre su familia: que había perdido el contacto con su esposa Marwa y sus dos hijas hace dieciséis años, y a partir de entonces se ha resignado poco a poco a que estuvieran muertas. Pero ayer por la noche sucedió algo totalmente inesperado y por eso señalo a la mujer de este recorte de periódico.

Carl arrugó la frente y miró a Assad, que tenía la cabeza vuelta a un lado.

—Sí, ya veo lo que estás pensando, Carl, y es verdad —admitió Rose—. Anoche Assad se dio cuenta de que su esposa, Marwa, aparece en este recorte de periódico.

Carl miró la imagen y leyó el pie de foto, que hablaba de un naufragio fatídico más en el Mediterráneo, en este caso, en Chipre.

—¿Estás seguro, Assad? —preguntó.

Assad se giró hacia él y asintió.

Carl intentó descifrar su mímica. Creía que con el paso de los años había aprendido a interpretar el nítido lenguaje de las arrugas. Cuando la seriedad se veía relevada por el dolor, las patas de gallo se hacían más profundas justo antes de la risa liberadora, cuando las arrugas de la frente expresaban reflexión o enfado. Pero no reconocía el rostro que Assad volvió hacia él: las cejas temblorosas hablaban de desaliento, sus labios fruncidos vibraban y tenía la mirada muerta y sin brillo. Ni siquiera parpadeaba.

Carl no sabía cómo reaccionar, porque la diplomacia no valía de nada allí. Lo cierto era que nunca habían conocido a fondo al hombre que tenían delante. Una cosa eran las impresiones que habían tenido, pero ¿y a partir de ahí? ¿Podrían acostumbrarse a la verdad cuando por fin se impusiera?

Eso esperaba.

—Bueno —dijo e hizo una pequeña pausa—. Ya veo que al fin has aligerado la carga de tus hombros, Assad, ¿no sientes alivio? Ahora al menos tenemos alguna referencia. Un par de frases y te vemos desde un ángulo nuevo: confío en que sea el auténtico. Al menos es lo que me atrevo a esperar.

Assad estuvo un rato recuperándose antes de responder.

—Perdona, Carl, lo siento muchísimo. Perdón, perdón, perdón —se excusó y puso la mano sobre la de Carl.

Estaba ardiendo.

—Pero, Carl, tenía que ser así. No quedaba otra.

—Vaya, entonces, ¿no va a ser así en adelante, si he entendido bien?

—No, ya no.

—Mmm. ¿Tal vez estés preparado para contárnoslo todo?

Rose dio un breve apretón en los hombros al testa rizada, mientras Assad, con la frente perlada de sudor, miraba a Carl directo a los ojos.

—Me llamo Zaid al-Asadi —empezó en voz baja.

Ya aquello desconcertó a Carl. ¿Zaid? ¿Al-Asadi? ¿Qué nombre era ese? No estaba seguro de querer oír más.

Rose debió de reparar en su reacción.

—Assad sigue siendo Assad, Carl. Déjalo hablar.

Carl hizo un gesto afirmativo y sacudió la cabeza a la vez. Le importaba un carajo cómo se llamara. Pero ¿Zaid? ¿Iba a tener que llamarlo así?

—¿Estamos de acuerdo en que hay que darle a Assad el tiempo que haga falta para que encuentre a su Marwa? —preguntó Rose.

—Ostras, ¡por supuesto! —rezongó Carl. ¿Por quién lo tomaba Rose? ¿Por Adolf Eichmann?—. Assad, siento mucho las adversidades que has tenido que pasar. Ha debido de ser duro para ti.

Lo decía en serio.

Dirigió la mirada hacia Gordon y Rose. ¿Aquella mujer dura como el acero tenía lágrimas en los ojos? ¿Y Gordon no la miraba con ternura, como un patito que se sentía por fin seguro bajo las alas de mamá pata? Era evidente que, a pesar de haber engordado, todavía era capaz de acelerar la circulación sanguínea del espárrago ambulante.

Carl hizo una aspiración profunda, porque la siguiente pregunta no iba a ser fácil.

—Assad, entiende que te lo tengo que preguntar sin andarme por las ramas. ¿Me estás diciendo que todo lo que ha ocurrido aquí entre nosotros ha sido un engaño? Yo ya sabía que tu pasado había sido problemático, claro, porque procurabas no hablar de él, y que tenías muchos secretos. Pero tu extraña manera de expresarte, todos aquellos malentendidos, el querer hablar de Siria... ¿Qué parte es verdad? ¿Y quién eres en realidad?

Assad se incorporó en el asiento.

—Me alegro de que lo preguntes, Carl, porque, si no, podría ser difícil de explicar. Pero has de saber que ha habido una razón para ello y te pido perdón también por eso. Has de saber también que soy tu amigo y que espero que me correspondas, y que no he dicho o hecho nada con el objetivo de dañar nuestra amistad. La mayoría de mis malentendidos con el danés, la verdad es que eran ciertos, porque, pese a que hoy por hoy soy tan danés como el que más, la mayor parte de mi vida he vivido en un ambiente en el que no se hablaba mucho danés y me he contagiado. Suele pasar cuando eres bilingüe, Carl. Así que estate seguro de que surgirán más errores, tranquilo. Esa manera de hablar es ya parte de mí, a veces como parte de un papel, y otras veces me sale de manera natural —explicó mientras se pasaba la mano por la barba de días—. Pero ¿sabéis qué le pasó al camello cuando intentó aprender a hablar árabe y andaba en medio del rebaño haciendo ejercicios todo el día?

Carl lo miró asombrado. ¿Todavía le quedaba energía para soltar otra de camellos en ese momento?

—A los demás camellos les parecía raro, así que empezaron a acosarlo, y los beduinos no soportaban oír su extraño árabe, porque les parecía que sonaba fatal. Así que terminó transformado en filetes.

Sonrió un instante por su alegoría y después adoptó una expresión seria.

—Esta mañana he acordado con Rose contaros parte de mi historia, que creo que debéis conocer. Sería demasiado extenso intentar contarla en todos sus detalles, pero ya irán saliendo poco a poco.

Carl miró a Assad. Iba a ser interesante oír cuántos camellos más iba a intercalar en el relato.

—Y Assad necesita nuestra ayuda para encontrar a Marwa, ¿estáis de acuerdo? —continuó Rose.

¿Había dicho *nuestra* ayuda? ¿De pronto había vuelto a ser miembro del equipo?

—Por supuesto, Assad —lo tranquilizó Gordon y Carl trató de asentir en silencio con cierta naturalidad.

—Si es que podemos ayudar en algo —añadió Carl y escudriñó el recorte—. Pero esto está en el extranjero y ya ahí no podemos hacer investigaciones policiales sin más, ya lo sabéis, ¿verdad?

—Venga, no te pongas borde, Carl —se oyó la voz de mamá pata—. Vamos a hacer lo que nos dé la gana, basta con decir que no estamos de servicio. Cuéntales, Assad.

El testa rizada asintió.

—Sí. Disculpadme, pero debéis tener paciencia, porque hay mucho que contar.

Aspiró hondo.

—Podría empezar, por ejemplo, en 1985, diez años después de que llegáramos a Dinamarca. Yo era gimnasta de élite y me hice amigo de Samir, que era unos años más joven. Ya lo conocéis, es ese que es policía. En 1988 terminé el bachiller y no me libré de la mili; por eso terminé en el Ejército. Me las arreglaba bien y mis superiores me propusieron para la Escuela de Oficiales, pero dije que no y en su lugar me hice sargento de la Policía Militar. Allí conocí a Lars Bjørn, que por aquel entonces daba clases en la Academia de Policía Militar de Nørresundby. Me convenció para que siguiera mi carrera militar como oficial especializado en idiomas, porque hablaba árabe, alemán, ruso e inglés casi perfecto, y dije que sí y terminé mis estudios.

Carl intentó digerir aquello. Era un bocado enorme.

—Vale, eso explicaría también tu conexión con los países del Báltico. ¿Te destinaron allí después de la descomposición del Bloque del Este?

—Sí. Por aquellos años, Dinamarca practicaba una política de gran potencia y metió miles de millones en los países del Báltico. Así, en 1992 estuve en Estonia y Letonia, y después, en Lituania. Fue allí donde conocí a Jess, el hermano de Lars Bjørn, que era oficial de los servicios de información, y trabajé para él durante un breve período.

Assad se mordió la mejilla y suspiró.

—En realidad, nos compenetramos bastante rápido, se convirtió en una especie de mentor para mí y me aconsejó que ingresara en las Fuerzas Especiales.

—¿Por qué?

—Él ya pertenecía a ellas y debió de considerarme un candidato adecuado.

—¿Ingresaste?

—Sí, fui uno de los que entraron.

Carl sonrió un poco. Claro que fue uno de ellos.

—He oído que ahí se aprende un poco de todo. Ahora ya sabemos por qué eras tan efectivo a la hora de resolver todo tipo de problemas.

Assad permaneció un rato pensativo.

—¿Conocéis el lema de las Fuerzas Especiales: *Plus esse, quam simultatur?* —preguntó.

Rose y Carl sacudieron la cabeza. El latín tampoco era el fuerte de un paleto de Brønderslev.

—¿Eso no es, e...? —intentó Gordon.

Assad sonrió un momento.

—Significa «Más ser que parecer». ¿Lo entendéis? Uno aprende a cerrar el pico en cualquier situación; pero, aparte de eso, también ha habido otras razones, de mucho peso, para que no haya sido franco con vosotros, Carl. Espero que lo comprendáis. Lo he hecho, en primer lugar, para proteger a mi familia, pero, en segundo término, para protegerme a mí mismo.

—De acuerdo, intentaremos comprenderlo, Assad, pero entonces debes desvelar por qué lo hacías. Y es que, si vamos a ayudarte, debes dejar completamente de lado tu secretismo. Llevamos esperando...

Carl no se agachó a tiempo y Rose le dio un manotazo en la nuca.

—Deja de presionar de una puta vez, Carl. Está en ello, ¿no te das cuenta?

Carl se llevó la mano a la nuca. Aquella arpía tenía suerte de no trabajar ya para él. Además de interrumpirlo en medio de una frase, había tenido el descaro de señalar a Assad que podía seguir con su relato. Si hubiera un país africano partidario de mujeres líderes, Rose podría convertirse en la perfecta dictadora.

—Por aquel entonces ya había conseguido las calificaciones necesarias para ser enviado a algún frente como observador e intérprete. Así fue como aterricé en Bosnia, en la zona de Tuzla, en 1992, en medio de la guerra civil entre bosnios musulmanes y serbios —continuó Assad—. Fue la primera vez que presencié lo repugnantes y bestiales que pueden llegar a ser las personas.

—Desde luego, lo que pasó allí fue una pasada —sentenció Gordon.

Assad sonrió un poco por lo suave de la palabra elegida y después su rostro se puso rígido, con una expresión que Carl nunca había visto.

—Vi demasiadas cosas y comprendí que la supervivencia en una guerra depende de lo precavido que uno sea. Me parecía horrible y cuando volviera a Dinamarca pensaba cesar como soldado activo. No era fácil saber qué podía hacer en su lugar; pero entonces recibí una oferta, basada en mi dominio de lenguas y en mi historial de soldado, para trabajar como instructor en el cuartel de las Fuerzas Especiales de Aalborg, y la verdad es que fue lo más adecuado para mí en aquel momento de mi vida.

Hizo un gesto afirmativo.

—Yo estaba soltero —sonrió un momento— y Aalborg puede ser una ciudad divertida para vivir. Pero cuando visité a mis padres y a mi viejo amigo Samir Ghazi en Copenhague un fin de semana libre, conocí a su hermana mayor, Marwa, y me enamoré al instante. Puedo decir que los siete años siguientes fueron los mejores de mi vida.

Dejó caer la cabeza y tragó saliva.

—¿Quieres algo de beber? —ofreció Rose.

Assad sacudió la cabeza.

—Así que nos casamos, y Marwa vino a Aalborg, y en un par de años tuvimos a Nella y a Ronia. Yo estaba muy contento con mi trabajo de instructor y deseaba quedarme en el norte de Jutlandia, pero, la Nochevieja del cambio de milenio, mi padre murió de repente y por eso nos mudamos a Copenhague, al piso de mis padres, para poder ayudar a mi madre. Ni ella ni Marwa trabajaban, así que de la noche a la mañana me convertí en el único sostén de cinco personas. No quería seguir en el Ejército, porque me arriesgaba a que me destinaran lejos otra vez. Por eso busqué con lupa un trabajo civil.

—¿Y no lo conseguiste? —preguntó Rose.

—Por supuesto que no, vaya pregunta. Escribí más de cien solicitudes, pero con el apellido Al-Asadi no logré ni una entrevista. Eso sí, llegué a un acuerdo para reunirme con Jess Bjørn en la Jefatura de Defensa. Allí me propuso, ya que hablo con fluidez varios idiomas, que buscara un puesto libre en los servicios de inteligencia de Defensa bajo sus órdenes. Jess era comandante y pasó una temporada en la Sección de Análisis de Oriente Próximo, y casualmente le hacía falta un soldado experimentado que hablase árabe como yo. Yo ya sabía que aquello podría suponer un destino en Oriente Próximo, donde Saddam Hussein continuaba con su régimen de terror, pero Jess me aseguró que, si me enviaban allí, iba a ser a un destino seguro. Es decir, que no iba a estar expuesto al peligro.

Assad bajó la mirada.

—Por supuesto, eso cambió a la larga.

Dirigió a Carl una mirada sombría.

—Lo que no había calculado era adónde podía llevarme mi pasado en el Ejército en caso de encontrarnos de repente en una situación catastrófica, que era lo que por desgracia ocurría a varios niveles. Mi madre contrajo un cáncer y se murió dos días antes del once de septiembre de 2001, y a partir de aquel día el mundo enloqueció. También mi mundo.

—¿Por qué tu mundo? ¿Qué ocurrió? —preguntó Gordon.

—¿Que qué ocurrió? Pues que se pusieron en marcha el Grupo de Trabajo K-Bar, el Grupo de Trabajo Ferret y la Operación Anaconda.

—Ahora hablas de Afganistán, ¿no? —preguntó Carl.

—De Afganistán, sí. Y fue la primera vez en la historia del Cuerpo de Submarinistas y del Grupo de Operaciones Especiales que se vieron envueltos en una situación bélica real. A partir de enero de 2002, aquellos dos cuerpos se convirtieron de pronto en parte de la coalición internacional, conmigo como intérprete, pero también como soldado con el fusil de asalto al hombro. Y lo empleé sin parar, os lo digo con toda confianza. Pasados unos meses, ya lo sabía todo sobre cómo se puede o te pueden matar. Vi gente partida en dos, civiles y desertores degollados, participé en la lucha contra talibanes y miembros de Al Qaeda, y todo eso sin que nuestro país y nuestros allegados supieran de las barbaridades en las que participábamos.

—Podrías haberte negado a hacerlas —propuso Rose.

Assad se alzó de hombros.

—Cuando has huido de Oriente Próximo, como yo, siempre abrigas la esperanza de que un día vas a ver la región libre de desmanes y maldad. Los talibanes y Al Qaeda deseaban y siguen deseando lo contrario. Además, yo no sabía en qué me metía, ninguno de nosotros lo sabía. Ya en aquella época me parecía que había visto un poco de todo, de modo que ¿qué podía sorprenderme? Al fin y al cabo, era un sueldo bueno y seguro, ¿no?

—¿Cuántas veces te enviaron a Afganistán? —preguntó Carl.

—¿Cuántas veces? —Assad sonrió con ironía—. Una sola vez, pero estuve cinco meses en duras condiciones, con un equipamiento pesado y soportando olas de calor constantes, además de las amenazas de la gente del lugar, que nunca sabías si estaba a favor o en contra. No se lo deseo al peor de mis enemigos.

Se calló un momento y sopesó lo que iba a decir.

—Pero la situación iba a empeorar. Y fue por mi culpa —añadió después.

12

Assad

—Si los demás inspectores no pueden hacerlo, por mis huevos que voy a encontrar dónde esconden las armas esos capullos —aseguró el comandante Jess Bjørn a Assad una noche, después de un día largo y caluroso en el que no habían avanzado ni un paso hacia su objetivo. Solo hacía dos semanas que lo habían enviado a Irak como inspector de armamento de Naciones Unidas, y se había llevado a Assad consigo.

A él y al resto del equipo internacional de inspectores de Naciones Unidas los enviaron allí con el único objetivo de demostrar que el presidente de Estados Unidos tenía razón cuando no solo se convenció él, sino que convenció a todo el mundo de que Saddam Hussein guardaba grandes depósitos de armas de destrucción masiva en Irak. Pero no habían encontrado nada y entre los colegas de Jess Bjørn del cuerpo de inspectores se extendía la duda sobre la propia misión. Entonces, su superior, Hans Blix, dio un paso al frente y expresó gran desconfianza hacia la base sobre la que los servicios de inteligencia de Estados Unidos construían sus hipótesis o, mejor dicho, sus convicciones. Pero Jess Bjørn no dudó ni un segundo.

—La gente de Saddam es demasiado astuta para el anciano y respetable diplomático sueco —explicó a Assad—. Hans Blix no ha comprendido que, tan pronto como los iraquís ven acercarse nuestros uniformes de Naciones Unidas, ya han escondido todo lo que buscamos. ¿No crees acaso que hay montones de búnkeres bajo la arena del desierto para esconder en ellos todo tipo de armas y maquinaria diabólicas? —preguntó.

Assad no lo sabía. Los iraquís a quienes ya habían hablado e interrogado parecían sinceros. Los ingenieros y administradores de las instalaciones nucleares podían dar cuenta exacta de sus existencias de uranio y otras sustancias radiactivas, así como del uso que se les iba a dar. Las instalaciones militares que habían visitado albergaban sin duda enormes depósitos de armas convencionales, que eran restos de la despiadada guerra contra Irán, pero no encontraron ni rastro de nada que contraviniera la Convención de Ginebra. A pesar de que los estadounidenses parecían estar seguros al cien por cien de la presencia de armas de destrucción masiva en Irak, seguía sin haber ninguna seguridad acerca de dónde podrían encontrarse. Saddam Hussein debía de divertirse sin duda con toda aquella confusión y contribuía a su mantenimiento por medio de sus extrañas declaraciones.

Pero aunque todo aquello fuera en realidad mentira pura y dura, no había muchos que emitiesen una opinión independiente y tampoco lo hacía el comandante Jess Bjørn. «¿Acaso el atentado contra las Torres Gemelas no ha sido una realidad?», preguntaba. ¿Y no era gente de Oriente Próximo la que estaba detrás del atentado? ¿Eso no probaba acaso la clase de personas con la que debían tratar? Entonces, ¿por qué iba a ser diferente aquel perro sarnoso de Saddam Hussein?

EL SENTIDO COMÚN habría recibido ese tipo de conclusiones maniqueas con el habitual escepticismo. Pero si se puede hacer que una persona sienta miedo, es fácil que muchos mecanismos de clasificación y filtros naturales asociados al sentido común no funcionen. Aquello había sido lo que el presidente norteamericano y sus asesores habían utilizado a placer después del once de septiembre de 2001. Se había abonado el terreno para crear nuevas imágenes del enemigo, nuevas áreas de comercio y, sobre todo, la posibilidad de ocultar que la Administración Bush no había hecho los deberes y no había entendido las tensiones internacionales y nacionales desencadenadas por la situación en Oriente Próximo. Había que actuar con todos los medios y a cualquier precio, y Bush se había adaptado a la situación con nuevos conceptos y una retórica agresiva de «lucha contra el terrorismo» y el «eje del Mal» que había creado en la opinión pública un deseo de ver al Ejército en acción, a la vez que paralizaba la capacidad de actuar de la oposición. Si, después de la invasión de Afganistán, se pudo inducir a pensar que el brutal déspota de Saddam Hussein había creado una fuerza militar basada en armas de destrucción masiva, ¿qué más podía hacerse, sino exigir que se destruyeran?

A pesar de las insistentes negativas de Saddam, lo presionaron con amenazas de fuertes sanciones para que permitiera a los inspectores examinar instalaciones por todo Irak, de forma que se sembraba a la vez una sospecha real de que Irak poseía enormes depósitos de armas de destrucción masiva. Para el ciudadano medio de Occidente, aquellas palabras eran mágicas y se podían aplicar a cualquier cosa: bombas atómicas, bombas apocalípticas, armas químicas y bacteriológicas, y se decía que las sospechas tenían una base real. ¿Acaso no se había visto varias veces a qué estaba dispuesto el odioso dictador? El ataque químico de Halabja, donde gasearon a al menos tres mil civiles kurdos, era en sí suficiente respuesta. ¿Cuánta información más se necesitaba?

Y el primer ministro danés se dejó llevar por la retórica. Cuando el presidente de Estados Unidos le contó que había armas de destrucción masiva en Irak, decidió que, por supuesto, había que encontrarlas y destruirlas rápido, y, a ser posible, con contribución danesa.

Costara lo que costase.

DESDE EL PRINCIPIO, se suponía que Jess Bjørn, Assad y el resto de los empleados de Naciones Unidas debían ayudar en la inspección y redacción de informes, aunque eso llevara su tiempo.

Y cuando a la familia de Marwa, que vivía en Faluya, le llegó la noticia de que su marido tal vez se quedara destinado en Irak cierto tiempo, enviaron, sin que Assad lo supiera, una invitación a Dinamarca, y propusieron a Marwa que ella y las niñas fueran a Irak a visitarlos en la ciudad al oeste de Bagdad para que pudieran conocerlos a todos. La alegría por el reencuentro fue grande cuando Marwa llegó y sobre todo cuando pudo decirles que Assad y ella esperaban ya su tercer hijo. Estaba embarazada de solo un par de meses, pero una noticia es una noticia, sobre todo si es buena.

Marwa deseaba dar una sorpresa a Assad yendo a Irak y desde luego que fue mayúscula. De repente, ella estaba allí con las niñas delante de su tienda de campaña. Lo saludaron con sonrisas y con la frente perlada de sudor, preparadas para los abrazos de Assad, y Marwa tenía ganas de ver a su marido contento porque al final podían estar juntos en la tierra en la que se habían criado.

Pero Assad no se alegró ni de lejos, porque Irak era un país brutal si había que vivir en él y nadie sabía lo que iba a deparar el día siguiente. Por eso les pidió con amabilidad que se despidieran de la familia y volvieran rápido a casa, pero Marwa tenía otros planes. Si Assad iba a pasar varios meses en Irak, ¿por qué no podían verse de vez en cuando en casa de la familia, en Faluya? Durante su relación, había estado destinado en el extranjero gran parte del tiempo, de modo que ¿por qué desaprovechar una oportunidad tan clara de recuperar el tiempo perdido?

Assad fue incapaz de hacer frente a la insistencia de Marwa. Ella era su gran amor y, junto con las niñas, la realidad por la que vivía y respiraba. Así que cedió a los deseos de su esposa y cometió el mayor error de su vida.

—ACORDAMOS VERNOS UNA vez por semana y lo hicimos durante un mes. Pero entonces la policía secreta de Saddam detuvo a Jess Bjørn.

Assad miró a Rose, Gordon y Carl, y se dispuso a continuar su relato.

—Espera, espera un poco —metió baza Carl—. ¿Detuvieron a Jess? Era inspector de armamento. Entonces, ¿por qué no salió en la prensa?

Assad comprendía que lo preguntase. Fue un asunto de lo más turbio.

—Jess cometió una estupidez. Se quitó el uniforme de Naciones Unidas y se procuró acceso a lugares a los que no lo habían invitado. Sobornaba a la gente que trabajaba allí. Forzaba puertas donde era posible. Fotografiaba máquinas e instalaciones en plantas legales y manipulaba las fotos para que indujeran a la sospecha.

—¿Estuviste envuelto en eso? —preguntó Rose.

Assad sacudió la cabeza.

—No, al contrario. Lo avisé una y otra vez, y al final se fue sin informarme de cuál era su misión. Me daba perfecta cuenta de que Jess nadaba en aguas profundas, y una noche no regresó.

—¿Lo habían detenido?

—Sí. Lo enviaron al Anexo I.

—Un lugar siniestro, ¿no? —comentó Gordon.

Assad asintió. Un lugar muy siniestro, lo sabía mejor que nadie.

Assad se dirigió a sus superiores y los informó del apresamiento de Jess Bjørn, y le dijeron que, tal como estaba la situación, no podía hacerse nada. Jess se había quitado el uniforme y había espiado, así que tendría que arreglárselas como pudiera. A pesar de las súplicas de la familia para poner en marcha iniciativas diplomáticas para que los iraquís retirasen los cargos, no hubo ninguna reacción. Estaba claro que iban a tener que abandonarlo a su suerte; de lo contrario, se arriesgaban a que toda la operación de Naciones Unidas en el país se fuera al garete.

Assad sabía que tenían razón. Jess recogió lo que había sembrado y, en cuestiones de espionaje, los jueces de Saddam raras veces mostraban misericordia. No obstante, Jess y Assad no se dieron cuenta de la gravedad de la situación hasta que se dictó sentencia de muerte, solo una semana antes de la fecha prevista para la ejecución de Jess.

CON MIRADA TRISTE, Assad continuó relatando cómo el hermano de Jess, Lars Bjørn, llegó la víspera de que se dictara sentencia.

No había perdido el tiempo, no. Tres abogados defensores iraquís independientes y encorbatados recibieron primero amenazas, después regañinas y al final les prometió el oro y el moro si conseguían liberar a su hermano. Su reacción fue unánime: miraron con desdén las manchas oscuras de sudor bajo las axilas de Lars Bjørn y dijeron sin tapujos que la clase de soborno para conseguir que unos abogados se pusieran en contra de los tribunales de Saddam no existía. No querían arriesgarse a encontrarse con la soga al cuello al lado de aquel idiota danés. ¿Ya sabía cuántos desaparecían en las anónimas tumbas del desierto sin que nadie supiera qué había sido de ellos?

Tras dos días de amenazar y suplicar en vano, Lars Bjørn se dio cuenta de que no había nada que hacer. A su hermano iban a llevarlo al patíbulo, cubrirle la cabeza con una capucha negra y dejarlo caer dos metros por una trampilla, con la soga al cuello, y se iba a desnucar. Una muerte rápida pero segura.

La luz de la habitación de hotel de Lars Bjørn estuvo encendida toda la noche y al día siguiente llamó a Assad para presentarle su plan.

—Siento tener que mezclarte en esto, Assad, pero hablas árabe y eres un soldado con experiencia. Si alguien puede sacar de ahí a Jess, ese eres tú.

Assad se inquietó.

—¿A qué te refieres?

—¿Has estado en la cárcel en la que tienen encerrado a Jess? Está al oeste de Bagdad, en dirección a Faluya, la ciudad de tu mujer.

—¿Está en Abu Ghraib? Ya sé dónde está, Lars, pero ¿qué puedo hacer yo ahí? Aquello es un infierno en la Tierra.

Las manos de Lars Bjørn temblaron mientras encendía su cigarrillo.

—No, es un anexo de cemento que está a un par de kilómetros de allí. Pero sí, ese lugar es también un auténtico infierno. Es un sitio donde los derechos humanos no cuentan, porque hay tortura, abusos y sufrimiento a más no poder. Durante los últimos años, muchos inocentes han sido ajusticiados allí y, una vez que estás dentro, puedes darte por perdido. Así que qué puedes hacer es una buena pregunta. No obstante, es lo que voy a pedirte. Tienes que ayudarme a sacar a Jess.

Assad lo miró fijamente mientras una sensación gélida le recorría la espalda. ¿Quién carajo se pensaba que era él? ¿Supermán?

—Lars, ese no es un sitio al que nadie quiera acercarse. ¿Cómo vamos a entrar, y no digamos sacar a Jess, sin que se den cuenta? ¿No hay soldados y guardias al otro lado de los muros?

—Assad, no vamos a sacarlo sin que lo vean. De uno u otro modo, debemos hacer que lo saquen ellos.

Assad cerró los ojos y vio ante sí una cárcel compacta protegida por sólidos muros de cemento y alambre de espino. ¿Qué se pensaba el tío? ¿Se había vuelto loco o qué?

—Ya veo qué estás pensando, Assad, pero el plan no es imposible. Debemos hacer creer a la policía secreta que Jess puede ser el instrumento perfecto para hacer detener de inmediato la inspección de armamento. Ya me he puesto en contacto con el juez que lo condenó y he llegado a un acuerdo con él, si Jess coopera.

—Suena inquietante, pero déjame adivinar. Vas a decirles que Jess espiaba por encargo de Naciones Unidas, ¿verdad?

Bjørn hizo un gesto de aprobación.

—En efecto; y eso va a comprometer toda la misión en tal grado que Naciones Unidas va a tener que suspender las inspecciones. Jess va a ser la mejor arma de los iraquís en esta maniobra.

—Entiendo que te esfuerces en salvar a tu hermano, Lars, pero es mentira. Van a darse cuenta.

—¿Darse cuenta? A los iraquís les importa un rábano si es cierto o falso, siempre que obtengan una confesión como prueba. El juez dice que ya se han empleado a fondo con él. Es un hueso duro de roer, pero lo han azotado hasta que se ha desvanecido, lo han despertado con agua fría y lo han apaleado una y otra vez. Dicen que lo han doblegado y ha cantado de todo. Pero ahora al menos ya saben que pertenece al grupo de inspectores de Naciones Unidas y va a causar impresión cuando declare que sus superiores le ordenaron que espiase, fuera o no cierto. Al fin y al cabo, los servicios de inteligencia iraquís viven de la mentira, Assad.

Assad se imaginó a aquel hombre enorme. Había visto a Jess participar en una sucia pelea en Lituania y sabía que aguantaba el dolor mejor que nadie que conociera. ¿Un día de latigazos había bastado para doblegarlo?

—Lars: si Jess ha desvelado algo sobre quién lo contrató, es porque lo han torturado a conciencia. Si tienen que ponerlo delante de una cámara, van a pasar días hasta que esté en condiciones de hacerlo.

Assad sentía escalofríos de pensar en lo que eran capaces de hacer aquellos diablos.

—Es posible que lo aten a una silla en una habitación cerrada y lo obliguen a declarar ante las cámaras, y después lo ejecuten. ¿Cómo evitar que lo hagan una vez que hayan conseguido la confesión?

—Según mi plan, no van a hacerlo; ahí es donde te necesito a ti, Assad. Tienes que entrar conmigo a por él.

A Assad se le erizó el vello de los brazos, porque la gente desaparecía a diario en las prisiones de Irak. Si entrabas en ellas, necesitabas algo más que buena suerte para salir.

Lars empujó el plano de un complejo de edificios hacia él.

«Baghdad Correctional Facility, Annex I, Abu Ghurayb Prison», ponía.

—No creo que Jess esté tan maltrecho como dicen y como tú temes, porque me han concedido permiso para visitarlo diez minutos esta tarde. Oficialmente dan diez minutos para despedirse de los condenados a muerte, pero en realidad a la mayoría no se le ofrece esa oportunidad. Pero no voy a entrar para despedirme de él, sino para explicarle mi plan.

Señaló una serie de celdas de menor tamaño en la parte inferior del plano.

—Los condenados a muerte están ahí. Los sacan, los torturan y, cuando han logrado lo que quieren, los ahorcan o los degüellan. La zona sin construir detrás de los edificios encubre las fosas comunes. Las excavadoras abren unos surcos enormes para que haya sitio abundante donde ocultar cadáveres. Sé muy bien lo que ocurre ahí dentro.

El dedo de Lars se deslizó hasta un patio en la parte superior derecha del plano.

—En este patio estamos cerca de la puerta. Y aquí está el pasillo que lleva a la salida, la única del recinto carcelario.

Señaló una cruz cerca de la salida.

—Tú y yo estamos en ese patio. Cuando lo saquen de la celda, van a dirigirse directos hacia nosotros. La cámara va a estar aquí y Jess va a hacer su confesión aquí. Y para documentar que no lo fuerzan a decir lo que vaya a decir, voy a avanzar hacia la cámara y preguntarle directamente si lo hace obligado, cosa que él va a negar. Es lo que he acordado con el juez. Después, se levanta y lo escoltamos a la plaza exterior, donde nos espera mi conductor, y nos marchamos.

—Tal como lo presentas, suena muy prometedor y bastante optimista. Pero ¿y si algo sale mal, qué?

—Entonces apareces tú y te ocupas de que salgamos vivos. Hablas árabe y mantienes los oídos abiertos, para que podamos reaccionar antes de que sea demasiado tarde.

—No lo entiendo, Lars. No van a permitirnos llevar armas encima cuando nos dejen entrar. ¿Cómo vamos a poder defendernos?

—Assad, eres un soldado de las Fuerzas Especiales y confías en tu instinto. Si sale mal, sabrás desarmar a los que tengas cerca y dejarlos fuera de juego.

ASSAD SE SECÓ el sudor de la frente y se giró hacia Carl con los labios apretados. No sabía por qué le costaba tanto contarlo, solo que estaba a punto de desplomarse por el agotamiento.

—Así fue como ocurrió. Lars Bjørn estaba desesperado. Y ahora me temo que necesito un descanso, Carl. ¿Te parece bien que me vaya a mi despacho, rece mis oraciones y después me acueste una hora?

13

Alexander

DÍA 13

HABÍAN INTENTADO ENTRAR en su cuarto.

Los oyó cuchicheando al otro lado de la puerta y vio que la manilla giraba un poco.

Pero a Alexander le daba igual, porque estaba preparado. Ya el primer día que se atrincheró, estuvo pensando lo de las puertas. Porque, se abrieran hacia dentro o hacia fuera, siempre podían crear problemas para quien no quisiera que se abrieran. Y eso a pesar de haberla cerrado con una llave que no era tan fácil de sacar empujando del otro lado.

En ese caso, la puerta de su habitación se abría hacia el pasillo y, empleando una palanqueta en el marco a la altura de la cerradura, era fácil entrar. Pero Alexander sabía mejor que nadie que su padre jamás rompería por él una puerta tan espléndida: era demasiado cuidadoso y demasiado tacaño para eso, y solo sentía indiferencia por su hijo.

Recordaba con claridad lo orgulloso y feliz que estaba cuando le enseñó por primera vez su nueva adquisición.

—Mira nuestra nueva casa, hijo. Esta casa es un auténtico símbolo de nobleza y artesanía. Puertas macizas, techos de estuco, escaleras con barandilla trabajada a mano, ¡mira! Aquí no hay manillas de plástico, chapucerías de tablero aglomerado ni paredes desconchadas, porque ha habido gente que podía y quería hacerlo, que ha trabajado para hacer que esta casa sea única y hermosa.

«Que podía y quería hacerlo», esa era la cantinela de su padre. Cuando hablaba de otras personas, las clasificaba en categorías, según «pudieran o quisieran algo» o ninguna de las dos cosas. Y repudiaba a los que, según su opinión, ni querían ni podían, personas infrahumanas que nunca iban a pertenecer al mismo país que él.

El monotema que acompañaba las comidas era la mala opinión que le merecían los que no producían lo suficiente o no se sometían a su concepción de lo que es un país como es debido. Y cuando un día Alexander le gritó que debería callarse la boca y que más le valía ayudar a los que ni podían ni querían que intentar parecer siempre mejor que los demás, su padre le dio la primera bofetada de verdad de su vida. Él solo tenía trece años y desde entonces había recibido muchas, porque en aquella casa se discutía a menudo, y debía quedar claro que su padre preferiría tener como hijo a cualquier otro chico danés normal que a Alexander.

Y ahora vivían en una casa construida casi un siglo antes por gente que podía y quería. Y a pesar de que la puerta no podía bloquearse desde dentro porque, cosa rara, se abría hacia fuera, tenía una manilla de latón macizo que no podía desmontarse así como así.

Aquella manilla fue clave para que Alexander tuviera paz en su habitación. Porque, debajo del estuco del cuarto de Alexander, su padre, en un breve arranque de sentido práctico y benevolencia, había montado un cable de acero de donde colgaba una hilera de bombillas halógenas. El cable estaba bien tenso, pero hacía tiempo que el chico lo había arrancado y había atado un extremo del cable en torno a la manilla de la puerta y, el otro, a un radiador de hierro colado, de manera que no se podía abrir lo bastante para pasar. Cuando no había nadie, podía desmontar su mecanismo en diez segundos y salir del cuarto. De modo que, cuando oyó a sus padres cuchichear detrás de la puerta, se limitó a sonreír, porque no iban a poder entrar.

—¡Estoy bien! —gritó a través de la puerta—. Me quedan unas pocas semanas y después saldré.

El efecto más inmediato fue que el cuchicheo cesó; pero, en realidad, Alexander mentía, porque la verdad era que no se sentía nada bien.

Durante las últimas veinticuatro horas, había perdido impulso en el videojuego y se había quedado tan retrasado que durante un momento estuvo sopesando si no debería abandonar su ambición de llegar a dos mil ciento diecisiete victorias. Solo quería prestar a la mujer anónima de lo alto de la pared la atención que merecían ella y los demás muertos de la playa y del mar. Cuando llegara la hora, había pensado contar con pelos y señales a su contacto de la policía en qué consistía su plan, y después salir y cortar la cabeza a sus padres y a todos los que se pusieran a su alcance. Así nadie iba a poder olvidar jamás aquella cifra y a aquella mujer inocente.

Ese era su plan.

«Espabila, Alexander —se dio ánimos mientras miraba la pantalla—. Puedes hacerlo. Ponte las pilas y tirotea y mata sin piedad; lo único que pasa es que has perdido el ritmo de victorias. Recupéralo y todo irá bien.»

Oyó otra vez ruido detrás de la puerta.

—¡Ha venido tu amigo Eddie, Alexander! —gritó su madre—. Quiere entrar a tu cuarto, viene a saludarte.

Aquello era mentira. Para empezar, Eddie no era su amigo; además, no se le ocurriría ir a saludarlo. Tal vez para pedir prestado algo que de todas formas nunca devolvería o quizá para conseguir la dirección de alguna página porno buena, pero no para saludarlo. Ni hablar.

—Hola, Eddie. ¿Cuánto te han pagado mis padres? —respondió—. Espero que haya sido mucho. Pero, si eres listo, lo mejor que puedes hacer es largarte rápido con el dinero, porque no tengo ganas de verte. Ni por un segundo. Adiós, Eddie.

El pobre había intentado ser útil a cambio del dinero y respondió a gritos que lo había echado de menos. Joder, lo habían instruido bien.

—Solo diez minutos, Alexander —oyó la voz de Eddie, más ronca de lo normal.

Alexander alcanzó la espada samurái de la pared y la sacó de su vaina. Era maravilloso el filo que tenía. El idiota de Eddie debería saber lo que ocurriría si entraba al cuarto de uno u otro modo. Su cabeza iba a caer al suelo con todo su peso y la mesa, silla y alfombra serían rociadas por los últimos restos de sangre que bombeara su corazón.

—Cinco minutos, entonces —intentó de nuevo el inútil de Eddie.

Alexander no respondió. La mejor manera de desarmar a la gente era simplemente no responderles. Sentían una frustración increíble cuando no se les hacía caso, pero se quedaban también paralizados. «El silencio es la mejor de las armas», había oído decir a alguien. Las relaciones entre personas se rompían en medio del silencio, los amigos desaparecían ante el silencio. El arma más efectiva de los políticos era el silencio y solo después venía la mentira.

Transcurrieron unos minutos en los que su madre y Eddie se afanaron con súplicas cada vez más breves. Después, los ruidos se desvanecieron por el pasillo.

Alexander volvió a meter la espada en su funda de la pared y se giró hacia su juego. Le quedaban ciento cincuenta victorias para alcanzar su objetivo. Los días buenos solía lograr unas quince, y en días malos, un par de ellas. Pero si la suerte volvía a acompañarlo, si se esmeraba, economizaba sus fuerzas y aumentaba su concentración, llegaría a su objetivo en un par de semanas. Era una cuestión de motivación y Alexander sabía con exactitud cómo permanecer motivado.

Tomó su móvil y encontró el número al que había sacado tanto provecho los últimos días. No siempre conseguía hablar con su contacto, pero esa vez, pasados unos segundos, oyó aquella voz un poco nasal al otro lado de la línea.

—Vaya, ya estás llamando otra vez —comentó el policía—. Dime cómo te llamas, porque no tengo ganas de hablar contigo hasta saberlo.

Alexander estuvo a punto de echarse a reír. ¿Un policía podía ignorar a una persona que le decía que pronto iba a matar? ¿Se pensaba que era idiota?

—Vale. Llamo solo para decirte que no he alcanzado el nivel que me había propuesto. Es posible que tengas que esperar un poco aún a que llegue a 2117, porque me cuesta avanzar. Me matan una y otra vez, ¿entiendes? Y entonces debo volver a empezar y es una pérdida de tiempo. Tengo que obtener más puntos, ¿no?

—¿A qué juego estás jugando? ¿Y por qué es tan importante para ti alcanzar la cifra de 2117? ¿Qué tiene ese número?

—Ja, ja. Eso lo sabrás cuando lo alcance y también sabrás cómo me llamo. Te lo aseguro.

Y colgó.

14

Carl

—ROSE, ¿SABES MÁS de lo que ha contado Assad? —preguntó Carl cuando Assad salió para orar y descansar un poco.

—No, nada. La mayor parte de lo que ha dicho no se lo había oído nunca.

—Entiendo que has venido a Jefatura porque quieres que ayudemos a Assad. ¿Significa eso que regresas al Departamento Q?

—¿Tengo aspecto de estar preparada para eso?

Carl observó la figura de Rose. La mujer, antes tan asceta y atlética, parecía una sombra de sí misma. La verdad era que se había quedado conmocionado al ver su cuerpo amorfo y la torpeza de sus movimientos. Era comprensible que Rose lo preguntara.

—Tienes buen aspecto —se oyó a Gordon desde atrás—. Puedes hacerlo, Rose.

¿Se le caía la baba al pavo cuando Rose le sonrió?

—Te hemos echado de menos a ti y a tu buena cabeza, y también, aunque menos, a tu enorme impertinencia, debo admitirlo —reconoció Carl—. Pero la cuestión es que si hay que meter horas con la historia de Assad, tendremos que insistir en que vuelvas. Pero te corresponde a ti elegir. ¿Quieres volver o no?

Una voz conocida pero inesperada los interrumpió desde el pasillo.

—¿Quién quiere volver o no? —preguntó la figura que apareció en la abertura de la puerta. Era Marcus Jacobsen.

Avanzó hacia Carl con la mano tendida y saludó a cada uno de los presentes con una sonrisa que anunciaba novedades.

—Como habréis adivinado, estoy de visita de cortesía por los departamentos. ¿Hablaban de ti, Rose?

Ella lo miró con devoción y olvidó asentir con la cabeza. De alguna manera, siempre había sentido debilidad por el viejo. ¿Sería por su voz grave o por las manos grandes? Joder, con las mujeres no había manera de saberlo.

Marcus dirigió a Rose una de esas sonrisas que, con el paso de los años, se convierten en arrugas.

—Por lo demás, a todos nos vendría bien que te sientas con fuerzas para volver. Sé que las has pasado canutas, de manera que debes tomarte tu tiempo para pensarlo bien.

Se volvió hacia Carl.

—Empiezo mis visitas en vuestro departamento y puede que creáis que es porque voy a hacerlas piso a piso, pero no es por eso. Lo hago porque el Departamento Q es, probablemente, la unidad de investigación más efectiva y exitosa que tenemos en Jefatura, y tengo grandes esperanzas de que seáis capaces no solo de perseverar, sino también de mejorar y modernizar vuestras instalaciones. Y, en relación con eso, tengo un pequeño regalo para ti y Assad, Carl.

Caramba, ¡aquello era lo nunca visto!

—Tú y Assad trabajáis mucho juntos, Carl, y como queremos ampliar esas relaciones entre compañeros, vamos a equiparos a unos pocos con esto.

Tendió dos estuches a Carl.

Carl miró el envoltorio. Era uno de esos relojes supermodernos que hacen de todo. ¿Cómo diablos había pensado su renovado antiguo inspector jefe de Homicidios que iba a manejar un cachivache así? Ni siquiera era capaz de saber cuál de los mandos a distancia del sofá de casa de Mona valía para qué cosa. ¿Iba a tener que leer unas instrucciones de uso? Sacudió la cabeza. Ni por el forro, prefería leer un artículo sobre los hábitos de limpieza en Mongolia. Menos mal que tenía a Ludwig para informarse, aquel chaval sabía de esas cosas.

—E... gracias —dijo—. Creo que al menos Assad va a alegrarse mucho.

—Lleva incorporado un GPS, para que siempre podáis localizaros el uno al otro. Por ejemplo, puedes saber dónde se encuentra Assad en este momento.

—¿Es tan preciso?

Marcus Jacobsen lo miró, inquisitivo.

—En este momento se encuentra a ocho metros de aquí, en su, digamos, oficina, al otro lado del pasillo.

Jacobsen sonrió. Lars Bjørn no lo habría hecho.

—Bueno, resumiendo, hay que considerarlo como un reconocimiento de vuestro trabajo. Y si hay alguna cosa que os agobie, siempre podéis acudir a mí, no lo olvidéis.

Carl miró a los otros dos y contó los segundos. Uno, dos, tres... Solo cuatro segundos y fue Gordon el primero en reaccionar.

—Yo tengo un problema —empezó—. Cada dos por tres, me telefonea un joven para amenazarme con que va a asesinar a sus padres y a cuantos pueda en la calle en cuanto alcance una cifra concreta en un juego al que está jugando. Creo que lo dice en serio, así que hablamos al respecto.

—¡Está bien saberlo!

—Habla por un móvil con tarjeta de prepago. Es probable que tenga varias.

Marcus pareció estar de acuerdo con la hipótesis; seguramente era la única que había tomado en consideración.

—¿Cuánto tiempo lleva llamando? —preguntó.

—Varios días.

—¿Habéis hablado con los operadores telefónicos?

—Sí. Por desgracia, el tipo solo habla conmigo poco tiempo. Lo más seguro es que cambie de tarjeta de una llamada a otra y estoy convencido de que apaga el móvil cuando no está hablando por él.

—Y yo estoy igual de convencida de que se trata de un teléfono viejo sin GPS —añadió Rose—. Todos vamos a tener que estar alerta si queremos seguir su rastro por las torres de telefonía. Y, si lo conseguimos, la precisión no va a ser de diez metros como cree la gente. No es como con los relojes que os acaban de dar.

—¿Habla danés? —le preguntó Marcus, impasible ante las descaradas miradas envidiosas de Rose a los estuches de los relojes.

—Sí, con fluidez, diría yo. Suena como un adolescente o quizá algo mayor.

—¿En qué te basas para decirlo?

—Se come las palabras como un adolescente que quiere sonar guay, pero también emplea otras que indican cierta madurez. Es posible que tenga una buena educación.

—¿Por qué lo dices?

—Una de las veces, por ejemplo, empleó una palabra como *ajusticiar* en lugar de decir *matar* o *asesinar*.

—Mmm. ¿Habla de manera afectada?

—¿Como qué?

—Como la gente de los suburbios ricos, Rungsted o Gammel Holte.

—Bueno, no diría tanto. Pero tampoco es la jerga que hablan los jóvenes de los barrios pobres de Nørrebro o Rødovre.

—¿Y en qué dialecto?

—Creo que no habla un dialecto como tal.

—Pues prepárate para grabar la próxima conversación, ¿vale?

—Sí... Por supuesto, ya lo he estado haciendo. Bueno, solo lo grabé una vez, pero no dijo gran cosa.

—A veces un poco es mucho, Gordon.

Carl estaba de acuerdo. Al fin y al cabo, en la policía había hábiles expertos en lingüística y dialectos, de modo que Marcus tenía razón. Había que comprobarlo.

—¿Os habéis puesto en contacto con la Comisaría Central de Información? —continuó el inspector jefe de Homicidios.

Fue Carl quien respondió.

—No, todavía no. Pero lo estamos pensando, como es natural.

—¿Por qué llama al Departamento Q? ¿Lo sabéis?

—No, pero ya se lo he preguntado —contestó Gordon.

Marcus volvió a activar un par de profundas patas de gallo.

—Seguramente ese joven habrá oído hablar de vosotros. Tal vez sepa lo eficaces que sois y quiera, en el fondo, que lo detengan antes de que sea demasiado tarde.

Guau, lo que faltaba, pensó Carl. Ahora Gordon no iba a soltar aquel caso por nada del mundo.

El larguirucho pararrayos se rascó la cabeza.

—Entonces, ¿qué hago, en cuanto a grabar las conversaciones?

—Llama a la Comisaría Central de Información y diles que escuchen en línea.

Carl frunció el ceño. Ni hablar, aquellas hienas no iban a meterse en su línea telefónica.

—Déjalo en nuestras manos, Marcus —terció—. Tenemos nuestros métodos para cazar a esa clase de idiotas.

Gordon iba a protestar, pero reparó en la mirada fulminante de Carl.

Este cambió de tema.

—Tenemos otro caso que a Rose, a Assad y a mí nos va a exigir plena dedicación durante un par de días o más.

Marcus se sentó a escuchar mientras Carl y Rose se turnaban para volver a contar lo que había desvelado Assad sobre su propia persona.

Para ser un hombre que a lo largo de su vida había conocido un poco demasiado de todo, el inspector jefe estaba más afectado por el relato de lo que había esperado. Era evidente.

—¡SANTO CIELO! —EXCLAMÓ.

Se quedó un rato en silencio e intentó digerir la historia y hacer que las piezas encajaran. Cosa difícil, al parecer.

—Ya veo —manifestó al final con la mirada desenfocada—. Está claro, eso explica quién es Assad y también por qué Lars Bjørn se empeñó en buscarle una nueva identidad y un trabajo adecuado a sus aptitudes.

Luego miró a Carl.

—E hizo muy bien al enviártelo a ti, Carl. Creo que eso no fue ninguna casualidad.

—Enséñale a Marcus los recortes, Carl. Así sabrá cuál ha sido el desencadenante —indicó Rose.

Carl empujó el montón de recortes hacia el inspector jefe y señaló la foto de las mujeres del primer recorte.

—Esta es Marwa, la esposa de Assad, y la de al lado es, seguramente, una de sus hijas.

Marcus sacó del bolsillo de la pechera un par de gafas.

—Veo que la foto está sacada en Chipre hace unos días.

—Sí, en Ayia Napa. Fue allí donde llegaron los inmigrantes del bote neumático.

—¿Y qué dicen el resto de los recortes? —El inspector jefe levantó un par de ellos y se fijó en los titulares—. ¿Los habéis leído?

Carl sacudió la cabeza.

—No, no he tenido tiempo. Pero Rose lo ha leído todo, ¿verdad, Rose? —Le guiñó un ojo—. Verás, es que colecciona esas cosas.

El rostro de Rose se ensombreció. Joder con la tía. ¿Podía sentirse cohibida por algo?

Sacó el recorte de debajo del montón.

—Estaba en la pared de mi dormitorio; allí la vio Assad y se quedó paralizado.

¿Había dicho «dormitorio»? ¿Qué diablos hacía Assad allí?

—Poco después comprendí por qué —continuó—. Assad reconoció a la mujer ahogada. Había sido una especie de segunda madre para él.

Todos miraron el titular del recorte: «Víctima número 2117», ponía.

—¡¿Qué pone?! —le salió de forma natural a Carl; a su lado, Gordon se quedó mudo, con la mandíbula colgando.

—¡Dos mil ciento diecisiete! —logró cuchichear Gordon—. Es justo el número que el chaval que me llama quiere alcanzar en su videojuego, para después matar a su padre y a su madre.

Se produjo un conocido y sin duda añorado cambio de expresión en el semblante del inspector jefe de Homicidios. Su significado exacto seguía siendo un enigma, pero probablemente estaría analizando las posibles conexiones, cosa que siempre había sido su gran especialidad. Pero ¿qué pensaba en aquel momento? Seguro que lo mismo que Carl: que aquello no podía ser ninguna casualidad.

—Parece que la cifra le ha causado impresión al chico. Pero ¿dónde puede haberla visto?

—Los periódicos de todo el mundo han usado esos titulares de portada, Marcus —informó Rose.

Marcus Jacobsen arrugó la frente.

—¿Cuándo empezó a llamarte, Gordon? ¿Fue antes o después de estos titulares?

Gordon miró un segundo la fecha del recorte. Fue después, seguro. Al día siguiente o más bien a los dos días.

—¿El chico puede haber conocido la conexión de la mujer ahogada con Assad y, de manera indirecta, con el Departamento Q?

—¡No, imposible! —exclamó Rose. Después añadió—: Assad vio la foto ayer por primera vez, lo sé. Pero el mensaje que transmite el artículo acerca de las cosas espantosas que suceden con los barcos de inmigrantes es muy potente, de modo que hay que ser muy insensible para no conmoverse al leerlo. De hecho, por eso lo colgué de la pared.

—Vaya. Pues a mí me parece que el chico tiene una manera bastante insensible de conmoverse. Aunque podría tener ganas, no le corto la cabeza a mi madre solo porque es horrible y me saca de mis casillas —gruñó Carl.

El inspector jefe parecía pensativo.

—De acuerdo, Gordon. La próxima vez que llame el chico, vas a decirle que conoces la foto de la víctima dos mil ciento diecisiete. Dile que comprendes que esté indignado e intenta hacerle hablar.

Gordon lo miró con nerviosismo. Tal vez no fuera el más indicado para aquel trabajo.

—Y, Gordon —continuó Marcus—: es hora de que vayas en busca de Assad o de Zaid al-Asadi, si prefiere que lo llamemos así. Y creo que no debéis contarle lo del chico y la cifra, ya tendréis tiempo de decírselo. Al parecer, bastante tiene con lo suyo. ¿No crees, Carl?

Este hizo un gesto de asentimiento y vio ante sí a Assad cuando empezó a trabajar en el sótano, hacía más de diez años, y se presentó como Hafez el-Assad, un inmigrante sirio con guantes de goma verdes y un cubo de limpieza a sus pies. Pero, en su interior, en realidad era Zaid al-Asadi, miembro de las Fuerzas Especiales, oficial especialista en idiomas, iraquí, y hablaba un danés casi perfecto. Desde luego, aquel hombre era un actor consumado.

Se giraron hacia la puerta, por donde entró Assad con sus rizos indómitos. Sus ojos estaban cansados e inyectados en sangre cuando hizo un breve saludo a Marcus Jacobsen y le dio la enhorabuena por su nombramiento. Después se dejó caer a plomo en la silla y escuchó con atención mientras Carl explicaba que el inspector jefe estaba informado y que siguiera con su relato, si es que era capaz.

Assad se aclaró la garganta un par de veces y cerró los ojos, pero no continuó con su narración hasta que sintió la mano de Rose en el hombro.

—Pero no permitieron a Lars Bjørn estar con su hermano en la cárcel el día en que me habló de su plan. No fue posible hasta dos días antes de la fecha prevista para la ejecución. Y cuando lo vio con las manos esposadas a la espalda y un rostro ciertamente irreconocible, se dio cuenta de que los iraquís le habían sacado toda la información.

Assad abrió los ojos y miró a Carl a los suyos.

—Su nariz nunca volvió a ser la misma y tenía una oreja medio arrancada, y arañazos y moratones por todo el torso desnudo. Las uñas de sus manos estaban ennegrecidas. No era extraño que Lars estuviera muy afectado. No los dejaron hablar danés, de manera que no pudo comunicar su plan a Jess. Como compensación, le concedieron más de los diez minutos acordados y de pronto sus guardianes se retiraron un poco; debían de estar obedeciendo órdenes.

»Lars me contó que Jess había reaccionado con apatía cuando oyó en qué consistía el plan. Por un instante, Lars estuvo seguro de que Jess preferiría morir antes que traicionar la misión de Naciones Unidas, pero entonces rompió a llorar. Estaba destrozado.

—No lo entiendo —comentó Carl—. ¿Cuál era el problema? Cuando lo liberasen, no tenía más que decir a la prensa que había actuado por iniciativa propia.

—Tú no eres un soldado profesional, Carl. Habría sido una deshonra, ¿entiendes? En su mundo...

—No, no entiendo ni hostias.

—Jess sabía que entonces los iraquís considerarían su desmentido un engaño. Que le habían sacado toda la verdad y que era lo que prevalecería.

—Pero estaba de acuerdo con el plan, así que ¿qué ocurrió al final?

Assad se encorvó un poco hacia delante, como si el recuerdo le provocara retortijones. Después, continuó.

15

Assad

AL DÍA SIGUIENTE, el sol achicharraba y un calor abrasador cubría el país. El asfalto se derretía y los lugareños se cobijaban en el interior de las casas. Hacía mucho más calor de lo que había conocido Assad hasta la fecha y, dos minutos después de abandonar el vestíbulo del hotel de Lars Bjørn, tenían la camisa empapada.

El viaje al anexo de la prisión parecía eternizarse en la panza ardiente de un carro blindado que había conseguido Lars. Incluso a su curtido conductor, un mercenario libanés que Lars conocía de antes, el sudor le goteaba barba abajo, como si hubiera bebido un vaso de agua y derramado la mitad.

Aparcó a diez metros del muro de cemento que rodeaba el complejo, donde unos soldados nada sonrientes los esperaban junto a la puerta de entrada. El rápido cacheo bajo el vocerío de las órdenes anunciaba el ambiente del interior y, cuando los dejaron entrar, Assad sintió náuseas.

Dos de los guardianes los condujeron por un pasillo cerrado y sin cubrir de cinco metros de ancho por veinte de largo, hasta un patio abierto y vacío que limitaba con una serie de edificios de cemento conectados entre sí.

A cierta distancia de allí, un interno gritó que Alá era grande. Después se oyeron unos golpes sordos, tras lo cual volvió a reinar el silencio.

La refracción del sol hacía que los muros que rodeaban el patio desierto se pusieran a bailar. Allí dentro resultaba casi imposible respirar.

Después les ordenaron que esperasen quietos mientras los dos soldados se les ponían detrás con sus metralletas colgando del hombro. Assad los miró, vio sus vigilantes y penetrantes miradas. Aunque hacía un calor que te dejaba atontado, no iban a dudar en reaccionar en caso de presentarse una situación inesperada.

Assad se volvió hacia Lars Bjørn, que no tenía buen aspecto con el rostro hinchado y la respiración rápida y superficial.

Siempre es duro ver un miedo incontenible.

Pasados diez minutos, dos carceleros con el tronco desnudo sacaron a Jess y lo dejaron arrodillado ante ellos. Lo acompañaban dos hombres de aspecto oficial vestidos con trajes negros, seguramente de la policía secreta de Saddam, y un iraquí que vestía una túnica y llevaba una cámara enorme en la mano.

Mientras los carceleros abandonaban el patio, los dos hombres vestidos de negro se colocaron tras el arrodillado, que apenas podía levantar la cabeza, y le dieron unas patadas, hasta que alzó la vista hacia su hermano. Tenía la mirada tan perdida y llena de arrepentimiento y miedo que era difícil imaginar que fuera a dar su testimonio sin desvelar el engaño.

Entonces el hombre de la cámara se acercó e hizo señas a Lars Bjørn para que se colocara entre la cámara y su hermano.

Assad retrocedió unos pasos para acercarse a los soldados que tenía detrás. Tres pasos largos, calculó sin mirar atrás.

Ante él se encontraba Lars Bjørn, sudando, frente a la cámara. Estaba callado, tal vez se tambaleaba un poco, pero el espantoso calor era también un reto. Los hombres vestidos de negro, impasibles, se colocaron tras Jess Bjørn, arrodillado, en aquel patio polvoriento que parecía un horno. Los soldados tras Assad eran como robots, dispuestos a terminar la función a la menor señal. Aquello parecía una desagradable encerrona.

Assad se quedó quieto, tratando de adivinar de dónde podía llegar el peligro.

Venga, Lars, pensó, y se pasó el dorso de la mano por la frente sudorosa. Di lo que haya que decir y haz lo que haya que hacer.

Pero desde el momento en el que el cámara hizo una señal a Lars Bjørn hasta que este abrió la boca transcurrió una eternidad, y cuando al final la abrió, sonó como si lo hiciera bajo amenazas. Las frases eran mecánicas y su inglés, vacilante. Lo que debería haber sido un testimonio en voz clara de la disposición de su hermano a traicionar la misión de Naciones Unidas se convirtió en una representación nada creíble.

Entonces Jess les enseñó de qué material estaba hecho. Ocurrió cuando aquella figura desfallecida levantó la cabeza y miró hacia la cámara.

—Mi hermano ha contado lo que habíamos acordado —dijo en inglés con voz débil—. Ya veis lo afectado que está por la situación. Pero la verdad es que he actuado por propia iniciativa. He espiado, es verdad, y no he encontrado nada que pueda justificar esta misión de Naciones Unidas.

Tenía la respiración agitada.

—Esa es la verdad y me han condenado a muerte. No por haber entrado en instalaciones iraquís sin uniforme, sino porque en mi última acción estuve a punto de matar a un centinela. Por eso, me entrego a mi destino y quiero pedir perdón en público por mis actos.

Hizo una pausa y escupió un par de gargajos sanguinolentos a la arena. En aquel instante, Assad se dio cuenta de cuál era el verdadero plan de Lars Bjørn y por qué no había querido iniciarlo en él, y en su lugar le había dicho que se guiara por su instinto. Porque era entonces cuando tenía que emplearlo. Lo supo en el mismo instante en el que el escupitajo sanguinolento de Jess se evaporó en la arena.

Después de la inesperada confesión de Jess, solo había dos posibilidades: la condena emitida por el sistema judicial iraquí debía ejecutarse y ahorcarían a Jess al cabo de dos días o, si no, el castigo se aplicaría de inmediato. Fuera como fuese, iba a ocurrir algo, y cuando el mayor de los hombres de traje dirigió una mirada fija a los soldados que estaban detrás de Assad, el instinto de este entró en acción. En el momento en el que el más joven de los hombres trajeados se desabrochó la chaqueta y metió la mano derecha dentro en busca de su arma, Jess hizo acopio de fuerzas insospechadas, saltó hacia atrás y se lanzó contra él, y cayeron los dos al suelo.

Sin vacilar un segundo, Assad hizo lo mismo y saltó hacia atrás contra el soldado más cercano, y se derrumbaron en el polvo, con Assad encima. En un milisegundo le asestó un codazo en la garganta, le quitó la metralleta y disparó un solo tiro al vientre del otro. Mientras tanto, Jess se revolcaba con el agente que unos segundos antes lo habría ajusticiado a sangre fría de un tiro en la nuca. Ahora yacía con la mirada desconcertada y blandiendo su pistola mientras Jess lo agarraba con brutalidad del cuello y se lo torcía hasta romperlo.

El otro oficial de seguridad solo llegó a emitir un grito inarticulado de socorro cuando Assad le disparó una ráfaga corta al muslo y cayó.

El que menos esperaba el ataque era el cámara, que arrojó el aparato, saltó fuera de la línea de fuego y se giró hacia Assad, que seguía en el suelo, con un cuchillo en la mano y una mirada de loco que mostraba a las claras lo acostumbrado que estaba a usarlo.

En aquel momento se tejió el vínculo entre Jess y Assad, porque fue Jess quien, con la pistola del oficial, salvó a Assad con un solo tiro a la nuca del cámara, que ya estaba muerto cuando golpeó el suelo.

Mientras sucedía aquello, Lars Bjørn no se había movido ni un milímetro de donde se encontraba, para no interponerse. Pero sus ojos no habían perdido detalle de nada.

—¡Cuidado! ¡Ahora vienen por el otro lado! —gritó y señaló a dos guardias que salieron de la nada y apuntaban sus armas contra ellos.

—¡Ya os cubro! —gritó Assad, y arrebató la metralleta al soldado resollante que se agarraba el cuello maltrecho. Después recogió del suelo la cámara de vídeo y se echó la correa al hombro.

De un salto, Jess y Lars Bjørn se pusieron junto al oficial herido y lo arrastraron tras ellos a modo de escudo. Se oyeron varios disparos desde el muro exterior, a los que Assad correspondió con una ráfaga corta que abatió a uno de los soldados.

En aquel instante se oían también disparos de fuera.

—¡Es nuestro conductor! —gritó Lars—. Ahora te toca a ti, Assad.

Desde el momento en el que vieron la entrada al final de los edificios, Assad disparó sin cesar, mientras pensaba en la cantidad de balas que podía quedarle.

A dos pasos de él, Jess presionaba al iraquí herido que tenía delante como escudo, con la sangre fluyendo de su pierna.

Debe de ser alguien importante, porque los soldados no le disparan, pensó Assad.

Una salva de tiros efectuados desde arriba hizo levantar nubes en la arena que rodeaba el pie izquierdo de Assad.

—¡Cubríos! —gritó a los hermanos y al escudo humano. Y, como había hecho él, los hermanos se lanzaron contra el muro y se arrastraron pegados a él, llevando al oficial a rastras tras ellos para evitar situarse en la línea de fuego procedente de arriba.

Assad no supo a cuántos había abatido camino de la puerta de entrada y del conductor, quien se protegía tras el carro blindado y disparaba ráfagas con su humeante metralleta, hasta que se lo dijeron después, pero los soldados y carceleros yacían por todas partes.

Salieron pitando en medio de una nube de polvo, pisando el acelerador a fondo mientras se oían los impactos sordos de proyectiles que golpeaban en la puerta trasera del blindado.

Cuando perdieron de vista la cárcel, sacaron al oficial del vehículo y lo depositaron en el suelo.

—Hazte un torniquete en el muslo para no desangrarte —le ordenó Assad, a la vez que le arrojaba su cinturón—. ¡Recuerda que te hemos perdonado la vida!

Cuando siguieron hacia Abu Amer y cambiaron de coche, Assad debería haber sentido alivio, pero no lo sentía. Cuántos muertos, cuántos niños sin padre que aquella noche iban a llorar hasta caer rendidos.

Aquella misma tarde, Lars Bjørn comunicó las novedades al observador de Naciones Unidas más cercano y, justo después, él y Jess desaparecieron. Caminaron durante un mes por paisajes agrestes hacia el Kurdistán y después volvieron a Dinamarca desde Turquía antes de que se oyera hablar de ellos.

Assad debía haber salido de Irak junto con Jess y Lars Bjørn, pero cuando se disponían a hacerlo lo telefoneó su hija pequeña llorando y le dijo que su madre estaba mal y tenía miedo de perder el niño.

ASSAD SE CALLÓ cuando sonó el teléfono de la oficina de Gordon.

—Seguro que es el chico —comentó Gordon.

—¡Acuérdate de grabar! —le gritó Carl por detrás.

Marcus Jacobsen miró a Assad.

—Entonces, ¿no saliste de Irak? —preguntó.

Assad lo miró, dolido.

—No, no salí.

—Y aquello tuvo consecuencias para ti, ¿no? Malas consecuencias.

—Sí. Por desgracia.

—¿Y para los hermanos Bjørn no? No lo entiendo.

—Los iraquís no dijeron ni palabra del incidente, porque tenían miedo de la ira de Saddam. Dijeron que había sido un motín de presos y que habían sacado a un buen grupo elegido al azar al patio de la prisión y los habían ajusticiado como castigo.

—Hay que ver... —El inspector jefe aspiró hondo—. Debió de ser duro para ti cuando lo supiste.

—Fue duro, sí. Me enteré más tarde aquel mismo día, cuando me detuvieron. Todos los del Anexo I me odiaban como la peste.

Carl extendió ante Assad los recortes de periódico.

—¿Estás seguro de que la víctima número dos mil ciento diecisiete es tu segunda madre, Lely, de Siria?

—¡Sí! Pero lo que no entiendo es que huyera en el mismo bote que mi esposa e hija.

—Huían de Siria, eso ya lo sabemos.

—Ya, pero yo creía que mi familia estaba en Irak.

—¿Lely y tu esposa se conocían? —preguntó Marcus Jacobsen.

—Sí, visitamos a Lely en su casa poco antes de que naciera Ronia. Y, hasta que estalló la guerra civil en Siria, Lely y yo nos escribíamos con regularidad. Nos enviábamos fotos y ella seguía los embarazos de Marwa y decía que era abuela, porque no tenía hijos ni nietos. No sé cómo ni por qué se pusieron en contacto Marwa y ella. Habría sido más lógico que Lely huyera a Irak, en vez de que las otras huyeran en dirección opuesta.

—¿Y estás seguro de que es tu esposa la que aparece ahí, Assad? Son fotos bastante borrosas y de escasa definición.

—Esta no —dijo Rose y sacó un recorte con una foto más pequeña—. Es de una noticia de periódico. Se ve mejor con colores mates y esa definición.

—Esa foto no la había visto.

Assad se acercó.

—¿No?

Sacudió la cabeza y se quedó embelesado, como si su mirada acariciase el rostro lloroso de la mujer.

—No, no la había visto, pero es ella —afirmó con labios temblorosos—. Y la joven a su lado es una de mis hijas, no me cabe la menor duda.

Las manos de Assad se estremecieron por la emoción mientras acariciaba con cuidado el rostro de su esposa con la yema de los dedos.

Cuando retiró la mano, se quedó paralizado. La causa fue el hombre que aparecía al lado de sus seres queridos.

—¿Qué has visto, Assad? —preguntó Rose.

A Assad le temblaba la voz. El hombre se veía con total nitidez. Con demasiada nitidez. Era espantoso que estuviera justo al lado de las personas que más amaba.

—Qué Alá se apiade de mí —gimió—. Porque temo y odio a este hombre como a nadie en el mundo.

16

Joan

DÍA 12

EL TAXISTA QUE esperaba en la salida del aeropuerto de Múnich dirigió una breve mirada a la dirección que Joan había garabateado. Arrastrando las palabras en su cerrado dialecto, mencionó cuánto iba a costar la carrera hasta allí, pero Joan no oyó bien. Solo sabía que iba a ser demasiado para su apretado presupuesto.

—*Just go* —ordenó, de todos modos, y señaló más allá del parabrisas el tráfico intenso que fluía como un río por la terminal.

Había esperado encontrar una asociación fotográfica o una unión de fotógrafos en Múnich que tal vez pudiera reconocer el aspecto característico del fotógrafo alemán con su guerrera de la Compañía del Tranvía de Múnich. Y por esa razón llamó a la asociación nacional, con sede en Dillingen, y trató de explicarse en inglés. Preguntó si sabían adónde podía dirigirse para obtener más información; pero ni el que respondió al teléfono ni el inglés de Joan dieron la talla.

Después hizo un montón de búsquedas en internet y comprobó con disgusto que en la tercera ciudad de Alemania al parecer no había una institución o agencia de fotografía que pudiera ayudarlo. Al final decidió probar en diversas redacciones de periódicos y empresas fotográficas del centro, pero, antes que nada, en museos especializados en arte fotográfico. Iba a mostrarles su foto del hombre calvo vestido de uniforme.

Trataba de averiguar si aquel hombre tenía alguna relación con Múnich, aparte del origen del uniforme. Joan esperaba que la tuviera, porque, fuera cual fuese el resultado de su búsqueda,

134

estaba obligado a enviar a diario nuevos textos sobre la investigación a su periódico, y, lo que era peor, también a aquel Ghaalib que firmaba como Abdul Azim.

Esto último le daba miedo y con razón. ¿Acaso no había mostrado Ghaalib de lo que era capaz? Porque aquel cabrón era un verdadero sádico y un asesino que había matado sin vacilar a la víctima 2117 y, sobre todo, que había ordenado que le cortaran el cuello a una mujer que estaba internada en un campo de refugiados bien vigilado. ¿Cómo había sido aquello posible? Joan no se atrevía a pensar en la temible red montada por Ghaalib.

Por eso, había razones de sobra para que Joan mirase una y otra vez por el cristal trasero a fin de ver si alguien lo seguía. ¿Había Audis, BMW o Mercedes negros que se pegaran al taxi? ¿Y el Volvo blanco que había salido del aeropuerto detrás de ellos? ¿Cuándo iba a dejarlos en paz?

La verdad era que llevaba tomando medidas de seguridad desde que había abandonado Nicosia, y tenía pensado continuar haciéndolo.

Los avisos de Ghaalib habían sido inequívocos y claros. Joan debía seguir sus instrucciones al pie de la letra si no quería arriesgarse a terminar como la víctima 2117 o la mujer a la que le habían cortado la yugular. Por eso, la visita al campo de refugiados de Menogeia venía descrita con todo lujo de detalles en su texto para el artículo de *Hores del dia*, ilustrado con una foto de la mujer asesinada. Había suavizado su participación en la desgracia de la mujer, aunque esperaba que no más de lo que el maldito Ghaalib pudiera aceptar.

A las pocas horas, el artículo sobre su caza del asesino cobraba protagonismo en *Hores del dia*. Tuvo ocasión de verlo en internet. Y, a la misma velocidad a la que habían maquetado el texto, se lo habían vendido a cantidad de periódicos europeos ávidos de sensaciones. La foto de la mujer asesinada, llamativa y estremecedora, aparecía en todas las primeras planas de los periódicos expuestos en los quioscos del aeropuerto, con el cuello cortado pixelado y los ojos tapados con una venda grisácea.

El artículo provocó júbilo en la redacción, por supuesto, porque seguro que iba a atraer dinero y comentarios positivos. Que el periódico pasara de que su enviado estuviera en aquel momento en la boca del lobo era algo a lo que tendría que acostumbrarse.

Observó por el parabrisas los majestuosos edificios del centro que aparecían tras la Puerta de Isar. Como primer paso en la búsqueda de la identidad del fotógrafo, eligió el Münchner Stadtmuseum, que alardeaba de albergar una importante colección de fotografías. Allí tenía que haber alguien que pudiera darle una pista para saber en qué dirección debía centrar su búsqueda. ¿No era acaso razonable suponer que un fotógrafo con la cabeza afeitada, que vestía un viejo uniforme azul de la Compañía del Tranvía de Múnich, debía de suscitar cierta atención en aquellos círculos?

Joan sacó el papel que le había dado el chico en Nicosia.

«Mientras sepamos que te llevamos ventaja...», ponía. Pero ¿y si encontraba al fotógrafo? ¿De pronto se había acercado demasiado?

—Cincuenta y ocho euros —dijo el taxista, con voz más clara esta vez, cuando llegaron al museo.

Joan sintió alivio. El taxista podría haber pedido el doble sin que él supiera si lo había engañado.

VISTO DESDE FUERA, el Münchner Stadtmuseum parecía un viejo almacén portuario que se diferenciaba de los alrededores como un juego geométrico que hubiera organizado el arquitecto consigo mismo en un día no muy inspirado. Pero claro, Joan también vivía en una ciudad cuya marca personal eran las visiones y fantasías de Gaudí.

Uno de los patios interiores estaba engalanado con un surtidor, aunque para entender su belleza había que frotarse los ojos. Desde el patio interior, Joan entró por la entrada trasera y siguió hasta el vestíbulo y su taquilla de venta de entradas.

Pese a explicar lo que quería e incluso mostrar su carné de prensa a la taquillera, tuvo que pagar los siete euros de entrada.

—Pues no sé a quién debe dirigirse —le contestó la señora—. Supongo que tendrá que hablar con Ulrich o Rudolph arriba, en la oficina, pero hoy no está ninguno de los dos; claro, que puede preguntar en el segundo piso, donde tenemos un par de exposiciones temporales de fotografía.

Joan miró alrededor. A unos metros de la taquilla había información sobre el proyecto Migration Moves the City, que era la exposición principal de la planta baja.

Joan se quedó sorprendido. ¿Podría haber alguna relación entre la presencia del fotógrafo en Ayia Napa y aquella exposición? En tal caso, el contacto entre el fotógrafo y Ghaalib tal vez no fuera intencionado y su intercambio de palabras hubiera sido algo imprevisto.

Si había ocurrido así, entonces había seguido una pista falsa.

Suspiró. Si hubiera escrito desde el principio una noticia inventada, los hechos no habrían importado, pero, después de la carta de Ghaalib que le habían entregado en Nicosia, aquella oportunidad había pasado.

ENCONTRÓ LA EXPOSICIÓN de fotografía del segundo piso, donde un grupo de visitantes alemanes estaban haciendo una visita guiada entre centenares de retratos enmarcados y colgados de blanquísimas paredes y tabiques separadores.

Joan se acercó a la guía. Parecía ser una empleada del museo.

—Perdone —la interrumpió en medio de su torrente de palabras y recibió a cambio una mirada furiosa.

—Debe esperar hasta que terminemos —respondió ella con dureza y le dio la espalda.

Joan miró alrededor. No había un lugar en la sala donde sentarse, de modo que se quedó junto a un pedazo de pared sin cubrir, junto a la entrada, e hizo lo que le habían dicho. No se va a escapar sin hablar conmigo, pensó, sin perder de vista su falda amarilla en medio del grupo de oyentes.

Joan sonreía amable a los visitantes que pasaban junto a él, como si fuera un empleado más, y un par de ellos llegaron a hacerle preguntas, que él desviaba con un gesto hacia la falda amarilla. Recibía en correspondencia sonrisas aprobadoras, lo que lo llevó a pensar que tal vez hubiera un puesto para él en el Museo Europeo de Arte Moderno o en el Museo Picasso de Barcelona en caso de que en *Hores del dia* no fuera a ser bien recibido a su vuelta.

La verdad era que la idea le gustaba.

Un hombre con aspecto árabe entró en la sala y le sonrió. Y, cuando Joan le devolvió la sonrisa, el hombre fue directo hacia él y le tendió la mano. Joan se quedó un momento desconcertado, pero luego pensó que el hombre sería muy educado y se la estrechó.

Cuando el hombre retiró la mano, había un papel en la palma de Joan. Este levantó la vista, confuso, pero para entonces el hombre estaba ya junto a un grupo de visitantes chinos que salían por la puerta como un banco de arenques y después desapareció.

—¡Oiga! —gritó en voz tan alta que varias personas se giraron hacia él con el ceño fruncido. Hizo unos gestos de disculpa y se abrió camino entre el banco de arenques en medio de exóticas y bien audibles protestas, hasta salir a la escalinata de entrada.

Un vistazo rápido hacia las exposiciones permanentes del piso y luego otro, escalera abajo, fueron suficientes. El hombre se había evaporado.

Joan bajó a saltos la amplia escalera, dio unos pasos atrás y adelante sobre el parqué del siguiente piso, y siguió bajando hasta llegar al vestíbulo.

—¿Acaba de pasar por aquí un hombre de aspecto árabe? —preguntó a la vendedora de entradas.

La mujer asintió en silencio y señaló la entrada principal.

¿Qué diablos?, pensó Joan cuando irrumpió en otro patio interior, esa vez un patio enorme adoquinado con mesas de café a un lado y un montón de balas de cañón de piedra al otro.

—¿Ha visto pasar por aquí a un árabe? —gritó a una mujer de pelo rubio que estaba sentada en un banco, enviando mensajes.

La mujer se encogió de hombros. ¿Por qué nadie registraba nada en absoluto de lo que ocurría a su alrededor?

—Acabo de verlo correr hacia la sinagoga del patio —gritó un ciclista joven mientras doblaba la esquina que daba al patio.

Joan corrió todo lo que pudo hacia la gran plaza frente al museo, donde estaba la sinagoga. En la calle principal, a solo treinta metros de él, divisó al hombre entrar en un Volvo blanco.

Es idéntico al Volvo que venía detrás de mi taxi del aeropuerto —constató, asustado—. ¡Me están siguiendo! ¡Saben dónde estoy y qué me traigo entre manos!, pensó, mientras la sensación de náusea se acentuaba y la plaza empezaba a dar vueltas a su alrededor. Boqueó en busca de aire y tuvo que agarrarse a un canalón de desagüe para no caer al suelo.

Cuando se recuperó, ya lo había entendido por fin. No era más que una pieza temporal y muy vulnerable del repugnante rompecabezas del asesino Ghaalib.

Entonces hizo de tripas corazón y desplegó el mensaje.

Ya habíamos calculado que aterrizarías en Múnich, Joan Aiguader. Pero anda con cuidado, no vayas a acercarte demasiado.

ERA JUSTO LO que había temido.

La guía de falda amarilla de la exposición fotográfica puso cara de pocos amigos cuando se acercó a ella por segunda vez. Había dejado el grupo y hablaba con un joven de mirada suplicante que llevaba un abultado maletín bajo el brazo.

—No, no lo conozco —respondió la guía, evasiva, cuando le enseñó la foto del fotógrafo de uniforme azul.

Los hombros de Joan se hundieron un poco.

—¿Hay alguien con amplio conocimiento sobre los fotógrafos de Múnich, incluso de toda Alemania, con quien pueda hablar?

La mujer sacudió la cabeza: era evidente que no tenía ganas de hacer ningún favor a alguien que llevaba agitación a su territorio, pero seguramente sería así por naturaleza, porque tampoco se mostró muy servicial con el hombre del maletín.

—Debe entenderlo —indicó al hombre sin esconder su posición—. Somos nosotros quienes invitamos a los artistas, no se invitan ellos. Pero cuando haya hecho un par de exposiciones individuales, ya iremos a ver su obra.

Se dio la vuelta con un gesto de la cabeza y los pliegues de su falda plisada giraron en torno a sus piernas.

— *Scheisszicke* —susurró el hombre a Joan. Seguro que no era un piropo—. He oído lo que le has dicho. Será mejor que le preguntes al que está ahí tomando apuntes en su cuaderno. Es crítico de arte, especializado en arte fotográfico.

Fue lo que hizo Joan, pero también allí fue recibido con una mirada arrogante y un encogimiento de hombros, y nada de «lo siento, pero...».

Joan suspiró. Conocía bien aquella arrogancia por sus compañeros del periódico.

—¡Pero, cariño! —terció en inglés el acompañante del crítico, atlético y algo más joven, mirándolo con sus ojos de gacela—. ¿No ves que es al que agredió un actor delante del Münchner Volkstheater?

El crítico de arte devolvió la mirada soñadora y después echó un vistazo a la foto del móvil que le tendía Joan.

Emitieron unas risas ahogadas, cómplices.

—Tienes razón, Harry. *Mein Gott,* aquello sí que fue divertido —contestó el crítico por encima del hombro de Joan—. ¿El actor no era el que se puso en medio de la calle morreándose con una figurante mientras lo fotografiaban?

Soltó una carcajada.

—¿Aquello no fue tres semanas después de casarse? Sí, sí, ahora lo recuerdo. Pero ¿cómo se llamaba el actor?

Su acompañante balbuceó una respuesta y después se volvió hacia Joan.

—Sí, el fotógrafo se ganó unas buenas hostias. —Esta vez rio él también—. Y al actor lo condenaron por violencia y recibió también una carta no muy alentadora del abogado de su esposa, ja, ja. Desde luego, a veces Múnich es una ciudad de lo más divertida. Si consultas periódicos y revistas viejos, seguro que lo encuentras. Si recuerdo bien, aquello fue justo antes del comienzo de la temporada del año pasado.

Y siguieron su camino.

—¡¿El comienzo de la temporada?! —gritó Joan a través del local—. ¿Cuándo suele ser, más o menos?

—¡Después de las vacaciones de verano! —gritó como respuesta el ojos de gacela.

Joan hizo un gesto de agradecimiento y pasó junto a la mujer de la falda amarilla sin dignarse a mirarla.

UN PAR DE búsquedas rápidas en Google le contaron que la primera representación de la temporada en el Münchner Volkstheater había sido en septiembre, de modo que la agresión debió de ocurrir unas semanas antes.

Tecleó las palabras *prensa rosa* en Google Translate, que lo tradujo como *Boulevardblatt*, y después encontró un par de revistas que hablaban de una agresión por la que había sido condenado un actor llamado Karl Herbert Hübbel. Al agredido lo describían como un fotógrafo que había recibido una indemnización en metálico por la agresión, pero a pesar de ello le pusieron una multa por haber importunado a un personaje conocido en la vía pública. Se apeló la última parte, el hombre quedó libre sin cargos y aquello fue todo.

De la información de las revistas se desprendía que el fotógrafo era un hombre de cuarenta y dos años, Bernd Jacob Warberg, el mismo apellido que el de la mujer que respondió la pregunta de Joan acerca del uniforme en un foro de debate de internet, de manera que había alguna relación; ¿sería su hermana? También era conocido como BJ, por sus iniciales, y las dos letras volvían a aparecer en su otro mote, *Blaue Jacke,* que era su firma-disfraz.

Joan sintió un cosquilleo en la espalda. Tenía que ser el hombre que buscaba, había logrado el objetivo.

Solo necesitó tres minutos para encontrar la dirección de Bernd Jacob Warberg, cuyo domicilio estaba a diez minutos en coche de allí.

Por primera vez en su vida, Joan se sintió un tío superimportante.

¡Qué alegría!

17

Assad

ASSAD SOLÍA MIRARLOS con afecto y sentir empatía por ellos, pero aquel día no tenía nada de normal. No los veía, solo los sentía. Estaban en el metro, como sardinas en lata; eran como cáscaras vacías. Gente que volvía del trabajo, con la mente puesta en la cena, las series de televisión, los pocos e intensos minutos con los hijos, un poco de soledad en el baño y el consiguiente sexo. Y mientras estaban allí, rezumaban triviales rutinas, rituales forzados por la costumbre y vidas demasiado organizadas que nunca debían torcerse.

Él, por el contrario, temblaba con su carpeta verde de cartón bajo el brazo, como para dar fe de que la gente no aprende a vivir hasta que todos sus sentidos se concentran en la vida.

Assad estaba agitado en su fuero interno. Había vuelto a pedir a sus compañeros una pausa en su relato, a fin de descansar y poder orar, pero esta vez la verdad era que estaba a punto de explotar. El enorme pesar y el furor descontrolado hacían que apretase aquella carpeta como si fuera oro puro que pudieran quitarle en cualquier momento.

Y apretó los dientes cuando, diez minutos más tarde, se encontró frente al oscuro edificio y levantó la vista a la luz de las ventanas, que, cual fuego ardiente, iluminaban el piso de la familia de Samir.

En el instante en el que Samir abrió la puerta, Assad se derrumbó. No rompió a llorar sin control, su cuerpo no quedó desfallecido y tambaleante, pero una mezcla de sollozos inarticulados y una cascada de palabras en árabe que arrojaban maldiciones brotaron de sus labios.

Llevaban varios años sin verse y sus últimos encuentros habían terminado de mala manera. Por eso, Samir reaccionó con desconcierto y necesidad de proteger a su familia, que se sentaba a la mesa como figuras de cera y lo miraba con fijeza.

—¡Id a vuestras habitaciones! —gritó a sus hijos e hizo gestos a su esposa para que fuera con ellos.

Después se giró hacia Assad con mirada ceñuda y pareció dispuesto a empujarlo escaleras abajo.

—Toma —dijo Assad y le entregó la carpeta.

Y mientras Samir, extrañado, la miraba, Assad se puso en cuclillas y hundió el rostro en sus manos.

Cada mínimo sonido mientras Samir abría la carpeta y sacaba la copia de la foto y le daba la vuelta era como un martillazo para Assad.

Samir dejó escapar un grito ahogado y, con la espalda pegada a la pared, se deslizó hasta el suelo, junto a Assad, con la mirada clavada en la imagen de Chipre.

—Marwa vive, Assad —repitió una y otra vez cuando se sentaron a la mesa frente a frente.

Assad se dejó llevar, porque aquellas palabras embriagadoras eran también las que habían acudido a su mente la primera vez que vio la foto.

La siguiente palabra fue *Ghaalib*.

Igual que había hecho Assad, Samir acarició el cabello de su hermana en la foto con las yemas de los dedos. Lloró cuando tocó sus mejillas y ojos, y expresó su dolor por la distancia y por las profundas arrugas que la vida le había procurado.

Después, su semblante se transformó y expresó dureza.

—Es culpa tuya que haya sucedido, Assad. ¡Tuya y solo tuya! No merecías que Marwa volviera a ti, ¿me oyes? Tal vez ya no te quiera.

Le dirigió una mirada de odio. Así había sido su relación durante muchos años.

Assad trató de rebajar la tensión.

—El hombre que está al lado de Marwa es Ghaalib —dijo y señaló al barbudo junto a ella—. Tampoco entra en sus planes que nos volvamos a ver Marwa y yo. Siguen siendo sus rehenes y no va a soltarlas por propia voluntad, puedes creerme.

Samir hundió la cara en la foto y su mirada atravesó el rostro oscuro. Lo comprendió de inmediato. Aquel hombre era el diablo que nunca había visto en realidad, pero que había matado a su hermano mayor y había destrozado a su familia cuando secuestró a Marwa y a sus hijas.

A pesar de su enorme cabreo, no dijo nada, pero hundió con fuerza las uñas de los dedos temblorosos en el rostro de Ghaalib.

Assad hizo una inspiración profunda. También él se sentía así.

—Ten cuidado y no estropees la foto, Samir. Si levanta la mano, verás a una de tus sobrinas al otro lado de Marwa.

El cuñado de Assad no parecía entenderlo. Era casi como si no fuera a revivir los dieciséis años transcurridos hasta que se convenciera de que aquella mujer adulta era de su carne y de su sangre.

—¿Cuál de las chicas es? —preguntó.

A Assad le tembló la voz. Dijo que no lo sabía. Y era la pura verdad.

—¿Y la otra hija de Marwa?

Assad no reaccionó ante las palabras pronunciadas. Pero, estando las cosas como estaban, comprendía a Samir, porque tenía razón. Eran hijas de Marwa, no suyas. No eran hijas de un hombre que las había abandonado a su suerte.

—Tienes que ayudarme, Samir. —Tuvo que susurrar para no dar rienda suelta a su furia—. Tenemos que encontrarlas, ¿me oyes? Tienes que venir conmigo a Chipre; las localizaremos y mataremos a Ghaalib. Lo despellejaremos y arrojaremos sus restos a los perros. Le arrancaremos los ojos y...

Se quedó callado cuando vio que Samir miraba fijamente la mesa.

—Tienes que ayudarme a hacerlo. ¿Lo harás, Samir? —suplicó de nuevo.

Samir se enderezó. Por encima de los restos de la cena y los platos sucios medio llenos de verdura fría y pescado frito, miró a Assad con ojos brillantes y sacudió la cabeza, lleno de desdén.

—¡Y me lo dices tú, Assad! Tú, que llevas quince años buscando a esa bestia. Tú, que lo has buscado y nunca lo has encontrado. Tú, que nunca has tenido la menor pista ni has sabido si estaban vivas o muertas. ¿Lo dices en serio?

Soltó un bufido.

—Parece ser que olvidas quién es, Assad. La furia te ciega. ¿Crees de verdad que todavía está en Chipre? ¿Ghaalib? Puede estar en cualquier sitio. Pero, en Chipre, seguro que no. ¿Me oyes?

CUANDO ASSAD SALIÓ del piso, dejó la carpeta en la mesa del comedor. No porque la cólera y el dolor disminuyeran siendo dos para compartirlos, sino porque no podía tener tan cerca de su cuerpo la foto del cabrón de Ghaalib. Solo el olor de la fotocopia le daba náuseas, y la carpeta le quemaba las manos. No, ahora le tocaba sufrir a Samir. Quizá cambiara de actitud y lo llevara a comprender la responsabilidad que tenía.

Cuando Assad tendió la mano a Samir para despedirse y este no le correspondió, supo que, tan pronto como se cerrara la puerta, Samir iba a caer arrodillado por segunda vez aquella noche.

ASSAD APENAS DURMIÓ. Por mucho que cambiaba de postura, no lograba conciliar el sueño. Ninguna oscuridad podía protegerlo de lo que llevaba veinticuatro horas ardiendo en el fondo de su alma.

Y cuando, tras horas dando vueltas en la cama, sin desvestirse aún, después de barrer con la mano el radiodespertador y varios papeles de la mesa de noche y retirar el edredón a patadas, se levantó al cuarto de baño, se vio en el espejo y vomitó.

El agotamiento no lo venció hasta diez minutos antes de que el radiodespertador comunicase con su voz de robot que eran las siete de la mañana y que se avecinaba un día magnífico. Y entonces se quedó por fin recogido en una postura fetal, tirando de la sábana hacia sí como si fuera un ser vivo.

Lo último que hizo antes de salir de casa fue destrozar el radiodespertador contra el suelo de la cocina mientras un torrente de maldiciones fluía por su boca.

Ningún cachivache creado por la mano humana iba a decirle que lo que lo esperaba era un día magnífico.

18

Ghaalib

DÍA 12

—Fue voluntad de Alá que encontrásemos a Zaid al-Asadi tan pronto. Si el idiota de él hubiera huido igual que los cobardes hermanos daneses, nunca habríamos logrado dar con él —dijo Ghaalib al fotógrafo que estaba sentado ante él en su desordenado piso de Múnich.

Pero si no lo hubiéramos encontrado nunca, tampoco habría ocurrido esto, pensó y se acarició la cara llena de cicatrices, mientras por un momento se adentraba en los recuerdos de las humillaciones que le había costado el encuentro con Zaid.

¡Venganza!

Ghaalib sonrió por un breve instante, porque había llegado al fin la hora del desquite, estaba seguro de eso.

—¿Cuánto hace que sucedió? —preguntó el fotógrafo desde el sofá, señalando el mentón de Ghaalib.

—¿Cuánto hace? —Ghaalib le dirigió una mirada sombría—. Hace cientos de pecados y millones de respiraciones. Océanos de sangre se han derramado en la arena desde entonces. Así que hace bastante.

Las mujeres de la habitación contigua empezaron otra vez a gritar, y Ghaalib se giró hacia el hombre que tenía detrás.

—Haz que se callen, Hamid —ordenó en árabe a un hombre fornido que había presenciado la conversación—. Pégales o dales patadas para que entiendan, y diles que se tumben en la cama y esperen a que entre yo. Oblígalas a tomar las pastillas para dormir. Nos marchamos dentro de diez minutos.

Una sonrisa sarcástica afloró en el rostro del fotógrafo.

—Tienes problemas para dominar a tus mujeres, ¿eh?

Una única mirada bastó para hacer desaparecer la sonrisa.

—Dentro de poco te librarás de sus llantos, porque tenemos que marcharnos.

El fotógrafo lo miró con insistencia.

—Antes debes decirme qué pasó aquella vez para que encontrarais tan rápido a Zaid al-Asadi.

—¿Qué pasó? Que el hombre flaqueó y quiso llevarse a casa a su mujer e hijas, eso fue lo que pasó. Y también que vivían en casa de su familia a las afueras de Faluya, que es donde vive también mi familia.

Ghaalib sacudió la cabeza.

—A solo unas horas de los asesinatos del anexo de Abu Ghraib, apareció en la ciudad con manchas oscuras en la ropa. Ese cabrón quizá pensara que la gente no iba a fijarse, pero en nuestro país hasta los niños pequeños saben reconocer la sangre coagulada. Aquello y los gritos que se oyeron en la casa donde vivían sus mujeres mostraban a las claras que había ocurrido algo extraordinario.

Ghaalib sonrió.

—No. Si había alguien que no era capaz de dominar a sus mujeres, ese era Zaid al-Asadi, claro, que había crecido en un país donde se escucha demasiado lo que dicen las mujeres. Y esa fue su perdición.

El fotógrafo se recostó en el sofá.

—Y la policía secreta fue a por él aquel mismo día, ¿verdad?

Se oyeron varios golpes sordos seguidos de gritos medio ahogados. Y cuando, después de medio minuto, volvió a hacerse el silencio, el ayudante de Ghaalib entró de nuevo por la puerta y se colocó detrás de él.

Ghaalib le hizo un gesto aprobatorio y se giró de nuevo hacia el fotógrafo alemán.

—En efecto, así fue. La policía apareció el mismo día. Ese tontorrón creía que podría salir del país con su familia, pero su mujer estaba enferma y claro, fueron a por él a casa de la familia de ella. Y cuando lo metieron en el patio de la prisión, los cadáveres de los hombres que él y los hermanos habían matado yacían en el suelo formando una larga hilera. En total, él, los hermanos y el ayudante que tenían fuera de la prisión habían matado a quince hombres. Los cuerpos no estaban cubiertos, de forma que pudo ver con claridad lo que había hecho.

—¿Por qué no lo matasteis en el momento?

Ghaalib sacudió la cabeza. ¿Aquellos perros blancos no entendían nada?

—Debes entender que Zaid al-Asadi era una mina de información que había que explotar y esa era justo nuestra especialidad en el anexo de Abu Ghraib. Las fuerzas de seguridad de mi país vivían entonces solo para conseguir información que pudiera satisfacer a Saddam. Los empleados del anexo debían remediar lo que había pasado aquel día, ¿entiendes?

—Así que ¿lo sometisteis a tortura? —preguntó el alemán.

—Tortura, infierno de dolor, destrucción corporal, llámalo como quieras. Pero el hombre era duro de roer. Por eso, el proceso no ha terminado aún. Pero ahora tenemos que irnos. El amigo que está a mis espaldas ha sabido que el español está en la ciudad y te anda buscando.

El fotógrafo se enderezó en el sofá.

—¿Me anda buscando? ¿Qué sabe de mí?

—¿Y yo qué sé? Pero, al parecer, el pequeño catalán es más listo de lo que pensábamos. —Ghaalib se puso en pie—. Si tengo necesidad de tus servicios otro día, ya tendrás noticias mías.

—Eh, un momento, Ghaalib. No puedes irte sin más; me debes un montón de dinero.

Ghaalib se quedó sorprendido.

—¿Dinero? No entiendo. Ya te he pagado lo que convinimos.

—Bueno, pues entonces no hemos convenido la cifra correcta. Me has pagado el viaje a Chipre, pero no tu estancia aquí, en mi piso, ni que hayas encerrado a las mujeres en mi dormitorio. Y tampoco me has pagado por que vaya a venir un hombre a interrogarme. Eso cuesta dinero, Ghaalib.

—Ghaalib no paga por las camas en las que duerme, ya hemos hablado de eso.

—¿Y las dos mujeres? ¿La sangre de la cama? ¿Y la comida que habéis devorado? Todo eso cuesta dinero, Ghaalib.

Se inclinó hacia el barbudo con los ojos entornados.

—Te buscan por toda Europa y solo yo conozco tu aspecto sin barba, no lo olvides. Si no me pagas, no te haces ningún favor a ti mismo.

Ghaalib dirigió una breve mirada a su ayudante, antes de volver a mirar al fotógrafo y al pulso de su cuello.

—Muy bien, oigo lo que dices, Blaue Jacke. ¿Y cuánto has pensado que debo pagarte por todo eso? ¿Cien euros?

—Sí: cien euros y luego cinco mil por cerrar el pico.

—Por cerrar el pico, dices. Mmm, creo que no has entendido.

Hizo un gesto con la cabeza al hombre que tenía detrás.

—¿No ves que soy como una cabra-cebo atada en el linde de la jungla para atraer al tigre? Y, cuando el tigre llega, encuentra de forma inesperada su fin. Porque la cabra atada a una cuerda espera con paciencia y nunca hay que fiarse de un animal con cuernos.

Ghaalib notó entonces el mango del cuchillo que le puso en las manos el ayudante que permanecía a sus espaldas.

—Pero tienes razón. Algo debes recibir por tu contribución y por mantener cerrada la boca. Es lo menos que se puede pedir, ¿verdad, *Herr* Warberg?

Luego sacó el cuchillo a tal velocidad que el fotógrafo saltó hacia el respaldo del sofá con la mirada fija en la hoja afilada.

ESPERARON A QUE la calle transversal estuviera desierta. A pesar del dolor en las costillas maltrechas, las dos mujeres acompañaron a los hombres en silencio y ofrecieron poca resistencia cuando las obligaron a entrar en el Volvo.

—Vete al otro extremo de la calle principal y aparca junto a la esquina, Hamid, para ver quién entra y sale de la casa —ordenó Ghaalib.

Se giró hacia el asiento trasero, donde las dos mujeres se apoyaban la una en la otra, mejilla contra mejilla, y estaban ya en otro mundo.

—Más vale que nos vayamos —recomendó Samir—. Hay muchos kilómetros hasta Frankfurt.

Ghaalib lo miró.

—Ya lo sé, pero la gente que nos espera no tiene prisa.

Esperaron un cuarto de hora sin hablar, mientras las sombras ascendían por la fachada de la casa amarilla y la gente empezaba a volver del trabajo.

Fue Hamid quien rompió el silencio.

—¿Qué pasó al final con el danés del anexo de Abu Ghraib? ¿Estabas allí cuando volvieron con él?

—Sí. Yo trabajaba en el anexo, llevaba trabajando allí desde que cumplí veintiún años.

—¿Eras carcelero?

Ghaalib sonrió.

—Sí, eso también. Carcelero con atribuciones especiales, podría decirse. Hacía que la gente hablase. Yo valía para aquello. Para ganar la confianza de los internos o para darles candela hasta que se ponían de lo más comunicativos.

—¿Y el danés?

—Sí, el danés era especial, no era uno de los blandengues haraposos que gritaban y berreaban cuando les ponían la soga al cuello por burlarse de nuestro presidente. Zaid era un enviado de Naciones Unidas y lo que pudiéramos sacarle era como una espada flamígera en la barriga de los infieles arrogantes e hipócritas que se burlaban de nuestro líder y de su régimen con su presencia.

—Pero sigue vivo, ¿no? No lo entiendo, ¿cómo...?

Era cierto, el danés seguía vivo y era por culpa de Ghaalib. Que Alá se apiadara de él.

Se volvió hacia la ventanilla lateral del coche y estableció contacto visual con un hombre que esperaba paciente en la esquina de la calle, envuelto en una abrigada parka y una larga bufanda azul.

La mirada de Ghaalib se desenfocó.

MIENTRAS LOS SOLDADOS obligaban al danés a bajar la mirada hacia el rostro de los muertos, para que pudiera mirarlos a los ojos, le escupían y lo humillaban, para que comprendiera que la venganza por cada uno de los muertos iba a multiplicarse por diez en su persona.

Aunque la oscuridad se cernía sobre el patio interior de la cárcel, para Ghaalib era evidente que el hombre sudaba a mares; pero no decía palabra y tampoco lo hizo cuando empezó el primer interrogatorio. Solo abrió la boca cuando le colocaron electrodos en las tetillas y le aplicaron corrientes por quinta vez. Y, a pesar del dolor y de su desesperada situación, sus palabras surgieron claras, en un árabe que era comprensible, pero con cambios en vocales y en la entonación que lo diferenciaban de un típico dialecto iraquí.

—Me llamo Zaid al-Asadi y soy un ciudadano danés —dijo—. Estoy aquí por mi cuenta y mi relación con Dinamarca o con la delegación de Naciones Unidas no tiene nada que ver con lo que ha sucedido antes. Hemos actuado por nuestra cuenta con el único objetivo de liberar a un preso. No vais a sacarme nada más, así que ya lo sabéis. Podéis hacer conmigo lo que queráis, no va a cambiar nada.

Aguantó cinco horas hasta que se desmayó y lo arrastraron por el corredor de la muerte a una celda individual. Otras veces se les había ido algún preso después de aquel tratamiento, pero aquella vez no debía ocurrir. Y fue allí donde él, Abdul alias *Ghaalib*, entró en escena una vez más.

—Debes ganar su confianza, Abdul, y vas a hacer dos cosas —le encomendó el jefe del equipo de interrogadores—. Vas a decirle que tu familia vive en el mismo barrio que su mujer e hijas. Y esta misma noche debes ocuparte de que separen a la madre y a las hijas del resto de la familia y las encarcelen; ¿puedes hacerlo?

—Sí, tenemos un lugar para eso. Les diré que están en peligro porque el marido no quiere hablar y que deseo ayudarlas.

El jefe del equipo de interrogadores pareció satisfecho.

—Y díselo también a Zaid al-Asadi. Mañana por la mañana temprano, antes de que nos lo traigan, cuchichéale que estás de su lado y que quieres ayudar a su familia. Que la tienes oculta en un lugar seguro, porque, si no, corren el peligro de que las usen contra él.

Aquello fue asunto fácil. La esposa del hombre, Marwa, estaba enferma y aterrorizada la noche que Abdul le contó que, por desgracia, era normal que la policía secreta volviera para responsabilizar a toda la familia de los actos de algún miembro. Así que la mujer empaquetó sus cosas lo más rápido que pudo y por la seguridad de su familia ni siquiera se despidió de ellos, para que, con razón, pudieran declarar que la mujer y las niñas habían desaparecido, y que nadie de la familia sabía adónde se habían ido, cosa que también era verdad.

Cuando empujaron a la mujer y sus hijas al interior de un cobertizo de adobe donde sacrificaban cabras, ella se dio cuenta de que habían caído en una trampa. Las chicas, sobre todo, no cesaban de gritar, pero se callaron cuando vieron que su madre recibía una bofetada cada vez que abrían la boca.

Antes de salir el sol a la mañana siguiente, Abdul estaba preparado junto a la celda del danés. Assad parecía haber dormido a pierna suelta y, aunque sus ojos reflejaban miedo y tenía el cuerpo maltrecho, sus movimientos eran sosegados cuando Abdul se acercó al postigo de la puerta y susurró su nombre.

—Vivo en Faluya y mi familia vive en el mismo barrio que la familia de tu mujer —informó Abdul en voz baja—. Nos conocemos bien y, aunque somos suníes, ninguno de nosotros apoya a Saddam Hussein.

Su mirada recorrió el pasillo de celdas, y luego levantó el índice ante él.

—Si alguna vez mencionas que he dicho eso, tendré que matarte, espero que lo entiendas; bueno, ahora ya lo sabes. Tengo a tu familia en un lugar seguro; confía en mí y haré lo que esté de mi mano para liberarte. Todavía no sé cómo, pero, si aguantas, seguro que encontramos la manera.

GHAALIB RESPIRÓ HONDO y enfocó de nuevo la vista en el portal donde vivía el fotógrafo.

Sí, Zaid estaba vivo aún, pero Ghaalib no respondió la pregunta de Hamid. Algunas historias no debían transcender. En su lugar, preguntó:

—Todo está preparado en Frankfurt, ¿verdad, Hamid?

—Sí; los mártires ya están instalados en cinco hoteles diferentes del centro. Tal como exigías, todos han cambiado de aspecto. Ninguno de los hombres tiene barba y ninguna mujer lleva velo. Algunos de los que reclutamos protestaron por nuestras exigencias y los hemos apartado.

—¿Son quince en total?

—Al final, doce. Quedan un par que están internados en Chipre, pero dos de los mejores ya han salido. Y están aquí.

Ghaalib tomó su velluda muñeca y le dio un apretón. Aquel Hamid era un hombre bueno.

Apareció un taxi en la calle, que aparcó frente al portal donde vivía Bernd Jacob Warberg.

Estuvo parado uno o dos minutos, hasta que salió de él un hombre delgado. Incluso a distancia, a un hombre se le nota cuando está nervioso. Los movimientos, pese a ser controlados, son un poco entrecortados y descoordinados. Intenta varias veces meter la mano en el bolsillo hasta que lo consigue. La cabeza sondea el terreno a sacudidas. Se seca hasta la menor gota de sudor.

Joan Aiguader estaba muy alterado y se retorció las manos varias veces antes de caminar hacia atrás por la calzada y mirar a las ventanas de la casa del fotógrafo. ¿Qué había esperado ver? ¿Un rostro al acecho? ¿Una cortina que de pronto se corría?

Y, como no veía nada especial, se dirigió al portero automático, encontró el nombre y apretó el timbre.

Joan vaciló al ver que no le abrían la puerta, pero después Ghaalib vio con aprobación que apretaba todos los timbres de los pisos del portal.

Cuando por fin alguien le abrió y entró, Ghaalib supo que su mensaje encontraría el destinatario adecuado.

—Ahora ya podemos irnos, Hamid —indicó satisfecho—. Y conduce como es debido. No queremos que nos paren en el camino. Podemos estar en Frankfurt dentro de cuatro horas, magnífico.

19

Joan

DÍA 12

HABÍA UNA MUJER en la escalera esperando a Joan con los brazos cruzados. Su vestido de flores estaba ajado, como ella misma, pero su mirada despedía rayos y su voz era incisiva. Aunque Joan no entendía su alemán, la intención era clara. ¿Por qué diablos tenía que molestarla un desconocido y por qué había llamado a su timbre? ¿Tenía algo que hacer en aquella casa? ¿Adónde iba?

Joan se encogió de hombros como para disculparse y acercó el dedo índice contra su sien mientras lo giraba.

—*I'm sorry, wrong floor* —dijo y no encontró comprensión cuando pasó despacio ante ella y siguió subiendo la escalera con una mirada asesina clavada en la nuca.

Dos pisos más arriba vio la placa de latón en la que ponía «B. J. WARBERG»; debajo había una pegatina con la pomposa leyenda «INTERNATIONAL PHOTOGRAPHIC BUREAU, MUNICH».

Joan levantaba dubitativo el dedo hacia el timbre cuando reparó en una estrecha franja de luz que cruzaba su pie y cayó en la cuenta de que la puerta estaba entreabierta.

Aplicó la oreja a la abertura de la puerta y se puso a escuchar, pero lo único que oyó fue que la mujer de abajo cerraba la puerta de un portazo.

Su instinto innato lo detuvo y, conteniendo el aliento, apoyó la espalda en la pared entre las dos puertas de viviendas del piso. Ten cuidado, Joan, pensó. Una puerta no se deja entreabierta a menos que el ocupante haya salido a hacer un breve encargo o que detrás de la puerta se oculte algo espantoso.

Joan esperó. Y, al cabo de un cuarto de hora, como no ocurría nada en las escaleras ni detrás de la puerta, la empujó con cuidado y penetró en el interior.

Nadie había acusado jamás a Joan Aiguader de ser una persona ordenada y desde luego que tampoco podía decirse tal cosa del hombre que vivía en aquel piso. Había cantidad de zapatillas a trochemoche en el suelo del recibidor; un maletín viejo y gastado de cuero colgaba del pomo de una puerta medio abierta, tras la que daba la bienvenida una taza de inodoro con rastros de orina y la tapa levantada. Viejos periódicos y revistas de fotografía se apilaban contra la pared, de manera que a cada paso había que cuidar de no tropezar con los montones ni con las bolsas de basura alineadas para bajarlas.

Entraba una corriente fresca procedente de la estancia grande que tenía enfrente. Joan supuso que debía de ser la sala del fotógrafo.

—*Hello, mister Warberg. May I come in?*

Esperó un rato antes de cerrar la puerta de entrada tras de sí y repetir la pregunta, esa vez en voz más alta.

Cuando tampoco entonces obtuvo respuesta, empujó la puerta de la sala y reconoció al instante un sofá de IKEA como el que había tenido su familia veinte años antes. La ventana que daba a la calle estaba abierta de par en par, observó antes de dar el último paso al interior.

El espectáculo que presenció era espeluznante. Tan asombroso que las piernas le fallaron y de pronto se vio sentado en un charco de sangre medio coagulada que se extendía desde la figura vestida de uniforme, por la mesa de cristal y por el suelo.

Aunque la mejilla del muerto se apoyaba en el tablero de cristal, se veía con claridad que su garganta había recibido un corte profundo, mortal, que era como una sonrisa de oreja a oreja. Apenas llegó a notar las náuseas; vomitó con tal virulencia que la masa de sangre entre sus rodillas se cubrió de ingredientes del nada original bufé del desayuno.

¿Tendré que llamar a la policía? ¿Es una buena idea?, pensó cuando se puso en pie y logró recuperarse en parte. La tipa de abajo me ha visto. Va a pensar que lo he hecho yo, pasó por su mente. ¿Y si la policía no cree mis explicaciones? ¿Si me detienen por asesinato?

Vio ante sí el rostro de la editora Montse Vigo cuando tuviera que tomar postura ante la nueva situación. ¿El periódico iba a buscarle un intérprete o un abogado? ¿Y quién iba a pagar la fianza, en caso de que la hubiera?

No, sería mejor que se largara antes de que fuera demasiado tarde.

Joan bajó la mirada a sus zapatos y pantalones, que estaban tan sucios de vómito y sangre que iba a dejar rastros en cualquier sitio que pisara o tocara.

Tengo que cambiarme, pensó y sacó los pies de los zapatos y los puso en la parte de la alfombra en la que no había sangre. Después se quitó con cuidado los pantalones, de forma que no tocaran el suelo y no lo tocaran a él, y los mantuvo a distancia con los brazos extendidos, tras lo cual regresó al recibidor y metió pantalones y zapatos en una de las bolsas de basura.

En el dormitorio, que daba a la sala, encontró un desorden parecido. La estancia apestaba a sudor, había dos o tres edredones dispersos por el suelo y la cama doble sin hacer sugería que allí había dormido más de una persona.

Abrió un armario ropero decapado, encontró un revoltijo de ropa y zapatos en el fondo, y dos minutos más tarde iba vestido con los pantalones y zapatos de un extraño, que le quedaban un tanto pequeños.

Joder, ¿qué pasa ahora?, pensó cuando los tonos estridentes de un móvil le provocaron un sobresalto.

Miró la sala y trató de distinguir de dónde procedía el sonido, y entonces vio, encima de un aparador de poco fondo, un viejo bolso de cuero con un dispositivo para monedas, que seguro que había pertenecido al uniforme de cobrador de tranvía que vestía siempre Bernd Jacob Warberg.

El móvil estaba encima y sobre él había una nota.

«Responde el teléfono», ponía.

Joan tomó el móvil con una sensación desagradable en el cuerpo.

—Buenas noches, Joan Aiguader —saludó la esperada voz al otro lado de la línea—. Sí, debes de estar conmocionado por el estado de nuestro fotógrafo, pero es lo que pasa cuando alguien no respeta lo convenido conmigo. ¡No lo olvides!

Aunque no quería hacerlo, Joan giró por reflejo la cabeza hacia el cadáver y notó unos retortijones. Esperó no volver a vomitar.

—Dicho eso, has hecho un buen trabajo, Joan Aiguader. Nos has llevado a las portadas, así que ahora todo el mundo sabe que vamos a poner algo en marcha, algo que va a causar dolor. Y también has sido listo para seguir nuestra pista. —Soltó una carcajada de lo más desagradable—. Por supuesto que fuimos nosotros quienes respondimos en internet tu pregunta acerca del uniforme y te dimos carnaza para tu historia, y así tendrá que seguir siendo durante varios días. Lo comprendes, ¿verdad?

Joan no podía articular palabra, pero asintió en silencio.

—Ahora vamos hacia el norte, Joan, y tardaremos unos días en darte la próxima pista sobre nuestra localización y lo que vamos a hacer. Entretanto, te proporcionaremos un poco de material para tus artículos a fin de mantener el interés por el caso. Ahora, toma el móvil del fotógrafo y mételo en el bolsillo, y cuida de que siempre esté cargado, para que podamos ponernos en contacto contigo cuando queramos. El cargador está al lado de su bolso. Y para que no se te ocurra ninguna tontería, por si acaso, vamos a cambiar de tarjeta de prepago cada vez que te llamemos. Y ahora, lárgate rápido de ahí, antes de que llegue la policía y te ponga en aprietos. Porque ya sabrás que con la policía alemana no se puede andar con bromas. No menciones a nadie esta conversación y escribe lo que te atrevas a escribir para el periódico de mañana.

Joan miró la vomitona del suelo, sus huellas en la sangre coagulada y los pantalones y zapatos que no eran suyos.

—Sí —aseguró después.

ABANDONÓ EL PISO con las bolsas de basura en la mano, dejó la puerta entreabierta, como la había encontrado, bajó las escaleras tan silencioso como pudo, arrojó las bolsas en el contenedor de una calle transversal y luego se sentó en un bar frente al inmueble, con un americano en sus temblorosas manos, y esperó a que llegara la policía. Habían transcurrido diez minutos desde que los telefoneara sin dar su nombre y les contara lo que había visto. Lo que no sabía aún era qué iba a hacer cuando llegaran.

Bajó la mirada al móvil del fotógrafo. Era bastante más nuevo que el suyo y bastante más avanzado. Se trataba de un Samsung 8 con una cámara fenomenal, que seguro que no podría comprar hasta pasados cinco años.

Abrió el teléfono y estuvo mirando los iconos antes de acceder a la galería fotográfica y encontrarla vacía. Pero ¿qué había esperado que hiciese un fotógrafo profesional? ¿Que anduviera sacando fotos con su móvil? Estuvo a punto de soltar una risa descontrolada por aquella idea absurda; y es que era así como se sentía, en general.

Descontrolado.

Luego se puso a abrir las otras aplicaciones en las que imaginaba que tal vez hubiera cosas sobre las que podría ser interesante que escribiera en el artículo. Primero, Samsung Notes, pero no había nada. El buzón de correo. Nada. Carpeta Segura. Nada. Facebook. Nada. Instagram. Nada. En resumen, nada. Por no haber, no había ni un icono de vídeo.

No vio nada que pareciera especialmente interesante hasta llegar a la última página de aplicaciones: era un icono azul con una cámara. Finder, se llamaba. Y cuando pulsó el icono, lo primero que buscó fue si había fotos o vídeos que estuvieran ocultos en algún otro lugar de la memoria del móvil.

No confiaba mucho en el resultado, de modo que cuando apareció un solo archivo de vídeo en la pantalla, se quedó con los ojos a cuadros.

Entonces abrió el archivo.

Era una toma con bastante poca luz de dos hombres sentados en un rincón de la sala del fotógrafo que hablaban en voz baja. Debido a la deficiente iluminación, era imposible distinguir las caras y, como hablaban en árabe entre ellos, tampoco entendía de qué estaban hablando.

Medio minuto más tarde, la posición de la cámara del móvil cambiaba un poco, y se veía con claridad que la toma se había realizado a escondidas, y que algo, al parecer un tejido tosco, cubría el tercio superior del objetivo. Después se oía un ruido, que debía de venir de detrás de la cámara, y segundos después aparecía una persona en la parte derecha de la imagen y descorría un poco la cortina, de forma que una débil luz penetraba en la sala e iluminaba el rostro de los que hablaban. Joan no conocía a aquellos hombres, pero sí la chaqueta que llevaba la persona que descorrió la cortina. Era el fotógrafo, que fue así como documentó, como pudo, lo que se traía entre manos.

Los hombres que hablaban entre ellos andarían por la cincuentena. Uno tenía un rostro muy llamativo, marcado por una red de sombras irregulares en la mandíbula y el cuello. Tal vez fuera una ilusión óptica, pero parecían ser manchas rojizas y tejido cicatrizado. El otro hombre era, a juzgar por su actitud reservada, algún subordinado, que llevaba un peinado poco habitual entre árabes y presentaba el lenguaje corporal de un boxeador en guardia. Su nariz achatada acentuaba la impresión. De no haber hablado árabe, cualquiera habría pensado que era un cabeza rapada tejano de origen indio.

Hablaban en voz baja y sopesando las palabras. No se dirigían al fotógrafo y estaban muy concentrados en el tema del que debatían. A veces hacían gestos que, sobre todo en el caso del otro hombre, parecían violentos, como si fuera a noquear a alguien, y luego ambos reían.

Cuando un repentino rayo de luz iluminó el rostro de los dos hombres, Joan pulsó el botón de pausa, sacó su móvil y fotografió las caras de la pantalla desde muy cerca.

Las miradas parecían calmas, pero frías. «En cualquier momento, uno de los dos va a cortarle el cuello al condenado», pensó con pavor. El pobre hombre miraba por la ventana confiado.

Joan puso de nuevo en marcha el vídeo y escuchó con atención lo que se decían los dos hombres. Tal vez hubiera alguna palabra suelta que pudiera reconocer. En su estado de profunda concentración, Joan se olvidó del mundo circundante. Las palabras sonaban entrecortadas y, al mismo tiempo, como ladridos, algo muy lejano a su propia lengua. Para él era un enigma cómo se podían articular opiniones, sentimientos y grandes ideas en aquella lengua. Después oyó lo que el cabeza rapada llamaba al otro, porque reconoció el nombre, aunque tuvo que rebobinar el vídeo varias veces para asegurarse. No, no había ninguna duda.

El nombre era Ghaalib.

Conteniendo la respiración, pulsó el botón de pausa una vez más. ¿Aquel hombre podía ser el mismo que el que lucía una larga barba en la playa de Ayia Napa? ¿Era él el que manejaba las marionetas? ¿El que tenía en las manos las vidas de las personas? ¿El que había asesinado a una señora mayor y cuyo poder continuaba en el interior del campo de refugiados? ¿El que destrozaba todo lo que se le ponía en el camino?

En ese caso, era de él de quien tendría que cuidarse Joan, más que de ninguna otra persona.

Joan levantó la mirada del teléfono cuando unos destellos azules captaron su atención y un coche patrulla se desplazó casi sin ruido hasta el edificio en el que el cadáver de Bernd Jacob Warberg se iba enfriando poco a poco.

Joan miró una vez más la foto congelada de un asesino de mirada fría. Y aquel hombre campaba libre por las calles.

Tras pensarlo un momento, tomó una decisión rápida y envió el archivo. Después, tecleó unas palabras en Google

163

Translate, las repitió para su coleto y se puso en pie y atravesó la calle hacia dos agentes vestidos de verde que salieron del coche patrulla y se calaron la gorra mientras llegaba otro coche emitiendo destellos azules y se apeaban dos tipos curtidos vestidos de civil.

Hicieron un gesto rápido con la cabeza a sus compañeros y señalaron las ventanas con una seriedad estremecedora. Entonces Joan se paró en seco, porque le entraron dudas. Uno de los policías se percató de ello con una mirada profesional que le decía que aquel hombre podría ser importante.

Joan correspondió el saludo, avanzó los pasos que lo separaban de ellos y después dijo como pudo que había comunicado el asesinato:

—*Ich habe diesen Mord gemeldet.*

20

Carl

LA VÍSPERA, ASSAD había estado muy afectado mientras contaba quién era el hombre que aparecía en la foto junto a su esposa.

Después, su mirada se nubló y ya no pudo más.

—Es demasiado —se quejó—. Hasta un camello debe arrodillarse a descansar de vez en cuando. En este momento tengo la cabeza como un trompo.

—Como un bombo, Assad: se dice «como un bombo» —lo corrigió Rose.

Él la miró con los párpados hinchados.

—Pues a mí me parece que me da vueltas y más vueltas. Necesito tiempo para pensar, dormir y orar, ¿vale? Cuando nos reunamos mañana por la mañana, intentaré contaros el resto, aunque va a ser duro. ¿Podéis darme ese tiempo?

AQUELLA MISMA NOCHE, en casa de Mona, Carl trató de volver a contar la estremecedora historia de Assad.

—Pero, Carl —dijo Mona después—. Si Assad te lo hubiera contado hace años, tal vez habríamos podido ayudarlo. ¿Por qué no te lo contó?

—Sí, buena pregunta. Pero cuando te pones a pensar, era lógico que no dijera nada. Al fin y al cabo, Lars Bjørn se había ocupado de darle una nueva identidad y seguro que había muchas razones para que la protegiera.

—¿Crees que le daba miedo perder su trabajo?

—No, pero seguro que le daba miedo que se filtrara la noticia de quién era.

—Tú no ibas a delatarlo, eso tenía que saberlo.

—Creo que ha habido veces en las que ha estado a punto de decírmelo, pero que toda la maldad desatada en Oriente Próximo y la radicalización producida en Europa lo paralizó. Chiís contra suníes, guerra civil. Veía enemigos por todas partes.

—Desde luego, qué horror —repuso Mona—. ¿Te imaginas que tu familia fueran rehenes durante tantos años y que no supieras dónde estaban ni si estaban vivos? Yo no.

Carl le tomó las manos.

—No, es una atrocidad. Y además ha sabido que el hombre que las tenía cautivas iba a hacer cualquier cosa por encontrarlo y matarlo. Por eso ha tenido que trabajar a escondidas y mudarse muchas veces, ahora lo entiendo. Tal vez ni siquiera Lars Bjørn ni su hermano supieran dónde paraba cuando no estaba en Jefatura.

—Se habrá valido de todas las oportunidades que le ofrecía el Departamento Q para buscar a su familia, ¿no crees?

—Sin duda. Lo más seguro es que darle aquel trabajo fuera desde el principio la verdadera intención de Lars Bjørn y Assad. Pero, cuando echo la vista atrás, me temo que ya había perdido la esperanza de reunirse con ellas.

Sacudió la cabeza.

—Y de pronto ha pasado esto. ¿Cómo se sentiría al ver a la señora mayor muerta en Ayia Napa? Tuvo que ser una conmoción.

—¿Crees que va a contaros el resto de la historia?

—Sí. Y si no lo hace por propia voluntad, se lo sonsacaremos. A fin de cuentas, Rose está de vuelta al tajo.

Sonrió al pensarlo. Algo bueno había traído la terrible historia de Assad.

Mona retiró las manos y lo miró seria.

—Carl, quiero preguntarte una cosa, no tiene que ver con esto.

Aspiró hondo un par de veces.

—¿Qué crees que va a ocurrir si la excursión de Hardy, Morten y Mika a Suiza no tiene éxito? Me refiero a que, si la situación de Hardy sigue invariable, ¿vas a volver a tu casa de Allerød?

—¿Volver? —Proyectó el labio inferior y se quedó un rato pensando—. No, no creo. ¿Por qué me lo preguntas?

—Te lo pregunto porque... Porque te quiero, Carl. Este año pasado me has ayudado mucho. ¿Sabes lo que ha significado eso para mí?

Carl escudriñó la mímica de Mona. ¿Su semblante se corresponde a la pregunta?, pensó el investigador que había en su interior.

—¿Quieres hacer el favor de decirme por qué me lo preguntas, Mona? —rogó—. ¿Me ocultas algo?

Mona bajó la cabeza con una humildad extraña en una mujer tan independiente, casi como si le diera vergüenza. ¿Qué le ocultaba? Carl se inquietó.

—¿Estás enferma, Mona? —Extendió las manos hacia las de ella.

Mona se giró hacia él con unos hoyuelos tan profundos que Carl Mørck se preparó para un ataque de risa histérica.

—¿Enferma? —Le acarició la mejilla—. Llámalo como quieras. Cuando Samantha murió... —Se recuperó un poco—. Oh, Carl, mi querida hija estaba tan llena de vida, de talento... Cuando murió, también murió algo de mí misma. Se me partió el alma en mil pedazos. Siendo psicóloga, debería ser la primera en saber lo duro que puede ser el luto, pero me vine abajo. Mi médico me recetó antidepresivos, pero ya sabes que no los tomé, ¿verdad?

Carl asintió. Esta vez, más inquieto de lo que habría deseado.

—Me sentía muy mal, porque notaba que mi cuerpo y mi mente estaban desequilibrados. Me parecía que estaba envejeciendo a la velocidad del rayo. Entonces me dieron hormonas y la verdad es que me ayudaron mucho. Pero esas cosas siempre tienen algún tipo de consecuencia. Y me temo que me dieron dosis demasiado altas.

—¿Consecuencia? No sé a qué te refieres. ¿Puede causarte una embolia? ¿Tienes miedo de eso?

Mona sonrió y le apretó la mano una vez más.

—Tengo cincuenta y un años, Carl, y me he quedado embarazada. Así que no puedes volver a Allerød. ¿Me lo prometes?

El torso de Carl retrocedió medio metro. Años atrás había sufrido un episodio de angustia que de pronto lo sacó de la realidad y le quitó las ganas de vivir.

En aquel instante, parecía que pudiera estar incubándose otro.

Si HUBO ALGUIEN que apenas pegó ojo aquella noche, fueron Carl y Assad. Al menos, Assad estaba arrodillado en posición de orar, con la mejilla en la alfombra y dormido como un tronco cuando Carl volvió al sótano de Jefatura a las siete de la mañana siguiente.

—Vas a desgastar la alfombra, Assad —fue lo primero que dijo Carl cuando irrumpió en su oficina con una taza de café.

Assad miró desconcertado la taza que le ofrecía Carl.

—Gracias —dijo y tomó un sorbo que pareció provocarle estragos en el esófago. Dirigió a Carl una mirada indignada, como si su jefe se hubiera vengado por fin de todas las veces que Assad se había encargado de hacer café.

—Es solo para despertarte un poco, amigo mío —se disculpó Carl—. Puedo hacer más, si te hace falta.

Assad le sonrió con los labios apretados. No creía que hubiera nadie en el mundo a quien le hiciera tanta falta.

—Va a ser un día ajetreado para los dos, Assad, por eso vengo antes que los demás.

—¿Para los dos? ¿A qué te refieres?

Assad se sentó en el taburete de aquella oficina que parecía un armario de escobas y apoyó la cabeza contra la pared, cansado.

—Lo diré sin rodeos. Mona me ha dicho que voy a ser padre. Me lo contó anoche.

«Ojos tan grandes como tazas de café», escribió H. C. Andersen que tenía uno de los perros del cuento *El yesquero*. Pues así los tenía el testa rizada.

—Sí, ya sé que Mona tiene cincuenta y un años. Desde luego, es... es...

A ver, ¿qué diablos podía decir? ¿«Extraño»? ¿«Un milagro»?

—Estamos los dos algo desconcertados —dijo en su lugar—. Quiero decir que... deseamos de verdad tener el niño, pero ¿a estas edades? Ludwig, el nieto de Mona, va a tener quince años más que su tío o tía. No es normal, ¿no? ¿Y es posible para nosotros tener un niño sano y normal? ¿Nos atrevemos a correr el riesgo? Y, si podemos hacerlo, y esperamos poder hacerlo, tendremos casi setenta años cuando vaya al instituto.

Carl se quedó mirando al frente.

Mona tenía dieciocho cuando nació Mathilde y solo un año después llegó la pequeña, Samantha. Y, mira qué casualidad, Samantha también tenía dieciocho años cuando nació Ludwig. Madres jóvenes, sanas y vigorosas, de acuerdo. Pero ahora Mona tenía cincuenta y un años, de modo que era treinta y tres años mayor que cuando se quedó embarazada por primera vez. ¡Ostras, treinta y tres años! Aquello daba vértigo. Y él iba a ser padre de su propio hijo biológico a la edad de cincuenta y cuatro años.

En un momento espantoso, Carl se imaginó a sus padres y a su hermana cuando recibieran la noticia. ¡Santo cielo! Menudo revuelo se iba a montar en Brønderslev.

Entonces, Assad se levantó como un sonámbulo de su taburete y se quedó un rato tambaleándose, mirando a Carl como si estuviera dispuesto a ofrecerle todo tipo de propuestas y

consejos bien intencionados acerca de por qué era una idea ma-
lísima llevar a cabo aquella misión desquiciada. Carl estaba ya
a la defensiva, y a punto de enfadarse, cuando el testa rizada se
echó a llorar en voz baja.

—Carl —dijo y le agarró con las dos manos la cabeza y la
frotó contra su frente—. Carl, es lo mejor que podía pasar.

Después se retiró caminando hacia atrás y miró a Carl con
una cortina de lágrimas delante de los ojos y un montón de vi-
vaces patas de gallo que poco a poco se pusieron a bailar.

—Es una señal, Carl. ¿Entiendes?

Y lo entendió.

No DIJERON NADA sobre el embarazo a Gordon ni a Rose, pero,
si los dos hubieran estado algo más despiertos, habrían notado
que de pronto vibraba un campo energético en la estancia.

—Intentaré resumir y no entrar en demasiados detalles —informó Assad—. De todas formas, no creo que fueran a gustaros.

—Haz lo que te parezca —contestó Rose.

Assad puso encima de la mesa el artículo del periódico de
la víspera y señaló la foto.

—El hombre que está junto a mi esposa se llama Abdul
Azim, creo que ya lo dije ayer. Es iraquí y nació en la misma
ciudad que mi esposa, en Faluya. Es el que ha destrozado mi
vida. Mi única esperanza es que también yo haya destrozado la
suya.

EN EL CORREDOR de la muerte había un olor tan penetrante y
pegajoso a sudor, vomitona y pis que tenía los ojos inyectados
en sangre, y Assad tenía miedo. Aquella mañana habían pasado por delante de su celda cinco hombres camino del cadalso
y del edificio de cemento que había enfrente. Oyó sus sonoros
gemidos y notó su miedo a morir mientras los carceleros tira-
ban de ellos.

Cuando abrieron el postigo de su calabozo, estaba seguro de que había llegado su hora, pero entonces asomó por allí el rostro de Ghaalib por primera vez. Explicó a Assad en pocas palabras que debía confiar en él y que su familia conocía bien a la de su esposa. Que deseaba ayudarle, pero que tenía que aguantar unos días.

La siguiente vez que Assad vio a aquel hombre fue en una repugnante sala de interrogatorios de techo bajo, manchada de sangre, cuando acababa de darse cuenta de que debía temer lo peor. Su entrenamiento le había enseñado que, para torturarlo, lo atarían a una silla o lo colgarían del techo, pero no era cierto.

Un hombre vestido con una tradicional túnica blanca entró en la sala y se colocó frente a él bajo una parpadeante lámpara de techo. Sonreía cuando miró a los ojos a Assad y chasqueó los dedos hacia cuatro hombretones de velludo torso desnudo que habían entrado tras él. Llevaban unas delgadas varillas de bambú en las manos y formaron, como parte de la rutina, un círculo alrededor de Assad.

La primera pregunta del interrogatorio fue si se daba cuenta de que su acto criminal iba a costarle la vida. Y, cuando Assad no respondió, el jefe de interrogatorios volvió a chasquear los dedos.

El torso bien entrenado de Assad encajó los primeros golpes de los cuatro hombres con relativa facilidad porque contraía los músculos antes de recibirlos. Cuando tampoco respondió las preguntas del jefe acerca de su graduación, su misión, su origen y lo que sabía del siguiente paso de los observadores de Naciones Unidas, los varillazos se hicieron más y más fuertes, y se fueron acercando, golpe a golpe, al vientre y la cabeza.

Justo entonces entró en la sala el hombre que le había asegurado que su familia estaba a salvo, y se colocó junto a la pared trasera.

Miraba con sigilo a Assad, de un modo que podía interpretarse como que la paliza iba a terminar pronto.

Y así fue. Después de los golpes del último minuto, tan intensos que Assad trató con todas sus fuerzas de protegerse, dejaron de pegarle.

—Eres duro, pero más tarde conseguiremos que lo cuentes todo —dijo el responsable del interrogatorio.

Assad proyectó hacia fuera la mandíbula inferior y se sopló aire caliente a la cara. Trataba de parecer calmado, pero la bomba de adrenalina y el corazón marchaban a toda máquina.

No iban a doblegarlo.

ASSAD ESTABA DESPATARRADO en su silla sin mirarlos. Hizo una breve pausa en su relato y acumuló fuerzas para poder continuar.

—Vinieron tres días seguidos y me pegaron hasta hacerme sangre; me amenazaron con ahogarme metiéndome la cabeza en un balde lleno de agua, pero no hablé. No abrí la boca hasta que me pusieron electrodos en las tetillas y me aplicaron la corriente varias veces; era como sentir el cuerpo electrocutado. Entonces dije cómo me llamaba y que en Naciones Unidas no sabían nada de nuestra acción. Que el único objetivo había sido liberar a un amigo.

Assad describió el cabreo de los iraquís y cómo los tormentos de los días siguientes habían sido tan terribles que deseó que su hora llegara pronto.

En aquel momento, el jefe del interrogatorio se rindió y dijo que la sentencia de muerte iba a ejecutarse la mañana siguiente.

Carl y Rose se miraron y luego miraron a Gordon, que parecía luchar para que le llegara suficiente oxígeno al cerebro. Esperaban que no se desplomase.

—Aquella noche, el cabrón vino de nuevo a mi celda. Esa vez estaba furioso conmigo y su historia había cambiado. Decía que tenían a mi esposa e hijas como rehenes, y que, si no confesaba lo que ellos querían, también ellas probarían el filo del cuchillo. Yo estaba conmocionado, pero ¿qué más podía decir? Tal vez no creyera lo que me contaba, no lo sé.

Carl perdió el hilo un momento y no se dio cuenta de que el relato de Assad influía en él; estaba apretando los músculos de las mandíbulas y tenía los puños cerrados.

—Perdona que te interrumpa, Assad. Pero ¿crees que conoces al hombre lo suficiente para saber adónde puede haberse dirigido desde Chipre?

Assad sacudió la cabeza.

—No, en absoluto. Pero de alguna manera debe de saber que vivo en algún lugar de Europa, incluso, tal vez, que vivo en Dinamarca, pero no sabe dónde. Para mí no hay duda de que trata de atraerme a un espacio abierto y no va a ahorrar medios para ello. Tiene a mi familia en su mano y puede hacerles mucho daño en cualquier momento, estoy seguro de ello.

Señaló unas fotografías.

—Mirad el rostro de Marwa. Está aterrorizada.

Tragó saliva mientras las lágrimas le corrían mejillas abajo.

—¿Cómo voy a encontrarlas sin que les hagan daño? No lo sé. En un momento dado, el hermano mayor de Marwa y Samir estuvo a punto de localizar el lugar donde estaban secuestradas, pero le costó la vida. Lo arrojaron, desnudo como un animal sacrificado, al barro enfrente de su casa, con el cuello rebanado. Por eso me ha odiado tanto Samir.

Se volvió hacia Carl.

—¿Te acuerdas de la vez que nos peleamos en la Estación Central? ¿Cuando pidió que lo trasladasen de Jefatura a Glostrup porque deseaba estar lejos de mí?

Desvió un rato la mirada y trató de controlar la respiración.

—Por eso he pasado noches sin dormir durante tantos años y por eso he tenido que pedir perdón a mi suegro infinidad de veces por Skype. Y ahora el anciano ha muerto —dijo con voz trémula—. Es asombroso que Samir no haya decidido hace tiempo desvelar dónde he vivido. Pero teme que no vaya a ayudar a su hermana y sobrinas, y lo más seguro es que tenga razón.

Assad hundió la cabeza entre las manos. Era evidente que lo estaba pasando mal.

—Ánimo, Assad. La situación es grave, incluso muy grave, pero estamos contigo. —Carl se volvió hacia los otros dos—. ¿Verdad que sí?

Gordon y Rose hicieron un gesto afirmativo.

—Vamos a trabajar de forma sistemática. Ya sé que tal vez estemos luchando contra el tiempo, pero escucha, Assad.

Le puso delante todos los artículos de periódico.

—Los artículos son de un periódico de Barcelona, *Hores del dia*, y van firmados por la misma persona, Joan Aiguader.

—Y yo he descubierto que la editora de noticias se llama Montse Vigo —añadió Rose—. Tengo su número de teléfono.

—Bien. Ahora vamos a buscar todos los artículos escritos por Joan Aiguader los últimos días y, cuando sepamos más, telefonearemos a la editora y le preguntaremos, como policías que somos, cómo puede su enviado saber tanto sobre un inmigrante que huye.

21

Joan

DÍA 11

—Buenos días, Joan Aiguader. Me llamo Herbert Weber —se presentó un hombre robusto con jersey de cuello alto—. Soy el coordinador regional de las unidades antiterroristas. Siento que hayamos debido retenerlo aquí esta noche, pero hemos tenido que hacerlo para comprobar a fondo su historia y sus datos. Espero que las instalaciones no le hayan resultado demasiado incómodas.

Joan se encogió de hombros. Una noche en una comisaría alemana no era el peor lugar para investigar, si eras periodista.

—¿Se da cuenta de que está jugando con fuego?

Joan asintió con la cabeza.

—Sí, claro que se da cuenta. Veo por sus artículos que ha acordado cierta, digamos, colaboración con ese Ghaalib, alias Abdul Azim, que en este corto período ha sido cómplice o autor directo de tres asesinatos.

Joan se enderezó en el asiento y miró más allá del hombro del policía. Si aquel era el lugar donde trabajaban sus empleados, necesitaban con urgencia un arquitecto interiorista. Ningún adorno en las paredes desnudas, una iluminación fría y horrible, suelos pintados de verde. Entonces, ¿qué era aquello? Un despacho, al menos, no, y aquello lo preocupaba. ¿Sospechaban que tal vez fuera él quien mató a Bernd Jacob Warberg? ¿Iban a someterlo a interrogatorio o a algo peor?

—Yo no sabía de antemano nada de eso —aseguró con una mirada insistente—. Ya lo he dicho varias veces.

—No, por supuesto. Pero es preocupante que estuviera usted cerca del lugar de los hechos en las tres ocasiones. Comprendo

que, como periodista, tenga que ir detrás de historias y a veces
se acerque demasiado, pero si ha pensado escribir sobre su estancia en comisaría y sobre sus interrogatorios de ayer y hoy,
no se lo aconsejo. Opinamos que eso pondría nervioso a ese
Ghaalib y lo haría ocultarse, y eso no nos interesa, claro. ¿Ha
leído lo que pone en la pared de detrás?

Joan dio media vuelta y observó una serie de nombres de
ciudades escritas en la pared con rotulador de trazo grueso, una
lectura muy seria y estremecedora para cualquiera que siguiese
la historia del mundo.

Ponía:

Grafing (Múnich), 10 de mayo de 2016(*)
Estación de Baviera, 18 de julio de 2016
Moosach (Múnich), 22 de julio de 2016(*)
Ansbach, 24 de julio de 2016
Berlín, 19 de diciembre de 2016
Hamburgo, 28 de julio de 2017
Münster, 7 de abril de 2018

(*) Sin confirmar relación con terrorismo.

Y debajo:

París, Lyon, Niza, Toulouse/Montauban, Saint-Étienne-
du-Rouvray, Bruselas, Lieja, Madrid, Londres, Estocolmo, Copenhague, Mánchester, Turku, Estambul, Estrasburgo, Oslo(**).

(**) Terrorismo de extrema derecha.

—Sí, tenemos gente trabajando en ello. No es ninguna casualidad que sea lo primero que se ve al entrar en esta sala.
Comprenderá que, sabiendo que los últimos años se han cometido actos terroristas en todas esas ciudades, debamos tomar
estrictas precauciones cuando algo como lo que sucedió ayer

ocurre en nuestras ciudades y nuestro país. El 18 de abril del año pasado conseguimos impedir unos repugnantes ataques con cuchillo en la media maratón de Berlín y, de no ser por nosotros y nuestros compañeros, habría por desgracia más ciudades y más fechas en esa pared. Por eso mismo necesitamos saber qué es lo que se trae ese Ghaalib entre manos, ¿entendido?

—Pero saben algo, ¿no? ¿No han traducido la conversación del vídeo del fotógrafo?

—Claro. Y disculpe, pero vamos a retener el móvil del fotógrafo y la información obtenida. Con todo respeto, pero podría usted estar tentado de usar la traducción.

Joan sacudió la cabeza. ¿Creía que era tan tonto como para reconocerlo?

—Si Ghaalib sospechase que posee esa información, eso supondría una condena a muerte para usted. Así que digamos que vamos a protegerlo, ¿de acuerdo?

UNAS HORAS MÁS tarde, Joan estaba en la calle con un GPS cosido al forro de su cazadora, para que los servicios de inteligencia alemanes supieran siempre dónde estaba. Un grupo de hombres de semblante serio vestidos con traje negro le había dado una serie de recomendaciones y pautas para evitar su detención en el futuro, así como unas directrices claras acerca de lo que podía escribir en los artículos para *Hores del dia* en lo sucesivo. Y, por último, aunque no menos importante, habían manipulado su móvil e instalado en él los números de teléfono a los que llamar en caso de necesidad. En otras palabras, tenía detrás unos servicios de inteligencia profesionales con sus conocimientos e infraestructura, siempre que los mantuviese informados. Eso significaba que ningún artículo iba a llegar a *Hores del dia* sin que le hubieran dado el visto bueno.

Joan miró alrededor y trató de entender. Se encontraba en Múnich después de una noche de arresto en uno de los servicios de inteligencia más eficaces del mundo. Todavía le quedaba dinero en el bolsillo y había vivido más experiencias en unos pocos días que en el resto de su vida. De pronto, era alguien importante. La gente confiaba en él. Querían ver sus artículos en el periódico y personas de todo el mundo leían lo que escribía, porque se había convertido en una pieza importante en la caza de un hombre muy peligroso. ¡El asesino de la víctima 2117! Era difícil de entender que, hacía solo un par de días, una palabra inadecuada podía dejarlo noqueado. Que su autoestima había estado tan baja que suicidarse era casi inevitable. Y ahora estaba allí hecho todo un valiente y se había convertido en el agente más trascendental de los servicios de inteligencia alemanes.

¡Agente! Joan sonrió al pensarlo. Si su ex supiera en qué lo habían convertido sus raquíticos mil seiscientos euros...

Y, mientras seguía la corriente de la ciudad recién despertada hacia la estación de ferrocarril, repetía para sí lo que le había dicho el hombre de los servicios de inteligencia.

Escriba a su periódico que ha seguido la pista del fotógrafo hasta Múnich, pero que ha muerto. Que el asesino sigue libre, que se supone que se llama Abdul Azim, conocido como Ghaalib, y que se dirige hacia el norte. Dígales que, por lo que ha podido saber, se ha afeitado su larga barba, que cubría una mandíbula llena de cicatrices. No debe desvelar que ha tenido acceso a esa grabación de móvil, de la que Ghaalib no parece saber nada, y tampoco que se ha puesto en contacto con nosotros.

Mientras tanto, por nuestra parte vamos a informar a la opinión pública de lo que sabemos sobre el hombre. En este momento no es gran cosa, pero la situación va a cambiar cuando recibamos información de nuestros compañeros de las agencias de inteligencia de Europa y Oriente Próximo. De manera que, dentro de poco, vamos a enviar por medio de la prensa un aviso de búsqueda con todos los datos de los que dispongamos sobre él. Tal vez añadamos también una foto suya, si alguno de nuestros compañeros extranjeros la consigue y, si no lo conseguimos, manipularemos la que tenemos del vídeo, y él no va a poder saber de dónde la hemos sacado. Creo que en las próximas veinticuatro horas veremos progresos. En este mismo momento, la policía desde Múnich hasta Frankfurt está sobre aviso, y montará un dispositivo para apresarlo.

—En el vídeo, ¿decían algo sobre el itinerario? —había preguntado Joan.

No obtuvo respuesta, de manera que seguramente sí.

—¿No puedo escribir sobre lo que dicen las fuentes de la investigación acerca del asesinato?

Herbert Weber abrió sus pesados brazos.

—En realidad, sí, ¿por qué no? Total, esa información viene en el *Süddeutsche Zeitung* de hoy.

Mierda. ¿Cómo iba a explicarle ahora a Montse Vigo que otro periódico le había arrebatado la noticia y que estaba sometido a cantidad de restricciones? ¡Era irritante!

Por otra parte, podía alegrarse de haber enviado el archivo de vídeo a su cuenta de Hotmail antes de entregarse y de haber borrado la dirección del remitente.

Ahora la cuestión era cómo traducir el audio sin que el traductor sospechase nada.

22

Carl

Si HUBIERA QUE adivinar el nombre de Rose, bastaría mirar a sus mejillas y cuello. En ese momento, toda su persona irradiaba justa indignación y, si hubiera sido boxeadora, se podría haber apostado fuerte por ella. Carl ya conocía, por los viejos tiempos, su lado explosivo y su temperamento, que, a pesar de la medicación, no habían mejorado durante su larga ausencia.

—Joder, qué tía más antipática es la editora de noticias de *Hores del dia*. Espero que se pueda decir sobre esa harpía que es una puerca, si se me permite decirlo, siendo yo mujer.

—Pues ¿qué te ha dicho? —preguntó Carl.

—Que se sentía honrada de que su periódico hubiera puesto en marcha algo a nivel internacional, pero que ella siempre protegería sus fuentes y a sus empleados, y que una policía de segunda de un país de segunda como Dinamarca no iba a hacerla cambiar de postura.

¿«De segunda»? ¿Había dicho eso? No estaba en condiciones de hablar. ¿Qué se pensaba? ¿Que era la editora de noticias del *The Washington Post*?

—¿Ya le has explicado por qué era importante para nosotros dar con el periodista?

—No le he contado todos los detalles de la situación de Assad y de las mujeres. Pero ha tenido el papo de decir que está orgullosa de oír que su noticia tiene derivaciones interesantes y, además de eso, que la historia debe seguir su curso. A fin de cuentas, viven de ello.

—Ostras, vaya falta de ética —añadió Gordon.

¡Falta de ética! Había dado en el clavo.

—Así que aún no hemos logrado la información de contacto del hombre. Pero ¿el periódico no tiene una página web en la que puedas encontrarlo?

—Joan Aiguader es *freelance,* de manera que no. Lo he intentado con diversos buscadores, claro, pero me temo que eso no va a llevarnos a ninguna parte. Que yo sepa, en los últimos tiempos tampoco ha tenido domicilio propio en Barcelona.

—¡Mmm! Su último artículo termina en Múnich, donde describe un asesinato. Así que el próximo paso debe ser dirigirnos a la Policía Local. Al menos, sabrán algo sobre su paradero.

Rose lo miró algo ofendida.

—Eso ya lo he hecho, pero se han negado en redondo. Dicen que no saben dónde se aloja Joan Aiguader.

Carl arrugó el ceño.

—Ya te das cuenta de que eso es muy difícil de creer, ¿verdad?

—Es lo que les he dicho.

Se oyó ruido por el pasillo: Assad estaba de vuelta.

—¿Has vuelto a hablar con Samir? —preguntó Carl.

Assad asintió.

—¿Qué te ha dicho? ¿Se había tranquilizado?

—Bueno, sigue estando muy preocupado —surgió de entre las comisuras caídas de Assad—. No dejaba de preguntar por sus sobrinas y no entendía que solo una de ellas apareciera en las fotografías. Tampoco lo entiendo yo.

—Pero, al fin y al cabo, ¿qué sabemos sobre eso, Assad? Estas fotos son instantáneas. Tal vez estuviera allí un segundo después de que el fotógrafo pulsara el disparador.

Assad lo miró afligido.

—Eso es verdad, pero Samir y yo miramos al detalle las fotos que tenemos y se ve el grupo completo en un par de ellas. Pero mi otra hija no aparece, Carl. Al igual que yo, él lleva dieciséis años sin ver a su hermana y sobrinas, de manera que ni siquiera sabemos quién es la de la imagen. Las niñas se parecían bastante entonces, pero mi cuñado se inclina por que es la menor, Ronia, la que falta. Porque Nella era de tez más oscura que su hermana cuando eran niñas y la mujer que está junto a Marwa tiene una piel bastante oscura.

Las miró con semblante triste.

—Es desesperante, ni siquiera sé qué aspecto tienen mis propias hijas; claro que, hoy, son mujeres hechas y derechas. De modo que no sé nada, esa es la realidad.

—¿Temes por la vida de tu otra hija? ¿Es eso, Assad?

—Sí. Tengo mucho miedo de que la hayan matado, como hicieron con mi segunda madre.

—No debes pensar en eso, Assad —lo amonestó Rose—. Siempre queda la esperanza.

Carl miró a Assad.

—Espero que Samir sea consciente de que no debe contar nada de eso —avisó—. No podemos permitir que empiece a investigar por su cuenta y menos aún que se vaya de la lengua en relación contigo.

Assad soltó un suspiro.

—Lo primero no podemos controlarlo, pero creo que el hecho de que yo fuera a su casa por segunda vez ha distendido bastante nuestra relación. Está muy agradecido por saber que su hermana está viva y sabe que voy a hacer todo lo que pueda para...

—Escucha, Assad —lo interrumpió Carl—. Tiene que entender que de ninguna manera debe contar nada de esto a su familia, ¿de acuerdo?

Assad suspiró de nuevo.

—No tiene a quién contárselo, Carl. Me dijo que mi suegra había muerto hacía unos meses, por lo que los únicos que quedamos de su familia somos Marwa, yo y... y mi hija.

—Te acompañamos en el sentimiento, Assad.

Rose le asió la muñeca y le dio un apretón.

—Estamos para ayudarte y no vamos a parar hasta que esto tenga un final feliz. De manera que, aunque ahora estamos un poco estancados, eso va a cambiar, ¿entendido?

Assad desvió el rostro e hizo un gesto afirmativo.

—¿No es hora de que nos cuentes el resto de tu historia, Assad? —continuó Rose—. Puede que nos ayude a acercarnos a ese Ghaalib y comprender sus reacciones. ¿Estás preparado?

Assad se incorporó en la silla.

—Sí, pero, si no os importa, voy a limitarme a dar unas líneas generales. Los detalles son...

Juntó las manos y las llevó un momento a la boca, como para refrenar sus palabras.

—Esos me los guardo para mí —concluyó.

HACIA LAS CINCO de la mañana en la que Assad debía ser ajusticiado, oyó ruido al otro lado de la puerta de la celda y se preparó para sus últimos minutos de vida. El edificio donde se llevaban a cabo las ejecuciones estaba a unos pocos metros, lo sabía, de manera que se hincó de rodillas y rezó una última y breve oración.

No había pegado ojo en toda la noche. Desde las celdas vecinas de condenados a muerte le llegaron primero voces quedas, pero enseguida se elevó el tono hasta convertirse en gritos e insultos dirigidos a él. Lo acusaban de ser culpable de que veinte internos hubieran sido ahorcados para hacer pasar la liberación de Jess Bjørn como un motín. Les respondió a gritos que sentía su pérdida, pero que más bien debían condenar a los autores de la represalia. Aquello solo hizo que su furor aumentara.

Assad se tapó los oídos con las manos. Los mayores pecados de la gente siempre habían sido sus acciones injustas, pero eso no iba a robarle sus últimas horas y recuerdos sobre la felicidad que había conocido en el pasado ni la conciencia de lo que lo esperaba. Dentro de poco iba a desaparecer de este mundo y entonces, ¿qué iba a ser de Marwa y de las niñas? ¿En qué infierno las había metido?

Entonces se oyeron ruidos al otro lado de la puerta.

Assad seguía arrodillado en la postura de orar cuando una luz fría procedente del pasillo se extendió por el suelo de la celda a su alrededor.

Era Ghaalib, que entraba con la piel lívida y el aliento apestando a ajo y que, sin previo aviso, le dio una patada en las costillas con la puntera de la bota.

—¡Levántate, perro! —gritó mientras un soldado empujaba al interior a un preso entrado en años tras apretarle el cañón de la pistola contra la nuca. Cuando aquel vio a Assad retorciéndose en el suelo, su mirada se llenó de pánico.

¿Pretenden matar al pobre diablo y que yo lo vea? —pasó por la cabeza de Assad—. ¿Intentan destrozarme con la muerte de otro hombre?

Ghaalib le dio otra patada.

—Has de saber que me propongo sacarte toda la información antes de que te echen la soga al cuello. He tratado de ayudarte para facilitarte las cosas, pero ahora es demasiado tarde.

Hizo un gesto al soldado, que dio en la espalda del interno un fuerte golpe que lo hizo chocar contra la pared de la celda.

—¡Ya puedes entrar! —gritó Ghaalib y un hombre de paisano que llevaba una cámara de vídeo entró en la celda.

—Sal y cierra la puerta —ordenó al soldado, que obedeció al instante. Fue entonces cuando Assad se dio cuenta de lo arriba que estaba Ghaalib en la jerarquía de la cárcel.

—Ya no tenemos al cámara de la última vez, que era por lo demás un hombre bueno. Pero, en su lugar, puedes saludar a este. Ha venido desde lejos con el único propósito de conocer al asesino de su hermano.

La mirada de Assad se deslizó hacia un par de ojos cuyo odio lo cegó. ¿De qué iba a valer decir que no fue él quien puso fin a la vida de su hermano? De nada.

El hombre levantó la cámara y empezó a grabar.

—¿Estás preparado para hacer tu confesión, Zaid al-Asadi? ¿Participabas en la misión de Naciones Unidas?

Assad se llevó la mano a las costillas y se levantó poco a poco, con la mirada fija en el objetivo del aparato.

—No participaba, no. Ojalá tú y todos los diablos de este maldito país os consumáis en el infierno —respondió poniendo el acento en cada palabra.

Ghaalib se volvió hacia el cámara.

—Esto bórralo —dijo con calma y sacó la pistola de su funda.

—Ven aquí —dijo al preso mayor, que estaba en un rincón. Después se giró hacia Assad—. Esta noche hemos oído que Mohammed gritaba que iba a sacarte los ojos y que iba a ahogarte con tu propia lengua. A Mohammed no le faltan razones para ello, porque dos familiares suyos han terminado en la horca por culpa tuya y de vuestro ataque.

Luego se giró de nuevo hacia el preso.

—Ahora tienes la oportunidad de cumplir tus insultos y maldiciones, Mohammed.

Assad miró los ojos sin vida del preso. Parecía un zombi, sin voluntad ni resistencia.

—Haz lo que tengas que hacer —susurró Assad—. Pero has de saber que él va a ser también tu verdugo. Y perdona por lo que he causado sin querer.

Ghaalib sonrió.

—Mohammed y yo tenemos un acuerdo. Él va a ayudarme contigo y después voy a ayudarlo yo a él, ¿verdad, Mohammed?

El hombre hizo un débil gesto afirmativo. Un cardenal que iba desde su cuello hasta la pechera abierta de su camisa daba fe de que el acuerdo no había sido del todo voluntario.

—Vamos a hacerte mucho daño si no hablas, Zaid. Y, cuando ya no estés en este mundo para protegerla, el daño se extenderá a tu familia. Así que colabora, es lo único que puede salvarlas. —Metió la mano bajo su túnica y sacó un pequeño frasco marrón—. Es ácido fosfórico concentrado. Algo de lo más doloroso a lo que puede someterse la piel. Va a hacer que supliques clemencia y ruegues que te lleven al cadalso lo antes posible. Y la cara de tu esposa e hijas van a quedar marcadas de por vida si no hablas. ¿Vas a confesar?

Assad sacudió la cabeza.

—Que diga yo una mentira o que manipuléis mi declaración, de alguna manera, viene a ser lo mismo. Lo único que puedo decir es que merezco mi destino y que mi familia no ha hecho nada malo. Por eso te pido en nombre de Alá que las perdones. Pégame un tiro, terminemos de una vez.

Ghaalib lo miró, inexpresivo, y tendió el frasco al prisionero, que, cargado de hombros y con mirada temerosa, lo tomó en las manos.

Ghaalib bajó la pistola y apuntó directo al plexo solar de Assad.

—Si disparo, vas a sufrir lo indecible. Así que ponte a hablar o empezamos.

Assad apretó los dientes. Este cabrón no va a romperme. Ni mi familia ni nadie va a verme suplicar, pensó. Cuando llegara el momento adecuado, iba a enseñarles a todos quién era él.

Ghaalib se alzó de hombros.

—Empieza por la espalda, Mohammed. A ver si salta la rana.

Assad apretó los puños cuando el preso lo agarró del cuello de la camisa y rasgó el tejido. Algunas gotas cayeron sobre su piel, donde las heridas causadas por las varillas seguían abiertas, y, mientras un dolor indescriptible le hacía poner los ojos en blanco, oyó el bullir de su piel.

—Mohammed, amigo mío, no lo hagas —gimió y el preso vertió más gotas.

Assad echó la cabeza atrás y comenzó a jadear, mientras el olor de la carne chamuscada hacía que el hombre que tenía detrás empezara a toser.

Iba a atacar a Ghaalib de inmediato y a ahorrarse más sufrimientos.

—No andes con tantos miramientos —ordenó el diablo que tenía delante—. Vierte sin miedo, veamos cómo lo aguanta. Recuerda lo convenido, Mohammed, porque, si no...

En el momento en el que Ghaalib apuntó la pistola hacia Mohammed para recalcar que debía obedecer, la situación explotó.

—¡Maleun Yakun Saddam wakul kalaabuhu! —gritó el preso desde atrás, «malditos sean Saddam y todos sus perros», y, antes de que Assad pudiera dirigir su ataque contra su verdugo, el interno arrojó el ácido a la mano de Ghaalib que empuñaba la pistola.

Como reflejo, este apretó el gatillo y el preso se detuvo y se derrumbó.

Los ojos de Ghaalib rebosaban furia mientras empuñaba la pistola con la otra mano y, desesperado, trataba de quitarse el ácido con la túnica.

Mohammed se apretó el vientre con una mano y, con la otra, introdujo el frasco bajo el brazo de Assad.

La advertencia del cámara llegó demasiado tarde y, antes de que Ghaalib se diera cuenta de lo que ocurría, Assad había agarrado el frasco y arrojado su contenido a la cara del monstruo.

Esta vez no gritó. Fue como si su cuerpo se hubiera paralizado por una descarga. En el momento en el que la sombra de la muerte abandonó a Assad, agarró la pistola de Ghaalib, se la arrebató y apuntó al cámara, que había levantado el aparato, dispuesto a emplearlo como arma arrojadiza.

Assad le disparó antes de que pudiera reaccionar y cayó como un trapo al suelo, bañado en su propia sangre. El tiro activó el instinto de defensa de Ghaalib, que, de pronto, tenía un puñal curvo y afilado en la mano, y gritó al carcelero que montaba guardia al otro lado de la puerta.

Assad se disponía a disparar, pero el herido Mohammed lo empujó a un lado y se abalanzó sobre su verdugo.

—¡¿Qué ocurre?! —gritó el carcelero cuando entró en la celda, pero no pudo decir nada más; observó con extrañeza la herida mortal de su pecho causada por el disparo de Assad y se desplomó.

Assad saltó por encima de él, abrió la puerta de la celda y se giró lo suficiente hacia los hombres que luchaban en el suelo como para ver que el preso levantaba el puñal y lo clavaba en el vientre de Ghaalib.

Mohammed y Ghaalib se quedaron un momento quietos y entrelazados, hasta que el prisionero levantó hacia Assad una mirada en la que se mezclaban el dolor y la serenidad.

—Tú y yo estamos muertos —anunció—. Dentro de nada vendrán más soldados y se cumplirá la voluntad de Alá.

—¿Tu herida es grave? —preguntó Assad mientras pegaba la oreja a la puerta de la celda. Por lo que oía, los únicos sonidos procedían de las celdas vecinas. Era evidente que temían haber oído la ejecución de Assad y Mohammed, y de alguna manera era cierto.

Miró al preso, que se levantaba con dificultad del suelo, mientras la mancha de sangre de su túnica se extendía poco a poco.

Sus manos temblaban.

—Con un poco de suerte, me moriré desangrado antes de que lleguen —susurró.

Assad señaló los dos cuerpos que yacían en el suelo.

—Nos pondremos su ropa. Ponte la del cámara y llévate su aparato. Pero date prisa, no tenemos mucho tiempo.

ASSAD MIRÓ A los demás, que habían estado sentados en silencio escuchando su relato.

—Y así fue como nos liberamos. Por si acaso, yo llevaba la pistola de Ghaalib bajo la túnica negra, dispuesto a abrirnos paso a tiros; pero aquella túnica y la cámara que llevaba Mohammed al hombro abrían todas las puertas. Dimos un grito a los soldados del muro y al que guardaba el portón de entrada, y ellos devolvieron el saludo. La oscuridad era nuestra mejor aliada.

»En el bolsillo de la túnica del cámara encontramos las llaves de un Skoda y solo había uno aparcado al otro lado del muro. Era lento; menos mal que pasó mucho tiempo hasta que reaccionaron y para entonces estábamos lejos.

Assad se calló y miró a Gordon. Durante la narración había estado en absoluto silencio y se estaba poniendo cada vez más pálido.

—¿Te pasa algo, Gordon? —se interesó.

Gordon asintió con la cabeza mientras miraba al frente.

—No entiendo cómo... Que seas tú quien...

—¿Qué ocurrió con el otro preso, Assad? —preguntó Carl.

Assad miró a un lado.

—Cuando estábamos lejos de la cárcel, me pidió que parase. Me dijo que no podía más y cuando lo miré vi que todo a su alrededor estaba empapado de sangre. El asiento del copiloto, sus pantalones, los zapatos, el suelo.

—¿Murió? —quiso saber Carl.

—Sí. Abrió la puerta del coche y se dejó caer. Cuando salí del coche a ayudarlo, ya había muerto.

—¿Y qué pasó con Ghaalib? —Rose bajó la mirada a los recortes de periódico que tenía delante—. Porque en esta fotografía está vivito y coleando.

Assad llevó la cabeza atrás e hizo un gesto negativo.

—Fue el mayor error de mi vida. Lo abandonamos moribundo, pero no acabamos con él.

—¿Y tu esposa e hijas?

—Hice todo lo posible por encontrarlas, pero Faluya es una ciudad grande y era como si la tierra se las hubiera tragado. Gasté todo mi dinero en sobornos a cambio de información, pero no sirvió de nada. Luego intervino la delegación de Naciones Unidas. Se habían enterado de lo ocurrido y me enviaron de vuelta a casa. Dijeron que mi presencia en el país podía resultar explosiva.

—Pero ¿sabías que Ghaalib estaba vivo antes de darte cuenta de que el que aparece en las fotografías era él? —preguntó Rose.

—Sí. Al poco tiempo de haber regresado a Dinamarca, mi suegro se puso en contacto conmigo por Skype y me contó lo que había ocurrido. Que Abdul Azim, como se llamaba entonces, había sobrevivido, y que Marwa y las chicas eran sus rehenes. Mi suegro me pedía que volviera y me entregase para que las liberaran, y por supuesto que lo pensé, pero entonces mataron al hermano mayor de Marwa y aquello destrozó a mi suegro y generó en él un odio que lo hizo cambiar de postura.

—¿Te desaconsejó que volvieras?

—Dijo que mi misión debía consistir en encontrar a Ghaalib y matarlo. Era la única solución en la que creía para recuperar a las chicas.

—Eso fue hace dieciséis años, Assad. ¿Por qué tuvo que pasar tanto tiempo?

—Cuando atraparon a Saddam Hussein en 2003, Irak se desintegró. Muchos sunís se escondieron. Bombardearon Faluya y, desde entonces, lo único que he oído es que las milicias sunís habían reclutado a Ghaalib, que lo habían ascendido y que se encontraba en Siria. Entonces perdí toda esperanza de volver a ver a mi familia.

—¿Quién te lo dijo?

—Él mismo. Envió un mensaje a mi suegro para que me lo leyera.

—¿Qué decía?

Se produjo esa clase de silencio que tan bien conocía Carl de cuando tenía que ir a dar el pésame a familiares de víctimas de tráfico. Desde el momento en el que veía abrirse la puerta de entrada hasta el momento en el que la conciencia de la catástrofe absoluta se reflejaba en el rostro de los allegados, el mundo se detenía. En ese momento ocurrió lo mismo en el semblante de Assad y la pausa tras la que se escudó fue igual de desgarradora. ¿Cuánto tiempo hacía que no salían de su boca aquella clase de mensajes? ¿Cuánto le había costado a Assad dejar de pensar en ello cada segundo que pasaba? La respuesta se reflejaba con nitidez en su rostro.

Lo más probable era que nunca hubiera hablado a nadie del mensaje de Ghaalib.

Se aclaró la garganta un par de veces, pero su voz surgió débil.

—¿Que qué decía?

Vaciló una vez más. Miró al techo con ojos húmedos y tragó saliva. Después se inclinó hacia delante, aspiró hondo y apoyó las manos en las rodillas para darse valor.

—Decía que se había encargado de que Marwa abortara nuestro tercer hijo y que a partir de entonces violaba todos los días a Marwa y a mis hijas, y que, tan pronto como daban a luz, mataba a los recién nacidos. Que me estaba esperando y que iba a encargarse de que mi final fuera espeluznante.

Los tres se quedaron sin palabras y miraron a Assad.

—Y me parece que es lo que intenta hacer ahora —dijo en voz baja tras un minuto de silencio—. Y yo que creía que estaban muertas...

Carl estaba horrorizado. ¿Era ese el Assad a quien tantas veces había tomado el pelo? ¿Con quien había reído y con quien había unido fuerzas? El pasado de aquella persona atormentada le pesaba tanto que no entendía cómo podía funcionar con normalidad.

Por un instante, se imaginó a su querida Mona con un recién nacido en brazos. Su primer hijo. Aquella delicada criatura que nada sabía de la crueldad del mundo y a quien iba a defender con toda su alma contra la realidad. Pero el mundo era cruel y aquella historia era de lo más...

Carl detuvo su flujo de ideas y miró al testa rizada a los ojos. No entendía cómo Assad podía mantenerse tan entero con la sombra de aquella espantosa certeza encima; claro que tal vez no estuviera nada entero. Tal vez no fuera más que un juego para poder sobrevivir.

Abrió un cajón y buscó el paquete de cigarrillos que sabía que había dentro. A pesar de la oposición de sus compañeros y de Mona, fumar era lo único que podía sacarlo de aquella atmósfera paralizante.

—Ahórrate trabajo, Carl —oyó decir a Rose—. Si lo que quieres son cigarrillos, ya puedes ir a buscarlos a la incineradora.

Me temo que hace tiempo que se han convertido en humo, por así decirlo.

Sonrió, y Carl la apuntó en su lista negra.

Luego se volvió hacia Assad.

—Escucha, amigo mío —indicó—. Voy a subir al despacho de Marcus para explicarle por qué vamos a darnos tú y yo un garbeo que llevamos años mereciendo, y decirle que necesitamos gastos de viaje y dietas. ¿Digamos, para empezar, unos quince días?

23

Joan

DÍA 11

JOAN VIO CON nitidez su reflejo cuando se inclinó hacia la ventanilla y también los largos trenes InterCity de la estación de Múnich.

—Tienes buen aspecto, Joan —se susurró a sí mismo. ¿Acaso los acontecimientos de los últimos días no habían reforzado sus rasgos, hecho más profunda su mirada y oscurecido sus cejas? A decir verdad, sí. De modo que, cuando volviera, iba a echar una canita al aire. Iba a sentarse en el restaurante Xup Xup de la Barceloneta con una copa de vino en la mano, a dirigir miradas a las mujeres que pasaban. Y, si se quedaba lo suficiente, acabaría cayendo algo, lo notaba en el bajo vientre. Porque Joan se sentía renacido.

Dirigió la mirada al vagón de primera clase y sonrió para sí, abrió su portátil sobre la mesa y devolvió el gesto de saludo a los enérgicos y silenciosos hombres de negocios, todos ellos con la cabeza hundida en sus ordenadores o papeles. Por cuatro míseros euros de más que costaba el asiento de primera clase en el tren de primera hora de la tarde, había conocido por fin estándares de los que había decidido no bajar nunca más. Allí estaba él, el hombre con el reportaje de actualidad más potente en la cabeza, y pronto se iba a recordar a Joan Aiguader como el que evitó la catástrofe, aun con riesgo de su vida.

Con riesgo de su vida, eso era lo que deseaba que pensara el mundo. El jinete de caballo blanco, la caballería que llegaba en el último instante, el niño holandés tapando el agujero del dique; eso era él. Porque, sin Joan Aiguader, iba a morir gente.

Sin él, el rayo iba a golpear sin distinción y con brutalidad en Europa, y a generar caos. Se lo imaginó. Si Ghaalib llevaba a cabo sus planes, la gente iba a rehuir los lugares abiertos de las ciudades, hombres y mujeres iban a meterse en sus caparazones y no iban a llevar a los niños a la escuela.

Sí, así era como lo veía. Y, claro está, los servicios de inteligencia alemanes querían su parte del honor, pero ¿quién les había dado la información en la que se basaban?

Una vez más, había sido él, Joan Aiguader. Y, como tantas veces durante los últimos días, cuando las ideas tomaban aquella dirección, se lo agradeció mentalmente a la víctima dos mil ciento diecisiete.

Se inclinó hacia su portátil y se quedó un rato pensando en el artículo para el día siguiente, cuando un hombre con bufanda azul y una gruesa parka se sentó en el asiento contiguo, al otro lado del pasillo central.

Joan le hizo un cortés gesto de saludo y recibió en correspondencia una sonrisa de lo más amable; no era algo a lo que estuviera acostumbrado, pero así debía de ser en primera clase, pensó. Allí dentro, la gente comprendía y respetaba al prójimo por su estatus y su poder. De modo que devolvió la sonrisa.

Era un individuo curtido, pero presentable, y de tez oscura. Seguro que es italiano, pensó mientras observaba los zapatos del hombre. Cuando fuera al Xup Xup, tenía que recordar calzar unos parecidos. Seguro que eran caros; pero si *Hores del dia* no le hacía una oferta razonable con un buen sueldo, otros lo harían, estaba convencido, porque en Cataluña no faltaban periódicos. Aunque ¿y si llegaba alguna oferta de un diario de Madrid? ¿Debería aceptarla? Joan estuvo a punto de echarse a reír en voz alta. Por supuesto que debería aceptarla, tampoco tenía por qué ser un catalán tan fanático.

La traducción del archivo de audio que había en el móvil de Bernd Jacob Warberg la hizo un traductor del centro de la ciudad que, como primera reacción, sacudió la cabeza y empezó a quejarse de tener que trabajar antes de las diez de la mañana y del corto plazo del que disponía. Pero Joan insistió, tras lo cual el hombre exigió doscientos euros más que la tarifa normal, cosa que Joan, por supuesto, no podía permitirse. Le explicó en pocas palabras que no tenía tanto dinero, que el texto era para que unos actores ensayaran para una producción televisiva y que no le habían proporcionado el texto en inglés. Convinieron cien euros más, pero no recibió ninguna garantía de precisión debido a la mala calidad de sonido del vídeo.

La traducción, a pesar de las inexactitudes que pudiera haber, desveló con claridad meridiana que Ghaalib era un terrorista que llevaba años luchando con las milicias en Irak y Siria, y que con el tiempo había alcanzado un puesto bastante destacado en la organización. Ahora la guerra había dado otro giro, de modo que tenía otras misiones que también podían causar caos y desgracia dondequiera que se dirigiera. Aunque no se entendía con claridad de qué se trataba, de la conversación se desprendía que todo estaba planeado hasta el menor detalle. Había gente esperando sus órdenes y tanto en Frankfurt como en Berlín iban a producirse terribles acontecimientos. Fue lo que pudo deducir del texto.

Joan desplegó sobre la mesa el mapa de Frankfurt que había comprado en el quiosco de la estación. Ghaalib y su ayudante Hamid habían mencionado un violento atentado en una plaza de Frankfurt, pero sin concretar si iba a ser en Römerbergplatz, en Rathenauplatz, en Goetheplatz o en algún otro lugar, solo que la plaza sería amplia y estaría llena de gente; pero ¿cuál era el lugar exacto, cuando había tantos entre los que elegir?

Joan alzó la vista y captó la mirada del hombre al otro lado del pasillo. Su vecino parecía haber seguido con atención lo que estaba haciendo.

—¿Es usted turista? —preguntó a Joan en un inglés que tuvo que pasar otra vez por su cerebro hasta formar toda una frase.

—Sí, podría decirse que algo así —respondió, breve, y miró otra vez al suelo.

Por lo que había entendido del texto traducido, Ghaalib no iba a participar en persona en las acciones, pero tal vez lo hiciera Hamid, que tenía mucha información sobre lo que iba a pasar.

—Perdone; estaba pensando que tal vez esté planificando qué cosas desea ver en la ciudad —siguió el hombre y apuntó a la traducción y al mapa—. Le recomiendo que vaya primero a Römerberg, que es la plaza más entretenida de la ciudad y la mejor conservada.

Sin que Joan pudiera encontrar una razón, el hombre ya no le parecía tan italiano, de manera que le agradeció la información y recogió los papeles y el mapa.

Cuando el tren se acercaba a Núremberg, donde había que hacer un transbordo, llevaba ya cerca de una hora tecleando al azar sin haber creado ninguna maravilla.

—Vaya mierda —cuchicheó para sí. ¿Cómo podía elaborar con libertad un texto en condiciones cuando alguien no perdía ojo de lo que escribía? Si obedecía a las distintas directrices que le habían dado, ¿qué podía hacer, sino repetir lo que ya había escrito? Que iba de caza y que tenía varias pistas, pero, por otra parte, no sabía de qué iba la caza o a quién había que cazar y tampoco sabía lo que podría ocurrir ni dónde. Porque, si desvelaba sin querer el menor dato de la conversación entre Ghaalib y Hamid, tanto los servicios de inteligencia alemanes como Ghaalib se le iban a echar encima. Herbert Weber, seguramente, con una imputación falsa de asesinato, y Ghaalib, con un cuchillo afilado para rebanarle el cuello. Por otro lado, ocurría que, si no pasaba de esas restricciones, perdería impulso y también el respaldo de su editora. De hecho, había creído posible navegar entre aquellos obstáculos, pero ahora parecía algo imposible.

Joan dirigió una mirada vacía hacia la ventanilla. Si quería seguir pensando que un buen día sería famoso y admirado y que iba a sentarse en el Xup Xup a ligar, no le quedaba otro camino. No le quedaba otra que escribir lo que le diera la gana, por muy peligroso que fuera. Descubrió, para su sorpresa, que tenía ánimos para ello. También eso debía agradecérselo a la víctima 2117.

Joan se centró en la pantalla y se puso a corregir su documento y a llamar a las cosas por su nombre. Lo primero, el título. Después, los encabezados de las secciones del artículo. Concretó los nombres y describió con todo detalle el asesinato del fotógrafo en Múnich, así como la sangre en la que el propio Joan resbaló, la ciudad hacia la que se dirigía y el hombre que trataba de detener antes de que cometiera una acción terrorista.

Cuando el tren aminoró la marcha y se detuvo, en su texto había llegado a donde debía sopesar si debía mencionar también su reunión con la gente de inteligencia y, sobre todo, el descubrimiento del archivo de audio en el móvil del fotógrafo.

Esa decisión tendrá que esperar a que haga el transbordo, pensó, y se disponía a meter el portátil en la bolsa cuando el pasajero que había estado sentado al otro lado del pasillo se inclinó hacia él y le cuchicheó al oído que deseaba darle las gracias por la buena información que había conseguido.

Bastó un milisegundo para que los mecanismos de defensa de Joan se pusieran a tope y reaccionara girando la cabeza hacia el hombre vestido con aquella parka enorme, que avanzaba por el pasillo central y en dos saltos rápidos desapareció en el andén.

DURANTE LOS CASI veintisiete minutos que transcurrieron hasta que el tren con destino a Frankfurt partió de la estación de Núremberg, las preguntas apremiantes se apelotonaron en la cabeza de Joan. ¿Por qué buena información le había dado las gracias el hombre en realidad? Era imposible que a aquella distancia hubiera podido leer lo que escribía y, por tanto, tampoco había podido deducir por qué iba en aquel tren ni cuál podía ser su objetivo en Frankfurt. Tampoco le había preguntado por su profesión o de dónde era, de manera que solo sabía que iba a Frankfurt porque tenía el mapa sobre la mesa.

Pero aquello no encajaba. Joder, ¿quién coño era aquel hombre? ¿Era un amigo o un enemigo? ¿Un periodista que deseaba birlarle el reportaje o uno de los hombres de Ghaalib? Joan sudó a mares mientras empleaba el tiempo de espera buscando en los recovecos, vestíbulos y andenes de la estación, tratando de encontrar respuesta a sus preguntas. Pero ¿dónde se había metido el tipo y por qué tenía tanta prisa por salir? ¿Podría tal vez tratarse de un guiño para decirle que la gente de inteligencia no lo perdía de vista y que no solo el GPS que llevaba en el forro sabía dónde se encontraba? Eso esperaba.

EL VAGÓN DE primera clase del InterCity 26 con destino a Frankfurt se parecía al anterior. Fantásticas condiciones para trabajar, hombres serios y trajeados, y esa clase de silencio que proporciona paz mental para poder planificar y pensar sobre el futuro. En Frankfurt iba a alojarse en el centro, para que los trayectos a pie a las plazas que tenía pensado visitar fueran lo más cortos posible. Iba a trabajar de forma sistemática para conocer los lugares abiertos y, sobre todo, su potencial para acciones terroristas. Si empleaba su fantasía y observaba las pautas de movimiento y la densidad de gente en cada una de las plazas, tal vez pudiera pronosticar el futuro. La cuestión era cuándo era el futuro. En principio, la catástrofe podría haber ocurrido ya, antes de llegar él a la ciudad. A fin de cuentas, Ghaalib y Hamid le llevaban cierta ventaja.

Sacó el portátil y echó un vistazo a su artículo. En el Servicio Federal de Inteligencia no van a ponerse muy contentos si doy demasiados datos y me pongo a hacer profecías, pensó Joan. Pero ¿no era acaso el deber social de todo periodista alzar la voz y avisar cuando sabían de una catástrofe inminente, sin tener en cuenta lo que pudieran pensar al respecto los servicios de inteligencia?

Era evidente que el hombre del rostro desfigurado deseaba generar miedo con los artículos que enviaba Joan a su periódico, pero ¿cómo reaccionaría si Joan le pusiera obstáculos con el artículo para el día siguiente? ¿Haría ajustes en sus planes? ¿Aprovecharía la ocasión para crear falsa confianza y trasladar el terror a otro lugar donde menos se esperaba?

Joan trató de recapitular. En aquel momento, esperaba que Ghaalib no supiera dónde se encontraba. Si hacía las cosas con cuidado, ¿qué podía ocurrir si enviaba a *Hores del dia* una historia llena de verdades? Esperaba que nada; no obstante, su problema era que había una serie de hechos esenciales de los que no sabía nada. ¿Dónde estaba Ghaalib y en qué estaban envueltos él y su gente? Lo único que sabía era que aquella persona peligrosísima casi seguro que ya estaba instalada en una de las mayores ciudades de Alemania y que no iba a vacilar a la hora de quitar todos los obstáculos de su camino. Así que, ¿de qué diablos iba a escribir?

Llevaba un rato sopesando los pros y contras cuando un hombre entró en el vagón y se colocó junto a su mesa.

—¿Joan Aiguader? —preguntó con educación.

Este arrugó el entrecejo y, al levantar la mirada, vio a un hombrecillo fornido de piel bastante oscura para la estación.

—Sí, ¿por qué? —preguntó.

—Solo es para entregar esto —respondió el hombre y le dio un sobre. Luego se levantó el sombrero, se disculpó ante los presentes por la molestia y se marchó.

El sobre era blanco, neutro, pero el mensaje que trasladaba no lo era. Decía:

¿Cómo es que sabes que tienes que ir a Frankfurt? ¿Y qué hacías con la policía la noche pasada? ¿No te dije que no te comunicaras con ellos? Sabemos todo lo que haces, Joan Aiguader, de modo que, cuidado. Un paso en falso y eres cosa del pasado, y el juego se acaba. En Frankfurt sabrás cómo.

Joan contuvo el aliento. «Un paso en falso y el juego se acaba», ponía. En aquel caso, «se acaba» significaba algo absoluto y definitivo, no le cabía la menor duda. «Se acaba», por ejemplo, con un cuello rebanado. «Se acaba» detenido y torturado. «Se acaba» algo que iba ya demasiado lejos. Y luego eres cosa del pasado.

¿Qué hago?, pensó desesperado. ¿Podría saltar del tren cuando se acercara a la estación?

Asió el móvil. Si llamaba a Herbert Weber, de los servicios de inteligencia, iban a pensar que ya no les era útil. Lo buscarían y lo mantendrían bajo custodia hasta que el caso estuviera bajo control, y todos sus sueños de grandeza y de ligar en la playa de Barcelona se esfumarían. Lo devolverían de inmediato a su existencia nula y sin perspectivas que unos días antes había estado a punto de abandonar para siempre.

Luego leyó el texto una vez más. ¿Aquel «se acaba» podía significar algo que no fuera la muerte?

Joan se puso a pensar como un loco. ¿Debía saltar del tren en marcha? ¡No! Saltar cuando se acercase a la estación, quizá, pero ¿cuándo? ¿La estación de tren de Frankfurt no era una de las de mayor tráfico del mundo? Si se tiraba, podía partirse la crisma contra los raíles o ser arrollado por otro tren. No podía estar colgado de una puerta abierta al acercarse al andén y esperar el momento oportuno, porque Ghaalib tenía a gente vigilándolo que iba a atraparlo, ahora ya lo sabía. Tampoco podía telefonear al servicio de inteligencia alemán si quería seguir con sus reportajes, esa opción ya la había considerado. Pero ¿tal vez pudiera activar el freno de alarma y tratar de saltar antes de que lo atrapasen?

Joan miró alrededor. En menos de cinco segundos, los hombres enérgicos y resueltos que lo rodeaban lo habrían reducido, de manera que era una utopía. Pero ¿y si se dejaba reducir por la gente del vagón? ¿La policía no estaría esperándolo en el andén? Sí, seguro que sí, porque accionar el freno de alarma sin razón estaba prohibido, todo el mundo lo sabía.

Pero ¿y si Ghaalib tenía en el tren a más hombres que el de la nota y abrigaban sospechas? Tal vez estuvieran en el vagón contiguo, esperando acontecimientos. En ese caso, ¿no serían capaces de matarlo de forma discreta y silenciosa con un espray venenoso y largarse rápido?

«Controla tu fantasía», se dijo Joan mientras apretaba los puños y trataba de pensar con claridad. Si analizaba las cosas con la cabeza fría, ¿por qué le había dado la gente de Ghaalib esa nota si tenían pensado matarlo? No lo entendía, pero tampoco deseaba esperar a la respuesta. Muerte, tortura, detención, fuera lo que fuese, el caso era que tenía que largarse.

Miró el mapa que tenía delante y buscó vías de salida. Entre Núremberg y Frankfurt había multitud de ciudades menores, pero solo una donde imaginaba que el tren pudiera detenerse en una emergencia: Würzburg.

Esta ciudad me suena, pensó y buscó en internet; 130 000 habitantes y varios hospitales y clínicas: parecía perfecto.

Joan respiró aliviado y se levantó con calma, cerró el portátil, se quitó la bandolera y metió dentro sus papeles y el ordenador, se puso el abrigo y guardó el móvil en el bolsillo interior.

—Aahh... —gimió de pronto, y se llevó la mano al pecho. Volvió a gemir y dejó caer la cabeza hacia atrás, mientras los ojos se le ponían en blanco y empezaba a tambalearse y a buscar por instinto algo a lo que asirse.

Como era de esperar, todos los pasajeros del vagón dejaron sus quehaceres y un par de ellos se apresuraron a sostenerlo.

—¡¿Hay algún médico?! —gritó uno de ellos sin que nadie reaccionara.

—¿Es el corazón? Si toma pastillas, ¿dónde las tiene? —preguntó otro, pero Joan no respondió.

Dentro de nada van a llamar al personal del tren, ya está, pensó. Entonces detendrían el tren en Würzburg y lo meterían en una ambulancia. Y cuando llegasen al hospital iba a esfumarse antes de que nadie pudiera hacer nada.

Joan se desplomó y cayó de espaldas con los ojos cerrados, lo que generó gran revuelo a su alrededor. Uno salió corriendo por la puerta mientras otro buscaba en sus bolsillos y bolsa para encontrar las pastillas que no existían.

La verdad era que le producía agrado ver tanta solicitud, de modo que Joan los dejó hacer, mientras respiraba de forma superficial y apenas perceptible.

Lo que no había pensado era que, cuando una persona presenta síntomas de un ataque al corazón, nadie, sobre todo en primera clase, esté capacitado o no, duda a la hora de echar mano de recursos drásticos; y de pronto vio, arrodillado junto a él, a un hombre gigantesco.

Joan se quedó aterrorizado cuando notó el primer apretón y aquel peso que le aplastaba las costillas, seguido del cálido aliento del hombre en su boca.

Se quejó para sus adentros cuando las costillas crujieron. No iba a poder mantener el paripé por mucho tiempo.

—¡Yo tengo esto! —gritó una voz. Joan divisó a través de las pestañas el contorno de un hombre con uniforme de revisor, que se inclinaba sobre él con una expresión decidida en la mirada mientras otro le remangaba la camisa hasta el hombro.

—¿Lo has probado antes? —preguntó alguien.

Y cuando Joan oyó al revisor decir que sí, que había hecho un cursillo, y se dio cuenta de lo que iba a hacer, era demasiado tarde para protestar. La descarga del desfibrilador hizo que todo su cuerpo se convulsionara, todas las terminaciones nerviosas explotasen y el corazón presionara contra la garganta como una bola sin digerir.

Durante un par de segundos, la descarga provocó que su torso se tensara como un muelle de acero y, cuando cesó, el cuerpo se retorció hacia atrás y su nuca aterrizó en el suelo.

Acertó justo a oír que gritaban *Mein Gott!* y después se hizo la oscuridad y se desvaneció.

24

Alexander

DÍA 10

Había sido una noche desgraciada de cabo a rabo. Alexander llevaba horas tratando de avanzar en el juego, pero en vano. Por cada paso adelante que daba, el juego lo hacía retroceder dos.

Dio un puñetazo sobre el teclado y cuando, por supuesto, no logró nada bueno, sus dedos corretearon sobre el ratón, pero tampoco le valió de nada. De mala gana, tomó una decisión radical: salió del juego y entró en la configuración para analizar el estado del ordenador. Tal y como temía, no presentaba buen aspecto y, pese a haber jugado solo unas horas, el aparato estaba ardiendo: había superado todos los límites. Quizá hubiera tratado con demasiada dureza su hardware y ahora la placa base estaba a punto de fundirse o algo parecido; parecía algo disparatado. Llevaba doce meses con aquel ordenador y la garantía era de tres años, pero, si lo llevaba a reparar, ¿cuándo iba a poder disponer de él?

Tranquilo, cosas así ocurren de vez en cuando, se consoló mientras esperaba a que el equipo se enfriara. Confiaba en que después funcionase bien y pudiera seguir avanzando. Porque si apagarlo no servía de nada, entonces no tenía ni idea de qué hacer. Solo pensarlo hacía que se mordiera las yemas de los dedos hasta hacerse sangre y sus piernas golpeasen la alfombra del suelo como baquetas.

Los segundos se le hacían interminables.

Pasados veinte minutos, el ordenador se había enfriado más o menos, y lo encendió y miró nervioso el monitor.

Vamos, vamos, pensaba mientras el sudor se le acumulaba en las axilas, porque no sucedía nada. Sí que apareció en medio de la pantalla un pequeño cuadrado blanco, pero eso fue todo. El sistema parecía muerto.

Revolvió los cables, reinició, se devanó los sesos, lloró de disgusto, volvió a reiniciar. Y siguió sin ocurrir nada.

Alexander estaba como para tirarse por la ventana.

SE DESPERTÓ SOBRESALTADO, con la desagradable sensación de que su mundo se había derrumbado. Lo primero que hizo fue pulsar con dedos temblorosos el botón de encendido y comprobó al instante que la situación no había cambiado. Su valioso PC Gamer estaba muerto.

Menos mal que el juego está en el disco duro externo, se tranquilizó a sí mismo, mientras observaba a la señora ahogada de la pared.

—Perdona que haya quemado el aparato —se disculpó ante la fotografía—. Pero puedes estar tranquila, me las arreglaré. Mi padre tiene un portátil que le ayudé a comprar. No es tan rápido como mi Shark Gaming, pero la cifra de FPS es lo bastante alta.

Sonrió.

—Sí, tienes razón, lo engañé. El bobo de él no sabía qué comprar y tampoco por qué tenía que costar el doble de lo que había calculado.

Alexander rio un rato y luego sacudió la cabeza.

—Bueno, perdona que hable como un descosido, lo más seguro es que no sepas qué es el FPS; pues significa *frames per second,* «fotogramas por segundo», y ofrece más de sesenta, así que es suficiente para jugar a este juego.

Sonrió para sí. La tarjeta gráfica del Lenovo de su padre era aceptable y su FPS era de setenta, de modo que iría bien. Cuando sus padres, dentro de poco, se fueran a trabajar, iba a salir de su cuarto y a arramblar con él. Conocía el código, ya que fue él quien lo introdujo. Sonrió. Su padre iba a ponerse hecho una fiera, sin duda, pero ¿qué podía hacer? ¿Arañar con más afán el barniz de la puerta?

Alexander vislumbró tras las persianas grises el lento amanecer. Al otro lado de la puerta, sus padres empezaban el acostumbrado ritual matutino de arrastrar los pies en zapatillas, hablarse a gritos y hacer mucho ruido. Cuando se fueran diez minutos más tarde, volvería la calma, y entonces iba a salir en busca del portátil del despacho de su padre, conectarlo a su disco duro externo, al teclado, al ratón y al monitor de juego, y después iba a seguir jugando. Tan pronto como el ordenador se pusiera de nuevo en marcha, ya se encargaría él de lograr las victorias que tenía planeadas.

—¡Alexander! —gritó su madre desde fuera—. Me voy. Ya sabes que voy a un congreso en Lugano. Como las veces anteriores, he dejado comida preparada en el congelador para ti y para tu padre. ¡Y, Alexander! Sorpréndeme por una vez y sal un poco mientras esté de viaje, ¿vale? Me darás una alegría.

¡Lugano! Alexander emitió una risa ahogada. Otra razón más para odiar a aquellos repugnantes hipócritas. Llevaba años montando el numerito del congreso, y, mientras estaba fuera, su padre no paraba en casa. ¿Por qué cojones no podían reconocer que follaban con otros? Los detestaba.

Pegó el oído a la puerta y no oyó nada. Su padre debía de haberse largado ya, pero, por si acaso, esperó diez minutos más antes de retirar el cable retorcido alrededor del termostato del radiador. No quería que lo sorprendieran si se les había olvidado algo y volvían mientras él se paseaba por la casa.

EN EL PASILLO olía más que nunca a perfume intenso y a infidelidad; era nauseabundo. Apenas podía esperar para poner fin a todo aquello; pero antes debía terminar su misión y llegar a su victoria número 2117.

Y después vendría la venganza.

Normalmente, primero habría desayunado y vaciado el orinal y hecho las cosas que solía hacer, pero, pensando que algo podía salir mal al cambiar de ordenador, dejó de lado la cocina y entró directo en el despacho.

Se quedó un rato frente al escritorio de su padre y trató de imaginarse qué iba a hacer si no funcionaba como debía. Hacía algo más de un año, a uno de sus compañeros de videojuegos, de Boston, le pasó lo mismo con un juego con el que llevaba años. Y, cuando el ordenador se averió, ese payaso se quedó atascado y, en pleno ataque de frustración, amenazó con suicidarse.

Alexander sacudió la cabeza: hacía falta ser idiota e inútil. Suicidarse, ¡ja! No, cuando llegara la hora era mejor llevarse a unos cuantos por delante.

Acababa de asir los cables del hardware para desconectarlos cuando una sombra se proyectó sobre el escritorio y Alexander sintió una mano en el hombro, dura como el hierro.

—¡Te pillé! —sonó la conocida voz con severidad.

Apenas se había vuelto y su padre ya lo estaba zarandeando como a un puto crío.

—¡¿Qué te traes entre manos?! —gritó—. ¿Creías de verdad que ibas a salirte con la tuya y robarme, aparte de todas las barbaridades que has hecho, Alexander? ¿Lo creías?

Alexander no respondió y se dejó zarandear. ¿Qué otra cosa podía hacer en aquel momento? ¿Prometer penitencia, hacer propósito de enmienda y decir que todo había sido una broma? Ni por el forro.

—No voy a soltarte hasta que hayamos puesto orden en ese caos indecente en el que vives —lo amenazó su padre.

Alexander llevaba semanas sin estar tan cerca de la lívida piel, el asqueroso aliento y el tufo corporal de su viejo. No entendía cómo había podido vivir toda la vida bajo el mismo techo que aquel hombre ridículo. Pero eso iba a terminar.

—Mira alrededor, joder —bufó su padre cuando lo empujó al interior de su cuarto—. ¿Es este tu agradecimiento por nuestra gran dedicación y por haberte dado este cuarto? Esto es una pocilga. ¿Eso es lo que te hemos enseñado? ¡Responde, golfo! —gritó y dio una patada a un par de latas de refrescos de cola vacías que yacían en el suelo.

—El olor es nauseabundo, todo el cuarto apesta a podrido. Mira alrededor, Alexander. A ver, ¿qué prueba toda esta basura? ¿Que estás bien de la cabeza? No, ¿verdad? Entonces, tal vez entiendas por qué nos avergonzamos de ti. ¿Qué diablos vamos a hacer con un hijo así?

—No necesitas preocuparte —respondió Alexander mientras se lo sacudía de encima —. Vas a librarte de mí, por mis huevos y antes de lo que piensas.

Fuera por la palabrota o por la falta de respeto, lo cierto es que su padre retrocedió un paso y se quedó mirándolo como si lo hubiera abofeteado.

—¡¿Librarme de ti?! Pues sí, es lo que pretendo hacer —dijo con frialdad tras haberse recuperado un poco. Luego sacó del bolsillo un clip con billetes.

—Toma. Espero que te largues de inmediato para no tener que aguardar a que le dé la gana al señorito. Ya encontrarás un albergue para jóvenes, aquí no vas a pasar ni un minuto más.

Se giró hacia la puerta y reparó en el cable flojo colgado de la manilla de la puerta.

—Vaya, vaya —comentó, mientras medía la distancia al radiador. Después soltó el cable de la manilla y se lo enrolló en la muñeca—. ¡Ya está! Eso de encerrarse en el cuarto se ha acabado, ¿vale? Venga, ponte a empaquetar tus bártulos. Si te falta algo, estoy seguro de que tu madre te lo llevará cuando vuelva de su viaje.

—¿Te refieres a cuando se haya cansado de follar con el tío que le gusta más que tú? ¿Te refieres a eso?

Alexander ya había visto antes a su padre con el rostro lívido. Solía ocurrir justo antes de darle una bofetada y le solía dar miedo, pero esa vez le importaba un pito. Y el golpe llegó puntual, pero ni siquiera le pareció fuerte, aunque lo fue de verdad, y tampoco el segundo ni el tercero. Eso sí, la satisfacción de que la mirada de su padre fuera cada vez más desesperada porque ya no le daba miedo a su hijo fue enorme. Los porrazos no hicieron sino corroborar que la relación de fuerzas se había invertido al fin.

—Estás loco —jadeó su padre mientras retrocedía—. ¡Loco!

Alexander movió la cabeza arriba y abajo. Tal vez tenga razón, ¿quién puede juzgar?, pensó mientras, bajo la lluvia de improperios, se ponía a recoger la ropa del suelo y se acercaba poco a poco a la espada samurái colgada de la pared.

Cuando Alexander la descolgó, su padre se echó a reír.

—¡Ja, ja! ¿Has pensado llevarte la espada al albergue, Alexander? ¿Crees acaso que van a dejarte entrar con ella? ¿Eres de verdad tan estúpido? Estás peor de lo que pensaba.

Entonces su rostro se contrajo con una risa burlona, que continuó hasta el momento en el que Alexander desenvainó la espada samurái.

Aquella risa quedó fija para siempre cuando su cabeza se separó del tronco y aterrizó con suavidad en la cama de Alexander.

Miró al recorte de la pared y sonrió.

—Ya ha empezado la fiesta —susurró.

HA SIDO EL primero, pensó satisfecho después de meter la pesada cabeza de su padre en el congelador y el cuerpo en la recocina con una bolsa de plástico en el cuello para no llenarlo todo de sangre.

—Aquí estás bien, papaíto —dijo mientras envolvía el cadáver decapitado en grandes bolsas de basura recortadas. Un poco de cinta americana y el cuerpo podía permanecer allí una eternidad sin que el hedor se extendiera al resto de la casa.

Alexander movió la cabeza, satisfecho, y empujó el bulto hasta dejarlo cerca de la lavadora, para que quedara sitio en el suelo de la recocina para su madre, cuando un buen día le diera la gana de volver a casa.

Todo su cuerpo temblaba de placer mientras transportaba el portátil de su padre al interior de su cuarto. Había hecho lo planeado y había sido fácil. No le costaría nada hacerlo otra vez. Y otra. Y otra.

Después conectó los cables y encendió el aparato. Era curioso, pero ya no temía que no fuera a funcionar: por supuesto que iba a funcionar.

En adelante, todo iba a salirle bien.

Y cuando se cercioró de que el Lenovo ronroneaba y de que el juego marchaba con fluidez, pasó a la pantalla siguiente sin el menor problema.

Hora de dar novedades, pensó. Alargó el brazo para agarrar el móvil y llamó a su contacto.

El policía, de nombre Gordon, sonaba irritado y cansado, pero pronto cambió de actitud.

—Vamos a ver —lo pinchó—. Aún no he llegado a la victoria número 2117, pero has de saber que estoy en ello.

El signo de interrogación retumbaba en la cabeza del hombre, fue algo evidente para Alexander. Era para partirse de risa.

—¿Cuál es tu objetivo? —llegó la esperada pregunta—. Abrirte paso a la victoria número 2117, ¿verdad? ¿Es difícil?

Alexander soltó una fuerte carcajada.

—¿Difícil? Ja, ja. Ya ves, *LOL*. Creo que no eres capaz de imaginarte qué es fácil y qué es difícil, ¿verdad, especie de maderazo gilipollas?

Contó los segundos hasta que el hombre al otro lado de la línea digirió el insulto. Esa vez transcurrió más tiempo del esperado.

—Bueno, es posible que no sea capaz de imaginármelo —contestó—. Pero puedo decirte una cosa: que sabemos a qué se refiere la cifra 2117. Representa a la pobre víctima que el mar arrastró hace poco hasta una playa de Chipre, ¿verdad que sí? Pero dime: ¿por qué significa tanto para ti esa señora mayor?

Alexander se puso rígido. ¿Cómo podía saberlo? Miró alrededor. ¿Había pasado algo por alto? ¿Podían haber localizado sus llamadas? ¿Se había descuidado al cambiar las tarjetas de prepago? ¿Habían encontrado su dirección IP o alguna otra cosa que él no supiera? Pero ¿cómo? Si era imposible.

—¿De qué me hablas? —repuso, pero se dio cuenta de que su voz había perdido fuerza.

—Tienes que dejar de jugar —avisó su contacto—. De lo contrario, vamos a intervenir para evitarlo, ¿entendido?

Se produjo una pausa. ¿Estarían localizando la llamada?

—*Too bad,* es demasiado tarde —sentenció Alexander, dispuesto a colgar.

—¿Demasiado tarde? Nunca es demasiado tarde —afirmó el policía.

—Ah, ¿no? Vete a decírselo a la cabeza de mi padre, que en este momento ríe en el arcón congelador, porque esto no es ningún juego —respondió y colgó.

25

Gordon

DÍA 10

«La muerte es el remate definitivo de la vida, al igual que las alcaparras lo son del escalope vienés», solía decir siempre en broma el padre de Gordon, hasta el triste día en el que ingresó en un centro de cuidados paliativos, rígido y con el semblante gris, cubierto de tubos de plástico que salían de cada orificio de su cuerpo.

Así que la comparación no era muy brillante.

Pero Gordon veía la muerte como algo muy distinto al remate de la vida. La conciencia de la muerte se había convertido para él en la eterna pesadilla de su vida y fuente de preocupaciones, y pasó días tratando de comprender por qué Lars Bjørn, que había significado tanto para él, tuvo que morir de forma tan inesperada. Y mientras la pregunta quedó sin responder, se controló el pulso al menos veinte veces en una hora, preocupado por el día en el que su corazón dejara de latir y todo lo demás se detuviera. Lento, pero seguro, el miedo a ese último ataque al corazón empezó a atenazarlo. No solo ocupaba día y noche sus pensamientos, sino que ahora empezaba a notar dolor en el pecho.

«¿Respiraré como es debido por la noche?» era una de las muchas preguntas que se hacía. La otra era: «Si tengo siempre ochenta pulsaciones por minuto, ¿voy a desgastar mi corazón?».

Y las ideas sobre el inevitable destino que podía esperarlo en cualquier momento lo espantaban.

Tampoco mejoró las cosas que hubiera visto la huella dejada por la muerte en la mirada de Assad. ¿No era acaso el hombre que, hasta el fallecimiento de los hermanos Bjørn y el nuevo temor por la suerte de su familia, siempre había lucido una sonrisa en los labios o mantenido una distancia irónica ante los disgustos de la vida? ¿El que siempre miraba con optimismo el día de mañana? Gordon se daba perfecta cuenta de que Assad, tras su estoica fachada, sopesaba lo que fuera a ocurrir los días siguientes. Nadie que hubiera oído su relato podía dudar de que se estaba armando para matar a Ghaalib por su familia y que sabía bien que el mismo destino podía golpearlo a él.

Y allí estaba Gordon en su cómoda silla de oficina, con la cabeza llena de ideas tristes sobre la vida y la muerte, tomándose el pulso sin cesar para estar seguro de que seguía bien. Era lamentable y vergonzoso, ni más ni menos.

Gordon se levantó y dio un par de vueltas a la mesa. Allí, en la sala de emergencias, se encontraban el resto de los casos en curso del Departamento Q, alineados en tablones de aglomerado, con sus notas, extractos de expedientes y fotos. Era un lugar escalofriante del sótano, en el que las consideraciones sobre el propio bienestar no deberían tener la menor importancia. Y, aun así, sus ideas giraban en torno a que si se ponía a dar saltos o hacía cincuenta flexiones, iba a ponerse bien y la muerte pasaría de largo.

Acababa de hacer diez flexiones en el suelo y sudaba con profusión cuando sonó el teléfono.

—Hola —se oyó al otro lado de la línea.

Bastó con aquella palabra para que Gordon supiera que era el chico dispuesto a matar.

—Sí, soy yo otra vez, maderazo —se presentó el joven.

Como una marioneta tambaleante, el larguirucho cuerpo se lanzó hacia el teléfono y pulsó el botón para grabar.

Era preocupante lo satisfecho y eufórico que sonaba el chico en contraste con lo disgustado que solía estar con el mundo exterior.

Voy a preguntarle cómo se llama y también el nombre del juego, pensó Gordon. Porque el plan era parecer un buen amigo, simpático y comprensivo; pero, antes de que lo consiguiera, el tono del chico se hizo más mordaz y arrogante. Y cuando encima se puso a burlarse de Gordon, este ya no pudo contener las ganas de endurecer sus palabras.

El chico se inquietó de manera palpable cuando Gordon mencionó a qué se refería la cifra 2117, pero eso no fue nada comparado con la conmoción que sufrió Gordon cuando el chico replicó que había decapitado a su padre y guardado su cabeza en el arcón congelador. Y después, colgó.

Entonces Gordon se echó a temblar. Por primera vez en su ya no tan joven vida, había hablado con un asesino. Con un demente que, con franqueza y sin rodeos, declaraba que iba a volver a matar. No era nada agradable pensar en ello, porque cuando Carl, Rose y Assad partieran a la búsqueda de la familia de Assad, la responsabilidad del caso del chaval iba a ser suya. Eso lo convertía en una especie de señor de la vida y la muerte, pero ¿y si no lograba dominar la situación?

Su pulso empezaba de nuevo a desbocarse. Gordon se dejó caer en la silla con la cabeza entre las rodillas y rogó que el teléfono no volviera a sonar nunca más. Podía desenchufarlo, claro, pero entonces, si un día los periódicos informaban de un joven que había enloquecido en plena calle, no iba a haber ninguna duda acerca de la responsabilidad de Gordon.

¡Santo cielo! ¿Qué debía hacer?

Los cuatro estaban en el despacho de Carl, escuchando la conversación grabada y callados como tumbas. Hasta Carl tenía el semblante serio.

—¿Qué creéis? —preguntó después Carl—. ¿Lo ha hecho? ¿Ha decapitado a su padre?

Rose miró a Gordon y asintió en silencio.

—Te ha llamado muchas veces antes, pero esta vez la novedad es que su estado de ánimo muestra altibajos. Me refiero a pasar de burlarse de ti al tono enfadado antes de colgar. La sorprendente debilidad de su voz cuando desvelas que sabes a qué se refiere la cifra. Entonces, ¿no crees que te haya dicho la verdad, Gordon?

Este tuvo que admitir que sí.

—En ese caso —continuó Rose—, estaremos de acuerdo en que no se guía por impulsos y fantasías, sino que todo lo que dice se refiere a algo real y calculado. ¿A vosotros qué os parece?

Carl y Assad hicieron un gesto afirmativo.

—Pero ¿he hecho algo equivocado? —preguntó Gordon con cautela.

Carl le dio una palmada en el dorso de la mano.

—Ahora ya sabemos a qué nos enfrentamos, de manera que hasta hace bien poco no has podido hacer otra cosa, Gordon, no te quepa duda. Ha estado bien que insistieras, pese a mi escepticismo.

Gordon liberó el aliento que había contenido.

—Es que tengo miedo de no dar la talla —explicó—. No quiero cargar con la culpa de que vaya a morir más gente.

—Bien, amigo. Ahora vamos a tomarlo con calma y analizar lo que acabamos de oír —propuso Carl mientras se reclinaba en la silla—. ¿Dónde creéis que vive: en un piso o en una vivienda unifamiliar?

—En una vivienda unifamiliar —respondió Assad con gran seguridad.

—Sí —añadió Rose—. No ha dicho «congelador», sino «arcón congelador». ¿Quién diablos tiene sitio para un armatoste así en un piso?

—Exacto. —Carl sonrió, pero Gordon no entendía nada. ¿Por qué simplificaba el caso que no viviera en un piso si la alternativa era investigar miles de casas?

—Todo esto recuerda mucho a los jóvenes japoneses que se imponen una especie de autorreclusión. Recuerdas el nombre, ¿verdad, Rose?

—Sí, lo llaman *hikikomori*.

—Eso es. ¿No has oído hablar de eso, Gordon?

Este sacudió la cabeza. Tal vez hubiera oído hablar de ello, pero no lo recordaba.

—Pues se dice que hay hasta un millón de jóvenes japoneses que viven aislados así. Viven en casa de sus padres, pero no se comunican con ellos. Se encierran en su cuarto y se refugian en sus pequeños mundos. Es un problema enorme en el Japón actual.

—¿Un millón? —Gordon sintió mareo. El correspondiente en Dinamarca serían unos cincuenta mil casos.

—Para una familia japonesa, con su especial concepción del honor, es muy vergonzoso, así que, por regla general, no suelen mencionarlo.

Rose levantó el pulgar.

—Y, en este caso, seguro que es lo mismo.

—¿Y vuelven a salir de su cuarto? —quiso saber Gordon.

—Que yo sepa, suele ocurrir a veces —repuso Carl—. Pero pueden pasar años hasta que lo hacen. Tampoco estoy seguro de que lleguen a amenazar con matar cuando ocurre. Pero supongo que pasará alguna vez.

—Son enfermos mentales, ¿verdad? —Gordon asintió con la cabeza a su propia pregunta.

Carl se encogió de hombros.

—Unos más que otros. Desde luego, este no es muy normal.

Gordon sintió alivio. No era normal, menos mal que estaban de acuerdo con él.

—¿Estamos de acuerdo en que es bastante joven y lo más probable es que viva cerca de Copenhague? —preguntó.

—Sí. Ha dicho «LOL», *Laughing Out Loud,* que se traduciría como «reírse a carcajadas», así que debe de ser bastante joven —opinó Assad.

Carl se rascó la nuca.

—En efecto. Pero ¿«LOL» no significa *Lots of Laughs,* que se traduciría como «risas, risas, risas»? Era lo que creía yo.

—Ha dicho también «¿De qué me hablas?» y «too bad» —añadió Rose—. Y no habla ningún dialecto concreto. Apostaría a que vive en la zona de Copenhague.

Carl y Assad asintieron de nuevo.

—Pero no se come las sílabas, de modo que no creo que sea hijo de trabajadores —rio Rose.

Carl se alzó de hombros. No sabía nada de trabajadores ni de comerse las sílabas, claro que él era de una granja del norte de Jutlandia.

—¿Y qué pensáis sobre su procedencia?

—Seguro que es danés —dijeron casi a la vez Rose y Assad.

—Una vez más, estoy de acuerdo.

Carl se volvió hacia Gordon.

—Así que buscas a un joven danés que andará por los veinte años, cuyo padre ya no va a ir a trabajar más, que vive en una casa con arcón congelador y que, en mi opinión, procede de un hogar burgués decente. La próxima vez que hables con él, cambia de estrategia y provócalo. Llámalo Kurt-Brian, o algún otro nombre cutre. Y, si lo haces repetidas veces, seguro que salta. Y si logras hacer que se enfade un poco, es posible incluso que consigas discutir con él. Cuando la gente se pone de mala leche, es fácil que meta la pata. Después, haz que lo escuche nuestro lingüista. El experto en lingüística seguro que deduce un montón de cosas sobre el chico de una conversación así.

El diafragma de Gordon empezó a reaccionar. Había tenido muchas misiones de todo tipo, pero aquello era de lo más...

—Y luego averigua quién vende tarjetas de prepago en la zona de Copenhague. Y, cuando lo sepas, llama a todos los vendedores y pregúntales si recuerdan a un joven de origen danés que ha comprado cantidad de tarjetas de prepago en los últimos tiempos. ¿Queda claro?

Gordon abrió mucho los ojos. Dentro de poco iba a tener que visitar el baño.

—Pero, Carl, puede haberlas comprado en varios sitios y también lejos de donde vive —trató de razonar, pero Carl no le hizo caso.

26
Carl

DÍA 10

CARL NUNCA HABÍA visto tantas medallas, distinciones y todo tipo de parafernalia para fantoches. Había al menos cien uniformes negros en formación, altos funcionarios con sombrero y abrigo oscuros, compañeros vestidos de gala y con el cabello recién cortado, rostros serios y mujeres vestidas con decoro, y algunas hasta con velo.

Hipócritas, pensó. Porque, desde un punto de vista profesional, Lars Bjørn merecía el homenaje, pero era asimismo innegable que muchos lo odiaban; además, era un cabrón infiel a su mujer y culpable de la espantosa desgracia de Assad. De modo que, cuando todos se quitaron la gorra en señal de respeto por el fallecido, Carl se abstuvo de hacerlo. Ja, esto habría jodido a Lars Bjørn, pensó por un breve instante, hasta que la mirada sombría del inspector jefe se fijó en él.

Joder con los funerales de Estado, pensó y se quitó la gorra.

Delante del féretro estaba la viuda de Lars Bjørn con los niños, intentando contener el llanto ante aquellas inexpresivas figuras decorativas con la raya del pantalón bien marcada. Tras ellos se encontraba Gordon con los ojos enrojecidos y las mejillas surcadas por el llanto, y al final de la comitiva marchaba un hombrecillo moreno de pelo rizado y tal pesar pintado en el rostro que Carl tuvo que desviar la mirada.

Dos días más tarde iba a tocarle a Jess Bjørn ser enterrado y seguro que la participación iba a ser menor. Assad debió de sentirse molesto por el hecho de que, además, no iba a poder presenciarlo.

Dirigió la mirada hacia Grundtvigskirke, cuya fachada parecía un festival de tubos de órgano de ladrillo amarillo. Durante la ceremonia, el pasillo central había estado cubierto de coronas y ramos de flores, y el coro de hombres de la policía hizo que las banderas danesas tremolaran y la nave de la iglesia retumbara. El pastor dio un sermón que se acercaba a la exaltación y no escatimó elogios para el fallecido, hasta que Carl estuvo a punto de vomitar. A lo largo de los años, había perdido a muchos compañeros en el servicio, por enfermedad o accidente, y los había acompañado a la tumba sin tanta pompa, así que ¿qué era lo que convertía a Lars Bjørn en una superestrella?

Y entonces, como estaba frente a una iglesia, lo asaltó la idea de que casi un año más tarde tal vez estuviera allí de nuevo con un recién nacido en brazos de Mona. Se imaginaba su deslumbrante sonrisa, por no hablar de la de su archijutlandesa madre, que habría cosido el traje de bautismo con ojos brillantes.

La morralla que tenía delante podía irse a tomar viento fresco.

—Estás casi guapo con tu uniforme de gala —comentó Rose con acidez mientras tomaban café en el acto posterior; había estado de ese humor desde que Carl decidió que no los acompañara a él y a Assad a Alemania.

—Ya sabes, hay que hacer algo especial en honor de un cadáver tan popular —replicó Carl y abrió los brazos hacia aquella gente influyente que hablaba hasta por los codos, desde el jefe de la Policía Nacional, el ministro de Justicia y la directora de la policía hasta los escalones más bajos, entre ellos, los simples subcomisarios como él.

—Lo de la popularidad no puede decirse de otros que yo me sé —repuso Rose, todavía más avinagrada y refiriéndose a él.

Carl se dirigió a la multitud de anodinos invitados al funeral, a quienes se les hacía la boca agua frente a la mesa con vino y canapés. Trató de acercarse con cortesía a las bebidas, pero la gente hacía como si nada y ni lo miraba.

Al final, enderezó su corpachón jutlandés y avanzó el codo a modo de lanza.

—Disculpe —dijo mientras la gente se hacía a un lado entre maldiciones.

Entonces pilló una botella de tinto llena delante de las narices de un camarero perplejo y se largó. Había que llevarse algo por el esfuerzo.

La EDITORA DE *Hores del dia,* Montse Vigo, era un hueso duro de roer. Voz grave, distante y sin ninguna pretensión de embelesar a nadie.

—Como le dije a tu compañera, no damos información de contacto de nuestros colaboradores. Podrías ser cualquiera. Y Joan Aiguader está encargándose de una misión que podría calificarse de muy peligrosa. Además, ha sufrido un accidente y no vas a ponerte a revolverlo todo.

—Vale, magnífico. Pero entonces vas a quedarte con tu culo gordo al aire.

—¡¿Cómo dices?!

Carl pensó en su traducción al inglés y se encogió de hombros. Por lo menos, había atraído su atención.

—No quieres darme esa información, pero todo el mundo ha leído los artículos de Joan Aiguader y sabe que está de camino a Alemania y que tal vez lleve varios días allí —indicó—. La Policía de Copenhague está investigando una amenaza terrorista muy seria en la que la información sobre ese Ghaalib y sus idas y venidas cobra una importancia decisiva; de manera que, si no me pones en contacto con Joan Aiguader enseguida, te arriesgas a ser culpable de la muerte de personas inocentes.

La mujer dejó escapar una risa seca.

—Y eso lo dice un ciudadano de un país donde los dibujos de Mahoma han puesto a todo el mundo en peligro. ¿Cuánta gente inocente ha muerto por eso?

—¡Escúchame! Voy a decirte una cosa y escucha con atención: si te parece bien aplicar la absurda interpretación que hacen unos pocos de la falta de límites de la libertad de expresión a toda la población de un país, entonces eres tonta, así de sencillo. Pero como no creo que lo seas, sino que te has dejado llevar por la conversación, te lo vuelvo a preguntar. Tengo un compañero, al que aprecio mucho, cuya familia cercana está amenazada por ese Ghaalib del que escribe Joan Aiguader. Si te prometo que vas a ser la primera en conseguir la historia y que nunca voy a abusar de Joan Aiguader ni a valerme de su trabajo, ¿me darás el número?

CARL ESTABA SATISFECHO de sí mismo, pero nadie respondía en el número que le había dado Montse Vigo.

Pues tendré que volver a intentarlo, pensó mientras miraba de reojo la botella de vino que lo tentaba desde la mesa.

—Salud, Lars Bjørn —acababa de decir con la copa pegada a los labios, cuando el inspector jefe apareció por la puerta entreabierta. En un momento inoportuno de cojones.

—Vaya —fue el comentario de Marcus Jacobsen, pero desde luego fue suficiente—. Carl, he hablado con Gordon y Assad después del funeral.

Carl dejó la copa sobre la mesa.

—A diferencia de ti, pero al igual que muchos de nosotros, estaban muy afectados por la muerte de Bjørn, de manera que la próxima vez procura comportarte.

Hizo el gesto de levantar un sombrero imaginario, pero Carl ya lo había comprendido. Un problema menos.

—Entiendo que habéis pensado llevar a cabo un trabajo policial en Alemania aprovechando las horas de más que habéis trabajado; ¿es verdad?

Carl miró de reojo la copa de vino. Un trago no le vendría mal en aquel momento.

—¿Trabajo policial? No —contestó—. Vamos a seguir pistas, por supuesto, pero no más de lo que haría la gente corriente. Así que tranquilo: no vamos a detener a nadie.

—Supongo que los tres sabéis que el auténtico trabajo policial lo debe llevar a cabo la policía del país del que se trate.

—Claro que lo sabemos.

—Ya, pero vais allí en una misión policial, ¿no?

—Bueno, es un asunto más bien personal.

—Te conozco, Carl, de modo que escucha. Si vais en una misión policial, debéis informar a la policía alemana, ¿entendido? Y si va a haber alguna detención, recuerda que el interrogatorio debe hacerse en presencia de algún representante de la policía alemana.

—Sí, pero...

—Y recuerda sobre todo que ¡NO podéis ir armados en un país extranjero! Así que deja la pistola en casa, ¿está claro?

—Marcus, todo eso lo sabemos de sobra. No temas que vayamos a comprometer a la policía danesa.

—Muy bien. Porque si la comprometéis, no esperéis ninguna ayuda por nuestra parte.

—Claro que no, Marcus.

—Otra cosa: me he enterado de la conversación que ha mantenido Gordon hoy. ¿Cuándo habías pensado comunicármela?

—Creía que te había informado él.

Las arrugas de la frente del inspector jefe de Homicidios se acentuaron.

—Se ha cometido un asesinato violento, tengo entendido que lo dais por cierto. Además, hay muchos indicios de que después va a producirse una oleada de violencia y, con mucha probabilidad, varios asesinatos. Así que te pregunto: ¿crees que es un asunto menor o crees que es algo de lo que deberíamos informar a la Comisaría Central de Información?

—En realidad, depende de ti, ¿no? Pero dudo mucho que la Comisaría Central de Información pueda ayudar en este caso.

—Explícate.

—Se trata de un chaval que está perturbado y aunque su crimen podría interpretarse como terrorismo, en la Comisaría Central no van a tener ningún dato que pudiera ponernos tras su pista. El chico es un lobo solitario, Marcus, pero su motivo no parece ser fundamentalista; es más bien un mensaje político equivocado. Todavía no sabemos por dónde va, pero estamos trabajando en ello.

—¿Y te parece que un empleado de esta oficina está capacitado para encargarse de ello?

—Rose va a quedarse aquí con Gordon.

Las arrugas de la frente se suavizaron un poco.

—Pero Rose es también una empleada de oficina, Carl.

Carl inclinó a un lado la cabeza.

—Hazme el favor, Marcus.

—Vale, vale, de acuerdo, todos conocemos el talento de la señorita Knudsen. Pero ten en cuenta que deberás ayudarlos en el caso, estés donde estés, ¿está claro?

Cuando se disipó la tormenta de arena levantada por el jefe de Homicidios, Carl vació la copa de un trago.

Después llamó otra vez al número que se suponía que era de Joan Aiguader. Sonaron unos tonos de llamada y, al final, respondió una voz de hombre, pero en alemán.

Carl se quedó desconcertado.

—Eh... Deseaba hablar con alguien llamado Joan Aiguader. ¿Está ahí? —preguntó en inglés.

—¿Con quién hablo?

¿No va a dejarme preguntar o qué?, pensó Carl.

—Soy el subcomisario Carl Mørck, de Copenhague —dijo con voz grave—. Tengo unas preguntas para él en relación con una investigación.

—*Jawohl*. Y usted habla con Herbert Weber, del LfV.

LfV. Sonaba como un almacén de ruedas de repuesto para todoterrenos. Vaya mierda, ¿la tía había tenido el descaro de darle un número equivocado?

—*Jawohl* —correspondió Carl—. ¿Y qué es ese LfV?

—*Landesbehörden für Verfassungsschutz, natürlich*.

Ya le iba a dar él *natürlich*.

—¿Y eso es...?

—Llamamos así a los servicios de información de los *Länder*. Colaboramos con el LfV, que opera en toda Alemania. ¿Y a propósito de qué desea hablar con Joan Aiguader?

—Prefiero decírselo a él.

—Joan Aiguader ha sufrido una lesión grave en la cabeza y tiene una pequeña hemorragia en el cerebelo. Está aquí, en el hospital, inconsciente, por eso no puede hablar con usted. Así que adiós.

—Eh, espere, espere. ¿Dónde se encuentra Joan Aiguader?

—En el Hospital Universitario de Frankfurt, pero no puede hablar con él a menos que venga en persona y después de que hayamos hecho comprobaciones.

«A menos que venga en persona.» Pues claro que iba a ir en persona, ¿qué se había creído aquel inútil?

Acababa de colgar y quejarse en voz alta cuando volvió a sonar el teléfono.

—¡Caramba! ¿Hemos cambiado de opinión? —casi gritó en inglés.

—¿Carl?

Pocas voces son tan reconocibles como para que una sola palabra baste para desvelar quien la emite, pero el modo en el que aquella persona podía hacer que su nombre sonase como un mediocre plato sin gluten de tierras extrañas solo apuntaba a su exesposa Vigga.

—Eh... ¿Sí? —respondió para suavizar la situación.

—No me gusta que me asustes gritándome en inglés, ¿entendido? La verdad es que estoy muy triste. Mi madre está a las puertas de la muerte.

223

La cabeza de Carl le cayó sobre el pecho, y no fue por la conmoción ni la pena. Su casi nonagenaria exsuegra, Karla Alsing, sacaba de sus casillas a la gente y más o menos cada dos meses la residencia de ancianos les rogaba que volvieran a considerar su situación. Nadie se sentía seguro ante sus antojos. Incendios provocados, insinuaciones sexuales con todo lo que llevara o no pantalones y sin tener en cuenta la edad, robo premeditado de todo lo que tuviera pieles, incluso mascotas llevadas por familiares. A pesar de su avanzada osteoporosis y de sus cuarenta kilos de peso, birlaba muebles a sus dementes e indefensos vecinos y, antes de que las cuidadoras se dieran cuenta, redecoraba con ellos su habitación. Karla había dado a los diagnósticos de alzhéimer y demencia una nueva dimensión. Y nadie sabía qué curso iba a tomar su estado mental un segundo más tarde. De modo que, si estaba a las puertas de la muerte, seguro que para algunos, incluido Carl, el futuro iba a ser más tolerable. Porque lo cierto era que existía un acuerdo económico entre Vigga y él que lo hacía responsable de todo lo relativo a su suegra que a Vigga no le apeteciera hacer, que no era poco.

—¿A las puertas de la muerte, dices? Válgame el cielo, Vigga, qué triste. Pero solo tiene ochenta y nueve años, que no cunda el pánico.

—¡CARL! —gritó Vigga—. Haz el favor de ir a visitarla ahora mismo. Llevas tres semanas sin aparecer, así que me debes ya tres mil coronas, y te prometo que, como no te des prisa, invalido nuestro acuerdo, ¿lo pillas? ¿En cuánto está valorada hoy en día la mitad de tu casa? ¿Millón y medio?

Carl ahogó un grito, volvió a poner el corcho a la botella de vino y la metió en una bolsa de plástico. Le iba a venir bien cuando volviera a casa.

LE DIJERON EL diagnóstico de Karla con el mismo tono apagado del pronóstico del tiempo de un día gris de febrero. Si no fuera por las mejillas sonrosadas de la cuidadora, habría pensado que se trataba de un robot a punto de quedarse sin batería.

—Claro que también es muy, e... mayor —dijo la mujer tras pensar un poco. Si existieran medallas pensadas para cuidadoras antipáticas de mejillas sonrosadas con puntas de color lila en el pelo teñido, él sería el primero en plantar toda una hilera de ellas en aquel enorme pecho de ella.

Abrió con cuidado la puerta de la habitación de Karla. Esperaba ver un ser pálido y moribundo tumbado en la cama, pero nada más lejos de la realidad. Yacía en la cama, sí, pero con la cabeza enterrada bajo la almohada y vestida con su legendario quimono, que ganó cincuenta años atrás en una apuesta por cuál de las mujeres del bar en el que trabajaba podía morrearse con más hombres mayores de cincuenta años en veinte minutos. Dice la leyenda que no se escapó ni un hombre de mediana edad, ni en aquel bar ni veinte metros arriba o abajo en ambas aceras de la calle.

—Sí —dijo la cuidadora mientras miraba el quimono—. Disculpa que esté un poco abierto, pero ya conoces a la señora.

«Un poco abierto», claro. Pues no tenía ninguna gana de conocerla tanto. Si hubiera estado más abierto, habría podido confundirse con una colcha en una cama sin hacer.

La asistenta cubrió un poco a la señora Alsing y la moribunda se puso a gemir desde debajo de la almohada.

—Sí, está muy débil y hemos tenido que quitarle el coñac. Ella protestó, claro, pero no podíamos consentir que en el certificado de defunción pusiera que había bebido hasta matarse.

Entonces Carl levantó la almohada y los pesados párpados de la moribunda se abrieron para mostrar un par de ojos borrosos que lo miraban como si fuera el arcángel Gabriel que hubiera ido en su busca.

Su exsuegra trató varias veces de decir algo y Carl achicó los ojos y escuchó concentrado. Si se perdía sus últimas palabras, Vigga no se lo iba a perdonar nunca.

—Hola, Karla, ahora está Carl contigo. ¿Estás cansada, suegra?

Se dio cuenta de que era una pregunta estúpida, pero en la Academia de Policía no le habían enseñado a conversar con moribundos.

Se oyeron más sonidos sibilantes, casi como si estuviera expulsando su último aliento.

Acercó el oído a los labios resecos de su exsuegra.

—Te escucho, Karla. Dilo otra vez.

—¿Eres mi amigo, pequeño policía? —dijo con tono casi resignado.

Carl le tomó la mano y la apretó.

—Ya sabes que sí, Karla. Tu amigo para siempre. —Lo dijo con voz aterciopelada, como se hace siempre en las películas de serie B.

—¡Pues entonces manda afuera a esa bruja! —ordenó la moribunda con voz débil pero nítida.

—¿Qué dice? —preguntó la cuidadora desde el pie de la cama.

—Que le gustaría rezar una última oración a solas conmigo.

—¿Ha dicho todo eso?

—Sí, es que hablábamos esperanto.

Aquello dejó impresionada a la mujer.

En el mismo instante en el que cerró la puerta, una mano mustia surgió del edredón y asió la muñeca de Carl.

—La cuidadora quiere matarme. ¿Lo sabías? —susurró—. Lo mejor será que la detengas de inmediato.

Carl la miró con indulgencia.

—No puedo, antes debe cometer el delito.

—Entonces, te llamaré cuando lo haya hecho.

—De acuerdo, Karla, buena idea.

—¿Me has traído regalos? —preguntó mientras alargaba la mano ansiosa hacia la bolsa de plástico.

Carl echó mano de la bolsa y oyó un chapoteo.

—¡Es sangre! —exclamó Karla con sorprendente presencia de ánimo.

Carl fue corriendo al lavabo, sacó la botella y arrojó la bolsa de plástico. El corcho seguía en el cuello de la botella, pero no cerraba bien.

—¡FANTÁSTICO! —se oyó un rugido desde el lecho de muerte—. ¡Vino!

Se incorporó a medias en la cama y extendió la mano.

Qué diablos, pensó Carl y le pasó la botella.

Si Assad hubiera estado presente, habría recurrido a un chiste de camellos, porque se la sopló como si hubiera estado perdida en el desierto durante catorce días y catorce noches; y su metamorfosis fue extraordinaria, de modo que la confesión tendría que esperar. Iba a ser también más larga de lo habitual, teniendo en cuenta cómo había vivido aquella mujer.

Hasta las oficinas llegaron los ecos de una vibrante soprano que intentaba cantar algo que recordaba a música de ópera.

—¿Qué ocurre? —preguntó una auxiliar cuando Carl pasó junto a ella, camino de la salida.

—Ah, es la señora Karla Alsing entonando el canto del cisne —contestó Carl—. Pero ya podéis haceros a la idea de que va a ser una representación larga.

—ASSAD VIENE A buscarme antes del amanecer, Mona —dijo Carl cuando por fin se acostó.

—¿Estarás en casa para la amniocentesis? —preguntó ella con cautela.

Carl le levantó la blusa y le acarició la tripa.

—Ya lo hemos acordado. Por supuesto que estaré.

—Tengo miedo, Carl.

Este le acarició la mejilla y hundió el rostro con delicadeza en el vientre alabeado. Fue entonces cuando notó que Mona estaba temblando.

—No debes preocuparte, Mona. Estoy seguro de que todo va a salir bien. Lo único que tienes que hacer es cuidarte. ¿Me prometes que lo harás?

Ella miró a un lado y su cabeza se movió con lentitud arriba y abajo.

—¿Quién va a cuidar de mí y del niño si te ocurre algo?

Carl frunció el ceño.

—Solo voy a Frankfurt para un par de días, Mona, ¿qué me va a ocurrir?

Ella se alzó de hombros.

—Muchas cosas. En las autopistas alemanas conducen como locos.

Carl sonrió.

—Tranquila, que no va a conducir Assad.

Mona hizo una profunda inspiración.

—Y luego está lo de Assad y su familia, y la señora muerta.

Carl retiró la cabeza del vientre de Mona y la miró a los ojos.

—¿Qué sabes tú de eso?

—He hablado con Gordon. Ha llamado justo antes de que llegaras.

Puto payaso. No tenía autorización para decírselo a ella.

—Ya veo lo que piensas, pero no ha sido por su culpa, Carl, se lo he sonsacado yo. Quería pedirme ayuda para un caso que lo tiene preocupado.

—¿El chico de la espada samurái?

—Sí. Y luego me ha hablado de la cifra y de la señora asesinada. Sí, cuando le he preguntado me lo ha contado todo. Lo de la historia de Assad y de su familia, y que están secuestradas. Que esa es la razón de que tengáis que ir a Alemania.

Mona buscó la mano de él.

—Encuéntralas, pero vuelve vivo a casa, cariño, prométemelo.

—Por supuesto, mujer.

—Si lo dices, te creeré. ¡¿Me lo prometes?!

—Sí, Mona, te lo prometo. Si las encontramos, dejaremos que la policía alemana haga el trabajo sucio.

Se hundió otra vez en la almohada.

—¿Sabes que Morten ha vuelto de Suiza con Hardy?

—No me digas. ¿Cuándo han vuelto?

¿Por qué diablos no lo habían telefoneado para decir cómo les había ido?

—Ayer. Hardy ya está con el tratamiento. Pero dicen que no es seguro que vaya a ayudarlo. Me pareció que no estaban muy contentos.

27

Assad

DÍA 9

ASSAD APENAS HABÍA dormido un par de horas cuando despertó de su duermevela con el cuerpo helado, como si su riego sanguíneo se hubiera detenido. Se frotó sin resultado brazos y piernas, y trató de encontrar la razón.

Entonces despertó del todo y comprendió.

Porque ese día comenzaba la caza y, aunque pensar en ello le provocaba náuseas, el resultado probable era que hubiera varios muertos. Y ahora que Lars Bjørn ya no estaba, nadie en Jefatura sabía adónde se dirigían y a qué se enfrentaban Carl y él. Ni siquiera Carl. Iban a tener que tomar en cuestión de segundos decisiones sobre la vida y la muerte, y, ocurriera lo que ocurriese, el resultado iba a ser irremediable.

Assad desplegó su alfombra y se arrodilló a orar.

—Alá todopoderoso, ayúdame a actuar con justicia y dame fuerzas para comprender y aceptar mi destino —musitó.

En el suelo, a su lado, yacían periódicos y artículos con fotos de Joan Aiguader y todo lo demás que debía meter en la maleta. Qué triste e irreal se le hacía ver aquellas imágenes de sus seres queridos. Lely Kababi, su ángel custodio. Marwa, a quien dejó sola con las niñas y el pequeño en el vientre; su amada esposa, a la que Ghaalib maltrató hasta que abortó del que debía haber sido su tercer hijo, y después violó una y otra vez. El diablo personificado de Ghaalib, que les destrozó la vida, cometió repugnantes abusos con sus hijas y mató a los hijos resultantes nada más nacer.

Los últimos días, aquellas imágenes le habían causado una impresión tan profunda que ya no recordaba cómo era la vida antes. Tal vez se debiera también a eso que se despertara como un muerto viviente.

Después se puso en pie, sacó de la estantería un álbum delgado de piel de camello y lo abrió por primera vez en muchísimos años. Debía partir de viaje para vengarse de la realidad perdida de aquel álbum.

Recuérdalas como eran entonces, Assad. Déjate guiar por ideas positivas y las encontrarás, pensó y hojeó el álbum.

Había fotos de su boda con Marwa, de las niñas recién nacidas, de la época en la que estuvo en la Jefatura de Defensa y del piso de Copenhague. Días alegres y risueños, y semblantes llenos de vida y esperanza.

En la última foto de Nella y Ronia, tenían respectivamente seis y cinco años, poco antes de que él se incorporase a la misión de inspección en Irak. Nella, con un lazo rojo en el pelo oscuro con toques de henna, y Ronia, con un gorro de cartón que había hecho en preescolar. Se restregaban las narices entre risas, qué bonito e inocente.

—Perdón —susurró—. Perdón, perdón, perdón.

Era la única palabra que se le ocurría para contrarrestar la enorme sensación de haberlas abandonado.

—Queridísima Marwa —dijo y acarició con los dedos el rostro de la foto, mientras el dolor por la pérdida se instalaba en su cuerpo como una coraza.

Aspiró hondo e iba a guardar el álbum cuando su mirada captó algo olvidado tiempo atrás. Se dio cuenta de que lo que creía que era la sombra del gorro de cartón de Ronia no podía serlo, porque ella estaba cerca de la ventana y las sombras caían por el otro lado de su rostro. No, aquella mancha oscura no era una sombra: era el lunar de Ronia, que se extendía desde la base de la mandíbula hasta su oreja izquierda, lo recordaba con claridad. De pequeña no le gustaba, pero un chico de preescolar dijo que parecía un puñal muy pero que muy peligroso y que era guay. Dijo que ya le gustaría a él tener un lunar tan bonito.

«Un lunar tan bonito», así fue como lo describió, y Ronia ya no volvió a mencionarlo.

¿Cómo he podido olvidarlo, preciosa Ronia?, pensó, pero sabía a la perfección por qué y cuándo puede convertirse la represión en el último recurso para no volverse loco.

Dirigió la atención hacia los recortes del suelo; empujó a un lado la alfombra de orar y los miró más de cerca. Achicó los ojos mientras observaba a la hija que aparecía junto a Marwa en varias fotos de los recortes.

—¡Oh, Dios mío! —exclamó mientras le manaban las lágrimas. Y, en lugar de sentirse liberado y redimido, su cuerpo tembló de dolor y desesperación.

A partir de las fotos de la playa de Chipre, hasta entonces no había podido saber cuál de sus hijas estaba viva y aquello lo había consolado de manera inconsciente. Como no lo sabía, podían estar vivas las dos. Pero ahora que se había enterado de la verdad, sabía con seguridad por quién derramaba sus lágrimas. Era por su hija más joven, por Ronia, la del lunar, porque la joven que aparecía junto a Marwa no lo tenía.

Se puso en pie de un salto, encorajinado por la sed de venganza y la ira, pero ¿en quién iba a descargarlas? Y, con furia y frustración reprimidas, destrozó a patadas la mesa de cristal, arrancó los libros de las estanterías, puso los muebles patas arriba y no se detuvo hasta que arrasó la mitad del piso y los vecinos empezaron a golpear las paredes, y el de arriba, el suelo.

Luego se hincó de rodillas entre sollozos, retiró de la alfombra de orar los cascos de cristal y las manchas de té de menta, se tumbó sobre ella y rogó a su Dios por Marwa y Nella. Y por Ronia.

MIENTRAS CARL ESPERABA en el aparcamiento, no parecía ser un compañero de viaje con quien nadie quisiera sentarse durante horas en un espacio reducido, pero ¿qué otra cosa podía esperarse? Estaba pálido por la falta de sueño, taciturno y en ese extremo de la escala de humores en el que la experiencia le decía a Assad que lo mejor era mantenerse a una distancia prudente.

—Vaya, no te has cortado un pelo con las provisiones —comentó Carl con voz seca mientras miraba el montón de bolsas de plástico del asiento trasero.

—Sí, he traído suministros porque no van a pagarnos dietas, me imagino —contestó Assad mientras Carl daba la vuelta al coche y abría el maletero para dejar el equipaje.

—Pero qué coño, si está también lleno. ¿Qué es todo esto, Assad?

—Hay un poco de todo, cosas que podemos necesitar —respondió.

—Esta bolsa de deportes es la que más ocupa. —Carl la empujó un poco para hacer sitio para su maleta—. Pesa una tonelada, ¿qué has metido dentro? ¿Uno de tus camellos?

—Déjalo, Carl —repuso Assad y asió la puerta del portamaletas.

Carl le dirigió una mirada sombría. Le había leído las intenciones.

—Ábrelo, Assad.

El testa rizada sacudió la cabeza.

—Tienes que entender que si no llevamos estas cosas no vamos a tener nada con lo que defendernos. Si no lo entiendes, será mejor que vaya yo solo.

—¿Hay armas ahí, Assad? Porque te arriesgas a perder el trabajo.

—Sí. Ya lo sé. Tendré que acostumbrarme.

Carl retrocedió un paso.

—Ábrelo, Assad.

Assad vacilaba, y lo abrió Carl.

Estuvo un buen rato callado en la niebla matinal mientras valoraba el contenido de la bolsa. Después se volvió hacia Assad.

—Estamos de acuerdo en que nunca en la vida he visto el contenido de esa bolsa, ¿verdad?

28

Joan

DÍA 9

QUÉ BLANCO ESTÁ todo, pensó Joan con los ojos medio cerrados. En segundo plano se oían voces que discutían en un idioma extranjero y se percibía un olor agrio, impreciso. Luego las voces se acercaron; parecían más cálidas y también más nítidas. ¿Había estado dormido?

Movió la pierna hacia un lado y notó resistencia, casi como si tuviera algo encima. Entonces abrió del todo los ojos.

—Buenos días, Joan Aiguader —lo saludó un hombre en inglés—. Bueno, por fin se ha despertado.

Joan arrugó la frente y miró el contorno de su cuerpo bajo la sábana. ¿Por qué estaba metido en una cama con sábanas blancas y cabecera blanca, rodeado de paredes blancas y luz blanca? ¿Qué hacía allí?

—Por suerte, todo ha ido más rápido de lo que nos atrevíamos a esperar —dijo un hombre rechoncho que se acercó a la cama.

—¿Qué ha ido más rápido? —Joan estaba desconcertado. ¿No había viajado en tren?

—Le ha ocurrido lo que debemos denominar *una situación de lo más inusual* y le pedimos disculpas de todo corazón.

Joan deslizó la mano izquierda a lo largo de la muñeca de la mano derecha. ¿Le habían metido una jeringa en el dorso de la mano? Lo sentía como algo desagradable.

—¿Estoy en el hospital? —preguntó.

—Sí, está en la Clínica Universitaria de Frankfurt. Lleva aquí desde anteayer.

—¿Quién es usted?

—¿Yo? Represento a Deutsche Bahn. Como es natural, pagaremos todos los gastos relacionados con su hospitalización y tratamiento. Estoy aquí para acompañarlo y para charlar sobre los daños y perjuicios, a los que por supuesto tiene derecho, cuando esté preparado para hablar de ello.

Ahora llegaban médicos y enfermeras. Sonreían con cordialidad. ¿Qué se traían entre manos?

—Su operación ha ido mejor de lo esperado, señor Aiguader —dijo el hombre de bata blanca más próximo—. Debemos agradecer a Deutsche Bahn por haberlo traído aquí de inmediato para que la lesión del cerebelo no fuera irreversible.

—¿El hombre ha dicho que llevo aquí desde anteayer?

—Correcto. Lo hemos mantenido en un leve coma inducido desde que lo operamos hace dos días.

—Pero ¡dos días! —Joan no lo comprendía—. ¡No puede ser! Tengo que levantarme. Debo enviar el artículo que escribí.

Trató de sacar una pierna por encima del borde de la cama. No le fue tan bien.

—Lo siento, señor Aiguader, pero debe esperar. Hemos informado a su empresa de que va a permanecer aún otro par de días en el hospital.

—Pero ¿por qué estoy aquí? ¿Qué ha ocurrido? —preguntó.

Una vez más, fue el hombre rechoncho quien tomó la palabra.

—Anteayer sufrió usted un malestar en el tren que los demás pasajeros malinterpretaron como un ataque al corazón. Los médicos no conocen el origen, pero sí que sabemos al detalle lo que ocurrió después, y repito que sentimos mucho lo sucedido. Ya hemos despedido a la persona que activó con usted un desfibrilador.

—No lo entiendo.

El hombre rechoncho sonrió un poco.

—Tampoco es fácil de entender. La persona en cuestión, Dirk Neuhausen, hizo unos años atrás un cursillo sobre socorrismo

235

y usted tuvo la mala suerte de que fuera él el revisor del tren ese día en Frankfurt.

Joan intentó recordar. Era verdad que había simulado un ataque al corazón y fue por alguna buena razón. Ahora recordaba también el porqué.

Apretó los puños y miró a su alrededor. Detrás de los demás había una enfermera de tez oscura, pero era lo único en que se distinguía de los demás.

—Dirk Neuhausen se daba perfecta cuenta de que los desfibriladores no se permitían a bordo de los vagones de Deutsche Bahn desde 2016, porque los campos magnéticos de corriente alterna pueden perturbar la circulación electrónica de los sistemas avanzados instalados en los trenes modernos. Pero, por lo visto, Dirk Neuhausen siempre había soñado con salvar vidas y estaba haciendo lo contrario. Cuando entró en vigor la prohibición, ese payaso robó un viejo desfibrilador del hospital local y siempre lo llevaba en su bolsa en sus turnos, y usted fue el primero en el que pudo probar el aparato. Por desgracia, el desfibrilador del señor Neuhausen era un modelo antiguo que no registraba que su corazón no estaba en peligro.

—En efecto, señor Aiguader —añadió el médico—. Tiene usted un corazón robusto y no apreciamos ningún fallo en él. Pero el *shock* que dio a su cuerpo el desfibrilador del señor Neuhausen hizo que sufriera convulsiones, que cayera y que se golpeara la nuca contra el suelo y, por desgracia, también el pestillo de la hebilla de su bandolera, que le abrió un agujero en la cabeza. Perdió el conocimiento y sangró mucho.

El representante de Deutsche Bahn puso la mano sobre la de Joan.

—Muy desafortunado. Como le decía, suponemos que va a presentar usted una reclamación por daños y perjuicios, y que lo hará en cuanto haya recibido asesoramiento. Hasta entonces, debo contentarme con pedir disculpas en mi nombre y en el de Deutsche Bahn.

Señaló la mesilla de noche junto a la cama, que rebosaba de ramos de flores.

—Esperamos que, mientras tanto, disfrute con los colores de la naturaleza. Las rosas son de Deutsche Bahn.

Se oyó ruido en la puerta que daba al pasillo y entró un hombre al que reconoció sin duda, alguien a quien desde luego no esperaba volver a ver. Su corpachón ocupaba la mayor parte del hueco de la puerta: era Herbert Weber, su contacto con los servicios de inteligencia alemanes.

Weber sonrió con condescendencia a los reunidos, lo que, por lo visto, significaba que deseaba que salieran.

—Veo que me reconoce —dijo cuando estuvieron solos—. Entonces no está tan mal como podía temerse.

¿Qué hacía Herbert Weber allí? ¿No tenían suficiente trabajo con encontrar a Ghaalib?

—Como es natural, nos extrañó que la posición del GPS del móvil permaneciera fija. De hecho, estábamos convencidos de que lo habían matado y arrojado en algún lugar remoto, pero, gracias a Dios, la realidad no ha sido tan atroz.

Trató de sonreír, pero no era su fuerte.

—Cuando lo localizamos en esta clínica, nos permitimos registrar sus pertenencias y encontramos esto.

Desdobló la hoja y leyó en voz alta:

¿Cómo es que sabes que tienes que ir a Frankfurt? ¿Y qué hacías con la policía la noche pasada? ¿No te dije que no te comunicaras con ellos? Sabemos todo lo que haces, Joan Aiguader, de modo que cuidado. Un paso en falso y eres cosa del pasado, y el juego se acaba. En Frankfurt sabrás cómo.

Herbert Weber lo miró con severidad.

—¿Por qué no nos informó de que estaba en posesión de esa nota? Si lo hubiera hecho, habríamos establecido un sistema de vigilancia con usted y eso habría podido llevarnos hasta Ghaalib.

—Eso era lo que iba a hacer —mintió—, pero todo sucedió muy rápido. Estaba seguro de que los hombres de Ghaalib me esperaban en la estación de Frankfurt, de modo que simulé un ataque al corazón para evitarlos. Porque creía que el tren iba a parar en Würzburg y que iban a llevarme enseguida al hospital.

—Pero entonces apareció un payaso con un desfibrilador. —Weber sonreía con naturalidad, casi con regodeo. ¿Tal vez imaginando cuánto le había dolido?

Dio la vuelta a la cama.

—¿Conoce a alguien en Frankfurt?

Joan sacudió la cabeza.

Weber señaló varios lirios blancos colocados como contraste al rojo de las rosas.

—Estas flores las entregaron ayer, pero no llevan remitente. Creemos que es un guiño de Ghaalib para hacer saber que ya conoce su paradero.

Joan miró los tallos erguidos.

Por supuesto que sabían dónde se encontraba. Seguro que lo esperaban en el andén de Frankfurt y su salida con la ambulancia no pudo pasar desapercibida.

Joan contuvo el aliento, porque entonces cayó en la cuenta.

Sabían dónde estaba.

—Hemos colocado a un agente delante de la puerta para que lo vigile, lo que significa que no debe hacerse ninguna ilusión de abandonar el hospital hasta que digamos nosotros, ¿entendido?

Joan volvió a respirar. Gracias a Dios. Claro que lo entendía.

Después, giró la cabeza hacia los ramos de flores.

—¿Y quién me ha enviado los tulipanes, lo saben?

Herbert Weber asintió en silencio.

—Informamos a su periódico tan pronto como supimos dónde estaba, de manera que las flores deben de ser de *Hores del dia*. Tengo una última pregunta que hacerle antes de irme.

—Dígame.

—El campo de Menogeia.

Joan arrugó el entrecejo. ¿Por qué le preguntaba sobre eso?

—Murió una mujer allí. Usted escribió que le cortaron la yugular.

—E... sí.

Trató de mantener la cabeza fría, pero la náusea lo invadió. No tenía ganas de que Weber indagase demasiado en aquel capítulo de su vida. De ninguna manera.

—No han encontrado a los que la asesinaron. Si tiene alguna sospecha acerca del motivo, debe contármela.

—No tengo sospechas, pero allí dentro se notaba una gran hostilidad, era algo evidente.

—¿De qué manera?

—Varias personas de su grupo acababan de ahogarse y las mujeres se echaban la culpa entre ellas. Sin decir nombres, pero estaba claro.

—Si tiene alguna teoría, adelante. También nosotros tenemos la nuestra.

—Había entre ellas simpatizantes de los yihadistas. Lo he dejado escrito, ¿no?

—¿Y qué les había hecho la mujer asesinada?

—Hablar conmigo; fue suficiente. Yo buscaba a las dos mujeres que estaban en la playa junto a Ghaalib, con la esperanza de que me condujeran a él y a la historia que hay detrás.

—Podemos suponer que quien o quienes mataron a la mujer en el campo simpatizaban en cierta medida con Ghaalib y su misión o, al menos, no se oponían. ¿Pueden ser los que se escaparon del campo? Lo pregunto porque se cree que los evadidos ya han llegado a Europa, y seguro que no con buenas intenciones.

—¿Cómo voy a saber eso? Ni tan siquiera sabía que algunos se hubieran escapado. ¿Eran hombres o mujeres?

Las preguntas empezaban a inquietar a Joan. ¿El hombre pensaba que él podía estar implicado en aquello?

—La administración del campo ha enviado fotografías de las dos mujeres que no fueron internadas y ahora han desaparecido.

Le puso las imágenes delante.

—¡Mire! ¿Las reconoce?

Joan no era muy buen fisonomista, pero las reconoció al momento. Eran las dos mujeres que se pusieron a discutir cuando se montó el follón en la sala del campo. De modo que la pelea había sido una representación para la galería…

—Sí, las reconozco. Se pelearon.

Weber ladeó la cabeza.

—¿Como si fueran enemigas?

—Fue lo que pensé, pero puede que me equivocara.

Weber puso los labios en punta. Parecía satisfecho, así que gracias a Dios la cosa no fue más allá.

Luego Weber le tendió un móvil.

—Vamos a guardar su móvil y, mientras tanto, utilice este. Hemos introducido todos los números importantes, por ejemplo, el último que ha utilizado Ghaalib, los de nuestro servicio desde Múnich hasta Berlín y, por supuesto, también los de la redacción de *Hores del dia*. Su editora dice que agradecería que la telefoneara tan pronto como recuperase la conciencia.

Joan tomó el móvil. De la misma marca y modelo que el suyo.

—Esta vez hemos decidido no coser un GPS a su ropa, sino instalarlo en el móvil, que funciona también cuando está apagado. Así sabremos dónde se encuentra después de que le den el alta. Mientras tanto, espero que se restablezca pronto.

Y se marchó.

Joan se inclinó hacia delante en la cama y se llevó la mano a la nuca afeitada y al vendaje que se extendía de oreja a oreja. Debía de tener un aspecto horrible por detrás.

Miró alrededor. La cama vacía al lado de la suya significaba que la habitación estaba pensada para dos pacientes. En el extremo de la cama había una mesita y dos sillas, seguramente para visitantes, y después estaban las mesillas de noche, cada una con su pequeño estante. Vio con gran alivio que su portátil estaba allí, debajo de las flores.

Alargó el brazo hasta él y lo encendió; por suerte, le quedaba un poco de batería. Entonces, abrió el documento en el que había trabajado en el tren y lo leyó con satisfacción. Aunque andaba retrasado, seguía habiendo material suficiente para dar algo a *Hores del dia* a cambio de lo que le pagaban.

Después de hacer una pausa para pensar, tomó el móvil y llamó a Montse Vigo. Iba a enseñarle que una puta hemorragia cerebral no bastaba para parar a su reportero estrella.

—Gracias por los tulipanes —fue lo primero que dijo.

—Ah, Joan Aiguader, perfecto.

¿Sonaba sorprendida o irritada porque la hubieran interrumpido? Ella misma había dicho que debía telefonearla.

—Me acaban de llamar del hospital para decir que te has despertado —continuó—. ¿Estás bien?

Joan sonrió. La señora se interesaba por fin por su salud.

—Sí, gracias —respondió—. Algo aturdido, pero bueno. Me han cuidado bien en el hospital y en la UCI. Ya se sabe: mala hierba nunca muere.

Y rio.

—Me alegro. ¿Has leído la tarjeta que había con las flores?

Joan miró los tulipanes. ¿La mancha blanca que había entre dos hojas verdes era una tarjeta?

—No, todavía no.

—Da igual. Ahora estamos hablando y te lo puedo decir en persona.

—Déjame decirte que por supuesto que siento haber perdido dos días, pero que ya estoy en ello otra vez. Los próximos días no voy a poder escribir cualquier cosa, porque flota en el ambiente la sensación de que va a haber un atentado terrorista, y por eso los servicios de inteligencia alemanes tienen que dar el visto bueno a todos los textos que escriba. Pero tengo un artículo que escribí en el tren, y...

—Ya lo sabemos, Joan. Ya lo hemos hecho público. Conseguimos que los alemanes nos lo enviasen después de censurarlo un poco. Así que gracias.

Joan arrugó la frente.

—¿Lo habéis publicado?

—Sí. ¿No te pagamos por ello?

Joan no supo si alegrarse o lo contrario.

—Pero los alemanes no van a decidir lo que publicamos en *Hores del dia,* de modo que en adelante no queremos más censura —sentenció Montse Vigo.

—Ya, pero es lo que he acordado con los servicios de inteligencia. No van a dejarme acercarme a Ghaalib a menos que acepte sus reglas del juego. En caso contrario, van a detenerme.

—Por eso te hemos sacado de la historia, Joan. Hemos puesto a dos fijos para que sigan con ella. Las tiradas están subiendo, nos llegan cantidad de *royalties* de medios de todo el mundo. ¿Vamos a permitir que nos paren en medio de todo? Pero tranquilo, Joan, puedes quedarte con el resto del dinero que te dimos, como compensación por daños y perjuicios.

—Espera, espera, repite lo que has dicho. ¿Quién va a escribir qué? Solo yo puedo escribir esta historia. Tengo las fuentes, estoy cerca de Ghaalib, soy yo quien habla con la gente de inteligencia, yo quien conoce los antecedentes.

—Sí, pero es que vamos a tratarla desde otro punto de vista. Va a ser más general y, por tanto, un trabajo más teórico que práctico: podríamos decir que va a haber más análisis que reportaje. Tenemos que llenar espacio todos los días y eres demasiado inestable para nosotros. Es una operación matemática simple, Joan. Preferimos vender mucho a otros medios todos los días que vender una porrada de vez en cuando. Continuidad, Joan, eso es lo que defiende *Hores del dia.*

Joan tragó saliva con dificultad. Adiós a su puesto fijo, a sus flirteos con mujeres en el Xup Xup, a su sueño de una vida desahogada como periodista de prestigio.

—Tal vez puedas sacar unas perras trabajando para otros. Al menos, hay unos policías daneses chiflados que tienen muchas ganas de hablar contigo, era lo que quería decirte.

Después colgó y Joan se quedó paralizado. Ahora otros iban a seguir sus pistas. Pero ¿qué lógica tenía si no podían acercarse a Ghaalib? ¿Y cómo iba a funcionar si nunca habían visto a la víctima 2117? No iba a funcionar.

¿Era posible que la gente de Herbert Weber estuviera conchabada con el periódico? ¿Podían ser tan infames? Desde luego, iba a ocuparse de encanecer el pelo de aquella bruja fea de Montse Vigo, aunque al final tuviera que terminar en un periódico de Madrid.

Intentó incorporarse del todó y sacar las piernas del borde de la cama, pero se le hizo imposible en esa ocasión. Sus piernas estaban demasiado pesadas; su cuerpo, demasiado débil, y la nuca le dolía demasiado.

Joan cayó sobre las almohadas y jadeó mientras miraba al techo. Por eso le habían quitado el trabajo. No tenían tiempo para esperar a que se pusiera lo bastante bien, así que lo dejaron fuera de juego. Era como para echarse a llorar.

Pero ¿para qué lo quería la policía danesa? ¿Dinamarca? Joder, no conocía a ningún danés y no sabía nada acerca del país, aparte de que algunos sostenían que los daneses eran la gente más feliz del mundo.

Estaba a punto de reír por la idea cuando la enfermera de piel oscura de hacía un rato entró con un médico de tez igual de oscura y rostro serio.

¿Qué pasaba? ¿Malas noticias? Se llevó la mano a la nuca. ¿Qué podía ser?

—Tiene visita de un médico que representa a la compañía de seguros de Deutsche Bahn, señor Aiguader. Desea hacerle algunas preguntas. ¿Le parece bien?

Joan respiró aliviado y se alzó de hombros. Se iban a enterar, porque no iba a quedarse satisfecho con nada que no tuviera al menos seis cifras, en euros.

El médico se presentó como doctor Orhan Hosseini. A continuación, sacó un estetoscopio y ayudó a Joan a sentarse en el borde de la cama, para levantar el camisón y auscultarle los pulmones y el corazón.

—*Ja, ja* —decía cada vez que movía el estetoscopio—. Al parecer, el corazón está bien y los pulmones también —afirmó con una seguridad y autoridad que hizo que algunos de los ceros de la cifra de daños y perjuicios empezaran a palidecer. Después buscó algo en el bolsillo—. Estese quieto un momento.

Se oyó un golpe sordo y Joan se giró a tiempo para ver que la enfermera caía al suelo y pataleaba un par de veces. Después sintió un golpe violento.

A Joan le costó enterarse de lo que ocurrió después, pero alguien entró, soltó el freno de la cama y la empujó al pasillo. El agente que debía vigilarlo seguía allí, pero estaba hundido en la silla con los ojos cerrados.

Dios mío, nadie va a detenerlos, pensó, y trató en vano de chillar cuando el celador que empujaba la cama gritó pidiendo paso.

Entonces sintió un pinchazo en la vía de la muñeca y, después, que una sensación de calor y un leve escozor se extendían brazo arriba.

Y perdió el conocimiento.

29
Carl

DÍA 9

CARL MIRÓ LA hora. Después del transbordador de Rødby a Puttgarden, les quedaban siete horas de viaje, incluido el tiempo de repostar gasolina, hacer sus necesidades y comer un poco, para atravesar Alemania y llegar al hospital de Frankfurt.

Siete horas en el coche con Assad, ¡santo cielo! La perspectiva se le hacía casi insoportable, porque, desde que partieron de Copenhague, Assad, con la voz empañada por el llanto, había susurrado el nombre de su hija menor por lo menos mil veces. «Ronia, Ronia, Ronia», decía, y Carl tuvo que hacer grandes esfuerzos para no gritarle que se callara.

Y de pronto el testa rizada se calló, se enderezó en el asiento, volvió la cabeza hacia el paisaje plano de la isla de Femern y se puso a dar puñetazos a la puerta del copiloto. Carl lo miró de soslayo, preocupado, porque nunca había visto a Assad tan descontrolado. Los golpes hacían temblar todo el coche, parecía que las venas de su cuello fueran a reventar, el color de su rostro se hizo cada vez más oscuro y aquella persona, por lo demás tan tranquila, empezó a sudar sin parar por las axilas y la frente.

«Deja que el chico se desahogue», decía Vigga a menudo cuando a su hijastro Jesper, en sus años de adolescente, le daba por salirse de sus casillas y ponerse a dar cabezazos contra la pared. En aquel momento, el consejo de Vigga parecía adecuado, pero, aunque viajaban en un BMW, la solidez del tapizado de las puertas tenía sus límites y Assad, pese a su tamaño, siempre había sido fuerte como un roble.

Pobre coche, pensó Carl; pero el numerito solo duró tres o cuatro minutos, menos mal, y luego se le pasó. Con el cuerpo en asombrosa calma, Assad se giró hacia Carl y le preguntó en voz baja si estaría dispuesto, sin dudar, a matar a una persona si tuviera que hacerlo.

«Sin dudar», había dicho. ¿Qué era «sin dudar»? ¿En una situación de guerra? ¿Cuando la gente que quieres o tú mismo estáis en peligro de muerte?

—Depende de las circunstancias, Assad.

—He dicho «si tuvieras que hacerlo».

—Entonces, sí, supongo que sí.

—¿Podrías hacerlo con cualquier clase de arma? ¿Con las manos, con un hacha, un pedazo de cable de acero, un cuchillo? ¿También así?

Carl frunció el ceño; era una pregunta muy desagradable.

—Ya me lo imaginaba, Carl. No serías capaz. Pero has de saber una cosa: el hombre que buscamos sí es capaz y por eso lo soy yo también. Y cuando ocurra, porque creo que va a ocurrir, no debes detenerme, ¿entendido?

Carl no respondió y Assad tampoco preguntó más. Por eso se hizo el silencio, mientras cada uno se sumergía en sus pensamientos y el coche se abría camino hacia el sur por la red alemana de autopistas.

TAL VEZ LO ANIME una chocolatina, pensó Carl cuando, recorridos unos kilómetros, vio un cartel que señalaba con cuchillo y tenedor que había un área de servicio más adelante.

—¿Qué hacemos aquí? —preguntó Assad cuando Carl salió de la autopista y aparcó delante del edificio—. ¿Tienes mal las tripas o qué?

Carl sacudió la cabeza. Y si tuviera que ir al baño después de varios cientos de kilómetros, ¿sería también extraño? Aunque Assad tenía una vejiga tan grande como un tanque de purines jutlandés, a algunos les gustaba de vez en cuando hacer sus necesidades en condiciones civilizadas.

Compró en la tienda un par de tabletas de chocolate Ritter Sport. Por lo menos era algo que podía comer él, en caso de que su compañero no quisiera. Enseñó la chocolatina a Assad, que observaba el despliegue de diarios y revistas.

—He pensado que nos vendría bien un poco de forraje.

Assad lo miró extrañado.

—¿Forraje? ¿Eso no es algo que se hace a solas?

¿A solas? Carl no estaba seguro de querer oír nada más sobre aquella asociación mental.

—Pues digamos «provisiones», si te parece que es más adecuado.

Carl se giró y observó que Assad ni había oído su respuesta. Estaba junto al soporte de diarios con un periódico en la mano y la mente muy lejos.

Miró por encima del hombro. «Víctima 2117», ponía en grandes titulares que ocupaban la portada. Assad agarraba el diario como si fuera a llevárselo el viento.

—Venga, Assad, vámonos —pidió, pero Assad seguía quieto. Por desgracia, sabía más alemán que Carl.

—¡Eh! —gritó el hombre de la caja—. No puede leer sin más, tiene que pagar el periódico.

Assad se dio la vuelta y miró al hombre como si en cualquier momento fuera a meterle el mencionado periódico garganta abajo. Carl reconoció las señales. Cuando Assad, en realidad muy raras veces, se enfadaba y daba vía libre a su temperamento, las consecuencias podían ser duraderas y costosas.

—¡Lo pago yo! —gritó Carl—. Por supuesto.

Cuando entraron en el coche, Assad dejó el diario en su regazo. Se balanceó un poco atrás y adelante, se llevó la mano al vientre, se inclinó hacia delante y lloró un rato sin sonidos ni lágrimas.

Tras pasar unos minutos en esa posición, se volvió hacia Carl.

—Gracias, Carl, eres mi anclaje en la realidad.

No dijo más. Después plantó de nuevo la mirada en el parabrisas y observó el mundo con las mandíbulas apretadas y el pie golpeando el suelo a ritmo de ametralladora.

Entonces Carl se dio cuenta de que en ese momento Assad era una mezcla de persona y máquina de matar.

A LA ALTURA de Kassel, sonó el móvil de Carl. Era Gordon.

—¿Puedes hablar, Carl? —preguntó. Aquello fue una liberación después del sonoro silencio previo.

—Tengo el kit de manos libres, así que habla sin miedo.

—Rose y yo llevamos todo el día pegados al teléfono. Primero hemos investigado los quioscos de Brøndby y de ahí hemos pasado a Hvidovre, Rødovre y Valby. Después hemos ido hacia el norte y ahora hemos encontrado algo que puede sernos útil, porque un quiosquero de Brønshøj dice que, hace más o menos un mes, un joven le compró todas las tarjetas de prepago que le quedaban. No recuerda cuántas fueron, pero decía que podrían haber sido unas quince o veinte o treinta.

Carl y Assad se miraron.

—Eso son muchas tarjetas, pero podrían ser para una asociación o un club —propuso Carl.

—No recordaba con exactitud de qué habló con el comprador, pero el joven no daba la impresión de estar comprando para otros. Dijo que no parecía muy sociable, de los que caen bien a la gente. Que era más bien un friki discreto, no como los hijos de paquistanís u otros.

—¿Era un inmigrante?

—En absoluto. Un chaval danés normal y corriente, de piel sonrosada con granos y pelo castaño claro.

Assad hizo un gesto con la cabeza a Carl: pensaban en lo mismo.

—Espero que pagase con tarjeta.

Se oyeron una especie de gruñidos. ¿Se estaba riendo?

—¿Qué es lo que te parece tan divertido, Gordon? —preguntó.

—¡Carl! Hemos telefoneado a cincuenta quioscos, tal vez al doble, no tengo ni idea, y tenemos una lista más larga que un día sin pan de quioscos adonde van chiflados que compran cuatro o cinco tarjetas de prepago, y ahora hemos encontrado a este otro. Parece muy fácil, ¿verdad? Pero ¿crees que las cosas funcionan como una máquina bien engrasada? POR SUPUESTO que no hizo la compra con tarjeta. Si lo hubiera hecho, ya estaríamos analizando los extractos de cuenta, ¿no te parece?

Pero bueno, ¿Gordon se había puesto sarcástico? ¡Tenía narices la cosa!

Carl sacudió la cabeza.

—¿Qué pasa por la mente de los políticos? Deberían prohibir la venta de tarjetas de prepago sin registrar al comprador. Si han logrado registrar esa clase de compras en Noruega, Alemania y otros países del sur de Europa, ¿por qué carajo no se puede en Dinamarca? ¡Elemental, querido Watson! Los delincuentes, los terroristas y el payaso que llama a Gordon las usan. Así que el ministro de Justicia tendrá que ponerse las pilas.

Assad apuntó a una señal de tráfico y después al velocímetro. Era extraño: de pronto, habían puesto el límite de velocidad en cien por hora y él circulaba a ciento cincuenta.

A pesar de la reprimenda, Carl asintió satisfecho. Eso significaba que Assad volvía poco a poco a la realidad.

—Rose ha ido al quiosco con un dibujante de la policía —continuó Gordon—. Estima que el quiosquero puede darle más detalles.

—¿Cómo se estima eso? Pero de acuerdo, ¿por qué no intentarlo?

—Y, cuando tengamos el retrato robot, ¿qué hacemos con él?

—Pregúntaselo al inspector jefe —repuso Carl—. No creo que esté de acuerdo con publicarlo. Ese tipo de retratos tienen la desventaja de ser demasiado generales y entonces, ¿de qué nos sirve? Ni siquiera sabemos si compró ahí las tarjetas ni si, en caso de que lo hubiera hecho, el chaval está hablando en serio; si lo único que ocurre es que tiene una fantasía desbordante. ¿Y qué vas a decir? ¿Y a quién? Porque os van a llover las llamadas en caso de que salga en los medios.

—Rose piensa llamarte por FaceTime en media hora. ¿No podéis parar en un área de servicio?

—Dile que Assad y yo estamos hablando de cosas serias y que tendrá que esperar. Así podéis pensarlo todo mejor.

—¿Hablando de cosas serias, Carl? —preguntó Assad cuando Carl colgó.

Carl sacudió la cabeza.

Y el silencio volvió.

CUANDO LLEGARON A la Clínica Universitaria de Frankfurt, vieron frente al edificio siete u ocho coches patrulla bloqueando la entrada con sus intermitentes destellos azules y una actividad febril ante la puerta de entrada al hospital.

Carl aparcó en diagonal medio subido a la acera. Aquella multa tendría que pagarla Marcus.

—¿Qué ocurre? —preguntó Carl al policía más cercano.

Tal vez no entendiera inglés, pero un instinto primitivo distorsionado debió de despertar en él cuando divisó a Assad detrás de Carl.

—*Hier!* —gritó el idiota de él a los demás policías y después se abalanzó sobre Assad. Podría haberse montado una buena, teniendo en cuenta el estado de ánimo del testa rizada, pero menos mal que no enloqueció y los masacró. Al contrario, dejó que lo esposaran sin ofrecer resistencia.

—Tranquilo, Carl —dijo cuando le ordenaron que abriera las piernas y empezaron a cachearlo—. Considéralo un ejercicio. Tal vez nos hayamos acostumbrado para cuando todo salte por los aires.

—*Idiots!* —gritó Carl y sacó su identificación—. *We are police officers from Denmark. Wir sind Polizisten aus*

Dänemark. Somos de la policía de Dinamarca. *Lass ihn los!* ¡Suéltalo!

Puede que no fuera tan buena idea llamarlos idiotas. Al menos, miraron reacios y con gran desconfianza su tarjeta de plástico, que tampoco era nada del otro mundo. ¡Cuántas veces había añorado su vieja placa!

Algo más allá, hombres trajeados con rostros de granito hablaban entre ellos. Carl se fijó en que dos de ellos se dirigían hacia donde estaban, pero no vio lo fuertemente armados que iban hasta que estuvieron al lado.

—¿Qué ocurre aquí? —preguntó uno de ellos en inglés, mientras asía con fuerza la metralleta que llevaba colgada del hombro.

—Soy el subcomisario Carl Mørck. Venimos desde Dinamarca para hablar con un tal Joan Aiguader, que debería estar ingresado aquí.

Como si fuera el santo y seña del infierno, al segundo estaban los dos esposados y los metían de malas maneras por la entrada principal a una estancia donde habían montado una especie de comando central provisional. Dentro había un gran despliegue: diez o doce policías de uniforme y otros tantos hombres vestidos de oscuro estaban en plena actividad. No era la clase de lugar que habían planeado para su estancia, y menos aún, esposados.

Los hicieron sentarse en un par de sillas de plástico y les pidieron calma, porque de lo contrario iba a ser peor para ellos. Y así estuvieron, sentados contra la pared por lo menos media hora sin que nadie hiciera caso de sus protestas.

—¿Qué crees que significa esto, Assad? —preguntó Carl.

—Lo mismo que tú. Me parece que Joan Aiguader no lo está pasando bien.

—¿Crees que lo han matado?

—Tal vez. ¿Cómo íbamos a saberlo? Tenemos que salir de aquí, Carl. —Giró la cabeza. ¿Por qué temblaba? ¿Lloraba porque su mejor pista se les estaba escapando de las manos?

251

—Anímate, Assad. Siempre habrá nuevas pistas que seguir.

Assad no reaccionó. Su cuerpo se balanceaba con lentitud de lado a lado.

Carl lo dejó en paz y miró alrededor. Unas horas antes, lo que en ese momento era una sala de emergencia con tecnología avanzada no era más que una sala de conferencias normal para los médicos. Carl ya sabía que los alemanes eran famosos en todo el mundo por ser sistemáticos y eficaces, pero aquello era algo especial. Si sus colegas de Jefatura lo vieran, se les caería la cara de vergüenza.

Un equipo había dispuesto un mapa de la región de Frankfurt donde estaban indicados los controles que había montado la policía en las carreteras de acceso, y había por lo menos veinticinco localidades marcadas con rotulador, entre ellas, Ludwig-Landmann-Strasse, Am Römerhof/Westkreuz, Mainzer Landstrasse, y así hasta rodear la ciudad.

Otro grupo estaba sentado frente a una hilera de monitores conectados al sistema de vigilancia por vídeo de la ciudad y a las cámaras de los helicópteros que sobrevolaban los suburbios. Las imágenes de los monitores cambiaban todo el tiempo, mientras los hombres y mujeres presentes intentaban seguir la evolución. Varios de ellos estaban sentados al teléfono y actualizaban datos, mientras otros discutían sobre los problemas por resolver. Carl conocía el escenario por Jefatura, aunque a una escala menor que allí.

Su mirada se centró en una mesa que había a cuatro metros escasos de donde se encontraban. Parecía ser allí donde tenían lugar los interrogatorios preliminares. Dos policías de semblante serio hacían preguntas a la persona citada, mientras un tercero tomaba apuntes. Había junto a ellos una cuarta persona, un hombre corpulento de paisano, que escuchaba con atención.

Carl aguzó el oído y trató de comprender, pero se le hacía difícil, debido a las clases de alemán que pasó dormido en la escuela de Brønderslev.

—Eso es —dijo Assad junto a él. Miró a Carl y parecía relajado y tranquilo. El contraste con el silencio tenso del viaje saltaba a la vista.

Assad sacudió la cabeza, como si le leyera la mente, y le indicó por señas que bajara la vista. En el suelo, entre las sillas, estaban las esposas.

—Diablos, ¿cómo lo has hecho? —susurró Carl con la mirada en las manos de Assad, posadas en sus muslos.

Assad dejó escapar una sonrisa breve.

—A ver, ¿tú dónde guardas las llaves de las esposas?

—Eh... Pues en casa, en el cajón. Al lado de las esposas, por supuesto.

Assad se encogió de hombros.

—El camello siempre lleva su agua a la espalda y yo llevo mi llave maestra casera pegada a mi nuevo relojazo. Ya ves lo diferentes que somos.

Ese era el Assad que conocía Carl.

—Toma mi llave y larguémonos —ordenó Assad—. Aquí no pintamos nada y algo me dice que no hay tiempo que perder.

—Assad, no te pases. Estamos de misión policial, estos son nuestros compañeros. Mira un poco alrededor. ¿No crees que este colosal aparato podrá sernos de ayuda? Porque ¿qué sabemos de momento? ¡Nada! Solo que está pasando algo gordo. ¿Entiendes tú lo que dicen? Porque yo, no.

Señaló con la cabeza el interrogatorio de la mesa.

—Preguntan a la gente si han visto algo, pero eso ya lo supondrías.

—¿Y han visto algo?

—Justo antes han mencionado un Volvo blanco, debe de ser el que aparece en la pantalla de ahí.

Carl alargó el cuello. Habían acercado demasiado el zoom y la imagen era borrosa.

—Tratan de seguirlo por la ciudad con una cámara tras otra. Parece ser que no es tan sencillo como habían esperado. La persona a la que interrogan ahora trabaja en la lavandería del hospital o en el almacén, no he oído bien. Quieren saber si las batas proceden de allí.

—¿Qué batas? —quiso saber Carl.

—¿Qué ocurre ahí?

Era el hombre que los había arrestado. Señalaba las manos de Assad.

Este alzó las manos en el aire.

—Lo siento muchísimo, pero es que me apretaban —se disculpó y se agachó para recoger las esposas—. Toma, no vayan a perderse.

El policía inspeccionó algo asombrado las esposas. Luego se dirigió a la mesa y cuchicheó algo al hombre corpulento, que asintió un par de veces mientras lo miraba.

—Me dicen que os habéis identificado como policías daneses —se dirigió a ellos después. Enderezó el cuello de cisne y se subió los pantalones. Eso no lo hizo parecer más firme—. Por lo visto, estábamos nerviosos por la autenticidad de la identificación. Pero, entre tanto, nuestra gente os ha investigado y han podido verificar que sois quienes decís ser. Entre compañeros, debo pedir disculpas, como es natural, por la dureza empleada para recibiros, pero, en realidad, no tenéis nada que hacer aquí; hay que estar a las duras y a las maduras.

A pesar de ello, les estrechó la mano.

—Como habréis observado, estamos bastante atareados, así que, por favor, no molestéis. Cuando hayamos aclarado otras cosas que corren más prisa, ya volveré con vosotros.

—Gracias. Pero no entendemos qué ha ocurrido. ¿Qué pasa con Joan Aiguader? —preguntó Carl—. ¿Por qué no podemos hablar con él?

—Claro que podéis hablar con él, siempre que me digáis dónde se encuentra. Hemos podido seguirlo el primer par de manzanas, pero luego su señal de GPS ha desaparecido y ahora estamos bastante perdidos.

Quitó las esposas a Carl y señaló a Assad.

—Y ahora explícame cómo te has liberado, señor Houdini.

Assad le enseñó la llave.

—No encajaba del todo, pero, tirando un poco por aquí y por allá, ha cedido.

Luego su expresión facial cambió.

—¿Ha muerto Joan Aiguader?

—Eso es lo que no sabemos. Lo han sacado de su habitación hace unas horas. Seguramente en el Volvo de color blanco que tratamos de localizar.

30

Carl

DÍA 9

—Es muy tarde, Rose, ¿por qué no os habéis ido a casa?

Carl era del norte de Jutlandia y había pasado generación y media desde que soltó su primer berrido, pero hablar con aquella avinagrada por FaceTime y mirar una pantalla más pequeña que un billete de cinco euros debía de ser un reto para cualquiera, pensó. Además, la actividad en la sala de emergencias alemana se había hecho cada vez más febril, por lo que era difícil concentrarse.

—Este es nuestro hombre, si la memoria no le falla al quiosquero —repuso Rose.

Carl entornó los ojos y miró el dibujo al que Rose había acercado su móvil. Era un hombre de aspecto muy juvenil, de rasgos finos y bastante guapo. Pelo rubio indómito y un moño encima, como un samurái. Carl ya lo había visto antes, era una especie de sustituto de la estúpida coleta enana que veinte años antes muchos hombres consideraban tan masculina. Cada década tiene sus malentendidos, pensó. Pero en el caso de aquel joven no parecía inadecuado, tal vez fuera por la expresión que lucía. A pesar de su delgadez y juventud, el rostro no parecía anodino, sino, por alguna razón, lleno de fuerza y decidido. ¿Sería por los pómulos? ¿O tal vez los labios? Cuanto más estudiaba aquel rostro, más se convencía de que el quiosquero de Brønshøj recordaba la cara tal y como era.

—Es un rostro enérgico, Rose. ¿Crees que responde a la realidad?

Rose dirigió el móvil hacia sí misma y asintió en silencio. ¿Por qué tenía aquella cara de mala leche?

—¿Habéis hablado de ello con Marcus?

—También él cree que el retrato robot presenta rasgos característicos, que en el mejor de los casos debería ser reconocible, pero dice también que no podemos hacerlo público. Desde luego, es como para cabrearse.

—Entonces, ¿qué pensáis hacer?

—Me he quejado y entonces Marcus, como premio de consolación, me ha ofrecido un puesto fijo con el mismo sueldo que una administrativa con diez años de antigüedad.

Carl sonrió. Recuperarla para el Departamento Q iba a serles de gran ayuda.

—Hace falta valor: me ha propuesto, delante de mis narices, que suba al segundo piso a reemplazar a la señora Sørensen.

Carl se echó atrás en la silla. ¿De qué demonios hablaba? Marcus no podía hacerle esa putada a él.

—¿Y qué le has dicho? —preguntó, y aspiró hondo.

—Le he dicho que no, gracias. Joder, no quiero ser una administrativa con diez años de antigüedad.

—¡Le has dicho que no!

—Podrías jurarlo si te dejara hacerlo. —Rose trató de sonreír, menos era nada—. Al fin y al cabo, sé que me quieres, Carl. Se te nota a la legua.

¿Sería verdad?

—Entonces, ahora estoy empleada fija en el Departamento Q con efectos inmediatos y tanto yo como Assad vamos a recibir nuestra identificación, y además con el cargo de asistentes de investigación. Con un sueldo inferior al de la señora Sørensen, por supuesto, pero eso también lo arreglaré.

No parecía muy contenta, pero Carl lo estaba, y mucho.

—Preguntabas qué íbamos a hacer ahora. Como no podemos hacer público el retrato robot, Gordon y yo tendremos que darnos una vuelta por las tiendas cercanas al quiosco, para ver si el chico hace las compras en ese barrio. Y, si no obtenemos nada, seguro que no vive en él.

—No, seguro que no. Lo más probable es que decidiera alejarse de casa para que no lo reconocieran.

—Eso creemos nosotros también, no tiene vuelta de hoja. Después hemos pensado buscar en los institutos que hay en diez kilómetros a la redonda del quiosco.

—¡Mmm!

—¿Por qué dices «¡Mmm!»? —Rose parecía irritada.

—Esto no es una película norteamericana donde uno entra a un instituto y pregunta a la primera secretaria que encuentra en el despacho del director si reconoce a un antiguo alumno y, claro, lo recuerda siempre. Es decir, en las películas. Pero, Rose, a los institutos van cientos de chavales y es posible que este tenga en realidad veintitrés años, y en ese caso habrá transcurrido mucho tiempo desde que pasó por allí. Puede haber hecho el bachiller nocturno, puede haber seguido algún módulo técnico, incluso podría no haber hecho el bachiller.

—Muchas gracias, vaya manera de dar ánimos. ¿Crees que no sabemos que en realidad solo es una corazonada? Gordon está enviando el retrato a cantidad de instituciones educativas por correo electrónico y las anima a ponerlo en el tablón de anuncios central y en las salas de profesores. El texto dice: «Si lo conoce, póngase en contacto con nosotros» y añadimos nuestro teléfono. Pero me da la impresión de que este chico ha estudiado bachiller, para que lo sepas.

—Pues buena caza —repuso Carl y esperaba que ella dijera lo mismo. Debió de olvidársele.

—En estas sillas se te queda el trasero plano —comentó después a Assad.

Este asintió con la cabeza. Una de sus piernas pateaba el suelo de linóleo como si estuviera marcando con el bombo el ritmo de un número de *heavy metal*.

—Me estoy volviendo loco, Carl. El tiempo pasa y no ocurre nada.

Abrió los brazos hacia la sala. Todos los presentes parecían estar exhaustos. Afuera había anochecido y hacía mucho que nadie les dirigía la palabra. Carl comprendía a Assad, su humor estaba bajo cero, y tampoco mejoraba las cosas que desde la mañana solo hubieran ingerido quinientas calorías como mucho.

—*Ich hab'es!* —exclamó uno del fondo de la sala, y todos se precipitaron hacia él, y después también Assad y Carl.

Era una imagen de vigilancia, muy nítida, de un Volvo familiar de color blanco en un aparcamiento y los agentes señalaban los monitores para compararla con una imagen de pantalla del coche captada por una cámara cerca de la salida del hospital.

—Es ese —dijo el hombre más cercano al monitor—. Mirad los rasguños del capó.

Carl estuvo de acuerdo. Lo habían encontrado y seguía en Frankfurt, gracias al cielo.

Miró a Assad. Habían hecho bien en quedarse.

—¿De cuándo es la captura? —preguntó un policía de uniforme.

—De hace dos horas —respondió el operador de pantalla.

—¿Está en un barrio de inmigrantes? —preguntó alguien.

—No, es un barrio de edificios con una mezcla de pisos de alquiler y casas unifamiliares.

El investigador jefe se volvió hacia los agentes y distribuyó las tareas.

—Tú, Puefell, ocúpate de que el Volvo esté vigilado todo el tiempo. Mientras tanto, Wolfgang va a estudiar el perfil sociológico del barrio. Tú, Peter, comprueba si hay inmigrantes musulmanes con antecedentes que vivan en casas de la zona. Y tú, Ernst, revisa los registros para averiguar de dónde viene el coche y quién es su dueño. ¿Es robado? ¿Prestado? ¿Comprado hace poco? ¿Dónde? Hay suficiente material para ponerse a trabajar.

Dio unas palmadas.

—Todos los demás, venid conmigo al local contiguo.

Y Assad y Carl se quedaron en la sala junto con aquel Herbert Weber.

LA CAFETERÍA DEL hospital no era nada del otro mundo, pero lo engulleron todo sin problema. Si a Assad le hubieran servido la comida en platos de cartón, los habría engullido también. Mientras comían, Herbert Weber los puso en antecedentes.

—A la enfermera la dejaron fuera de circulación con una pistola táser y estamos seguros de que algo parecido ocurrió con Joan Aiguader. Al policía de la puerta de la habitación lo dejaron inconsciente con un golpe en la nuca. Luego lo sentaron en la silla como si estuviera dormitando un rato. Por eso pasó cierto tiempo hasta que se descubrió el secuestro. Vemos por las cámaras de vigilancia que transportaron a Joan Aiguader inconsciente por el pasillo en una silla de ruedas después de dejar la cama, y vemos también que los dos que llevaron a cabo el secuestro eran de tez oscura, pero eso es todo. Cuidaban de mirar al suelo al pasar cerca de alguna cámara.

—¿Y la silla de ruedas? —preguntó Carl.

—La encontramos en un rincón de la entrada principal y por las cámaras de vigilancia hemos podido ver con exactitud cuándo y cómo se lo han llevado. La matrícula estaba sucia e ilegible, por supuesto; de otro modo, habríamos tenido una pista mucho mejor para trabajar.

—¿Por qué lo han secuestrado?

—Lo más probable es que haya sido porque dos días antes entró en contacto con nosotros en Múnich.

—No lo entiendo —dijo Assad con la boca llena de comida.

—Joan Aiguader recibía instrucciones directas de ese tal Ghaalib. Solemos estar en contra de esa clase de relaciones, pero en este caso Aiguader era una fuente importante para nosotros y lo ha sido hasta que Ghaalib le ha parado los pies hoy. Creo que, por medio del acceso de Aiguader a los medios, quería crear pánico y meter el miedo en el cuerpo a la gente, aunque desconocemos la razón exacta. Desde luego, no es el procedimiento normal antes de una acción terrorista.

—Pero ¿sabemos seguro que su objetivo es sembrar el terror? —preguntó Carl.

Weber asintió.

—¿Por qué lo creéis? —preguntó Assad.

—Aiguader nos ha proporcionado una captura de vídeo que corrobora que es lo que va a ocurrir. Como ya sabréis por sus artículos, Ghaalib ha matado a varias personas. El hombre está de lo más decidido y es peligroso.

Carl miró a Assad. La mirada del testa rizada nunca había sido tan sombría.

—Lo conozco bien —aclaró Assad y dejó cuchillo y tenedor—. En realidad, se llama Abdul Azim y es un monstruo. Tiene como rehenes a mi esposa e hijas, y las ha mantenido secuestradas durante dieciséis años. De modo que tenéis que decirnos todo lo que sepáis, porque, si no, las matará.

Colocó el recorte de periódico ante Herbert Weber y señaló a Marwa y Nella.

—¿Conoces esta foto? Son mi esposa y mi hija mayor, Nella, y el que está a su lado es Ghaalib. Desde aquella vez que lo conocí, ha sido la encarnación de la maldad y sus vínculos con células terroristas de Irak y Siria no mejoran su imagen, claro.

—Así que ¿crees que ejerce un poder total sobre las dos mujeres?

Dos arrugas verticales aparecieron entre las cejas de Assad mientras intentaba mantener a distancia la furia y el llanto. Se le hacía difícil.

—¿Cuál es el motivo? —preguntó Weber.

—Es su venganza por algo que ocurrió entre nosotros hace demasiados años.

—Ya veo. Lo siento mucho por ti. ¿Cómo has dicho que te llamabas? —quiso saber Weber.

—Me llamo Hafez el-Assad, pero mi verdadero nombre es Zaid al-Asadi. Soy danés, pero nacido en Irak. Estuve prisionero en la cárcel donde trabajaba Ghaalib y si tiene la parte baja del rostro quemada con ácido, es por mi culpa. Por eso, entre otras cosas, me odia más que a nadie en el mundo. Y escucha bien: todo lo que está haciendo tiene como objetivo que yo me exponga. Por eso también ha hecho que Joan Aiguader escriba sus artículos, para, por medio de ellos, hacer saber que tiene como rehenes a mis seres queridos.

Herbert Weber se llevó de nuevo la mano al cuello de cisne y se puso a acariciarlo; debía de ser su manera de concentrarse.

—Dices que eso sucedió entre vosotros hace muchos años. ¿Por qué no había ocurrido nada hasta ahora?

—La lucha por el califato sufre en estos momentos derrota tras derrota en Irak y Siria, que se han convertido en lugares peligrosos para hombres de la calaña de Ghaalib. Es posible que haya perdido demasiadas batallas en su vida y haya pensado luchar hasta el final y ganar esta.

Entonces, el rostro jovial de Weber se puso serio.

—¿Has dicho Zaid al-Asadi?

Puso su sobredimensionada maleta de cuero sobre la mesa y sacó de ella una carpeta de plástico.

—Esta es la transcripción del documento de audio del fotógrafo de Múnich.

Avanzó un par de hojas y señaló un nombre recalcado con marcador azul.

«Zaid al-Asadi», ponía.

—Lo QUE VAMOS a hacer ahora es unir ambos casos. Prestad atención.

Weber miró a los reunidos e intentó acallar el revuelo.

—Ya habéis oído la explicación de Zaid al-Asadi y estoy seguro de que uno de los puntos débiles de Ghaalib es que está guiado por ese motivo de venganza personal. No obstante, no debemos dudar de que lo que ha puesto en marcha también puede desembocar en un acto terrorista si no lo detenemos a tiempo. La conversación del clip, que he traducido para nuestros compañeros daneses, versa sobre una acción terrorista que va a costar muchísimas vidas humanas. No sabemos dónde ni tampoco cómo, y eso es lo que deseamos descubrir.

Se volvió hacia Assad.

—Zaid es nuestro cebo. Ya he informado a la policía danesa de que el subcomisario Carl Mørck y Hafez el-Assad, que es el nombre oficial de Zaid, se han incorporado al equipo investigador.

Carl saludó con un gesto a sus nuevos compañeros. Assad, frente a él, estaba callado. Carl temía lo que la palabra *cebo* pudiera implicar en última instancia, pero era la elegida por Assad. Iba a salir de entre las sombras y mantener un enfrentamiento directo con Ghaalib. «Cualquier cosa por salvar a mi esposa Marwa y a mi hija Nella», era lo que había dicho a los reunidos.

—Bien —continuó Weber—. Debemos suponer que va a producirse una acción terrorista en un plazo corto. Por eso es muy importante llegar con rapidez hasta quienes han secuestrado a Joan Aiguader y, a ser posible, antes de hacer público que Zaid al-Asadi ha recibido el mensaje de Ghaalib.

Carl extendió una mano y la posó en el hombro de Assad, que se giró y asintió en silencio.

Su mirada era fría como el hielo.

31
Ghaalib
DÍA 8

Y ALLÍ, EN medio de la sala, estaba aquel ser miserable con un vendaje ridículo en la nuca, suplicando por su vida.

Ghaalib detestaba esa clase de debilidad. ¿La gente no podía comprender que su vida en la Tierra solo era prestada y que no era tarea suya quitarles esa idea de la cabeza? Cientos de veces había visto ante sí a cobardes implorando misericordia en vano y otras tantas había hecho más breve su dolor.

Pero esa vez no iba a suceder, porque Joan Aiguader era una pieza importante de su juego debido a su papel de portavoz. Fue él quien alertó al mundo y él quien preparó el camino para hacer temblar los cimientos de Zaid. Y también iba a ser él, como lo sería un testigo profesional de una ejecución autorizada por el Estado, quien al final describiera su ataque definitivo y su enorme violencia y horror.

—Dale otro pinchazo a Joan —ordenó a la mujer suiza—. Los vecinos no deben preguntarse qué ocurre aquí dentro. Pero que sea una dosis menor de la que pones a las mujeres.

—¡No! ¡No! —gritó Joan en segundo plano, pero no le valió de nada.

Así iba a dejarlos en paz un buen rato.

Ghaalib se volvió hacia los presentes, apretados en el sofá y sentados en el suelo. El grupo era menos numeroso de lo que había calculado al principio, porque tres de los quince seguían internados en Chipre, pero un grupo de doce tampoco estaba mal. Ghaalib sonrió. Doce era una cifra con un significado especial para los perros cristianos. Qué ironía.

—*Alhamdulillah*, gracias a Alá todos habéis llegado y podéis estar tranquilos, porque aquí estamos seguros.

Sacó un estuche y lo abrió.

—Es una caja forrada de plomo y dentro está el móvil de Joan Aiguader. Alguien lo ha manipulado, de manera que emite la posición de GPS siempre, aunque esté apagado. Nos hemos dado cuenta cuando hemos escaneado la ropa en busca de un chip.

Sonrió y cerró el estuche. La señal se apagó.

—Pero, aunque nuestro escondite es seguro, hemos decidido cambiar los planes, así lo ha querido Alá.

Se extendió un murmullo inquieto, pero eran buena gente. Sabían que el martirio no tenía fecha concreta, solo la tenía la decisión de ser mártir, y seguía sin haber nadie que vacilara.

—Hemos sacado a Joan Aiguader del hospital, pero no habíamos previsto que las cosas sucedieran así. No sabemos qué ha salido mal, solo que la policía y los servicios de inteligencia están en estado de alerta. Hemos tenido la suerte de que no lo han cuidado lo suficiente.

Miró a los reunidos. Lo que hasta poco antes era un grupo de muyahidines, hombres barbudos y mujeres tapadas con velos, se había convertido en símbolo de la decadencia occidental. Nadie sospecharía que tuvieran fines ocultos con el aspecto que mostraban: vestidos ajustados, maquillaje retador y pantalones con la raya bien marcada. Si había en su cuerpo alguna marca de su islamismo, desde luego no era visible.

—Llegaréis al paraíso vestidos como perros. Pero Alá es grande y seréis lavados y se os harán los honores que os corresponden como buenos muyahidines que sois.

Varios de ellos agacharon la cabeza y extendieron las manos en agradecimiento.

—Todos habéis dejado la habitación del hotel en el que estabais alojados, magnífico. Ahora nos quedaremos en la casa un día o dos, hasta que las vías de salida sean seguras, y entonces pondremos en marcha el plan B.

Los muyahidines se miraron, sonrieron y rieron. Ese era el deseo de muchos, bien lo sabía Ghaalib, pero Frankfurt había sido también el lugar perfecto para empezar. Después podrían ir a Berlín, Bonn, Bruselas, Estrasburgo, Amberes y las otras cinco ciudades en las que la planificación iba ya a un buen ritmo. Que el orden exacto fuera un poco diferente se debía a que el destino lo había querido así. *Alhamdulillah,* gracias a Alá.

—Berlín está a unos quinientos cincuenta kilómetros de aquí, de modo que habrá que calcular un trayecto de unas siete u ocho horas, porque no vamos a utilizar coches, sino que nos juntaremos en un autobús.

Se giró hacia su fiel escudero.

—Hamid os dará instrucciones cuando llegue el momento. Hasta entonces, ocupaos de cumplir con los rezos, comer y dormir. No podréis salir, pero tampoco eso va a ser un problema, porque nos ha alquilado una villa muy bien equipada; además, fuera hace mucho frío. No queremos que haya más catarros.

Ghaalib se giró hacia Joan, que estaba atado a la silla de ruedas con la cabeza colgando sobre el pecho. Pero a sus ojos no les pasaba nada. Pese a su frágil aspecto y a su desesperada situación, se atrevía a irradiar odio. Es asombroso el modo en el que las situaciones extremas pueden cambiar a la gente.

—Qué oyente tan perfecto, ¿puede esperarse a alguien mejor, Joan? Me oyes bien, pero por suerte no puedes hablar ni moverte.

Detuvo la mirada fulminante de Joan con una sonrisa condescendiente.

—Sí, es duro para ti, pero consuélate pensando que, de momento, no tienes que escribir nada. Nos encargaremos nosotros de esa labor, tenemos gente buena para eso. Así que deja de preocuparte por el flujo de noticias que te has comprometido a ofrecer; ya nos ocuparemos nosotros de proporcionar información a *Hores del dia* para atraer a Zaid al-Asadi a terreno abierto.

Miró hacia la puerta, donde uno del grupo empujaba una silla de ruedas.

—Muy bien, Fadi, ya tenemos todo el equipamiento necesario. Ha llegado bien, ¿verdad?

El hombre asintió y se sorbió los mocos. También él se veía afectado por el tiempo frío del norte de Europa.

—¿Y las dos mujeres están tranquilas?

Asintió otra vez.

Ghaalib estaba muy satisfecho. La última parte había exigido transporte extra, que había costado un dineral, pero valía la pena. Después, se volvió hacia el mapa de Berlín colgado de la pared. Una serie de chinchetas blancas marcaban la ruta y una chincheta roja, el objetivo.

Y, en algún lugar intermedio, Zaid iba a reunirse con su creador.

32

Assad

DÍA 7

LA BOLSA ESTABA sobre una silla junto a la cama de Assad y contenía un surtido de material procedente de sus misiones en el extranjero. Con los años, se había hecho pesada y el contenido, cada vez más eficaz, pero Assad había dejado las armas más pesadas en Dinamarca. Si Carl hubiera albergado la menor sospecha de cuánta gente había muerto solo con aquel repertorio de armas, nunca habría mirado dentro de la bolsa del maletero cuando reparó en ella.

Assad sacó su mejor cuchillo. Se lo había agenciado en Estonia y, si se afilaba siguiendo las instrucciones, podía partir un pelo a lo largo, pero también atravesar protectores de cuello y chalecos antibalas. Cuando lo embargaba la tristeza, lo sacaba y lo pasaba por la piedra de afilar hasta entrar en trance. En el momento actual, aquella maniobra de distracción de la realidad era su mejor defensa, porque, de otro modo, su estado mental podría compararse con el venenoso cóctel de desesperación y apatía que hace a la gente de las trincheras avanzar por un paisaje bombardeado y recibir las balas del enemigo con los brazos abiertos. Si no se andaba con cuidado, solo una caída desde su habitación del último piso del B&B Hotel Frankfurt City-Ost podría aliviar su dolor.

Pero, en realidad, Assad nunca había considerado el suicidio una salida real al dolor con el que llevaba viviendo dieciséis años. Mientras quedara un asomo de esperanza de volver a ver a sus seres queridos, mantenía la cabeza alta y fría. Ahora sabía que su amada Marwa y su hija mayor, Nella, seguían vivas, pero, si todo salía mal y terminaba de manera trágica, no iba a vacilar. Buscaría en su bolsa y encontraría un arma adecuada para poner fin a todo aquello.

Aunque no era necesario, puso a cargar su nuevo reloj con GPS. Desde que se lo dieron, había aprendido muchas cosas. Su cantidad de pasos diaria, su nivel de estrés y su pulso. Los datos de los últimos días eran bastante desalentadores, pero, por otra parte, había muchas más cosas. Si lo llamaban, vibraba, y si alguien le escribía un SMS, podía ver en la esfera del reloj las primeras líneas del mensaje.

Entonces llamaron a la puerta.

—Abre, Assad.

Era Carl.

—Han encontrado la casa en la que se escondía Ghaalib —hizo saber en cuanto entró en la habitación. Miró de soslayo la piedra de afilar y el cuchillo sobre la cama, y agarró de la manga a Assad mientras este se ponía el nuevo reloj—. Van hacia allí y quieren que los acompañemos.

EN ESE DÍA gris no había mucha actividad en el barrio, donde las casas parecían pegadas unas a otras.

Assad miró el reloj. Era temprano aún y, si mirabas bien, sacabas una impresión bastante acertada de los habitantes de la zona.

Solo se veía luz en unas pocas ventanas; la mayoría de la gente debía de estar en el trabajo. Las únicas personas activas a la vista eran un ciclista y un par de chicas inmigrantes pasando la escoba en un par de bares que no habían abierto aún. En los senderos de entrada a las casas unifamiliares había pocos coches y, por lo que veía, solo dos o tres eran producidos en Alemania. En suma, era un barrio de clase media y sin vida.

—Un buen ejemplo de barrio dormitorio —comentó Assad.

—Sí, aquí trabajan el marido y la mujer —dijo Herbert Weber—. Han intentado modernizar el barrio y hacerlo más atractivo con bares, espaciosos senderos de entrada a las casas y macizos de hojas perennes delante de las urbanizaciones. Hay guarderías y escuelas cerca, y hay fácil acceso al transporte público. Así que, teniendo en cuenta esas ventajas, las casas unifamiliares y bloques de viviendas están bien de precio, pero no son lo bastante exclusivos para atraer a familias que trabajan en el centro. Pensábamos que Ghaalib y su gente iban a ocultarse en alguno de los barrios de inmigrantes más modestos, pero aquí tenían más libertad de acción, que es lo que necesitaban, por lo visto. Aunque ya no están.

Dio instrucciones a sus subordinados acerca de cómo desenvolverse entre los policías y agentes de la Policía Científica presentes en el interior.

—¿Dónde habéis encontrado el Volvo? —quiso saber Carl.

—A solo cuatro o cinco bloques de la casa, pero lo bastante lejos para dificultar su localización. Hemos llegado allí después de pasar todo el día de ayer de casa en casa. Y, claro, que la gente llegue tarde del trabajo tampoco facilita las cosas.

Assad miró hacia la casa, que parecía bastante deslucida y anónima. Ni un solo objeto escapaba de aquella aburrida totalidad, aparte de lo que al final desveló que en aquella casa había habido mucha más actividad que en el resto de los bastiones de la burguesía biempensante.

—Solo tres días después de vaciarse los contenedores de basura ya los habían llenado otra vez, y las tapas estaban medio abiertas. Y aquella enorme cantidad de basura, y también que los habitantes de la casa arrojasen todo tipo de residuos en el contenedor de materia orgánica, llamó la atención de los vecinos —continuó Weber.

Demasiado tarde, pensó Assad. ¿Por qué no habían llegado a tiempo? Aquello era desesperante. Dentro de aquella casa seguro que había habido alguien que podría haberles dicho dónde estaban Marwa y Nella. Era posible incluso que hubieran estado allí; pero, entonces, ¿dónde se encontraban ahora? ¿Dónde?

—¿Queréis venir? —preguntó Weber.

Pregunta retórica, pensó Assad y asintió en silencio. ¿Qué se pensaba? ¿Que habían recorrido casi mil kilómetros para hacer una rápida visita guiada a aquel barrio insulso abandonado de la mano de Dios?

Rodearon la casa y llegaron a una zona de hierba de la que nadie parecía haberse ocupado en los últimos tiempos. La vivienda era cuadrada, de estilo funcional, sin nada que rompiera la uniformidad, y el solar era cuadrado y estaba rodeado de una cerca de rejilla de casi dos metros de altura cuyo objetivo sería que los ocupantes pudieran deambular por él sin que nadie los molestara. Un lugar perfecto para esconderse a esperar tiempos mejores.

A primera vista, no había la menor duda de que allí dentro habían vivido hombres y mujeres, y tampoco de que eran numerosos, como revelaba el contenido de los cubos de basura que los peritos habían desparramado en la terraza de la casa, frente a la sala. Había allí paquetes vacíos que habían contenido maquinillas de afeitar desechables, compresas, docenas de envases de comida precocinada, platos de cartón, cubiertos de usar y tirar, botellas vacías de agua mineral y pañuelos y papel de cocina usados. Todo tenía su historia.

—¿Cuánta gente podrían ser, más o menos? —preguntó uno de los hombres de Weber a un perito arrodillado frente al montón de basura con su buzo protector blanco.

—Teniendo en cuenta que han pasado aquí varios días, cosa que confirman tanto Airbnb como el vecino, y que habrán hecho tres comidas al día, de las cuales al menos una era un plato precocinado, habrán sido al menos diez personas —calculó el perito—. Hemos contado las compresas usadas y, si solo una de las mujeres ha tenido la menstruación, creemos que esa mujer ha estado aquí entre tres y cuatro días, lo que coincide con la cantidad de platos cocinados y personas. Sabemos que al menos uno de los alojados tenía un fuerte catarro, a juzgar por los dos paquetes de pañuelos de papel, y que la infección estaba desapareciendo, ya que en los pañuelos que estaban en la parte de arriba del cubo ya no había mocos verdes.

Assad examinó los envoltorios de las cenas para microondas.

—Bueno, algo sabemos con seguridad —afirmó.

Carl trató de seguir su razonamiento.

—¿Qué es lo que sabemos con seguridad? —preguntó.

—Que todos eran musulmanes. Todos los envases de platos llevan pollo o cordero. ¿Veis alguno con cerdo?

—Mmm, buen ojo, Assad —dijo Carl.

Weber se giró hacia el perito.

—Sí, todos los pequeños detalles cuentan, eso lo sabes mejor que nadie. ¿Puedes darnos una idea del número de hombres y mujeres, y su edad y aspecto? Sería una información esencial para nosotros, como la observación que has hecho sobre la persona con catarro. Cualquier dato sobre hechos así que pueda ayudarnos a definir cuál era la composición del grupo es importante, sobre todo, para los encargados de la seguridad en el lugar donde espero que averigüemos que van a atacar.

—Yo veo una cosa al menos que podría ayudarnos a identificar ese grupo —continuó Assad. Les puso delante el envase de plástico donde ponía «Gillette»—. ¿Qué hombres fundamentalistas musulmanes creéis que usan maquinillas desechables y van afeitados? ¿Los que desean ir presentables o los que no tienen ninguna gana de destacar entre la masa de gente aquí, en Alemania?

Carl asintió con la cabeza.

—Entonces, podemos suponer también que tanto hombres como mujeres van vestidos al modo occidental. Nada de velos ni burkas negros, nada de barbas, tampoco babuchas. Un grupo mixto de más de diez personas que pueden ser cualquiera. No es un trabajo divertido, si queréis saber mi opinión. Más bien, bastante desesperante.

El hombre que estaba junto a Weber suspiró.

—Sí, y luego está, por desgracia, la cuestión de si han decidido actuar como grupo o cada uno por su cuenta.

—En cuanto a la composición de hombres y mujeres, creo que los compañeros que están en el interior de la casa podrían ayudarnos —opinó el perito desde el montón de basura. Sus guantes de goma estaban a punto de romperse por el ímpetu con el que rebuscaba. La esperanza de encontrar algo que pudiera ponerlos sobre la pista de los planes del grupo, tal vez una nota, una palabra en un pedazo de papel, facturas, puede que incluso un mapa de algo. Eso era lo que los impulsaba a todos.

Entraron en una sala espaciosa con muebles normales, sin grandes alardes. Bien limpia y ordenada. Cojines de sofá un poco inclinados, sillones dispuestos en torno a dos mesas bajas de teca, copas en los estantes de las vitrinas, televisor algo anticuado, todo ello de lo más neutro.

—Han hecho una buena limpieza —comentó un perito mientras se quitaba el buzo blanco—. Hay huellas dactilares por todas partes, de modo que no han querido ocultarlas, y tampoco han tratado de eliminar rastros de ADN. Hay toallas y trapos de cocina manchados en las cestas de ropa sucia. La ropa de cama está bien doblada encima de las camas, pero no la han cambiado. Me pregunto por qué no sería tan importante para ellos.

—Vamos a ver: ¿a quién no le importa ir dejando pistas? —preguntó Assad mientras sentía un nudo en el estómago, ahora aún más preocupado que antes—. A quien de todas formas va a morir.

Los peritos presentes se volvieron hacia él; era evidente que reaccionaban con gran inquietud; algunos, incluso con miedo.

Herbert Weber agarró a Assad por el brazo y acercó la cara a la de él.

—La mayoría de los que están aquí pertenecen a la Policía de Frankfurt, Assad, y pocos de ellos necesitan en este momento saber que los que vivieron aquí eran tan peligrosos como lo eran —le cuchicheó—. ¿Estamos de acuerdo en que no deseamos crear un pánico innecesario?

Assad asintió. Por supuesto que tenía razón.

—¿Hay algo que destacar aquí? —preguntó Weber al perito más cercano.

—Sí, esto. —El hombre señaló unas marcas paralelas casi invisibles en el suelo.

—Huellas de una silla de ruedas —constató Carl.

El perito hizo un gesto afirmativo.

—De hecho, hay dos. Ahí hay una parecida, pero el dibujo de la rueda no es el mismo.

—¿Las huellas pueden ser antiguas? —preguntó Weber—. ¿De algún ocupante anterior o tal vez del dueño?

—Lo estamos analizando, claro, pero mi opinión personal es que son relativamente recientes. Han tratado de borrarlas al fregar, pero, como el suelo estaba mojado, no se han dado cuenta de que quedaban restos. —Se agachó y frotó con fuerza el pulgar contra la huella—. Mirad qué sencilla es de quitar.

Les enseñó el pulgar ennegrecido. La huella no podía ser muy antigua.

—Viendo que no han hecho una limpieza general, ¿no salta a la vista que hayan usado una fregona aquí? Está claro que no teníamos que saber que aquí había habido sillas de ruedas —sostuvo Carl.

—Ya he dicho que las marcas son relativamente recientes. También pueden haber sido los dueños quienes han pasado la fregona o los anteriores inquilinos.

—¿Hemos interrogado a los dueños? —preguntó Weber a su ayudante.

—No. Hemos intentado ponernos en contacto con ellos, pero en este momento se encuentran en Gabón, en el quinto pino dentro de la jungla. Se dedican al estudio de los insectos, son entomólogos, tengo entendido, y no los esperan en Libreville hasta dentro de dos o tres semanas.

Herbert Weber exhaló un profundo suspiro.

—Pero, tranquilos; a pesar de todo, seguiremos las pistas —continuó—. Hemos fotografiado las huellas y luego trataremos de averiguar el origen y la marca de las sillas.

Weber sacudió la cabeza.

—Sería bastante extraño que hubiera discapacitados en el grupo. No lo comprendo.

Assad tenía la mirada vacía fija frente a sí. En su fuero interno, empezó a dibujársele una imagen de lo más repugnante.

—¿Quién dice que sean para discapacitados? —preguntó en voz queda—. Una silla de ruedas puede transportar gente sana y, además, por muy inocentes que parezcan, pueden valer para ocultar explosivos.

Respiró un par de veces de forma entrecortada antes de llegar a su conclusión.

—Y, en tal caso, las consecuencias serán mucho más devastadoras que las que provocaría un chaleco de explosivos.

Assad miró a Carl con ojos tristes; tampoco tenía muy buen aspecto. No cabía duda de que en ese momento preferiría mil veces estar en otro sitio.

Assad se secó el sudor de la frente.

—¿En qué piensas, Carl?

—En nada.

Era evidente que no era cierto, pero Assad sabía por qué lo decía.

—Vamos, señor Mørck —le tiró de la lengua Weber—. Todos debemos contribuir.

Carl miró a Assad con tristeza. Era espantoso.

—Sí, siento horrores decirlo, pero las sillas de ruedas pueden estar hechas para transportar personas contra su voluntad. ¿Es en eso en lo que piensas, Assad?

Assad asintió. Era su peor pesadilla.

Carl se volvió hacia el perito.

—¿Tenéis alguna idea de cuántas mujeres había en la casa? —le preguntó.

El perito meneó la cabeza, dubitativo.

—Hay una habitación en la que todo indica que han dormido, al menos, tres mujeres. Había largos cabellos negros en las almohadas y las camas están hechas con esmero.

Señaló el otro extremo de la sala.

—Y ahí también ha habido mujeres, pero es un poco diferente. Al igual que en la otra estancia, también había cabellos largos de mujer, pero las camas están sin hacer. Parece más bien que las sábanas bajeras están retorcidas y arrancadas del colchón en una esquina, como si hubieran sacado a las ocupantes a la fuerza.

Assad hizo una honda inspiración.

—¿Puedo entrar? —preguntó.

—Sí; nosotros ya hemos terminado, así que adelante.

Assad se llevó las manos a la boca cuando entró en la habitación. La mera visión de la cama deshecha podía hacerlo llorar. ¿Marwa y Nella habían estado prisioneras allí? ¿La sábana estaba echada a un lado porque habían tratado de liberarse? Miró con el corazón desbocado las patas de la cama. ¿Había marcas de ataduras? Él no apreciaba nada, pero, si las hubiera habido, el perito se lo habría contado.

Se estiró a lo largo de la cabecera de la cama y no observó nada en las almohadas; los peritos se habrían llevado las pruebas forenses.

Assad se sentó con pesadez en el borde de la cama y deslizó la mano por la sábana bajera. Luego se llevó uno de los edredones al rostro e hizo una profunda inspiración.

—Oh, Marwa y Nella —susurró al percibir un resto de perfume. No era capaz de reconocerlo, pero ¿cómo iba a hacerlo? Aun así, se sintió conmovido. Porque, si las dos habían yacido en esa cama, en ese momento, con aquel mínimo recuerdo de un perfume, había logrado estar más cerca de ellas de lo que lo había estado en dieciséis años.

—¡Eh! —gritó alguien—. Hemos encontrado algo aquí.

Pero Assad no quiso levantarse. Mientras percibiera aquel vago perfume, podía tener la esperanza de que sus seres queridos siguieran vivos.

Cerró los puños, vio ante sí la silla de ruedas y recordó lo que había dicho Carl.

Si las sillas de ruedas estaban previstas para Marwa y Nella, entonces, el plan de Ghaalib era que se inmolasen durante el atentado, estaba convencido de eso, sobre todo, porque era lo más terrible que podía hacer contra Assad.

Apretó los puños contra el plexo solar. Van a inmolarse durante el atentado, pensó. Era lo último que debía ocurrir.

Después, se puso en pie. Husmeó por última vez el edredón y se dirigió al alboroto.

Estaban todos en la recocina frente a un aparador donde había esparcido un pequeño montón de ropa limpia.

—Si suponemos que la idea era que el grupo acarreara consigo sus efectos personales, creo que uno o varios miembros han querido llevarse toallas limpias y seguro que eran mujeres —dijo un policía de paisano que Assad no había visto antes. Seguro que era el responsable del registro.

—¿Cree que se olvidaron de que la ropa seguía dentro de la secadora? —preguntó uno de los subordinados de Weber.

—¿A quién no se le olvida la ropa en la secadora? —respondió Weber—. Y hemos encontrado esta toalla entre las demás.

La desdobló y le dio la vuelta.

—El logo no es grande, pero dice mucho.

Se acercaron. Había un logo de hotel impreso en la toalla.

—¿Dónde se alojaba esa persona antes de que vinieran aquí? ¿Pudo ser en este hotel, que se encuentra a tres o cuatro kilómetros de aquí?

—¡Uf! —exclamó uno de los otros policías de paisano—. Vamos a tardar una eternidad en averiguar quién la robó. ¿Fue un hombre o una mujer? ¿Bajo qué falsa identidad? ¿Hacía tres días que el ladrón se alojó allí? ¿Cuatro? Todos los parámetros que pueden conducir a toda clase de respuestas. Y piense en cuántos huéspedes puede haber tenido el hotel durante unos días. Es cierto que ese hotel no es el mayor de Frankfurt, pero andará cerca.

—Es verdad —dijo el jefe de la investigación—. No creo que avancemos mucho por ese camino. Pero, de todas formas, tenemos que ponernos en marcha, porque no creo que tengamos mucho tiempo.

—No perdáis tiempo en eso, olvidadlo —se oyó por detrás.

Todos se volvieron hacia el ayudante de Weber, que estaba en la puerta.

—Quiero pedir a nuestros compañeros daneses, al señor Herbert Weber y al responsable de la investigación que entréis un momento; hay algo que debéis oír.

Se sentó en el borde del sofá y les tendió su iPad.

—El *Frankfurter Allgemeine Zeitung* ha recibido una especie de comunicado de prensa que dicen que ha leído Joan Aiguader, cosa que dudo mucho —comunicó—. Está en inglés y lo han subido hace media hora, y el *Frankfurter Allgemeine Zeitung* ha decidido no hacerlo público y, en su lugar, informarnos a nosotros. Supongo que no todos los medios a los que lo han enviado van a actuar del mismo modo.

Dirigió a Assad una mirada que lo inquietó.

—Sí, lo siento, pero lo menciona a usted varias veces. Debe estar preparado frente a algunas informaciones del escrito que pueden afectarlo.

Carl agarró a Assad del brazo.

—Sentémonos, Assad —sugirió y señaló el sofá.

El investigador continuó.

—Ya el hecho de que lo hayan enviado a un periódico alemán y no llegue por medio de *Hores del dia,* donde solía escribir Joan Aiguader, me dice que el objetivo del comunicado es muy diferente del de los anteriores y que no es Joan Aiguader quien lo ha escrito.

—¿Has puesto a nuestra gente a buscar la dirección IP desde la que se ha enviado? —preguntó Weber.

—Sí, claro, es lo primero que he hecho. No creo que nos lleve a ninguna parte.

—Assad, ¿estás seguro de que quieres escucharlo? —se interesó Carl.

Assad asintió y notó que todo su organismo temblaba.

¿Cómo iba a poder ayudar a Marwa y Nella si se echaba atrás? Tenía que escucharlo.

—El titular es neutro —explicó—. «Grupo islamista fugado», pone. Está fechado ayer a las 23.45 y firmado por Joan Aiguader.

Leyó.

—«Según el buscado iraquí Ghaalib, ha quedado claro que la acción planeada para Frankfurt se ha pospuesto hasta fecha indeterminada. El grupo, compuesto por siete muyahidines, ha llegado a Alemania para protestar contra las blasfemias de las que es objeto cada vez más la gente de países árabes, asiáticos y del norte de África en los medios de comunicación europeos. Exigen a los medios de todo el mundo que, a partir de mañana por la mañana, dejen de mancillar su fe y su cultura, y muestren respeto por ellas. De lo contrario, golpearán con fuerza en lugares imprevistos. Sus santos guerreros están bien armados y, según Ghaalib, portavoz del grupo, el primer golpe será asestado por nuestras valientes hermanas Marwa y Nella al-Asadi, que agradecen la posibilidad de engrandecer a Alá con su inmolación.»

Apartó el iPad.

—Hay mucho más, pero supongo que estaremos de acuerdo en que nunca hemos recibido semejante manipulación en relación con el terrorismo. Estoy convencido de que detrás de esto no puede estar ninguna de las organizaciones terroristas existentes.

—Hablemos de lo que no estamos seguros de que sea cierto —propuso el responsable de la investigación—. Dice que son siete, pero ¿qué motivo podría tener para hacerlo público? Pueden ser menos o más. Lo que digo es que no podemos fiarnos de esa cifra.

—Ya habéis visto la foto de las dos mujeres que se escaparon del campo de refugiados de Chipre —dijo Weber—. Estoy seguro de que esas dos son parte del grupo; por eso, hemos enviado también sus descripciones a toda la fuerza desplegada.

Y después, claro, he supuesto que han huido de Chipre, y ¿por qué no habían de hacerlo? Fue lo que hizo Ghaalib. Y, aparte de él, está su ayudante, Hamid, así que ya tenemos cuatro. Además de ellos, por desgracia, están también las familiares de Assad, es decir, dos más. En total, seis. No podemos descartar que sean siete, pero creo que tienes razón, que no sabemos cuántos son, de modo que es casi seguro que sean más de siete.

Assad no hizo ningún comentario; se sentía muerto por dentro. Lo único que veía ante sí era la odiosa risa de Ghaalib, pero ¿qué podían hacer? Tenían que encontrar aquel grupo diabólico sin escatimar medios y el cómo le importaba un bledo. Había esperado que el cabrón se pusiera al descubierto solo un poco, pero no tenían ninguna pista sobre la que empezar a trabajar, aparte de que la intención de Ghaalib era borrar del mapa a Marwa y Nella.

—No recuerdo que autores de atentados suicidas hayan revelado su nombre antes de realizar el acto terrorista —continuó Weber.

Assad asintió en silencio.

—Pero ¿habéis entendido el mensaje? Todas esas chorradas de vengarse de los medios de comunicación europeos es algo secundario, porque anda detrás de mi persona, y está en su derecho. Esto es el juego del gato y el ratón. Pero ya voy a ocuparme de que cambien los papeles. Aunque vaya a costarme la vida.

33

Alexander

DÍA 6

Detestaba aquel sonido, siempre lo había detestado. Cuando sonaba el móvil de su padre, lo mejor que podían hacer su madre y él era mantener la boca cerrada.

—¡¿No te tengo dicho que cierres el pico mientras hablo por teléfono?! —gritaba después su padre, si es que lo había molestado. Y luego lo zarandeaba, como si una agresión física fuera a ayudar a su cerebro a recordar o comprender. Incluso su madre se llevaba una buena bronca si se oía en segundo plano algún electrodoméstico de la cocina o la radio no se apagaba de inmediato. Era el móvil de su padre y su conversación, y no había ni de lejos nada que fuera tan importante.

Alexander se hizo adolescente antes de descubrir que la mayoría de las conversaciones eran anodinas y que su padre era un presuntuoso que exigía que lo tomaran siempre en serio. Y ahora, una vez más, el móvil estaba sobre el pequeño aparador del pasillo emitiendo sus ridículos tañidos de la abadía de Westminster. Incluso ahora, por reflejo, se sobresaltaba, a pesar de que la cabeza que solía llevarse el móvil al oído yacía con mirada vidriosa a veinte grados bajo cero en el arcón congelador.

Su padre llevaba cuatro días sin ir al trabajo y seguro que su ausencia no había pasado desapercibida. De modo que, a menos que Alexander anduviese con cuidado, se arriesgaba a que alguno de los compañeros de su padre llamara a la puerta para interesarse por su estado. Qué tentador iba a ser vomitar en los zapatos brillantes del ejecutivo y arrojarle la verdad a la cara, así que eso no debía ocurrir de ninguna manera, y, por ello, Alexander se puso en pie. Acababa de diseñar la estrategia para llegar a las dos mil sesenta y siete victorias, y estaba impaciente por probarla; pero venció la sensatez.

—Quisiera hablar con tu padre —dijo la voz cuando respondió el móvil.

—Lo siento, va a ser imposible. Mi padre se ha mudado.

En el otro lado de la línea se hizo el silencio y Alexander sonrió. Ay, si supiera...

—Perdona, pero es que es raro que no haya informado al respecto en el trabajo. ¿Cuándo se ha mudado?

—Hace cuatro o cinco días.

—¿Sabes si ha cambiado de número de teléfono?

—No. Simplemente, se ha largado. Tiene una amante en algún lado, pero no sé más. ¿No ha ido al trabajo?

—Pues no, esa es la cuestión. Pero dime, hablo con Alexander, ¿verdad?

—Sí.

—No te reconocía la voz, Alexander, perdona. ¿Y no sabes dónde se encuentra?

—No, solo que se ha ido. Está chiflado con la nueva y mi madre cree que se han largado a Francia, donde la otra tiene un piso en algún sitio.

—¿Y tu madre? ¿Podría hablar con ella?

Alexander se quedó un momento pensando. ¿El tipo aquel insistía en hablar con ella cuando le acababan de decir que su marido los había abandonado sin mediar palabra? Menudo gilipollas.

—Mi madre no desea hablar de ello y, además, está de viaje de negocios. Estoy solo en casa, pero ya estoy acostumbrado.

Una nueva pausa. El hombre estaba perplejo.

—Bueno, pues gracias, Alexander. Lo siento. Saluda a tu madre y dile que lo lamento por vosotros, y que, cuando sepáis más sobre el paradero de tu padre, nos gustaría estar al tanto.

Se lo prometió, por supuesto.

Miró el reloj: eran las 9.20. Calculó que dos horas más tarde le quedarían unas cincuenta victorias para lograr su objetivo.

Treinta horas más tarde, su madre iba a volver a casa y lo primero que iba a ver era el móvil de su marido, que estaba cargándose, en el sitio donde siempre dejaba los guantes. Se extrañaría y llamaría a Alexander. «¡Cariñoo o!», solía retumbar un par de veces, antes de estallar, irritada.

«De vuelta a la normalidad», diría, lo más seguro.

Pero en eso se equivocaba de cabo a rabo.

ALEXANDER SE ARRELLANÓ y miró la pantalla. Había sido una partida frenética. Necesitó tres horas para lograr su última victoria y ahora aparecían las estadísticas en números amarillos, verdes, rojos y azules. Hermosas cifras, impresionantes. Nadie iba a poder igualarlo, estaba seguro. Sus compañeros de clase ya podían volver satisfechos y alardear de haber visto Machu Picchu y el vuelo del cóndor contra el sol poniente. Pero a él le importaba un huevo Machu Picchu, el Uluru australiano, las pirámides y las chicas que se habían follado en París, Ámsterdam y Bangkok. Nadie iba a poder repetir lo que él había hecho en el juego y nadie, hiciera lo que hiciese, lograría nunca la misma satisfacción que él.

Miró de reojo su móvil. ¡Le quedaban cincuenta victorias! Desde luego, aquello había que celebrarlo. Tenía que compartir con alguien lo que se avecinaba.

Alexander rio. El tiempo pasaba y su contacto policial debía de estar inquieto. Estaría en su oficina, balanceándose en su silla, sin saber qué hacer. Y Alexander iba a consolarlo diciendo que daba igual. Que iba a ocurrir lo que debía ocurrir.

Iba a burlarse de él, a desconcertarlo. Intentaría ponerlo contra la pared con información que el tipo no esperaba y llevarlo por pistas que eran verosímiles y, al mismo tiempo, absurdas. Ese imbécil no iba a saber qué pensar. Qué poder tan fabuloso. Te ponía la carne de gallina.

Alexander encontró su número de teléfono y se sintió de lo más a gusto cuando el hombre respondió.

—Departamento Q, Gordon Taylor al aparato. ¿Eres tú otra vez, Kurt-Brian?

Alexander frunció el ceño. ¿Kurt-Brian? ¿De qué iba el pavo?

—Estamos hartos de tus llamadas, Kurt-Brian. De todas formas, no te creemos ni una palabra. Perdemos el tiempo contigo.

¿Perder el tiempo? ¿Se había vuelto loco o qué?

—Vale, llámame como quieras, me da igual, porque tú sí que tienes un nombre de perdedor, Gordon Taylor. ¡JA! ¿Pero tú de dónde has salido? ¿Eres un niño emigrante adoptado por unos idiotas que no fueron capaces de darte un nombre corriente?

—Es posible, Kurt-Brian. Dime, ¿has decapitado a alguien más últimamente?

Se oyeron unos cuchicheos en segundo plano. ¿Había alguien cuchicheándole, una voz de mujer? Desde luego, el tío sonaba diferente a otras veces.

—Vaya, ¿tienes apuntador, Gordon Sastrecillo?

—¿Apuntador?

Siguió una pausa bastante elocuente.

—Por supuesto que no tengo apuntador, Kurt-Brian —dijo con frialdad—. Si no respondes a mis preguntas, voy a colgar.

—Ponme con la pava; si no, voy a colgar yo.

Nueva pausa.

—¡Voy a colgar! —avisó y se oyeron ruidos al otro lado de la línea.

—Hola, Kurt-Brian. Hablas con Rose. Y puedes jugar como quieras con mi nombre, ya he superado esa clase de acoso adolescente. Responde la pregunta: ¿has decapitado a alguien más recientemente? ¿O estás ahí matándote a pajas mientras piensas en todas las chicas que nunca vas a tocar, especie de bufón?

La verdad era que Alexander disfrutó el momento, porque ahora sabía con seguridad que lo tomaban en serio y eso lo excitaba. Nadie podía acoquinarlo con palabras. Su padre había intentado acosarlo y tiranizarlo de palabra desde que era niño, y durante sus años de escuela sus compañeros hicieron lo mismo.

Pero las palabras no eran más que aire.

—Estás disparando con balas de fogueo, payasa —contraatacó—. Escucha lo que digo y, si no, ponme con ese Gordon.

—Te escucho, pero sé breve. Aquí estamos atareados con casos que son bastante más importantes que esto.

De momento, pensó Alexander.

—Tengo una pista para ti, capullo de alhelí. Digamos que me apellido Logan, así seguimos con lo inglés, y digamos también que he pensado sobrevivirme a mí mismo un año exacto. Entonces todo cuadra, ¿verdad?

—Vaya, ¿te llamas Logan? ¿Tus padres eran fans del Festival de Eurovisión?

¿De qué diablos hablaba la tipa?

—Vale, ya me doy cuenta de que no conoces a Johnny Logan. Pero, entonces, supongo que no te apellidas de verdad Logan.

Alexander echó la cabeza atrás y soltó una carcajada, y mientras la pregunta se repetía un par de veces, todo su cuerpo echó a reír. A decir verdad, la sensación de bienestar era comparable a la que acababa de experimentar al lograr su victoria número dos mil sesenta y siete.

—Solo me quedan cincuenta victorias y me parecía que debíamos celebrarlo juntos. Yo voy a tomarme una Coca-Cola, pero vosotros podéis beber champán o lo que os dé la gana.

—Kurt-Brian Logan, eres ridículo —dijo la mujer—. No acostumbramos a celebrar nada con chiflados.

—Es muy posible. Y felicidades, por fin te has dado cuenta de que Logan es un apellido. Muy bien, Rosalinda. Y, en cuanto a la pregunta que con tal afán queréis que conteste, la respuesta es no. La siguiente decapitación no va a tener lugar hasta mañana a las seis de la tarde. *Goodbye, Mommy!*

34

Rose

DÍA 6

—¿NOS HA DADO una pista queriendo, Rose? —preguntó Gordon después de escuchar por segunda vez la grabación.

—Pues parece que sí. Desde luego, ha sido una declaración muy extraña, eso de que ha pensado sobrevivirse a sí mismo un año exacto. Muy extraña.

—A mí me ha dado escalofríos. ¿Crees de verdad que su amenaza de decapitar a otra persona mañana iba en serio?

—Sí, y todo parece indicar que va a ser su madre. Así elimina a sus padres, para que no puedan evitar que se enfrente al mundo con sus peligrosas y nauseabundas ideas.

—¿Que sus amenazas van en serio y que cuando consiga dos mil ciento diecisiete victorias en su juego va a matar gente de forma arbitraria? ¿Te refieres a eso?

—Sí, eso es lo que me temo. Porque ese imbécil está loco.

—¿No deberíamos poner a alguien a trabajar en ello, Rose? No me gusta cargar a solas con la responsabilidad. Porque ¿qué va a suceder si sus amenazas se hacen realidad? Marcus dijo que tal vez deberíamos ponernos en contacto con la Comisaría Central de Información, ¿no?

Rose lo miró un buen rato. Si Gordon se venía abajo en medio de la investigación, la tarea iba a ser excesiva para ella sola. Pero ¿quién iba a ayudarlos? En Jefatura andaban atareados. Los abundantes tiroteos y asesinatos exigían más personal. Y, en realidad, ¿qué tenían Gordon y ella, aparte de hipótesis? Era evidente que el chico no estaba en sus cabales, pero ¿no podría ser que su mayor crimen fuera que su fantasía se había desarrollado demasiado? ¿Que su mente retorcida llevaba a cabo una especie de broma telefónica de trazo grueso ante la que en realidad deberían limitarse a encogerse de hombros?

—De acuerdo —dijo por mantener la paz doméstica—. Llamaré a la Comisaría Central de Información, aunque Carl cree que no deberían inmiscuirse en el Departamento Q.

—¿Y si meten mano?

—¿Si meten mano? Pues de todas formas seguiremos trabajando como acostumbramos, ¿no?

Gordon asintió en silencio.

Rose decidió que estaría bien llamar a la Comisaría Central en algún momento, pero no justo entonces.

—El chaval no menciona a otros miembros de su familia. ¿Crees que será hijo único? —Gordon retomó el hilo.

—Por supuesto. Seguro. Creo que se trata de un chico disfuncional que ha tenido una infancia horrible.

—Pero no por ser pobre, ¿verdad?

—No, hombre. Al contrario, parece ser el prototipo de alguien que poco a poco ha compensado la falta de cariño y ternura pasando días y noches echando a perder su vida frente al ordenador. ¿Y quién tiene la posibilidad de hacer eso? Pues solo alguien que no necesita currar para vivir.

—¿Estás segura? Podría ser un receptor de ayudas sociales, por ejemplo, que no hace nada más.

—No, no creo. Su vocabulario y su forma de hablar apuntan a que viene de un hogar donde tratan de mantener la ilusión de que tienen un buen nivel económico y cultural.

—¿Qué diablos crees que quería decir cuando ha dicho que iba a sobrevivirse a sí mismo un año? ¿Tendrá que ver con el número dos mil ciento diecisiete?

—No lo sé. Puede que estemos en una pista equivocada, por la coincidencia con la víctima de Chipre. También podría ser, por ejemplo, un año, ¿no?

Rose escribió la cifra en un papel y calculó la suma de los dígitos, que era dos. ¿Se referirá a los dos que va a matar? ¿Al padre y a la madre?, pensó. Pero entonces, ¿por qué decía que iba a salir a matar a más?

—¿Te pareció que reaccionaba de manera especial cuando mencionaste a la mujer ahogada? —preguntó después.

Gordon se alzó de hombros.

—Es difícil de decir. Pero ha hecho una pausa justo entonces.

—¡Mmm! Pero, si estamos equivocados y se trata de un año, ¿qué deberemos pensar al respecto? —preguntó Rose.

—Que debe de referirse a un futuro lejano.

—Mete la cifra en el buscador, Gordon.

—¿Cómo?

—Escribiendo el número, hombre.

—¿En números o letras?

Rose señaló los números de la parte derecha del teclado y Gordon tecleó.

—Aparte de ser el número de la mujer de Chipre, 2117 es también una marca sueca de ropa deportiva —dijo Gordon al cabo de unos segundos—. Y también un asteroide. Hay muchos resultados para ese número.

—Vale, cambiemos. Escribe «año 2117».

Lo hizo en dos segundos.

—Aquí hay un artículo del *Berlingske Tidende*. «600 000 personas podrán viajar a Marte en 2217», pone. Pero se equivoca por cien años.

Rose se llevó las manos a la cabeza. ¿Viajar a Marte? ¿Cuánto tiempo se podía soportar escuchar semejantes bobadas? La colonización del espacio no iba a suceder jamás de los jamases. Era una pérdida de fe, de esperanza y de una millonada de dinero.

Se quedó pensando un momento mientras Gordon iba pasando profecía tras profecía del fin del mundo para el siglo siguiente.

—¿Hay algo que podamos aprovechar? —preguntó Rose.

—No, está lleno de profecías del fin del mundo. Tal vez sea algo simbólico y quiera hacernos pensar que el mundo también va a terminar para él.

—Sí, claro, pero podría haberse referido a muchos otros años. A ver, teclea «Logan 2117».

Volvió a oírse más tecleo.

Rose estaba pegada al monitor cuando sus manos se detuvieron en el aire.

—Bingo —dijo Gordon—. Hay una película de Hollywood, con Hugh Jackman, de 2017, que se llama *Logan*.

—Vaya extraña coincidencia, pero eso sería cien años antes, porque has tecleado mal, Gordon. Prueba otra vez y escríbelo bien: «2117», y después, «Logan».

Gordon tecleó.

—Vale —dijo riendo—. Ahora aparecen un montón de «Logan Avenue 2117» en Estados Unidos. ¿Pueden valernos de algo?

Rose suspiró.

—¿Cuántos resultados hay?

Gordon miró la página de resultados.

—Yo diría que cientos.

—Olvídalo.

—ME DUELEN LOS pies —se quejó Gordon.

Rose bajó la vista a sus Skechers y dio gracias a Dios por el invento. Caminaba mucho mejor desde que se las compró y todavía podría caminar varias horas, aunque ya le parecía del todo inútil.

Había peluqueros que creían reconocer al joven del retrato robot, aunque nunca le habían cortado el pelo. Uno de ellos preguntó a ver si trabajaba en Copenhagen Models.

Un atareado comerciante de ropa de caballero se quejó de que solo se viera la cabeza del joven y un par de clientes creían haberlo visto en una película sueca que transcurría en una isla.

—Sí, es mi hijo —afirmó una mujer arrugada en la calle y soltó una carcajada. Su aliento apestaba a alcohol.

Pasadas tres horas, Gordon y Rose tuvieron que admitir que su búsqueda no había dado ningún fruto. El barrio donde compraba sus tarjetas de prepago no era de ninguna manera un barrio que su joven asesino frecuentara mucho.

—¿Hace falta que sigamos? —preguntó Gordon.

Rose abarcó con la vista el bosque de señales y la miríada de escaparates iluminados de Frederikssundsvej.

—Para eso necesitaríamos un ejército de gente como nosotros. Esa avenida tiene la tira de kilómetros de largo. Y luego están las transversales. ¿Cómo vamos a poder hacerlo en un par de días?

—Si no, podríamos enviar mensajes con el retrato robot a todos los centros de enseñanza en kilómetros a la redonda, como proponía Carl. ¿Crees que debemos hacer eso?

—Mmm, en realidad, lo propuse yo —lo corrigió Rose—. Pero el problema del retrato robot es que, si Marcus Jacobsen no nos permite dar a conocer el rostro del tipo, no veo otra salida que enviar mensajes a grupos concretos.

Se encogió de hombros y sacó del bolsillo el móvil, que vibraba a tope.

—Sí, soy Rose Knudsen, asistente de policía de escala baja —informó con una débil sonrisa que desapareció rápido.

—Oh, no, Assad —dijo varias veces—. ¿También en Frankfurt? —Asentía con la cabeza y luego la sacudía sin parar.

Gordon la asió de la manga y señaló el botón del altavoz del móvil.

Lo apretó.

—Ahora Gordon oye también, Assad. ¿Y qué vais a hacer?

Se oía con claridad lo agitado que estaba: la voz vibraba, las palabras no estaban tan bien elegidas, como de costumbre.

—Pues esperar, ¿qué otra cosa podemos hacer? —dijo con voz cansada—. Y, por cada segundo que pasa, no puedo dejar de pensar dónde estarán Marwa y Nella, y qué habrá pensado Ghaalib hacer con ellas. Me muero poco a poco de tanto pensar en ello, Rose.

—¿No tenéis ni idea de dónde pueden estar?

—Ni idea. Los servicios de inteligencia han plantado en el móvil del periodista un GPS que funciona con la batería del móvil, esté encendido o apagado. Pero la señal desapareció a unos pocos bloques del hospital.

—¿Y la alerta?

—Está a tope. Hay cientos de agentes buscándolos. No hay una ciudad en toda Alemania que no se encuentre en estado de alerta.

—No lo entiendo, Assad. Ghaalib debería ser fácil de identificar con ese careto que tiene.

—Ya sé que tratas de darme un poco de esperanza y te lo agradezco, Rose. Pero justo antes de que llegáramos al hotel, uno de los peritos ha encontrado un pañuelo de papel con restos de maquillaje. Han sonreído, pensando que era de una de las mujeres, que había dado el gran paso de maquillarse para parecer inofensiva, pero Carl y yo no nos lo hemos tragado.

—¿Ghaalib oculta sus cicatrices?

—Por supuesto que las oculta.

Rose dirigió una mirada imperativa a Gordon. Ahora le tocaba a él decir algo.

—E... Assad, soy Gordon —se presentó—. Tenemos un problema con el retrato robot, porque nadie reconoce al chico.

Rose lo miró con resignación. No era ese el camino adecuado. Le quitó el teléfono.

—Perdona, Assad. Ya sé que tienes mayores preocupaciones, pero estoy segura de que tú y Carl vais a encontrar algo que os ponga sobre la pista. Avisa si hay algo en lo que podamos ayudar.

—Sí que lo hay.

—Cualquier cosa, Assad. ¡Adelante!

—Me gustaría que enviaseis un comunicado de prensa a todos los grandes periódicos europeos diciendo que Zaid al-Asadi ha recibido el mensaje de Ghaalib, que se aloja en el hotel Maingau de Frankfurt y que lo está esperando.

—¿Crees que es una buena idea, Assad? —preguntó Rose—. Si él sabe dónde te alojas, ¿no vas a poner en peligro a

Marwa y a Nella? Y perdona que lo diga tan directo, pero ¿por qué había de mantenerlas con vida?

La respuesta llegó en voz baja.

—Ghaalib ha pasado dieciséis años sin saber dónde vivía yo. Por eso, sabe bien que nunca le daría una información así sin tener segundas intenciones. Sabe que voy detrás de su pista, pero también que tengo un plan. Y mirará en el hotel, y por supuesto que no va a encontrarme allí, también es consciente de eso. Me habré registrado, eso podrán controlarlo con facilidad, pero no voy a estar allí hasta dentro de unos días. Pensará que estoy esperando en algún lugar cercano para poder seguir a sus hombres y que me lleven a él. Y es justo eso lo que desea, porque cree que eso lo puede controlar. Es la única manera en la que funciona el juego del gato y el ratón en su mundo. Y va a disfrutar la espera y la tensión previa, porque sabe con seguridad lo mucho que sufro. Por eso, también puedes estar segura de que mantendrá con vida a Marwa y Nella tanto como pueda. Lo único que temo es no encontrarlas antes de que Ghaalib ponga en marcha su acción terrorista. Pero ese es el plan de los alemanes. Aunque hay que concretar muchas cosas antes.

—¿Has terminado, Gordon?

Rose señaló el texto que había sobre la mesa.

—Sí; el comunicado de Assad ya se ha enviado a un centenar de medios europeos. De modo que alguno lo publicará.

Rose miró el texto y asintió.

—Con ese titular, no lo dudes. Buen trabajo, Gordon. —Le dio una palmada en el hombro—. Mientras tanto, he estado pensando en ese que se llama a sí mismo Logan y creo que he conseguido algo.

—Bien. ¿De qué se trata?

—Ha dicho que va a sobrevivirse a sí mismo un año, pero ¿a qué se refería, Gordon? ¿Hay años muy concretos en los que se ha sobrevivido a sí mismo, tal vez en el año 2117? ¿Puede ser? ¿Me sigues?

Gordon se encogió de hombros. No tenía ni idea de adónde quería llegar Rose.

—Sí, hombre, escucha: si se ha sobrevivido a sí mismo en 2117, eso nos lleva a 2116, que correspondería a un presente ficticio, ¿no? Intenta hacer esa búsqueda.

—¿No basta con...?

—Venga, Gordon, hazlo. ¡Escribe «Logan 2116»!

Fue lo que hizo.

—Salen casi los mismos resultados que antes.

—Sí y no. Mira un poco más abajo. Aparece *Logan's Run* en Wikipedia.

—De acuerdo, ahí está.

Abrió el archivo y movió la cabeza arriba y abajo, impresionado.

Rose leyó el texto en voz alta.

—*Logan's Run*. Novela de William F. Nolan y George Clayton Johnson, de 1967. Describe un futuro distópico en 2116, en el que el desarrollo de la población se controla matando a todos los jóvenes cuando cumplen veintiún años. La novela fue llevada al cine en 1976 y en la película los matan al cumplir treinta años, pero creo que el tipo se refiere al libro. ¿No lo ves?

—Eh... Sí... Buen hallazgo, Rose, pero ¿qué crees que quiere decir con eso?

—Su edad, Gordon. Nos ha dado una pista clarísima acerca de su edad. Porque si se ha sobrevivido a sí mismo por un año en 2117 en el mundo de Logan, entonces tiene veintiún años más un año, ¿no? Sí, ya sé que es algo muy remoto, pero así es como funciona su mente.

—¿Es decir, que tiene veintidós años?

—Hoy estás de lo más despierto, ¿eh, Gordon? Pues claro. Tiene veintidós años. Así que es algo mayor de lo que pensábamos. Pero vamos por buen camino, Gordon. Vamos por buen camino.

35

Joan

DÍA 6

Están guapas, pensó Joan.

La piel de un bello dorado, labios rojos, formas curvas realzadas por ropa de moda. Podían engañar a cualquiera con aquel aspecto. Parecían señoras de clase alta, académicas cultas, artistas de cierto nivel. Pero las apariencias engañan, porque nadie del resto del grupo lo había tratado ni de lejos de forma tan ruda y sádica como aquellas dos mujeres.

Apenas llevaban una hora en la casa de Frankfurt cuando las dos compañeras de Ghaalib se acercaron y le escupieron a la cara porque había estado a punto de delatarlas en el campo de Menogeia. Por lo que oía Joan, una de aquellas dos arpías hablaba alemán sin acento y la otra hablaba un francés dialectal, pero de lo más fluido, como si fuera suiza o tal vez luxemburguesa. Joan comprendía mejor a la que hablaba francés, como suele pasarles a los catalanes. Eso sí, también era la peor de las dos, la peor de todos. Las primeras veces que le paralizó el rostro con inyecciones de bótox, el pinchazo fue tan profundo y arbitrario que habría gritado si hubiera podido. Porque el maldito gotero, que seguía conectado a la vía de la muñeca, donde poco a poco estaba provocando una infección, contenía un líquido que paralizaba sus centros del habla y la mayor parte de su aparato locomotor. Todavía controlaba la vista y podía girar un poco la cabeza, pero eso era todo. De modo que, cuando le pegaban de vez en cuando, no podía defenderse.

Era muy extraño, pero Ghaalib era el que mejor lo cuidaba y Joan no entendía por qué. ¿Su trabajo para él no había terminado ya? ¿Por qué no librarse de una molestia y acabar con él? Joan tenía miedo, por supuesto, pero, como tenía la motricidad paralizada, aquello lo condicionaba todo y se volvió resignado, indiferente y pasivo.

Los hombres no le dirigían la palabra. Muchos de ellos solo hablaban árabe, con extraordinaria pasión y sentimiento. Solo un par de individuos del grupo resultaban apáticos; para el resto, el paraíso parecía haber llegado ya. Habría dado cualquier cosa por entender lo que decían.

EL AUTOBÚS SE detuvo delante de la casa de Frankfurt muy temprano por la mañana. De color blanco, era una especie de minibús cuyo único lujo consistía en un retrete y unas cortinas que podían abrirse y cerrarse a voluntad.

Cuando lo instalaron en el pasillo, quedó de espaldas al sentido de la marcha y solo las dos mujeres que lo atormentaban estaban más atrás que él. Era evidente que las arpías debían vigilarlo durante todo el trayecto para que su condición no variase.

Evitaba sus miradas. Trataba de estarse quieto y, si notaba alguna sensación en las piernas y en algunas partes del torso, se abstenía de reaccionar, a pesar de que algunas veces sentía punzadas de dolor. Se quedaba quieto y miraba la parte de atrás del autobús, cuya ventanilla trasera y las dos últimas filas de asientos permanecían ocultos tras una gruesa cortina oscura.

CUANDO LLEVABAN UN par de horas en la carretera, empezó a amanecer. El tráfico a su alrededor se hizo más y más denso. Había comenzado un día cualquiera para los alemanes normales y Joan los envidió más que nunca. Cuánto menos doloroso habría sido todo si hubiera puesto fin a su vida entre las olas de la Barceloneta hacía más o menos una semana.

Cuando un coche los adelantaba, le daba tiempo para tener una visión fugaz de sus ocupantes. Miradme, pensaba, ¿no veis que pasa algo raro? Telefonead a la policía y decidles que hay un autobús de aspecto sospechoso. ¿No veis que dentro hay gente con intenciones aviesas? ¿No veis que el hombre de la silla de ruedas está a su merced?

Cuando se hizo de día, reparó en el espejo montado en el techo a la altura de la salida trasera. Se vio a sí mismo en la superficie alabeada y entendió. Porque ¿quién no conocía los autobuses para discapacitados como aquel y quién no había desviado la mirada de aquellas personas incapacitadas para hablar y moverse? ¿Quién? Y ahora, de pronto, él era uno de aquellas pobres personas, y estaba tan pálido que cualquiera pensaría que en Barcelona aquel verano no había salido el sol, tan inmóvil que podría pensarse que estaba inconsciente o dormía. Anónimo y desamparado con la bata azul de residencia que le habían puesto por encima.

No me ven en este estado. Prefieren mirar a las dos mujeres guapas sentadas algo más atrás. Las mujeres que pasen al lado se compararán con ellas durante el breve segundo en el que las tengan en la retina y los hombres de los coches las compararán con las mujeres sentadas junto a ellos o en casa, pensó. No, no podía esperar ayuda de otros automovilistas, de modo que el resultado del viaje estaba decidido de antemano. No iba a ponerse en contacto con nadie del mundo real, sino que, junto con el resto del grupo, iba a ser conducido directo hacia el destino que Ghaalib había decidido para todos.

Joan miró al conductor en el espejo trasero del autobús. No era más que un puntito, pero ese puntito era lo único que iba a poder detener aquello. Podría bajarse en un área de descanso y llamar a las autoridades. Podría detener aquello. Pero el puntito seguía sentado como una mosca en el espejo, incluso cuando los demás hacían sus necesidades.

¿Qué le pasaba al conductor? ¿No se daba cuenta de que allí ocurría algo muy raro? ¿No podía meterse en la cabeza que las dos pobres mujeres paralizadas que iban en las otras dos sillas de ruedas, en la parte delantera del autobús, no pertenecían al resto del grupo? ¿Que sus ojos irradiaban pánico y que todas las fibras de su cuerpo gritaban pidiendo ayuda?

¿Quizá no le importara?

Joan sentía empatía por las mujeres paralizadas, como las veces que gemían y gritaban pidiendo piedad cuando las dos arpías repugnantes de Ghaalib entraban en su cuarto y les hacían cosas. No sabía con exactitud qué les hacían a sus compañeras, pero suponía que no era muy diferente de lo que le hacían a él. Tal vez tuvieran el cuerpo atiborrado de pastillas para dormir, porque no las oyó decir nada cuando llegó el autobús y tampoco cuando ocuparon sus lugares en el interior.

No, el conductor del autobús, aquel puntito del espejo, no iba a ayudarlos. Era otra pieza del engranaje, por supuesto.

Durante el segundo día en la casa de Frankfurt, las arpías sacaron a las dos pobres mujeres del cuarto en el que habían estado encerradas y las metieron en el baño, donde las lavaron y arreglaron. Las vistieron con ropa occidental, como los demás miembros del grupo, para no llamar la atención. Pero, transformadas o no, Joan sintió por ellas una extraña solidaridad, intensa e irracional, cuando las vio cambiadas. Pasó algo de tiempo hasta que encontró la razón, porque reconocer gente a veces puede ser un proceso lento.

Cuando Joan por fin comprendió que aquellas dos desgraciadas eran idénticas a las que había fotografiado junto a Ghaalib en la playa de Ayia Napa, se dio cuenta de la gravedad del asunto.

Una vez más, había preguntas al acecho cuyas respuestas no tenía ganas de conocer. Pero aquellas mujeres de la playa, ¿por qué habían aterrizado allí en contra de su voluntad y por qué estaban drogadas? ¿Por qué Ghaalib lo había metido a él en el autobús? Y, puestos a preguntar, ¿por qué seguía vivo?

Empezó a buscar una explicación probable a la desesperación de aquellas mujeres inmigrantes. Al igual que otros muchos, se habían jugado la vida en el mar para huir de la zona más hostigada y temida del mundo en aquel momento: Siria. En aquel país caótico y devastado por la guerra, habían presenciado cosas que el ser humano no comprende y a las que no se acostumbra. Habían estado a punto de perecer en el Mediterráneo y habían perdido de modo brutal a alguien que les era cercano, la víctima número dos mil ciento diecisiete. La habían visto desaparecer en el agua negra y al final habían terminado allí, en Frankfurt. Cuando Joan las vio, empapadas y exhaustas, al lado de Ghaalib en la playa, supo que no estaban allí por propia voluntad. Por eso, aquellas mujeres anestesiadas se convirtieron en sus únicas aliadas en aquel autobús. Condenadas, como él.

Asiento a asiento, fue contando por el espejo los cuellos sentados en el autobús y trató de relacionarlos con los de la casa de Frankfurt. No era tarea fácil —aparte de Fadi, que estornudaba sin parar—, porque el autobús temblaba y el espejo lo desfiguraba y empequeñecía todo. Divisó a Ghaalib en el asiento delantero, junto al conductor.

JOAN NO TENÍA ni idea de dónde estaban, pero los carteles del otro lado de la autopista, que desaparecían rápido, le ofrecían sin cesar información sobre las ciudades que acababan de pasar. Era irritante que no conociera la comarca que atravesaban. Entonces, ¿de qué podía valerle la información?

«Kirchheim 5», ponía en la primera señal que vio cuando empezó a amanecer. Después vino «Bad Hersfeld 5». Y después de una breve cabezada, de pronto era «Eisenach». Ojalá conociera aquellos nombres. Eran como puntos fijos de un país inventado en el que la aventura se transformaba poco a poco en una pesadilla. ¿Los judíos se sentirían así camino de los campos de concentración mientras apretaban la cara contra las grietas de los vagones y leían los nombres de las estaciones de ferrocarril que acababan de pasar? ¿O estaban quizá todo el camino a oscuras y se adaptaban al ritmo de las traviesas mientras viajaban a lo desconocido, de lo que jamás iban a poderse librar? Joan abrió mucho los ojos y trató de recordar un poco. Sobre

Weimar ya había oído hablar, ¿aquello no fue una especie de república? Pero las demás ciudades, que se alejaban poco a poco de él, Jena, Eisenberg, Stössen, ¿dónde estaban? De pronto, observó «Leipzig 10» y empezó a hacerse una idea de dónde se encontraban. ¿Habían hecho más de la mitad del camino? ¿Estaban cerca de su destino final? ¿Podía pensar en salir vivo de aquel viaje de pesadilla? Creía que no.

En una zona boscosa, el autobús se detuvo en otra área de descanso pequeña y desierta. Y cuando los que tenían ganas de orinar regresaron, una figura se levantó de los asientos delanteros, se dio la vuelta y les habló.

Era Hamid con el pelo al rape, por lo que veía en el espejo, y extendió las manos hacia los pasajeros a modo de saludo, rezó una breve oración y después dejó fluir un torrente de palabras. Joan no las entendía, pero los demás ocupantes del autobús se callaron y escucharon con atención. Las dos arpías de la parte trasera tenían las pupilas dilatadas. Los pequeños músculos bajo sus ojos estaban contraídos, como si tuvieran que concentrarse más para entender. Pero el mensaje debía de ser bastante evidente, porque de pronto aplaudieron todos a una y se pusieron a dar voces como si les acabaran de dar una buena noticia.

Las diablesas que tenía delante se miraron e hicieron un gesto afirmativo, y para su sorpresa se agarraron de las manos y las apretaron, y de pronto pudo ver el fuerte vínculo que las unía.

Embriagadas por las palabras, las dos mujeres echaron a llorar en voz queda. Algo se había liberado en ellas y, más serenas ya, se pusieron a hablar entre sí.

Joan cerró los ojos e intentó seguir la conversación.

Hablaban entre ellas en una mezcla de alemán y francés con algunas palabras árabes, de manera que Joan no lo entendió todo, pero sí que entendió la esencia, que era más que suficiente.

Cuando mencionaron por primera vez la alegría sin reservas que sentían por seguir a sus camaradas hacia el séptimo cielo, donde un solo día era como mil días en la Tierra, donde no había tristeza, miedo ni vergüenza, donde nada se pudría y donde nadie pasaba hambre nunca, entonces Joan abrió los ojos y notó que le brotaba un sudor frío. Lo llamaban *paraíso* y *Yanna*, y sus ojos resplandecían de pura felicidad, que Joan para sus adentros envidiaba de corazón. Pero que también le daba un miedo terrible.

Se llamaban a sí mismas *santas guerreras* y estaban impacientes por que les dejaran llevar a cabo la acción que tanto anhelaban. Luego se abrazaban con cariño, como hermanas que se reencuentran después de haber pasado tiempo separadas.

—Nuestra misión en la vida se ha cumplido —dijeron y Joan tuvo la certeza de que sus temores eran ciertos, de que, con cada nombre de ciudad que dejaban detrás, se acercaban todos ellos a la muerte.

Joan trató de evitar las miradas de las mujeres cuando las dos a la vez, como dos gemelas, pusieron fin a su euforia y se concentraron en su tarea.

—¿Qué ha oído? —cuchicheó una a la otra.

Joan lo había oído todo y trataba de concentrarse en controlar algunos de sus músculos. El grupo del autobús estaba tan seguro de sus medicamentos que ni siquiera se habían tomado la molestia de atarlo a la silla. Así que, si podía alargar un poco el brazo izquierdo de manera que el tubo del gotero se desconectara de la vía de la muñeca, la parálisis tal vez se redujera lo bastante para que, cuando el autobús se detuviera, pudiera gritar pidiendo auxilio.

Cerró los ojos y trató de concentrarse en recuperar la sensibilidad del brazo, y, como seguía sin sentirlo, se concentró en vano en la muñeca, la mano y los dedos. Todo estaba dormido.

Llevaba un rato así, al parecer, encerrado en su propio mundo, cuando las dos arpías se pusieron a cuchichear otra vez, una de ellas con la sonrisa más extraña que había visto en su vida.

Reían en voz baja mientras imaginaban lo que iba a ocurrir pronto. Por lo que entendía Joan, todos ellos iban a hacerse pasar por turistas para enviar a varios cientos de personas al infierno. Después hablaron de Ghaalib, su líder espiritual, con tal cariño y afecto que cualquiera diría que eran también sus amantes. Por lo que oía, la idea de que aquella persona las acompañara en el último instante y observara su limpio sacrificio las embelesaba.

En aquel momento, las entrañas del periodista gritaron pidiendo ayuda y piedad.

Unos minutos después, los ocupantes de los asientos delanteros, como obedeciendo una orden, se colocaron en el pasillo en posición de orar. Las mujeres que estaban detrás de él también se recogieron en su interior o algo así, y Joan abrió los ojos de par en par y giró la cabeza con lentitud hacia la ventanilla y el tráfico.

Los coches pasaban junto a ellos como aves de paso, tenaces y rápidos, camino de los quehaceres de la jornada. A veces se veía a algún niño en el asiento trasero, lo más seguro que con papá y mamá camino de la escuela o lo que fuera. Un par de veces captó la mirada de algún niño curioso con la nariz pegada a la ventanilla, pero la mirada cambiaba rápido de dirección.

Entonces bizqueaba con los ojos, los ponía en blanco, parpadeaba rápido, pero lo único que conseguía de vuelta eran sonrisas y rostros risueños.

Claro que, ¿por qué habían de reaccionar de manera especial?

«Miradme», decía una y otra vez en su fuero interno, y lo miraban, pero sin verlo de verdad. Sin ver en él al hombre que pronto iba a arrastrar a muchos otros a la muerte.

—Señoras y señores —anunció el conductor—. Hemos llegado a la estación de destino: Berlín.

Varios aplaudieron mientras el autobús circulaba por barrios residenciales anónimos que no parecían pertenecer para nada a una capital de renombre mundial.

En aquel barullo de bloques residenciales, abandonaron el autobús en un aparcamiento en batería frente a un parque infantil.

Por un instante, vio a sus compañeros de viaje como alienígenas. Los movimientos controlados y las miradas perdidas los hacían parecer zombis teledirigidos. Todo ocurría como en una cadena de montaje, de forma mecánica y rutinaria.

Después de que la mayoría se alejaran en coches privados, llegó otro autobús para discapacitados a por Joan y a por las otras dos que iban en silla de ruedas. Era Hamid quien dirigía la operación, de modo que debía de ser muy importante que aquella parte del transporte se llevara a cabo sin incidentes.

Al igual que antes, lo colocaron en el pasillo central, pero esa vez frente a las mujeres paralizadas de las sillas de ruedas, de manera que podía observar su rostro y sus miradas temerosas.

A pesar de la parálisis, la mayor de las dos trató de girar la cabeza hacia la más joven, lo más seguro para crear un lazo de solidaridad y sentimientos, pero no lo consiguió. La joven, por el contrario, podía girar la cabeza un poco más y miraba absorta la mejilla de la mujer mayor. Cómo se parecían. ¿Serían madre e hija? ¿Y por qué estaban allí?

Fue en aquel pasillo de autobús donde comprendió la extensión de la tragedia en la que intervenía sin querer. Porque aquellas dos pobres mujeres iban a ser víctimas inocentes de la acción, al igual que él.

Se oyó ruido en el autobús blanco de al lado, donde varios hombres trajinaban con algo en la parte trasera del vehículo. Vio que bajaban la rampa trasera, que abrían y vaciaban una caja enorme, y que transportaban con dificultad su contenido envuelto en plástico a la parte trasera del nuevo autobús para discapacitados. La débil sacudida del vehículo lo informó de que ya lo habían colocado en su sitio, mientras Hamid gritaba órdenes y Joan no se atrevía a pensar cuál podría ser el contenido de la caja.

Circularon durante diez minutos por las calles de Berlín y, cuando se detuvieron junto a una esquina frente a una tienda de inmigrantes con caracteres árabes cruzados en el escaparate, la mirada de Joan captó una primera plana de periódico.

No llegó a leer el titular, pero la foto que había debajo lo decía todo, porque era una imagen suya. Un poco sonriente, siguiendo las instrucciones del fotógrafo de *Hores del dia*.

Aspiró hondo. De manera que lo buscaban. Entonces, ¿quedaba esperanza?

En ese momento, lo cubrieron con una capucha.

36

Carl

DÍA 5

CARL MIRÓ PREOCUPADO a Assad, que tenía el semblante gris, sin la menor sombra de sonrisa. Como si fuera un soldado con estrés postraumático, el menor sonido hacía que se estremeciera. Era evidente que la espera lo estaba enloqueciendo.

—Me siento como si esperase a que mis seres queridos subieran las escaleras del cadalso. —Sus labios temblaron—. Y lo más terrible es que es la realidad, Carl. Sucede en este momento y ¿qué puedo hacer para detenerlo? No podemos hacer nada.

Carl miró los cigarrillos de Herbert Weber. En aquel momento tenía más ganas de volver a empezar a fumar que nunca. Sus manos vacilaban entre los cigarrillos y el brazo de Assad, que se apoyaba con fuerza en la mesa. Luego agarró el brazo.

—Ya estás haciendo algo, Assad. Has hecho justo lo que te pedía Ghaalib y así es como has avanzado. Has salido a campo abierto y te has dado a conocer. Ahora ya sabe que estás al tanto de sus intenciones y sabe dónde te alojas en Frankfurt. Os estáis acercando el uno al otro, de momento no puedes hacer nada más.

—En cuanto tenga la oportunidad, voy a matarlo, Carl —dijo Assad con la voz empañada—. Tengo mucho que vengar.

—Sí, pero ve con tiento, Assad. Trata de mantener la cabeza fría, porque si no va a ser él quien te mate.

Assad giró la vista hacia la pantalla de lona que había llevado la policía a petición de la gente de los servicios de inteligencia. Una vez más, habían esperado demasiado tiempo a que pasara algo, de modo que Carl comprendía a Assad. Era como para volverse loco.

Al cabo de otro cuarto de hora, Herbert Weber regresó por fin al local, seguido de un grupo numeroso de hombres vestidos de negro que, excepto en los kilos de más de Herbert, se parecían a él.

—Señores —comenzó cuando todos se sentaron—, la situación es la siguiente: tenemos la esperanza de estar un poco más cerca de saber dónde se han alojado. Una pareja de policías despiertos ha montado guardia esta noche en la casa donde se hospedó el grupo y ha contactado con Florian Hoffmann, que es un repartidor de periódicos de diecisiete años. Nos ha dicho que, cuando repartía periódicos en bici por el barrio la noche de anteayer, un autobús aparcó junto a la casa. Iba a dejar el periódico de la mañana en la casa vecina y, aunque lleva casi año y medio haciendo esa ruta, era la primera vez que veía a alguien conduciendo por el barrio un vehículo grande tan temprano por la mañana.

Carl vio que los que lo rodeaban respiraban aliviados. Por fin había una pista concreta que seguir. Tendría que llamar a Marcus Jacobsen y contárselo.

—Era aún de noche, de manera que Florian no pudo distinguir los detalles que podía tener el autobús, aunque sí dijo que reparó en que era muy blanco y cuando pasó a su lado se fijó en una de esas plataformas que se emplean en el transporte de discapacitados. Mis compañeros de Frankfurt le han enseñado un montón de fotos de las plataformas que se montan en la parte trasera de esos autobuses y el chico estaba seguro de que era de esa clase.

Mostró una imagen en la pantalla. Era una plataforma corriente, de las que se ven en todas partes, pero llevaba una pegatina en la que ponía *U-lift*.

—El chaval se divertía. Es un apasionado del esquí que todos los inviernos se va a esquiar con su familia y pensó que no habría valido de telesilla. Por eso la recordaba.

305

Al parecer, parte de los reunidos no lo entendió.

—Sí, *U-lift*. —Weber sonrió—. Es decir, que la plataforma avanza y vuelve al punto de partida. Ya se sabe que hay la misma distancia para ir que para volver.

Unos pocos de los cortos dijeron «ajá».

—Un chico despierto. También se fijó en que el autobús no llevaba otro distintivo. Nada de publicidad ni ninguna otra cosa que pudiera guiarnos hacia su propietario y, la verdad, eso no es muy normal. De modo que podemos suponer que ese autobús que ha localizado la policía es idéntico al que buscamos por todos los medios.

Mostró la siguiente imagen en la pantalla.

—Hace un par de horas, hemos conseguido una foto de las cámaras de vigilancia de la autopista.

La imagen no era nada nítida, pero el autobús era blanco, sin distintivos, y llevaba una plataforma *U-lift* en la parte trasera.

—Sí, ya sé qué estáis pensando. Pero, no obstante, estamos bastante convencidos de que es el mismo autobús y de que el grupo ha salido de Frankfurt hacia las cuatro treinta de la mañana. Lo calculamos por medio de la distancia y una velocidad media hasta llegar a la videovigilancia. En este momento, estamos analizando todos nuestros registros para localizar al dueño. Como veis, el autobús no es tan grande. Lo más seguro es que esté calculado para transportar, a lo sumo, a veinte pasajeros.

—¿Podemos ver personas en esa toma de vídeo si ampliamos la imagen? —preguntó alguien.

—Estamos trabajando con el vídeo, pero no es muy probable.

Weber apretó la tecla una vez más y apareció un mapa de la red de carreteras desde Frankfurt hacia el norte. Señaló la pantalla.

—El área de descanso donde se han obtenido las imágenes está aquí.

Los reunidos volvieron a reaccionar. Podían dirigirse a cualquier sitio, pero Berlín estaba cerca y parecía una buena opción.

—Potsdam está cerca también, al igual que otras ciudades importantes —prosiguió—. Por eso hemos debido intensificar nuestro esfuerzo en esas ciudades. Podemos suponer que el autobús desaparecerá de la vista antes de que lleguen a su destino, pero ahora se trata de encontrarlo.

Weber hizo una breve pausa y se giró hacia Assad.

—Nuestro amigo danés mantiene una estrecha relación con varias de las personas que suponemos iban en el autobús. Además, como sabéis, tiene un pasado bastante sombrío en común con el jefe del grupo, Ghaalib, y eso ha creado una gran enemistad entre ellos. Nuestra hipótesis es que Ghaalib ha elegido este momento para matar dos pájaros de un tiro, de modo que se trata de una acción terrorista bien organizada y de una confrontación con su enemigo mortal Zaid al-Asadi, que está aquí con nosotros. Ha enviado señales inequívocas al respecto, algunas muy directas, de querer matar a alguien cercano a Zaid, y algunas indirectas, cuidando de que una foto de esa persona apareciera en las portadas de todos los periódicos del mundo. Y para recalcar sus espantosos objetivos, en este momento tiene a la esposa y a la hija de Zaid al-Asadi como rehenes.

Señaló a Assad, que se puso en pie.

—Prefiero que me llaméis Assad. —Trató de sonreír—. Mañana voy a registrarme en el hotel Maingau aquí, en Frankfurt, bajo mi verdadero nombre, Zaid al-Asadi, y esperamos que Ghaalib, de alguna manera, provoque un enfrentamiento conmigo, y puede que trate de matarme, aunque esto último es bastante incierto. En el mejor de los casos, el enfrentamiento será con el propio Ghaalib o, al menos, con sus hombres, que esperamos que nos conduzcan hasta él. Por eso seguimos estando en Frankfurt. Por supuesto, Herbert Weber y la Policía Local se han ocupado de que yo esté protegido. Sé también que algunos de los que estáis aquí vais a estar allí, de modo que gracias. He oído que el lugar está bajo estrecha vigilancia desde ayer, pero no creo que ocurra nada hasta que aparezca yo.

Vio las fotos sacadas del hotel y de la zona de parque frente a él. El plan era que por la mañana temprano fuera paseando desde el sur hasta el parque frente al hotel y después lo atravesara y se detuviera un poco en la zona de juegos infantiles. Allí podía esperar un encuentro o un enfrentamiento, y, si no sucedía nada, debía entrar en el hotel y sentarse en su agradable restaurante, tomar un ligero almuerzo en media hora y volver por el mismo camino, atravesando el parque. Si seguía sin haber nadie que fuera a agredirlo, debía volver y alojarse en el hotel.

Herbert Weber dio las gracias y continuó hablando.

—Tenemos la misión común de asegurar que nadie resulte herido en esa acción. Si los niños de los edificios cercanos salen a jugar al parque, los vamos a alejar. En las calles laterales, la policía ha colocado varias agentes vestidas de paisano que pueden hacer el papel de amigas de las madres de los niños o de madres de los niños, si están solos.

—¿Qué hay del hotel?

Weber dio un paso lateral y se quedó junto a Assad.

—Ahí no va a haber incidentes. Como es natural, nos aseguraremos de que los huéspedes del hotel estén identificados y libres de sospecha. Así que, para que nadie tenga dudas, la acción va a desarrollarse en el exterior.

—Sí. Por supuesto que espero que evitéis que me mate, pero también espero que detengáis a la persona o personas que pudiera enviar Ghaalib —dijo Assad—. Dudo que acuda en persona. Es demasiado cobarde para eso.

—¿Va usted a ir armado? —preguntó un policía.

Assad asintió en silencio.

Se extendió un murmullo. Carl se dio cuenta de que la situación era inusual.

—Supongo que Assad no tiene autorización para disparar primero —dijo alguien.

Weber lo corroboró.

—Se ha decidido —continuó Assad— que, si no ocurre nada en mis dos paseos por el parque, volveré y estaré en mi habitación hasta las tres. A esa hora, bajaré en ascensor y daré un tercer paseo por el parque. Creo que lo intentarán entonces. Llevo puesto un chaleco antibalas, pero apuntarán a la cabeza; es lo que haría yo.

Era violento oírlo, pero Carl asintió. Después de la reunión, iban a repasar el recorrido y la zona una vez más, para poder tomar en consideración cualquier eventualidad. Lo importante era que a Assad no le ocurriera nada.

Weber dio las gracias y recalcó que, si Ghaalib recogía el guante, podían esperarse muchas cosas aquella mañana. Si pudieran apresar a una sola persona que tuviera vínculos con Ghaalib o con la misión, habrían dado un gran paso adelante.

—Nuestros compañeros de Chipre nos han enviado información importante y muy valiosa —añadió—. Por una parte, están presionando a los inmigrantes que fueron arrastrados a una playa hace diez días. Puede que alguien proteste contra sus métodos, pero en un caso así vamos a hacer oídos sordos.

Carl frunció el ceño. ¿Estaba hablando de tortura?

—No hablo de tortura —prosiguió—, sino de presión a la que es difícil hacer frente. En efecto, han empleado presión física, pero lo que ha funcionado de verdad ha sido prometer asilo a los inmigrantes del bote si decían lo que sabían. También les prometieron llevarlos a otro campo que no fuera Menogeia y con otra identidad. Su silencio hasta entonces se debía al miedo, las autoridades se dieron cuenta pronto.

—¿No puede haber entre ellos simpatizantes que hayan dado información falsa? —preguntó Carl.

—Exacto. Y en varios casos fue así, pero esas personas fueron delatadas por otra pasajera del bote. La han internado en un lugar protegido, pero antes nos ha ofrecido información esencial sobre las mujeres que huyeron del campo.

Mostró dos nuevas imágenes en la pantalla.

—Estas fotos son del registro del campo al que fueron enviados los inmigrantes arribados el otro día y aquí tenemos a las dos mujeres que huyeron. Comparando la información de la delatora acerca de los acentos y las limitaciones de las dos mujeres respecto al árabe con lo que nos ha llegado de los servicios de inteligencia sirios y de un par de países europeos, hemos llegado a poder identificarlas a ambas con seguridad.

Señaló a una de las mujeres. En la cuarentena, cabello abundante, bellos labios carnosos y la tez ligeramente oscura.

—Se parece a la actriz Rachel Ticotin.

Mostró otra foto junto a la de la sospechosa. El parecido era asombroso.

—Estoy seguro de que esa atractiva actriz norteamericana nos perdonará la comparación, pero en este caso, en el que la persona que buscamos está en su entorno habitual en su ciudad natal y vestida con ropa normal occidental, nos hemos hecho una idea aproximada de su aspecto actual. Debéis suponer que ahora no tiene ese aspecto, aunque sospechamos que tal vez no sea muy diferente, ya que tenemos indicios que señalan que todos ellos van a tener el aspecto habitual de los europeos occidentales.

»La mujer se llama Beate Lothar, y en la vida cotidiana la llaman Beena. Es alemana y tiene cuarenta y ocho años, nació en Lünen, en la comarca del Ruhr, y es casi seguro que se radicalizara hace tres años, después de convertirse al islamismo y haber hecho innumerables viajes a Oriente Próximo durante los últimos diez años. He enviado a todos los presentes una foto de ella y nuestros compañeros de Potsdam y Berlín también la tienen. Tenemos fuertes sospechas de que va a participar en la acción y de que es una de las pasajeras del autobús.

—¿Sabemos con exactitud cuándo se puso en contacto con Ghaalib? —preguntó alguien.

—No, por desgracia. Pero, por lo que podemos juzgar, ha estado en Siria hasta hace poco. Lo más seguro es que la hayan reclutado para esta acción.

—¿Y quién es la otra?

—Eso es más difícil de saber, pero en realidad tampoco, porque esta mujer ha usado diversos nombres. Nacida en 1973 con el nombre de Catherine Lauzier, aunque también ha actuado como

Justine Perrain, Claudia Perrain, Giselle van den Broek, Henrietta Colbert y otros. Sabemos que es suiza y que se hizo famosa bajo el seudónimo de Jasmin Curtis en la prisión para mujeres de Danbury, Connecticut, donde estuvo ingresada por violencia desde marzo de 2003 hasta octubre de 2004. Allí dentro organizó de todo: amenazas de violencia contra sus compañeras de prisión, huelgas de hambre, soborno y muchas cosas más. Pero la pusieron en libertad bajo fianza y desapareció. Creemos que ha estado todo el tiempo vinculada a una célula terrorista, pero no está probado. Cuando apareció en Menogeia... —Mostró la siguiente foto— tenía este aspecto. Vamos a compararla con la imagen del registro de entrada que nos enviaron ayer de la prisión de Danbury.

Carl se quedó estupefacto. Aunque no había ningún parecido notable entre los dos retratos, se trataba de la misma mujer, porque la mirada la delataba, como suele pasar siempre.

—Ha tenido todos los colores de pelo posibles, creo, así que olvidemos eso. En lo que sí debéis fijaros es en su sonrisa. ¿Es una sonrisa irónica? No. ¿Es una sonrisa amplia? No. Tiene esa clase de sonrisa que puede hacer que una mujer guapa parezca fea. En cierto modo, sus ojos se afean. Sus labios están casi fruncidos.

Luego pasó a otra imagen.

—Esta es una foto de la actriz Ellen Barkin, que es una mujer muy atractiva. Pero en unos segundos, se transforma, como aquí, en la película *Melodía de seducción*, donde interpreta a una astuta asesina; al menos, yo la recuerdo así.

Volvió a pulsar la tecla y la pantalla se llenó de fotos más pequeñas de la misma actriz.

—Aquí veis a Ellen Barkin en diversas situaciones, desde las más glamurosas hasta cosas mucho más serias. Como sabéis, el maquillaje y el color del cabello pueden transformar muchísimo un rostro, y en nuestro caso, con Catherine Lauzier, alias *Jasmin*, podemos esperar grandes dosis de ingenio. No disponemos de ninguna foto reciente de ella, pero no debe haber cambios asociados a la edad, aparte de los que puede provocar pasar tiempo en una Siria devastada por la guerra. De manera que concentraos en la sonrisa y en la mirada.

—¿Cuándo se radicalizó tanto? —quiso saber alguien del grupo.

—No lo sabemos. Ha sido detenida e interrogada repetidas veces por otros motivos, pero su talento para tramar historias ha difuminado su propia imagen y las razones para llegar al punto en el que se encuentra en la vida. De todos modos, hay algo importante en lo que debemos fijarnos. En el examen físico que le hicieron en Danbury aparecieron señales de que había tratado de suicidarse. Profundas cicatrices en las muñecas, así como en la yugular y en las femorales. Es un milagro que no se muriera.

—¿Un milagro? Querrás decir una desgracia —intervino Assad.

Weber lució una sonrisa irónica.

—Bueno, sí, según desde dónde se vea. Pero tranquilo, que la tenemos bien identificada. Aun así, te comprendo.

Dirigió la mirada a sus hombres.

—Un suicida potencial es también una amenaza para los demás. Un suicida raras veces se sacrifica por una buena causa; si fuera así, Hitler no habría sobrevivido mucho tiempo. Pero en las filas del mal ocurre una y otra vez. De manera que tienes razón, Assad. Es una desgracia que la gente evolucione así.

Centró su atención en Carl.

—Carl Mørck es otro de nuestros compañeros daneses que se nos han unido. Es el jefe del Departamento Q de Copenhague, que tiene unos porcentajes extraordinarios de resolución de casos y ahora dispone de una información que puede ayudarnos a comprender mejor la misión y a quienes participan en ella.

Carl se puso en pie.

—En efecto.

Miró alrededor y saludó a la gente. Si no fuera por Assad, aquellos repeinados encorbatados se la traerían floja. Pero durante los últimos días, Carl se había dado cuenta de que, aparte de los chavales de la casa adosada de Allerød, Assad era, de hecho, el único hombre del mundo al que podría llamar amigo con orgullo. Haría cualquier cosa por él. También comportarse con cortesía y corrección en aquella compañía.

Sonrió a Assad y movió la cabeza arriba y abajo. Esperaba que Assad sintiera lo mismo.

—En colaboración con la Comisaría Central de Información de Dinamarca, me he concentrado en el primer cadáver que llegó a Chipre el día que Joan Aiguader acudió más tarde a Ayia Napa —explicó después—. Ha despertado nuestro interés porque se trata de una persona que había sido expulsada de Dinamarca. Un palestino apátrida y asesino, Yasser Shehade, tenía permiso de residencia porque su vida peligraba en su país de origen, pero lo detuvieron en 2007 por una serie de acciones criminales en Dinamarca. Puedo mencionar al azar violencia, venta al por mayor de hachís y drogas más fuertes, robo con escalo, amenazas. Después de estar encerrado cinco años, fue expulsado del país por un período de seis años. Lo escoltaron hasta el aeropuerto de Copenhague, desde donde se escapó. Un asunto embarazoso; pero tampoco estaba desaparecido del todo, porque lo han localizado en Zúrich embarcando en un avión con destino a Islamabad.

Carl miró alrededor. Habían captado el mensaje.

—Sí, estamos convencidos de que en Pakistán se ha puesto en contacto con los pastunes de las escuelas coránicas y gracias a los estadounidenses nos hacemos una idea de cómo ha actuado en Siria. Cuando analizamos sus pruebas ayer, encontramos esta foto.

Hizo un gesto a Weber, que volvió a pulsar la tecla.

—Y aquí, señores, vemos a Ghaalib y a nuestro amigo Yasser Shehade juntos en una foto sacada en Pakistán.

Los presentes contuvieron el aliento. Los dos hombres estaban comiendo junto a un fuego primitivo, armados de kaláshnikovs y cartucheras cruzadas en el pecho. Reían con la boca llena de carne y parecían muy amigos. En realidad, era una foto bastante inocente que no debería llamar la atención de nadie, con la salvedad de que Yasser Shehade llevaba una barba que le llegaba al pecho y Ghaalib solo llevaba una barba de días.

Carl se dio perfecta cuenta de que Assad se sobresaltaba una vez más. Cuando le enseñó la misma foto la víspera, lloró, con las venas de las sienes a punto de reventar. Nunca lo había visto así y en su vida había sido testigo de un odio como el de Assad.

—Es sorprendente, pero todo parece indicar que Yasser Shehade en esa época llevaba mucho tiempo luchando con las milicias yihadistas en Siria y que Ghaalib, o Abdul Azim, que es como se llama de verdad, acababa de llegar. Vemos con claridad el aspecto que tenía entonces, que seguro que es el que tiene ahora. Las cicatrices de la parte baja de la cara se las causó Assad, aquí presente.

Todos miraron a Assad, pero él bajó la vista. No soportaba ver aquella imagen una vez más.

—Los estadounidenses encontraron la foto en el bolsillo de un miliciano combatiente muerto y, por la época en la que lo mataron y por otros detalles, deducimos que la foto la sacaron en 2014. Vemos en ella que la transformación de Abdul Azim, que sembraba el pavor en las cárceles de Saddam, en el santo combatiente Ghaalib sucedió muy deprisa. Su bestialidad y falta de piedad hicieron que ascendiera más rápido de lo habitual y ocupa uno de los primeros puestos de la lista de objetivos que abatir que tienen los estadounidenses . Por la misma razón, están preparados y dispuestos a darnos la información que pueda ayudarnos a encontrar al hombre.

—¿Qué más sabemos de él, aparte de la información que tenemos? ¿Hay algo que añadir? —preguntó alguien.

Carl asintió.

—Conocemos con bastante precisión su manera de moverse. Cómo se desplazó del nordeste de Siria hacia el suroeste. Y sabemos que siempre lleva consigo un harén de mujeres a las que ningún combatiente de la milicia debe acercarse.

Al oírlo, Assad se levantó y salió de la estancia.

Tal vez fuera lo mejor.

37

Alexander

DÍA 4

ESTABA EN LA cocina cuando el taxi se detuvo ante el sendero de entrada; al igual que las otras veces que su madre había estado ausente, pasaron varios minutos hasta que salió del vehículo. Ya se imaginaba qué había ocurrido. Primero había buscado dinero en metálico o la tarjeta de crédito en su bolso y, cuando por fin lo encontró, tras haber diseminado la mayor parte del contenido del bolso en el asiento trasero, había coqueteado un poco con el taxista, le había dado demasiada propina y dirigido cumplidos que seguro que se imaginaba que la hacían deseable. Zalamerías y falsedades por las que también la odiaba.

Cuando el conductor sacó el equipaje del maletero y se lo dio, la risa de su madre llegó hasta el interior de la casa. El taxista debía de ser más guapo que la media. En pocas palabras, su madre vivía solo para moverse en campos de fuerza en los que el sexo se convertía en un factor decisivo. Así había sido desde que los viajes a congresos en ciudades del sur de Europa se convirtieron en parte de su vida. Incluso Alexander debía reconocer que le sentaban bien las mejillas encendidas y aquellos labios rojo carmín cuya pasión latente ocultaba la vida aburrida y la falta de pasión entre ella y su marido.

Bienvenida a casa, zorra, pensó y cerró la puerta del frigorífico.

—¡Estoy de vueltaaa! —gritó su madre con fingido entusiasmo cuando entró en la casa.

Alexander se la imaginó. Como siempre, colgaría el abrigo del perchero, metería la maleta en el mueble de la entrada, se arreglaría un poco frente al espejo y observaría su semblante. Después, avanzaría un par de pasos en el vestíbulo y, en circunstancias normales, haría su entrada en la sala como si nada hubiera cambiado.

Pero esa vez algo había cambiado y Alexander la oyó detenerse de golpe en la entrada.

Alexander sonrió para sí en la cocina.

—¿Alex? —preguntó su madre con cautela. De modo que había llegado a la puerta abierta de su cuarto.

Un paso más. Una mirada rápida a la habitación la desconcertaría, pensó Alexander. ¿Por qué estaba la puerta abierta y la habitación vacía?

—¡¿Alex?! —se oyó de nuevo, esta vez en un tono inquisitivo y más alto.

Entonces salió de la cocina al pasillo. Fue un placer ver el sobresalto de su madre cuando respondió en voz baja «¿Sí?». Si lo hubiera gritado, a su madre le habría dado un infarto; pero no iba a ser tan fácil para ella.

—Me pediste que saliera —alegó y avanzó hacia ella—. Y es lo que he hecho. ¿Te lo has pasado bien?

Ella respondió que sí y su voz tartamudeó un poco.

—Has vuelto un día más tarde de lo que esperaba —dijo Alexander y observó que su madre retrocedía un poco por cada paso que se acercaba él. ¿Habría visto ya la mancha de sangre de la alfombra?

—E... Sí. Es porque esta vez nos han dado un cursillo más de propina —mintió. La de mentir era una disciplina que con los años había logrado dominar, pero no en esa ocasión. Sonrisa demasiado amplia, demasiados gestos afirmativos. Aquello la desenmascaraba.

—Un cursillo de propina, vaya, qué suerte. Bueno, eso significa que tendré que ser yo quien te diga que papá se ha largado. Pasaba de volver a mirarte a los ojos después de tus viajes de puterío.

El efecto fue extraordinario. Sorpresa mezclada con una contrariedad nada disimulada por no haber sido ella la primera en largarse; se le notaba en la cara.

—Vaya. —Hizo una larga pausa y se mordió el labio superior—. ¿Sabes adónde ha ido?

Alexander sacudió la cabeza.

—Así al menos he podido salir del cuarto, ahora que el cabrón de él no está para mangonearme.

Su madre ladeó la cabeza. Sin duda, hacía mucho tiempo que sus padres no se trataban con respeto mutuo, pero no le parecía bien que su hijo hablara así de su padre, era algo evidente.

Como si aquella hipócrita pensara de manera diferente a él.

—Voy a llamarlo —anunció con voz de mujer resuelta, como le gustaba parecer.

—Adelante —la invitó Alexander y siguió con la mirada la uña esmaltada de rojo de su madre, que encontraba en el móvil el número de su padre y lo pulsaba.

Las cejas depiladas vibraron de manera familiar cuando el tono de llamada se oyó en el cuarto de Alexander, detrás de ella.

—Caramba, parece que no se lo ha llevado. —Alexander simuló sorpresa, cosa que la desconcertó.

—¿Qué diablos hace el móvil de tu padre en tu cuarto? —preguntó al reconocer el sonido. Eso significaba que no había visto la mancha de sangre.

Pero ahora sí que la vio.

Como si caminase con zancos sobre hielo, uno de sus zapatos de aguja resbaló a un lado y el movimiento provocó un desgarrón en la abertura de su falda. En un funesto ataque de clarividencia, mantuvo la mirada fija en la mancha oscura mientras caía.

Era un misterio cómo una mujer con estudios mercantiles superiores, que vivía alejada del mundo real, podía deducir la sustancia del suelo, pero no pareció dudar.

La mujer apoyó una mano en el suelo y se puso en pie con tal agilidad que Alexander no pudo sino admirarla.

—¿Qué ha ocurrido? —gimió mientras señalaba la mancha.

—Ah, ¿eso? —reaccionó Alexander—. Tal vez no lo recuerde bien. Tal vez papá no se haya largado a ningún sitio. Tal vez le haya cortado la cabeza; lo cierto es que no debes contar con que vuelva.

Su madre agachó la cabeza. Que creyera o no a su hijo no era lo más importante; en aquel momento solo pensaba en cómo matar al individuo desquiciado que tenía delante. Que fuera o no su hijo le daba igual.

—¡No me toques! —gritó mientras retrocedía sin girar hacia el ordenador de su hijo—. Si me tocas un pelo, voy a romper este maldito aparato contra el suelo, ¿me oyes?

Alexander se encogió de hombros y salió del cuarto sin dejar de mirarla.

—Venga, mamá, sal. Estaba bromeando. Cuando se largó, le quité dos botellas de vino y debí de beber demasiado. Ya compraré una puta alfombra nueva.

Luego fue a la cocina y puso agua a hervir.

Contó los pasos vacilantes de su madre sobre la moqueta del pasillo. Se detuvo y a los pocos segundos continuó su camino.

Alexander se giró hacia ella y, en el momento en el que su madre asía el taburete del pasillo para golpearlo, alcanzó a agarrar el hervidor eléctrico y lanzárselo a la cara con tal fuerza que cayó redonda al suelo.

—¡VAMOS, MAMÁ, DESPIERTA! —Le dio unas palmadas en la frente, donde la había golpeado el hervidor.

Su madre bizqueó un poco antes de que su mirada se enfocara. Luego se miró el cuerpo y trató de comprender qué había ocurrido y por qué estaba atada a la silla del despacho de su marido con cinta americana. Ahora no iban a servirle de nada sus labios pintados.

—¿Qué has hecho, Alex? ¿Por qué?

Alexander se puso en cuclillas delante de ella. Qué ocasión tan poco habitual de mirarla a los ojos y explicarle el porqué.

—Porque sois unos desvergonzados, mamá. Vosotros y el resto de los cabrones de esta calle, de este barrio, de esta ridícula ciudad y de este ridículo país sois unos hipócritas repugnantes, y vuestro régimen criminal termina aquí. ¡Por eso!

—No entiendo de qué hablas, Alex, creo que exageras. ¿De qué estás hablando? —Tiró de la cinta adhesiva y trató de liberarse—. ¡Venga, suéltame!

Alexander señaló el recorte de la señora ahogada.

—¡Por eso, mamá! Tú y gente como tú, que solo pensáis en vosotros, sois los culpables de que ella yazca en la arena. ¿La ves?

Su madre se quedó sorprendida.

—¡Uf! Qué cosa más macabra. ¿Cómo puedes aguantar mirarla? ¿La has colgado porque se parece a la abuela? ¿Tanto la añoras?

Alexander notó que le temblaba el rostro.

—Qué típico de ti que ni siquiera puedas mostrar empatía por esa persona. Pero ahora está colgada en mi pared porque no merece que la olvidemos. Intentó vivir su vida en un horrible lugar del mundo y, cuando ya no podía más, tuvo que morir en el mar. Y a la gente como tú les importa un huevo, y por eso estás aquí. Y no te vas a escapar.

Giró la silla ciento ochenta grados para que su madre quedara frente a su monitor.

—¿Ves hasta dónde he llegado? Dos mil cien victorias. Y cuando llegue a las dos mil ciento diecisiete, va a pasarte lo mismo que a este.

Empujó a un lado el monitor del ordenador.

El chillido que soltó cuando vio la cabeza congelada de su marido de lado sobre la mesa fue tan agudo que los vasos vacíos de la mesa de noche tintinearon.

Aquel grito lo acalló con cinta americana. Dos vueltas alrededor de la boca, y se acabó el alboroto.

Alexander sonrió, llevó la silla en la que se sentaba su madre inmovilizada a un rincón y dejó el monitor en su sitio. La cabeza de su padre podía seguir allí un rato más antes de volver al congelador.

Después se sentó y entró en el juego, se preparó para la siguiente partida, tiró del cajón y sacó su viejo Nokia. A continuación, lo abrió, extrajo la tarjeta de prepago antigua y la arrojó a la papelera junto con el resto.

Cuando insertó la nueva tarjeta de prepago, entró a la lista de teléfonos del móvil y pulsó el contacto que denominaba *Madero idiota*.

38

Rose

DÍA 4

FUE ROSE QUIEN respondió la llamada, porque el número era desconocido y el chico perturbado llevaba ya dos días sin dar señales de vida. De manera que prestó atención a su intuición femenina, que rara vez la abandonaba, y chasqueó los dedos a Gordon, que llamó al instante al inspector jefe de Homicidios. Así, ella solo tenía que alargar la conversación unos minutos hasta que bajara Marcus a escuchar.

—Vaya, amigo, ¿otra vez aquí? —preguntó y pulsó el botón de grabar.

La reacción fue inmediata.

—No soy tu amigo; además, no pienso hablar contigo. ¡Ponme con el madero idiota!

Rose miró a Gordon con aire de disculpa.

—Está escuchando, he activado el altavoz.

—No me digas.

Parecía reírse. ¿Tal vez se sintiera importante?

—Venga, madero idiota, saluda a Kurt-Brian Logan de veintidós años —propuso a Gordon.

—¡Y no me llamo Kurt-Brian Logan!

El chico sonaba enfadado.

—Bien, bien, de acuerdo. Ahora, al menos, sabemos que tienes veintidós años, porque, si no, habrías protestado, ¿verdad?

—¿Hay más gente escuchando aparte del idiota?

—En este momento, no, pero pronto vamos a recibir la visita del inspector jefe de Homicidios. Piensa, como nosotros, que eres una persona muy interesante.

—De visita, ¿eh? Entonces ya sabéis que este caso es importante —se regodeó—. Me alegro.

¡«Me alegro»! Rose hizo una inspiración profunda. ¿Cómo era posible que le pareciera tan sencillo hablar con aquel chaval, con aquel asesino demente?

—No lo has hecho, ¿verdad, Kurt-Brian Logan? No has matado a tu madre, ¿no?

Rose contuvo la respiración.

—Vaya, ¿cómo puedes saberlo? —Rio de nuevo—. Pues no; por extraño que parezca, todavía tiene la cabeza encima de los hombros. Oye lo que dices, pero tú no la oyes a ella.

Pero la verdad era que sí que la oía. Los espeluznantes sonidos sofocados que pedían ayuda apenas eran audibles, pero se oían.

Rose empezó a sudar. Aquella vida se había convertido en responsabilidad suya.

Miró a Gordon, que la observaba con fijeza. De modo que también él lo había oído.

—Si vuelves a llamarme Kurt-Brian, voy a cortarle la cabeza. Así que te recomiendo que no lo hagas.

—De acuerdo; pero entonces, ¿cómo voy a llamarte?

El silencio del chico dejó entrever que no había pensado en ello.

Rose no dijo nada. En ese momento, Marcus Jacobsen bajaba las escaleras, así que dejó que el chico pensara.

—Puedes llamarme Toshiro —dijo al final.

Entonces, Gordon se acercó al móvil.

—Hola, Toshiro —lo saludó.

—¿Eres tú, maderazo?

Gordon asintió en silencio y le dijo que sí.

—Ya me parecía a mí que eras un samurái —continuó.

El chico rio.

—¿Por qué? ¿Tal vez porque utilizo una espada de esas? Eres un tipo listo de verdad.

—Tal vez, sí. Pero, sobre todo, por llamarte a ti mismo Toshiro. ¿Eso no es japonés? ¿Y los samuráis no son acaso de

Japón? ¿Y no empleaban espadas de samurái? Sí que lo hacían: de ahí viene el nombre.

Saludó con la cabeza a Marcus, que entró en la estancia y se sentó.

—Además, creo que estás pensando en el actor Toshiro Mifune, el mayor samurái que se haya mostrado nunca en una pantalla. ¿No es así, Toshiro?

El chico rio entre dientes en segundo plano. Era espantoso oír aquella risa mezclada con los gritos sofocados de ayuda de su madre.

Gordon miró a Rose, que hizo un gesto afirmativo. No tenía más que seguir por ese camino, ahora que la fiesta había comenzado.

—Ya sabemos que eres un samurái, Toshiro. Es lo que se piensa al ver ese moñito rubio que llevas encima de la cabeza, ¿verdad?

Solo se oyó a la madre en segundo plano. Las risas ahogadas habían enmudecido del todo.

—Hola, Toshiro —terció el inspector jefe—. Me llamo Marcus Jacobsen y soy el inspector jefe del Departamento de Delitos contra las Personas. Nos ocupamos de los peores criminales de Dinamarca y soy especialista en encontrar gente como ellos o como tú para encerrarlos en cárceles donde se pudren. Ahora tienes veintidós años y cuando la Justicia haya terminado contigo, serás un hombre muy mayor, Toshiro. A menos, claro está, que dejes de lado lo que has puesto en marcha y me digas dónde podemos encontrarte.

—Que se ponga el maderazo otra vez —contestó breve—. Y cierra el pico, jefe de mierda. Detesto a la gente como tú. Si dices una palabra más, no vais a volver a tener noticias mías.

Marcus Jacobsen se alzó de hombros e indicó a Gordon por señas que continuase.

—¿Cómo sabes que soy rubio y que llevo un moño encima de la cabeza? —continuó el chaval.

—Lo sé porque hemos construido un retrato robot bastante bueno de tu cara, Toshiro. Lo hicimos en el quiosco de Frederikssundvej donde compraste las tarjetas de prepago. Estamos analizando las tarjetas y después vamos a por ti.

Rose estaba asombrada. ¿El joven paliducho que ella era capaz de seducir con un simple magreo podía ser el mismo que aquel policía amenazante?

—Las tarjetas de prepago no se registran en Dinamarca —fue la respuesta que recibió—. Eso, desde luego, lo sé. ¿Me tomas por tonto?

—No, Toshiro, en absoluto, pero estamos a punto de saber lo listo que eres y dónde has estudiado. Para tu información, hemos enviado el retrato a todos los centros docentes del país.

Fue sorprendente que el chico soltara otra risotada.

—Son muchos centros —dijo—. Escuchad: voy a retrasar un poco lo de matar a mi madre, porque me doy cuenta de que os divierte que esté aún viva. También podéis poner en práctica un poco de psicología policial.

¿Ha dicho «os divierte»?, pensó Rose. A aquel chico le faltaba un tornillo.

—Perfecto —repuso Gordon—. Vamos a jugar un poco.

—¿Qué más sabéis de mí?

Gordon miró inquisitivo al jefe de Homicidios, que tenía los labios apretados. Era evidente que también él creía que se enfrentaban a un psicópata y que podía convertirse en un caso muy contraproducente para el departamento si se les iba de las manos.

Entonces hizo un gesto afirmativo.

—De acuerdo, Toshiro. Aparte de conocer tu edad y tu aspecto, y dónde has comprado tarjetas de prepago, sabemos que vives en las afueras de Copenhague, seguro que en una casa maravillosa que no creemos que sea tan pequeña. Vamos a encontrarte, Toshiro, pero hazte un favor a ti mismo y escucha lo que te ha dicho el inspector jefe de Homicidios; así te caerá una condena en un psiquiátrico, con unas condiciones bastante mejores.

Rose terció.

—De esa forma, te librarás también de que te destrocen el culo, con lo guapo que eres —le espetó con dureza.

La voz del chico sonó aguda.

—Vale, pero ¿estás segura de que quiero librarme de eso?

—Toshiro —lo sosegó con voz aterciopelada—. Te prometo que tendrás un juicio justo si me cuentas quién eres. De lo contrario, vamos a terminar mal. Trabajamos en ello día y noche, somos incansables, para que lo sepas.

—¡Bien! Solo digo que *perseverando,* y gracias.

Luego se oyó un clic y la comunicación se cortó.

Marcus Jacobsen miró por encima de sus gafas de media luna. No estaba muy contento, no.

—Su estado mental es peor de lo que imaginaba —comentó—. Enviadme la grabación y yo la haré llegar, a pesar de todo, a la Unidad Central de Información. Vamos a poner toda la carne en el asador, porque, si no, dentro de unos días tendremos un asesino en serie.

Rose levantó la mano.

—Déjame volver a oír su última frase, Gordon.

Gordon retrasó veinte segundos el marcador de la grabación.

Rose tuvo la mano levantada hasta que llegó la palabra.

—¿Ha dicho *perseverando?* —preguntó—. Vuelve a ponerlo otra vez.

Los tres escucharon, concentrados.

—Perseverando —dijo Marcus—. ¿Sabéis qué significa? Porque no tengo ni idea.

Rose buscó en Google.

—Dice que significa «con insistencia».

Luego se detuvo de pronto.

—Creo que el chaval ha dicho demasiado.

Asintió para sí con una sonrisa torcida en los labios.

—Porque ¿sabéis qué otra cosa es ese *perseverando?* Es el lema del internado que se encuentra junto al lago Bagsværd. Mirad.

Los demás dirigieron la mirada al monitor.

39

Ghaalib

Cuando Ghaalib se unió al grupo de combatientes del danés-palestino Yasser Shehade, fue para escapar con vida de Siria. Llevaba años en lo alto de la lista de objetivos de los estadounidenses y podía decir con orgullo que no faltaban motivos para ello, porque había dejado constancia de su crueldad y falta de piedad con quienes se le cruzaban en el camino en casi todas las regiones de Siria en las que la guerra había arrasado.

La primera vez que Ghaalib coincidió con Shehade fue muchos años antes, en un campo de entrenamiento perdido, a doscientos kilómetros de la capital de Pakistán, Islamabad. Entre los cientos de combatientes de todas las nacionalidades con quienes Ghaalib se puso en contacto, le pareció que Shehade tenía el mayor potencial. No solo era inteligente; estaba también empapado de brutalidad tras su rostro angelical, con aquellos ojazos que inspiraban confianza y una sonrisa que, bajo cielos más civilizados, lo habrían podido llevar al estrellato de cine y a incontables conquistas femeninas. En suma, Shehade era una sublime máquina de matar que era capaz de ocultar sus intenciones y actos violentos tras una mímica sencilla. Además, había vivido en Dinamarca, cosa interesante, pero también traía a la memoria algunas experiencias en las que Ghaalib no tenía ganas de pensar en aquel momento.

De los dos, Ghaalib era el estratega. Muchos años de lucha contra el régimen de Irak tras la muerte de Saddam lo habían endurecido y habían refinado sus métodos. Vivía como un nómada, nunca dormía más de un par de noches en el mismo sitio, borraba las pistas que dejaba, sin reparar en los inevitables costes. Ghaalib era el líder ideal de cualquier guerra de guerrillas y así quería ser considerado. En un momento podía ser un hombre de pelo corto y bien afeitado, con las cicatrices del rostro cubiertas de maquillaje, bien vestido con ropa occidental como cualquier hombre de negocios, capaz de colarse entre las fuerzas de la coalición, y en el siguiente estaba en el frente como un salvaje, con la ropa ensangrentada y la mirada desquiciada.

Cuando representaba aquellos papeles, nunca corría riesgos innecesarios, pero la personalidad de Ghaalib tenía una debilidad que lo condicionaba más que ninguna otra cosa: su insaciable sed de venganza. Desde que Zaid al-Asadi le arrojó ácido fosfórico a la cara y lo desfiguró, más de quince años antes, su misión en la vida fue sobre todo revertir la situación en la que, en el pasado, él había salido perdiendo. Y todos los días se vengaba de aquel Zaid al-Asadi aterrorizando a las tres mujeres que aquel hombre más amaba en el mundo. No obstante, el problema era que, para que la venganza fuera plena, debía ser también visual, y que llevar a remolque tres rehenes en una zona de guerra entrañaba un peligro constante que debía controlar.

Cuando, en el verano de 2018, coincidió una vez más con Shehade, acordó con él que, si se llevaba las mujeres, podría hacer con ellas lo que quisiera, siempre que las mantuviera con vida para que después Ghaalib pudiera recogerlas.

Shehade accedió y, como pago por el favor, le fue concedido el mando de un grupo de combatientes que iban a operar en una zona de Siria en la que el riesgo de que te matasen era relativamente pequeño y donde uno podía recibir grandes honores.

Ghaalib mantenía un contacto regular con él, de modo que podía ver con sus propios ojos que las mujeres seguían con vida; pero, por lo demás, dedicaba toda su energía a encontrar a aquel Zaid al-Asadi. Los diversos intentos de hacer que suníes de Dinamarca dieran con su paradero fueron infructuosos y, con el tiempo, Ghaalib llegó a admitir que su hombre tal vez no viviera en el país. Por eso fue más atrás en el tiempo y, al cabo de un par de meses, encontró un matrimonio mayor de Faluya que, apremiados por una pistola en la sien, hablaron de la huida de la familia del régimen de Saddam. Fue lo último que dijeron.

El día que Ghaalib llegó a la bombardeada casa blanca del suroeste de Siria en la que se decía que había vivido la familia de Zaid al-Asadi antes de huir a Dinamarca, se arrodilló y agradeció a Alá haberlo conducido hasta allí.

Quedaba algo de vegetación diseminada por el jardín y una cabra solitaria amarrada a una estaca masticaba hierba al borde del camino; pero, aparte de eso, no era fácil adivinar de qué vivían en aquella casa que en un pasado más pacífico destacaba como una perla en el paisaje.

En el interior de la casa, el mundo tenía un aspecto diferente. Por supuesto que había habido vandalismo, pero la dueña de la casa, a base de obstinación y una voluntad de hierro, había conseguido con los restos de enseres recrear un poco de la grandeza y elegancia de otros tiempos.

En medio de la sala del primer piso, encontró a Lely Kababi sentada en un sofá agujereado, con un cigarrillo que llevaba tiempo apagado en la mano.

Ghaalib preguntó con cortesía por la familia Al-Asadi, pero Lely Kababi negó conocer a aquellos iraquís que Ghaalib decía que habían vivido en su casa. Era mentira, claro. Ghaalib lo sabía porque era experto en interrogatorios y estaba acostumbrado a sacar las falsedades a la luz, pero, de todas formas, la dejó en paz. Porque Lely, sin darse cuenta, le había aportado el embrión de una idea que iba a hacer que su plan encajase.

Tres días después, Yasser Shehade llegó a Sab Abar, en Siria, con un séquito de combatientes y las tres mujeres de Zaid a remolque, tal como se le había requerido. Tanto él como su gente estaban deshechos y cansados de la guerra, y las numerosas cicatrices y heridas purulentas daban fe de los costes que había supuesto atravesar las sólidas líneas del régimen de Assad y de la coalición.

Ghaalib montó el campamento en una curtiduría abandonada que se alzaba frente a la ruinosa casa de Lely Kababi y fue allí donde recibió a Yasser Shehade y a su séquito. Ghaalib notó la inusual falta de ardor guerrero de Yasser cuando instaló a su gente, y se sentó junto a él en el exterior de la curtiduría bombardeada.

—Hemos segado más vidas que ellos, pero he perdido un par de hombres en el camino; ha sido un infierno llegar hasta esta región. Está demasiado cerca de Damasco, demasiado cerca de todo. Así que escucha, Ghaalib: si seguimos aquí más de unos días, nos van a cazar, ¿comprendes?

Ghaalib asintió con la cabeza. Claro que comprendía. La represión por parte de las tropas del Gobierno de los grupos de milicianos había teñido de sangre el país, también allí.

—Sí, tenemos que irnos, ya lo sé, y tengo una vía de escape. Debemos dirigirnos hacia el noroeste y hacia el mar, y vosotros debéis afeitaros y hacer como si trasladarais a un preso importante, es decir, yo. ¿Vuestros papeles están en regla?

Yasser Shehade asintió.

—Dentro de unos días, cuando hayamos pasado al otro lado del mar, te presentaré a Hamid, a quien han designado para dirigir en Europa unas operaciones que van a sacudir el mundo. Pero antes, tú y yo vamos a visitar a una señora mayor en la casa de enfrente.

Señaló la casa blanca.

—Y vamos a llevar a las mujeres ahí. ¿Están tratables?

Shehade asintió en silencio y entró en el edificio en busca de las tres mujeres.

Ghaalib sonrió cuando las sacaron a empujones. Ronia, la más joven, tenía un aspecto lamentable: sucia, encorvada y con el pelo desgreñado, mientras que la madre y la hermana mayor, a pesar de los rostros sobrecogidos al menor ruido, tenían un aspecto más presentable.

—¿Qué ha ocurrido con la pequeña? ¿No la has cuidado bien? —preguntó.

Shehade se alzó de hombros.

—¿Qué quieres que te diga? Era la que preferían mis hombres.

CUANDO ENTRARON EN la sala de la casa blanca, la anciana estaba sentada en su silla con un fusil en el regazo y seguía sus movimientos como una serpiente sigue los de una rata.

Ghaalib avanzó hacia ella con las manos juntas tras la nuca.

—Tranquila, Lely, vengo en son de paz —la sosegó—. Hay alguien que desea saludarte.

Movió la cabeza hacia atrás, pero sin alejar la mirada de ella. Quería ver su reacción en el segundo en el que las tres mujeres entraran en la sala; pero la anciana no se movió ni un centímetro.

Ghaalib no oía ningún sonido, aparte del de su respiración. Fue como si el tiempo se detuviera, como si sus impresiones lo hubieran descaminado.

—Traedlas adelante para que las vea mejor —ordenó a los hombres de Shehade sin apartar la mirada del rostro de Lely—. Ya ves que vas a tener que dejar el fusil, ¿verdad, Lely? Si no, nuestras acompañantes van a sufrir. ¿No las reconoces?

Fue entonces cuando se fijó en que entornaba los ojos y trataba de enfocar la mirada. Tuvo que admitir a regañadientes cuál era la situación.

Lely se levantó poco a poco, consciente de que podía significar el fin de su vida, pero también de que la recompensa merecía la pena.

Se acercó llorando a las tres mujeres y extendió los brazos para abrazarlas, pero ellas desviaron la mirada.

¿Se avergonzaban de su estado o creían que iban a poder proteger a la anciana de algo que era inevitable?

—Como las reconoces, ya sé que también conoces a Zaid —dedujo Ghaalib y las separó.

La anciana lo miró un rato en silencio, mientras la hija más joven se hincaba de rodillas y las otras dos rompían a llorar.

—Ya has oído lo que he dicho, he dicho «Zaid». Zaid al-Asadi, ese cobarde de marido de Marwa, que la entregó junto con sus dos hijas a un destino peor que el infierno. Zaid, Zaid, Zaid.

Cada vez que pronunciaba el nombre, era como si una lanza las atravesara. Y aunque él creía que aquello iba a quebrar su resistencia, pareció que las cuatro mujeres, frente a su enorme adversidad y miserable destino, se animaban por un momento. Ya el nombre *Zaid* parecía fortalecerlas. Su mirada remota se puso alerta. La hija pequeña se incorporó del suelo apoyada en sus brazos flacos y se puso en pie. Y todas miraron a Ghaalib como si su próxima frase fuera a poner fin a su incertidumbre de años.

—Mata a ese cabrón, Lely. ¡Mata a Ghaalib! —gritó Marwa mientras lo señalaba con el dedo—. Acabemos esto de una vez.

No pudo decir más, porque Shehade la derribó de un golpe y la dejó en el suelo sangrando.

Ghaalib sacó su pistola y apretó el cañón contra la cabeza de la mujer tumbada.

—Bien. Ahora ya sé que os conocéis, Lely. Dime de qué os conocéis o mataré a Marwa. Primero a ella, luego a sus hijas y, al final, a ti.

Lely tenía el dedo en el gatillo, pero Ghaalib sabía por instinto que la mujer carecía de la fuerza necesaria para apretarlo y responsabilizarse del destino de las otras tres, de modo que le quitó el fusil con facilidad de un tirón, igual que se arranca una pluma a un pájaro.

—Entonces, ¿Zaid vive? —preguntó la anciana con asombrosa calma.

—No veo razón para pensar otra cosa. Eso es lo que tenemos que averiguar. Respóndeme: ¿de qué os conocéis?

La respuesta llegó rápido.

—Zaid y Marwa me visitaron varias veces después de casarse. A las chicas nunca las he visto.

Ghaalib hizo un gesto afirmativo.

—¿Qué quieres de nosotras? —preguntó Lely.

—Algunas vais a acompañarme en mi travesía marítima, no necesitas saber más.

Aquello no pareció intimidar a la anciana.

—Pero antes deja que ayude a las chicas. Mira su aspecto, no podrán aguantar un viaje así. Puedo curarles las heridas y darles de comer. Solo un día o dos.

—No hay tiempo para eso.

—¿Que no hay tiempo? Dime qué cuentas tienes pendientes con Zaid, Ghaalib.

Este ordenó con un gesto a la gente de Shehade que se llevaran a las mujeres. Después, se volvió hacia Lely.

—Ghaalib no tiene ninguna cuenta pendiente con Zaid, pero sí que las tengo como Abdul Azim. Y como vuelvas a llamarme Ghaalib, te mato.

40

Ghaalib

DÍA 4

LAS ÚLTIMAS VEINTICUATRO horas, Ghaalib había estado muy activo en internet y comprobó con profunda satisfacción que Zaid al-Asadi se había tragado lo de la conferencia de prensa.

Como era de esperar, gozaba de perfecta salud, y en su respuesta en el periódico de Frankfurt ofrecía una foto suya e indicaba de forma detallada el día, la hora y el lugar donde debían enfrentarse. No había duda sobre su autenticidad, porque, aunque su rostro estaba marcado por los años y el pesar, el hombre se parecía.

El pulso de Ghaalib casi se desbocó. Era el mismo Zaid al-Asadi que en el pasado le arrojó ácido a la cara y le arruinó el futuro. Al fin daba señales de vida. Al fin iba a conseguir su venganza.

Rio cuando leyó que Zaid al-Asadi se alojaba en Frankfurt. De modo que había seguido la pista por medio de la conferencia de prensa…

Habían convenido que el ajuste de cuentas fuera junto a su hotel; era perfecto. Ghaalib ya sabía, claro, que Zaid se había aliado con todo tipo de policías; ¿qué otra cosa podía esperarse? Pero eso también iba a ser provechoso para ellos, Hamid se había encargado de eso.

Su reclamo era un árabe arquetípico. Un joven temeroso de Dios con una barba notable, vestido con una cazadora blanca, pantalones holgados marrones y tocado de un gorro *kufi* blanco, para que nadie tuviera dudas de su religión. Hamid le había dado instrucciones por correo electrónico acerca

333

de dónde y cuándo podría encontrar a aquel blasfemo, para acercarse a él lo suficiente para ajusticiarlo. Después, su familia no iba a sufrir estrecheces. Y el joven aceptó la tarea con gran humildad y alegría por poder servir en aquella causa justa.

La intención era que el ajuste de cuentas terminase con el reclamo muerto y, cuando yaciera en el suelo, bañado en su propia sangre, alguien iba a ocuparse de cachearlo a fondo. En los bolsillos del desgraciado iban a encontrar el germen de la pista que, de manera inevitable, iba a acercar a Zaid y Ghaalib.

Así debía ser.

Después de aquello, Zaid iba a perder el control.

CUANDO GHAALIB ELIGIÓ su base en Berlín, Hamid protestó con vehemencia.

—Yo te habría encontrado sitios mucho mejores. ¿Por qué ese piso del barrio de Lichtenberg? No es prudente esconderse aquí. El barrio es un oasis para los extremistas de derechas, lo he dicho y repetido cien veces. ¿Has visto gente de raíces árabes en este barrio, aparte de nosotros?

Hamid entreabrió la cortina y observó por enésima vez la calle, y Ghaalib ya sabía qué veía. Llevaba años fascinado con aquella parte del viejo Berlín Oriental y había un motivo concreto para ello.

—Encajaríamos mucho mejor en la multitud en Wedding, Kreuzberg o Neukölln —continuó Hamid—. En esos barrios hay un tercio de inmigrantes y muchos de ellos proceden de Oriente Próximo, y, como la mayoría no tienen trabajo, las calles rebosan siempre de vida. Raras veces aparecen turistas, al menos en Neukölln, donde impera la mafia libanesa. Así que creo que es un error que hayas elegido justo este barrio.

—Ya hemos hablado de eso, Hamid. En este momento, la policía y los servicios de inteligencia nos buscan como locos. Y cuando encuentren el autobús en Tempelhof, las investigaciones van a centrarse en Kreuzberg y Neukölln, donde viven inmigrantes, y no aquí. Solo debemos ocuparnos de mantener un perfil bajo y no salir a la calle hasta que vayamos a golpear. Así no ocurrirá nada.

Hamid rezongó; sabía cuál era su lugar, también en aquel contexto.

—¿Has conseguido los sombreros?

Hamid hizo un gesto afirmativo.

—Sí, incluso con accesorios. Son muy auténticos.

—¿Y las barbas?

—También. Eran carísimas. —Se sorbió los mocos. ¿También él había pillado el maldito catarro?—. Pero parecen de verdad. Las he comprado de diferentes longitudes.

Ghaalib sonrió. El viaje a Berlín había transcurrido sin complicaciones y el piso del viejo Berlín Oriental era ideal y solo se encontraba a unos cientos de metros de la cárcel de la Stasi, Hohenschönhausen, que era la prisión con cuyos maquiavélicos métodos más se identificaba Ghaalib por la inspiración que le ofrecían. Sus maestros de Abu Ghraib lo pusieron al corriente de cómo se trabajaba allí y lo bien pensado que estaba todo. La cárcel estaba aislada del mundo exterior y no aparecía en ningún mapa. Trasladaban allí a los presos en vehículos cerrados, dando grandes rodeos, para que no supieran adónde los llevaban, y así imponía la policía secreta su terror y control en la cárcel, tal como sabía Ghaalib por Irak. Los internos solo podían dormir boca arriba y con las manos encima de la manta, las ventanas eran opacas y de día solo podían caminar o estar de pie en sus celdas mientras esperaban su interrogatorio. Lo más maquiavélico era la habilidad que tenían los guardianes para desconcertar a los internos con decoraciones navideñas a destiempo y con interrogatorios que podían durar cinco minutos o cinco horas, nunca se sabía. Y finalmente, para completar la imagen de infierno en la Tierra, dejaban que muchos fueran rescatados por Occidente, pero después de una visita al dentista, en la que un potente aparato de rayos X tras el reposacabezas dañaba el cerebro de los liberados.

Cuando Ghaalib miraba por la ventana de la cocina, veía la cárcel. Podía permanecer horas allí, mientras esperaban el momento oportuno para atacar. Hasta que llegara el día en el que Berlín y Alemania entera sintieran el doloroso castigo por los pecados de sus antecesores.

Qué maravillosa ironía.

Aquella misma mañana, Ghaalib había visto en internet por primera vez el reportaje del canal de televisión catalán sobre el ahogado Yasser Shehade en una playa de Chipre. Ghaalib soltó un bufido cuando vio el cadáver de su antiguo aliado meciéndose en la orilla de la playa. Claro que, ¿cómo iba a saber que aquel hombre, por lo demás tan curtido, iba a caer presa del pánico en el momento en el que tocó el agua? ¿Que aquel idiota iba a mendigar ayuda y aferrarse a él como un niño desvalido? Si no lo hubiera empujado bajo el agua, se habrían ahogado los dos.

Ghaalib sacudió la cabeza. Menos mal que tenía a Hamid, que ya había demostrado que podía encargarse de la tarea él solo. Miró al hombre que había hecho el difícil trabajo previo de manera tan ejemplar y minuciosa. Aquel hombre fuerte, leal y de pelo rapado había sido la elección adecuada.

Unos gritos excitados procedentes de la sala hicieron que Ghaalib se inquietara y el revuelo pareció mayor cuando entró en la estancia. Frente a él, con una furiosa expresión en el rostro, estaba uno de los mejores hombres de Hamid al frente de un grupo que seguro que estaba de su parte.

—Nos negamos a ir al encuentro de nuestro creador con la vestimenta que nos ha dado —protestó mientras señalaba a Hamid con el dedo.

—¿Qué quieres decir, Ali? —preguntó Ghaalib con calma—. Porque si no, ¿qué?

—Porque si no, vamos a suspender la acción.

—¡¿Suspender?! Pero somos combatientes por Dios, Ali. Los combatientes por Dios no suspenden una acción.

—Lo que nos proponéis es blasfemo, todos estamos de acuerdo en eso. Es *haram*.

Ghaalib giró la cabeza poco a poco y miró a los demás.

—¿Estáis de acuerdo con Ali? ¿Queréis suspender la misión?

Un par de ellos hizo ademán de asentir con la cabeza, pero no lo hicieron. Ghaalib vio con claridad que estaban protegiéndose.

—Pregunto de nuevo: ¿quién está del lado de Ali?

No hubo la menor reacción, aunque Ghaalib sabía qué pensaban.

—¿Tú qué dices, Hamid?

—Ya sabes qué digo. El plan depende de eso, así que Ali tiene que hacer lo mismo que nosotros.

—Pues no voy a hacerlo.

Movió la cabeza arriba y abajo con insistencia para animar a los demás a ponerse de su parte. No era una actitud que conviniera a su misión.

—Lo siento por ti, Ali —dijo Ghaalib mientras sacaba la pistola de su túnica y le apuntaba a la cabeza—. En esto estás solo, lo lamento.

Las dos mujeres conversas, que estaban justo detrás de Ali, se hicieron a un lado mientras le gritaban que no disparase.

Entonces Ghaalib disparó y Ali cayó al suelo como un saco mientras los demás saltaban para evitar la sangre que ya había formado un charco en el suelo. Joan Aiguader fue el único que no pudo moverse de la silla de ruedas, pero cuando la sangre serpenteó en torno a una de las ruedas, se puso blanco como un cadáver.

Se oyeron lloros procedentes de la habitación contigua, donde las rehenes de Ghaalib estaban encadenadas. Solo Hamid permanecía, como una muda e inmóvil estatua de sal, donde había estado todo el tiempo.

—Ali ya va camino del paraíso. Ha vacilado y aun así le he mostrado piedad. Así que hoy las puertas de Yanna van a abrirse para él, un auténtico hijo de su fe —recitó Ghaalib.

—¡Era uno de tus mejores hombres, Ghaalib! —gritó Jasmin, una de las dos conversas.

De modo que fue ella quien tuvo que limpiar la sangre y toda aquella porquería.

Ghaalib volvió a meter la pistola en el bolsillo interno de la túnica y les dio la espalda.

De manera que quedaban solo diez del grupo activo, incluido él.

Pero no hacía falta más para provocar daños irreparables.

41

Assad

DÍA 4

ASSAD ESTABA CARCOMIDO por las dudas.

¿Había hecho la apuesta correcta? Llevaba horas sin poder pensar en otra cosa.

—¿Crees que debo hacer esto, Carl? —había preguntado.

—¿Tienes elección? —respondió Carl.

—¿Elección? Estamos aquí y Ghaalib está en Berlín.

—La verdad es que no lo sabemos, Assad.

—Tengo contactos allí, podría ir a activarlos.

—¿Hablas de gente de los bajos fondos? —Carl sacudió la cabeza.

—Hablo de gente con la que he coincidido aquí y allá durante muchos años, sí.

—¿Y crees que vas a conseguir que Ghaalib salga de su escondite?

—No lo sé.

—Entonces, creo que debes quedarte. Si quiere vengarse de ti, en algún momento irá a donde sepa que estás. Nos hace falta una pista que podamos seguir, Assad. Puede que la apuesta sea equivocada, pero ¿te atreves a no hacerlo?

—¿ME OYES, ASSAD?

Assad hizo un gesto afirmativo y alzó el pulgar a los hombres de Herbert Weber, que estaban en el otro extremo del local. El pinganillo era el más pequeño que había usado en su vida y se ponía nervioso de pensar que fuera a desaparecer dentro de su oído. Pero los de los servicios de inteligencia sabían lo que hacían.

—No corras riesgos, ¿entendido?

Herbert Weber estaba frente a él con el índice levantado como un maestro de los de antes; pero Assad sabía qué había en juego, aparte de su miserable vida, de modo que asintió con la cabeza.

—Si mueres, Ghaalib ya no va a aplazar más su ataque terrorista, ¿entiendes?

Assad repitió el gesto. Tal vez aquel fuera su mejor seguro de vida, a menos que Ghaalib apareciera en persona.

—Mira con detenimiento estas fotos que sacamos ayer. Si Ghaalib ha decidido matarte, cosa que dudas, ya ves que alrededor del parque hay cantidad de ventanas desde las que un francotirador puede alcanzarte con facilidad, así que debemos actuar con cuidado.

Assad observó las fachadas de las casas que rodeaban el pequeño parque. Cortinas por doquier. Cortinas, reflejos en los cristales, macetas de flores. Varias casas de cinco o seis pisos hacia el este, con balcones y un murete en lo alto. Así que ¿quién en su sano juicio podía sostener que controlaba nada en aquella enorme barraca de tiro? Al fin y al cabo, allí arriba podía haber ya varios fanáticos seguidores de Ghaalib armados con rifles, cuyo mayor deseo era morir para llegar al paraíso, a Yanna. Quizá hubiera ya en los pisos algún muerto por haberse fiado de quien llamaba a la puerta.

«De manera que debemos actuar con cuidado», como lo había expresado Weber. Deberían darle un premio por lo moderado de su formulación.

—Te veo escéptico, Assad, y lo aprecio. Pero hemos estado en muchos pisos, de modo que tranquilo, están bajo vigilancia. Hemos distribuido cinco tiradores de élite por los pisos, pero dudo mucho que puedas ver el menor rastro de ninguno de ellos por mucho que busques.

—¿Esperáis capturar con vida a un eventual atacante? —preguntó Carl.

Weber señaló a Assad.

—Todo depende de él. Podemos suponer que el autor del atentado lleve a cabo una acción suicida. Eso puede complicar las cosas, sobre todo si los ataques proceden de varios puntos a la vez.

—Ya sé qué mirada suelen tener antes de inmolarse —indicó Assad—. Ya me encargaré de neutralizarlo antes de que haga nada.

Pero Assad mentía. No sabía nada, porque no hay dos personas dispuestas a morir que reaccionen igual. Había visto esa clase de sucesos, pero solo a distancia, siempre a distancia; y era espantoso, algo demencial.

—¿Habéis comprobado la seguridad de la plaza, los coches aparcados, los árboles? —preguntó Carl.

Assad le dirigió una sonrisa. Era una pregunta innecesaria, pero, aun así, conmovedora.

Eran las ocho menos diez cuando Assad salió de Bruchstrasse y cruzó la transversal Gutzkowstrasse hacia el sendero que atravesaba el antiguo cementerio, que se había convertido en parque.

Tal como había previsto Weber, nada parecía indicar que hubiera cinco hombres preparados en otras tantas ventanas observándolo todo por una mira telescópica.

A su alrededor, el tráfico matinal discurría perezoso. La gente no parecía tener prisa, aunque el espíritu trabajador de aquella ciudad mercantil exigía una actividad casi permanente las veinticuatro horas de los siete días de la semana.

—Tranquilo, somos nosotros haciendo comprobaciones —explicó la voz de su pinganillo.

Assad estaba tranquilo. Con tantos hombres de Weber metidos en faena, casi sentía pena por el o los hombres que Ghaalib debía de haber enviado al centro. Casi, pero sin más.

—Trata de caminar más lento, Assad —continuó la voz—. En este momento se acerca un hombre por detrás. Enseguida habrá salido de Bruchstrasse. A ver qué hace.

Assad mantuvo su reloj frente a los ojos, como si quisiera ver la hora. En efecto, vio en el reflejo de la esfera del reloj el contorno de una persona que se acercaba deprisa por detrás.

En veinticinco metros voy a ponerme a tiro, pensó y se quedó quieto. Le bastaba un segundo para sacar la pistola del bolsillo de la chaqueta, pasó toda la tarde de la víspera ejercitándose. Un giro rápido, apuntar y disparar a los hombros. Primero, al derecho; luego, al izquierdo.

La figura había llegado al cruce entre las dos calles. Se quedó un rato quieta.

—¿Está empuñando algo? —preguntó al hombre del pinganillo.

—No lo veo bien. —El hombre gritó algo hacia el local y un segundo más tarde volvió—. Mis compañeros dicen que está mirando alrededor. Ahora va hacia la derecha. Parece que dudaba qué dirección debía seguir. Lo tenemos vigilado.

—Aunque no quedan hojas en los árboles, no domino todo el parque desde donde estoy.

—Pero nosotros te vemos. No mires arriba, pero tienes un dron encima.

—Quitadlo. Si hay algo que dispare todas las alarmas, son esos putos chismes.

—*Don't worry,* está a trescientos metros de altura. Dentro de nada va a aparecer un ciclista cruzando el parque. Es uno de los nuestros, déjalo pasar. Está sacando fotos de todos los movimientos del parque.

—¿Se puede andar en bici aquí?

—Ni idea, pero supongo que sí. *Who cares?*

Ve demasiadas series estadounidenses , pensó Assad.

—Haz como que vas a los servicios, Assad. Ya los ves, ¿no? Justo a tu izquierda.

—Sí, sí. Y veo la zona de juegos y oigo reír a un niño, aunque no lo veo. ¿Os habéis asegurado de que no hay nadie?

Se oyeron unos ruidos al fondo. Se habían asegurado, pero no lo bastante.

—Apartad a ese niño antes de que salga yo de los servicios, ¿vale?

—Espera, sucede algo, quédate fuera. ¿Ves el coche que viene del oeste por Gutzkowstrasse? Va a buena velocidad. Algo excesiva, en mi opinión.

Assad se giró cuando oyó el chirrido de los frenos del coche. Un hombre salió de él y se quedó quieto mirando el parque. Aparte de la cazadora, iba vestido como cualquier campesino de Oriente Próximo. Pantalones anchos acampanados que terminaban justo en el tobillo, lo que era *halal* y acorde a las Escrituras. El gorro *kufi* que llevaba en la cabeza era blanco y los zapatos, puntiagudos y torcidos hacia arriba.

Assad asió su pistola con fuerza.

—Ahora viene... —llegó a decir su pinganillo cuando un disparo lo asustó e hizo que los pájaros de los árboles salieran volando.

Assad no supo de dónde procedía el disparo, pero sí alcanzó a ver una lluvia de cascos que caían de una ventana del primero de los grandes bloques blancos a su derecha.

—Hostias —oyó por el pinganillo—. Tenemos una baja.

Se oía un ruido al fondo, había un gran revuelo, sin duda. Y cuando se oyó otro disparo y cayó otra lluvia de cristales, giró por instinto a tiempo para ver a su atacante a solo diez metros de distancia saltando hacia él con la pistola en la mano mientras su *kufi* caía al suelo.

El hombre apretó el gatillo de su pistola un par de veces, pero solo se oyó un clic. Entonces la arrojó y, cuando no había más que dos o tres metros entre ellos, sacó un cuchillo tan largo que era increíble que hubiera podido ocultarlo.

El disparo de Assad lo alcanzó en el cuello, pero no lo detuvo. Lo que lo hizo parar en seco fue el disparo que llegó de arriba y le impactó en la cabeza.

—¡¿Vienen más?! —gritó Assad, pero no oyó nada por el pinganillo.

Assad se quedó inmóvil. Un niño lloraba en la zona de juegos y no era por llamar la atención.

—¡A ver, ¿qué ocurre?! —volvió a gritar mientras con el pie daba la vuelta al cadáver hasta dejarlo boca arriba. Era bastante joven y sus ojos seguían abiertos. ¿Quién había hecho que un muchacho así hiciera algo semejante?

Oyó ruido por el pinganillo. La voz no era la misma de antes y sonaba alterada.

—Tienes que salir de ahí, Assad. No es seguro.

—Pero ¿qué ocurre con el niño?

—Ahí no hay ningún niño. Hay algunos jugando en una calle lateral frente al parque. Uno de ellos se ha caído al suelo, eso ha sido todo.

¡¿Todo?! Pero fue suficiente para que por un momento perdiera la concentración. Tenían que haber asegurado mejor la calle.

Assad se protegió tras un árbol.

—¿Quién ha disparado? ¿De dónde venía el disparo?

—No lo sabemos. Por eso tienes que largarte.

—¿Por qué no hablo ya con la persona de antes?

—Porque está muerto, Assad. Tanto él como su compañero han caído. Estoy en la sala y los tengo delante. Están muertos.

Assad estaba conmocionado. El hombre con el que había hablado había sido asesinado. *Don't worry,* le había dicho poco antes. ¿Por qué no había dicho *better safe than sorry* y actuado en consecuencia?

Se oyó un tercer disparo y esta vez el proyectil impactó en la sombra que dibujaba la silueta de Assad en la gravilla. De hecho, en la zona del corazón.

¿Podía haber una señal más clara de cómo era el enemigo al que se enfrentaban?

La mirada de Assad recorrió los edificios al oeste del parque.

—¿Habéis pensado hacer algo con el francotirador? —preguntó a su nuevo interlocutor del pinganillo.

—Hemos enviado gente.

Assad se quedó callado e inmóvil. A su alrededor se oían sirenas de policía y un gran revuelo. Los hombres de Weber y la Policía Local, provistos de chalecos antibalas, asaltaron el edificio de donde debían de proceder los disparos.

Después de por lo menos dos horas, la alarma había cesado.

HERBERT WEBER PARECÍA tan impresionado como Carl cuando dejaron sus posiciones del hotel. Carl tenía dispuesta una botella de agua y Weber, el semblante alterado, como si expresara dolor y disculpas a la vez.

—No lo hemos atrapado, Assad. Hemos encontrado en el suelo las vainas de sus cartuchos y un blíster vacío de pastillas, eso era todo. No sabemos cómo ha podido eludir a nuestra gente, pero creemos que llevaba aquí varios días y que, de hecho, había saludado a los agentes que verificaban que todo estaba bien.

—El dueño del piso llevaba de viaje por lo menos diez días, por lo que dicen los vecinos, y tampoco habían oído ningún ruido hasta que empezaron los tiros —añadió Carl.

Tendió a Assad la botella de agua y le puso la mano en el hombro.

—Me alegra que estés ileso, Assad, pero ya sabes que, por desgracia, dos de los hombres de Weber han resultado muertos, y la triste noticia va a tener consecuencias. Creemos que otro de los objetivos de los asesinatos de hoy era minar la confianza y la seguridad de Alemania.

Señaló el hotel con el dedo.

—Como ves, toda la Schifferstrasse está cortada, porque, de lo contrario, nos estaría hostigando una horda de periodistas.

Assad miró el cadáver. La sangre ya se había oscurecido.

—Lo siento muchísimo por tus hombres y sus respectivas familias —dijo Assad a Weber—. Pero debimos prever que pudiera ocurrir algo así a fin de que el joven que yace ahí fuera tuviera tranquilidad para hacer su cometido.

Weber hizo un gesto afirmativo.

—No te he dicho cuántas vainas de cartucho hemos encontrado en el piso donde estaba el francotirador.

—Debían de ser tres —calculó Assad—. Los dos que han abatido a tus hombres y el que le ha dado a mi sombra.

Para sorpresa de Assad, Weber sacudió la cabeza.

Fue Carl quien explicó la situación.

—Han encontrado cuatro vainas. Fue el mismo francotirador el que disparó a la cabeza del joven que iba a cometer el atentado.

Assad le dirigió una mirada fija. Apenas podía respirar.

—Creemos que el francotirador dudaba de que tu disparo al cuello del joven del atentado fuera a detenerlo. Pero has de saber que nosotros no lo dudamos ni por un instante —le aseguró Weber.

—Es demasiado nauseabundo. ¡Han matado a su propio hombre! —exclamó Carl.

Assad miró el cadáver. El tiro se había alojado en su sien izquierda, de manera que procedía del mismo lugar que los disparos dirigidos al edificio blanco al otro lado del parque que habían matado a los hombres de Weber.

Carl miró un buen rato el cadáver.

—Es bastante joven —comentó.

—En efecto. No creo que tuviera veinte años —indicó Assad. Una vida echada a perder.

En la frente de Carl aparecieron profundas arrugas.

—Si hubiera llevado un chaleco explosivo, no habrías salido con vida, amigo. Pero creo que no era intención de Ghaalib que las cosas ocurrieran así. Tampoco que el francotirador te disparase, porque ya ha tenido la oportunidad de hacerlo cuando has entrado en el parque.

Assad no quiso hablar de ello.

—¿Me dejas? —preguntó.

Weber asintió en silencio y le pasó unos guantes de goma.

—Supongo que pensáis, como yo, que no ha sido ninguna casualidad que la pistola se le haya encasquillado dos veces, ¿verdad? —preguntó y se puso en cuclillas junto al cadáver.

Luego se volvió hacia los hombres que examinaban la pistola.

—¿Veis algo? —preguntó.

—El percutor está limado —respondió uno de sus hombres.

—Ya lo ves, Assad. Ghaalib no deseaba que te matara.

Assad estuvo de acuerdo. Abrió con cuidado la cremallera de la cazadora del muerto y la camisa que encontró estaba resplandeciente, como si la acabara de comprar para la ocasión. Desde luego que se había preparado para el paraíso. Y ahora, una madre más lloraría lágrimas de sangre.

—Lleva un billetero en el bolsillo interno —dijo Assad y se lo pasó a Weber, que lo tomó con manos algo temblorosas. En breve, cuando tuviera que dar explicaciones ante las cámaras, iban a asarlo a preguntas por ser la persona responsable de la muerte de dos de sus propios hombres.

—Veo por su carné de conducir que tenía diecinueve años y dos días: cumplió años anteayer —hizo saber Weber—. A decir verdad, no ha podido aprovechar mucho el carné, se lo sacó hace solo cuatro meses. Y aquí hay una tarjeta de préstamo de una biblioteca cercana. Se llamaba Mustafá, que, por lo demás, siempre he creído que era un nombre inocente y pacífico.

Entregó el billetero a un perito de la policía.

—Debemos esforzarnos en averiguar cómo es posible que una persona tan joven haya sido atraída a una acción tan desesperada.

Se acercaron otros dos peritos, vaciaron con esmero todos los bolsillos del cadáver y depositaron su contenido en un plástico en el suelo: un pañuelo blanco, una carta del Ayuntamiento, veinticinco euros en billetes y monedas, llaves que nunca más iba a necesitar. Y también una nota.

Enhorabuena, sigues vivo.

La siguiente parada es Berlín. Ten cuidado con los lugares abiertos y con verde, sobre todo donde la paloma vuela bajo. Y ten en cuenta, Zaid, que no te queda mucho tiempo. Hasta la vista.

—¿La paloma? —Weber sacudió la cabeza—. ¿Es una referencia simbólica al joven?

—¿A qué te refieres? —preguntó uno de sus hombres.

—Este desgraciado ¿no era acaso una paloma mensajera que debía entregar un mensaje al precio de su vida? Desde luego, ese Ghaalib es un diablo cínico y repugnante.

Assad aspiró hondo. Parecía que por fin se daban cuenta de a quién se enfrentaban. A la maldad personificada, ni más ni menos.

Estuvo un rato mirando la nota.

Ponía que no le quedaba mucho tiempo.

¡No le quedaba mucho tiempo!

Y Berlín era una ciudad enorme.

42

Rose

DÍA 4

MIENTRAS ROSE Y Marcus Jacobsen se empapaban de la historia del lema *perseverando* en internet, Gordon andaba atareado con su ordenador.

—He enviado el retrato robot del chico al internado de Bagsværd —informó—. Esperemos que dé resultado.

Rose estaba segura.

—Mi infalible intuición femenina me dice que lo dará. ¿Acaso no basa el chico su vida en la expresión «con insistencia», *perseverando*? Nos lo dice su tozudez por llegar a las dos mil ciento diecisiete victorias en el juego. Y está claro que conoce el significado de la palabra latina, de modo que algo de formación ha recibido. El internado usa como lema la palabra; por supuesto que hay una relación.

—¿No se puede saber de qué videojuego se trata y después deducir dónde lo ha comprado? —preguntó Marcus Jacobsen.

Gordon suspiró.

—Para conseguir software hoy en día, lo más habitual es descargarlo desde alguna plataforma. Creo que va a ser inútil buscar al chico así, sobre todo porque disponemos de poco tiempo. Teniendo en cuenta cómo es él, el juego no será uno típico de equipo como *Counter Strike* y otros juegos de ordenador parecidos. Además, es posible que lo consiguiera hace mucho tiempo.

»He preguntado a varios expertos y a un par de frikis informáticos, pero por desgracia no tenían ni idea de cómo podíamos averiguar dónde lo ha conseguido.

—¿Es un juego de disparar? Pero ¿hay en el juego también armas blancas, como una espada de samurái? —intervino Marcus.

—Por desgracia, es dudoso. Cuchillos, tal vez, pero no espadas de samurái, porque para eso debemos centrarnos en otro tipo de juegos. Por ejemplo, *Onimusha*, que era un juego para la PS2.

—¿PS? —preguntó Marcus, que no entendía nada.

Gordon sonrió. Allí estaba el cambio generacional asomando la cabeza.

—¡PS! ¡Eso significa «PlayStation», Marcus!

—De acuerdo. —Se alzó de hombros—. Ya os dais cuenta de que me muevo en terreno resbaladizo. Pero al menos sé que, por medio de la Comisaría Central de Información, debemos pedir ayuda a las empresas de telefonía. Soy consciente de que lo más seguro es que no nos lleve a ninguna parte, porque son tarjetas de prepago y el chico habla poco, pero voy a pedir a los compañeros de la Comisaría Central que hagan lo que puedan.

—Así, tal vez pueda hacerse una estimación con cien metros de error. Por lo menos, sabremos desde qué barrio residencial nos llama —dedujo Gordon.

Pero Rose ya sabía que eran ilusiones vanas.

UNA HORA DESPUÉS de que el inspector jefe de Homicidios se marchara, los telefoneó una administrativa del internado de Bagsværd. Era amable y competente, había hecho con exactitud lo que se le pedía, y la respuesta fue desalentadora.

—Para estar segura: dicen que tiene veintidós años, ¿no?

—Sí —repuso Rose.

—Es que para nosotros es importante saber si hay alguna probabilidad de que algún profesor del claustro lo haya tenido como alumno.

—Veintidós años.

—Entonces, me temo que mi respuesta va a decepcionarlos, porque ningún docente podía reconocer al chico del retrato. Nos sorprende, claro está, que emplee nuestro lema, pero la respuesta es no. Ese chico no ha estudiado en nuestro internado.

Rose recorrió la lista de maldiciones más apropiadas para describir su frustración. Era una lista larguísima.

—He hecho mis búsquedas y no hay otras instituciones de enseñanza que empleen la palabra *perseverando* en contextos destacados —dijo Gordon.

«Contextos destacados», ¿cómo se podía decir esa chorrada? ¿A qué remitía? ¡A nada! Ya iba a darle ella contextos destacados.

—Entonces, debemos esperar a que vuelva a llamar para preguntarle de dónde ha sacado el palabro —continuó Gordon con cierta inquietud. A fin de cuentas, seguía estando en juego una vida humana.

Siempre esperando, pensó Rose. ¿Cuántas veces parecía ser un camino apropiado y viable cuando cada vez quedaba menos tiempo?

—Un momento, Gordon: tengo una idea —anunció Rose—. Has puesto a Mona en antecedentes del caso, así que voy a telefonearla. Es la única que puede ayudarnos a construir el perfil del chico.

Llamó al número de la psicóloga de Jefatura, pero, al parecer, no había nadie en la oficina.

—¿No debería estar en la oficina, Gordon?

Este consultó su libreta de notas y asintió.

—Intenta llamarla a casa, puede que se haya marchado antes de la hora —propuso.

Fue lo que hizo Rose, pero no fue Mona quien respondió la llamada. La voz era más grave y Rose no la conocía.

—Mathilde al aparato —se oyó, en medio de una cacofonía de gritos al fondo—. ¡Callaos, Ludwig y Hector!

Sus gritos no causaron mucho efecto.

—Soy Rose Knudsen, de Jefatura. ¿Puedo hablar con Mona?

—No, la han ingresado en el Hospital Central esta mañana.

Rose frunció el ceño. Vaya modo seco de responder para dar una información tan seria.

—¿Ingresada? Lo siento mucho. ¿Puedo preguntar quién eres?

—Qué típico de mi madre que no diga a nadie que tiene una hija que se llama Mathilde. Un poco embarazoso para mí, ¿verdad?

—Perdona, no tengo mucha intimidad con tu madre, nuestra relación es más bien laboral. ¿Se trata de algo grave? Espero que no lo sea.

—Lo grave que puede ser que una mujer de cincuenta y un años se quede embarazada y le cueste mucho retener el feto.

Rose se imaginó a Carl. Iba a ser una noticia difícil de asimilar.

—Pero no ha abortado, ¿verdad?

—Ojalá lo hubiera hecho. Desde luego, no estoy dispuesta a tener un hermano o hermana pequeña con treinta y tres años. ¿Tú qué dices? ¿Qué te parece?

No digo nada, puta bruja, pensó Rose.

—¿En qué sección está ingresada? —fue lo que preguntó.

—Desde luego, no en la sección de reproducción asistida.

Dejó escapar una risa ronca.

—Ludwig y Hector, estaos callados; si no, os pongo en la calle.

ROSE ENCONTRÓ A Mona con la piel transparente en la última habitación del pasillo de la sección de Ginecología del Hospital Central.

—¡Rose, has venido! ¡Qué detalle! —la saludó.

Rose captó su mirada, que recorrió su cuerpo de arriba abajo, pero no le importó. Llevarían como dos años sin verse y en el entretanto había engordado unos veintidós kilos. ¿Quién no iba a reparar en ello?

—¿Estás bien? —preguntó Rose.

—¿Te refieres a si puedo retener el niño?

Rose hizo un gesto afirmativo.

—A ver qué pasa los próximos días. ¿Cómo has sabido que estaba ingresada? Mathilde no os ha llamado, ¿verdad?

—¿Te refieres a esa hija amable y cariñosa que cuida entre algodones al pequeño Ludwig y a sus amiguitos?

El estómago de Mona se estremeció bajo el edredón. De modo que aún le quedaba algo de salero.

—No. Te he llamado a casa para que me ayudaras a construir un perfil psicológico, pero no voy a molestarte con ello ahora, aunque corre un poco de prisa.

—¿Un poco?

—Sí. La verdad es que corre una prisa del copón.

—Es el chico que os llama, ¿verdad?

Rose asintió.

Al cabo de media hora, al personal sanitario le pareció que Mona necesitaba descanso.

—Cinco minutos más y terminamos —dijo Mona a la auxiliar y Rose se dio cuenta de que estaba cansada.

—Creo que, con los hechos que me has explicado, me hago una idea bastante clara del chico —dijo a Rose.

Señaló el retrato robot que yacía sobre el edredón.

—Y me pregunto en qué disfunción ha vivido esa familia para que el chico mate a su padre de esa manera tan bestial y ahora amenace a su madre con lo mismo.

—¿Es un psicópata o es solo que está loco? ¿Tú qué crees?

—Mmm. No es un psicópata en el sentido habitual del término, aunque su total falta de empatía podría indicarlo. El mero hecho de que se proponga dañar a otras personas que ni siquiera conoce apunta en esa dirección. Pero un tío como él, que vive en su propio mundo, puede albergar en su interior todo tipo de variantes psíquicas. Por supuesto que está zumbado, pero en cierto modo parece demasiado controlado para llamarlo *loco* en la manera tradicional de establecer diagnósticos. No parece ser esquizofrénico, pero esa especie de manía persecutoria y frialdad emocional se presentan a menudo juntas y provocan actos imprevisibles. La sociedad actual produce muchas personas así. El egocentrismo y la indiferencia son el azote de nuestra época.

—Mmm. Me da la sensación de que ya tienes una teoría, Mona, así que suéltala antes de que me echen.

La psicóloga elevó un poco el cuerpo con dificultad, como si estar tumbada le provocara dolor lumbar.

—Escucha, Mona, también puedo volver mañana si te viene mejor. No tienes más que decirlo.

—No, no, estoy bien.

Asió el vaso de agua y se mojó un poco los labios. Después sonrió y se puso la mano en el vientre.

—Creo que va a salir bien. *Tiene* que salir bien.

—¿Quieres que le diga algo a Carl?

—De momento, no. Pero si esto se alarga, me gustaría que volviera a casa.

—Vale.

—Pero, para volver a mi teoría, porque no andas descaminada, la verdad es que tengo un presentimiento. ¿Has pensado cuándo emplea un joven normal de veintidós años una expresión como *perseverando* o «con insistencia»?

—Nunca.

—No, ¿verdad? A menos que la emplee con socarronería. Como una especie de burla. Y eso solo puede hacerlo si se siente libre y por encima de los demás. ¿Me sigues?

—No estoy segura. ¿Quieres decir que a lo mejor la expresión no es suya?

—La expresión es suya, pero no la ha aprendido en un internado, sino de sus padres. Diría que es hijo único y que su madre, o, mucho más probable, su padre ha sido muy exigente con el chico mientras crecía y ha hecho que no se sintiera libre y que por eso odiara su entorno.

354

Rose estaba de acuerdo, su experiencia no había sido muy distinta.

—Por supuesto que es el padre quien le ha metido la palabra en la cabeza. «Debes insistir, chaval, continuar, no ceder nunca» y toda esa basura. Sé muy bien de qué me hablas.

Mona la miró largo y tendido sin decir nada, porque sabía qué pensaba Rose. Tampoco Rose había salido indemne de vivir a la sombra de su padre, lo que tuvo fatales consecuencias.

Mona aspiró hondo.

—En efecto, esa es mi teoría. Es el padre del chico quien ha sido criado con esa palabra virtuosa y después se lo ha exigido a su hijo. Y el chico lo ha decepcionado porque no podía estar a la altura del lema o norma de conducta *perseverando,* y eso se ha convertido en falta de respeto y una disfunción entre los dos, a mi entender.

—De manera que ¿podría ser el padre quien estudió en el internado de Bagsværd?

—Creo que sí.

—Eso no facilita nuestra búsqueda, Mona. Porque, entonces, ¿quién es el padre? Puede haber cantidad de hombres mayores de cuarenta y pocos que han ido a ese internado. Hablamos quizá de doscientos o más. No he investigado cuántos alumnos tiene el internado cada año.

—El caso es que no podéis seguir ese camino, porque no hay tiempo. Pero puedes usar ese perfil cuando hables con el chico.

—¿Cómo?

—Dile que sabéis que su padre fue a Bagsværd y que estáis a punto de conocer su identidad. Y dile a la vez que comprendéis la difícil infancia que ha debido de tener con un padre como el suyo. Que debe de haberse sentido triste y solitario por no haber tenido hermanos que hiciesen de parachoques, y que sabéis que su madre nunca salió en su defensa cuando llegaba el padre con sus eternas exigencias.

Mona pensó un poco en sus consejos antes de continuar.

—Recuerda decirle que se considerará circunstancia atenuante si se entrega, sobre todo si ha tenido un historial crudo de terror psicológico, y que debe liberar a su madre enseguida para mostrar su voluntad de llegar a una solución amistosa. Hazle saber por todos los modos posibles que no sentís la menor simpatía por su padre, que pensáis que es un canalla. Tal vez se pueda salvar a la madre y a cualquier otra persona sobre la que pudiera descargar su furia.

—¿Y la víctima de la pared? ¿Por qué crees que la ha puesto allí?

—Creo que porque está indignado ante la indiferencia. Esa indiferencia y frialdad, que ha percibido y que extiende a cada individuo, la usa como una especie de arma cuando decide castigar una indiferencia muchísimo mayor, de la que es culpable toda la humanidad.

—Guau —dijo Rose.

—Sí, pero, por otra parte, bien podría ocurrir que la víctima dos mil ciento diecisiete le recordara a alguien que estimase. Lo que nos interesa es que esto lo relaja un poco. Y si se relaja, ya sé que nadie va a poder sacarle provecho mejor que vosotros.

—Lo intentaremos. Gracias, Mona. ¿Puedo hacer algo por ti a cambio?

Mona hizo un gesto afirmativo.

—Puedes cuidar de Ludwig. ¿Te importa? Mathilde tiene la misma dedicación por él que la que siente un tiburón tigre de arena, que no solo se come sus propias crías, sino que ya desde el útero de su madre caza y se come a sus propios hermanos. A Mathilde le falta instinto maternal. Entonces, ¿qué me dices?

Rose tuvo que tragar saliva un par de veces. Aquello era una sorpresa y tenía que encontrar una solución, y rápido, porque Ludwig era un petardo que podía arrasar su piso en menos que canta un gallo.

—Podrías vivir en mi piso, Rose.

Rose tragó saliva una vez más. Aquello era de lo más inaudito.

—¿Sabes qué, Mona? —dijo y se puso a pensar como loca—. Tengo una idea mejor. Haré que Gordon vaya a buscarlo a la escuela y luego puede vivir en su casa.

Aquello iba a costarle uno o dos polvos.

43

Joan

DÍA 3

Aunque apenas perceptible, era la oración de la mañana lo que lo despertaba. Siempre a la misma hora, siempre controlada. Tal vez fuera aquel rasgo de sus guardianes lo que más miedo le daba. Aquella férrea disciplina en cuestiones de fe. Guiaba su vida y sus pensamientos de una manera que se le hacía incomprensible. La verdad era que, de vez en cuando, los envidiaba. El presbítero que lo confirmó en Barcelona, al menos, no consiguió transmitirle el lastre colectivo que, por lo demás, debería acarrear un católico.

En aquel momento, los sonidos procedentes del cuarto vecino al suyo expresaban justo lo contrario. Una fe común que los abrazaba a todos por igual, que les daba esperanzas de una existencia paradisíaca en la próxima vida y hacía llevadera la presente en este valle de lágrimas.

Torció la cabeza hacia el hombre que se encargaba de cambiarle los pañales y trató de expresar un poco de agradecimiento, aunque la humillación casi no se lo permitía.

—Dentro de poco vas a pasar a nuestro cuarto —dijo el tipo que le ponía la inyección habitual. Se quedó un rato con los ojos achicados, concentrado en el estornudo que estalló de pronto. Luego sacó del bolsillo un pañuelo de papel, se sonó las narices y se marchó.

Joan tiró de la cinta americana, al igual que había hecho innumerables veces durante los últimos días en los valiosos minutos anteriores a que su cuerpo volviera a quedar paralizado. Y todas las veces se arrepentía. No solo se había despellejado las muñecas, sino que ahora los rasguños estaban empezando a infectarse.

La inyección le hizo efecto a los treinta segundos y la cabeza de Joan cayó a un lado. Notaba el tirón en los músculos del cuello, pero no podía controlarlos.

Las alfombras de orar estaban recogidas junto al zócalo. Todos estaban vestidos de calle y expectantes cuando Ghaalib entró en la gran sala del piso berlinés acompañado de Hamid.

—Hoy vamos a hacer el primer ensayo general. Todavía no sabemos con exactitud cuándo va a ser la función de verdad, pero, cuanto más ensayemos, mejor saldrá, y eso es lo que queremos: que salga bien, ¿verdad?

Todos asintieron. La mancha de sangre de la alfombra les recordaba sin cesar que la comunidad era a menudo una relación amenazada.

Entonces se abrieron las puertas del comedor y entraron otras dos sillas de ruedas hasta el centro de los reunidos.

Desde la vez que las dos mujeres de la playa de Ayia Napa gritaron desconsoladas cuando el cadáver de la víctima 2117 llegó a la orilla, habían envejecido de forma considerable.

La mayor estaba tan medicada que llevaba siempre abierta la boca, de donde sobresalían un par de dientes oscuros. También yo tendría ese aspecto si me maltrataran lo suficiente, pensó Joan, pero en su interior sacudía la cabeza. Era ridículo pensar que fuera a sobrevivir tanto tiempo. ¿Todo aquel teatro no era acaso el principio de su fin? Estaba convencido de que sí.

Trató con todas sus fuerzas de sonreír a la más joven, pero no pudo. La chica parecía desesperada con aquel vestido delgado y los ojos aterrorizados.

¿Qué has visto, chica?, pensó por un breve instante cuando se oyó ruido tras una de las muchas puertas de la estancia.

Se oyeron chirridos de ruedas sin engrasar y todos volvieron la vista hacia la puerta de doble hoja que se abrió. Fue la suiza quien la franqueó y un suspiro de sorpresa —y tal vez de alivio— se propagó entre los reunidos.

Dos de los hombres incluso aplaudieron cuando apareció un joven que Joan no había visto hasta entonces empujando una silla de ruedas ocupada por una mujer consumida, con un lunar alargado en la mejilla. A los ojos de Joan, no era más que un niño, seguro que no tenía dieciocho años. El chaval lucía una tierna sonrisa y parecía estar un poco ausente. ¿El pobre no sabía en qué estaba metido?

—Bueno, pues ya está completo nuestro cortejo de sillas de ruedas. Y aquí tenéis a Afif, que es un buen chico, aunque algo lento.

Ghaalib lucía una cálida sonrisa. ¿Qué ocurría allí? ¿Aquel hombre albergaba sentimientos por alguien? Era muy sorprendente. Aquella mirada entre los dos. Parecía tan cariñosa, tan cómplice y extrañamente ajena a cuanto ocurría alrededor... Algo que Joan no sabía concretar. Algo importante.

—Afif no va a tomar parte en nuestros preparativos, pero está bien tenerlo. Es agradable de ver, de trato amable. ¿Quién va a sospechar nada malo de un grupo en el que hay un chico así?

Entonces se oyeron unos gemidos sibilantes que hicieron que todos se pusieran a escuchar. Fue el momento en el que las tres mujeres se reconocieron. Aunque la última en llegar también estaba paralizada, no había inyección en el mundo que pudiera controlar la emoción, que provocó un torrente de lágrimas. Las miradas de las otras dos mujeres en silla de ruedas también parecían expresar que aquello era una especie de liberación en su vida. Como si su cuerpo pudiera ya entregarse a la muerte y la mirada entre ellas fuera su único medio de contacto, que había faltado a las tres. El medio de contacto que habían aceptado y que les iban a quitar a la vez.

Los chirridos no cesaron, pero Ghaalib no hizo caso.

—Como veis, hemos reunido la familia de Zaid al-Asadi y ahora tenemos en total a cuatro personas desvalidas en silla de ruedas, cada una con su misión. La hija más joven, Ronia al-Asadi, que vemos por primera vez entre nosotros, lleva dos meses acompañada de Afif. Y la silla de ruedas construida para nuestra acción iba en la caja de la parte trasera del autobús de Frankfurt.

Varios se acercaron y uno de ellos se puso en cuclillas y pasó la mano por la caja marrón que había bajo el asiento.

—Parece que nuestro despierto y algo acatarrado amigo Osman se ha dado cuenta de que no se trata de una batería normal para una silla de ruedas eléctrica. Ya habréis comprobado que Ronia tampoco va a poder hacer maniobras con ella de ninguna manera, así que Afif empujará por detrás, porque la verdad es que la silla no lleva ninguna batería.

Soltó una risa corta.

—Afif, ya puedes volver a la habitación —dijo después, todavía con cierta calidez en la voz.

El joven dio de forma mecánica unas palmadas en la mejilla a la paralizada Ronia. No parecía andar muy bien de la cabeza. Después se marchó a paso lento.

—Hamid va a provocar la explosión de la caja con un mando a distancia, nada nuevo bajo el sol —continuó Ghaalib—. La novedad es que la explosión va a ser en dos tiempos. Primero va a explotar el respaldo y, poco después, la caja bajo el asiento.

Joan miró espantado a las otras dos mujeres en silla de ruedas. Eran una mujer y sus dos hijas, que se veían por primera vez en mucho tiempo. Pero ¿su primera reacción fue de alivio porque la más joven seguía viva? ¿O los débiles sonidos que emitían expresaban más bien un terror de lo más indescriptible?

Miró de nuevo a la más joven, cuyo agitado corazón latía con tal fuerza que Joan, a varios metros de distancia, veía el pulso de su cuello golpear como el pistón de un motor.

Hamid se adelantó y se colocó delante de la silla de ruedas de Ronia.

—Tenéis que entenderlo así: esta no es una acción suicida normal, como podríais pensar. No se os van a entregar chalecos explosivos y tampoco vais a inmolaros con granadas de mano.

Vamos a mostrar al mundo cómo toma su destino en sus manos un auténtico combatiente de Dios en un ejercicio de valor y voluntad.

Se oyeron unas frases en árabe y varios de los presentes hicieron una reverencia a Hamid. Rostros orgullosos se volvieron unos a otros y alguno miró al techo con los índices levantados.

Hamid se giró hacia la joven y le subió el vestido para que todos vieran que no era más que un adorno y que dentro había una mujer tan flaca que casi desaparecía en el asiento.

Luego, la figura de Hamid obstaculizó la vista de Joan, pero sí que oyó con nitidez el traqueteo metálico.

—Mirad —dijo Hamid y se dio la vuelta—. Esta es una de las armas que oculta el vestido de Ronia.

Sostuvo en las manos un arma corta.

—Sí, ya veo que sonreís; y también es irónico que hayamos elegido una de las armas más diabólicas y eficaces de los judíos, pero la Micro Uzi 9 mm class 3 es una obra maestra para nuestro objetivo. Con su kilo y medio escaso de peso y una longitud de sesenta centímetros, es capaz de disparar cientos de balas por minuto con buena precisión hasta los cien metros de distancia. Es un arma con la que tenéis que familiarizaros cada uno de vosotros. Algunos ya la habéis usado, así que enseñad a los demás cómo funcionan.

Joan bajó la vista. Su cerebro había registrado que las manos le temblaban una barbaridad, pero cuando las miró estaban inmóviles.

Hamid se sonó los mocos.

—Ya sabéis cómo debéis ir vestidos, de modo que no vamos a entrar en detalles. Eso sí, hay que distribuir estos.

Llevó al centro de la sala un saco de lona que estaba apoyado en la pared y lo abrió.

—Estos chalecos antibalas son de calidad óptima y cuando ves lo delgados que son y lo fácil que es esconderlos bajo la ropa, no queda más remedio que admirar EnGarde Body Armor por su modelo Executive. Está tan bien diseñado que cualquiera pensaría que se trata de un chaleco perteneciente a un traje normal negro.

Los presentes aplaudieron otra vez.

—También tú recibirás uno, Joan Aiguader —continuó y lo arrojó ante la silla de ruedas de Joan—. Estás sorprendido, pero deja que te cuente cómo vamos a utilizarte. La verdad es que no debes morir en esta acción. Vamos a colocarte a distancia de las explosiones para que seas el primer periodista de la historia que no solo es testigo de los preparativos de una acción terrorista, sino que también está sentado en el patio de butacas para describir cómo se lleva a cabo. Y eso vas a hacer, porque esta vez el mundo no va a contentarse con imágenes sangrientas y miembros humanos esparcidos entre cascotes en las horas siguientes. El mundo va a verlo todo gracias a ti, y te harán entrevistas sobre lo que has visto, y escribirás sobre ello una y otra vez.

Ante la violencia y el cinismo de aquella información, se produjo en su cerebro un vacío que no sabía cómo llenar. Era una sensación espantosa y reconfortante al mismo tiempo. Iba a vivir, decían, y su corazón sintió alivio, pero el precio era que iba a tener que pasar el resto de su vida con las escenas más terribles grabadas en la retina. Joan supo al instante que después de aquello nunca volvería a ser él mismo. ¿Cómo iba a seguir viviendo cuando no solo sabía que iba a morir gente, sino que iba a verlo, oír los gritos, dejar que ocurriera la carnicería sin poder intervenir?

Después Hamid sacó una cámara frontal GoPro, de las que solían llevar los periodistas mejor pagados de *Hores del dia* para sus reportajes, y se la colocó a Joan en la cabeza.

—Encantador, ¿verdad? —declaró a los rostros sonrientes que lo rodeaban—. Con la cara de inocente de Joan y su supuesta condición de discapacitado, y luego con una pequeña cámara en la cabeza, la gente estará casi conmovida. Pensad que la gente que empuje las cuatro sillas de ruedas será recibida con respeto y emoción.

Hamid rio y se giró hacia Ghaalib.

—Ahora quedan los dos últimos chalecos. ¿Quieres hacer la presentación, Ghaalib?

Volvió a surgir aquella sonrisa en una situación en la que las sonrisas sobraban. Joan estaba tan cabreado, tan herido en su humanidad, que desearía poder taparse los oídos y desaparecer de aquel cuadro diabólico.

—Gracias, Hamid —respondió Ghaalib—. Los dos últimos chalecos son para Marwa al-Asadi y para su hija Nella. Son chalecos explosivos tradicionales que pueden activarse a distancia, pero con la particularidad de que el mismo mando a distancia valdrá para la inmolación de las dos y para la de Ronia. Primero estallará la carga que lleva Ronia a la espalda, cuarenta segundos después detonará la de Nella y, al cabo de otros veinte segundos, la de Marwa.

Joan estaba a punto de vomitar. A pesar de la parálisis, los ojos de las tres mujeres estaban tan aterrorizados que Joan temió que alguna de ellas sufriera un infarto. De ellos brotaban lágrimas de intensos reflejos brillantes. Ya no gemían, no les quedaban fuerzas para ello. Era repugnante y despiadado que las obligaran a escuchar tanta maldad. Debían de estar consumidas de pavor.

—Me doy cuenta de que comprendéis por qué vamos a hacerlo así. Todos tendréis tiempo de disparar y poneros a cubierto lejos de las sillas de ruedas, y si las cosas suceden tal como las hemos planeado, varios de vosotros saldréis con vida, e incluso tal vez todos. El camino al paraíso se alargará, pero, si sobrevivís para participar en nuestras próximas acciones, tanto mayores serán la gloria y el honor. *Insha'Allah*.

Varios volvieron a aplaudir, pero la suiza dio un paso al frente. Miró a Ghaalib con inquietud.

—¿Quién va a cubrirnos cuando estallen las bombas si nos diseminamos para ponernos a cubierto? ¿No deberíamos ir en formación o buscar refugio en el mismo lugar?

Ghaalib asintió con la cabeza.

—Bien pensado; pero no. Nos hemos imaginado toda clase de escenarios y corréis un riesgo mínimo si os diseminais. Tenemos con nosotros a un magnífico francotirador que va a cubriros. De hecho, lo hemos usado en Frankfurt y ha demostrado su pericia con creces. No lo conocéis y tampoco vais a verlo, pero hoy por hoy está ya instalado en el lugar convenido, de modo que está preparado. Y si pensáis que tal vez exista el riesgo de que lo descubran antes, puedo deciros que es el converso más blanco que habéis visto. *El Capitán*, que es como lo llaman, se ha entrenado en Pakistán y ha pasado los últimos tres años en el frente.

Todos se pusieron a aplaudir como posesos mientras el corazón de Joan bombeaba como loco sangre a las extremidades dormidas y sus mejillas ardían.

Era todo tan diabólico, tan malvado, que desearía que le administraran una sobredosis la próxima vez que lo anestesiaran. Porque no sabía si iba a poder acostumbrarse a vivir después de aquello.

El destino podía haber sido mucho más misericordioso con él si no hubiera divisado aquel equipo de televisión en la playa de la Barceloneta.

44

Carl

DÍA 3

UN GRUPO DE peritos de rostro serio en plena actividad puso patas arriba el autobús, que estaba aparcado en batería en un aparcamiento junto a un parque infantil de Berlín. Depositaron todo sobre la calzada: asientos, redes para el equipaje, el váter químico, una caja enorme junto a la ventanilla trasera, restos de manzanas, servilletas de papel... Todo lo que pudiera desmontarse o estuviera suelto.

—Ya encontraremos algo que nos permita avanzar —había dicho el inspector de policía; pero, pasadas cuatro horas, el optimismo se enfriaba por momentos.

A las cuatro de la mañana despertaron a Herbert Weber en su hotel de Frankfurt para informarlo de que habían localizado el autobús al norte del viejo aeropuerto de Berlín-Tempelhof, y le dijeron que se habían asegurado de que llevaba una plataforma *U-lift*. Al cabo de una hora escasa, los compañeros de Weber iban camino de Berlín con todos sus bártulos, incluida la bolsa de Assad. Veinte minutos más tarde, Carl, Assad, Weber y sus más estrechos colaboradores atravesaban el control de seguridad del aeropuerto de Frankfurt.

Al cabo de unas horas, el grupo había vuelto a reunirse y observaba las numerosas piezas sueltas del autobús, que, como restos de un accidente aéreo, decoraban la mayor parte de la calzada derecha desde el parque infantil hacia la larga avenida de Urbanstrasse.

—Debemos suponer que los pasajeros se bajaron en otro sitio y que el conductor después lo trajo hasta aquí y lo aparcó —informó Weber.

Carl asintió en silencio.

—En efecto. Si no hubieran tenido intención de que lo encontráramos, seguro que no lo habrían aparcado tan a la vista. Lo han dejado ahí para que lo viéramos y para que pensáramos que el grupo está alojado cerca. ¿Hay muchos inmigrantes en esta zona?

Un hombre de vistosos galones se presentó como inspector de policía, cosa que le importaba un pepino a Carl. Solo quería que respondiera.

—Bastantes inmigrantes, sí.

—Entonces, creo que es el último lugar donde debemos buscar. Recordad dónde se alojaron en Frankfurt. Aquel barrio tampoco era el más lógico para buscarlos.

Assad arqueó las cejas.

—Pero, Carl, con esa gente nunca se puede saber. Es posible que esta vez se hayan instalado cerca del vehículo, que es lo que hicieron en Frankfurt. Lo que pasa es que estaban en un tipo de barrio residencial por el que no habríamos apostado.

Carl miró alrededor. Era un barrio aburrido, pero bastante atractivo y pacífico, con espacios abiertos y edificios de viviendas no muy altos.

—No conozco bien la ciudad —reconoció, un eufemismo en toda regla. Para él, Berlín no era más que una imponente colección de monumentos históricos y fenómenos como la Puerta de Brandeburgo y Checkpoint Charlie, y, claro, también un montón de enormes escalopes y cerveza a espuertas. Por eso preguntó al inspector de policía dónde estaban.

El policía señaló los alrededores.

—Nos encontramos en Kreuzberg, un barrio de muchos inmigrantes; hacia el noroeste tenemos Berlin-Mitte; hacia el este, Alt-Treptow; arriba del todo tenemos Pankow y Lichtenberg, y al sur, Neukölln, barrio de inmigrantes también. Has de saber que Berlín es una jungla en la que presas y fieras se mueven en libertad por todos los barrios. Por supuesto que vamos a hacer un esfuerzo extraordinario para encontrar a esas personas, pero debo decir con franqueza que no solo luchamos contra el tiempo, sino también contra el conglomerado de ideas, ideologías y personas de todo tipo que se dan en una ciudad tan grande como esta. No se trata de una simple aguja en un pajar. Es un grano de arena en un desierto donde escorpiones y serpientes acechan para picar y morder. Bucear en ese cenagal lleva su tiempo y tengo entendido que no disponemos de mucho.

Un tipo despierto.

—¿Qué hay de las cámaras de vigilancia? —preguntó Carl.

El hombre hizo un gesto afirmativo.

—Las hay, pero mira alrededor y echa un vistazo por las calles. Hay demasiadas vías de escape, demasiadas pocas cámaras y demasiado poco tiempo. Tal vez pudiéramos encontrar algo en alguna cámara ilegal instalada en alguna tienda, pero para eso se necesita también tiempo.

Carl suspiró.

—Y claro, tampoco funcionaría llamar a los pisos para ver si alguien puede decirnos de dónde venía el autobús.

—No valdría de nada —concluyó el aguafiestas de Weber.

—¿Alguien ha tratado de resolver el enigma de la plaza y la paloma que vuela bajo? —preguntó Assad.

—Sí. Hemos puesto a diez hombres a ello —repuso el inspector de policía—. Están marcando todas las plazas en las que hay palomas. Pero, comparada con otras ciudades grandes, en Berlín no hay tantas.

Carl lo miró inquisitivo.

—¿Cómo hay que entender eso?

—A mí también me extraña, pero en mi grupo tenemos un par de ornitólogos aficionados y dicen que la población de palomas en Berlín se ha reducido hasta menos de la tercera parte durante los últimos veinte años.

—¿Y cuántas hay ahora? —quiso saber Carl.

—Unas diez mil. Su mayor amenaza es la renovación de edificios. Igual que las redes, cables y clavos de las edificaciones, y por eso deben buscar otros lugares para anidar.

—¿Qué pasa? ¿No os gustan las palomas en Berlín? ¿Demasiadas cagadas?

El inspector de policía meneó la cabeza.

—E... ¿Me preguntas a nivel personal?

—Sí. —Lo miraba a él, ¿no?

—No tengo nada contra las palomas. Solo producen una milésima parte de los excrementos generados por los perros. En mi opinión, veinte mil toneladas de mierda de perro al año en una ciudad como Berlín son algo mucho peor.

Carl lo entendía bien, qué carajo. Tras unos años como policía de calle, casi a diario, para enfado de sus compañeros, se sentaba en comisaría a escribir atestados envuelto en el inconfundible hedor que se extendía desde la suela de sus zapatos.

—Y luego están los azores, de los que hay muchos en Berlín —continuó el inspector de policía—. Ellos también contribuyen a mantener en jaque la población de palomas.

—¿Azores? —se interesó Assad.

—Sí. Debe de haber unas cien parejas en Berlín. De hecho, es un fenómeno bastante único.

—Y los azores anidan en los árboles, ¿verdad? —La pregunta de Assad era retórica—. Entonces tendremos que pedir al grupo que señale dónde hay más azores en la ciudad.

—¿Por qué?

—Si yo fuera una paloma y viera un azor en el cielo, también volaría bajo.

Una hipótesis interesante, pero no muy útil, pensó Carl y dirigió a Assad una sonrisa cautelosa. Parecía tener gran necesidad de ella en ese momento, sentado en una caja, examinando como loco un mapa de la ciudad. Cada cinco minutos miraba el reloj, como si quisiera detener el tiempo.

—¡¿Habéis encontrado algo?! —gritó el inspector a los peritos.

Ambos sacudieron la cabeza.

Uno de ellos se les acercó.

—La caja que estaba oculta por las cortinas de la parte trasera del autobús la habían forrado con plástico. Queda un pedacito pegado a la caja, pero el resto lo han quitado, así que no podemos saber con exactitud qué contenía. Pero nuestro escáner ha detectado explosivos.

Si Weber se sintió sorprendido, al menos no lo dio a entender.

—Es preocupante, por supuesto —se inquietó—. ¿Y el váter?

—Nada, aparte de sustancias químicas. Lo más probable es que hayan empleado los servicios de las áreas de descanso.

Weber hizo un gesto afirmativo a su hombre.

—Y allí no tenemos ninguna información sobre ellos, ¿verdad? ¿Cámaras de vigilancia, compras con tarjeta de crédito?

El inspector de policía sacudió la cabeza.

—De momento, no hay nada. Pero hemos encontrado cabellos largos en uno de los respaldos. ¿Los enviamos a analizar para compararlos con los que encontraron mis compañeros en Frankfurt?

El inspector de policía miró a Weber, quien sacudió la cabeza.

—Es su autobús, de manera que seguro que hay una correspondencia, pero seamos sinceros, ¿para qué nos va a servir en la situación actual? Bueno, que los analicen, pero no vamos a esperar los resultados.

—¿Habéis explorado el terreno cercano al autobús? —preguntó Carl—. Tal vez se les haya caído o hayan echado al suelo algo que no debieran.

—Lo único que hemos encontrado son pañuelos de papel usados. Creo que también había uno bajo un asiento, voy a preguntar a los demás.

—De acuerdo —concedió Weber. Dirigió a los dos daneses y a su ayudante una mirada que intentaba expresar esperanza, por muy tenue que fuera.

Entonces sonó su móvil.

Estuvo un buen rato con el móvil pegado al oído y la mirada vacía dirigida hacia el cielo. Luego entornó los ojos y señaló hacia arriba. Carl no veía nada.

—Mirad —insistió y señaló de nuevo hacia arriba cuando terminó la conversación—. Ahí va un azor, aprovechando las corrientes de aire.

Rio un poco, pero luego recordó lo que acababa de oír.

—La gente de Frankfurt tiene una imagen suya.

—¿De quién?

—Del francotirador que mató a dos hombres nuestros.

—Ostras, ¡entonces tendremos oportunidad de detenerlo! —exclamó Carl.

Weber meneó un poco la cabeza.

—Uno de los inquilinos del edificio la sacó desde lo alto de su balcón un par de días antes del tiroteo. Se ve el rostro del hombre con bastante nitidez mientras camina hacia el portal con su pequeña maleta en la mano. Es chocante ver esa cara allí. Podría dificultar las cosas.

—¿Por qué? —preguntó Carl.

—¿Por qué? Para empezar, porque no es un hombre cualquiera; además, el fotógrafo vendió la foto a uno de nuestros canales de televisión comerciales, así que dentro de nada va a conocerse la identidad del asesino en todo el país, en todos los medios.

—¡Bien! Mejor, imposible, ¿no?

—Según por dónde lo mires, porque se trata de un hombre que todo el país conoce. Es alemán, se llama Dieter Baumann y fue capitán del Ejército alemán. En 2007 lo enviaron a Afganistán y al cabo de nueve escasas semanas lo secuestraron; y durante mucho tiempo no dio señales de vida. Hasta que los afganos exigieron diez millones de euros por su libertad.

—Déjame adivinar —terció Assad—: No pagasteis.

Weber asintió.

—Creo que había voluntad de hacerlo y tengo entendido que se buscó una solución amigable y más barata, pero, cuando llegamos allí, fue como si la tierra se hubiera tragado a Baumann. Se pensó que lo habrían ajusticiado como a tantos otros.

—Así que, en opinión de los alemanes, ¿era un héroe? —propuso Carl.

—Como compensación, si puede hablarse así, organizaron un acto conmemorativo como no se ha visto nunca por un soldado caído. Y ahora, once años después, aparece de nuevo.

Assad plegó el mapa de la ciudad.

—Se radicalizó, no es la primera vez —aseguró—. Un héroe que se convierte en lo contrario. Es buena propaganda para los terroristas. Ya veo el problema.

—Aparte de que ahora van a hacerme picadillo en un montón de entrevistas en las que no deseo intervenir, ¿qué problema ves tú? —preguntó Weber.

—Que genera caos y aleja el foco de atención de Ghaalib —respondió Assad—. Si esto se hace público, y supongo que eso dependerá del próximo comunicado que emita Ghaalib, lo único en lo que va a pensar toda Alemania es dónde se encuentra su antihéroe. Todos se pondrán a buscarlo. Tú mismo has dicho que podría dificultar las cosas y tienes razón; y eso es, con total seguridad, lo que desea Ghaalib. La policía, la gente de la calle, todos van a querer ser quienes atrapen al traidor. Pero creedme: ya habrá transmitido su mensaje antes de que lo atrapen.

—Hay otra cuestión —apuntó Weber—. Ya sabemos quiénes alquilaron el piso para Dieter Baumann por medio de Airbnb. Y dicen que los blísteres de pastillas vacíos no son suyos, de manera que debían de ser de Baumann.

—Algo descuidado por su parte, ¿no te parece? —comentó Carl.

Weber sacudió la cabeza.

—Tengo dudas. Eran unas pastillas muy especiales.

Assad y Carl lo miraron inquisitivos.

—De las que tomas cuando estás muy enfermo. Sobre todo, cuando no te queda mucha vida por delante, por lo que me han dicho.

—Estás diciendo que tiene una enfermedad terminal —constató Assad.

—Sí, debe de ser lo que quiere decirnos.

Se miraron un rato.

Entonces, había otro hombre muy peligroso a quien no le quedaba una vida por la que luchar.

Otro más.

—¿QUÉ HACES, ASSAD?

El banco donde se sentaba estaba gélido. Carl se dio cuenta enseguida, en cuanto se sentó a su lado. Assad tenía un bloc de notas en la mano y dos páginas estaban ya llenas de apuntes. En ese momento, la punta del rotulador se apoyaba en el papel, como si estuviera esperando para escribir lo que faltaba.

—¿Me dejas ver? A lo mejor puedo añadir algo a tus observaciones.

Assad dejó caer el bloc sobre el regazo de Carl, pero continuó con la mirada clavada en los árboles de enfrente.

Carl leyó. Tal como esperaba, era un resumen de una serie de factores que podrían identificar el grupo terrorista antes de que golpease.

Ponía:

1. Abdul Azim/Ghaalib es el líder.
2. Las dos mujeres conocidas son Jasmin Curtis, suiza de 45 años, y Beena Lothar, alemana de 48 años.
3. Es posible que haya dos sillas de ruedas equipadas con bombas.
4. ¿Marwa al-Asadi y Nella al-Asadi van en ellas?
5. ¿Hamid? ¿Es el que contrató al fotógrafo, Blaue Jacke, en Múnich? ¿Es la mano derecha de Ghaalib?
6. ¿Uno de ellos está resfriado y quizá haya contagiado a otros?
7. Lo más probable es que los miembros del grupo no tengan aspecto de fundamentalistas. ¿Están afeitados y vestidos con ropa occidental?

8. Tenemos que identificar un lugar donde las palomas vuelen bajo.

9. Encontrar una plaza donde las palomas tengan un protagonismo directo o indirecto.

10. ¿Quién reclutó al autor de los disparos en el parque de Frankfurt? ¿Hamid?

11. ¿Quién alquiló el autobús? ¿Fue Hamid?

12. ¿Quién alquiló la casa de Frankfurt? ¿Hamid?

13. ¿Por qué deja Dieter Baumann que le saquen fotos?

14. ¿Buscamos un sitio en el que Baumann pueda disparar desde lo alto, como en Frankfurt?

15. ¿Dónde está Joan Aiguader?

16. ¿Y su móvil con GPS? ¿Dónde está y por qué no logran localizarlo?

17. ¿Dónde hay más azores en la ciudad? ¿Es relevante?

MIRARON LA LISTA y ambos pensaron lo mismo. ¿Cómo demonios iban a formular el punto dieciocho, que debía hacer innecesarios el resto de los puntos? No era tarea fácil.

—¿A ti qué te parece, Assad?

—Creo que todos los puntos son importantes. Y cuando sepamos el lugar donde van a golpear, vamos a tener cantidad de datos a los que atenernos y podremos identificar el grupo en el lugar donde vaya a desarrollarse su acción terrorista. Me da la sensación de que, cuanto más pienso en ello, más convencido estoy de que uno o dos de los puntos son más importantes que el resto. ¿Tú qué dices?

—¿Te refieres a los puntos ocho y nueve?

—Sí, claro. El propio Ghaalib nos ha dado la pista. Va a ocurrir algo «donde la paloma vuela bajo». Nos ha impulsado en esa dirección y puede ser una pista falsa o verdadera, pero, desde luego, no carece de importancia.

—Un momento —lo hizo callar Carl y sacó el móvil.

—Hola-hola, Rose —dijo con un tono de voz tan ligero como se podía, teniendo en cuenta la situación—. ¿Qué? ¿Habéis atrapado al samurái?

La voz de Rose sonó como si no estuviera de humor para aquel tono.

—Llamo por otra cosa, y ni se te ocurra echarme la bronca, porque no pienso tolerarlo, ¿me oyes?

¿Qué diablos pasaba ahora? ¿Había destrozado su televisor? ¿Prendido fuego a un coche patrulla? ¿Le había dado una paliza a Gordon?

—Tal vez debiera decir «enhorabuena» —continuó Rose—, pero estaría fuera de lugar. El caso es que ya me he enterado. He hablado con Mathilde.

—¿De qué te has enterado? ¿Y quién es Mathilde?

—La hija de Mona, payaso. He llamado a Mona y Mathilde me ha dicho que Mona tiene problemas. Ayer, cuando iba a Jefatura, empezó a sangrar.

La mirada de Carl cayó a tierra mientras estrujaba el móvil. Estaba conmocionado. Era increíble cómo podía tragarte la oscuridad en un solo segundo.

—¿Carl, estás ahí?

—Sí, sí. ¿Dónde está? ¿Ha abortado?

—No, pero no está muy bien. Ingresó ayer en el Hospital Central y sigue allí. Creo que deberías volver a Dinamarca, Carl.

Después de colgar Rose, Carl se quedó un rato de pie, quieto, tratando de volver a la realidad.

Aunque pareciera sorprendente, los últimos días, a pesar de la lentitud, habían hecho mella en él. Porque Carl no era nada optimista, sobre todo respecto a Assad. Se lo había imaginado una y otra vez. Que el autocontrol de Assad podía venirse abajo y activarse su instinto asesino. Que las cosas podían salir mal. Y temía el momento en el que las bombas tal vez detonaran y en el que quizá presenciara el asesinato de personas. A pesar de haber conocido casi todo a lo que podía estar expuesto un policía danés, no sabía si estaría preparado para lo que podía ocurrir. ¿Dónde iba a estar Assad dentro de dos días? ¿Tres días? ¿Cuatro días?

¿Iba a estar en alguna parte?

Carl notó otra vez una presión en el pecho que llevaba, por suerte, mucho tiempo sin sentir. Un dolor que reconoció de inmediato y supo por qué se había activado. Porque lo peor en aquel momento no era que Mona tuviera problemas y que tal vez perdieran a su niño, aunque solo pensar en ello lo destrozaba. Lo peor era que, por un momento, había sentido un profundo alivio cuando se le presentó una razón válida para dejar atrás Berlín. Alejarse de Assad y de la presión y de todas las cosas terribles que iban a ocurrir. Qué infame por su parte pensar en esos términos; se avergonzaba de sí mismo, cosa no muy frecuente en él.

Sin darse cuenta, Carl aflojó la presión sobre el móvil, que cayó al suelo. El pecho le dolía muchísimo y a la vez se extendía por su cuerpo una flojedad tal que, si no se calmaba, iba a derrumbarse.

Levantó la cabeza con todas sus fuerzas y miró a Assad, que lo observaba con una mirada tan plena de comprensión que el ataque de pánico se recrudeció, y Carl acabó en el suelo de rodillas.

Assad lo sostuvo antes de que cayera de lado.

—Creo que ya sé qué ha pasado. ¿Significa que tienes que volver a Dinamarca? —preguntó con un tono cálido de voz que Carl no merecía.

Carl hizo un gesto afirmativo. No podía hacer otra cosa.

45

Ghaalib

DÍA 3

—Nuestra guía se llama Linda Schwarz y se reunirá con vosotros en esta estación de metro.

Ghaalib señaló la estación en el mapa.

—Tenemos una foto suya y, como podéis ver, es la esencia de la raza aria. Una mujer segura que habla con rapidez, rubia y con el pelo recogido, que va a pasar desapercibida en la ciudad. La envía Charlottenburg Tours. Lleva puesto un bonito uniforme con el logo bordado y, por supuesto, también uno de los obligatorios paraguas negros a los que os tenéis que pegar.

Pasó la foto al grupo y se oyeron todo tipo de comentarios. Le daban el visto bueno, sin duda.

—Va a ser una magnífica protección ante las miradas curiosas y ha dicho que ya tiene ganas de conocer el grupo.

Se oyeron unas risas dispersas.

—No es la primera vez que hace de guía para un grupo de judíos, pero en nuestra mano está que sea el último.

Más risas.

Desplegó un mapa de la ciudad sobre la mesa.

—¿Quieres empezar a grabar, Hamid? Y tú, Beena, empuja la silla de ruedas de Joan hasta la mesa, para que salga en el vídeo. Así podrá también seguir mejor los acontecimientos el mismo día.

—¿Cuándo va a ser, Ghaalib? —preguntó uno.

—Me preguntas algo que no controlo. Lo que sí puedo decir es que casi todas las piezas están en su sitio. El Capitán está ya aquí y espera una señal. No se encuentra bien, pero toma sus pastillas; es un hombre decidido que lleva su misión hasta el fin, estad seguros. Además, vuestro transporte para sacaros de la ciudad está listo. La idea es que los que salgáis con vida debéis reuniros después, y Hamid os llevará a vuestro siguiente objetivo.

—Entonces, ¿de qué depende el momento?

—De que Zaid al-Asadi se encuentre en el lugar adecuado en el momento adecuado.

—¿Sabe cuál es la plaza? —preguntó otro.

—Más o menos. Si no, lo ayudaremos a encontrar el camino, y va a ser pasado mañana a más tardar, os lo prometo. ¿Empezamos?

Recorrió el grupo con la mirada y señaló a cuatro de ellos.

—Jasmin y vosotros tres componéis el grupo que va a reunirse con la guía en la estación de metro, y tenéis tiempo de sobra. Haced como si acabarais de llegar de Tel Aviv y preguntadle todo lo que se os ocurra sobre lo que veis. Mostraos todo lo contentos y relajados que podáis. Ella se encargará de guiaros hasta el parque y más allá, hasta la zona del objetivo.

Luego se giró hacia Fadi.

—Mientras tanto, tú llegas con el autobús de discapacitados y llevas contigo a Beena para que se encargue de hablar. Después, tú, Beena, Osman y Afif vais a llevar cada uno una silla hasta la plaza y, cuando os acerquéis a la entrada del monumento, os dividiréis en tres grupos. El primero, con Beena y Nella, va a subir por la rampa y entrar; el segundo, con Fadi y Marwa, irá detrás, pero Orman y Ronia se detendrán en medio de la rampa, en la base de la torre. Mientras tanto, Afif empujará la silla de Joan hacia ese rincón, para que ambos estén seguros.

—¿Y la guía?

—Os saludará a los que lleváis las sillas de ruedas de las mujeres y entrará con el primer grupo. Y recordad que debéis cuidar vuestros disfraces, no los desbaratéis. Los hombres ocupaos de que las barbas no se suelten y de que los tirabuzones del sombrero estén como es debido. No deben colgar delante de los ojos.

Observó con satisfacción que se reían. Entendían la acción y la apoyaban, dispuestos a ir a la guerra.

Se volvió hacia Jasmin y Beena.

—Mientras los tres grupos os dirigís hacia el objetivo, vosotras dos os mantendréis en segundo plano en vuestro grupo respectivo, pero os acercaréis a ayudar cuando haya que hablar o hacer algo práctico.

Esperaba débiles protestas de los hombres, pero no llegaron. En cuestión de idiomas no daban la altura y lo sabían.

—Esperaréis una señal, va a ser Hamid quien ponga en marcha la acción. En ese momento, dos de vosotros, que vendréis del parque, estaréis en la parte delantera del monumento y otros dos en la parte trasera, y después de sacar las armas de la silla de Ronia, procurad alejaros de las sillas de ruedas, para que no parezca que sois un grupo.

Señaló el plano.

—Repito: las sillas de ruedas de las tres mujeres deben estar aquí, aquí y aquí. Nella, dentro de la torre; Marwa, fuera, y Ronia, justo aquí. Afif, que está con Joan en la esquina, se encarga de que la cámara de Joan esté siempre encendida.

Hamid tomó la palabra.

—Cuando Marwa y Nella estén dentro de la torre, Beena y Fadi saldrán corriendo. Fadi saltará de la rampa a la plaza y será el primero en abrir fuego, y después Beena y Osman lo apoyarán —explicó—. Ya sabéis cuál es vuestro lugar y en qué dirección debéis disparar. Y, mientras disparáis, vais a retiraros a vuestras posiciones respectivas. Así, cuando las bombas exploten, ya estaréis saliendo de la zona. Debéis esperar una contundente respuesta de los vigilantes de seguridad y de la policía, por supuesto, pero el Capitán se ocupará de que las bajas sean las menos posibles.

Ghaalib asintió en silencio.

—Sí, porque sabemos que la policía y los servicios de inteligencia nos siguen la pista. Han encontrado el autobús, tal como estaba planeado, y esperarán cualquier cosa, claro.

Nuestra tarea es ocuparnos de retrasar su llegada tanto como se pueda, a fin de que, para cuando lleguen, ya hayamos golpeado. Zaid al-Asadi va a sernos de gran ayuda también en eso. Si algún agente de la policía o guardia de vigilancia aparece mientras estemos allí, van a llevarse una amarga sorpresa. Cuantos más de los suyos caigan, más va a desquiciarse la prensa.

46
Assad

DÍA 3

Cuando Carl dejó a Assad y se metió en el taxi, supo que su compañero estaba preparado para cualquier cosa. Si debía perder la vida por defender a su familia, así tendría que ser. Todo el dolor, todas las desgracias que habían causado sus acciones tenían una consecuencia, y Assad no tenía miedo a morir. Pero no quería morir solo: Ghaalib debía acompañarlo.

Estaba en su habitación *premium* del cuarto piso del hotel Meliá, con la mirada clavada en la ventana panorámica y el océano de luz parpadeante que era Berlín. En algún lugar entre aquellos bloques grandes y pequeños, había una habitación en la que Marwa y Nella dormían con sueño profundo.

¿Sabrían que estaba vivo y que las buscaba? Esperaba que así fuera. ¿Tal vez eso les diera un poco de esperanza?

Tiró del edredón donde estaban las piezas engrasadas de su arma esperando a que las ensamblara. Encima de las piezas engrasadas estaba su resumen de la situación. Después de repasar la lista por lo menos diez veces, se sentía inquieto. Si no encontraba la respuesta a los puntos ocho y nueve, y la zona de la ciudad en la que las palomas, por una u otra razón, eran importantes, iba a encontrarse en una situación delicada.

Assad estaba desesperado, no sabía dónde empezar y dónde acabar.

Lo que saltaba a la vista seguía siendo el espacio en blanco del punto dieciocho y se imaginaba que sería el común denominador de varios de los otros puntos. Si en aquel punto pudiera seguir una pista concreta a partir de los hechos que había apuntado en la lista, sería como encontrar el extremo de un montón de cables enmarañados y deshacer el nudo poco a poco.

Assad miró su reloj. Era pasada la medianoche y hacía mucho que no se sentía tan solo. Carl estaba en Copenhague y Herbert Weber estaba en una habitación, dos pisos más arriba, con toda probabilidad aún indignado por la dureza con la que lo habían tratado los medios a cuenta de la historia del converso Dieter Baumann y del asesinato de dos de sus hombres en Frankfurt.

Se frotó la cara y trató de espabilarse un poco. ¿Por qué carajo lo había abandonado Carl de aquella manera? Por supuesto que comprendía su preocupación, pero ¿no podía haber esperado hasta saber más sobre la gravedad de la situación? ¿Con quién iba a discutir ahora?

Se puso a montar dos de sus armas más potentes mientras observaba el río Spree, el nervio vital de Berlín, que fluía en silencio a los pies del hotel y atravesaba la ciudad más importante de Alemania. ¿Se habían convertido en un rebaño de borregos que bailaban al compás de Ghaalib desde que llegaron? ¡Que se lo llevara el diablo!

Assad se tumbó de espaldas sobre la alfombra de orar y se quedó mirando al techo. La situación de estancamiento de los últimos días lo había dejado sin energía y, de seguir así, iba a producirse la catástrofe sin que pudieran hacer nada, y eso era inaceptable. Pero ¿cómo iba a encontrar el cabo suelto en aquella maraña de cables mezclados sin orden ni concierto?

Cerró los ojos y lo invadió un torrente de preguntas. Un cabo suelto evidente era por qué Ghaalib había escogido Berlín como objetivo. ¿Era solo porque era la mayor y más importante ciudad de Alemania? ¿La capital que tanto dolor y sufrimiento había padecido? ¿La ciudad famosa a nivel mundial en la que iban a concentrarse todos los medios si volvía a ser golpeada por la acción terrorista? ¿O tenía Ghaalib un vínculo especial con la ciudad?

Sacudió la cabeza. La respuesta no era fácil.

Después de otra media hora de análisis infructuosos y mucho examinar su lista, tomó por fin una decisión y llenó el vacío del punto dieciocho con las palabras: «Lo más seguro es que Hamid reclutara al autor de los disparos en Frankfurt, pero ¿cómo? Averiguarlo».

Entonces su reloj vibró. Era el móvil, que sonaba.

—¿Estás despierto? —preguntó Carl, cosa típica en él. Si había respondido la llamada, estaría despierto, ¿no?

—No, estaba soñando como Cenicienta. Carl, ¿qué esperabas?

—Como la Bella Durmiente, Assad. Lo otro no tiene ninguna lógica. ¿Cómo te va? ¿Has averiguado algo?

—Me siento como si estuviera enfermo, tal vez lo esté. ¿Qué tal está Mona?

—Para cuando he llegado al hospital, estaba ya dormida, pero no está bien. Es posible que pierda el niño, aunque van a hacer todo lo posible por estabilizar la situación. Es demasiado pronto para saber nada.

Después, mantuvo una larga pausa que no invitaba a ser interrumpida.

—Lo siento mucho, Assad —continuó por fin—. Si llega alguna noticia positiva de Mona mañana o pasado mañana, volveré a Berlín, te lo prometo.

Assad no hizo ningún comentario al respecto. *Pasado mañana* se encontraba en un futuro tan lejano que tal vez ni existiera.

—Creo que la clave está en Hamid —dijo en su lugar.

—¿En Hamid? ¿Por qué?

—Es que hay muchos puntos de la lista que remiten a él. Como observaste en el vídeo de Múnich, no tiene el clásico aspecto árabe, con el pelo rapado y su vestimenta occidental, y la verdad es que creo que, a diferencia de Ghaalib, vive en Alemania. Alguien debía cuidar de que las piezas encajasen. El alquiler de la casa y el autobús en Frankfurt, reunir el grupo y encontrar un alojamiento seguro aquí, en Berlín. Y creo que fue él también quien reclutó al fotógrafo de Múnich, al autor del atentado fallido de Frankfurt, Mustafá, y al capitán alemán converso que mató a Mustafá.

—Vale... —empezó a decir Carl, pero se cortó en seco, como si estuviera pensando algo.

—¿En qué piensas? —preguntó Assad tras medio minuto de silencio.

—¿Crees que Hamid ha podido reclutar a Mustafá, a pesar de que vivía en Frankfurt? —Carl sonaba escéptico—. ¿Pone algo de eso en el informe de los servicios de inteligencia? Han pasado más de veinticuatro horas desde que lo mataron, así que supongo que la gente de Weber ya habrá encontrado datos suficientes para redactar un informe que merezca la pena.

—Yo lo he leído por la tarde y no aclaraba gran cosa. Han interrogado a la familia de Mustafá y, claro, no sabían nada de que se hubiera radicalizado y lo hubieran captado. Dicen que era un chico normal y corriente que sin motivo aparente fue inducido a hacer lo que hizo.

—Ya. ¿Eso no lo hemos oído antes? ¿Un chaval normal y corriente, y unos padres que están conmocionados y no entienden nada? Creo que debes telefonear a Weber y conseguir un informe más reciente.

—Pero si hay algo en él que pueda proporcionarnos alguna pista, seguro que hace tiempo que la gente de Weber está en ello.

—En efecto, Assad. Pero la gente de Weber no es tan buena como tú, ¿verdad?

Otra vez aquella pausa irritante. ¿Cómo iba a reaccionar? ¿Carl no sabía que la adulación era cosa del diablo?

—Hagas lo que hagas, anda con cuidado, Assad. Te volveré a llamar mañana. ¡Buenas noches!

Y colgó.

—No, NO ME he acostado. Ven a la planta baja, estoy en el bar. Después de unos días así, ¿quién puede dormir?

Herbert Weber sonaba bastante normal por teléfono, pero, cuando Assad lo encontró sentado en una silla junto a una ventana, despedía un aliento etílico desinfectante y sus ojos semicerrados eran incapaces de enfocar. Debía de ser la primera vez que perdía a alguno de sus hombres.

—Me gustaría volver a leer el informe del interrogatorio de los padres de Mustafá —le pidió Assad.

Weber sacudió la cabeza.

—En este momento no llevo el papel encima.

Su carcajada desveló un tono que nadie se esperaba de un hombre tan grande y todos los clientes del bar lo miraron de soslayo.

—Entonces, ¿quién lo tiene?

Weber alzó un dedo.

—Un momento.

Rebuscó con torpeza en sus bolsillos.

—Toma —dijo con voz gangosa y le tendió el móvil a Assad—. La clave es *cuatro-tres-dos-uno* y el archivo está enviado por Gmail y se llama «afhmustafa».

¡Gmail y la clave más usada del mundo! ¿Aquel era el hombre de los servicios de inteligencia bajo cuyo mando estaba la investigación?

—No es el informe, Assad, es algo mejor: una toma de vídeo del interrogatorio. Basta que lo envíes a tu dirección de correo y después puedes invitarme a un coñac. Y tómate otro tú también, parece que lo necesitas.

—No bebo alcohol, Herbert, pero gracias de todos modos.

Envió el archivo y encontró un lugar tranquilo en la esquina del sofá que daba a la recepción.

Al cabo de diez minutos, se le hacía doloroso mirar el interrogatorio, porque los padres de Mustafá estaban desconsolados. Se desgarraban la ropa e invocaban en árabe a su profeta para que los consolara. Hacía menos de veinte minutos que habían llamado a la puerta de su casa y les habían notificado la acción y la muerte de su querido hijo. Fue el peor instante de su vida.

Assad deseaba avanzar en la grabación, pero le parecía que el intérprete de la policía no lo traducía todo, y por eso escuchaba con mayor intensidad las propias palabras de los padres. En general, la traducción llegaba a continuación de las palabras pronunciadas por los padres, pero a veces se solapaba con la siguiente frase. Era evidente que el intérprete estaba acostumbrado a su trabajo, porque ninguna de las emociones de los padres tenía efecto en él. Cuando los padres balbuceaban su amor y su pena, no lo traducía todo y repetía solo lo que no estaba ya dicho. De modo que no era tan extraño que los hombres de Weber tampoco resultaran muy afectados.

Cuando llegaron a la pregunta de qué gente frecuentaba Mustafá y dónde se podía haber radicalizado, la madre sacudió la cabeza con tal énfasis que el pañuelo se le deslizó sobre los hombros.

—A Mustafá no lo había radicalizado nadie —dijo sorbiéndose las lágrimas—. Era una persona religiosa, incapaz de hacer daño a nadie, y nunca iba a ninguna parte sin su padre. Acudía a la escuela y rezaba sus oraciones, y tampoco iba nunca a la mezquita sin su padre.

—No sabemos qué ha pasado —sollozó su padre—. Mustafá era un chico sano que practicaba deporte como yo. Era muy fuerte y practicaba boxeo de élite, porque aspiraba a convertirse en profesional. Estábamos tan orgullosos de...

Y se calló. Era demasiado triste hablar de aquello.

Se levantó con tal brusquedad que los cuencos de té que había sobre la mesa se desbordaron, y a los veinte segundos regresó con una copa de plata del tamaño de un jarrón en las manos.

—¡Mire! Primer premio en superwélter. Ganó todos sus combates por K. O. técnico.

Se secó las lágrimas y dirigió la copa hacia la cámara. Era duro ver a aquel hombre adulto tratando de defender a su hijo con labios trémulos. Assad deseó no haber estado nunca en aquel parque. Entonces, a lo mejor el chico estaría vivo.

—Mustafá siempre sabía cuándo debía entrenarse y qué debía comer, era un chico muy listo. ¡Aaah! Pero ¿qué hemos hecho?

Entonces bajó un poco los brazos y el texto grabado en la copa quedó a la vista.

Assad puso el reproductor en pausa y rebobinó unos segundos. «Torneo de juveniles 2016, peso superwélter, Wiesbaden-Berlín», ponía.

Assad se quedó sorprendido.

—Era la primera vez que Mustafá ganaba un torneo y el año pasado venció otro en Berlín, esa vez en pesos medios. Qué bien lo pasamos... —El padre lloró mientras su esposa se acercaba a él y lo abrazaba.

Assad se quedó un rato pensando en lo que había visto, antes de incorporarse. Luego levantó la mano para saludar a Weber, que ahora se apoyaba en la ventana. Pronto tendrían que hacerlo volver a su habitación.

Assad intentó recordar.

Hacía un par de días que había visto el vídeo de Blaue Jacke de Múnich, pero cuando cerraba los ojos acudían a su mente imágenes de aquel vídeo que lo inquietaban y lo hacían abrigar esperanzas. Recordó la escena: en la habitación en penumbra del piso del fotógrafo alemán, Ghaalib y Hamid estaban sentados, charlando en confianza. Era la primera vez que Hamid aparecía en el caso, y daba la impresión de ser un hombre resuelto por el que Ghaalib parecía sentir gran respeto. A pesar del tono serio de la conversación, en un momento dado se reían, lo recordaba con claridad, y ahora también recordó por qué. Era porque Hamid, para ilustrar algo de lo que decía, que Assad no podía oír, se puso en pie y dio una serie de golpes de boxeo mientras sus pies bailaban como los de un boxeador profesional. A Assad le pareció una reacción excesiva en medio de una conversación pausada. ¿Hamid había sido boxeador? ¿Y había conocido a Mustafá como tal?

Assad frunció los labios y resopló, porque el instinto le decía que había que investigar aquello sin pérdida de tiempo.

Tras unas búsquedas en Google, encontró el club de boxeo donde se habían celebrado los combates en los que intervino Mustafá. Entró en lo que al principio debía de estar pensado como una página web con estadísticas, fotos y todo tipo de información. Pero, en lugar de dar una relación de datos así, solo aparecía la dirección postal y una oferta de rebaja en caso de inscribirse en el club antes del 31 de diciembre de 2015; es decir, casi tres años antes. De no ser porque los padres de Mustafá habían mencionado un torneo apenas un año antes, viendo la página web habría pensado que el club estaba cerrado.

Y al final, debajo del todo, ponía que bastaba llamar al número para ponerse al habla con un entrenador.

Una vez más, Assad miró su reloj. Era más de la una de la mañana, una hora no muy apropiada para que un entrenador esté esperando a que llamen nuevos miembros. No obstante, tecleó el número y esperó sin prisa, hasta que se activó el contestador automático para comunicar que el club abría todos los días de la semana de once de la mañana a nueve de la noche.

Después agarró la pistola de la que más se fiaba y se la metió en la cinturilla del pantalón.

En Friedrichstrasse no hay que esperar muchos segundos hasta que aparece un taxi libre; pero, cuando el conductor oyó su destino, una sombra de inquietud le veló el semblante.

—Es una zona muy oscura —hizo saber y puso en marcha el coche—. Muy oscura a esta hora de la noche.

No dijo más hasta que llegaron al destino.

Tenía razón. A lo que más le recordaba aquello era a algunas de las peores zonas que había frecuentado en Lituania. Lo más seguro era que el edificio hubiera sido una imponente estación antes de la guerra, con un tejado alto a dos aguas y fachada entramada, porque estaba junto a la vía férrea, ahora rodeada de todo tipo de basura y una valla metálica oxidada que se había venido abajo tiempo atrás.

—¿Está seguro de que es la dirección correcta? —preguntó el taxista.

Assad alzó la mirada a un cartel con unos guantes de boxeo enormes colgado sobre la puerta de entrada. «Academia de Boxeo de Berlín», ponía.

—Sí, es aquí. Te doy cincuenta euros si me esperas un cuarto de hora.

—Lo siento —se disculpó el taxista y cobró la carrera. Y Assad se quedó solo en la oscuridad.

La puerta parecía, sin duda, lo que habría podido ser la entrada de alguna institución pública del pasado. Ahora ya no había picaportes de latón, que seguro que habían terminado en algún mercadillo, pero la puerta era de roble macizo.

Llamó un par de veces, y cuando, como era de esperar, nadie abrió, se dirigió a la parte trasera, donde los restos de un estrecho andén discurrían a lo largo del edificio. Allí repitió la escena: golpeó una ventana y, por si acaso, gritó si había alguien. Ninguna respuesta.

Entonces apretó la nariz contra el sucio cristal de la ventana y divisó un local grande y oscuro que habría sido sala de espera, pero que ahora estaba provisto de artilugios de entrenamiento, un ring de boxeo e incluso asientos como para cincuenta personas, por lo menos.

De no haber sido por el lamentable estado de Herbert Weber, Assad lo habría telefoneado para pedirle que se informara acerca de si las autoridades habían investigado de alguna manera el club. Sacudió la cabeza para sí. Una llamada así no iba a conducir a nada constructivo a aquellas horas de la noche.

Pero entonces, ¿qué podía hacer? No sería la primera vez que asociaciones como aquella fueran una tapadera de actividades antisociales que atraían a jóvenes procedentes de hogares humildes que no tenían nada que perder. Negros pobres en Estados Unidos, latinos pobres en Latinoamérica e inmigrantes pobres en Europa. No era de extrañar que los podios de boxeo de todo el mundo fueran ocupados por gente de tez oscura. Cuando miraba los desgastados carteles de combates pegados en la pared trasera, aquel lugar no parecía ser la excepción.

Assad hizo un gesto afirmativo para sí. ¿A qué se arriesgaba si entraba por la fuerza? ¿A que se activara una alarma? ¿A que acudiera la policía, lo detuviera y tal vez lo denunciase? Weber iba a desestimar aquella denuncia en un plis plas.

Encontró una puerta trasera no tan pretenciosa, con la pintura desconchada y el contrachapado tan desgastado que se había agrietado. Tomó una carrerilla corta y dio tal patada en el panel inferior que los cristales de las ventanas vibraron. Entonces esperó un rato, miró alrededor y sacudió otro puntapié, con lo que el contrachapado se rompió y el material aislante de relleno de la puerta cayó.

Tras otro par de patadas, el agujero era tan grande que pudo pasar por él.

Encontró un interruptor en una columna en medio del local, lo accionó y, tras unos segundos de parpadeo, multitud de tubos fluorescentes iluminaron la estancia con una luz tan blanca y fría que la hacía parecer un lugar donde se arrancaban confesiones a la gente.

Su objetivo ahora era encontrar algo que pudiera documentar que Hamid había pasado por aquel gimnasio.

Después de un combate duro y sudoroso, a Hamid le sería fácil dar unas palmadas en la espalda de los vencedores y ofrecerles reponer fuerzas. ¿Cuántas veces habían sido reclutados jóvenes por todo el mundo con buenas palabras y una taza de té humeante con empalagosos pasteles? ¿Y por qué no podía haber sucedido lo mismo con Mustafá, teniendo en cuenta su triste fin? Si el círculo de relaciones del chico era tan reducido como aseguraban sus padres, no le extrañaría que el joven hubiera conocido a alguien en su último combate y que esa persona lo hubiera iniciado en la decadencia occidental y en el deber que tenía como creyente de defender su fe.

Y cuanto más pensaba Assad en ello, más se convencía de que aquel alguien tenía que ser Hamid.

Varias estancias lindaban con la gran sala. Un par de vestuarios que olían a moho, uno de ellos equipado con una mesa de masaje gastada, una pequeña cocina con cafeteras, hervidores, servicio y varias estanterías con toda clase de tés y especias en botes de cristal.

Debe de haber alguna especie de oficina en algún sitio, tal vez arriba, pensó y tomó una endeble escalera de caracol que llevaba al primer piso.

Había subido la mitad cuando se encendió una luz arriba, que se extendió hasta el escalón superior de la escalera.

La mano de Assad buscó la pistola por instinto cuando salvó el último peldaño. Por un momento, pensó que había activado algún sensor, pero la figura del descansillo se lo desmintió. Sin previo aviso, lanzó una patada a la cara de Assad, que rodó escalera abajo y golpeó el suelo del gimnasio con tal fuerza que se quedó sin aire.

—¡¿Quién eres?! —gritó el hombre y se puso a horcajadas sobre él.

Era un hombre grande y sudoroso. Era posible que Assad lo hubiera despertado de sus dulces sueños. Eso parecía, porque estaba en ropa interior.

—No esperes ayuda de eso —avisó mientras señalaba la pistola de Assad, que yacía en el suelo a unos cuatro o cinco metros.

Assad se masajeó la nuca y se puso medio en pie.

—¿Preguntas quién soy? Soy un hombre que en este momento tiene mucha prisa —respondió—. Siento mucho haber tenido que forzar la entrada, ya te pagaré los destrozos. ¿No me has oído aporrear la puerta y gritar?

—¿Qué haces aquí? Aquí no hay nada para robar —lo regañó y lo agarró por el cuello del abrigo con tanta fuerza que a Assad le entraron ganas de vomitar.

Assad asió al hombre por la muñeca para aflojar la presión.

—¿Dónde vive Hamid? —preguntó con voz ahogada.

El rostro del gigante se contrajo.

—Aquí vienen muchos que se llaman Hamid.

—El que digo no viene a entrenarse. Tiene unos cincuenta años y el pelo canoso cortado al rape.

La presa se hizo más prieta.

—¿Te refieres a ese?

El hombre señaló con la cabeza un cartel en la pared lateral, donde dos boxeadores se miraban sin mucho cariño. «Campeonato de pesos semipesados 1993, Hamid Alwan contra Omar Jadid», ponía, así como la fecha en la que se celebró el combate.

Assad dudó. El vídeo de Múnich tampoco era tan nítido como para poder reconocer con seguridad al hombre de la pared con el aspecto de veinticinco años antes.

—Sí, creo que sí —declaró a pesar de ello y cayó el primer golpe del gigante, que envió a Assad contra la mesa de los jueces.

Assad valoró a su contrincante de un metro noventa de altura y se llevó la mano al mentón. El puñetazo había sido preciso y doloroso, lo más seguro era que antes hubiera sido boxeador profesional. Buena envergadura, antebrazos y muslos bastante musculosos, pero marcado por la edad y la dureza del deporte con una nariz rota, párpados hinchados y una guardia que en aquel momento colgaba relajada a la altura del vientre.

Assad se levantó.

—Eso no vas a volver a hacerlo —lo previno mientras se secaba la sangre del labio superior—. Te estoy preguntando. Hamid Alwan, el que está en el cartel, ¿se apellida Alwan de verdad?

El coloso se preparó para asestar otro puñetazo. Era evidente que en aquellos círculos la falta de respeto merecía castigo inmediato.

—Para —dijo Assad con la mano delante para defenderse—. No quiero hacerte daño, solo tienes que contestarme. ¿Se apellida Alwan de verdad?

—¿Hacerme daño *a mí?* —No creía lo que estaba oyendo—. Voy a matarte a golpes, pequeño piojo. No vas a venir aquí...

El impacto con el canto de la mano de Assad contra el cuello del coloso hizo que se inclinara a un lado, lo que le bastó a Assad para asestarle dos patadas rápidas en la entrepierna y coronar el triplete con otro golpe en el cuello. Todo ocurrió en dos segundos y el hombre se desplomó al suelo con estruendo.

Assad recogió la pistola y la guardó en su sitio. Su oponente yacía en el suelo con ambas manos en el cuello, respirando con dificultad. Pero el espectáculo de un peso muerto de ciento veinticinco kilos en ropa interior blanca retorciéndose en el suelo con los ojos muy abiertos de pánico y angustia no era lo que buscaba.

—¿Se apellida Alwan de verdad? —preguntó otra vez.

El hombre trató de responder, pero no pudo.

—¿Esta es tu casa? ¿Tienes una vivienda arriba? —quiso saber, pero siguió sin obtener respuesta.

Assad entró en la cocina en busca de agua. Iba a hacer que se le soltara la lengua, aunque tuviera que engrasársela con aceite.

El hombre bebió con cuidado mientras lo miraba a los ojos. Era evidente que aún no se había recuperado del susto. Assad casi sintió compasión por él.

—¿Se apellida Alwan de verdad? —preguntó por cuarta vez.

El gigante cerró los ojos.

—Va a matarme. Vendrá y prenderá fuego a todo —dijo con voz ronca.

Ahora tenía la respuesta. Era un alivio.

—¿Tienes un archivo de la gente que acude aquí?

El hombre dudó un buen rato y luego sacudió la cabeza.

Assad sacó el móvil y llamó a Weber.

Esperaba que una situación como aquella fuera suficiente para que el jefe de la investigación se pusiera las pilas.

LLEGARON CINCO HOMBRES, de modo que Weber había captado el mensaje. Seguía oliendo a alcohol, pero era sorprendente lo despierto y sereno que estaba.

—Nos lo llevamos, vamos a interrogarlo —informó e hizo un gesto de cabeza a sus hombres. Miró alrededor—. ¿Qué has hecho?

Assad se encogió de hombros.

—He empujado la puerta y se ha roto. Pero voy a pagarla, ya se lo he prometido a nuestro amigo.

Weber sacudió la cabeza y no debió de ser una buena idea por cómo se llevó después la mano a la frente.

47

Alexander

DÍA 2

CADA VEZ QUE su madre gemía de miedo por su vida tras la cinta americana, Alexander perdía la concentración. Y milisegundos importantes se convertían en segundos, y sus reflejos fallaban una y otra vez. Nunca, desde que era un novato, había cometido tantos errores de aficionado. Estaba desesperado a causa de eso.

—Voy a matarte aquí mismo si no cierras el pico —la amenazó y se arrepintió al instante. ¿No le había prometido acaso no matarla hasta terminar el juego? Y le faltaban nueve victorias para llegar a las dos mil ciento diecisiete.

Giró la silla de oficina en la que estaba su madre y la miró a los ojos. Era un verdadero placer percibir con tal claridad su miedo y su docilidad.

—Mira, vamos a cambiar las reglas. Si gano un juego rápido, acordamos que te quedará un poco más de tiempo de vida, ¿vale? A lo mejor así te callas un poco.

La cinta americana de su boca se hinchó un poco. ¿No entendía lo que le acababa de decir? Pero su madre seguía retorciéndose en la silla, como si ya no pudiera contenerse por más tiempo.

Alexander maldijo para sus adentros, porque ¿qué le importaba a él si se meaba en las bragas?

Entonces, su madre hizo algo que Alexander nunca la había visto hacer desde la primera vez que su padre le dio una buena paliza. Porque lloró y unos mocos acuosos surgieron de sus narices mientras los sofocados gemidos arreciaban.

Y, en aquella situación tan repugnante, a Alexander le acudió a la mente un recuerdo reprimido tiempo atrás. Rememoró que su madre había suplicado y llorado para protegerlo. Que se interpuso entre los dos y agarró a su padre de la camisa para detenerlo. Pero recordó también que aquella fue la última vez que se puso de parte de su hijo en un conflicto, y que desde entonces había cedido ante los insultos y el humor cambiante de su marido.

Aun así, hubo también una época en la que mostró sus sentimientos y ahora lo volvía a hacer. Tenía miedo, estaba sola y seguro que también arrepentida. No era mucho, pero algo es algo.

Alexander reflexionó. Su madre sabía que iba a morir y pese a ello se preocupaba porque debía orinar; aquello la hacía casi humana. En cierto modo, era enternecedor.

—¿Me prometes que me dejarás jugar en paz si te dejo ir al baño?

Su madre asintió con vehemencia.

—No cierres la puerta con llave, porque voy a romperla. ¿Entiendes lo que te digo?

Su madre volvió a asentir en silencio.

Entonces se echó la espada al hombro y empujó la silla de oficina en la que estaba sentada hasta la puerta del cuarto de baño; después, le retiró la cinta americana de manos y pies, pero no la de la boca.

Retrocedió un paso y señaló la espada, para que comprendiera que no debía oponer resistencia.

—Entra y termina de una vez —ordenó—. ¡Y no intentes nada raro!

Ella afirmó con la cabeza y desapareció tras la puerta. Se oyó un sonido sibilante y después se hizo el silencio, así que tendría más cosas que hacer.

Alexander esperó con paciencia hasta que vio que el disco de la puerta cambiaba de verde a rojo sin hacer ningún ruido.

—¡Eh! —gritó—. Te he dicho que no cerraras con llave. Ahora va a ser peor para ti.

Dio unas patadas a la puerta mientras se oía un ruido como de forcejeo que no auguraba nada bueno. Y cuando la puerta al final cedió y salió proyectada contra la pared del baño, la vio ante el cristal emplomado de la ventana, sin cinta americana en la boca y con la pesada tapa del inodoro alzada sobre la cabeza.

En el momento en el que arrojó la tapa contra el cristal, se puso a pedir ayuda a voces.

Dejó de gritar cuando Alexander dio la vuelta a la espada y la golpeó en el cuello con la empuñadura cubierta de cuero, y ella se desplomó, inconsciente.

¿Tendré que matarla ahora?, pensó mientras la arrastraba de vuelta a su cuarto.

Se quedó un momento pensando en su próxima acción cuando a través del cristal destrozado del baño oyó que alguien gritaba si había sucedido algo.

Era la primera vez en mucho tiempo que la vida exterior se hacía real para Alexander. ¿Su madre iba a conseguir entorpecerle el camino?

Le dirigió una mirada rápida y calculó que tardaría un rato en recobrar la consciencia.

Después dejó la espada, se dirigió al recibidor y abrió la puerta al mundo.

AFUERA HACÍA FRESCO. El día que inició su encierro era a finales de verano y ahora acechaba el invierno. Las ramas de los árboles estaban desnudas y la vegetación que había frente a la casa, marchita. Incluso el césped del jardín había perdido su lustre. Y allí, en medio de la extensión marrón, estaba la tapa del inodoro, abierta, y a unos metros de allí, en medio de la acera, estaba su entrometida y reseca vecina mirando aquella cosa innombrable, mientras su viejo chucho tiraba de la correa.

Su relación con ella siempre había sido fría, pero en ese momento Alexander trató de hacerse el simpático.

—Sí, perdona, creo que la reacción se me ha ido de las manos —se excusó y recogió del suelo la tapa del inodoro—. Es que me he enfadado porque no me han aceptado en la universidad.

La mujer arrugó el entrecejo.

—Pero ¿por qué pedía auxilio tu madre?

El chico trató de poner cara de extrañeza.

—¿Mi madre? No, no está en casa, he sido yo quien ha gritado. No sé por qué he pedido auxilio, es que estaba tan enfadado...

—Eso no es verdad, Alexander —dijo la vecina y se movió hacia la puerta abierta—. He saludado a tu madre cuando ha llegado a casa y desde entonces no ha ido a ningún sitio, lo sé.

Alexander rompió a sudar. ¿Aquella bruja controlaba todo lo que ocurría en su calle? ¿No tenía otra cosa con la que pasar el tiempo?

La mujer se plantó con los brazos en jarras.

—Tengo que hablar con ella y comprobar que está bien. Y si no me dejas entrar, voy a llamar a la policía, te lo advierto.

—No está en casa, así que llama. No tenemos nada que ocultar.

La vecina se detuvo con un pie en el aire y quedó claro que aquello no iba a quedar así.

—Pues entonces pronto vas a tener visita de la policía, puedes estar seguro.

Alexander echó la cabeza atrás, resignado. Ella se lo había buscado.

—Entra a buscarla si quieres —sugirió y se hizo a un lado para que ella entrase primero.

Cuando llegó al umbral de la puerta, se volvió hacia él llena de desconfianza.

—Deja la puerta abierta, ¿me oyes, Alexander?

El chico asintió en silencio y, cuando la mujer llegó a la mitad del recibidor, Alexander levantó la tapa del inodoro y se la estrelló contra la nuca con tal fuerza que la mujer no llegó a emitir ningún sonido antes de desplomarse y soltar la correa.

El chucho reaccionó por instinto y corrió a un lado, y cuando Alexander trató de asir la correa, el animal echó a correr. En unos pocos saltos llegó a la puerta abierta y a la libertad del exterior, y se quedó en medio del sendero del jardín, con el rabo entre las piernas y mirándolo con temor, mientras Alexander intentaba atraerlo con palabras cariñosas.

Trató de recordar el nombre de aquel animal de mierda. ¿Cómo lo llamaba siempre la bruja? Y, mientras lo llamaba e intentaba recordar cómo se le da confianza a un bicho así, el perro giró y se marchó corriendo con la correa volando detrás.

Lo siguió con la vista hasta que desapareció entre unas villas algo más allá, al otro lado de la calle. Si era listo, seguro que iba a volver en algún momento en busca de su dueña.

Y entonces él iba a probar también qué se siente al matar un animal.

Dentro de la casa, estuvo atareado inmovilizando a las dos mujeres. La vecina menuda emitió unos sonidos inarticulados, pero, por lo demás, estaba ida cuando le tapó la boca con cinta americana para luego atarla a una pata de la cama con las muñecas maniatadas a la espalda. Pero su madre estaba volviendo en sí, de modo que tuvo que darse prisa y sujetarla a la silla de oficina con cinta adhesiva, igual que antes.

—Alguien del trabajo va a llamar —gimió su madre cuando vio dónde estaba.

Alexander no dijo nada y, a pesar de las protestas, apretó más aún la cinta adhesiva de su boca. Si alguien se extrañaba por la ventana rota y tocaba el timbre, debía haber silencio absoluto en su cuarto.

—Ya está —dijo diez minutos más tarde—. Ahora podéis haceros compañía una a la otra mientras estéis vivas. Y, mamá, espero que aprovecharas para hacer de vientre en el baño, porque ha sido tu última oportunidad.

Se sentó frente al ordenador. La última media hora había actuado con decisión, como solían hacer los guerreros de su juego. Era como si estuviera fundido con ellos.

—Y otra cosa, mamá —comentó mientras pulsaba Intro—. He llamado a tu trabajo. Les he dicho que tu hermana está muy enferma, que estabas trastornada y que habías tomado el tren a Horsens para cuidarla. ¡Espero que te parezca bien! Me han dicho que confiaban en verte de vuelta pronto.

Rio un momento.

—Les he dicho que yo también.

La vieja del suelo empezó a volver en sí. Teniendo en cuenta lo delgada y frágil que era, llamaba la atención que se recuperase tan pronto. Unas personas son más duras que otras, pensó con cierto respeto.

La mirada de la vecina recorrió el cuarto y, cuando vio a la madre en un rincón y la espada asesina en el suelo junto a su rostro, quedó claro que se sentía muy sola en el mundo, a pesar de la compañía.

Alexander sonrió, y es que no le faltaban razones para ello. Durante todo el tiempo que llevaban viviendo allí, nunca vio que nadie la visitara.

De modo que tampoco nadie iba a echarla de menos.

PASARON VARIAS HORAS y la suerte no terminaba de ponerse de su lado. En las últimas partidas encontró fuerte resistencia que no pudo superar. Por lo demás, había estado a punto de lograr los puntos necesarios, así que el retraso iba a costarle toda la noche, por lo menos.

Se puso en pie y se estiró mientras se imaginaba el plan para el día siguiente. Después de matar a las dos mujeres, iba a colgarse del hombro la espada, salir al pasillo y ponerse uno de los abrigos largos de su padre. En cuanto cerrase la puerta tras de sí, podía ocurrir cualquier cosa. Había decidido no vestir ropa llamativa, aunque su sueño era arrasar la ciudad en plan vengador, vestido con su disfraz negro de *ninja*. Con esa vestimenta y una espada sangrienta en la mano, habría tenido un aspecto feroz; claro que, entonces, la gente habría huido despavorida.

No, lo último que deseaba era crear alarma. Cuando matara a alguien, iba a esconder la espada bajo el abrigo y a dirigirse con calma a la siguiente calle estrecha o callejón, y continuar su expedición punitiva.

Dirigió la mirada hacia la señora muerta de la pared.

—Antes de partir, dejaré escrito que esto lo hago por ti —sentenció—. Estoy seguro de que así el mundo no te olvidará nunca.

Sonrió para sí.

—Y tampoco creo que vayan a olvidarme a mí.

Vio que su madre trataba de empujar su silla y moverla, para poder dirigirle miradas suplicantes; pero, mientras la cinta americana mantuviera la silla más o menos sujeta a la mesa, de nada iba a valerle.

Se sentó, bajó el volumen de los altavoces y se puso los auriculares. Durante las horas siguientes iba a tener que luchar duro, de manera que activó todos los medios disponibles. Aun así, durante los siguientes diez minutos, lo mataron al principio en todos los intentos.

Alexander arrojó los auriculares contra la pared. Era extraño, porque cuando los llevaba puestos no jugaba bien; entonces, ¿por qué había creído que esta vez iba a funcionar? ¿Había algo con lo que no había contado? ¿Era el castigo por su falta de atención cuando su madre estuvo a punto de conseguir liberarse? ¿O era porque el juego era así? ¿Debería olvidar lo bueno que era y dejarse guiar por la intuición, que había sido su fuerza más determinante en el resto de los juegos?

Sonrió. Al fin y al cabo, aquel retraso solo se debía a su impaciencia, ahora que estaba tan cerca de su meta. Bastaba con que redujera el ritmo y controlara el pulso para que las cosas marcharan como era debido.

Miró a la mujer tumbada en el suelo. Siempre lo había tomado por un mocoso, bien que lo sabía, pero ahora iba a mostrarle quién era.

Agarró el móvil, cambió la tarjeta de prepago y tecleó.

Miró el reloj. Aún no eran las cinco de la tarde, de modo que debía de haber alguien en el departamento, pero esta vez pasó tiempo hasta que contestaron.

—Rose Knudsen —se oyó una voz de mujer, para cabreo de Alexander—. ¿Eres tú otra vez, Toshiro? ¿Hasta dónde has llegado?

—Ando cerca —respondió Alexander—. ¡Muy cerca!

Entonces activó el altavoz e hizo un gesto a la mujer del suelo para que ella también escuchara.

—Vale —reaccionó la policía, nada impresionada—. Pues a mí me gustaría decirte algo. ¿Estás interesado?

—¿Cómo quieres que lo sepa? —respondió. Pero sí que le interesaba.

—Suenas diferente. ¿Has activado el altavoz?

—Sí, tengo conmigo a dos invitadas.

—¿Invitadas? —La voz de Rose sonó sorprendida, justo lo que él había esperado.

—¡Sí! Ahora hay dos mujeres a las que espera el patíbulo: mi madre y una bruja de vecina.

—Eso no suena nada bien. ¿Qué ha ocurrido?

—Que me ha molestado.

—¿Te ha molestado? ¿Iba a visitar a tus padres?

—No, me ha molestado, sin más.

—¿Qué te ha hecho a ti, Toshiro? No has pensado hacerle daño, ¿verdad?

—Eso es cosa mía.

Su mirada se cruzó con la de la vecina. Era sublime ver a aquella arpía desmoronarse poco a poco.

—Y deja de irritarme —continuó—. Sigue adelante. ¿Qué es lo que debería interesarme? Tus disparatadas preguntas, desde luego, no.

—Has dejado de ser locuaz cuando te hago preguntas, Toshiro, es una lástima. Pero me gustaría decirte algo que, por lo visto, no sabes.

—Hay muchas cosas que no sé ni quiero saber.

Rose rio. Alexander no contaba con eso.

—¿Has leído algo más sobre la mujer de la foto de tu pared? ¿Sabías que se llamaba Lely Kababi?

El chico no respondió. Por supuesto que lo sabía, los últimos días los medios no hablaban de otra cosa; pero a él le importaba un pimiento cómo se llamaba. Un nombre no era nada, solo una etiqueta que unos padres idiotas te ponían cuando no podías decidir aún.

—En este departamento de Jefatura estamos muy metidos en ese caso, deberías saberlo. Pero ¿lo sabes?

—¡¿Metidos?! Porque me he ocupado yo de meteros.

Esta vez, el tono de burla de la risotada de Rose fue demasiado claro y al chico no le gustó.

—Quiero hablar con el maderazo. Tú me irritas.

—Escucha, Toshiro: está cuidando a un chico que se llama Ludwig. La vida sigue, ¿no? Así que deja que te cuente. No, no puedes llevarte el honor de nuestra intervención. Siempre hemos estado interesados en el asunto, porque Lely Kababi era la segunda madre de uno de los mejores hombres del Departamento Q. Seguro que has leído algo sobre él: se llama Assad, aunque ahora algunos periódicos lo llaman por su nombre original, Zaid. Y Assad está trabajando en el caso, y es algo muy personal para él, muchísimo más de lo que es para ti. ¿Qué te parece?

—Que eres una puta mentirosa, eso es lo que me parece.

—Vaya, vaya, no creía que fueras tan malhablado, Toshiro. ¿Dónde lo has aprendido?

—¿Eso se aprende en algún lugar concreto? Lo único que digo es que te lo has inventado todo.

—Ya me gustaría que fuera así. Pero el hombre que mató a Lely tiene secuestradas a la mujer e hijas de Assad, debes de haberlo leído.

—Bueno, pues entonces seguro que os habéis inventado también esa historia. Pero no me influye para nada, que te enteres. Y eso de Assad, que antes se llamaba Zaid, suena un poco exagerado, ¿no te parece? Solo intentáis decir que me habéis analizado de la *A* a la *Z*. Pero, para que lo sepas, me gusta mucho más lo contrario.

—No lo entiendo. ¿Quieres decir que prefieres la *A* a la *Z*? ¿Te estás poniendo simbólico otra vez, Toshiro Logan? No creía que tu posición favorita fuera el principio de lo que te traes entre manos, sino más bien tu repugnante final. ¿Cómo hay que entenderlo?

—*A* no tiene que ver con ningún principio. Lo único que digo es que soy más *A* que *Z*. ¿Tienes algo más que decir sobre tu patraña? Porque, si no, voy a sentarme a ganar mis últimas victorias y no vas a poder hacer nada al respecto.

Esta vez fue él quien rio.

—Un momento, Toshiro. En este instante, Assad está en Berlín, donde se encuentra también el asesino de Lely Kababi. Está poniendo su vida en peligro para vengar a Lely y la increíble maldad a la que ha estado expuesta su familia. Deberías respetarlo, Toshiro.

¿Qué sabría ella sobre respeto?

Alexander miró la hora. ¿La pava intentaba ganar tiempo?

—Oigo algo en segundo plano. ¿Qué es, Toshiro?

Alexander sacudió la cabeza. Las mujeres no hicieron ningún ruido, estaban demasiado extenuadas para eso.

—¿Es un perro? ¿Tienes un perro, Toshiro?

Alexander giró la cabeza hacia el pasillo. Era cierto, allí estaba otra vez el bicho, ladrando en la acera. ¿Por qué no se había fijado en él?

—¿Que si tengo perro? Los detesto, así que has oído mal. Aquí no hay perros.

—¿Será de la calle? ¿Tienes una ventana abierta, Toshiro?

Alexander miró a la vecina. ¿Qué diablos tenía que hacer con el perro? Porque nunca iba a atraparlo.

—¿Vives en una casa con jardín, Toshiro? ¿Vives en un sitio así? ¿En un barrio de casas unifamiliares? En una bonita casa, donde nadie se fija en que tu padre y tu madre no están,

¿es eso? ¿Nos damos una vuelta por los barrios de los suburbios y preguntamos si conocen a un chico como tú? ¿Ponemos carteles con tu imagen por todas partes? ¿Eh? ¿En postes telefónicos y supermercados? Podemos ponernos a ello enseguida.

Alexander se puso a sudar. El segundero iba demasiado deprisa. Aunque estaba seguro de que no podían localizarlo, aquella conversación estaba durando demasiado.

—Esto va a ser lo último que oigáis de mí —hizo saber—. Saluda al maderazo y dile que no tenía nada que hacer contra mí. ¡Adiós!

Colgó y miró a la mujer del suelo.

—No van a dar conmigo y es una pena por vosotras. ¿Entiendes ahora que no vale la pena meterse en los asuntos de los demás? La curiosidad mató al gato, que se dice. Claro que, a lo mejor, no entiendes inglés.

48

Assad

DÍA 2

—¿QUÉ HABÉIS HECHO con él?

El boxeador que se habían llevado detenido parecía haber llorado. Assad había visto muchas veces a hombres adultos destrozados, pero nunca a nadie como aquel exboxeador de la Academia de Boxeo de Berlín, que durante su carrera seguro que había recibido toda clase de golpes. ¿Qué le daba tanto miedo?

Fue un Weber algo mustio, pero por lo demás sorprendentemente despierto y sobrio quien le respondió con el mismo tono.

—Si lo dices por los rasguños y cardenales, ha sido cosa tuya, Assad. Nosotros no lo hemos tocado.

—No, pero cualquiera diría que habéis dictado la sentencia de muerte y debe ser ejecutado de inmediato.

Weber se aflojó el cuello de cisne. A Assad le pareció que había dado en el blanco.

—Mmm. Es verdad, teme por su vida. Hemos tenido que prometerle que vamos a retenerlo en comisaría hasta que todo haya pasado.

—¿Qué os ha contado?

—Que es posible que Hamid no se apellide Alwan, que tal vez sea un nombre que usaba para boxear; que no está seguro. Pero lo que sí sabe es adónde solía ir a tomar té cuando estaba activo. El café aún existe, así que tenemos trabajo por delante. Y también sabe que, si Hamid descubre que se ha ido de la lengua, tanto él como el gimnasio van a ser muy pronto cosa del pasado. Ya ha visto antes de lo que es capaz Hamid y sabe que dispone de una red enorme.

De eso Assad no tenía la menor duda.

—Entonces, ¿estáis de acuerdo conmigo en que vamos detrás del verdadero Hamid?

Weber y cuantos lo rodeaban asintieron.

Assad contuvo el aliento. ¡Por fin!

—¿Cómo ha reaccionado cuando le habéis dicho que estamos convencidos de que se trata del mismo Hamid que reclutó a Mustafá en Frankfurt?

—Dice que Hamid aparecía muchas veces por el club sin previo aviso y que después de los combates casi siempre se quedaba para hablar entre amigos con los jóvenes boxeadores. También ha oído rumores de que un par de los jóvenes participantes en combates habían ido después a Siria. Se da cuenta de que quizá estuviera organizado así.

—¿Por qué no denunció antes que tenía la impresión de que algo ilegal ocurría en su club?

—Por la misma razón por la que no cantó hasta que lo calentaste.

—¿Cómo se llama ese café, Weber?

—No puedo decírtelo. Esto no puedes hacerlo solo. Hay demasiado en juego. No se trata solo de tu familia, se trata también de la vida y seguridad de mucha gente corriente.

Assad trató de evitar sentirse ofendido; total, ¿de qué le habría valido en aquel momento?

—Si esta noche no hubiera hecho lo que he hecho, no habríamos avanzado. Tú estabas en tu habitación con un pedo de órdago; así que ¡dime el nombre!

¿Parecía Weber ofendido? Por lo que veía Assad, no.

—No, vamos a ir allí juntos. Nuestro grupo operativo va a entrar a detener a los responsables del café, es la única manera. Si entras solo, ponemos en peligro no solo tu vida, sino también una última oportunidad de acercarnos al grupo.

—¿Un grupo operativo? Eso es una mala idea, Weber. Si hacéis eso, nadie va a abrir el pico. No vamos a conseguirlo así, no lo conseguiremos. Y el tiempo pasa.

EL CAFÉ SE encontraba al otro lado de la calle, rodeado de edificios altos.

Era todavía temprano y no había demasiado tráfico tras el que esconderse. Por eso, Assad no se sentía a gusto.

—Estáis demasiado cerca, Weber, pueden ver los coches. En este barrio, esos Audi negros apestan de lejos a líos y problemas.

Weber refunfuñó.

—Tenemos que ver qué ocurre ahí dentro, así de sencillo. O, si no, vamos a entrar contigo. Dispones de cinco minutos a partir de ahora; luego, entramos.

Assad sacudió la cabeza y salió del coche. Aquella conversación había durado demasiado.

—Por cierto, creo que deberías dejar eso aquí. De todas formas, no vas a tener ocasión de emplearla. —Señaló la zona lumbar de Assad, donde llevaba la pistola.

Assad no le hizo caso y cruzó la calle.

Visto desde fuera, el café no era un lugar especialmente ostentoso, una combinación de café deportivo y club de pipas de agua, con sus ventanas un poco polvorientas y una entrada que llevaba algo de tiempo sin barrer. Tenían publicidad de bebidas sin alcohol y, sobre todo, de una gran pantalla de setenta pulgadas y transmisiones de las ligas alemana y española, y también pipas de agua a entre cinco y ocho euros, dependiendo del momento del día.

El interior se correspondía con el exterior, con la pequeña diferencia de que había una serie de estantes en la pared repletos de diplomas, copas de plata y carteles de una gran variedad de deportes en los que se trataba de tumbar al adversario. Boxeo, judo, taekwondo, jiu-jitsu, artes marciales mixtas, etcétera.

La reducida clientela se componía de árabes; habría sido un gran error enviar un grupo de alemanes blancos para llevar a cabo la misión. Saludó con la cabeza a los tres hombres reunidos en torno a una pipa de agua. Había un ambiente distendido, cosa que le venía de perlas.

El hombre que había tras el sustituto de un mostrador de bar, cubierto de terciopelo, ni se fijó en él: Assad, como el resto de la clientela, era sin duda uno de los suyos.

—*As salamu alaikum* —saludó y continuó hablando en árabe—: ¿Eres el dueño?

El hombre asintió con la cabeza mientras la mirada de Assad se fijaba en la licencia de hostelería colgada de la pared.

—Te llamas Ayub; entonces es contigo con quien debo hablar. Estoy buscando a Hamid. ¿Puedes ayudarme?

La pregunta era demasiado directa para responder que no, pero a veces la ingenuidad abre muchas puertas. En ese caso, no fue así.

El dueño sacudió la cabeza.

—¿Hamid? Aquí vienen muchos que se llaman Hamid.

—Hablo de Hamid Alwan, nuestro campeón de boxeo. No lo veo en la pared, pero debe de ser un error.

El propietario dejó de secar sus vasos baratos.

—¡¿Hamid Alwan?! ¿Para qué lo quieres?

Assad se inclinó sobre el mostrador.

—Tengo que ponerme en contacto con él lo antes posible, porque, si no, va a tener grandes problemas.

—¿Problemas? ¿Qué problemas?

Assad frunció el ceño y recalcó sus siguientes palabras.

—Problemas de verdad. De los que no quieres saber nada, ¿me entiendes?

Los tres fumadores a su espalda levantaron la cabeza. Así que, pese a esforzarse, lo había dicho en voz demasiado alta.

—Ya se lo diré cuando lo vea —repuso el dueño.

—Dame su número de teléfono, se lo diré yo mismo.

En ese momento, los movimientos del dueño del café se aceleraron. Colocó el vaso junto a los otros y se echó al hombro el paño de secar. Salió del mostrador y miró con aire autoritario al resto de los clientes del local.

—Llevadlo a la trasera y, aunque tengáis que zurrarle, no lo dejéis escapar hasta que diga por qué está aquí. No me gusta el tipo.

Assad se plantó frente a ellos.

—Adelante: hacedlo si queréis que el café desaparezca de la faz de la Tierra.

Se giró hacia el dueño mientras los tres guardaespaldas se levantaban despacio.

—Si supieras quién me envía, caerías de rodillas ahora mismo. Incluso Hamid Alwan no es más que un grano de arena en el desierto.

No pareció funcionar.

—Vamos, haced lo que os digo —ordenó el dueño, nada impresionado.

Lo que sí funcionó fue que Assad sacara la pistola y lo apuntara. Todos se quedaron quietos.

Assad miró el reloj, que le vibraba en la muñeca. Era un SMS de Weber. «Te quedan cuarenta y cinco segundos, ni uno más», decía. ¿Aquel tío era idiota?

—Estaos quietos. De lo contrario, os mataré uno a uno —avisó.

Se volvió de nuevo hacia el dueño.

—No tenemos mucho tiempo, así que debes tomar una decisión, Ayub. Dime dónde puedo encontrar a Hamid, porque su vida corre peligro. ¿Entiendes lo que te digo?

El hombre asintió. No muy convencido, pero sí con cierta disposición.

Assad levantó la chaqueta y metió de nuevo la pistola en la cinturilla.

—Ha sido una muestra de mi buena voluntad. Ahora te toca a ti.

Hizo un ademán con la cabeza, pero justo entonces divisó unas sombras al otro lado de los cristales y estaba interpretándolas cuando la puerta se abrió de un patadón y el local se llenó de hombres de Weber.

No habían pasado ni veinte segundos desde el SMS. ¿De qué iban?

La superioridad era aplastante, de modo que los tres hombres fueron neutralizados y esposados de inmediato. Después, Weber se plantó frente a Assad, al parecer nada impresionado por su mirada fulminante.

—Ha sido una suerte que pasáramos por aquí —dijo mientras sacaba unas esposas—. Los brazos a la espalda —ordenó al dueño. Luego se volvió hacia Assad—: Y tú también.

—Te doy noventa segundos a partir de ahora —le susurró cuando las cerró en torno a las muñecas—. Minuto y medio, ¿entendido?

Assad comprendió y esperó que esta vez respetara el tiempo. Aparte de que le retiraron la pistola, en realidad le habían seguido el juego.

Weber y su gente obligaron al dueño del café y a Assad a sentarse en un par de sillas y les dieron la espalda. Para entonces, Assad estaba ya sacando la llave maestra de debajo del reloj de pulsera.

—Vosotros quedaos aquí, os tendremos vigilados —ordenó uno de los hombres de Weber a Assad y al dueño del local. Después se llevaron a los guardaespaldas a los coches.

Assad manipuló un momento las esposas.

—Voy a liberarme en pocos segundos, así que prepárate, porque vamos a largarnos.

El hombre sacudió la cabeza.

—Yo no voy a irme. ¿Qué pueden hacerme? No he hecho nada.

—Si te quedas, no verás amanecer. Esta es la gente de la que quería poner a Hamid sobre aviso. ¡Piensa un poco, hombre! Dime más bien si hay una puerta trasera y si tienes algún vehículo.

El dueño dudó unos segundos, pero luego asintió en silencio y se volvió para que Assad lo liberase.

Salieron a un complejo de patios traseros interconectados y, veinte minutos más tarde, se alejaban a toda pastilla en la

411

moto de Ayub por la calle principal, donde tres hombres inocentes eran conducidos a prisión preventiva hasta que se aclarase todo. Assad se dio una palmada en el bolsillo interno, donde llevaba el móvil. Esperaba que Weber ya se hubiera dado cuenta de que su señal de GPS se dirigía al sudeste.

DESPUÉS DE CONDUCIR un cuarto de hora, Ayub se detuvo en una calle tranquila de casas unifamiliares y edificios de viviendas de pocos pisos.

—Ya puedes bajarte —indicó.

Assad se apeó y miró alrededor.

—¿Es ahí? —preguntó y señaló la casa que tenían enfrente.

Llegó justo a percibir el clic cuando Ayub metió la marcha. Saltó hacia delante por instinto cuando el hombre iba a acelerar a tope. Assad no volcó la moto, pero sí que consiguió agarrarse al respaldo en el que acababa de ir apoyado.

La moto hizo unas eses y el pie de Assad impactó contra el borde de la acera, pero Ayub fue lo bastante hábil para recuperar el equilibrio y atravesaron el barrio a gran velocidad, mientras una de las piernas de Assad golpeaba el asfalto y él intentaba sentarse mejor. Ayub dio un par de golpes hacia atrás con la mano derecha y golpeó a Assad en la sien, y cuando lo intentó por tercera vez, Assad soltó el respaldo y asió su brazo libre con ambas manos.

El resultado fue tan previsible como poco saludable. El inesperado estirón hizo que Ayub tirase con fuerza del manillar izquierdo, la moto se torció y cayó hacia el lado izquierdo, y quedó atrapado debajo. Assad soltó la presa al instante y de pronto se encontró tumbado en la calzada, y vio que la moto sin piloto embestía contra el bordillo de la acera opuesta y se detenía cincuenta metros más allá.

—¿Estás loco? ¡¡Qué diablos haces?! —gritó Assad mientras se acercaba cojeando a Ayub.

Este yacía con medio cuerpo en la calzada y el rostro aplastado contra las baldosas de la acera. Aparte de unos rasguños sanguinolentos, parecía que el torso había salido bastante bien parado del golpe, pero su pierna izquierda no tenía buen aspecto.

—¿Te creías que no te había calado? —gimió Ayub.

Assad se inclinó sobre él.

—Hamid está planeando una acción terrorista y lo han descubierto. Debemos avisarlo, ¿me oyes? Dime dónde puedo encontrarlo y salvarás su vida.

Un espasmo cruzó su semblante.

—No siento las piernas —dijo con voz débil.

—Voy a llamar a una ambulancia, pero antes dime dónde puedo encontrarlo.

El hombre dirigió a Assad una mirada desenfocada.

—Hamid es mi hermano —confesó. Y se murió.

Assad contuvo el aliento: aquello era terrible. Y cuando la gente salió de su casa para preguntar qué había sucedido, no pudo hacer otra cosa que cerrarle los ojos y rezar una breve oración por el muerto y por su propia familia, cuyo destino parecía más inevitable que nunca.

Luego tocó con los dedos la mejilla del hombre.

—Pobre diablo estúpido —dijo en voz baja y se quedó esperando un par de minutos hasta que las tropas de Weber lo encontraron, al fin.

49

Carl

DÍA 2

UNA ENFERMERA SE le acercó a pasitos por el corredor.

—¡Un momento! —dijo y lo llevó a un lado antes de que abriera la puerta de la habitación de Mona.

—Carl Mørck, voy a decirte algo antes de que entres. Por si acaso, vamos a tener a Mona en observación un día o dos más, así que prométeme que no vas a presionarla, porque su cuerpo y su cabeza han pasado unos días de lo más agotadores. Y aunque parece que el feto está fuera de peligro, el estado de Mona sigue sin estabilizarse, más vale que lo sepas. Excitación, pena, frustración, todos los grandes sentimientos pueden provocar acontecimientos negativos, y la verdad es que Mona ha estado muy preocupada, tanto por ti como por un caso que estáis llevando en vuestro departamento.

Carl movió la cabeza arriba y abajo. Dijo que iba a hacer cuanto estuviera en su mano para que el embarazo siguiera su curso como debía. Que estaba muy contento de que tanto el niño como Mona hubieran superado tan bien el episodio.

MONA SONRIÓ Y le tomó las manos como si fueran su único punto de apoyo. No era difícil ver lo mal que lo había pasado sin él. Su piel tenía un aspecto más delicado y sus labios estaban pálidos, pero su fuerza interna, la que había retenido el feto, brillaba en sus ojos.

La abrazó con cuidado y puso la mano en su vientre.

—Gracias. —Fue lo único que dijo.

Estuvieron un rato en silencio, agarrados de la mano. Las palabras sobraban ahora. ¿Por qué debieron pasar tantos años hasta que empezaron en serio? En aquel momento parecía absurdo.

—De nada —correspondió Mona y le dio un apretón en la mano—. ¿La enfermera ha intentado atemorizarte?

No esperó su respuesta.

—Olvídate de ella, Carl. Solo trata de protegerme, pero no me conoce. Vamos a tener que hablar de todo, Carl. De lo contrario, no voy a estar tranquila.

Él asintió.

—¿Vais a conseguirlo? ¿Vais a lograr detener lo que está a punto de suceder en Berlín? ¿Assad y su familia van a salir vivos? Dime las cosas como son.

—¿La verdad?

—Sí, por Dios: dime la verdad.

—Estoy muy preocupado, Mona. Los últimos días hemos debido contenernos porque no ha habido avances de ninguna clase y ha sido desesperante. Pero me temo que hay pocas probabilidades para la familia de Assad, y también que no vamos a poder impedir lo que, por desgracia, puede ocurrir.

—¿Un atentado terrorista en Berlín?

—Sí.

—Tienes que volver para ayudar a Assad, Carl; si no, nunca podrás perdonártelo. Ya me las arreglaré, te lo prometo. Pero entonces tú tienes que prometerme que no vas a poner tu vida en peligro. Si te ocurriera algo...

Se agarró la tripa. No necesitaba decir más.

—Te lo prometo —dijo Carl—. Pero ahora estoy contigo y voy a seguir contigo.

—Pero Carl, también tienes otro caso y me he enterado de muchas cosas por medio de Rose. Así que debes ayudarnos a mí, a Rose y a Gordon, ¿entiendes? La vida de dos mujeres dependen de que hagáis lo que podáis y paréis los pies a ese chico enloquecido. Dentro de diez minutos vas a ir a Jefatura y hacer lo que mejor se te da, ¿no, Carl?

Carl ladeó la cabeza. Qué mujer más fantástica.

—¿De qué te has enterado, Mona? ¿Hay alguna novedad en el caso?

—El chico ha hecho saber a Rose que va a matar a las dos mujeres antes de salir a la calle a seguir asesinando, y lo creemos. Y Rose está también segura de que el chaval está a punto de llegar a esa fase del juego en la que van a pasar cosas.

—¿Te refieres a hoy?

—Desde luego, muy pronto. Puede que hoy, puede que mañana. Sé que Marcus Jacobsen está al tanto y ha trabajado duro para que la Comisaría Central de Investigación se involucre.

—¿De qué manera?

—Si vas a Jefatura, sé por Rose que tienen una reunión en vuestro departamento dentro de hora y media.

Carl refunfuñó. ¡Una reunión ya a las once! ¡De la mañana! Los aplicados de la Comisaría Central de Información nunca le habían caído bien.

—Has de saber también que Hardy y Morten han estado en Suiza por segunda vez mientras estabas en Berlín. Creo que deberías ponerte en contacto con Hardy en cuanto tengas un poco de tranquilidad.

GORDON Y ROSE se quedaron mirándolo como cachorros de perro que esperan unas migajas de la mesa de los ricos. Preferiría que no lo hicieran.

Carl cerró los ojos y escuchó concentrado la grabación de audio. Cada acento y cada frase de la última grabación del chico al que llamaban Kurt-Brian Logan podía ser importante.

Cuando terminó, abrió los ojos y los miró, y fue evidente que todos pensaban lo mismo. Si no lo localizaban en muy poco tiempo, iba a correr la sangre. Carl se lo imaginó. Los periódicos de la tarde, enloquecidos. TV2 NEWS, que, como de costumbre, iba a emplearse a fondo para que la noticia ocupase mucho tiempo de su programación. Los periódicos serios iban a achicharrar a su Departamento Q, en el que habían bregado duro durante once años hasta convertirlo en el equipo investigador más sólido de Dinamarca. Su prestigio podía perder muchos enteros si aquel chico desquiciado llevaba a cabo su demencial plan.

—Bien, no podíais haberlo hecho mucho mejor, teniendo en cuenta las pocas pistas de las que disponemos. Pero en esta grabación me he fijado en dos cosas que tal vez tengan importancia. Son el perro que ladra y que al chico le guste tanto la letra *A*.

Rose asintió en silencio.

—¿Los de la Comisaría Central han oído esta grabación?

—Sí, les he dado todo nuestro material —informó Gordon—. Marcus les ha pedido que pongan todos los datos en correlación y van a venir a contarnos lo que hayan averiguado.

El larguirucho había adelgazado más aún por culpa de aquel caso. Un par de kilos menos y pesaría solo la mitad de lo que Rose exhibía por aquella época.

Dirigió a Carl una mirada suplicante.

—Si la Comisaría Central no viene con alguna noticia decisiva, tendremos que pedir a Marcus que haga público el retrato robot del chico y toda la historia. Los canales de televisión van a cambiar la parrilla en cuanto vean de qué se trata. Tienes que ayudarnos a convencerlo, Carl.

Carl estaba de acuerdo con el inspector jefe. Iba a provocar pánico entre la población, pero también iban a levantarse voces críticas por no haber elegido esa solución varios días antes. Lo único que sabía Carl era que Marcus tenía malas experiencias con ese tipo de cosas. A las pocas horas de la publicación del retrato, iban a recibir cientos de llamadas que los llevarían a callejones sin salida y los retrasarían, sobre todo si el retrato robot no daba resultados. Era posible que la información de que sus padres llevaban un par de días sin ir a trabajar sirviera de algo, pero, de todas formas, iba a haber enormes cantidades de material que había que cotejar y analizar. Ya no quedaba personal suficiente en la policía danesa para solucionar un caso así de manera rápida, y tampoco quedaban comisarías locales con agentes que conocieran sus zonas y a quienes vivían en ellas.

Tanto él como Marcus Jacobsen conocían demasiado bien las consecuencias de la fallida reforma policial impulsada por los políticos.

—¿No tuviste ocasión de preguntarle más acerca de su *A*, Rose?

Rose puso cara de bochorno al oír la pregunta.

—Está claro que debería haberle preguntado si pensaba en la letra *A*. Es que estaba tan ansiosa por congraciarme con él que no pensé en ello. Mi objetivo era que sintiera empatía con Assad en su búsqueda del asesino de Lely Kababi, para que nuestras posturas se acercaran.

—Pues no ha salido bien y, claro, eso dice mucho acerca de él. El chico es un egoísta, un hipócrita y está mal de la cabeza. Es difícil llegar a gente con rasgos psicópatas así, Rose.

—¡Ya lo sé!

—Antes ya nos ha dado alguna buena pista, no lo olvidemos: aquella extraña frase acerca de sobrevivirse a sí mismo durante un año. Y dedujisteis lo que significaba, buen trabajo policial. Tampoco ha protestado porque le echarais veintidós años, de modo que debisteis de acertar. Y creo que ahora la arrogancia ha vuelto a apoderarse de él y que por eso ha querido darnos una pista más. Está cien por cien seguro de que no vamos a atraparlo, estoy convencido de eso.

Rose asintió; seguía su razonamiento.

—Entonces, ¿la letra *A* es una pista?

—Sí. Lo llamamos Kurt-Brian Logan, pero seguimos sin saber su verdadero nombre. Creo que su pista tiene que ver con su nombre: que empieza por *A*.

Carl conocía bien al hombre de la Comisaría Central de Información que acompañaba a Marcus, pero nunca había visto al tipo jovencísimo con granos en la cara que iba justo detrás caminando a pasitos. Parecía un híbrido de un personaje de manga y alguien que acaba de terminar el bachiller. ¿Qué carajo pintaba allí?

—Carl, debo reconocer que, a pesar de las circunstancias, me alegro de que estés aquí.

Presentó a su acompañante.

—Como es natural, ya conocéis al comisario Jeppe Isaksen, de la Comisaría Central de Información, que ha escuchado con solicitud nuestra petición y ha puesto en marcha toda la maquinaria en apoyo a nuestra búsqueda del joven asesino.

Carl le dirigió un saludo cortés con la cabeza.

—Pero a Jens Carlsen no lo conocéis: es el nuevo niño prodigio en cuestiones informáticas de la Comisaría Central y ha trabajado y ordenado los datos que Gordon ha enviado allí.

Se volvió hacia el joven.

—¿Quieres exponer tus conclusiones, Jens?

El joven empezó por aclararse la garganta con tal afán que su nuez bailaba arriba y abajo. Y, contra lo que podía esperarse, hablaba en un registro que estaba casi una octava por debajo de lo normal.

—Lo primero que debo decir es que nos hemos apoyado mucho en nuestro lingüista y es posible que nos hayamos metido en un callejón sin salida, pero nos hacían falta unos datos básicos para construir el resto. De manera que, si la teoría del analista lingüístico no se sostiene, mi trabajo perderá validez.

—Gracias por tu franqueza. Esperemos que el lingüista haya hecho bien su trabajo —remató Marcus.

—Seguro que sí —terció el jefe de la Comisaría Central de Información. Tenía que decirlo. Después continuó—: Tras muchas escuchas, hemos llegado a la conclusión de que lo más probable es que el chico viva al norte de Copenhague. Quedan excluidos Hellerup y Charlottenlund, y, por otra parte, el barrio de Fuglebakken, en cierto modo Emdrup, Frederiksberg y barrios colindantes al pantano de Utterslev, todos ellos presentan características lingüísticas comunes con el habla y el vocabulario del chico.

Carl se fijó en que las miradas de Rose y Gordon se buscaban. Así que era también su punto de partida.

El joven informático tomó la palabra.

—Tenemos que agradecer al internado de Bagsværd la rapidez con la que nos ha enviado listas de hombres que fueron alumnos allí y que hoy en día tendrían entre cuarenta y setenta años. A no ser que haya una diferencia de edad muy grande o muy pequeña entre el joven asesino y su padre, suponemos que es en ese grupo de edad donde podría esperarse que un hombre pueda tener un hijo de veintidós años.

—Claro, que podríamos trabajar en teoría con la posibilidad de que se trate de un padre postizo más joven o más viejo, pero hemos decidido descartarla —dijo el jefe de la Comisaría Central de Información, como si hubiera sido su decisión. Carl dudaba mucho de que fuera así.

El joven siguió con su exposición.

—He supuesto que el padre y el asesino están censados en la misma dirección y he cruzado la lista del internado con hombres de entre cuarenta y setenta años que hoy en día viven en alguno de los barrios que he mencionado antes.

Gordon y Rose se adelantaron un poco en sus sillas. Esperaban que la cifra fuera muy baja.

—He llegado a la conclusión de que en esos barrios hay treinta y tres hogares en los que vive un exalumno del internado que está en ese grupo de edad. Si hacemos un análisis cruzado con los mismos parámetros del Gran Copenhague, la cifra es el triple, lo que hace imposible investigar en ese espacio temporal.

Para Carl, aquello no tenía buena pinta. Fueran veintiún hogares en una zona determinada o setenta y cinco en el Gran Copenhague, parecía igual de imposible hacer las averiguaciones en tan pocas horas. Porque, si el chico era lo bastante astuto, y seguro que lo era, no iba a abrirles la puerta si tocaban el timbre. Y en muchos hogares los vecinos no iban a estar en casa.

Tendrían que obtener cantidad de órdenes de registro para entrar en las casas en las que no les abrieran la puerta; y, aunque la abrieran, podrían encontrarse con el mismo problema que si les hubieran negado el acceso a la vivienda.

—Para reducir la cifra, he hecho otro análisis cruzado basado en la edad probable del asesino.

Los tres miembros del Departamento Q aguzaron las orejas. El chaval de los granos no era tonto.

—Si partimos de la base de que tiene unos veintidós años y nos permitimos suponer que su año de nacimiento está entre 1995 y 1997, y que además está registrado en el censo en el mismo domicilio que el padre, entonces bajamos a dieciocho hogares en los barrios elegidos y cuarenta en toda la zona de Copenhague.

Entonces metió la mano en su maletín y sacó varios papeles.

—Estas son las direcciones que he encontrado.

Rose y Gordon se quedaron pasmados.

50

Assad

DÍA 2

ASSAD LOS ACOMPAÑÓ todo el tiempo. Primero, a la casa de Ayub, donde, sin rodeos, comunicaron la muerte a su viuda, que enseguida empezó a hiperventilar y no se tranquilizó un poco hasta que la gente de los servicios de inteligencia terminó de registrar la casa y encontraron la dirección de su cuñado Hamid. Dejaron a un par de hombres para tener controlada a la viuda de Ayub mientras otro grupo rodeaba la casa unifamiliar de Hamid y, uno a uno, se adentraban en el pequeño y bien cuidado jardín que la rodeaba.

Coordinaron el ataque de manera que echaron abajo a la vez las puertas delantera y trasera, y a los pocos segundos encontraron a la esposa e hijos de Hamid debajo de una mesa y tan quietos que cualquiera diría que no era la primera vez que lo hacían.

Assad fotografió el rostro contraído de la esposa y la cara temerosa de los niños cuando la obligaron a llamar a su marido para decirle que la esposa de Ayub había telefoneado y le había dicho que Ayub estaba muerto y que temían por su vida. Pidió a Hamid que se los llevara de allí cuanto antes.

POR SUERTE, HAMID no estaba preparado para lo que le esperaba, pero, eso sí, iba bien armado cuando, a unos metros de su casa, se dio cuenta de que habían forzado la puerta de entrada.

Su reacción fue inmediata. Mientras disparaba al azar, se arrojó a unos matorrales y trató de huir por los jardines traseros.

Cuando se dio cuenta de que estaba rodeado, echó la cabeza atrás y se llevó la pistola al mentón. En el segundo en el que iba a disparar, recibió un tiro en la pierna. Y, en el mismo instante en el que cayó, ya los tenía encima. Así terminó la batalla, casi antes de haber comenzado.

Assad había observado los hechos a distancia, rogando que no lo mataran.

Cuando lo metieron en el coche y lo llevaron a interrogar, seguía sangrando en abundancia.

Assad se quedó un rato pensando qué iba a ocurrir, antes de meterse en el segundo coche. No iba a participar en el interrogatorio a Hamid. No tenía la menor gana de volver a probar el tipo de enfrentamiento que había vivido en su propio cuerpo.

A PESAR DE las pocas ganas y la resistencia de Assad, fueron en su busca para llevarlo a comisaría, pasadas las diez de la noche. Porque, aunque llevaban todo el día presionando a Hamid, no había desvelado nada. Los hombres de Weber iban a seguir por la noche, pero antes de ponerse a ello querían ver si Assad lograba sacarle algo.

Assad se disculpó. Cuando se trataba de un hombre como Hamid, que solo unas horas antes había estado dispuesto a suicidarse por la causa, ni la más espantosa de las torturas iba a hacer que se fuera de la lengua.

Weber insistió, porque, por muy pequeña que fuera la posibilidad de que Assad lo hiciera confesar, debía probar; se lo debía a su familia y a sí mismo. Incluso un hombre como Hamid tenía sus puntos débiles: Weber le dijo que estaba acatarrado.

—¿Lo estaba cuando lo habéis traído?

—Sí. Y esa debe de ser la causa de los pañuelos de papel que encontramos. Ten cuidado, que no te contagie.

Assad hizo un gesto afirmativo y entró en el cuarto.

Una vez dentro del local helado y desnudo, a Assad le extrañó que la presión que habían ejercido sobre Hamid no había sido solo de carácter psíquico, porque el suelo estaba lleno de agua, y los trapos mojados en un cubo daban fe de que la Convención de Ginebra era papel mojado cuando se trataba de detener un ataque terrorista.

Los ojos acatarrados de Hamid estaban medio cerrados de agotamiento y su ropa, empapada, cosa que no le iría bien a su catarro. Los dientes le castañeteaban de frío, pero aun así miraba a la puerta con una obstinación que hizo que la esperanza de Assad se desvaneciera.

Cuando Hamid se dio cuenta de que era Assad quien entraba en el cuarto, no pudo contener la risa. Lo señaló con el dedo y, entre toses, dijo que le parecía increíble que un hombrecillo como él pudiera alimentar el odio y la sed de venganza de Ghaalib durante tantos años.

Después se levantó y tiró con violencia de las esposas, que estaban unidas a la mesa con una cadena.

—¡Acércate, traidor! —gritó—. Deja que te agarre del cuello, voy a hacerte un favor.

Y arrojó un escupitajo a la cara de Assad.

Este se lo secó mientras una sonrisa burlona se extendía por los labios de Hamid. Creía que había dejado clara su postura, pero esa seguridad solo duró un segundo, hasta que Assad le largó una bofetada y le devolvió el escupitajo en medio de su rostro satisfecho.

—De modo que por fin has podido comprobar que estoy vivito y coleando —se regodeó Assad y lo hizo sentarse en la silla de un empujón—. Voy a hacerte un par de preguntas que espero que respondas.

Colocó sobre la mesa una fotografía de su esposa.

—Esta es Marwa y sabes dónde está.

Después sacó el móvil y encontró la foto de la esposa de Hamid, conmocionada, llamando a su marido.

—Y esta es tu esposa y yo sé dónde está.

Después, repitió la operación con su hija mayor.

—Esta es Nella y tú sabes dónde está, al igual que yo sé dónde están tus hijos. ¿Entiendes lo que te estoy diciendo, Hamid? Esto es ojo por ojo y diente por diente. Tú decides.

Hamid abrió del todo los ojos y miró a Assad con una frialdad que supuraba muerte.

Assad le plantó el móvil en la cara.

—Mira bien a tu bella esposa y a tus hermosos e inocentes hijos. Dime cómo puedo encontrar a Ghaalib y perdonaré a tu familia. ¿O es que quieres ser también su verdugo?

Hamid estuvo tentado de escupir de nuevo, pero se contuvo.

—Haz lo que quieras —dijo—. Voy a reunirme con mi familia en el paraíso. Me da igual en qué momento de la divina eternidad vaya a ocurrir.

¿Reunirse en el paraíso? ¿De dónde sacaba su fe?

—¡Escucha, Hamid! Ghaalib ha ultrajado a mi esposa e hijas. Ha traído la vergüenza a su fe y a sí mismo, y quienes lo ayudan en esas barbaridades no deben abrigar esperanza de terminar en otro lugar que no sea el infierno.

Hamid se arrellanó en la silla y sonrió.

—Miserable perro infiel. Deberías saber que el infierno solo es una fase temporal. Alá no permite que a un número limitado de crímenes corresponda un castigo ilimitado. Todos nos encontraremos en el paraíso, también tú y yo.

Luego volvió a echar la cabeza atrás y rio más fuerte que antes.

Assad vio con total claridad la raya de la arena entre ellos antes de decidir traspasarla y golpear con los puños aquel rostro que se carcajeaba. Y por cada golpe que daba, veía a su esposa e hijas en aquel momento remoto en el tiempo en el que se despedían de él con la mano. Tal vez para siempre.

—Ya podéis echarle agua encima —comentó cuando salió del cuarto—. Si no, no va a despertarse.

Weber lo miró con seriedad.

—¿Le has pegado?

¿A qué se refería? Por supuesto que le había pegado.

—¿Sería mucho mejor que vuestra bañera? Por lo demás, creía que la tortura estaba prohibida en vuestra civilizada Alemania.

—¿Bañera? Nosotros no le hemos hecho la bañera. Si te refieres al agua del suelo, ha sido para quitar la sangre después de que el médico le detuviera la hemorragia de la pierna.

Assad frunció el ceño.

—Entonces, ¿qué presión habéis ejercido sobre él?

—Le hemos ofrecido colaborar con las autoridades a cambio de inmunidad y dinero. Trabajar para nosotros y vivir una vida segura. Claro que era algo ingenuo, pero había que probarlo.

—Muy ingenuo, sí.

—Luego lo hemos amenazado con el bienestar de su familia. Pero se ha reído. Ha dicho que iban a reunirse en el paraíso, hiciéramos lo que hiciésemos.

51

Ghaalib

DÍA 2

Había pasado más de una hora desde que Ghaalib enviara a Beena a casa de Hamid y estaba preocupado. Era la primera vez que Hamid no llegaba a la hora y también la primera vez que no podían ponerse en contacto con él. Si le había ocurrido algo grave, toda su misión podía resultar comprometida.

Se sentó a la mesa frente al mapa de Berlín y repasó el plan una vez más. Habían cambiado su acción de Frankfurt a Berlín y ahora todo indicaba que si Hamid no aparecía, iban a tener que volver a ajustar los planes. Pero el resultado iba a ser el mismo.

La inquietud se extendía por la sala. Si Beena no volvía al cabo de diez minutos, a varios de los combatientes podría entrarles el pánico. Por eso, debía convencerlos de que, pasara lo que pasase, formaban un grupo preparado para el combate y eficaz que iba a conseguir coronar su plan. Y si Hamid ya no se encontraba entre ellos, él mismo tomaría el papel de Hamid y activaría las cargas explosivas.

Lo primero que debía asegurar era que el Capitán estuviera bien, preparado en su suite de hotel y dispuesto a intervenir en cualquier momento.

En realidad, era Hamid quien, por vivir en la ciudad y hablar alemán con fluidez, se había encargado de ponerse en contacto con Dieter Baumann. No obstante, durante los años pasados en Oriente Próximo, el Capitán había aprendido un árabe perfecto, de modo que se podía comunicar con Ghaalib sin problemas.

Ghaalib lo llamó al hotel.

—Te has hecho un hombre famoso en Alemania, Dieter; eso nos ha dado justo la atención que esperábamos. Pero ¿cómo has evitado llamar la atención?

—Me he registrado con otro nombre y desde entonces me he mantenido gracias al servicio de habitaciones. No he salido de la habitación desde que me registré. Y eso fue antes de que los periódicos llenaran sus primeras planas conmigo. Además, Hamid se encargó de buscarme una vestimenta apropiada. Por cierto, ¿por qué no me ha llamado él?

—No está con nosotros en este momento. Llamo para confirmar que el ataque va a llevarse a cabo mañana a las 14.00. ¿Estás preparado?

El hombre tosió un poco.

—Sí. Y espero que la visibilidad sea también buena mañana. La niebla que ha habido en Berlín las últimas semanas va a desaparecer, menos mal. Lo acabo de ver en internet. Y puedo abrir la ventana lateral lo justo para poder girar el cañón en todas direcciones. Y lo bueno del asunto es que va a ser muy difícil verme, porque las ventanas son muy oscuras y la rendija, muy pequeña. Este hotel ha sido uno de los aciertos de Hamid.

Tosió otra vez, no le quedaba mucha capacidad pulmonar.

—Entonces, ¿dónde está Hamid? —preguntó.

—La verdad es que no lo sabemos. Pero tranquilo. Hamid es fuerte como una roca.

—Eso ya lo sé.

—¿Y tu salud?

—Aún estoy vivo.

Tosió mientras reía.

—Lo suficiente para poder decidir yo mismo cuándo quiero dejar de vivir.

—Toma tus pastillas, Dieter, y cuídate. *As salaimu alaikum.*

—*Wa alaikum assalam.*

Ghaalib oyó ruido en el pasillo, y luego entró Beena, *alhamdulillah,* «alabado sea Dios»; pero parecía alterada cuando traspasó la puerta.

—Siento la tardanza, Ghaalib. Su casa queda muy lejos.

Ghaalib asintió en silencio.

—Vengo con no muy buenas noticias. He hablado con el dueño de un quiosco y me ha dicho que hombres con uniforme de campaña han entrado en la casa de Hamid y que su esposa e hijos siguen dentro. Que se han oído disparos algo más allá y que algunos de sus clientes han visto que herían a Hamid en el muslo y se lo llevaban unos tipos armados que iban en coches negros. Habían visto también a un árabe en medio de la calle, a cierta distancia, observando el tiroteo y la detención de Hamid; y, cuando todo ha terminado, por lo visto, se ha marchado con algunos de los otros hombres.

—¿Tienes su descripción?

Beena asintió, todavía alterada.

—Más o menos.

—¿Zaid al-Asadi?

—Sí, creo que sí.

Ghaalib echó la cabeza atrás; de lo contrario, no podría respirar. Lo que le pedía el cuerpo era ejecutar a la mujer de Assad de inmediato, pero, entonces, ¿en qué iba a quedar la venganza?

—Venid todos —ordenó a su gente cuando lo tuvo todo bien pensado.

Los miró con calma, para que se dieran cuenta de que controlaba la situación.

—Parece ser que Hamid está fuera de juego. Beena dice que lo han detenido en su casa.

Un par de ellos parecían a punto de ser presa del pánico.

—Sí, es una mala noticia, pero tranquilos. Hamid es uno de los tíos más duros que conozco. Ya lo han detenido antes, pero nunca le han sacado una sola palabra. Os aseguro que tampoco va a suceder esta vez. Van a soltarlo uno de estos días, porque es imposible que tengan ninguna prueba contra él. Si alguien sabe borrar sus pistas, ese es Hamid.

—Pero va a faltar en el plan, Ghaalib. Entonces, ¿qué?

—Sí, habrá que hacer cambios, todo tiene solución. Seré yo quien actúe en su lugar.

Aquello cayó en tierra abonada.

—¿Y cuándo va a empezar la maniobra de distracción?

—Más o menos a las trece treinta de mañana.

—

52

Joan

VÍSPERA DEL DÍA 1

ÉL ERA COMO el aire para ellos. No lo tenían en cuenta, no le hablaban, no oían los ruidos que hacía cuando se le empezaba a cerrar la nariz y le costaba respirar. Estaba allí, en medio de ellos, en su silla de ruedas, y oía todo, veía todo y, poco a poco, fue sabiendo qué iba a suceder. Porque nadie de los presentes hacía nada por ocultar el plan a Joan, ¿y por qué habrían de hacerlo? No iba a escaparse a ninguna parte y, además, era su documentalista. Era él quien, cuando todo terminase, iba a relatarlo.

Preparativos, preludio, ejecución y resultado.

Y, por cada hora que pasaba, veía con mayor claridad que, la tarde del día siguiente, cuando todo hubiera pasado, Joan Aiguader no iba a ser el mismo de antes.

Las tres mujeres estaban abandonadas a su suerte en la habitación contigua y, como no les habían dado nada de comer en todo el día, tampoco les quedaban fuerzas para emitir el menor sonido, tal como estaba planeado. Porque el plan era que más tarde estuvieran desfallecidas, cada una en su silla, como verdaderas discapacitadas. Sin palabras ni acción, solo como medio de transporte para las demenciales bombas cuyo mecanismo comprobaba Osman en aquel momento.

Y mientras todos ensayaban sus respectivas tareas y posiciones en la acción del día siguiente, Ghaalib se quedó solo en el rincón, murmurando sombrío. Era difícil de ver si se sentía cabreado o desesperado, pero era evidente que le faltaba su mano derecha, porque Hamid era la persona clave, tanto para la maniobra inicial como para la propia acción.

Por supuesto, trataba de ocultar su estado de ánimo para que la gente no dudara que la acción fuera a realizarse con éxito. No supo hasta aquella noche, tarde, adónde habían llevado a Hamid, y entonces encontró una solución para el desarrollo posterior de la acción y recuperó su habitual equilibrio.

Pasó unos minutos escribiendo. Después, escaneó el comunicado con su móvil y lo envió.

Devolvió el teléfono a Osman y le dio instrucciones. Al parecer, se había convertido en su nueva mano derecha.

Después hizo saber que todo iba sobre ruedas y encajaba a la perfección.

—Además, tenemos a Zaid; lo tenemos a él —dijo en voz alta, en inglés, a Joan, y lució una amplia sonrisa.

Despachó a Osman y se sentó en la silla al lado de Joan.

—Zaid, Zaid, Zaid, Zaid —murmuró como si fuera un mantra. Cerró los ojos con fuerza y asintió con la cabeza, como si la batalla ya hubiera empezado en su interior. Luego siguió—: Sí, mañana te cazaré. Vas a sufrir más que nunca. Voy a encargarme de ello, créeme. Ha llegado la hora.

Después volvió a recitar:

—Zaid, Zaid, Zaid, Zaid.

Fue la primera vez que Joan vio la locura instalada en su mirada.

Joan pasó la noche contando las horas.

Ya habían comprobado su cámara GoPro, las Uzi y sus cargadores, habían examinado los chalecos explosivos y, uno a uno, habían dado cuenta de su lugar y misión sin dejar nada al azar.

Ghaalib los reunió a su alrededor.

—Dentro de un par de horas vamos a rezar nuestras oraciones juntos y con nuestra ropa habitual, y después nos pondremos los disfraces. Los hombres sed exactos con el orden. Los chalecos antibalas deben quedar ajustados encima de la camisa, para que quede elegante cuando os pongáis la chaqueta. No os peguéis las barbas hasta estar vestidos del todo. Que os ayuden

Beena y Jasmin. Después, poneos los sombreros con los tirabuzones. Comprobad todo bien cada uno delante del espejo y corregid a los demás lo que haga falta. Y, al final, poneos las gafas. Tal vez no sean tan potentes como deberían ser, porque, gracias a Dios, los árabes no estamos tan degenerados ni tenemos tantos achaques como ellos.

La alegría se extendió entre los reunidos. Pocos hombres judíos ortodoxos de cierta edad podían escapar a su miopía genética y generalizada, era cosa bien sabida.

Hablaron mucho del momento de la acción. Acordaron que la primera parte debía ser a las 13.30, después de una serie de declaraciones que Ghaalib iba a ocuparse de que llegaran a Zaid al-Asadi. En cuanto a la acción principal, habían investigado cuándo había más visitantes en la plaza y en la torre, y el momento ideal eran las 14.00, de manera que quedaron en ello.

Joan calculó que debían de ser las cuatro de la mañana, y algunos se habían retirado a sus habitaciones para descansar un par de horas antes de ponerse en marcha. Faltaban diez horas para que las tres pobres mujeres del cuarto contiguo y una cantidad considerable de gente inocente murieran.

Apenas treinta y seis mil segundos, calculó.

Tictac, tictac.

53

Carl

MAÑANA DEL DÍA 1

ERAN LAS OCHO de la mañana y la policía llevaba hora y media trabajando duro para acortar la lista de direcciones, pero seguían sin localizar al chico.

Estaba bien calculado ponerse a ello tan temprano. En más de la mitad de sus visitas, la familia todavía no había salido al trabajo y respondieron de buena gana las preguntas. Habían ocultado la razón del interrogatorio diciendo que era una encuesta de seguridad rutinaria, o lo que fuera, y a la gente no le extrañó. En la Dinamarca actual, se podía ocultar cualquier cosa con ese tipo de palabros.

—¿Qué hacemos con los que no estaban en casa? —preguntó un Gordon pálido—. ¿Volver varias veces o esperar a que termine la jornada laboral?

—Depende del caso —repuso Rose—. Pero, como sabes, es una cuestión de recursos.

Los pies de Gordon no pararon quietos mientras murmuraba que no había pensado que lo del chico fuera a llegar a tanto.

—¿Por qué no he conseguido que se desenmascarase? ¿Qué coño pasa conmigo? ¿Es que no valgo para este trabajo?

Miró a Carl.

—Soy abogado, Carl. No tengo temple para esto.

Carl sonrió y le dio una palmada en el hombro.

—Ánimo, Gordon. Cuando estás de mierda hasta el cuello, no hay que dejar caer la cabeza.

Rose tomó el relevo.

—Lo que pasa es que te has levantado demasiado rápido, Gordon. Aún llevas el peine en el pelo.

La mirada de Rose siguió las manos de Gordon mientras se paseaban por su cabellera.

El chiste se lo hacían una vez al año y después todos reían.

—De acuerdo —aceptó Gordon—. Ya lo he captado. Tocaremos madera y, mientras tanto, vamos a telefonear a todas las tiendas del mundo que vendan espadas de samurái, ¿verdad?

Carl asintió. Un plan muy bueno cuando no tenías otra cosa que hacer que esperar.

Entonces sonó su móvil: era Assad. Carl miró la hora; era bastante temprano.

—Casi no me atrevo a preguntar, pero ¿vas a venir, Carl? Hoy va a suceder algo. Ahora ya lo sabemos.

Carl hizo gestos con las manos para detener la alegría general. Aquello sonaba serio.

—Pues ¿qué ha ocurrido?

—Hacia las cuatro de la madrugada han recibido un mensaje electrónico en la policía. Te lo leo en voz alta.

MENSAJE IMPORTANTE PARA ZAID AL-ASADI

Más tarde enviaré instrucciones a la misma dirección. Espera lo inevitable y prepárate para despedirte de tus seres queridos y de tu propia vida.

Ghaalib

Assad sonaba tranquilo. De Carl no podía decirse lo mismo.

—¿Tenéis alguna pista que seguir, Assad? ¿Qué hay de ese Hamid?

—Créeme, le han dado un buen repaso del que no desean hablar en voz alta. No ha dicho nada.

Carl soltó un juramento.

—Un pensamiento y dos mentes, Carl —declaró Assad en voz baja. Carl no tuvo el coraje de decirle que se decía al revés.

—Sí —dijo en su lugar—. Te entran ganas de matar a ese Hamid, pero ¿de qué iba a servir?

—Los hombres de Weber están repasando mi lista y también tienen algunas comprobaciones que hacer. En resumidas cuentas, que debo esperar. Otra vez.

—¿Qué hay de los ornitólogos y las palomas?

—Todas las plazas de la ciudad en las que hay palomas están bajo vigilancia.

—Eso supone un despliegue enorme, me imagino. Esa ciudad es muy grande.

—No creo que haya un solo hombre del que hayamos podido prescindir para servicios de vigilancia al que se le hayan pegado las sábanas hoy.

—¿Quién ha enviado el mensaje?

—Venía de un teléfono móvil que han encontrado hace una hora en un cubo de basura de Potsdamer Platz, junto a un banco grande.

—¿El móvil estaba encendido?

—Sí. Está claro que deseaban que lo encontrásemos.

—¿Datos?

—Nada. Solo había ese mensaje.

—¿Era un móvil nuevo o viejo?

—No es nuevo, para que no podamos averiguar dónde lo han comprado. Hemos puesto a los peritos a ver si han borrado datos, para poder recuperarlos.

—¿Qué hay de la esposa de Hamid?

—La han llevado a comisaría y la están presionando, pero no sabe nada de nada. Es muy joven y ni siquiera sabía que Hamid había nacido en Alemania.

—¿Y la mujer de su hermano?

—Tampoco sabe nada. Créeme, lo hemos intentado todo.

—¿Dices que han encontrado el móvil en Potsdamer Platz? ¿Y qué piensan sobre ello?

—En la zona en la que lo han encontrado, la plaza está cubierta. Creo que se llama Sony Center. De modo que allí las palomas deben volar bajo, pero tomamos en cuenta la totalidad del lugar. Potsdamer Platz está bastante concurrida y, de hecho, hay un museo de espías, así que podría ser un objetivo simbólico. El mayor centro comercial de Berlín está también cerca. Hay demasiadas posibilidades y es solo un lugar entre muchos otros.

Rose le tendió un papel y Carl lo tomó.

—Tú encárgate de tenerme informado, ¿vale, Assad? Rose me acaba de pasar un papel donde pone que hay un vuelo desde Kastrup a las 12.05, de manera que una hora más tarde estoy ahí.

—Esperemos que no sea demasiado tarde, Carl.

—Llevas el reloj puesto, ¿verdad?

—Claro.

—Entonces, sé más o menos dónde estás; te enviaré mensajes sobre la marcha.

Después se giró hacia los otros dos.

—Está claro, ¿verdad?

Los dos asintieron.

Rose habló sin pelos en la lengua.

—Sí. Tengas o no tengas miedo a volar, dentro de dos horas, a las 12.05, vas a volar y tienes que hacerlo. Al fin y al cabo, lo único que podemos hacer aquí es esperar.

Sonó el teléfono mientras Rose imprimía la tarjeta de embarque de Carl, y Gordon se puso en pie de un salto para ver la pantalla.

«Número desconocido», ponía.

Entonces apretó la grabadora de audio y activó el altavoz.

—Vaya, Toshiro, has llamado a pesar de todo. Porque Rose me había dicho que no ibas a llamar más.

Gordon sonaba audaz, pero nada más lejos de la realidad. Carl pocas veces había visto a nadie sudar tanto.

—Es que no me había despedido de ti, maderazo. Por lo visto, te parece más importante cuidar a alguien que se llama Ludwig, ¿verdad?

—Sí. Lo siento, Toshiro; no volverá a ocurrir.

—Me alegra oírlo. La otra me irrita.

Gordon respiró lento y sin ruido.

—¿Estás cerca de tu objetivo?

Rose y Carl se miraron esperanzados. Ojalá no lo estuviera.

—Anoche me fue bastante turbio, pero esta mañana he avanzado mucho, así que estoy seguro de que voy a terminar esta noche. Creía que debías saberlo. Y gracias por haberme escuchado con tanta atención.

—A propósito, Toshiro, ¿qué ha sido del perro? —continuó.

Pero el chico ya había cortado.

—¿Has hablado con Hardy, Carl? —preguntó Rose cuando regresó con una taza de café cargado para Gordon, que estaba sentado en un rincón. Por una vez, Marcus Jacobsen no se había mostrado muy satisfecho de su trabajo.

Carl levantó el índice. Se le había olvidado.

Sacó el móvil y, mientras esperaba a que ayudaran a Hardy a responder la llamada, Gordon se echó a temblar.

—Es duro para los dos, Gordon, pero tienes que mantener la calma. —Rose trató de consolarlo mientras atraía con suavidad la cabeza de Gordon hacia su generoso regazo, de manera que, cuando Hardy se puso al teléfono, Gordon estaba sumido en un letargo.

—Hola, Hardy, soy Carl. Siento que no hayamos hablado los últimos días, pero...

—Lo entiendo, Carl. Rose me ha tenido informado, así que lo sé todo. Tranquilo.

—Dentro de nada tengo que ir al aeropuerto a tomar un avión para reunirme con Assad en Berlín. Solo quiero decirte que siento que vuestro viaje a Suiza no saliera tan bien. ¿Qué vais a hacer ahora, Hardy?

¿Había suspirado?

—Sí, no salió como habíamos planeado, pero ya nos las arreglaremos. Por desgracia, es cuestión de dinero, como casi siempre. Todavía nos falta medio millón de coronas para poder realizar la operación. Pero me han hecho pruebas y me consideran apto para el experimento. Así que saldrá bien.

—¿Medio millón? —Carl miró frente a sí. Si asesinara a sus padres, su parte de la herencia no cubriría ni la mitad de aquella cantidad astronómica—. Ojalá pudiera ayudarte, Hardy.

Se lo agradeció. No era necesario.

Carl sintió otra vez mariposas en el estómago. Le parecía que tenía muchísimas cosas para decir y mucho por lo que pedir perdón. A Hardy, a Anker y a él los pillaron por sorpresa aquel día, hacía tantos años. Anker murió y Hardy se quedó inválido. ¿Y él? ¡Se libró! Debió haberse quedado inválido él.

—En este momento tienes muchas cosas de las que ocuparte, Carl, de modo que no te preocupes por mí. —Hardy se aclaró la garganta un par de veces. No sonó muy bien—. No obstante, sí que hay una cosa de la que vas a tener que ocuparte cuando vuelvas.

¿Estaba sugiriendo que Mona había tenido una recaída? Porque Carl sabía que no. Cuando hablaron una hora antes, le dijo que había dormido bien y que todo estaba estable. Así que eso no era.

—Es nuestro viejo caso, que vuelve a aparecer. El caso de los crímenes con pistola clavadora.

Carl respiró aliviado.

—Eso puedes hacerlo tú.

—No, no creo; porque es contigo con quien desean hablar. Parece ser que ha aparecido algo sobre lo que quieren oír tus comentarios, no sé qué es.

Carl sacudió la cabeza. Qué raro. El caso era de doce años atrás y en el entretanto no había ocurrido gran cosa. Entonces, ¿por qué ahora? ¿Y quiénes deseaban hablar con él?

—¿Eran los policías de Slagelse?

—Sí y no. Son los holandeses, que han encontrado pistas nuevas, por lo que he entendido. Pero vete a ayudar a Assad con lo que puedas. Es terrible lo que está ocurriendo.

Carl asintió. La verdad era que no había pensado prestar la menor atención al viejo caso. ¿Por qué carajo había de hacerlo?

—Déjame hacerte una pregunta —tanteó Hardy—. ¿Sabes a qué conclusión han llegado los que han analizado la grabación de Gordon?

—¿Sobre qué?

—Sobre los sonidos que se oían. Los ladridos, los gemidos y esas cosas.

—Me temo que a ninguna. Estamos como al principio.

Después llamó a Mona y le contó lo de la llamada de Assad.

Y lo último que hizo antes de embarcar en el avión fue enviar a Assad un SMS diciendo que estaba en camino y que no había retraso en el despegue.

54

Assad

DÍA 1

ASSAD SE FUNDÍA con las paredes, porque la estancia era del todo aséptica. Ningún sonido que distrajera, ningún olor que pudiera causar desagrado ni lo contrario; estéril como un quirófano de donde se había retirado todo lo superfluo y desinfectado el resto.

Llevaba horas esperando. Había empujado la papelera con el pie cientos de veces, dado miles de pasitos de un lado al otro, y se había sentado y vuelto a levantar, siempre esperando a que alguien fuera a decirle que se había recibido el siguiente mensaje de Ghaalib.

Lo último que había oído de los servicios de inteligencia era que no debía preocuparse, porque había más de mil policías y soldados diseminados por toda la ciudad. Junto a edificios gubernamentales y embajadas, junto a empresas de comunicación y canales de televisión, en importantes nudos de tráfico ferroviario y de autobús, al lado de monumentos y plazas con palomas, delante de la sinagoga, los monumentos conmemorativos y cementerios judíos, incluso en el monumento en honor de las víctimas homosexuales del nazismo.

A diez metros de donde se encontraba él, un grupo operativo coordinaba las labores de vigilancia y trabajaba a toda máquina, pero, pese a todo, Assad estaba al borde de la desesperación. Y no era de extrañar, porque Ghaalib iba siempre un paso por delante de ellos. «El primero que mueve ficha en un tablero de damas debería ganar siempre», decía siempre su padre, y esas palabras lo atormentaban, porque él no era sino

441

una pieza entre otras muchas, y, en cuanto se hiciera el primer movimiento, la partida iba a desbocarse. Ghaalib había tenido muchas posibilidades de matarlo. Con el francotirador de Frankfurt, por ejemplo. Su disparo a la sien de Mustafá era prueba de lo fácil que habría sido. Pero no era lo que deseaba. No solo quería matarlo, no solo quería que sufriera: quería *verlo* sufrir, y ahora lo llevaba por ese camino. Porque su intención era que viera morir a su familia antes de hacerlo él. Y daba igual cuántos hombres competentes hubiera desplegados por las calles; Ghaalib iba a conseguir llevar a cabo su plan si él no lo hacía parar. Pero ¿cómo podía hacerlo? Parecía imposible.

Oyó pasos en el pasillo antes de que llamaran a la puerta y un pequeño grupo con Weber al frente invadiera el lugar y el sistema nervioso de Assad, bombardeado de adrenalina.

—Ha llegado otro mensaje de Ghaalib —hizo saber Weber—. Te dice que estés preparado para tomar el tren suburbano hasta la estación de Halensee y deberás hacerlo sin escolta de ninguna clase. Dice que te observarán durante el trayecto y en el destino. A las 13.30 vas a subir de los andenes a la superficie y vas a dirigirte a Kurfürstendamm y esperar más instrucciones. Si la policía o los del servicio de inteligencia te siguen o te vigilan, tu esposa va a morir.

Assad extendió la mano para asir la nota. A esas alturas, ya no había nada en el contenido ni en la forma que pudiera afectarlo. Así que en adelante iba a seguir el juego y esperar su oportunidad.

—¿Cómo os ha llegado esta vez?

—Nos ha llegado un SMS de un móvil que creíamos que estaba muerto: el que dimos a Joan Aiguader; y esta vez lo hemos localizado en unos pocos minutos.

—¿Dónde estaba?

—En la Puerta de Brandeburgo, por supuesto. Estaba en la parrilla delantera de una bicicleta municipal. La próxima vez puede ser Alexanderplatz o junto al edificio del Parlamento, y estamos bastante seguros de que las personas que los envían son gente normal a la que pagan por ello. Creen que están participando en una broma. El problema es que no sabemos qué o a quién hay que vigilar.

De manera que todavía quedaban una hora y tres cuartos para el siguiente mensaje. Y, mientras él esperaba, Ghaalib iba a montar la escena; era insufrible.

Se imaginó a Marwa y a Nella. Podrían haber sido felices con él, pero ahora iban a tener que pagar a causa de él y de su decisión. Si sobrevivir fue importante para él cuando huyó de la cárcel, ahora carecía de la menor importancia.

Su reloj vibró. Era un mensaje de Carl diciendo que embarcaba en el avión y que el vuelo no tenía retraso.

LA PARTE DE Kurfürstendamm en la que se encontraba la estación de suburbano de Halensee no era el Kurfürstendamm que solía asociarse al ostentoso nombre de la calle. Bloques de viviendas de cemento pulido, el supermercado para las reformas de la casa Bauhaus —la mayor atracción del barrio—, asfalto mojado por la lluvia y, lejos de allí, entre la niebla húmeda que se había instalado en las últimas horas en la imagen urbana, una vaga silueta de algo que recordaba a la Torre Eiffel.

Eran las 13.25 y la gente se paseaba con sus paraguas igual que cualquier otro día. Pero aquel no era un día cualquiera. Iba a morir gente e iban a quedar familias deshechas para siempre.

Con toda probabilidad, también la suya.

Assad se palpó la espalda para comprobar que la pistola estaba donde debía.

Un par de minutos antes de lo convenido, vibraron el reloj de su muñeca y el móvil de su bolsillo trasero. Assad hizo una inspiración profunda para estar totalmente concentrado cuando recibiera instrucciones.

Menos mal que era Carl quien llamaba. Assad echó la cabeza atrás y aspiró hondo.

—Vamos con algo de retraso por culpa de un gilipollas y también un poco por culpa de la niebla, así que no hemos salido del avión hasta hace un rato. ¿Dónde estás? Veo en mi reloj que estás cerca de una estación de suburbano. Se llama Halensee, ¿no?

—Sí. Estoy a la espera de instrucciones. ¿Vienes hacia aquí?

—En cuanto salga de la terminal. ¿Puedes esperarme donde estás?

—Tal vez, lo intentaré.

En este mundo, siempre se trata de lograr seguridad, y, aunque en aquella situación podía parecer bastante surrealista, Assad respiró más tranquilo después de hablar con Carl.

La dicha duró pocos segundos; luego sonó de nuevo su móvil.

—Soy Weber otra vez, Assad. Tienes que ponerte en marcha, porque solo dispones de cinco minutos para llegar allí; si no, matarán a tu esposa. Debes ir por la izquierda de la Schwarzbacher Strasse junto a Bauhaus. Poco después encontrarás un pequeño parque a tu derecha. Allí está la paloma que hemos buscado tanto tiempo. «Cuando estés allí, fíjate bien y lo entenderás todo», dice el mensaje. No dice nada más. Ándate con cuidado, Assad, y tranquilo. Somos invisibles, pero estamos cerca. Ten el móvil encendido hasta llegar allí. Corre todo lo que puedas.

Llegó en menos de tres minutos al pequeño parque, sin aliento. Se encontraba tras un bloque de cemento de ocho pisos, era de lo más sobrio y estaba encajado entre dos avenidas de tráfico intenso.

Assad comprendió enseguida la lógica de todo. En un triángulo de triste hierba invernal, sobre un pilar de cemento, había una escultura metálica cuya forma recordaba a un pájaro. Unos tres metros de altura, sin cabeza y con las alas desplegadas, cada una señalando una dirección. Casi como si le diera vergüenza, congelado en una postura que podía simbolizar que tenía las alas cortadas, pero también que podía echar a volar en cualquier momento.

Y, bajo la barra que debía representar las patas estiradas, había una pequeña inscripción.

MELLI-BEESE-ANLAGE. ERSTE DEUTSCHE FLIEGERIN

1886-1925

Se llevó el móvil al oído.

—¿Aún estás ahí, Weber?

—Sí, y ya hemos identificado el objeto. Es una escultura en honor de la primera mujer piloto alemana. La estatua se llama *Die Taube*, «la paloma», y ahora tengo también una foto de internet. Es la paloma que vuela bajo, Assad. —Weber soltó unas maldiciones para sí. Con lo fácil que era de encontrar. Con o sin ornitólogos—. ¿Qué ves desde ahí?

—Una de las alas está dirigida hacia un puente peatonal en el extremo del parque. Subo corriendo.

Oyó que hablaban entre ellos cuando llegó a la mitad del puente, que daba a un barrio de casas unifamiliares corrientes y pasaba por encima de un torrente de coches distribuidos en seis carriles.

—¡Aquí no hay nada, Weber! —gritó y volvió corriendo.

Miró de nuevo la escultura y la otra ala, que apuntaba noventa grados más allá, en dirección al bloque de viviendas de cemento.

Después, oyó un tono de llamada inconfundible, de inspiración árabe, y alzó la mirada hacia las afiladas aristas donde se unían las alas. El móvil que había encima no era grande, parecía uno de aquellos antiguos que eran plegables, y era difícil de ver desde abajo. Assad se agarró a las patas de la estatua con la mano que sujetaba su propio teléfono, se puso de pie sobre el pedestal de cemento con la inscripción y se estiró cuanto pudo para asir bien el otro móvil.

—¿Sí? —preguntó cuando abrió el teléfono después de bajar.

—Zaid al-Asadi —dijo la voz del móvil y a Assad se le heló la sangre en las venas.

—Sí —repitió.

—Ha llegado la hora. Una de las alas señala el objetivo, has de estar allí dentro de pocos minutos. Entonces tendrás ocasión de ver cómo empieza todo.

Y colgó.

Las manos de Assad temblaban mientras trataba de controlar la respiración y la voz.

—¿Habéis oído? —dijo por el móvil, jadeante.

Oyó ruidos por el auricular, pero Weber no decía nada.

—¡Dios mío! —gritó alguien por el auricular, mientras otros gritaban que tenían que marcharse de inmediato.

—¿Qué pensáis hacer, Weber? ¿Qué debo hacer?

—El ala apunta a un objetivo conocido, donde ya tenemos gente, pero no mucha —dijo Weber al fin—. Apunta a la Funkturm, la vieja torre de la radio junto al recinto ferial. En este momento, hay miles de personas visitándolo. Vamos allí.

Assad emitió un grito sofocado. Era la torre cuya silueta había visto entre la niebla. Y, por lo que parecía, se encontraba bastante lejos.

ESTA VEZ LLEGÓ a la estación del suburbano en dos minutos y se precipitó escaleras abajo como una canoa de *rafting* sin remero.

Vio que el tren rojo y amarillo entraba en el andén y saltó adentro cuando comprobó que iba hacia el norte por la línea circular.

—¡¿Este tren va al recinto ferial?! —gritó.

La gente lo miró algo atemorizada y asintió.

—¿El recinto tiene varias entradas? ¿Tengo que seguir por la misma línea?

—Dentro de un momento tiene que cambiar en Westkreutz y luego tiene que seguir en dirección a Spandau y bajarse en la estación de Messe Süd, que es la siguiente. Es la más cercana al recinto ferial.

Apenas alcanzó a dar las gracias para cuando entró en la estación, y se apeó de un salto.

—¡¿El tren para Spandau?! —gritó febril en el andén y consiguió que un par de dedos le indicaran la dirección.

Cuando se sentó en el vagón y tomó aliento antes de la siguiente estación, los pasajeros lo miraban como si fuera un drogadicto con síndrome de abstinencia. Sudando, incapaz de estarse quieto en su asiento. Y era justo lo que sentía. Era como si la vida fuera a terminar en un instante.

Y tal vez fuera así.

ENTRENCE HALL B, *fasta lañe*, ponía en un cartel al otro lado de la calle cuando salió a la estación junto al recinto ferial. Y detrás, a lo lejos, una estructura metálica se recortaba entre la niebla y le decía que si no se daba prisa iba a llegar demasiado tarde. Aquella no podía ser la estación de suburbano en la que debía bajarse.

Rodeó los edificios corriendo jadeante y llegó a un aparcamiento donde un guarda enorme no le dejó atravesarlo y le dijo que aquello no era un atajo.

Con el corazón en un puño, Assad dirigió una mirada rápida al mapa que colgaba en la entrada, y vio que tenía que pasar junto a varias naves antes de llegar a la entrada del este, que estaba frente a la torre.

A lo lejos, veía a hombres armados y con uniforme de campaña subiendo por una escalera de caracol que unía la plataforma del restaurante de la torre de la radio con la plataforma algo menor que había arriba del todo. ¿Era desde allí arriba desde donde Dieter Baumann iba a matar gente y era allí, a la plaza abierta de detrás de los edificios, a donde debía dirigirse para ver morir a Marwa y Nella?

Desde la carretera que discurría a lo largo del recinto ferial, se oían sirenas en ambas direcciones. Aún no habían sonado disparos en la zona, Ghaalib debía de estar conteniéndose. Tal vez solo esperase la llegada de Assad.

Lo asaltó la duda. Quizá no debiera intentar entrar. Tal vez no ocurriera nada hasta que llegara él.

La incertidumbre lo hizo llorar mientras recorría el último tramo. Más allá, a la altura de la nave número doce, vio grupos de hombres armados empujándose unos a otros para acceder por la entrada principal y prestar ayuda a los compañeros que estaban ya dentro.

Sacó la pistola de la cinturilla y se preparó. Esperaba que la gente de Weber hubiera llegado y lo dejaran pasar. Si no lo hacían...

—¡Assad! —gritó alguien cuando pasó junto a una furgoneta Volkswagen de color azul claro. Alcanzó justo a pensar que sí que lo habían esperado y experimentó un alivio especial cuando lo derribaron y, en imágenes borrosas, vio sus piernas flojas colgando tras él mientras lo arrastraban hasta el vehículo.

55

Joan

DÍA 1

ESA MAÑANA, A Joan no le dieron de comer ni le cambiaron el pañal. Le pusieron su inyección y luego lo dejaron, humillado y sucio, en la silla de ruedas, mientras la gente hacía comprobaciones y en las habitaciones se cruzaban sonidos metálicos y órdenes.

Hacía tiempo que el primer grupo estaba preparado. Ya antes de las diez, hora en la que debían partir, todos se habían puesto las vestimentas y estaban reunidos en la sala mayor del piso, donde Ghaalib les dio las últimas instrucciones y los abrazó a todos, uno a uno.

Joan se había estremecido al ver lo auténticos que resultaban los disfraces de Jasmin y los tres hombres. Ella vestía pañuelo, chal y un pudoroso y gracioso vestido, y los hombres se tocaban con sombreros negros de ala ancha y tirabuzones colgando junto a las orejas. Llevaban barbas un poco rojizas de diferentes longitudes y gafas para miopes con montura de acero; las camisas eran blancas como la nieve y, al igual que el traje negro y el chaleco antibalas, estaban casi cubiertas de largos abrigos negros.

Iban a ir en autobús a la estación del suburbano de Landsberger Allee, donde su guía, Linda Schwarz, de Charlottenburg Tours, iba a reunirlos para hacer la visita guiada del día.

—¿Es prudente que Jasmin vaya en el mismo autobús que los hombres? —preguntó alguien y varios opinaron que eso era un error. Pero Beena intervino. Si ella se sentaba en la parte trasera, junto a los usuarios de sillas de ruedas, ni el judío más ortodoxo de Berlín se daría cuenta.

Cuando partió el grupo, la atmósfera que reinaba en el piso se transformó. El resto se concentraron en el plan, el tiempo de espera se les hizo largo y se pusieron nerviosos.

Como Ghaalib hablaba todo el tiempo por el móvil, casi siempre en otra habitación, la gente empezó a comentar lo que podía salir mal.

Hasta que el autobús para discapacitados llegó a buscarlos no se calmaron, y eso fue casi lo más espantoso.

Joan cerró los ojos y se sintió más solo que en ningún otro momento de su vida. Incluso cuando iba a lanzarse a las olas para poner fin a su existencia, había estado en mejor armonía con su entorno. Pero ahora, que estaba obligado a ser testigo de un acto diabólico, invocó a Dios por primera vez desde que era niño, y se santiguó para sus adentros. «En el nombre del Padre, del Hijo y del Espíritu Santo, amén», recitó un par de veces, y terminó con tres «Santa María, Madre de Dios, ruega por nosotros, pecadores, ahora y en la hora de nuestra muerte, amén» y otro par de imaginarias señales de la cruz.

Al cabo de un cuarto de hora de trayecto, Ghaalib hizo saber que habían llegado al parque zoológico y que debían prepararse. Joan desvió la mirada de las fachadas, que se arremolinaban al pasar por barrios anodinos, y la dirigió hacia el túnel que iban a atravesar bajo un puente de hierro. En la acera, junto al muro del túnel, una larga hilera de personas sin hogar dormían en colchones sucios. Había bolsas de plástico y cachivaches esparcidos por el suelo. Pero Joan los envidiaba. Daría cualquier cosa por estar en su lugar. Solo dormir y no temer más que al frío nocturno, preocuparse solo por la próxima comida.

Vaya lujo poder sobrevivir. Tener una vida, pese a todo.

Al otro lado del túnel apareció la entrada al zoológico, con sus verjas de hierro forjado y sus leones de granito. Alcanzó justo a imaginarse la horrible masacre de niños y padres contentos que tal vez fueran a desencadenar, cuando el vehículo torció a la derecha y rodeó un aparcamiento de autobuses, para detenerse junto a un gran edificio de cristal que supuso que sería la terminal de la línea de suburbano. ¿Era allí donde debían apearse? Si no, ¿por qué se habían parado allí?

Las mujeres de las sillas de ruedas de delante tenían la respiración agitada. Ojalá pudiera decirles algo y consolarlas con un poco de ternura y compasión.

Entonces paró junto al autobús una vieja furgoneta Volkswagen de color azul claro con la cortina de la ventanilla lateral trasera corrida. Los padres de Joan siempre habían soñado con tener una así para ir al campo, y tal vez incluso a Francia, con los niños. Tampoco aquello pudo endulzar su vida. De hecho, nada de lo que su hermana y él soñaban en aquellos tiempos llegó a hacerse realidad.

Descorrieron un poco la cortina lateral trasera y Ghaalib fue a toda prisa desde el autobús hacia la ventanilla de detrás del conductor.

Detrás de la cortina apareció un árabe de pelo rizado y ojos redondos. Miró con firmeza a las tres mujeres en sillas de ruedas. En una fracción de segundo, su rostro se contrajo en la mueca más dolorosa que Joan había visto en su vida. Y, en ese mismo segundo, la mayor de las mujeres, que iba sentada a la altura de la ventanilla, dejó de respirar. Los ojos húmedos del árabe no se despegaban de ella; la mujer gimoteó entre pequeñas sacudidas y no pudo parar ni cuando la furgoneta se marchó.

El cuerpo de Ghaalib se estremeció y, cuando se giró hacia las mujeres, su rostro estaba desencajado por una repugnante expresión beatífica, como si el espectáculo le hubiera procurado un orgasmo. Los tres hombres sentados en la parte delantera del autobús también miraron atrás; parecían tan satisfechos como su jefe, como si el plan hubiera comenzado a encajar. Entonces Fadi hizo un gesto a Beena, que se embozó en el chal y se preparó. Pero ¿para qué?

La respiración de Joan se volvió agitada, como la de las mujeres que iban delante.

Justo después pasaron junto a un enorme McDonald's en el que la gente hacía cola sin prestar atención al mundo circundante.

Pero el mundo está aquí fuera, gritó en su fuero interno. ¡Vamos, ayudadnos!

APARCARON EN UNA gran plaza que apareció a cien metros de donde habían girado a la izquierda. Joan no conocía las ruinas de la torre de la iglesia, que se alzaba en medio de la plaza, pero cientos de personas se paseaban casi con veneración en torno a la torre y por los edificios modernos que la rodeaban.

De manera que iba a ser allí donde iba a ocurrir.

El primero en abandonar la furgoneta fue Ghaalib, quien, con su disfraz de judío, se dirigió a zancadas hacia el extremo opuesto de la plaza. Después, los otros sacaron las sillas de ruedas y las dejaron un momento en la esquina, antes de que el autobús para discapacitados desapareciera. Joan lo vio alejarse. Ya no iban a necesitarlo.

Fadi hizo una señal a los demás hombres, que dirigieron la mirada primero hacia la fachada de un hotel de lujo y, a continuación, al otro extremo de la plaza, donde unas escaleras de diseño futurista conducían al subsuelo. Era la zona en la que había desaparecido Ghaalib.

AFIF, EL MUCHACHO que empujaba la silla de Ronia, la más joven de las mujeres en sillas de ruedas, se dirigió a la silla de Joan y después le indicaron por señas adónde debía llevar al periodista. El joven Afif estaba feliz, desconocedor de lo que iba a suceder. Cuando instaló la cámara GoPro en la frente de Joan y la activó, sonreía, orgulloso.

Poco después, apareció otro grupo avanzando desde el parque zoológico, con la guía delante, blandiendo un paraguas.

Afif se puso contentísimo cuando los vio y dio una palmada en la cabeza de Joan, como si fuera un cachorro de perro a quien deseara decir adónde debía mirar.

Cuando aparecieron paseando con su identidad judía y su correspondiente vestimenta, ofrecían una imagen convincente. Hasta las generosas sonrisas que dirigían a la gente con la que se cruzaban parecían auténticas.

A excepción del arrebato de alegría de Afif, los dos grupos se mantuvieron algo apartados. Se cruzaron unos breves saludos con la cabeza, como lo harían dos grupos de personas del mismo origen cultural con toda naturalidad.

Después, primero un grupo y luego el otro, formaron un círculo en torno a la silla de ruedas de Ronia.

Joan ya sabía qué se traían entre manos. En unos pocos segundos, todos se habían pertrechado de sus Uzi, que desaparecieron tras los largos abrigos y los chales de las mujeres. Ahora todo era cuestión de tiempo.

La guía, que sonreía detrás, avanzó hacia Beena y se presentó. Sonrió afectuosa y asintió con la cabeza cuando la mujer señaló la silla de ruedas de Nella. Al poco, la guía se dirigió a donde estaban las tres mujeres discapacitadas y las acarició en la mejilla, una a una. Recordaba al beso de Judas, pero la guía no era Judas, sino una víctima inocente que tal vez solo quería unos pocos clientes más para su pequeña agencia. Siguió hablando con Beena mientras la acompañaba, junto con Fadi, Osman y las tres mujeres en sillas de ruedas, rodeando la torre de la iglesia en dirección a la rampa que conducía a la torre. Los demás, mientras tanto, ocuparon sus respectivos puestos estratégicos.

56

Ghaalib

DÍA 1

CUANDO GHAALIB LLEGÓ al otro extremo de la plaza, entró en el restaurante que había allí. En la caja, que estaba junto a la puerta, le dieron una tarjeta de plástico con instrucciones para pagar lo que ponía en la tarjeta cuando hubiera comido, antes de salir del establecimiento. Tan pronto como encargara su comida en el primer piso, el cocinero iba a encargarse de que cobraran la cuenta con su tarjeta.

Ghaalib asintió. Aquel tipo iba a necesitar mucha suerte para no pagar el último cuarto de hora con su vida, estando como estaba tan cerca de las ventanas.

En el primer piso del restaurante había gran actividad. La gente hacía cola en los mostradores, donde una serie de cocineros miraban los pedidos del cliente y creaban risottos, pizzas, platos de pasta y otras especialidades italianas con método, gran eficacia y mucho ruido.

Berlin bleibt doch Berlin, ponía en la pared tras los cocineros. «Berlín siempre será Berlín».

Ghaalib sonrió. Esa afirmación pronto iba a ponerse a prueba.

Se giró hacia los amplios ventanales desde los que se divisaba toda la plaza y encontró una mesa libre junto a la ventana que había cerca del bar. Hizo un gesto de saludo al camarero, pidió un refresco con su tarjeta de plástico y observó el escenario a ambos lados de la célebre iglesia memorial Kaiser Wilhelm.

Hamid había tenido una idea genial al pensar en aquel objetivo.

Aunque la mayor parte de Berlín quedó en ruinas al final de la Segunda Guerra Mundial, los sesenta metros inferiores de la torre siguieron en pie. Los berlineses llamaban *el diente hueco* a su monumento, que debía simbolizar para siempre la caída y resurrección del pueblo alemán.

«Para siempre.» Ghaalib saboreó la expresión y sonrió. Cuando las bombas explotaran y la torre dejara de existir, la misión habría terminado y los supervivientes del grupo irían ya hacia el siguiente objetivo.

Ghaalib oteó la plaza. Al fondo, a la derecha, divisó el hotel de lujo en el que Dieter Baumann estaba preparado para recibir cualquier forma de resistencia que pudiera aparecer por el lado de Budapester Strasse; de esa forma, el grupo de Jasmin estaría cubierto. Vio a los cuatro con sus increíbles disfraces, cada uno en su sitio, siempre alerta para no ser sorprendidos de pronto por vigilantes o policías a la carrera.

La parte izquierda de la plaza estaba limitada por Tautziens-trasse y Kurfürsterdamm, donde todo parecía estar bajo control. El grupo de Beena, con Fadi y Osman, se dirigía ya, sin prisa, hacia la rampa que conducía a la torre.

No divisaba a Afif con Joan, el ángulo era demasiado agudo para ver la esquina; además, seguro que estaban ya bajo la mar-quesina de la tienda de relojes Fossil, como debían. Pasara lo que pasase, nada debía ocurrirle a Afif, porque era la única persona del mundo a la que amaba Ghaalib y que lo amaba a él.

La furgoneta azul claro la veía, por el contrario, con suma nitidez, aparcada, tal como habían convenido, frente al edificio redondo de la tienda de Levi's y justo enfrente de la rampa que conducía a la entrada de la torre de la iglesia.

Habían obligado a Zaid a esperar en aquel coche porque faltaba poco para la hora de rendir cuentas, para el gran momento de Ghaalib. Desde la posición en la que se encontraba Zaid, iba a ver con claridad como su esposa y sus dos hijas eran conducidas al abismo. A los pocos minutos, iba a darse cuenta de en qué consistía su venganza, de qué iba a ocurrir entonces y de que la tercera mujer era su hija pequeña, de la que no podía saber que estuviera viva. E iba a contar los segundos transcurridos desde que dejasen la silla de ruedas de Ronia en medio de la rampa hasta que todo hubiera terminado. Ronia iba a morir con la primera explosión programada de su respaldo. Después, los disparos de Osman y su grupo por el otro lado iban a despejar la plaza. A continuación, los tiros en la torre de la iglesia y Fadi y Beena saliendo de allí a tiro limpio. Y, para terminar, la bomba definitiva en el asiento de la silla de ruedas de Ronia, que provocaría el derrumbe de las ruinas de la torre, con la ayuda de los chalecos explosivos de Marwa y Nella, que iban a detonar en el corazón de las ruinas.

Zaid debió matarme cuando pudo aquella vez, pensó Ghaalib. Debió matarme y ahorrarme las humillaciones que he sufrido todos estos años en los que las mujeres me miraban con aversión; me habría ahorrado también la impotencia, que hacía que no pudiera tomarlas y tuviera que obligar a mis hombres a hacerlo por mí. Me voy a vengar de todo eso.

Telefoneó y vio al conductor de la furgoneta, que estaba más allá en la plaza, llevarse el móvil al oído.

—Os veo con claridad: os habéis ajustado al programa y estoy orgulloso de vosotros, *jazakallah khair,* «que Alá te recompense por tu buena acción».

A los hermanos de la furgoneta azul claro los había reclutado Hamid en el gimnasio de boxeo. Eran unos sinvergüenzas radicalizados, seguros de sí mismos y de gatillo fácil que, de vez en cuando, le echaban una mano cuando se lo pedía con cortesía, a cambio de dinero, y no hacían preguntas. Cuando todo aquello terminara, iban a correr la misma suerte que Zaid, iba a encargarse de eso en persona. En Berlín no debían quedar cabos sueltos.

—¿Lo tenéis controlado? —preguntó mientras sacaba los prismáticos del bolsillo del abrigo.

—Sí, no puede mover ni las cejas —respondió riendo el hombre al otro lado de la línea—. ¿Cuándo empieza la función? Estamos impacientes.

—Dentro de un momento, y después bajaré a donde estáis vosotros. Pero acércalo un poco más a la ventanilla, quiero verlo a él también. Dile que dirija la mirada al horrible edificio que tiene enfrente. Estoy en la ventana del primer piso y voy a saludarlo con la mano.

57

Assad

DÍA 1

ASSAD TARDÓ UN momento en comprender lo que había ocurrido en el recinto ferial cuando lo golpearon. Tenía delante a un joven árabe de barba negra que reía satisfecho con una bandana multicolor en la cabeza y un rollo de cinta americana en la mano. No le faltaban razones para estar contento, porque el cuerpo, brazos y piernas de Assad estaban tan paralizados por la cinta adhesiva que no podía moverse sin caerse del banco.

—Bienvenido al club —lo saludó y rodeó con cinta la cabeza de Assad hasta taparle la boca—. Vas a ser nuestro invitado durante la próxima media hora, así que tranquilo; si no, te voy a dar.

A modo de ilustración, mostró un puño peludo y lo agitó en el aire.

Assad estaba alterado. En una fracción de segundo, el cazador se había convertido en presa. ¿Por qué no había previsto la ofensiva de Ghaalib? ¡Si tenía que llegar!

Estuvo un rato tratando de tranquilizarse, porque ¿de qué le valía que su bomba de adrenalina trabajase a pleno rendimiento si no tenía en qué emplearla? En ese momento, debía concentrarse en usar el cerebro. Era su única arma en la situación actual.

Miró al interior del vehículo. Era una furgoneta clásica, de las que se adaptaban en los años setenta. Cortinas en las ventanillas laterales y trasera. Un par de bancos con delgados colchones de gomaespuma encima, una mesa plegable de formica beis entre los bancos, un pequeño fregadero y un camping gas, y la cortinilla estaba descorrida detrás del conductor, que en aquel momento iba lanzado por las calles.

—Ya te tenemos —dijo el de la bandana—. Y todos tus amigos perdiendo el culo en el recinto ferial. A saber qué habrán encontrado.

Él y el conductor soltaron una carcajada, pero para él fue un alivio. De modo que aún no habían atacado; entonces, tal vez Marwa y Nella...

—Disculpa —se excusó el de la bandana, y le subió las muñecas maniatadas hasta un mosquetón que había a la altura de la ventana, y las colgó de allí—. Ahora estás como queremos. Dentro de diez minutos vamos a descorrer un poco la cortina para que veas. Estoy seguro de que vas a presenciar un espectáculo que no te esperabas.

Assad sintió las vibraciones del reloj en la muñeca. Retorció un poco los brazos en aquella postura forzada y vio justo el mensaje de Carl.

Me alejo del recinto. ¿Dónde estás tú?
Tu GPS dice que te diriges hacia...

No podía leer más.

Assad miró por encima de los hombros del conductor y trató de orientarse. Vio débiles reflejos de un sol pálido en las ventanas de los edificios junto a los que pasaban, así que se dirigían hacia el norte. Después torcieron a la derecha y pasaron junto a la Ópera Alemana de Berlín a mano izquierda hasta llegar a una gran rotonda, donde volvieron a girar a la derecha. Parecía un rodeo, pero debía de tener algún objetivo.

Entonces, se detuvieron.

—¿Estás preparado? —preguntó el de la bandana, que descorrió un poco la cortina, sin vacilar.

Al otro lado de los sucios cristales, Assad vio frente a sí un par de ojos que llevaba dieciséis años sin ver. Siempre bonitos, aunque en aquel momento reflejaban todo el miedo y el dolor del mundo. Podía separar los labios, pero no moverlos. Todo se paralizó. Era Marwa.

—Bueno, ya basta, voy a cerrar —dijo el de la bandana y puso la mano abierta ante el rostro de Assad. Y, a través de aquellos dedos toscos, Assad se despidió de su vida. En el último segundo, vislumbró otra figura detrás de su amada que no parecía Nella.

Regurgitó un poco tras la cinta adhesiva y estuvo a punto de ahogarse. Sentía retortijones en el vientre. Y cuando notó que la furgoneta se ponía otra vez en marcha, se le fueron las ganas de respirar.

—¡EH! ¡VENGA! —GRITÓ el de la bandana mientras le daba palmadas en la mejilla—. No vas a morirte ahora, ¿verdad? Ghaalib va a ponerse hecho una fiera. ¡Y tú acelera, joder!

Esto último se lo gritó al conductor de la furgoneta, que había adelantado ya a tres coches en una maniobra arriesgada.

Assad vomitó un poco más y notó que el líquido fluía barbilla abajo. Aquel reflujo nunca lo había hecho sentirse mejor, porque el de la bandana le levantó la cinta adhesiva de la boca hacia la nariz, para que pudiera respirar.

Entonces su reloj vibró otra vez.

Sabes más o menos dónde...

Era lo que ponía.

—TIENES QUE MIRAR ahí —ordenó el de la bandana y entreabrió la cortina lateral—. Todo va a suceder ahí, al otro lado de la carretera. Van a aparecer dentro de nada y tú vas a estar en primera fila ante un acontecimiento mundial.

Después, con un movimiento firme, volvió a bajar la cinta americana de la nariz a su lugar habitual. Pero ya no estaba tan prieta como antes.

Del asiento delantero llegó un débil tono de llamada y el conductor rebuscó en el lugar del copiloto y se llevó el móvil a la oreja.

Movió la cabeza arriba y abajo durante lo que pareció una eternidad mientras el majara junto a Assad sacaba una cámara de vídeo y se disponía a grabar.

El conductor se volvió hacia su compinche y formó con los labios la palabra *Ghaalib* con una mímica exagerada, lo que hizo que a Assad le volvieran las arcadas y empezara a sudar a mares.

Cerró los ojos y rezó una oración. Que aquel diablo recibiera su castigo ya. Que le diera un ataque al corazón y se ahogara en su propia sangre. Que sufriera los peores suplicios antes de exhalar su último suspiro y que sus malas acciones lo atormentaran en sus últimos segundos de vida.

Empujó con la lengua la cinta adhesiva de la boca y la saliva fluyó afuera. Sudaba y su cuerpo rebosaba humedad.

¿Qué va a suceder ahora?, pensó sin atreverse a responder. Cerró los puños. ¿Aguantaré verlo?, siguió pensando y se sintió enfermo en el alma. Entonces se dio cuenta de que la humedad también se asentaba en la cinta adhesiva de las muñecas y las manos. Que el pegamento fuera a ceder era demasiado esperar, pero hizo que apretara los puños con más fuerza aún. En las Fuerzas Especiales había hecho muchos ejercicios para liberarse de bridas, pero con la cinta americana era más difícil. Si tirabas demasiado de ella, la cinta se estrechaba como las asas de las bolsas de plástico demasiado llenas y empezaba a apretar y a cortar. Lo único que funcionaba era la paciencia; se trataba de sentir la cinta como un tejido vivo y percibir sus reacciones y su funcionamiento.

Assad retorcía con cuidado, una y otra vez, las muñecas bajo la cinta, y entonces vibró el teléfono de nuevo. Iba a tener que retorcer más la cinta para poder leer lo que ponía en la esfera. Esta vez el mensaje era breve.

Estoy junto al zoo. Estás cerca, ¿verdad?

¡Carl estaba a solo doscientos metros de allí! Era demencial.

Joder, Carl, pensó. ¿Cuándo vas a darte cuenta de que no puedo contestar?

El de la bandana arqueó las cejas y bajó la cámara un momento mientras observaba el rostro concentrado de su colega mientras hablaba con Ghaalib.

—Sí, no puede mover ni las cejas —dijo el conductor y se echó a reír.

Miró a su compinche y sonrió.

—¿Cuándo empieza la función? —preguntó a Ghaalib—. Estamos impacientes.

El de la bandana levantó el pulgar. Aquello era muy preocupante.

El conductor dejó el móvil en el asiento del copiloto. Su rostro parecía el de un niño al abrir el regalo más grande de su cumpleaños.

—Ghaalib dice que lo acerques más a la ventanilla.

Después le gritó a Assad como si fuera duro de oído y no oyera a dos metros de distancia.

—¡Mira hacia el horrible edificio redondo de la plaza y hacia el restaurante de atrás! Ghaalib quiere saludarte con la mano. Está en el primer piso.

Y, mientras el de la bandana descorría de nuevo la cortina, Assad empezó a tener la sensación de que la cinta americana se aflojaba un poco y de que el dedo pulgar se acercaba con pequeñas sacudidas al resorte del mosquetón.

El de la bandana señaló el restaurante y Assad cerró los ojos con fuerza. Por supuesto que el cobarde de Ghaalib estaba a una distancia conveniente mientras dejaba que murieran los demás.

Sí, ahora veía una figura en la ventana que se balanceaba de lado a lado; debía de ser él.

—Es Ghaalib quien tiene el mando del control remoto —informó el conductor—. Cuando todo haya acabado, bajará aquí.

«El mando del control remoto lo tiene Ghaalib», había dicho. Pero, aunque era espantoso, Assad solo sentía desprecio por el mensaje. El conductor no debe de saber que hay pocas probabilidades de que sobrevivamos cuando se activen las bombas, pensó Assad mientras continuaba su forcejeo.

El de la bandana elevó la cámara y se acercó a la ventanilla, pero Assad estaba en medio. Era evidente que para el tío era una postura forzada.

—Toma la cámara un momento —pidió al conductor. Y, mientras él se estiraba por encima del asiento para pasar la cámara, Assad trató de apretar aquel resorte tan importante.

Entonces golpearon con fuerza la puerta del copiloto de la furgoneta.

Los dos delincuentes se miraron. Se pasaron avisos moviendo los labios sin hablar. Luego el conductor sonrió hacia la ventanilla del copiloto mientras el de la bandana corría la cortina entre el asiento del conductor y los asientos traseros.

—No puedes detenerte aquí —dijo una voz áspera tras la cortina cuando se abrió la puerta.

—Perdona, son solo unos minutos mientras espero a alguien.

—Es posible, pero está prohibido aparcar —informó la voz—. ¿No has visto las rayas del suelo?

—Sí, pero es que la persona que esperamos tiene dificultades para caminar.

Señaló enfrente.

—Es una de esas sillas de ruedas que están cruzando la plaza. Solo va a entrar dos minutos en la iglesia de la que tanto le ha hablado su madre. Después la recogemos y nos vamos, ¿de acuerdo? Ya me moveré si molesto a alguien.

—Me molestas a mí y molestas al código de circulación, ¿entendido? Da la vuelta a la manzana mientras ella hace su visita.

Hasta entonces, la voz del conductor había sonado como si le importara un bledo.

—Porque si no vas a ponerme una multa, ¿verdad? —repuso, tal vez con cierta osadía.

—Escucha, colega: la multa te la puedo poner ya. Pero si no te largas, voy a dirigirme a los agentes que están tomando café a la vuelta de la esquina. Seguro que tienes un historial al que estarán deseando echar un vistazo.

Assad oyó que el vigilante del aparcamiento se reía. Fue una de las pocas veces en las que le entraron ganas de dar unas palmadas en el hombro a un racista como aquel.

El de la bandana apretó con fuerza las mandíbulas mientras echaba mano de la pistola, que estaba debajo de uno de los cojines sobre el tapizado del asiento. Por lo que vio Assad, era su propia pistola.

—Tengo un historial limpio, para que lo sepas, cabrón —dijo el conductor y puso el coche en marcha. Condujo unos metros, torció en la esquina y paró junto a la acera.

El de la bandana rio cuando vio que Assad miraba de reojo su pistola.

—Sí, es la tuya. Para tu información, tenemos también tu móvil. Hemos tenido el detalle de apagarlo para que ahorres batería.

—Voy a preguntarle a Ghaalib qué debemos hacer —hizo saber el conductor y lo telefoneó—. Bueno, Ghaalib, ya has visto todo. No me ha quedado más remedio que cambiar de sitio. ¿Qué hago ahora? Ha dicho que había policías en...

Asintió con la cabeza un par de veces.

—De acuerdo: doy la vuelta a la manzana y aparco en el mismo sitio de antes. Avísame si el vigilante del aparcamiento sigue ahí.

Después se volvió y entreabrió un poco la cortina.

—Ghaalib va a pedir a los demás que esperen hasta que hayamos vuelto —dijo a su compinche—. Va a dar instrucciones a uno de los que están al otro lado de la iglesia para que no pierda de vista la transversal, para neutralizar a los policías cuando salgan al oír el tiroteo. Ghaalib dice que, si el vigilante del aparcamiento vuelve, debo pegarle un tiro. Y que luego pondrá la acción en marcha. Dame la pistola del tipo.

El de la bandana alzó el pulgar en el aire, le pasó la pistola de Assad a través de la cortina y luego empezó a tirar de su cinta adhesiva para comprobar que todo estaba como debía.

Assad aspiró la cinta hacia la boca y la mordió, mientras tiraba de las manos para que la cinta estuviera tensa.

Pero no engañó al de la bandana.

—*Zum Teufel, du Sohn einer...!* —exclamó.

El tipo soltó un insulto ininteligible, algo así como «Al diablo, hijo de la...», que mostraba a las claras que algo había aprendido de la fina cultura alemana.

Manipuló la cinta adhesiva de la muñeca de Assad y luego rebuscó el rollo en el asiento.

Esta vez enrolló la cinta con tanta fuerza en la muñeca que Assad se quedó inmovilizado sin remedio. Echó la cabeza atrás y cerró los ojos con fuerza: ya no había nada que hacer.

Quería llorar, pero no podía. Todo se había detenido en su interior, también la respiración.

Me hace falta aire, pensó, y se puso otra vez a empujar la cinta americana con la punta de la lengua. Esta vez notó, al cabo de un rato, que le entraba aire por las comisuras, lo que lo ayudaba a respirar.

El reloj volvió a vibrar bajo la cinta adhesiva.

¿Se habría puesto Carl nervioso porque el GPS indicaba que se estaba moviendo otra vez? Y, en tal caso, ¿iba a seguir la señal?

No, Carl, no lo hagas, pensó. Voy a volver en nada de tiempo.

Entonces la furgoneta se puso en marcha y se incorporó de nuevo al tráfico.

58

Carl

DÍA 1

CUANDO CARL SE encontró por fin en la terminal del aeropuerto de Berlín, tomó enseguida un taxi.

—Tengo que ir a una estación del suburbano que se llama Halensee para reunirme con un amigo. ¿La conoces?

El taxista asintió.

El avión había aterrizado con retraso, de modo que andaban con prisa. Un payaso se había tomado la libertad de embarcar con tal borrachera que vomitó en el pasillo central y le atizó a una azafata en la cabeza cuando trató de remediar el problema. Se comportaba como un toro en una cacharrería, hasta que llegó la policía y se lo llevó; y así pasó un cuarto de hora. Y luego fue la niebla, aunque en aquel momento no parecía tan intensa. En total, veinte minutos de retraso.

Por desgracia, parecía que aquellos minutos habían sido decisivos, porque, cuando se acercaban a la estación del suburbano, el GPS de su reloj le mostró que Assad se había movido y se encontraba más al norte.

—Sigue por donde yo te diga —ordenó Carl mientras controlaba el punto móvil en el mapa del GPS.

Al principio, el taxista iba bastante tranquilo, pero cuando Carl lo hizo cambiar de dirección varias veces, fue poniéndose más y más nervioso.

—Tienes dinero, ¿verdad? —preguntó con cautela y con una sombra de duda, hasta que Carl sacó cien euros y los puso junto a la palanca de cambios.

—Como decía, busco a un amigo, pero creo que va a moverse un poco todavía —repuso Carl—. Tengo que llegar hasta él lo antes posible.

La manera en la que el taxista tenía la mirada fija en el tráfico le decía que tal vez pensara que era un delincuente.

—Soy un policía danés —se presentó Carl y sacó su tarjeta identificativa.

El taxista la miró un poco de reojo y no se quedó muy convencido.

Vaya mierda de tarjeta, pensó otra vez Carl.

—En este momento, está más al norte, en una calle que se llama Bismarckstrasse. ¿La conoces?

El taxista puso los ojos en blanco.

—Si no la conociera, tendría que cambiar de trabajo —respondió. En efecto, la calle parecía bastante ancha y larga en el mapa.

Carl telefoneó de nuevo a Assad, pero solo encontró el contestador automático. Entonces, pidió al taxista que pisara el acelerador a fondo, pero su respuesta lo desarmó: iba a detenerlos la policía y, si ocurría eso, ya podía ir multiplicando el billete de cien euros por un montón. Y, desde luego, si aparecía la policía no iban a llegar antes a su destino.

Carl volvió a telefonear en vano a Assad y tuvo la desagradable sensación de que algo podía haber salido mal. Luego buscó el número de Weber y lo llamó.

A los pocos segundos, respondió una voz cansada.

—Carl Mørck, estamos algo atareados en este momento. ¿Dónde estás? ¿En Copenhague?

—No, voy camino al centro por Bismarckstrasse. ¿Sabes adónde ha ido Assad? Hace poco iba por una calle que se llama Hardenbergstrasse.

Por un momento, se hizo el silencio al otro lado de la línea.

—Pues no lo entiendo —respondió después—. Mi compañero de la Policía de Berlín me ha dicho dónde se encuentra la calle y está a una buena distancia de aquí. Assad debería estar llegando al recinto ferial, y lo estamos esperando. Lo he llamado, pero no me ha respondido. Desde luego, espero que sea porque el móvil está apagado o porque se le ha agotado la batería; pero en este momento estoy un poco preocupado.

—¿El recinto ferial?

—Sí, pero ha sido una falsa alarma. ¿Sabes más o menos dónde está Assad?

—Sí, Assad y yo hemos coordinado nuestros relojes inteligentes para poder saber dónde está el otro.

Carl oyó palabras y gritos al otro lado de la línea.

—No lo entendemos —continuó Weber—. Assad no tiene coche.

¿Qué pasaba? No tenía móvil ni coche ni contacto con los servicios de inteligencia con quienes estaba trabajando.

Carl se armó de valor. Como no había habido señales de vida después de que telefonease a Assad desde el aeropuerto, había razones para temer lo peor. ¡Maldita sea!

—Tienes que guiarnos, Carl. ¡Vamos allá! —gritó Weber. Sus hombres debieron de oírlo bien alto.

DOS MINUTOS MÁS tarde, la señal de Assad detuvo su movimiento. Por lo que veía, estaba muy cerca del parque zoológico. No duró mucho tiempo, pero fue lo suficiente para que Carl se extrañara por lo que ocurría. Cuando la señal empezó a desplazarse de nuevo, se movió durante un minuto o menos, y después volvió a detenerse en el mapa.

Le envió un SMS: «¿Sabes más o menos dónde estás?». Pero seguía sin contestar.

Cuando entraron en la plaza frente al parque zoológico, el taxista se puso nervioso de verdad.

—No sé qué te traes entre manos, pero esto no me gusta. Andan demasiados maderos por la calle.

Se dirigió hacia el bordillo de la acera y paró el taxi.

—Tengo que pedirte que te apees; no puedo llevarte más.

Carl iba a protestar, pero se dio cuenta de lo mismo que el taxista. En todas partes, a lo largo del seto del zoo, en el aparcamiento y más allá, ante un gran edificio de cristal, estaban reuniéndose grupos de diez o doce policías. Algunos recibían instrucciones de sus jefes de grupo, que señalaban la calle. ¿Estaban seguros de que iba a suceder allí?

—Con cien euros está bien, pero sal rápido —dijo el taxista y luego se marchó. Hizo bien.

Envió un SMS a Assad: «Estoy junto al zoo ahora. Estás cerca, ¿verdad?». Y siguió sin obtener respuesta. Pero tal vez Assad pudiera leerlo. Tal vez pudiera así darle ánimos y asegurarle que lo iban a encontrar y que iban a llegar a tiempo.

Carl miró el reloj y echó a correr al lado de los policías, armados hasta los dientes.

La señal se había detenido en la calle siguiente, de modo que podía plantarse allí enseguida. Pero entonces un brazo se extendió ante él y lo detuvo, y no era ninguna broma. Tres agentes con uniforme de campaña se le arrojaron encima y muchos brazos lo inmovilizaron. Por lo visto, allí no se podía correr.

—¡Eh! ¿Adónde vas? —le gritaron.

Carl resopló furioso.

—¿Qué cojones hacéis? —gritó, primero en danés y luego en algo parecido al inglés—. ¡Soltadme! ¡Se trata de una cuestión de vida o muerte!

Los agentes sacudieron la cabeza y lo miraron como si fuera un asesino en serie.

—Llamad ahora mismo a Herbert Weber y veréis que estáis en un error.

Le dijeron que no tenían ni idea de quién era Herbert Weber y que si ofrecía más resistencia, iban a detenerlo. Pragmático, como sabía ser a veces, abrió los brazos a los lados y dejó que lo cacheasen. Estaba muy enfadado cuando por fin encontraron su tarjeta identificativa y se quedaron mirándola como si fuera una tarjeta de rebajas para el masajista.

—Hostias, leed lo que pone. Soy un subcomisario de Copenhague y trabajamos juntos en esto. En este momento, un compañero mío tiene graves problemas y si no llego en unos segundos adonde está, ya podéis despediros de ascensos. ¡PARA SIEMPRE!

El huracán de sus palabras agitó el pelo de los agentes, pero no lo soltaron.

Carl miró asustado el GPS, porque la señal había vuelto a moverse.

Envió un SMS enseguida. «Te mueves otra vez. ¿Por qué no me contestas?» Pero en su fuero interno Carl ya sabía que Assad no podía responder. Podría haber escrito «Estoy contigo, amigo», pero no lo estaba, y la culpa era de los robocops aquellos con uniforme de campaña.

—Un momento —dijo y pidió su móvil, que uno de aquellos payasos estaba mirando como si fuera a echar a volar en cualquier momento.

Telefoneó a Weber.

—¿Dónde estáis?

—Estamos cerca. Hemos ordenado a todos los hombres que se dirijan a la zona donde estás tú. ¿Dónde te has metido?

—¿Quieres tener la amabilidad de decirle al encargado del grupo del zoo que se vuelva a su ciudad provinciana y me deje en paz?

Tendió el móvil al agente. Murmuraron algo entre ellos y después el inútil se retiró, como si nunca hubiera estado allí. Nada de disculparse. Ni la menor sugerencia de que quizá debieran ayudarlo. ¡Idiota!

Carl echó a correr.

—¡Assad se acaba de mover! —gritó por el móvil—. ¡Pero voy corriendo hacia donde estaba antes!

—¿Dónde estaba antes? —preguntó Weber.

—En la calle, junto a una plaza. Justo al lado de una iglesia.

—¿Qué iglesia?

—«Iglesia memorial Kaiser Wilhelm», pone en un letrero. ¿Se llama así?

Se oyó un gemido al otro lado de la línea.

—Es lo que todos temíamos. Anda con cuidado, Carl Mørck. Llegaremos enseguida. Voy a decir a la gente del zoo que se acerque a proteger la plaza.

—No, espera. Voy a llegar enseguida. Ya veo la iglesia. En este momento, no hay muchos visitantes en la plaza, yo diría que unos cuarenta o cincuenta. Parece que están construyendo o reparando algo, porque hay instalados unos andamios en la otra torre que hay junto a las ruinas y han puesto un vallado en torno a la torre de la iglesia.

—¿Ves algo sospechoso?

—No. Solo cantidad de turistas, todos parecidos, y unos judíos ortodoxos con toda su parafernalia.

—¿Judíos ortodoxos? ¿Están en grupo?

—No, están como...

Entonces se dio cuenta.

—Están como tienen que estar si quieren cubrir toda la plaza.

—Da la vuelta por detrás, Carl. Hay un edificio grande, redondo, junto a las ruinas de la torre. Es la nueva iglesia. Pasa entre las dos edificaciones. ¿Vas armado?

Carl soltó un juramento.

—No, la pistola reglamentaria está en mi cajón de Jefatura, en Copenhague.

Sacó las llaves del bolsillo del abrigo; había muchas en el manojo. Las llaves de su casa de Allerød, las del despacho de Jefatura, las del piso de Mona, las del coche patrulla. Asió el manojo y colocó las puntas sobresaliendo entre los dedos de la mano cerrada. Era un arma práctica, comparable al más sofisticado puño de hierro.

Miró a un lado, hacia el suntuoso arco de entrada, mientras caminaba por una rampa para sillas de ruedas que también daba acceso a la entrada por el otro lado.

Carl sintió un sudor frío. ¡Una rampa para sillas de ruedas! Desde luego, los terroristas habían pensado en todo.

Después de pasar entre los dos edificios, Carl salió a una calle ancha y transitada. «Kurfürstendamm», ponía en un letrero al otro lado de la calle, donde una furgoneta azul claro estaba aparcando sobre unas rayas de señalización amarillas. Era evidente que les importaba un comino la prohibición. Que querían aparcar allí. Y eso despertó el instinto de Carl.

Entonces la cortina de la ventanilla lateral se entreabrió un poco, pero fue suficiente para provocar en Carl un sudor frío, porque allí, tras el cristal, estaba Assad con la boca tapada con cinta americana. Pasados unos segundos, trató de indicar algo a Carl, pero no pudo, porque en aquel momento un vigilante del aparcamiento se acercó a la furgoneta y desapareció tras ella. Después, una puerta se abrió de pronto y se oyó a un hombre increpar en voz alta. De repente, sonó un disparo.

Toda la gente de la plaza miró allí y, en medio de la agitación, Carl cruzó la calle y se arrojó tras la parte trasera de la furgoneta. Asomó la cabeza con cuidado y vio que el vigilante del aparcamiento yacía boca abajo con el torso dentro de la furgoneta y que de su brazo colgado goteaba sangre.

Ahora o nunca, pensó. Sin vacilar, saltó por encima del cuerpo del vigilante hacia el interior de la furgoneta.

El conductor seguía al volante con la pistola en la mano. En su rostro se dibujaba una mueca, como si fuera la primera vez que disparaba a algo vivo. Sin duda, iba a disparar de nuevo, pero cuando Carl saltó por encima del cuerpo sin vida del vigilante y en el mismo movimiento proyectó el puño derecho contra la barbilla del conductor y las llaves se incrustaron en ella, este echó el cuerpo hacia atrás y profirió un rugido de dolor. Carl soltó las llaves y asió el cañón de la pistola un segundo antes de que el hombre disparase el siguiente tiro. El parabrisas se hizo mil pedazos y causó pánico en la acera frente al coche.

Los más o menos cien kilos que había tras el puñetazo de Carl a la mandíbula del conductor hicieron su efecto y el conductor, medio noqueado, soltó la pistola. Carl la empuñó y disparó a la vez, y, antes de que alcanzara a ver la gravedad del tiro, la cortina de separación se corrió a un lado, y un hombre con una bandana multicolor lanzó un directo por encima del respaldo del asiento delantero.

Carl disparó por segunda vez y el hombre cayó hacia atrás contra una frágil mesa de camping, con la sorpresa pintada en el rostro.

59

Assad

DÍA 1

MIENTRAS LA FURGONETA daba la vuelta a la plaza, Assad hacía lo que podía para meter aire en sus pulmones. Cuando volvieron al punto de donde habían partido, el conductor aparcó el vehículo otra vez sobre las rayas amarillas.

Las miradas de Assad y de Carl se cruzaron en el momento en que el tipo de la bandana descorrió la cortina de la ventanilla lateral. Carl había rodeado la torre de la iglesia al otro lado de la carretera y, cuando divisó a su amigo, pareció aliviado y triste a la vez. Como si, al igual que Assad, supiera que de todas formas era demasiado tarde. Que el mundo iba a estallar en torno a ellos en cualquier momento.

«¡Lárgate! Si te quedas, morirás», decía la mirada de Assad, pero eso a Carl le resbalaba.

Assad se esforzaba por quitarse la cinta americana de la boca para poder gritar y advertir a su compañero. Entonces, sonaron fuertes golpes en la puerta del copiloto.

El de la bandana cerró de inmediato la cortina del asiento delantero, de modo que solo los sonidos podían indicar qué ocurría. La puerta del copiloto se abrió de pronto y un segundo después se disparó un tiro. Luego se hizo el silencio, pero duró poco, porque al instante volvió la agitación y todo el vehículo se puso a temblar. Se oyó un rugido procedente del asiento delantero, y otro tiro.

Hasta que el de la bandana descorrió la cortina del asiento delantero, Assad estaba seguro de que era el mismo vigilante del aparcamiento el que luchaba, pero cuando el payaso de la bandana, al recibir el siguiente tiro, cayó hacia atrás sobre la mesa de formica, supo que no todo estaba perdido.

El minuto siguiente fue un puro caos.

De pronto, se oyeron disparos de todas partes, como si la situación se hubiera descontrolado del todo.

Carl asió la cinta adhesiva de la boca de Assad y la retiró.

—¡Vienen ahora, Carl, los estoy viendo! —gritó Assad mientras liberaba sus manos del mosquetón. Fue un espectáculo dantesco, porque, mientras las ráfagas impactaban a su alrededor y la gente gritaba y chillaba, un par de sillas de ruedas se dirigieron entre el fuego cruzado hacia la rampa.

—¡Dispara a los que empujan las sillas, Carl! ¡Corre! —gritó Assad mientras se desataba los pies.

Carl señaló alarmado al tipo de la bandana antes de salir de la furgoneta, y menos mal. A pesar de la herida del pecho, había agarrado la plancha de formica rota y se disponía a atizarle en el cuello a Assad. Por suerte, este se había desatado los pies y, mientras la plancha colgaba en el aire, la coz que le atizó hizo que la cabeza del tipo se torciera hacia el hombro en un ángulo que parecía más que peligroso.

Se oyeron disparos muy cerca.

Assad tiró de la puerta corredera lateral y se arrodilló tras la furgoneta para orientarse.

Carl le hizo una señal con la cabeza y Assad se levantó con cuidado. Tras la silla de ruedas de Nella, en el suelo yacía una mujer muerta, con el rostro vuelto a un lado. Pero el alivio duró poco, porque justo después venía la silla de ruedas con Marwa y el hombre que la empujaba llevaba un arma automática en la mano, con la que disparaba en todas direcciones. Varias personas no pudieron ponerse a salvo y ahora yacían quietas en la acera, justo al lado del escaparate de una tienda de ropa. Era espantoso.

Carl y Assad se giraron hacia la transversal desde donde estaban respondiendo al fuego. Debían de ser los agentes con los que el vigilante del aparcamiento amenazó a los dos payasos y Carl aprovechó la situación para apretarse una vez más contra la parte trasera de la furgoneta.

Disparó dos veces al hombre que empujaba la silla de Marwa, a lo que respondieron con una salva de proyectiles que abrieron jirones en las esquinas de la furgoneta y perforaron el lateral con sordos ruidos metálicos.

Assad maldijo y se apretó contra el suelo mientras otra ráfaga perforaba las delgadas paredes laterales del cacharro y destrozaba todos los cristales.

Se oyó un disparo más de Carl y luego cayó hacia atrás contra la acera. Se quedó un momento quieto y después empujó la pistola hacia Assad.

—¡Creo que le he dado! —gritó en medio del barullo y se llevó la mano a la cadera.

—¡¿Te las arreglarás, Carl?! —gritó Assad mientras recogía la pistola.

Carl hizo un gesto afirmativo, aunque no parecía estar muy seguro.

El tiroteo se intensificó desde ambos lados de la torre de la iglesia. Assad conocía demasiado bien el sonido de las ráfagas de un arma automática, que sonaban sin pausa y sembraban por doquier muerte y mutilación.

Assad avanzó hasta la esquina acribillada del coche y se asomó con cuidado.

La silla de ruedas de Marwa yacía ladeada y ella estaba inmóvil, al igual que el hombre tumbado a su lado.

Entonces tosió un par de veces. Gracias a Dios, estaba viva.

Assad observó la pistola. ¿Había disparado nueve o diez tiros? En tal caso, quedaban por lo menos tres balas.

Salió al descubierto. Más allá, el hombre que empujaba la tercera silla de ruedas apuntaba con su arma automática a una joven que iba sentada en ella. Allí estaba, inmóvil como una estatua de sal, dispuesto a enfrentarse a su destino. Era evidente que se había resignado a la situación. Que esperaba una orden o, peor aún, que la bomba detonase.

Assad alzó la vista hacia el primer piso del restaurante, desde donde sabía que Ghaalib seguía los acontecimientos, pero no lo vio.

¿Por qué tardaba tanto en apretar el control remoto? ¿Ghaalib tampoco lo veía a él? ¿Esperaba el momento mágico en el que Assad pudiera ver cómo ocurría la masacre? ¿O a que los dos hombres de la furgoneta le dijeran que era el momento? Porque entonces ya podía esperar sentado.

Assad retrocedió hacia Carl. Tenía que rodear la furgoneta y mantenerse pegado a la pared de las casas, porque, en el momento en el que Ghaalib lo viera, iba a hacer explotar las bombas, no tenía la menor duda.

—No es nada —dijo Carl, medio sentado, con la mirada fija en una mancha de sangre en sus pantalones—. Creo que ha sido una herida limpia. Solo ha sido un susto.

Assad se metió en el coche por la puerta lateral y buscó su móvil. En el asiento delantero, el conductor yacía en una postura forzada, con la cabeza contra la puerta y la respiración agitada. Sin duda, no le quedaba mucho, teniendo en cuenta que la ventanilla estaba destrozada a tiros. Al de la bandana no hacía falta mirarlo, porque estaba ya muerto; lo sabía. Buscó el móvil bajo el cojín y lo encontró, pero estaba hecho trizas.

Mientras tanto, Carl se había puesto en contacto con Weber.

—¡Toma! —gritó y tendió el móvil a Assad.

—¡¿Dónde estáis?! —gritó Weber.

—Estamos en el lado de Kurfürstendamm. Venid rápido, porque me temo que pronto van a estallar una o dos bombas.

—Lo siento —repuso Weber—, pero bastante trabajo tenemos con los de enfrente. Se han atrincherado en la bajada al centro comercial Europa-Center, ese extraño edificio al otro extremo de la plaza. Estamos atrapados entre dos fuegos, porque arriba, en el hotel, está el francotirador, y no falla una; debe de ser Dieter Baumann.

—¡Pues manda a alguien ahí a neutralizarlo, cojones! —gritó Assad—. Y que alguien encuentre a Ghaalib. Está en el primer piso del restaurante italiano de atrás, con la misma vestimenta judía que los demás. Es quien tiene el control remoto para activar las bombas.

—¡¿Pues a qué espera?! —vociferó Weber.

—Me espera a mí.

Assad quiso devolver el móvil a Carl, pero ya no estaba.

—¿Qué haces, Carl? —gritó cuando se dio cuenta de que arrastraba el cadáver del vigilante hasta la acera.

—Un poco de sitio para mí.

Después consiguió ponerse de rodillas y empezó a tirar de la pierna del conductor. Al poco tiempo, el asiento delantero estaba libre.

Assad comprendió enseguida su intención.

—¡A ver si arranca! —gritó Carl cuando giró la llave de contacto.

Arrancó.

—Solo tienes un milisegundo para darle, Assad —dijo y metió la marcha mientras señalaba con la cabeza a la tercera silla de ruedas—. Quedan dos balas en el cargador, no lo olvides.

Assad se arrodilló en el cojín cubierto de cascos de cristal. Ya había probado antes a disparar desde un vehículo en marcha, pero aquello...

Respiró hondo. Debía acertar de lleno al hombre, porque, si no, iba a matar a la pobre mujer; «solo un tiro en la cabeza puede neutralizar al enemigo», resonaba en su mente uno de los mantras de Afganistán.

Apuntó y contuvo el aliento mientras Carl avanzaba despacio. En dos segundos iban a estar frente a la silla de ruedas de la mujer. Assad entornó un ojo. Estaban a diez metros de distancia. Si el coche seguía su camino y no encontraba ningún obstáculo, todo pasaría pronto.

Entonces reparó en el lunar de la mejilla de la joven y se quedó paralizado.

Assad boqueó en busca de aire. No pudo hacer nada más.

478

—Dispara, Assad —ordenó Carl con voz contenida.

Pero Assad estaba como congelado. No se atrevía a disparar. Era su hija menor, Ronia, contra la que el hombre apretaba su arma automática. Estaba justo allí, delante. ¿Cómo era posible? No había la menor duda de que era ella.

—¡No puedo! Dios mío, es Ronia la que va en la silla de ruedas. Está viva, Carl.

El coche se había detenido delante, pero el hombre que empujaba la silla de ruedas no reaccionaba.

—Me ha hecho una señal —cuchicheó Carl—. Debe de estar conmocionado, porque cree que somos de los suyos y que vamos a recogerlo. Ahora tienes la ocasión.

Assad se agachó para no descubrirse. Luego apuntó de nuevo, contuvo el aliento y disparó. No se sintió a gusto. Aquello era una auténtica ejecución.

Y mientras el hombre se desplomaba con el sombrero agujereado, empezaron a disparar contra ellos desde el otro lado.

—¡Es la policía! —gritó Carl—. Creen...

Se llevó la mano al brazo. Estaba claro que lo habían alcanzado. De todas formas, pisó el acelerador hasta el fondo.

Assad se cayó cuando la furgoneta giró de pronto hacia la plaza, y las ráfagas se incrustaron en la parte trasera del coche. Tenía encima el cuerpo del de la bandana, que se convulsionaba con cada impacto.

La furgoneta no se paró hasta que chocó contra el monumento del Europa-Center e hizo que los dos terroristas que seguían disparando desde su posición en las escaleras retrocedieran y desaparecieran en la planta baja del centro.

—¡¿Estás bien, Carl?! —gritó Assad—. ¿Dónde te han dado?

Carl gemía y sangraba bastante.

Assad asió el móvil de Carl y llamó a Weber.

—Carl está herido y necesitamos ayuda. En este lado hay tres hombres de Ghaalib neutralizados, pero nos están disparando desde un lateral. Es vuestra gente: decidles que paren.

Al cabo de un rato, se hizo el silencio en la plaza.

A gatas, Assad se acercó a Carl, que había quedado encajado tras el volante y la parte frontal descuartizada. Estaba consciente y no parecía herido por el choque, pero la herida de bala de su antebrazo no tenía buen aspecto.

—¿Te las arreglarás? —preguntó Assad mientras salía por la puerta del copiloto, pero Carl seguía sin responder. Lo último que oyó Assad antes de levantar los brazos y dirigirse con calma hacia los policías antiterroristas con uniforme de campaña que se le acercaban corriendo fue que Carl soltaba una risa apagada.

—¡Largo de aquí! —gritaron los policías antiterroristas y siguieron corriendo hacia la puerta del conductor. De modo que habían obedecido las órdenes de Weber...

Assad se encontraba justo debajo de las ventanas del restaurante.

Rezó por que Ghaalib no lo hubiera visto desde arriba.

Miró hacia las tres mujeres frente a la torre de la iglesia. Estaban atadas cada una a su silla, en total inmovilidad. Marwa había caído de lado sobre las baldosas y las otras dos estaban sentadas con la cabeza caída, como si estuvieran drogadas.

—Escuchad —dijo a los de uniforme de campaña—. Si corro hacia ahí, el líder va a activar las bombas que hay en los respaldos o asientos de las sillas de ruedas. Solo está esperando a verme. Así que sois vosotros los que debéis ir a rescatar a las mujeres.

Lo miraron como si estuviera majara. ¿Quería que se acercaran a potenciales terroristas suicidas?

Llamó otra vez a Weber. No contestó.

Assad alzó la vista, llenó los pulmones de aire y se arriesgó a caminar, protegido por las cornisas de la fachada. Acababa de llegar al escaparate de la tienda de relojes Fossil cuando vio una cuarta silla de ruedas a su derecha.

Assad se detuvo un momento hasta que supuso quién era el hombre que iba en la silla de ruedas. Pero ¿quién era el joven que estaba detrás, llorando?

Esta vez fue Weber quien lo llamó.

—¿Cómo está la situación ahí? No te vemos. ¿Dónde estás? —preguntó.

—Estoy en la esquina, junto al restaurante italiano, frente a la relojería Fossil. Veo una cuarta silla de ruedas y estoy seguro de que es Joan Aiguader quien va sentado en ella. Tras él hay un chico árabe llorando. ¿Qué hago?

—Quédate donde estás. Podría haber una bomba debajo de la silla. Quizá llore por eso el chico.

—Tenéis que llevar desactivadores de explosivos adonde las mujeres, Weber. Haced lo que podáis. ¿Cómo está la situación en la plaza ahora? Veo cuerpos caídos.

—Sí, hay mucha gente en el suelo, no sabemos cuánta y no podemos acercarnos por el francotirador de arriba. Pero creemos que entre vosotros y nosotros hemos neutralizado a todos los terroristas, excepto los dos que han desaparecido en la planta baja de los grandes almacenes.

—Te olvidas de Ghaalib y del chico que está aquí.

—Creemos que Ghaalib se ha unido a los del centro comercial. Si les disparas, ten en cuenta que llevan chalecos antibalas.

Assad sacudió la cabeza. Como si no hubiera contado con ello. ¿Y por qué debería Ghaalib meterse en un agujero con los otros dos? Toda la misión le había salido mal y tanto Assad como su familia seguían vivos. No, Ghaalib estaba preparado en algún lugar y solo esperaba el momento oportuno.

Miró hacia la silla de ruedas. Parecía que Joan quisiera ponerse en contacto con él, pero no decía nada. Al igual que Marwa, Nella y Ronia, parecía paralizado. ¿Deseaba que se acercara o que se marchara?

Assad dio un paso adelante y lo saludó con la cabeza. Su mirada le preguntaba si le parecía bien.

Joan afiló los labios. ¿Aquello era que sí o que no?

—¿Hay una bomba en tu silla de ruedas? —preguntó Assad.

Joan movió los ojos de lado a lado.

—Si eso significa que no, veamos qué haces cuando te pregunto: ¿Te llamas Joan?

Los ojos se desplazaron arriba y abajo. Es decir, que sí, y que no había ninguna bomba.

Avanzó un paso más.

—¿El chico es peligroso? —preguntó.

Los ojos se volvieron a mover de lado a lado.

—¿Ghaalib está cerca?

Los ojos no se movieron. Así que no lo sabía.

—¿El chico es normal? Parece algo distante.

Los ojos se movieron de lado a lado.

—¿Está bajo la influencia de drogas?

Otra vez no.

—¿Está armado?

«No», dijo el movimiento de ojos.

—Hola, colega —lo saludó Assad en árabe—. Me llamo Assad. ¿Cómo te llamas?

El chico bajó la vista, tímido y esquivo como un animal acorralado. Entonces Assad se acercó otro paso, pero al chico no le gustó. Encogió el hombro y el brazo que daban hacia Assad para defenderse de un eventual ataque.

—No voy a hacerte daño —lo tranquilizó con voz suave.

El chico lo miró con ojos asustados. Assad lo comprendía, después de los espantosos últimos minutos.

Assad gritó a las tropas antiterroristas que se acercaran.

Joan Aiguader emitía sonidos inarticulados, de modo que Assad fue adonde él y acercó la cabeza hasta su boca.

Le costó mucho decirlo.

—Se llama Afif —dijo con voz tenue.

Assad asintió.

—Es importante —se oyó después.

—¿Para Ghaalib?

—Sí.

Assad giró la cabeza hacia los agentes.

—Dejad a estos dos donde están. Son importantes, cada cual a su manera.

Los hombres miraron al chico con escepticismo.

—¿Estás seguro de que no lleva puesto un chaleco explosivo?

Assad miró a Joan, que movió los ojos arriba y abajo.

—Sí, lo estoy —respondió.

Después volvió a acercarse a la boca de Joan Aiguader.

—¿Qué os han dado? —preguntó.

—Inyecciones —respondió el periodista con dificultad.

—¿Se pasa el efecto? —quiso saber.

—Sí.

—Mi esposa y mis dos hijas están ahí. Marwa, Nella y Ronia. ¿Llevan bombas encima?

—Marwa y Nella, chalecos explosivos. Ronia, la bomba.

—¿Y Ghaalib tiene el control remoto?

Los ojos de Joan se llenaron de lágrimas y su «sí» fue tan débil que tuvo que repetirlo.

Assad sintió una punzada en el corazón. Tenía espasmos en el alma, pero su cuerpo debía funcionar y reaccionar. De lo contrario, iba a ser el final de todo.

DESDE EL MOMENTO en el que Assad vio los vehículos de la unidad de desactivación de explosivos acercarse hacia la plaza desde Nürnberger Strasse, supo que le quedaba cada vez menos tiempo para encontrar a Ghaalib y desarmarlo. Qué fácil sonaba. «Desarmarlo». Pero ¿dónde estaba? ¿Era un perro cobarde que se había largado para salvar el pellejo? Assad sacudió la cabeza. Después de todos aquellos planes, ¿por qué iba a escaparse?

Sonó un tiroteo en los grandes almacenes. Assad oyó gritos y mucha gente salió corriendo por la puerta de entrada de la calle, a unos metros de allí.

Llamó a Weber.

—Ahí dentro están disparando. ¿Ha llegado vuestra gente?

—Sí, hemos mandado a diez hombres de la unidad antiterrorista.

Assad agarró a una mujer que corría directa hacia él.

—¿Qué sucede? —le preguntó con voz firme—. ¡Tengo que saberlo!

La mujer jadeaba y estaba fuera de sí.

—Dos de ellos, un hombre y una mujer, están en el rellano del piso superior, donde se encuentra el gimnasio, y disparan contra la gente de la planta baja —contó con voz trémula.

Assad la soltó.

—¿Has oído lo que ha dicho, Weber? Que están en el piso superior, en un gimnasio, disparando a la gente que está en la planta baja.

—Ya, ya lo he oído; pero los vamos a trincar en cuestión de segundos. Y lo mismo con Dieter Baumann. Está parapetado, pero ya sabemos dónde está.

Assad se giró hacia la cristalera y la entrada del restaurante italiano, que estaban detrás. Esperaba que allí dentro supieran decirle si el hombre judío de los tirabuzones se encontraba aún en la primera planta o cuándo había salido y hacia dónde.

Podía ver tras el cristal que había mucha gente dentro, y era muy comprensible. Debían de haber buscado refugio allí tras la primera oleada del ataque.

Antes de entrar en el restaurante, Assad hizo una seña al hombre que estaba detrás de la barra. Parecía agitado al ver que se dirigía hacia él. Se quedó mirándolo fijo, como si fuera uno de los atacantes.

Assad comprendía su postura. Un hombre moreno sin afeitar, con un arma en la mano y la ropa hecha jirones. ¿Sería uno de ellos?

Por eso, levantó las manos en el aire, para indicarle que no tenía nada que temer. Y luego entró.

—Tranquilo, soy de los buenos —lo calmó—. Busco a un hombre que se ha metido aquí hace tiempo, disfrazado de judío ortodoxo, como los que estaban disparando fuera. Barba larga, sombrero y tirabuzones. ¿Sabes dónde está?

¿Por qué tiembla tanto?, pensó un segundo demasiado tarde. El golpe en la nuca fue tan duro y certero que cayó arrodillado frente a la barra. Luego recibió una patada en las costillas, lo que hizo que por un momento perdiera el sentido de la orientación y la pistola. Varios de los comensales se pusieron a chillar y Assad trató de rodar para levantarse. Hasta que recibió la siguiente patada no comprendió el alcance de lo que había sucedido.

—No hace falta que la busques, Zaid: la pistola está bajo mi pie —dijo desde lo alto una voz en árabe.

Esto es el fin, pensó Assad y miró al frente. La falta de atención y la estupidez de unos segundos ponían fin a su vida.

—Levántate —le ordenó Ghaalib—. Levántate, perro. Por fin te tengo en mis manos. Siempre has sabido esconderte bien, Zaid, pero ya no vas a necesitarlo.

Assad se volvió con lentitud y allí estaba. Sin sombrero, barba ni tirabuzones, tal como era. La persona más infame del mundo, con la pistola de Assad en la cinturilla, una Uzi como las de los demás en una mano y un pequeño pero temible mando de control remoto en la otra.

—Estos amigos van a acompañarnos ahora. Ya sabéis lo que debéis hacer y, si no lo hacéis, os mataré.

Apuntó con su arma hacia ellos.

Había tres hombres y tres mujeres. La mujer más adelantada era muy rubia y llevaba un uniforme donde ponía «Charlottenburg Tours». Parecía pensar que aquello no era real; probablemente estaba guiando a un grupo de turistas y cuando empezaron los tiroteos había corrido allí en busca de refugio. Los demás iban a cuerpo y lo más seguro era que fueran clientes normales a los que la suerte no los había acompañado. Parecían muy asustados, pero tampoco les faltaban motivos para estarlo.

—Tal vez no conozcáis la mejor arma de los romanos, pero era la defensa —explicó Ghaalib—. Su ataque lo hacía la falange, que, para defenderse, formaba un escudo eficaz, el *testudo,* lo llamaban, y ahora vosotros sois mi *testudo.*

Pidió al hombre de la barra que abriera la puerta y ordenó a Assad que se pusiera al frente. Si alguno de ellos empezaba a caminar demasiado deprisa, lo mataría, y aquello se aplicaba sobre todo a Assad.

—Pero no creas que vas a escapar con la muerte, Zaid. Ya buscaré algún punto de tu cuerpo que te haga detenerte sin matarte.

Assad notó la presión de los demás rehenes. ¿Ya los había instruido?

Cuando estuvo a la altura del mostrador, Ghaalib pidió al grupo que esperase.

—Toma, amigo —dijo al hombre tras el mostrador—. Te devuelvo la tarjeta. Dejo a deber un poco, pero espero que me lo perdones.

Y salieron al exterior.

—Zaid, ahora vas a llamar a quien lleva la operación para decirle que dentro de dos minutos todos los policías y soldados deben haber desaparecido —ordenó Ghaalib—. Y me refiero a desaparecer *del todo*. De lo contrario, activaré las bombas.

Assad tomó el móvil y dijo cómo iban las cosas. Weber sonó conmocionado.

—Si nos alejamos de la zona, no vas a salir con vida de ahí, Assad.

—Tampoco de otro modo. Haz lo que ha dicho. Tenéis dos minutos.

Assad miró alrededor. Los policías, los policías de paisano y los miembros de la unidad antiterrorista se llevaron la mano a un oído y empezaron a caminar hacia atrás con calma.

Ghaalib estaba en medio del grupo de rehenes.

—Muy bien, Zaid. Vamos a terminar esto como es debido.

Entonces giró la cabeza hacia la esquina en la que estaba la silla de ruedas de Joan.

—¡Afif! —gritó—. Tú quédate ahí hasta que vuelva.

Lo dijo con una voz cálida que provocó náuseas a Assad. Si no fuera por las tres mujeres que al fin estaban tan cerca de él, se habría negado a continuar.

—Quiero que mires a los ojos a tu familia antes de terminar tu viaje, Zaid. Que mires su alma, para que comprendas lo que les has hecho. Y ellas tendrán que verte y oírte, para que comprendan la culpabilidad que sientes, y también para que reconozcan con serenidad la liberación que va a suponer la muerte para todos vosotros.

Se acercaron poco a poco. Las tripas de Assad ardían de dolor. Los tres muertos junto a las sillas yacían en su propia sangre; era un espectáculo pavoroso. El hombre al que había matado Assad estaba tendido en una postura grotesca con un pequeño agujero en la sien; el sombrero con los tirabuzones pegados, a un metro de él. Pobres Marwa, Nella y Ronia, qué miserables y odiosas habían sido sus vidas. A Marwa le habría ido mejor con otro hombre. Ojalá no lo hubiera conocido nunca.

Ronia estaba inmóvil en su silla cuando el *testudo* se detuvo junto a ella. Tenía la mirada muerta y, a pesar de ello, estaba muy guapa. Su lunar seguía teniendo la forma de un puñal.

—Ronia —la llamó en árabe con voz suave—. Soy Zaid, tu padre. He venido para que hoy vayamos todos juntos a Yanna. Tu madre, tu hermana y yo estamos contigo.

Pero Ronia no reaccionó. Hacía tiempo que se había encapsulado en algún lugar donde nadie le podía hacer daño.

Lo separaron de ella a empujones sin avisar. Ni siquiera llegó a tocarla. La hijita a la que abandonó cuando tenía cinco años y nunca llegó a conocer.

Más allá yacía el cuerpo del que había disparado a la cadera de Carl, boca abajo y con la falsa barba arrancada. Si Carl no lo hubiera alcanzado, estarían todos muertos. En realidad, tal vez hubiera sido lo mejor que podía ocurrir.

—¿Puedo levantarla? —pidió Assad cuando vio a su amada a sus pies, en la silla de ruedas volcada.

—¡Por supuesto! —accedió, condescendiente, su verdugo.

Assad metió una mano bajo el hombro de su esposa y con la otra sujetó el otro apoyabrazos de la silla. Marwa gimió cuando tiró de ella y de la silla hasta ponerlas en vertical. Luego se arrodilló ante ella y le tocó con suavidad las mejillas.

Los años la habían desgastado, era evidente, pero sus ojos, a pesar de todas las desgracias, seguían siendo dulces y vulnerables. Y también ella estaba muy medicada; pero cuando, al momento, fijó la mirada en los ojos suplicantes de Assad y en la sonrisa afectuosa que trató de dirigirle, por un segundo él percibió la luminosidad que denotaba reconocimiento y alivio.

—Querida mía —le dijo—. Dentro de poco vamos a reunirnos. No tengas miedo. Nos espera la vida eterna. Te quiero y siempre te he querido. Que duermas bien, alma mía.

Cumpliendo órdenes de Ghaalib, lo obligaron a ponerse en pie, pero la última mirada que cruzaron le dio fuerzas.

A la mujer muerta detrás de la silla de Nella la reconoció al instante. Weber la había llamado Beena cuando les mostró fotos de ella. Ahora su bonito pelo estaba apelmazado por la sangre, y los otrora sensuales y carnosos labios se habían congelado en una mueca de odio. Qué destino más miserable había elegido.

Nella parecía más lúcida que las otras, lo que casi lo entristeció. ¿Era necesario atormentarla con lo que iba a pasar?

—Querida Nella —susurró Assad.

Su voz hizo que ella medio girase la cabeza hacia el grupo. Era obvio que no entendía por qué estaban allí. Su mirada inquisitiva y sensible hizo que la guía turística sollozase en voz alta. Entonces, Ghaalib la golpeó y la mujer cayó sin sentido junto al cadáver tras la silla de ruedas.

—Poneos a mi alrededor —ordenó Ghaalib a los que quedaban, cuyos rostros estaban lívidos por lo que era cada vez más evidente.

—Nella —repitió Assad—. Soy tu padre, Zaid. No sabes cómo te he echado de menos. Tú, madre y Ronia erais la luz de mi vida. Cuando estaba desesperado, esa luz me devolvía a la vida. ¿Entiendes lo que te digo, Nella?

La chica pestañeó algo más rápido. Y entonces lo separaron de ella.

—Vuelta al punto de partida —ordenó Ghaalib a los rehenes—. Zaid al-Asadi, ya las has visto. Casi me arrepiento de haberte dejado.

Soltó una risotada.

Assad miró alrededor. Podría escaparse. Si se echaba a rodar por el suelo y luego corría en zigzag hacia la bajada al Europa-Center, era posible que llegara. Pero ¿quería hacerlo?

Aspiró hondo. La cuestión era si tenía deseos de vivir cuando iban a sacrificar a su familia en cualquier momento. El estruendo de las explosiones iba a derribarlo, detener su corazón; estaba seguro de ello. ¿Y si no? Llevaba muchos años viviendo con la pesadilla del destino de ellas, pero ¿podría seguir el resto de su vida con el eco del estruendo, que iba a quedar grabado en su cerebro para siempre?

No quería eso.

Ghaalib detuvo el grupo a diez metros del restaurante. Debía de pensar que allí estarían seguros ante las explosiones y ante la lluvia de cristales de las ventanas del restaurante cuando la onda expansiva los destrozara.

—Llevo casi media vida esperando este momento —declaró. Y empezó a separarse del grupo caminando hacia atrás. Assad se volvió hacia él: no quería mirar hacia su familia cuando Ghaalib activase el control remoto.

Ghaalib tenía el mando en una mano y la Uzi dispuesta bajo el brazo. Sacó un móvil y pulsó una sola vez.

—Tengo una pequeña sorpresa para ti, Zaid. Una ejecución refinada, y hablo de tu propia ejecución. No como la vez que evitaste la horca. No, vas a ser fusilado, pero no por mí, porque voy a retirarme con calma.

Ghaalib sonrió y se dirigió caminando hacia atrás, hacia la relojería de Fossil, donde se encontraban Joan y el chico.

Tenía un aspecto demencial cuando respondieron al otro lado de la línea.

—Hola, señor Capitán —dijo con los ojos muy abiertos—. ¿Estás en tu sitio? Porque aquí abajo estamos preparados. Veo tu ventana en lo alto del hotel. Una vista preciosa, ¿verdad? Lo has hecho muy bien, Dieter Baumann, he seguido tu tiroteo de precisión desde el restaurante. Cuando dentro de diez segundos active las bombas, ejecutas a este, ¿entendido?

Cambió de tono de voz para hablar con Assad, todavía con el teléfono en el oído.

—Debes volverte hacia tu familia, Zaid —le ordenó—. ¡Si no, voy a tirotear a los amigos que tienes detrás!

Pero Assad no se volvió. Ghaalib iba a dispararles de todos modos, todos se dieron cuenta.

—Pues será tu responsabilidad —dijo y levantó el control remoto por encima de su cabeza. Luego habló por el móvil—: ¿Preparado, Baumann?

Entonces cambió la expresión de su semblante. Frunció el ceño y miró hacia la parte alta del hotel. Y no debió de darse cuenta de que todo había sido en vano hasta que un tiro certero le impactó en la frente.

El grupo que estaba tras Assad se dispersó en todas direcciones chillando a voz en grito. Assad miró otra vez hacia el edificio del hotel y esperó un tiro más que había de matarlo. Pero no sucedió nada, aparte de que el chico de la silla de ruedas se puso a gritar y a correr hacia el cadáver de Ghaalib.

¿Le quitará la Uzi y me matará?, pensó Assad.

Saltó hacia delante, pero el chico llegó antes. Y, en lugar de tomar el arma, se arrojó contra el cadáver, sollozando.

—¡Padre, padre, padre! —sollozó.

Assad recogió la Uzi y el control remoto, empujó con cuidado la tapa de plástico de la parte de atrás y retiró las dos pequeñas baterías, cuyos tres voltios habrían podido sacudir el mundo.

El móvil volvió a sonar.

—Dime, Weber, ¿qué ha pasado ahí?

Weber, aquel hombre corpulento, sonaba afectado, pero, aun así, muy aliviado.

—Hace cinco minutos que hemos irrumpido en la suite de Dieter Baumann. Todo era muy evidente. Estaba rodeado de vainas de cartuchos, pero también de pastillas. Tumbado en el suelo entre estertores, el cañón de su fusil sobresalía de la ventana y la mira telescópica apuntaba al lado derecho de la plaza, donde estabas tú. Tenía un móvil en la mano y, cuando ha sonado, se lo hemos quitado y lo hemos esposado. Has tenido la suerte de que tuviéramos entre nosotros a Magnus Kretzmer, el mejor francotirador que la unidad antiterrorista ha tenido nunca. Como teníamos el móvil de Baumann, hemos escuchado el discurso de Ghaalib y Kretzmer no se ha atrevido a esperar más. «¡Eres tú quien va a morir, cabrón!», ha gritado y después lo ha matado.

Se produjo una pequeña pausa. Tanto Weber como Assad estaban muy afectados.

—¿Te has dado cuenta de que ha cesado el tiroteo de los grandes almacenes? —preguntó Weber después.

Assad se giró: era verdad. Por primera vez en veinte minutos, a excepción de los quejidos de los heridos y las sirenas de las ambulancias que se acercaban, había calma en torno a él.

—Menos mal —comentó—. No me he dado cuenta hasta ahora.

El paisaje urbano recobraba vida. Los policías y militares con uniformes de campaña se lanzaron sobre el cuerpo de Ghaalib y el chico, que trataba de aferrarse a él. Fue desgarrador ver como lo separaban de él y se lo llevaban. Al fin y al cabo, no había hecho nada.

Assad oyó taconeo de botas en el otro lado y vio el grupo desactivador que llegaba corriendo con todo su equipo y trajes blindados.

Cuando Assad vio a aquellas personas que acudían en auxilio de Marwa, Nella y Ronia, ya no pudo contener sus sentimientos. Toda la tensión y el miedo que habían bombeado adrenalina a su cuerpo y, a la vez, movilizado sus mecanismos de defensa y su agresividad, se desataron en aquel segundo con tal fuerza que los brazos le cayeron a los lados del cuerpo y se hincó de rodillas. Los muertos, los vivos, los abandonados, como el chico que acababa de perder a su padre, por muy repulsivo que fuera, todo ello, así como la conciencia de lo cerca que había estado de perder a sus seres queridos, hizo que Assad se pusiera a llorar como nunca había llorado.

Y ahora, los peritos desactivadores estaban allí trabajando con riesgo de su vida para que pudiera recuperar su familia. Era un alivio indescriptible.

Assad extendió las palmas de las manos hacia el cielo y rezó una breve oración. Dio las gracias por la vida y por cómo había terminado el día, y prometió que en adelante iba a ser la persona que sus padres habían querido que fuese. Para consigo mismo y para con todos los que respiraban a su alrededor.

Dentro de poco, cuando los peritos desactivadores terminasen su trabajo, iba a acompañar a sus tres amadas al hospital y a encargarse de que recibieran los cuidados exigidos por su lamentable estado.

Luego se giró hacia Joan Aiguader, que estaba inmóvil, sentado en la silla de ruedas sin decir nada.

—Perdona que por un momento haya expresado mis sentimientos, Joan.

Este trató de hacer un gesto afirmativo. Debía de entenderlo mejor que nadie.

Assad le puso la mano en el hombro y le dio un apretón.

Entonces Joan dijo algo con un poco más de fuerza que antes. Tal vez estuviera empezando a pasarse el efecto de la anestesia.

Assad se agachó y le pidió que lo repitiera.

—¿Cómo se llamaba?

—¿Cómo se llamaba quién, Joan?

—La víctima dos mil ciento diecisiete.

La mirada de aquel hombre maltratado se hizo profunda. La pregunta seguía en su boca abierta y Assad la miró con fijeza. Después cerró los ojos un momento e hizo una inspiración profunda.

—Significaba mucho también para ti, ¿verdad, Joan?

—Llegó a significar mucho, sí.

—Se llamaba Lely.

—Lely...

Assad asintió en silencio. Tenía unas ganas enormes de abrazarlo.

—Si hay algo que pueda hacer por ti, dilo, Joan, porque te debo muchísimas cosas.

Joan estuvo un rato pensando, como si los terribles acontecimientos le hicieran imposible volver a la vida que tenía antes.

—Cualquier cosa —sugirió Assad.

Joan dirigió a Assad una mirada serena.

—Sí —dijo—. Quítame la cámara de la frente y déjala en mi regazo.

Y, mientras Assad lo hacía, la mirada de Joan siguió la pequeña cámara de vídeo como si fuera el mayor tesoro del mundo.

—¿Eso es todo? —preguntó Assad.

Joan emitió unos sonidos guturales que podrían recordar a una carcajada.

—Y ahora llama a mi jefa, Montse Vigo, y dile que le den por donde amargan los pepinos.

Debió de sonreír. Pero era difícil de ver por la mueca de los labios.

Assad esperó paciente mientras los peritos desactivadores retiraban con cuidado los chalecos explosivos de Marwa y Nella, y levantaban a Ronia de su silla de ruedas. Los desactivadores seguían arrodillados para desmontar la bomba tras el respaldo y la caja del asiento cuando trajeron otra silla de ruedas para Ronia.

Los siguió casi en trance hasta la ambulancia mientras tomaba de la mano a Marwa. Ella podía ya torcer un poco la cabeza hacia él; gracias a Dios, el efecto de su anestesia empezaba a disminuir.

Seguía muy ensimismada y Assad lo comprendía. Era como un extraño para ella. Con el paso de los años, todo su mundo se había desarrollado en otro lugar, lejos de él. Pero él quiso luchar a fin de recuperarlas para la vida. A fin de que pudieran volver a respirar libres en una existencia junto a él en Dinamarca.

—¿Dónde está? —preguntó Marwa de pronto.

—¿Te refieres a Ghaalib? Está muerto, Marwa. Ahora no tenemos nada que temer.

—No, él no. ¡Afif! ¿Dónde está?

—¿El hijo de Ghaalib? Creo que se lo han llevado los de los servicios de inteligencia.

—Entonces, tienes que encontrarlo. Porque no es hijo de Ghaalib. ¡Es tu hijo!

60
Rose
DÍA 1

ERAN LAS 19.55 e internet y las cadenas de televisión de todo el mundo estaban empleándose a fondo para cubrir los acontecimientos de la iglesia memorial Kaiser Wilhelm de Berlín.

La prensa nunca había seguido los movimientos de una célula terrorista tan de cerca y durante tanto tiempo, y la investigación tenaz y persistente de los servicios de inteligencia alemanes recibió numerosos elogios por su trabajo sin concesiones, su cautela y su oportunidad, e incluso pusieron nombre a la operación.

Pero los comentarios de los medios alemanes no fueron tan halagadores. Varias personas habían muerto en los días previos al ataque, entre ellas, dos policías de Frankfurt. En la propia acción se habían contabilizado trece muertos y más de treinta heridos, dos de ellos graves. Por supuesto que era una atenuante que los nueve terroristas hubieran muerto y que se hubiera impedido una temible catástrofe; pero no pudieron evitarse las insistentes preguntas de la prensa acerca de si el jefe de la acción, Herbert Weber, no se había desviado de los protocolos habituales. Tanto los superiores de Weber en la LfV de Múnich como un representante de la máxima autoridad de la inteligencia nacional se las vieron y desearon para responder las impertinentes preguntas delante de las cámaras. Si no hubiera sido porque el hombre que estaba detrás del ataque lo había convertido en una venganza personal, el resultado podía haber sido bastante peor, dijeron los periodistas, y a eso se le respondía que, de hecho, era al revés. De no haber sido por aquellas cuentas pendientes personales, lo más probable era que la planificación hubiera pasado desapercibida. Y también había mucho que agradecer a los dos policías daneses.

Los reportajes iban acompañados de cantidad de clips de vídeo. La iglesia memorial Kaiser Wilhelm en una serie de fotos retrospectivas, antes y después de la Segunda Guerra Mundial; reportajes sobre anteriores atentados terroristas con espantosas consecuencias, como la masacre de los trenes en Madrid o el correspondiente ataque coordinado de Londres. Y hablaban mucho de Dieter Baumann, *el antihéroe de Friburgo*, como lo llamaban, que acababa de morir. Un cáncer en ambos pulmones y páncreas se lo llevó, y no disparos, como sostenían algunos medios. Y se montaron tertulias acerca de lo que se debería haber hecho cuando fue rehén de los talibanes.

Uno de los clips que más se veían en internet estaba rodado por un equipo de televisión de una cadena local berlinesa. Se habían colocado en el edificio Mercedes de Kurfürstendamm tan pronto como empezó el tiroteo, y los primeros planos, borrosos y muy ampliados, de Assad siguiendo a su familia hasta la ambulancia hicieron que tanto Rose como Gordon se alegrasen y llorasen. Por fin sucedía algo bueno. Era imposible describir el alivio que sentían al ver a Assad y a su familia sanos y salvos, porque en el frente doméstico las últimas horas habían sido una auténtica pesadilla.

Todos los intentos por llegar a aquel chico tan peligroso habían sido vanos. Gordon estuvo pegado al teléfono y todos esperaron que el chico lo llamase para revocar sus planes. La policía había visitado no solo las direcciones más evidentes, sino más de doscientas direcciones del Gran Copenhague, y los medios habían empezado a moverse.

¿Qué *razzia* se traía entre manos la policía?

En el despacho de la directora de la policía se había convocado una reunión con los peces gordos, entre otros, el ministro de Justicia, el jefe de la Comisaría Central de Información y de RSIOC Ø, el nuevo centro regional operativo de Copenhague, y, sobre todo, el jefe de la Policía Nacional y el pobre Marcus Jacobsen, que tuvo que defender su decisión de no movilizar de inmediato los servicios en cuestión.

Por eso, a las 18.40, en la reunión, se decidió que Marcus Jacobsen y Carl Mørck eran los responsables de no haberlos informado ni a ellos ni a los medios con tiempo suficiente.

Eso fue lo que Marcus Jacobsen dijo a Rose y a Gordon cuando bajó al sótano para informarse de si había algo nuevo en el caso.

Fue muy pragmático.

—Pues entonces va a ser responsabilidad de la dirección de la policía cuando trascienda a la prensa —aseguró—. Nosotros trabajaremos y ellos se llevarán los honores. Pero creedme, no va a servir de nada en absoluto. No tienen ni idea de la oleada de avisos que van a llegar ahora.

Y tenía razón. La prensa y, sobre todo, la gente de los informativos de diversas televisiones públicas y privadas se quedaron sorprendidas cuando se las informó. ¿Carl Mørck no era acaso uno de los que había evitado una masacre en Berlín y no le habían curado las heridas en el hospital Charité de Berlín, y no estaba en aquel momento volviendo a casa en un vuelo especial? Era un héroe, decían. ¿Cómo era posible que fuera lo contrario a la vez?

Todas las cadenas de televisión nacionales alternaban sin cesar entre el retrato robot del chico y el atentado de Berlín. El trabajo de Hafez-el-Assad y Carl Mørck era descrito en términos elogiosos y luego se pasaba a informar sobre los padres del chico trastornado, que no acudían al trabajo, y sobre el gran interés del chico por los juegos de ordenador y la parafernalia samurái. Se debatía y se planteaban todo tipo de preguntas. ¿Los servicios de información de todo el mundo iban a enfrentarse en el futuro a misiones imposibles? ¿No iba siendo hora ya de prohibir las tarjetas de prepago y los juegos de ordenador violentos?

En un visto y no visto, los teléfonos de las comisarías de policía del país se pusieron al rojo vivo. Al cabo de veinte minutos, habían recibido más de dos mil llamadas ofreciendo información y no cesaban de llegar. Incluso uno que llamaba de las islas Feroe les dijo que conocía a un tipo que vivía en Tórshavn, la capital, que era capaz de eso y más.

El país se encontraba en una extraña situación de pánico. Si no se sabía de dónde telefoneaba el chico, podía estar en cualquier parte.

Si antes no sabían nada, ahora avanzaban entre tinieblas.

Al menos, una cosa era segura: era posible que los algoritmos del niño prodigio de la Comisaría Central de Información fueran ciertos, pero, cuando los periodistas presionaron al experto lingüista, debió reconocer que la forma de hablar del chico podía estar influida por cualquier cosa distinta a vivir en Copenhague. Por ejemplo, su familia podía haberse mudado de Copenhague, como dijo una periodista avispada. Ella era de Jutlandia y todavía se le notaba el acento. ¿Y si fuera al contrario? ¿Alguien nacido en Copenhague no seguiría hablando con acento de Copenhague incluso si viviera en, digamos, Frederikshavn?

Los más críticos clamaban que aquella investigación era una chapuza de cabo a rabo.

Rose miraba absorta el teléfono de Gordon.

—Llámanos de una puta vez, payaso —invocó.

Gordon movió la cabeza arriba y abajo. ¿Aquel chico no tenía ni idea de lo que estaba pasando? Porque, si no, debía de saber que el país entero estaba acechando las casas en las que vivían chicos jóvenes. Ni en los peores años de Stalin había estado la gente tan dispuesta a denunciar al vecino como en la pequeña Dinamarca en aquellas horas.

—Pero, Rose, si sabe lo que ocurre, no va a salir a la calle —opinó Gordon—. Además, las calles del país se han vaciado, así que ¿por qué habría de salir?

Rose soltó un pequeño gruñido.

—Sí, pero bien podría ocurrir lo contrario. Porque, si lo que ansiaba era acaparar la atención, está a punto de desbancar al atentado de Berlín como tema del día.

Rose consideró la cuestión.

—Tampoco puede descartarse que espere un par de días para atacar, cuando el eco mediático se haya apagado un poco.

Gordon la miró. Estaba blanco como una sábana.

Entonces llamó el inspector jefe.

—¿Puedes subir un momento, Rose? Tenemos que coordinar un par de cosas antes de que venga Carl, a fin de ponernos de acuerdo para responder a las críticas que pudieran surgir. Estoy con la directora de la policía y varios compañeros.

—¿Va a venir?

—Sí, está en camino. Ha dicho que está dispuesto a conceder entrevistas sobre el caso.

—Me parece una idea pésima: está herido, Marcus —repuso Rose.

Gordon levantó la mano. Ahora sonaba su teléfono.

Rose colgó. El inspector jefe y la directora de la policía podían extrañarse todo lo que quisieran.

Gordon activó la grabadora y el altavoz.

—Hola, Toshiro —saludó y a los dos segundos empezó a sudar a mares.

—Hola. Voy a terminar el juego dentro de una hora, creo. Me ha parecido que debía decírtelo.

—De acuerdo —dijo Gordon y miró a Rose—. ¿Puede escuchar Rose también?

—Seguro que ya está escuchando. —El chico rio—. Mi madre se ha dormido, pero he pensado despertarla antes de cortarle la cabeza. ¿Tenéis algo que decir?

—Vaya, me parece una pena —observó Rose—. Cuando te acaban de despertar no eres aún tú misma. Creo que deberías dejarla dormir lo que necesite. Así estará más recuperada cuando se despierte. Más recuperada y más presente. ¿No es eso lo que quieres?

El chico rio.

—Buena estás tú hecha, Rose. Creo que eres la más lista de los dos. Bueno, perdona, maderazo, no quería ofenderte.

Rose lo miró. De repente, el pálido fantasma parecía un volcán que había estado demasiado tiempo inactivo. ¿Que si estaba ofendido? ¡Pues claro!

Rose le hizo un gesto de rechazo. No era momento para que Gordon explotase. Pero lo hizo.

—Escucha bien, psicópata infantiloide, ridículo cerebro de mosquito. Todo el país habla de ti, ¿estás contento? —se enfureció—. Sales en la tele, personajillo egocéntrico, hipócrita y primitivo. Puedes salir a matar todo lo que quieras, pero esta noche no va a andar nadie por la calle, solo el perro que no cesa de ladrar en segundo plano. ¿Qué diablos le has hecho?

Cuando la primera descarga de lava se acalló, se hizo el silencio al otro lado de la línea.

—¿En qué canal? —preguntó después.

—En todos, joder. Deja el juego un rato y entra en otro cuarto donde haya un poco de contacto con el mundo exterior, y escucha lo que dicen de ti. Nada bueno, te lo aseguro. Y ninguna mención a la víctima dos mil ciento diecisiete. Por el contrario, dicen que dos de nuestros compañeros han matado al hombre que asesinó a la señora mayor; ¿qué te parece? Venga, ve a mirar y llámame cuando lo hayas visto, y cuéntame qué se siente cuando eres una estrella de la tele por una noche.

Entonces, Gordon colgó. Rose se asustó. No porque no le pareciera bien que se cabreara, sino porque de pronto vio la luz.

—¿Lo oyes? ¡El perro sigue ladrando! Lleva más de veinticuatro horas desde que lo oímos por primera vez. La gente debe de estar hasta la coronilla de oír sus ladridos.

Gordon hizo una aspiración profunda. Tenía el aspecto de haber corrido los cien metros y haberse detenido a diez centímetros de la línea de meta.

—¡Hay que subir a donde Marcus Jacobsen! —exclamó y se puso en pie.

61

Rose

DÍA 1

Subieron corriendo las escaleras hasta el rellano y jadeaban como dos gaitas agujereadas cuando irrumpieron en el despacho del inspector jefe.

—No digas nada; ¡escucha antes! —gritó Rose.

Marcus Jacobsen frunció el ceño y el resto de los funcionarios hicieron lo propio.

—¿Quién ha estado visitando casas? —preguntó Rose.

—Pregunta más bien quién no ha estado visitando casas. Porque casi todos los coches patrulla, gente de la RSIOC, unidades antiterroristas... ¡Todo el personal del que podíamos prescindir en Jefatura se ha puesto a ello!

—¿Y qué era lo que buscaban?

—¡Al chico, por supuesto!

—Olvídate de eso. Tienen que buscar un perro que está fuera de la casa y no para de ladrar. Hay muchos perros que ladran, pero, ostras, no durante casi día y medio seguido.

El inspector jefe se enderezó en el asiento.

—¿Dices que el perro sigue ladrando?

—¡Sí! Acabamos de hablar por teléfono con el chico y lo oíamos en segundo plano. Todavía está allí, Marcus, y el chico va a salir en cualquier momento para llevar a cabo sus demenciales planes. Apenas una hora, nos ha dicho, y desde entonces han pasado ya cinco minutos.

La directora de la policía hizo una seña a los demás, que, aparte del inspector jefe, se levantaron y abandonaron la estancia.

Rose estaba desconcertada. ¿No podían haber hecho aquello el día anterior, si hubieran estado algo más despiertos?

—Espero que lleguemos a tiempo —dijo la directora de la policía.

Se oyeron unos breves aplausos procedentes de otros despachos y entró por la puerta un hombre con el brazo derecho en cabestrillo y la mirada sorprendida.

—Hay mucho movimiento —constató Carl—. ¿Qué ocurre?

El inspector jefe, la directora de la policía, Gordon y Rose se levantaron. Era lo que había que hacer cuando entraba un héroe.

—Sentaos, joder, que no soy la reina. ¡Gracias, de todos modos!

Miró a Rose, que, en contra de su naturaleza, se sentía afectada y aliviada. Allí estaba. Vivito y coleando.

—Acabo de estar en el sótano y está todo patas arriba.

—¿Por qué no estás con Mona? —preguntó Rose.

—Se encuentra bien, está en casa ya. Me ha exigido que viniera a enterarme de cómo iba el caso del chico majara.

Rose se puso en pie. Aparte del brazo en cabestrillo y de su mal aspecto, Carl había vuelto y estaba en forma, menos mal. Lo abrazó con cuidado y hundió la cabeza en su pecho de pura emoción, pero notó, cómo no, que él levantaba el brazo bueno y se alejaba un poco.

—Eh... Gracias, Rose, pero me sostengo bien sin ayuda —observó.

Rose hizo un gesto afirmativo. Sí que se sostenía.

—¿Y qué hay de Assad? ¿Se sostiene también sin ayuda?

Carl meneó la cabeza.

—Se sostiene, sí. La verdad es que nunca lo había visto tan sereno. Pero él y su familia van a tener que trabajar duro hasta que la situación se resuelva del todo. El Ayuntamiento de Berlín les ha ofrecido una estancia para recuperarse y creo que Assad va a tener que tomarse una baja prolongada. Pero os envía muchos recuerdos. Lo último que me ha dicho ha sido que atrapemos al chaval a todo pestillo.

—¿Qué te ha dicho? —preguntó la directora de la policía. Era la única que no se reía.

—Sí, en esa frase había algo un poco raro, pero es que no conoces a Assad tan bien como nosotros.

Carl se volvió hacia Rose.

—Cuéntame cómo está el caso en este momento.

Terminaron en veinte segundos.

—Pues ya podemos ponernos las pilas —aseguró Carl—. Solo en Copenhague debe de haber cantidad de perros que vuelven locos a los vecinos con sus ladridos, y seguro que lo han hecho desde que eran cachorros.

—Entonces, ¿qué hacemos?

—¿Y me lo preguntas tú, que eres un jovencito? ¿Dónde está la gente hoy en día? Buscadlo en Facebook o Twitter, o como sea que se llame, y a toda velocidad.

—¿Redes sociales? —Rose se quedó un momento mirando al infinito—. Estoy segura de que Facebook es demasiado lento, y dudo que haya muchos en Twitter ahora, pero habrá que probar.

Asió su móvil y se quedó otra vez pensativa.

—Prueba con «etiqueta perro suelto» —sugirió Gordon.

—No, eso no funciona. Nos importan una mierda los perros sueltos de Vejle.

—Pues escribe «etiqueta perro suelto Copenhague».

Rose levantó el índice en el aire y luego tecleó.

—«Etiqueta perro suelto Copenhague» —susurró la policía para sí. Durante varios minutos, todos miraron el diminuto teclado de Rose con los ojos bien abiertos.

De repente, soltó un grito y todos se sobresaltaron.

—¡Joder, está aquí! En este momento hay dos sitios donde hay perros ladrando: uno en Valby y otro en Dragør.

—Pero ¿dónde? —exclamó Carl—. ¡Pregunta dónde!

Rose volvió a teclear y la respuesta llegó al momento.

—¡Ya está!

Todos se pusieron en pie y Marcus se dirigió a la caja fuerte del rincón y la abrió.

—Toma, Carl. Voy a por otra.

Le tendió su arma reglamentaria.

—Vosotros id a Dragør, yo me encargo de Valby.

OYERON LOS LADRIDOS del perro a distancia, que sonaban roncos e histéricos, de modo que a Gordon no le costó seguir la pista.

El barrio donde andaba perdido y asustado era uno de los más elegantes de aquella parte tan codiciada de la ciudad. Casas, grandes y pequeñas, bien cuidadas y seguro que carísimas, que hacía un par de décadas se habrían considerado pintorescas, lucían ostentosas y daban la bienvenida. No era el primer sitio de la ciudad que nadie relacionaría con los grotescos acontecimientos de las últimas dos semanas.

—¿Hoy no han hecho visitas a las casas en esta zona? —preguntó Carl.

—Sí. —Rose hizo un gesto afirmativo—. Esta mañana han peinado todo Amager. Es muy extraño que no hayan encontrado nada.

Carl asintió en silencio y oyó los ladridos del perro. Ahora sonaba cerca, y justo después, algo más allá. Parecía estar fuera de sí.

—Patrulla todas las calles, una a una, Gordon. Abrid bien los ojos.

Después de un rato de patrullar de un lado para otro, Carl se acercó al parabrisas con los ojos entornados. Señaló algo oscuro que había en el jardín de una casa algo más allá, poco iluminada por las farolas de la calle.

—Para aquí, Gordon. Ahí, sobre la hierba, hay algo extraño. ¿Qué es?

Se detuvieron ante una villa algo apartada junto a la carretera, que debía de ser una de las más sólidas y elegantes de la zona.

—¿Serán cristales? ¿Te importa ir a mirarlo, Rose? —preguntó Carl.

Rose se dirigió al jardín reseco y se agachó sobre el objeto; y debió de asustarse, por el respingo que dio. Después se repuso y avanzó un par de pasos sigilosos hacia la casa, mientras la escudriñaba con la mirada.

Luego se volvió hacia ellos con un dedo ante los labios y les indicó mediante gestos que salieran del coche y se le acercaran.

—Son cascos de un cristal emplomado —cuchicheó—. Y estaba ahí.

Señaló el agujero negro que había dejado el cristal roto en el marco de la ventana.

Entonces apareció por atrás el perro, ladrando como un descosido. Saltaba de lado a lado, daba vueltas en torno a sí, bajaba a la carretera y volvía a subir. Rose trató de asir la correa para poder tranquilizarlo con palabras, pero no había fuerza en el mundo capaz de apresarlo, tal como se comportaba ahora. Luego se escapó corriendo otra vez.

—Está ahí dentro, estoy segura —susurró Rose y asintió cuando Carl sacó la pistola.

—Toma, Gordon —ofreció—. No puedo amartillarla con una mano.

El espárrago parecía perdido con el arma en la mano.

—¿Qué hacemos? —susurró Rose. Asió con cuidado la manilla de la puerta, pero estaba cerrada con llave.

—Dale la pistola a Rose —le ordenó Carl cuando el inútil de Gordon intentó en vano amartillarla. ¿Habría tenido alguna vez una pistola en la mano?

—No podemos telefonearlo, porque usa tarjetas de prepago. Pero podríamos investigar si hay otros teléfonos en esta dirección —propuso Rose con cautela.

—¿De qué iba a valer? —preguntó Carl. Se rascó la nuca. Para él también había sido un día largo y duro—. Llama a Marcus y dile que hemos encontrado la casa. Dile que envíe a alguien con un ariete o algo para poder romper la puerta.

—¿Un ariete? —Rose no lograba imaginarlo.

—Sí, o una excavadora con pala; lo que sea.

¿Qué podía hacer Rose sino sacudir la cabeza?

—Eso llevaría demasiado tiempo. Pero tenemos esto, Carl.

Y señaló el coche patrulla.

Carl frunció el ceño. No pareció muy entusiasmado.

Pero ¿quién de ellos iba a hacerlo? Carl no, con el brazo y la cadera malos. Y Gordon estaba tan nervioso que no era seguro que fuera capaz de acertar a la casa.

—Dame las llaves, Gordon —pidió Rose y extendió la mano.

Gordon vaciló y miró a Carl. Aquello no le gustaba nada. Era Rose quien iba a darse la torta, no Carl.

Rose amartilló la pistola y se la devolvió a Gordon.

—Solo tienes que apretar el gatillo, pero, por favor, espera hasta estar seguro de a qué apuntas —explicó y se dirigió al coche.

Como no funcionen los airbags, voy lista, pensó y se ajustó el cinturón de seguridad. Giró el coche noventa grados y rezó para que el puto perro no se le cruzara en el camino cuando embistiera a toda velocidad.

Carl y Gordon se alejaron a una distancia prudencial. Tenía que acertar en la puerta, porque, de otro modo, iba a ser un choque de acero contra muro, y tampoco era eso.

Por un momento, se recordó a sí misma por qué no aprobó el examen de conducir en la Academia de Policía. «Cuando estás bajo presión, conduces horrible», le dijo su profesor. «En una situación de emergencia, te conviertes en una bomba para el tráfico», le dijo otro.

Y ahora estaba allí. Tanteó las marchas, metió primera y apretó el acelerador a fondo.

La casa estaba más lejos de lo que había calculado. Tuvo tiempo para comprender lo demencial de la situación, tiempo para saber que podía resultar herida grave, tiempo para...

Después del estruendo, una imprevista lluvia de pequeños cascos de cristal, el estampido del airbag y el polvo blanco que se arremolinaba a la luz de los faros, el sonido de metales despachurrados y la madera astillada de la puerta de entrada fueron la señal para que diera marcha atrás y los demás pudieran entrar.

Rose se sentía como si le hubieran aplastado los pulmones y todas las costillas se hubieran soltado del esternón. Le dolía horrores; ¿y dónde estaba la marcha atrás?

Carl apareció junto a la puerta del conductor y tiró de ella.

—Estás haciendo bien lo de las marchas, pero tienes que arrancar de nuevo, Rose: el motor se ha calado.

Rose arrancó; sonaba mal, muy mal; pero el coche se movió hacia atrás. Y Carl y Gordon se colaron en el interior.

Rose se esforzó en vano con la puerta, que colgaba, deforme, de los goznes. Luego se liberó del cinturón de seguridad, pasó a cuatro patas al asiento trasero y se puso a tirar de una puerta mientras se oían gritos procedentes de la casa.

Cuando Rose se plantó en el recibidor resoplando como un fuelle, la casa estaba en silencio. ¿Habrían llegado demasiado tarde? ¿Debería prepararse para ver las cabezas de dos mujeres en medio del suelo?

Creo que no voy a poder soportarlo, pensó.

Entonces oyó la voz de Carl. Sonaba autoritaria y clara, y procedía de un cuarto que daba al pasillo.

—Tómatelo con calma, Toshiro —le decía.

Rose se colocó en el dintel y miró el interior del cuarto con los ojos semicerrados para protegerse del espectáculo que temía presenciar.

Allí dentro olía a rancio y en medio del cuarto había un chico con la espada alzada, que no se parecía en absoluto al retrato robot, aparte del pequeño moño rubio de samurái.

Fue entonces cuando Rose vio lo que sucedía. Era un espectáculo pavoroso, porque delante del chico había una mujer atada a una silla de oficina y con el cuello descubierto.

El chico estaba delante de la mesa de ordenador, en la misma postura en la que estaría un samurái antes de atacar, con el cuerpo retorcido, una pierna adelantada y la otra, una prolongación del brazo que blandía la espada.

Carl estaba en el rincón, pero Gordon, más cerca del chico, le apuntaba a la cabeza con la pistola que sujetaban con las manos temblorosas. Daba la impresión de que los movimientos de todos se hubieran congelado.

En el suelo yacía una mujer temblorosa y la gran mancha oscura bajo su cuerpo se hacía cada vez mayor, porque ya estaba preparada para su ejecución, con la blusa retirada hasta los hombros y el cuello expuesto.

El chico había empezado a sudar. Era evidente que los acontecimientos no se habían desarrollado como debían y que se hacía muchas preguntas. ¿Debía golpear? ¿Llegaría a matar antes de que lo mataran? ¿Había alguna otra salida?

La única que estaba sosegada era la que Rose supuso que sería su madre. Sentada de espaldas a ellos, respiraba con calma, como si ya se hubiera hecho a la idea, ocurriera lo que ocurriese.

Fue Gordon quien rompió el hielo. Fuera por el nerviosismo o por su torpeza habitual, el caso es que apretó el gatillo. Y la bala salió disparada y terminó incrustada en la pared de detrás del ordenador, donde hizo un gran agujero en el recorte de la víctima dos mil ciento diecisiete.

El chico lo miró espantado.

—¡Nooo! —gritó, y, frustrado, blandió la espada, dispuesto a cargar contra Gordon, que seguía temblando.

La única que pudo reaccionar fue su madre. Con un rápido tirón del cuerpo, arremetió con silla y mesa contra su hijo, que se tambaleó y cayó contra la pared del fondo.

Lo habían pillado desprevenido y no parecía comprender lo ocurrido durante los últimos segundos. Pero, antes de que nadie reaccionara, colocó el mango de la espada frente a sí, se subió la camiseta y apoyó la punta contra la piel, dispuesto a despanzurrarse.

—¡Voy a hacerme el *harakiri* y no podréis evitarlo! —gritó con voz estridente. Sus manos temblaban y una gota de sangre brotó junto a la afilada punta. Lo decía en serio.

Gordon volvió a alzar la pistola. Teniendo en cuenta sus fracasos previos, no parecía probable que fuera a disparar y menos aún que pudiera alcanzar al chico para inmovilizarlo. Pero Gordon tenía su propia agenda.

—Pequeño ignorante. Lo que haces no se llama *harakiri*: se llama *seppuku*, deberías saberlo.

El chico frunció la frente y pareció perplejo al oír la voz de Gordon.

—¿Maderazo? —exclamó y miró a Gordon. Después dirigió su mirada a Rose y la observó—. Te había imaginado diferente. Estás tan gorda como un luchador de sumo.

Tras las limitaciones y la presión emocional de los últimos días, aquello fue demasiado para Gordon, que se acercó al chico agitando la pistola ante sí.

—Cierra el pico, gusano, y haz lo que debes. Lo que pasa es que no te atreves —dijo entre dientes.

Es un poco peligroso para un policía animar a otra persona a que se suicide, pensó Rose con una pequeña sonrisa. Fue conmovedor que Gordon se enfadara tanto. De Gordon siempre podías esperar que te defendiera.

—Por mí, ya puedes empezar a pincharte —declaró Gordon con voz helada—: Así me ahorrarás actuar de testigo en un juicio.

Aquello inquietó un tanto a Carl y a Rose.

—No lo entiendo. ¿Cómo me habéis encontrado? —preguntó el chico con voz apagada. En sus comisuras había saliva seca. Ahora ya sabía que no iba a ganar su juego.

—No tienes que entenderlo, solo extrañarte —se oyó una vez más la voz de Gordon. Luego se dirigió hacia las mujeres y dejó la pistola delante de la pantalla de ordenador, donde parpadeaba una propuesta de continuar al próximo nivel, el dos mil ciento dieciocho.

Su largo brazo atrajo hacia sí la foto estropeada de la señora muerta e hizo una pelota con ella delante del chico.

—Ya no vamos a mirarla más —sentenció, levantó la silla y la mesa a las que la madre había estado sujeta y liberó a las dos mujeres.

La mayor lloraba de alivio, pero la madre del chico se puso en pie sobre sus piernas rígidas y se acercó a su hijo con una expresión de absoluta frialdad.

—*Perseverando,* hijo mío —declaró con voz fría—. Con insistencia. No dejes las cosas a medio hacer. ¿No es acaso lo que te he enseñado? Aprieta y termina de una vez con todo.

Nada en ella expresaba empatía o comprensión para con su hijo, que estaba atrapado como un animal en un rincón. Los últimos días habían minado su relación, cosa comprensible.

Pero el chico la miraba con obstinación. Ella no iba a decidir cuándo se ponían en marcha sus últimos actos en esta tierra. De modo que esperó, mientras finos hilos de sangre se deslizaban hasta los bajos del pantalón.

Rose arrugó el entrecejo, porque no lo entendía. ¿Por qué no habían funcionado los algoritmos del niño prodigio de la Comisaría Central de Información? Allí estaba el chico que hablaba con educación. Tenía la edad. En las visitas de la mañana había casas de Dragør en la lista. ¿Por qué la policía no había tocado el timbre de aquella casa?

—¿*Perseverando*, has dicho? Tu marido ha ido al internado de Bagsværd, ¿verdad? —preguntó a la madre.

La mujer se giró hacia Rose con la expresión de alguien que no sabe de qué le hablan.

—¿Mi marido? —repuso—. Mi marido salió de la escuela pública con quince años y pasó de estudiar más. Pero ¿por qué lo creías? ¿Porque empleo el lema del internado?

—Sí.

—Pues voy a decirte una cosa, jovencita: esa residencia es tanto para chicos como para chicas. Soy yo quien estudió en el internado.

Gordon y Rose se quedaron mirándola. Era tal vez el episodio más embarazoso de su carrera policial.

Pero a Carl le dio por reír sin freno. A pesar del cabestrillo y de su cuerpo maltrecho, se dejó resbalar hasta el suelo de pura risa.

Estuvo un rato boca arriba, tratando de respirar. ¿Los acontecimientos de la jornada lo habían trastornado?

De pronto, estiró el cuerpo todo lo que pudo y, con un violento giro corporal y todos los músculos contraídos, proyectó el empeine directo contra la hoja de la espada, de modo que causó una herida en la tripa del chaval y la espada terminó clavada en una estantería.

Carl se puso en pie con dificultad, pero tranquilo y, sin la menor sonrisa en los labios, miró al chico, cuya arrogancia había degenerado en una confusión e impotencia absolutas.

—Pide una ambulancia, Gordon —ordenó mientras el chico, incrédulo, miraba la profunda herida y la sangre que tintaba de rojo todo cuanto había debajo.

—¿Cómo se llama el chico? —preguntó a la madre.

—Alexander —respondió esta, sin dignarse mirar a su hijo.

—¡Alexander! Claro, empieza con A —dijo Carl con la autoridad de un subcomisario bregado. Pero entonces su mirada se fijó en el reloj inteligente y empezó a sonreír. La frase colgaba en el aire. Esperó.

Rose no entendía por qué. ¿A qué esperaba y por qué se movían sus labios como si hiciera una cuenta atrás?

—¡AHORA! —dijo Carl y dirigió la mirada hacia el chico que sangraba.

—Alexander —dijo con voz seca—. Son las 21.17. Estás detenido.

Jussi Adler-Olsen sobre el contador de la vergüenza, el punto de partida para
La víctima 2117

HACE AÑOS QUE tengo un piso en Barcelona. En 2018, cuando estaba en pleno proceso de escribir el octavo caso del Departamento Q, pasaba todos los días por delante del contador de la vergüenza. Me inspiró para crear una de las tramas de *La víctima 2117*.

Quería llamar la atención de mis lectores sobre el gran problema que tenemos en Europa con los refugiados y, al mismo tiempo me sentía fascinado y preocupado por este contador, situado en la playa.

Mucha gente pasaba de largo sin fijarse siquiera. Y yo mismo me avergoncé mucho, porque estaba escribiendo esta novela y necesitaba que el contador llegara a 2117.

© Tine Harden

Aquí puedes comenzar a leer
el siguiente libro de

JUSSI ADLER-OLSEN

Cloruro de sodio

Prólogo
1982

TAN SOLO CINCO minutos después de la llamada de emergencia, la ambulancia se detuvo en el césped frente a una imagen caótica, de las que se quedan grabadas en la retina. En torno a un hoyo humeante yacían seis cuerpos sin vida, y un penetrante olor a carne quemada se mezclaba con el hedor a ozono que flotaba en el aire después de la caída de un rayo.

—¡No se acerquen! —gritó uno de los sanitarios a un grupo de estudiantes en la acera de enfrente. Habían acudido corriendo desde la universidad y observaban la escena, petrificados.

—No podemos hacer nada por ellos, Martin —dijo su compañero agarrándolo del brazo—. Pero mira. —Y señaló a un hombre mayor cuya rodilla se hundía lentamente en el césped mojado.

—¿Qué hacían apiñados? ¿Y por qué el rayo no ha alcanzado los árboles? —sollozaba el hombre mientras los sanitarios se aproximaban a él. Aunque llovía a mares y tenía el abrigo empapado, solo parecía importarle lo que acababa de ocurrir.

Martin se giró hacia los edificios de la universidad, donde las sirenas advertían de la llegada de más ambulancias y coches patrulla.

—Vamos a darle algo para que se tranquilice antes de que le dé un ataque —dijo su compañero. Martin asintió y entornó los ojos. Entre la cortina de lluvia distinguió a dos mujeres en cuclillas junto a un charco que se había formado al lado de la valla.

—¡Ven, deprisa! —gritaron.

Martin agarró su bolsa y echó a correr hacia ellas.

—Creo que respira —exclamó una de las mujeres con la mano posada sobre el cuello de la séptima víctima. Excepto por la ropa ennegrecida, las quemaduras de la joven inconsciente no parecían tan graves como las del resto de los heridos—. El rayo ha hecho que salga disparada —dijo con voz temblorosa—. ¿Puedes salvarla?

Martin alejó el delgado cuerpo del charco y los gritos a su espalda se intensificaron. Sus compañeros confirmaron que no había nada que hacer: el rayo había matado a las otras seis personas expuestas a la lluvia.

Martin colocó a la joven en posición lateral de seguridad y le encontró el pulso, lento y débil, pero estable. En cuanto se levantó y le hizo una señal a su compañero para que llevara una camilla, el cuerpo de la chica se estremeció. El tórax se le expandió con dos breves bocanadas de aire; se incorporó de golpe apoyada en los codos y miró a su alrededor.

—¿Dónde estoy? —preguntó con los ojos inyectados en sangre.

—En Fælledparken, en Copenhague —respondió Martin—. La ha alcanzado un rayo.

—¿Un rayo?

Martin asintió.

—¿Y los demás? —dijo, girándose hacia la escena.

—¿Los conocía? —le preguntó.

La joven asintió.

—Sí, íbamos juntos. ¿Están muertos?

Él dudó un instante antes de confirmarlo.

—¿Todos?

Martin asintió de nuevo y la observó. Esperaba que mostrara sorpresa y pena, pero su inquietante expresión apuntaba a otra emoción.

—Vaya —dijo la joven con absoluta tranquilidad. A pesar del dolor que debían de causarle las heridas, una sonrisa diabólica se le extendió por el rostro—. ¿Sabe qué? —continuó antes de que Martin pudiera reaccionar—. Si puedo sobrevivir a esto, entonces, con la ayuda de Dios, puedo sobrevivir a cualquier cosa.

1

Maja

Martes, 26 de enero de 1988

DIEZ DÍAS DESPUÉS de Año Nuevo, el invierno sorprendió al país con vientos cortantes y temperaturas insólitamente frías. Maja vio la capa de hielo que se abría camino en el patio trasero de su bloque y suspiró. Era el tercer año consecutivo que tendría que poner los neumáticos de invierno, pero, con todos los gastos de la Navidad, no podía permitirse el lujo de que se los cambiara su mecánico de confianza. Por suerte, el periódico local tenía un llamativo anuncio de un taller que ofrecía un servicio rápido, eficaz y económico cerca de la guardería de su hijo en el barrio de Sydhavn, así que, adjudicado.

A veces, ser madre soltera tenía esas cosas: tocaba apretarse el cinturón.

Maja suspiró aliviada al ver que el dueño del taller de reparación y chapa y pintura Ove Wilders tenía pinta de ser el típico cachas que se había criado con los brazos metidos hasta el fondo en el motor de un coche. Parecía de fiar.

—Vamos a comprobar que esté todo a punto —dijo, señalando con la cabeza a unos mecánicos que en ese momento iluminaban los bajos de un coche elevado.

—Lo tendrá en un par de horas. Como ve, tenemos bastante lío.

TRES CUARTOS DE hora más tarde, ya en el trabajo, recibió una llamada. «Qué velocidad», pensó al oír la voz del mecánico. Pero la alegría le duró poco.

—No vamos a poder tenerlo listo hoy —dijo—. La rueda trasera estaba torcida. Pensábamos que el coche tenía un problema de suspensión, pero nos equivocamos: es el eje de transmisión, que está a punto de partirse, y eso ya es harina de otro costal.

—¿El eje de transmisión? —preguntó Maja mientras apretaba el teléfono—. Pero se puede soldar, ¿no?

La voz del mecánico sonaba seria.

—Lo miraremos, pero está tan desgastado que yo lo descartaría. Habrá que cambiarlo.

Maja suspiró. No quería ni pensar en lo que iba a costar aquello.

—Me pasaré cuando vaya a recoger a mi hijo de la guardería.

Le empezó a temblar la mano sobre la mesa. ¿Cómo iba a pagarlo? ¿Y cómo iba a arreglárselas sin coche si…?

—Muy bien. Cerramos a las cinco —fue la brusca respuesta del mecánico.

LOS NIÑOS TE hacen invertir aún más tiempo si encima van vestidos con un mono de invierno. Cuando Maja se dirigió hacia el taller a toda velocidad, con Max en el carrito y el corazón en la garganta, ya había pasado la hora de cierre. Así que suspiró aliviada al comprobar que la puerta del garaje al final de la calle estaba abierta y que su coche, con el morro cubierto de nieve, asomaba por la puerta del taller.

—¡Mi *brrum*! —exclamó Max cuando por fin llegaron hasta él. Le tenía mucho cariño a esa vieja chatarra.

Detrás de la valla, atisbó la pierna de un hombre que asomaba por detrás del vehículo. «Madre mía, ¿qué hace tirado en el asfalto sobre la nieve con el frío que hace?», fue lo único que le dio tiempo a pensar antes de que las ventanas del edificio estallaran en un torrente de cristal. La fuerza de una segunda explosión le arrancó el cochecito de Max de las manos y lo empujó varios metros hacia atrás. El mundo estaba envuelto en fuego y humo cuando consiguió levantarse. El taller había estallado y su coche se encontraba volcado a pocos metros.

Miró desesperada a su alrededor, con el corazón a punto de salírsele del pecho.

—¡Maaaax! —chilló, pero no oía ni su propia voz.

Y todo volvió a explotar.

2

Marcus

Lunes, 30 de noviembre de 2020

«Vaya panorama», pensó Marcus Jacobsen, jefe de Homicidios, cuando encontró al subcomisario, que ya no tenía edad para echarse a dormir con los pies sobre la mesa, con los ojos cerrados y la boca abierta.

Lo zarandeó un poco por los pies.

—Espero no interrumpir nada importante, Carl —dijo con una media sonrisa.

Su compañero estaba tan adormilado que ni siquiera captó el sarcasmo.

—Pues según cómo lo mires, Marcus —dijo en pleno bostezo—. Estaba comprobando que mis pies están a la distancia perfecta de la mesa.

Marcus asintió. La renovación del sótano de la Jefatura de Policía le estaba pasando factura al equipo del Departamento Q y, a decir verdad, no le hacía ninguna gracia que la división más anárquica del cuerpo se hubiera mudado tan cerca de las oficinas de Teglholm, en el barrio de Sydhavn, a las nuevas dependencias de la Policía de Copenhague. Entre la cara de gruñón de Carl Mørck y la verborrea de Rose Knudsen, cualquiera se subiría por las paredes. A más de uno le gustaría que Carl y compañía volvieran al subsuelo del que habían salido, pero Marcus sabía que no caería esa breva. En esos tiempos del coronavirus, habría sido preferible que el Departamento Q se hubiera quedado en el sótano de la vieja Jefatura.

—Mira, Carl. —Abrió una carpeta y señaló el recorte de periódico de una esquela—. ¿Qué te dice esto?

Carl se frotó los ojos:

Maja Petersen, 11 de noviembre de 1960 – 11 de noviembre de 2020.

Te echamos de menos.

La familia

Alzó la mirada.

—Vaya, la pobre mujer murió el día de su sesenta cumpleaños. Aparte de eso, no veo nada extraño. ¿Por qué lo preguntas?

Marcus lo miró serio.

—Te lo voy a decir. A mí me trae recuerdos de la primera vez que tú y yo nos vimos.

—Madre mía, ¿a eso te recuerda una esquela? Qué asociación de ideas más desagradable. ¿Cómo que la primera vez? ¿Cuándo fue?

—En enero de 1988. Llevabas ya un tiempo trabajando en la comisaría de Store Kongensgade. Yo era el subinspector del Departamento de Homicidios.

Carl bajó las piernas de la mesa y se incorporó.

—Pero ¿qué tiene eso que ver? En ese año aún no nos conocíamos.

—Lo recuerdo porque tu compañero y tú fuisteis los primeros en llegar al incendio del taller, y recuerdo también que cuidaste de una mujer semiinconsciente que acababa de perder a su hijo en la explosión.

El mejor agente de Marcus se quedó mirando al vacío un momento. Cogió el periódico y miró fijamente la esquela. ¿Se le estaba nublando la mirada? Le costaba creerlo.

—Maja Petersen —dijo despacio—. ¿Esa Maja Petersen?

Marcus asintió.

—La misma. Hace dos semanas nos mandaron a Terje Ploug y a mí a su apartamento, y ya llevaba un par de días ahorcada en la entrada. No hubo que investigar mucho para llegar a la conclusión de que se había suicidado. Había una foto de su hijo en el suelo que seguramente tuvo en la mano hasta el momento de su muerte. —Marcus sacudió la cabeza—. Encontramos una tarta mohosa en el comedor, intacta, donde se leían con claridad dos nombres trazados con un glaseado azul claro y delicado: «Maja, 60. Max, 3». Estaba decorada con dos cruces en vez de velas, una junto a cada nombre.

—Vaya. —Carl soltó el periódico y se reclinó—. Qué trágico. ¿Estás seguro de que fue un suicidio?

—Sí, el entierro fue anteayer y aparte del sacerdote, una señora mayor y un servidor, la capilla estaba vacía. Muy triste, la verdad. La señora era la prima de la difunta y fue quien firmó la esquela del periódico como «La familia».

Carl lo observó, pensativo.

—¿Y dices que tú también estuviste en el lugar de la explosión? Justo de eso no me acuerdo… Sí de la nieve y del frío polar, entre otras cosas, pero no de ti.

Marcus se encogió de hombros. Hacía más de treinta años, no era de extrañar.

—El incendio estaba descontrolado y el perito no pudo afirmar con seguridad qué lo había causado —dijo Marcus—, pero, por lo visto, el taller era totalmente ilegal, así que en el edificio había materiales inflamables más que suficientes para que aquello acabara mal. Y sí, yo también acudí a la escena poco después del accidente, aunque por pura casualidad: estaba investigando un caso a un par de calles.

Carl asintió para sí mismo.

—Recuerdo que me percaté de inmediato de que el niño había fallecido. Su cuerpo estaba en la acera, hundido en la nieve. Esas cosas no se olvidan. Tuve que sujetar a su madre con todas mis fuerzas para que no fuera corriendo hacia él y viera en qué condiciones estaba.

Levantó la mirada hacia Marcus.

—¿Por qué asististe al funeral de Maja Petersen, Marcus?

—¿Que por qué? —suspiró—. Nunca llegué a quitarme ese caso de la cabeza. Por entonces también había algo que no me cuadraba. —Le dio unos golpecitos a la carpeta que había dejado sobre la mesa—. He tenido unos días para repasarlo y darle vueltas.

—¿Y a qué conclusión has llegado? ¿A que la explosión no fue un accidente?

—Siempre tuve mis dudas al respecto, pero, aquí, en la página dos del informe, me he topado con una frase que no me llamó la atención entonces, y durante treinta años tampoco ha habido motivos para que destacara.

Sacó la hoja de la carpeta y la deslizó sobre la mesa hacia su compañero.

—La he subrayado.

Carl Mørck se apoyó en los reposabrazos y se inclinó hacia delante. Leyó la frase subrayada en amarillo un par de veces antes de alzar la vista hacia Marcus con una expresión que le ensombrecía la mirada.

—¿Sal? —repitió varias veces.

Marcus asintió.

—Veo que tú tienes el mismo presentimiento.

—Algo me suena, sí, pero ¿de qué? Refréscame la memoria.

—No recuerdo con exactitud qué caso fue, pero tuviste uno relacionado con la sal, ¿puede ser?

—Sí, algo así.

Se concentró tanto que parecía que su cabeza iba a echar humo, pero fue en vano.

—Puede que Rose o Assad se acuerden —dijo al final Carl.

Marcus sacudió la cabeza.

—Lo dudo. Aún no trabajaban aquí, pero quizá Hardy sí lo recuerde.

—Hardy está otra vez en Suiza para un tratamiento, Marcus.

—Lo sé, pero a lo mejor te suena un invento de lo más apañado, Carl: el teléfono.

—Vale, sí, lo llamaré —resopló con el ceño fruncido—. Marcus, tú que llevas un tiempo dándole vueltas, ¿podrías decirme cómo viviste lo de Sydhavn?

El otro asintió; puede que incluso le quitara un peso de encima.

Le contó que la segunda explosión reventó con tal fuerza las ventanas del apartamento ubicado cerca del taller que en ese momento estaban registrando que los fragmentos de cristal se incrustaron en el parqué y en el mobiliario. Por suerte, Marcus se encontraba con sus compañeros en el dormitorio que daba al patio y salió ileso, pero uno de los vecinos, un yonqui que almacenaba armas para algunos de los peores elementos del barrio, se vino abajo y empezó a hablar de la explosión de Valby de cuando era pequeño. Marcus se dirigió a la cocina de puntillas, expuesto al frío polar que entraba por la ventana rota, y enseguida vio los nubarrones de humo negro y las llamas que se alzaban al menos veinticinco metros por encima de los tejados, a un par de calles de distancia. Dos minutos después, Marcus y su ayudante entraron en la calle del taller, donde ya había otro coche patrulla parado con las luces encendidas. A pocos metros, un agente joven estaba sentado con una mujer inconsciente en el regazo. Reinaba el caos, y el asfalto y los escombros desprendían más humo negro. Marcus vio a su izquierda el cuerpo de un niño que mostraba indicios de haber fallecido en el acto; yacía inmóvil, tumbado bocabajo en la nieve.

Para entonces, las llamas se elevaban por encima de los cuarenta metros desde el centro del edificio; el calor había estado a punto de tumbarlos. Los restos de un Citröen Dyane estaban con las ruedas hacia arriba, rodeados de escombros y piezas de automóvil que flotaban en la nieve derretida por las llamas. Un par de coches que estaban aparcados junto al muro izquierdo del patio y de los que colgaba un cartel que rezaba «EN VENTA» habían quedado estrujados como si estuvieran en un desguace.

Delante de todo, bajo una montaña de cascotes, se advertía una furgoneta de la que asomaban dos piernas desnudas y calcinadas, la única señal de que en algún momento había habido vida en el edificio.

Los bomberos habían tardado varias horas en controlar el incendio, pero Marcus no se movió de allí y siguió con atención las observaciones de sus compañeros y de los peritos.

A medianoche habían encontrado cuatro cadáveres más en el interior del edificio, tan carbonizados que apenas podía distinguirse el sexo. Y, aunque los cráneos de los cuatro mostraban lesiones parecidas, era imposible determinar sobre el terreno si las heridas habían sido causadas por la lluvia de toneladas de piezas metálicas del taller que había provocado la explosión.

A pesar de que todo parecía indicar que se trataba de un accidente, a lo largo de los días siguientes Marcus se había dedicado a elaborar de forma rutinaria una serie de posibles motivos por los que el incendio pudiera haber sido provocado. Había que descartar cualquier tipo de intento de fraude al seguro, puesto que el taller, a pesar de la normativa, no estaba asegurado. Además, el propietario había fallecido en el siniestro, así que era imposible que se pudiera beneficiar de un incendio provocado. También quedaba descartada cualquier relación con bandas criminales, ya que ninguna de las víctimas mortales, que habían sido identificadas como mecánicos del taller, tenía antecedentes.

Marcus repasó la historia sin incidentes del local con ayuda de la conmocionada viuda.

—¿Tenía su marido o su familia alguna cuenta pendiente? —le había preguntado—. ¿Algún préstamo sin pagar? ¿Una mala relación con alguien? ¿Amenazas de la competencia?

Pero la viuda había respondido a todas sus preguntas negando con la cabeza. No se lo explicaba. Su marido era muy trabajador y hábil. Lo de los papeles y las cuentas no se le daba muy bien, pero ¿no era eso algo propio de quienes trabajan con las manos?

Marcus tuvo que admitir que, al menos, parecía característico de aquel negocio, que no contaba con los servicios de ningún contable o gestor. Y cualquier documentación, agenda o facturas, suponiendo que el taller se molestara en gestionar ese tipo de cosas, había desaparecido en el incendio.

La mujer sabía que cuando tuviera que hacer la declaración de la renta habría mucho trabajo por delante, pero, como el taller llevaba pocos meses abierto, tenía la esperanza de que todo se resolviera por sí solo.

El desescombro del solar, que se había llevado a cabo varias semanas después, no aportó ninguna información nueva. Solo llamaba la atención aquel pequeño detalle que un técnico forense muy espabilado había anotado en su informe, aunque Marcus solo reparó en él años después, en el último repaso que hizo del documento.

«A un par de metros de la verja de la entrada, junto a la cancela, había un montoncito de sal de unos nueve centímetros de altura.»

Y seguía una pequeña observación que debería haber despertado su interés desde el principio:

«Era sal de mesa, no sal para la nieve.»

3

Carl

Jueves, 1 de diciembre de 2020

—HABÍA UNA COPIA del informe del caso en el archivo, Carl —dijo Rose, que se lo arrojó delante de las narices—. Gordon y yo lo hemos leído esta mañana. Dice que fuiste el primero en llegar al lugar de los hechos.

—Sí, eso parece —asintió él, y señaló el ejemplar de Marcus—. Este informe lleva treinta años criando polvo en todos los despachos que ha ocupado Marcus. ¿Tenéis claro lo que significa?

—Sí, que fue incapaz de soltarlo —respondió Gordon con una lógica aplastante—. Y ahora quiere que se lo quitemos de encima.

Carl levantó el pulgar.

—Exacto. Y por eso vamos a aceptar el caso y a olvidarnos de todo lo demás hasta que lo resolvamos.

—¿Que nos olvidemos de todo lo demás? ¿No estás siendo un poco drástico, Carl? —murmuró Rose—. ¿No crees que tenemos ya bastantes casos?

Continúa en tu librería

Los casos del
DEPARTAMENTO
Q

Protagonizados por Carl Mørck, el policía más carismático de la literatura escandinava

La mujer que arañaba las paredes
El primer caso de Carl Mørck, jefe del Departamento Q, que investiga casos no resueltos.

Los chicos que cayeron en la trampa
Un asesinato brutal, un grupo de estudiantes elitistas, una investigación irregular.

El mensaje que llegó en una botella
Dos jóvenes desaparecen sin dejar rastro. Pero nadie denuncia su desaparición.

Expediente 64

Carl Mørck y sus ayudantes se enfrentan a un misterio relacionado con un oscuro episodio de la historia danesa.

El efecto Marcus

Un adolescente oculta la clave de una peligrosa trama internacional, cuyos tentáculos llegan hasta la selva africana.

Sin límites

Una trepidante investigación lleva al Departamento Q hasta la isla sueca de Öland y el controvertido líder de un grupo esotérico.

Selfies

Un auténtico rompecabezas para
Carl Mørck y su asistente Assad,
que persiguen a un asesino en serie.

La víctima 2117

¿Y si ser solo un número
fuera más que eso?
Jussi Adler-Olsen pone el foco en el
contador de la vergüenza con un caso
que sitúa Barcelona en el centro
de un rompecabezas criminal.

Cloruro de sodio

Un psicópata astuto y despiadado
mata desde hace tres décadas
sin que nadie haya podido detenerlo.
El caso más complejo y terrible
del Departamento Q en plena
pandemia del covid-19.